中国民间文艺学年鉴

2004年卷

名誉主编　冯骥才
主　　编　刘守华　白庚胜
副 主 编　陈建宪　向云驹
　　　　　吕　微

新出图证(鄂)字10号

图书在版编目(CIP)数据

中国民间文艺学年鉴·2004年卷/刘守华、白庚胜　主编
—武汉:华中师范大学出版社,2006.12

ISBN 7-5622-3088-9/I·230
Ⅰ.中…　Ⅱ.①刘…　②白…　Ⅲ.民间文学—中国—2004—年鉴　Ⅳ.1207.7-54

中国版本图书馆CIP数据核字(2006)第138730号

中国民间文艺学年鉴·2004年卷

主编:刘守华　白庚胜
责任编辑:程继松　　**责任校对**:章光琼　　**封面设计**:罗明波
编辑室:文字编辑室　　**电话**:(027)67863220
出版发行:华中师范大学出版社©
社址:湖北省武汉市珞喻路152号
电话:027-67863040(发行部)　027-67861321(邮购)
传真:027-67863291
网址:http://www.ccnup.com.cn　　**电子信箱**:hscbs@public.wh.hb.cn
经销:新华书店湖北发行所
印刷:湖北恒泰印务有限公司　　**督印**:姜勇华
字数:680千字
开本:787mm×1092mm　1/16　　**印张**:28
版次:2006年12月第1版　　**印次**:2006年12月第1次印刷
印数:1—1500　　**定价**:65.00元

欢迎上网查询、购书

主编寄语

刘守华

举世瞩目的中国民族民间文化保护工程自2003年启动后，在紧锣密鼓声中跨进2004年。第十届全国人大常委会于本年8月通过我国加入联合国教科文组织《保护非物质文化遗产公约》，这样，不仅使我们原来保护工程的范围得到扩展，而且增强了工作的科学性、规范性和实施力度。这一年，文化部为探索与积累经验，还在全国部署了3个综合试点和36个单项试点。中国民间文艺家协会也举办了抢救、保护和开发民间文化遗产的县（市）长论坛以及一系列专业性考察和学术研讨会，积极推进这一工程。就整体情况而言，已经初步形成了一个“政府主导，社会参与；长远规划，分步实施；明确职责，形成合力”的态势，使我国的民间文化事业跨进到一个前所未有的蓬勃兴旺时期。

民间文艺学的各个领域都较为活跃，并显出各自不同的特点。关于民间文艺学的基本理论研究，这些年一直是一个比较薄弱的环节，2004年也不例外。但我们已经欣喜地看到，许多学人在对现有理论范式进行反思的基础上，已开始了一些新的探索，如对“民间文学”本体的再认识，对“民间文化传承场”的揭示，对民间文学口头和书面文本特质的透析等。看来这一趋势会越来越受到学人的关注。

神话研究这几年一直显得比较热闹，本年内刊出论文达200余篇，数量上居于领先地位，但泛泛而论者多，除有几位学人研究《山海经》中的神话显出新意之外，既很少有人对我国丰富多彩的少数民族神话进行新的发掘评说，也没有人就神话学基本理论作深入探讨。最值得注意的是对中国现代神话学研究成果进行反思的一组文章，有关作者对一些早期学人以西方人类学来研究中国神话的某些结论提出质疑，如认为“图腾理论在现代学术的运用上，还有很大的思考空间，如果只是全然排斥或全盘接受，都应该是比较偏执而不客观的态度”。相关文章所涉及的具体问题应允许争议，但强调引进西方学理应切实注意和中国的传统文化特点相融合，努力使外来学说本土化，这个问题即使在今天也是应该认真努力解决的。这方面的反思，正昭示出中国学术之走向成熟。

本年度的史诗研究，主要成果仍表现在对三大英雄史诗特别是对《格萨尔》的历史文化特质和演唱形式等等的深入探讨上。特别引人注目的论文是巴莫曲布嫫就彝族史诗《勒俄特依》的搜集整理即文本制作过程的评说，她把这称作“民间叙事传统格式化之批评”。所谓“格式化”即在史诗制作文本化过程中，由于出现了以参与者主观价值评判和解析观照为主导倾向的文本制作格式，使民间真实的、鲜活的口头文学传统发生了种种偏离本土口头传统的偏颇。可贵的是，本文还在对“格式化”的批评与反思中，引入“叙事语境——演述场域”的新视角，认为史诗的采录与研究应达到“五个在场”，意在探索一条正确处理史诗文本及文本背后的史诗传统信息的田野研究之路。中国各民族史诗艺术十分发达，史诗的发掘、文本化和研究评论，多年成为民间文艺学的重点与亮点。巴莫曲布嫫的论文理所当然地受到众多学人的关注。本文所谓的“格式化”，是从史诗学学术史清理中提出来的；用众多民间文艺科学或人类学等等的标准来衡量以往的成果，发现其失误之处以启示来者，于学术的发展自然是有益的。但怎样以公正的科学眼光对待上世纪的相关成果，怎样富有创造性地将外来学理与方法本土化，还留有广大的探索空间。

民间传说和民间故事的研究初看起来似乎不及神话研究那么热闹，平静中实有突破，其中传说学的进展尤为引人注目。纳钦关于村落传说研究的博士论文《口头叙事与村落传统——公主传说马珠腊沁村信仰民俗研究》就是这方面的代表作。作者将艰苦的田野调查和深入发掘民族史志文献密切结合起来，“力图重现300年来口头叙事与村落信仰民俗传统相互作用而产生的民俗文化运作过程，勾勒出村落民俗信仰民俗史，重构村民的信仰民俗生活与心灵世界”，不论是成果的厚实程度和学科交叉的方法运用都有其独到的成就。此外，吴光正关于八仙传说的研究，系统地清理吸收前人成果，深入探求其中国文化特色，也较为引人注目。故事学方面，有关佛经故事的研究，不仅开拓出新的领域，还就中国故事因吸收印度佛教文化影响而发生历史演变这方面清理出更多线索。一些故事类型的个案研究，因材料探求更丰富和多学科方法的交叉运用，获得的成果也有明显进步。如蔡春华以博士论文为基础而写成的《中日文学中的蛇形象》，它在切入论题时，不仅将中日两国流行的蛇郎、蛇女故事，以及作家据以改编、创作的相关作品进行综合评析，还交叉运用民间文艺学、文化人类学、文艺美学、比较文学诸多学科的视角进行审视，从而概括出更多丰富而隐秘的象征内涵，给予读者以新的启示。在中国留学的日本西村真次叶女士，以幻想故事的体裁特征作为其硕士论文选题；作者从体裁论入手，广泛探求材料，就其叙事艺术特征进行细致深入评说，取得的成就令人称道。上述民间故事论题，就论题本身而论似乎并不新颖，而作者却在吸取已有学术成果的基础上，从更宽广更深入的学术境界上进行新的开拓，因而对学术发展有所推进。

这几年来，在抢救和保护民族民间传统文化热浪的有力推动下，民间艺术各个门类，不论是发掘、整理还是开发研究，均呈现出十分热烈的景象。《中国民间文艺学年鉴》中选载了最具代表性的几篇论文；由于这个学术领域的宽广无际，我们的选编难免有挂一漏万之处。这些文章引领我们步入中国多民族构造的艺术殿堂，获得赏心悦目的享受。

在这组文章中，尹虎彬关于河北后土宝卷的研究论文特别值得注意，它研究的对象虽是后土宝卷，却有意识超越宝卷文本，将宝卷和民间现实信仰，包括表演者、表演场合、表演过程以及社会生活、相关民间组织等等综合起来进行考察，为什么要这样做，是基于作者的如下认识：“文化是一个整体系统，而文本的功能只有通过这个系统的整体结构才能真正的认识。”这样，本文的意义就不只是有助于人们认识河北后土宝卷，还能在方法论上给人以有益启示了。

在这里，我们也说一说歌谣研究情况。中国现代民间文艺学就是从采录和研究歌谣开始的，歌谣研究多年来受到学人的关注。但是近年来这个领域越来越显得冷清，在本《中国民间文艺学年鉴》所占分量也越来越轻。仔细想来，造成这种现象的主要原因，似乎并不在歌谣本身，而是我们过去的研究多停留在歌谣文本上；而在民间文化中，民歌是供人们演唱的，各类歌曲的演唱当今在社会文化生活中如火如荼，各个民族和地方有特色的民歌也深受民众喜爱而响彻云天，成为民间艺术园地中的鲜艳花朵。这样，按过去的歌谣学框架来研究它们就显得浮泛失色；可是把民歌纳入民间音乐和民间表演艺术范畴之内来研究评说就有做不完的文章了。我们选编的几篇论文，如覃慧宁对当今山歌传承与传播机制的研究，阎天灵对西北民歌圈与“走西口”习俗关系的研究，余霞对土家族“哭嫁歌”中女性主体心理的分析等，它们的论题与方法都有着超越歌谣文本，对民歌演唱艺术进行多维探讨的特色，给人以新的启示，值得我们珍视。

审视近几年的民间文艺学研究成果，我们高兴地看到，由于在全国高校文科中，新增了一批民俗学、民间文学的硕士点与博士点，而且招收研究生的数量逐年有所扩充，这些研究生大步迈向民间文艺学园地，便使得这个学术园地的景象为之焕然一新。我们所见到的多篇材料鲜活、见地新颖的民间文学研究文章，就出自这批新人的硕士或博士学位论文。在老一代学人的培育和率领下，他们正以强劲势头推进中国民间文艺学，这使我们不能不万分欣喜。

2006 年 4 月 10 日

目　录

第五编　民间传说·民间故事研究

第六编　民间歌谣及叙事长诗研究

第七编　民间艺术研究

第八编　动态与信息

第　一　编

“非物质文化遗产保护”专题

田野呼唤理论

——《民间文化论坛》刊首语

冯骥才

本期文稿即将付梓，我心中的情感忽然变得复杂起来。

此刻，清晰记得两年半前在北京师范大学开过会，铁梁陪我去北京医院看望住在那里的钟敬文先生。老人穿着医院专用的带蓝色宽条纹的病人服装，上身套一件开襟毛衣，头上扣着一顶小而圆的灰色毛线帽。但他没有一点病容，居然兴致勃勃，满是老斑的脸富于表情。当谈到民间文化及其理论研究时，嗓音里带着激动的震颤。似乎民间文化的病疾比他自己的身体重要得多。那时无论如何也想不到，数月之后钟老竟与我们做阴阳之别了。他说的话，也成了掷在世上沉甸甸而响亮的遗言。

这次谈话中，我一直牢记不忘的是两句话。一是谈到我们正在筹划的“民间文化的普查与抢救”时，他说“不应该让千百代人创造的民间文化和艺术在我们身上断送掉”；还有是谈到关于《民间文化》恢复学术性内容一事时，他说这刊物是“我们的命根子”，一再表示希望这刊物早日恢复。我知道老人对这份我国唯一的民间文化理论研究刊物一直切切关心。我再三说：“您怎么说，我们就怎么做。”并告诉他“白庚胜要专门来做恢复刊物这件事”，请他放心。于此，我已经领略到这位大学者的视野、非凡的见识和文化的良心。

他所强调的——对于民间文化抢救之必需和理论之重要，两年多来让我们感受得愈来愈深刻与紧切了。

抢救之必需已经成了大家的共识。那么理论之重要之必需呢？

应该说，我们从来没有像现在这样，发觉到我们理论的有限、僵硬、弱小和无能为力。我没有夸大问题。我承认我们的一些学者和专家非常优秀。或是在某些领域研究上，或是在某些学术空间的开拓上，他们达到了很高的水准，并都有极具分量乃至洋洋巨作可以证明。然而，从整体上看，在经济全球化、城市现代化、农村城镇化的猛烈冲击下，已然土崩瓦解的民间文化又卷入了农耕社会迅速消亡的历史大潮而雪上加霜。这时我们的理论就无法应对了。甚至不知道怎样从书斋转向田野。我们的研究对象正在田野里大批死掉，我们却束手无策，甚或依然故我地伏案翻书做学问。民间文化到底是一种学术资料，还是一种有声有色、有情感的文化生命？

于是，我们的理论就显现出一种尴尬与无能，即与当前民间文化普查的脱节。

应该承认，我们的理论已经很难指导、把握和推动正在田野进行的规模宏大的民间文化的普查。也许由于长久以来，我们的视野过多地局限在一些学术的单项里，所谓

"只见树木，不见森林"；也许由于我们把田野作业仅仅视为搜集材料的工作，而将理论研究束之高阁。等到我们需要整体地直面千头万绪、缤纷错综的民间文化时，竟然显得措手不及，连一份系统的民间美术的分类法或成熟的民俗调查的提纲，也拿不出来。

同时，更加捉襟见肘的是学者队伍的薄弱。这在此次民间文化普查中已显示出窘迫与无奈。在许许多多领域中，根本没有研究人员。比如，对于中国千姿百态的古村落，如今跑到那里的大多是建筑学者和摄影家。古村落仅仅属于建筑界吗？它难道不是一个个千差万别的民俗学的活态的研究对象？如今绝大多数地方搞的风情介绍的小册子，已经成为那种为了吸引游客而连编带造的"伪文化"了。再比如我们正在展开的木版年画与剪纸的抢救，有的产地连一名专业水准的研究人员也没有，更甭提专家学者。我在一个产地见到的唯一默默地做调查工作的竟是日本人!

如此的学术力量与能力，怎么能承担得起民间文化界必须面临的历史使命?

上述种种，便是中国民协与学苑出版社合作致力于恢复《民间文化》的纯学术性并改为《民间文化论坛》的真正原故。需要说明的，我们决不只是想恢复一个一般化的理论与研究的园地，而是把它作为推动时代性理论工作的措施之一。这里所说的时代性，应是我们对理论发展与走向的一种特定的强调。

当今民间文化正在进入一个新的历史阶段。从本质上说，正是由于全球化时代的到来，才空前地显示出民间文化的精神价值。它是人类精神丰富性和相互差异性的直接表现，也是各个民族和地域坚持自己文化个性的依据与根本。时代要求人们重新认识民间文化。同时，也要求我们对农耕时代所创造的文明进行全方位的、整体的、终结式的普查与整理。这便是民间文化研究的时代性和当代性。

在这样的时代要求下，我们现有的学术方式与研究方法必然要承受到强大的挑战。那就看我们能不能把这挑战性的压力变为动力，以激活我们的学术，扩大学者队伍，进而建立根植在九州田野之中的新的学风与学派。

任何时代的学术都有自己的特征。当今我们的学术应当更多地关切民间文化自身更多的血肉与活力。因为只有在这空前规模的文化大普查中，我们才会获得如此广博和新鲜的文化信息，面对如此诱惑与全新的研究课题，并深切地认识到从事这一事业的高贵与责无旁贷。

但这一切都必须从田野开始，从普查开始。

先回到我们民间文化研究之源之本吧。

让田野的清风吹绿吹活我们的论坛吧。

[原载《民间文化论坛》2004 年第 3 期]

“人类口头和非物质遗产保护”的由来和发展

乌丙安

首先说明，中国民族民间文化遗产保护工程和中国民间文化遗产抢救工程是全球性的人类口头和非物质遗产保护工程的重要组成部分。

人类口头和非物质遗产的概念及其保护工程，不是凭空制造出来的，而是经过了近几十年的现代人类文明发展，通过深刻的反思和科学的总结创建出来的跨世纪的新概念和国际性的新举措。它至少历经了30年岁月，跨越了3个大的里程碑，才有了今天的世界性成就。

一、“世界遗产”保护的提出

第一个里程碑是1972年《世界遗产公约》缔结，提出“世界遗产”概念，启动遗产保护工程。

1972年10月17日至11月21日在巴黎举行的联合国教科文组织第17届会议，关注到全世界文化遗产和自然遗产越来越受到破坏的威胁。一方面因年久腐变失修所致，另一方面急剧变化中的社会和经济条件使情况更加恶化，造成了难以弥补的损害或破坏。考虑到任何文化或自然遗产的损坏或丢失都会造成全世界遗产枯竭的有害后果，考虑到“国家一级保护”这类遗产的工作并不完善，其主要原因在于这项工作需要大量的投入，而列为保护对象的遗产所在国并不具备充足的经济、科学和技术力量。联合国教科文组织根据规定，下决心通过保护世界遗产和建议有关国家订立国际公约来维护这项重大工程。会议认为：保护这类珍稀且无法替代的遗产，不论它是属于哪国人民的，都具有突出的重要性，因而十分需要作为全人类世界遗产的一部分加以保护。于是作出以下两点考虑：一是考虑到威胁这类遗产的新危险的规模和严重性，整个国际社会有责任通过提供集体性援助来参与保护那些具有突出价值的文化和自然遗产，这种援助必将对有关国家采取的保护做出有效补充；二是考虑到有必要通过公约形式的新规定，为集体保护具有重大的普遍价值的文化和自然遗产建立一个永久性的有效制度。早在联合国教科文组织第16届会议上曾决定过就此问题制订一项国际公约，于是在1972年11月16日通过了关于保护世界文化和自然遗产条约，叫做《世界遗产公约》。其目的是对具有特殊的世界意义的文化和自然遗产进行识别和保护。它的保护被确立为一种国际共同责任。

1. 世界遗产

“世界遗产”（World heritage）是当今世界文明社会耳熟能详的一个国际术语。联合国教科文组织在1972年启动的保护世界遗产工程，其主要导因是：20世纪60年代，埃及在尼罗河上游修建了耗资巨大的现代化工程阿斯旺水坝，水坝建成，世界闻名的两座千年神庙便不复存在。人类用神庙换来了水利效益，却留给子孙后代永远的遗憾。而那些被两次世界大战、地区争端和内乱战火毁灭的古迹，那些被大型工程、城市化进程、房地产和旅游开发所拆除的名胜，更是成为从反面促进这一保护人类遗产工程的巨大动力。

制订《世界遗产公约》的最初宗旨是为了加强世界遗产保护国际间的联系，但是，它却引出了“自然”和“文化”这两个在内涵上相反的概念，那就是世界遗产包括自然遗产和文化遗产两个组成部分。承认条约的签字国，必须投入行动保护他们各自的全部民族遗产，并提出建议将他们的一部分遗产列入“世界遗产名录”。同时他们承认列入世界遗产名录的遗产不附带主权条件，而是作为全球性遗产，其保护由世界的国际大家庭负责。于是使这一部分遗产具备了世界遗产的全世界和全人类遗产的属性。

到现在为止，有将近700个世界遗产进入了联合国的名录，还有成千上万个准遗产等待申报批准。但是，国际性的战争冲突、一些国家和地区的内乱和民族、宗教纠纷，旅游狂热和毫无节制的城市化运动都是威胁人类遗产的因素。世界遗产公约的一项任务正是动员有关国家的人民对遗产进行维护。今天《世界遗产公约》已经通过了32年，然而这项任务仍具有重大的现实意义，因为抢救和保护的形势依然十分严峻。

2. 文化遗产

《世界遗产公约》规定，属于下列各类内容之一者可列为文化遗产：

文物：从历史、艺术或科学角度看，具有突出、普遍价值的建筑物、雕刻和绘画，具有考古意义的成分或结构的铭文、洞穴、住区及各类文物的综合体；

建筑群：从历史、艺术或科学角度看，因其建筑的形式、同一性及其在景观中的地位，具有突出、普遍价值的单独或相互联系的建筑群；

遗址：从历史、美学、人种学或人类学角度看，具有突出、普遍价值的人造工程或人与自然的共同杰作以及考古遗址地带。

《公约》还规定，凡提名列入《世界遗产名录》的文化遗产项目，必须符合下列一项或几项标准方可获得批准：

（1）代表一种独特的艺术成就，一种创造性的天才杰作。

（2）能在一定时期内或世界某一文化区域内，对建筑艺术、纪念物艺术、城镇规划或景观设计方面的发展产生过大影响。

（3）能为一种已消逝的文明或文化传统提供一种独特的至少是特殊的见证。

（4）可作为一种建筑或建筑群或景观的杰出范例，展示出人类历史上重要阶段。

（5）可作为传统的人类居住地或使用地的杰出范例，代表一种（或几种）文化，尤其在不可逆转之变化的影响下变得易于损坏，与具特殊普遍意义的事件或现行传统或思想或信仰或文学艺术作品有直接或实质的联系（只有在某些特殊情况下或该项标准与其它标准一起作用时，此款才能成为列入《世界遗产名录》的理由）。

3. 自然遗产

《世界遗产公约》规定：凡符合下列规定之一者可列为自然遗产：

（1）从美学或科学角度看，有突出价值的地质和生物结构或这类结构群组成的自然面貌。

（2）从科学或保护角度看，有突出普遍价值的地质和地理结构及划定的濒危动植物生态区。

（3）从科学、保护或自然美角度看，具有突出、普遍价值的天然名胜或明确划定的自然地带。

凡是列入《世界遗产名录》的自然遗产项目必须符合下列一项或几项标准方可获得批准：

（1）构成地球演化史中重要阶段突出例证。

（2）构成进行中的重要地质过程、生物演化过程及人类与自然环境相互关系的突出例证。

（3）独特、稀有或绝妙的自然现象、地貌或具有罕见自然美的地带。

（4）尚存的珍稀或濒危动植物种的栖息地。

4. 文化景观

文化景观这一概念是1992年12月在美国圣菲召开的联合国教科文组织世界遗产委员会第16届会议时提出并纳入《世界遗产名录》中的。从此，世界遗产便分为：自然遗产、文化遗产、自然遗产与文化遗产混合体（即双重遗产，我国的泰山、黄山、峨眉山、乐山大佛属此）和文化景观。文化景观代表《世界遗产公约》第一条所表述的“自然与人类的共同作品”。文化景观的选择依据：它突出的普遍的价值；它明确划定的文化区域的代表性；它体现该区域具有独特文化因素的能力；它体现持久的保持景观的自然价值。保护文化景观有助于保护生物多样性。一般来说，文化景观有以下3种类型：

（1）由人类有意设计和建筑的景观。包括出于美学原因建造的园林和公园景观，它们经常（但并不总是）与宗教或其它纪念性建筑物或建筑群有联系。

（2）有机进化的景观。它产生于最初始的一种社会、经济、行政以及宗教需要，并通过与周围自然环境的相联系或相适应而发展到目前的形式。它又包括两种次类别：一是残遗物（或化石）景观，代表一种过去某段时间已经完结的进化过程，不管是突发的或是渐进的。它们之所以具有突出、普遍价值，还在于显著特点依然体现在实物上。二是持续性景观，它在当今与传统生活方式相联系的社会中，保持一种积极的社会作用，而且其自身演变过程仍在进行之中，同时又展示了历史上演变发展的物证。

（3）关联性文化景观。这类景观列入《世界遗产名录》，以与自然因素、强烈的宗教、艺术文化相联系为特征，而不是以文化物证为特征。

目前，列入《世界遗产名录》的文化景观还不多，庐山风景名胜区是我国“世界遗产”中唯一文化景观。此外，列入《世界遗产名录》古迹遗址、自然景观一旦受到某种严重威胁，经过世界遗产委员会调查和审议，可列入《处于危险之中的世界遗产名录》，以待采取紧急抢救措施。

5. 文化和自然遗产的国家保护和国际保护

（1）缔约国的国家责任。本国领土内的文化和自然遗产的确定、保护、保存、展出和传承给后代，主要是有关国家的责任。本国将为此目的竭尽全力，最大限度地利用本国资源，必要时利用所能获得的财政、艺术、科学及技术方面的国际援助和合作。

为保护本国文化和自然遗产，各缔约国应根据本国具体情况做到：通过使文化和自然遗产发挥一定作用并把遗产保护纳入全面规划的总政策；建立一个或几个保护文化和自然遗产的机构，配备人员和工作所需的手段；进行科技研究，制订出能够抵抗威胁本国自然遗产危险的有效方法；采取为确定、保护和恢复这类遗产所需的法律、科技、行政和财政措施；建立有关保护文化和自然遗产的国家或地区培训中心，鼓励这方面的研究。

（2）缔约国的国际责任：缔约国充分尊重文化和自然遗产的所在国主权，并在不使国家立法规定的财产权受到损害的同时，承认这类遗产是世界遗产的一部分，因此，整个国际社会有责任合作予以保护；缔约国根据本公约的规定，应有关国家的要求帮助该国确定和保护文化和自然遗产；各缔约国不得故意采取直接或间接损害其它缔约国领土内的文化和自然遗产的措施；世界遗产的国际保护应被理解为建立一个支持缔约国保护遗产的国际合作的援助系统。

这个公约为人类口头和非物质遗产的保护奠定了坚实的基础。

二、民间文化保护的提出

第二个里程碑是1989年《保护民间创作建议案》的出台，提出了“民间创作”（或民间文化）的概念，启动了民间创作保护工程。

1989年10月17日至11月16日在巴黎举行的联合国教科文组织大会第25届会议，有以下几点考虑：考虑到民间文化是人类的共同遗产，是促进各国人民和各社会集团更加接近以及确认其文化特性的强有力手段；考虑到民间创作在社会、经济、文化和政治方面的重要意义，它在一个民族历史中的作用及在现代文化中的地位，强调民间创作作为文化遗产和现代文化的组成部分所具有的特殊性和重要意义；考虑到民间文化传统形式的极端不稳定性，特别是口头文化的不稳定性和有可能消失的危险，认为各国政府在保护民间文化方面应起决定性作用，并应尽快采取行动。为此，在第24届会议上曾决定按《组织法》的规定，就保护民间创作的问题形成了一份给会员国的建议案，于1989年11月15日通过。

大会建议各会员国根据各国的宪法规定，通过所需要的立法措施或其它步骤，执行保护民间创作的各项规定，以便在其领土上实施该建议所规定的原则和措施。大会建议各会员国将建议案通知负责保护民间文化的主管部门，提请他们予以重视，同时建议各会员国鼓励和各有关国际组织进行接触。

1. 民间创作的定义

建议认为：“民间创作（或传统的民间文化）是指来自某一文化社区的全部创作，这些创作以传统为依据、由某一群体或一些个体所表达并被认为是符合社区期望的作为其文化和社会特性的表达形式；其准则和价值通过模仿或其它方式口头相传。它的形式包括：语言、文学、音乐、舞蹈、游戏、神话、礼仪、习惯、手工艺、建筑术及其它艺术。”

2. 民间创作的分类

民间创作作为文化表现形式应受到表现其特性的群体（家庭、行业、国家、地区、宗教、种族等）保护。为此，会员国应编制国家从事民间创作的机构目录，以便将其纳入地区和世界此类机构一览表，鉴于必须协调各机构使用的分类体系，建立鉴别和登记（搜集、检索、记录）体系，鼓励建立民间创作标准化分类法：

（1）编制民间创作分类总表，以指导全世界这方面的工作。

（2）编制民间创作细目汇编。

（3）对民间创作进行地区分类，特别是通过实地试行项目来进行。

3. 民间创作的保存

保存涉及的是民间文化传统的资料，保存的目的是使民间文化的研究者和传播者能够使用资料。如果说生动的民间文化由于它不断发展的特点不能始终受到直接保护，那么固定的民间创作则应该得到有效保护。为此，要求各会员国建立民间创作的国家档案机构，收集并贮存民间创作资料，并供人们使用；建立博物馆或在现有博物馆中增设民间文化部分，以展出传统的民间展品；优先考虑保存种种表现传统民间文化的形式，因为它们是这些文化传统之见证；对收集人员、档案人员、资料人员以及其他专门人员进行从物质保存到工作方面保存民间创作的培训；为制作所有民间创作资料的档案和工作副本及供各地区机构使用的副本提供手段，以此确保有关的文化团体能够接触所收集的资料。

4. 民间创作的保护

主要是对民间文化传统及其传播者的保护，因为各族人民有权享有自己的文化；但是也因为人民与这种文化的结合力常常由于传媒传播现代流行文化的影响而削弱。因此，必须采取措施，在拥有民间文化传统的群体内部和外部，保障民间文化传统的地位，并保证从经济上给予支持。要求各会员国进行民间文化的教学与研究，并将其纳入校内外教学计划，应特别强调对民间文化的广泛重视，不仅考虑到农村社区文化，也应注意城市各社团、行业、机构等更好地了解世界各种民间文化。在跨学科基础上建立各有关团体均有代表参加的全国民间文化委员会或类似的机构；向研究、传播或拥有民间创作材料的个人和机构提供道义和经济上的支持。

5. 民间创作的传播

应当使广大民众了解民间文化的重要性。使人们意识到民间文化的价值和保护民间创作的重要性，在广泛传播的过程中，为了保护传统的完整性，必须避免任何歪曲。为了有助于公平合理的传播，要求会员国鼓励组织民间文化方面的全国性、地区性或国际性活动，如庆典、联欢节、电影放映、大型展览、研究班、专题研讨会、讲习班、培训班、会议等，并支持传播和出版这些活动的材料和其它成果；通过提供资金，通过在新闻、出版、电视、广播和其它国家及地区传播机构设立民间文化研究者的职位，通过确保对传播机构收集的民间创作材料进行传播，通过设立民间文化节目单位等方式，鼓励这些单位在其节目中为民间文化传播留出更大位置；鼓励各地区、各市政当局、各协会和从事民间创作的其它团体设立全日制民间文化研究者职位，负责促进和协调本地区民间创作活动；资助现有教育材料（如根据最近实地收集资料摄制的录像片）制作机构并建立新的机构，鼓励在学校和民间文化博物馆中及在国家和国际民俗展览会和联欢节上使用这些材料；在国家和国际范围内为从事民间文化的人士、团体和机构之间会晤与交流提供方便。

6. 民间创作的维护

民间创作作为个人或集体的精神创作活动，应当得到维护，这种维护应和精神产品的维护相类似。这一保护十分必需，通过这种手段可以在本国和外国进一步传播这种遗产，同时不损害有关的合法利益。除去民间创作维护中的“知识产权”方面外，在有关民间创作的资料中心和档案机构里，使几类权利得到维护。比如，承认并维护民间创作的知识产权就是当务之急。同时还包含其它权益，如保护传统信息提供者（保护隐私和秘密）；维护收集者的利益；采取措施，使收集的材料不致被滥用。

7. 国际合作

考虑到加强文化合作与交流的必要，特别是通过共同使用人力物力，实现以重新活跃民间创作为宗旨的民间创作发展计划和由一个会员国的专家在另一个会员国完成研究工作来加强文化合作与交流，要求会员国与民间文化的国际性和地区性协会、机构及组织合作。主要通过下述方式进行：交流信息和出版物；培训专业人员；提供旅费补助，派出科技人员；促进有关现代民间文化资料方面的项目；就指定专题、特别是就民间创作资料和表达形式的分类与编索以及现代研究方法与技术，组织专业人员会晤、学习班和工作组；在民间创作的研究、写作、表演、录制或传播方面密切合作；确保在其领土上进行研究工作的各会员国有权从其它会员国那里得到各类文件、录像、影片和其它材料的副本；采取各种必要措施，保护民间创作免遭种种人为的和自然的破坏，其中包括武装冲突、领土被占领或各种其它性质的国家动乱。

实践证明，民间文化的全面保护工程的启动，正是人类口头和非物质遗产保护的执行步骤。

三、人类口头和非物质遗产保护的提出

第三个里程碑是1998年《人类口头和非物质遗产代表作条例》的颁布，正式提出了人类口头和非物质遗产并列的概念，启动了申报人类口头和非物质遗产代表作名录的工程。

1972年巴黎世界遗产公约由联合国教科文组织公布后，对人类的整体有特殊意义的文物古迹、风景名胜及自然风光和文化及自然景观被列入了世界遗产名录。但是，这个公约不适用于非物质遗产。因此，一部分会员国提出制订有关民间传统文化非物质遗产各个方面的国际标准文件，在1989年11月联合国教科文组织第25届大会上通过了《保护民间创作（或译为民间文化）建议案》。这种国际标准文件要求各会员国采取法律手段和一切必要措施，对那些容易受到世界全球化影响的遗产进行必要的鉴别、维护、传播、保护和宣传，并向人们指出，有大量口头遗产正面临消失的危险。因此，急需告诫有关当局及这些遗产的拥有者，使他们知道这些遗产的重要价值，并知道怎样去保护它。建议在最后的一章关于促进国际合作的条文中指出，会员国要对那些民众或社团的具有象征性精神价值的“非物质遗产”要给予更大的关注。秘书处根据建议的精神不断提出活动方案，如非物质遗产的动员行动、清查行动、抢救行动、宣传和维护行动等。

执委会在第 142 次会议上通过了决议，并为建立“人间活宝”（又译做“人类生动宝库”）系统制订了工作指南，同时总干事要求各会员国建立本国的“人间活宝”系统，进行抢救“国宝”级民间艺人的活动。

基于同样思想，联合国教科文组织 1997 年 11 月第 29 次全体会议上通过一项关于建立一个国际鉴别的决议，这个决议称为“联合国教科文组织宣布人类口头遗产优秀作品”。联合国教科文组织执委会第 154 次会议指出，由于“口头遗产”和“非物质遗产”是不可分的，因此在以后的鉴别中，在“口头遗产”的后面加上“非物质”的限定。1998 年联合国教科文组织公布了“人类口头和非物质遗产代表作条例”，正式提出了这个概念，并和人类口头并列提出。它的另一译名是“无形文化遗产”。联合国教科文组织执委会在 155 次会议上制订了关于由联合国教科文组织宣布为人类口头及非物质遗产代表作的评审规则中关于国际鉴别的目的和“口头及非物质遗产”的定义叙述如下：

1. 人类口头和非物质遗产的鉴别目的

号召各国政府和非政府组织及地方社区采取行动，对那些被认为是民间集体的保管和记忆的口头及非物质遗产进行鉴别、保护和利用。只有这样，才能保证这些文化特性永存不灭。联合国教科文组织的宣布也是为了鼓励个人、团体、机构和组织根据联合国教科文组织的宗旨，积极配合其有关纲领和 1989 年《保护民间创作建议案》对有关的“口头及非物质遗产”进行管理、保存、保护和利用。

2. 人类口头和非物质遗产的定义

非物质遗产（Intangible heritage）：人类口头和非物质遗产的定义在《条例》中明确指出来自《保护民间创作建议案》，是“指来自某一文化社区的全部创作，这些创作以传统为依据、由某一群体或一些个体所表达并被认为是符合社区期望的作为其文化和社会特性的表达形式；其准则和价值通过模仿或其它方式口头相传。它的形式包括：语言、口头文学、音乐、舞蹈、游戏、竞技、神话、礼仪、风俗习惯、手工艺、建筑术及其它艺术。除此之外，还包括传统形式的传播和信息”。由此可见，人类口头和非物质遗产的定义其实就是民间创作的定义。

从“口头及非物质遗产”的定义可以看出：文化遗产从任其自生自灭或小范围的自发性保护到全球性的协作保护，再从对“有形”的保护发展到对“无形”的保护，我们认识到从文化史的纵向来说，人类对自身文化财富的认识正在一步步地加深，对历代祖先的文化创造越来越给予敬重；从文化发展空间的横向来说，现代人类已经改变了由一种文明替代另一种文明的简单的线性认识，转变为不同文化、不同民族之间的相互理解和尊重。可以说 World heritage 与 Oral&Intangible heritage 相加之和，构成了人类对宝贵遗产的全面尊重，也标志着人类认识自己的一个崭新阶段。

2001 年 5 月 18 日首批人类口头和非物质遗产代表作的公布，成为第三个里程碑的第一个耀眼的亮点，在全世界产生了轰动的效应。在首批 19 个代表作中，我国的昆曲名列第四。首批 19 个代表作的分布如下：

亚洲地区：中国的昆曲（4），印度的库提亚达姆梵剧（10），乌兹别克斯坦的博桑地区文化空间（19），日本的能乐（12），韩国的宗庙皇家祭祖仪式及神殿音乐（16），菲律宾伊夫高人的哈德圣歌（15）。

欧洲地区：格鲁吉亚的复调演唱法（8），立陶宛的十字架工艺及其在立陶宛的象征（13），西班牙的埃尔克的神秘剧（18），意大利的西西里傀儡戏（11），俄罗斯的塞梅斯基口头文化及文化空间（17）。

南美洲地区：伯利兹城的加瑞弗那语言、舞蹈和音乐（1）（洪都拉斯、尼加拉瓜支持），厄瓜多尔和秘鲁萨培拉人的口头遗产与文化形式（7），玻利维亚的奥如诺狂欢节（3）。

非洲地区：贝宁的杰莱德口头遗产（2）（尼日利亚、多哥支持），多米尼加的维拉·麦拉康果斯圣灵手足之情文化空间（6），象牙海岸的塔克巴纳人的横吹喇叭音乐（5），摩洛哥 Djamaael-Fna 广场文化空间（16），几内亚尼亚加索“苏苏—巴拉”文化空间（9）。

在这 19 个代表作中，有 5 个戏曲类，4 个音乐、舞蹈类，2 个口头遗产类，1 个礼仪类，1 个节日类，1 个工艺类，5 个文化空间类。从比例来看，戏曲和文化空间占有重要位置。在非物质遗产中出现了“文化空间”的重要概念。

3. 文化空间的概念

联合国教科文组织在 1998 年 10 至 11 月第 155 次大会上用额外的基金创立了一个奖金，用来激活人类口头和非物质遗产的“文化空间或文化表达形式”。联合国教科文组织北京办事处的文化官员爱德蒙·木卡拉的解说很恰当。他说：“文化空间指的是某个民间传统文化活动集中的地区，或某种特定的文化事件所选的时间”，“在这里必须清醒认识到文化空间和某个地点的区别。从文化遗产的角度看，地点是指可以找到人类智慧创造出来的物质存留，像有纪念物或遗址之类的地方。文化空间是一个人类学的概念，它指的是传统的或民间的文化表达方式有规律性地进行的地方或一系列地方”。

4. 文化多元化的保护

文化遗产不限于文化遗址、纪念馆和文化艺术作品，更重要的还有一个无形组成部分，那就是口头说唱、风俗、语言、音乐、舞蹈、表演艺术和其它技艺。特别是少数民族及土著社会仍沿袭着他们自身必不可少的传统文化。这种无形的自然自在的遗产显得非常脆弱，如果我们想要维护文化多样性并加强文化的多重性的话，保护这些遗产就是一件紧迫的事情。2000 年 5 月 4 日联合国教科文组织总干事松浦晃一郎在日内瓦“瑞士国际政治论坛”上的报告中，着重强调了保护世界多元文化的重要意义。他说：“全球化趋势可能成为世界各民族密切关系的一个有力因素。但是不应因此而导致世界文化的一体化发展，不应该使一种或几种文化去支配其它文化，也不应该导致文化肢解或同一性的重合……我主张要把人类文化多样性的保护和开发摆在一切工作的首位。正如雅维耶·佩莱·德·奎埃拉（Juvier Pérez de Cué Uar）领导的委员会在 1996 年呈递给联合国教科文组织的一份名为《我们多样性的创造》的报告中所说的那样，这是一项与保护生物种类和地球环境同样重要的工作。因此，这项工作既是一项科学的工作，又是一项和平、发展与人权的基础工作。我认为世界各民族要在真诚对话的基础上达到对世界文化多样性的了解和认识，这样才能做到去学习别国的文化，愿意更好地去理解它，并且知道怎样与别国文化交往与交流。这种共识，虽然存在差异，但它有利于消除造成冲突和战争的相互间的封闭和不了解，有利于加强民主、正义和多元文化的基本价值观。……联合国教科文组织在保护世界遗产的工作中进行了出色的工作，树立了很高的威望。从尼罗河洪水中抢救努比亚神庙永远成为它的历史上光辉的一页。文化多元化的保护不能靠单纯的对历史文物的保护来实现，还必须提倡对非物质的文化遗产的保护和开发。这是文化创造性的考验，也是活的文化的动力。建立具体的评选和鉴别规则，使这些往往被忽视并面临消失危险的文化财富能够得到保护和世代相传。我对这个任务给予最大的关注。从明年开始，关于非物质文化遗产的属性表述将由一个国际评审委员会公布于世，这是一项人类口头的和非物质的文化遗产的杰作。这将促使联合国教科文组织制订出符合世界文化遗产公约的国际标准文件。同时，联合国教科文组织确定，要坚决支持语言多样性的发展，鼓励对儿童从最小年龄开始进行多语种教育，使人们都能够成为真正的世界公民，并保留创新精神的多样性。”

5. 文化记忆的概念

联合国教科文组织在保护人类口头和非物质遗产进程中特别强调世界文化记忆的概念。认为记忆对创造力来说是极端重要的，对个人和各民族都极为重要。各民族在他们的遗产中发现了自然和文化的遗产，有形和无形的遗产，这是找到他们自身和灵感源泉的钥匙。因为自然灾害、战争动乱、现代化、全球化、城市化不断地危害着世界文化遗产，目前这个国际责任就更加重大。保存与传扬这些有历史性的见证，无论是有形文化遗产还是无形文化遗产，我们的目的是唤醒人们的记忆。因为失去了文化记忆人类就将失去了创造，这也是我们对子孙后代所肩负的责任。

2003 年 11 月联合国教科文组织又公布了第 2 批人类口头和非物质遗产代表作 28 个，我国的古琴艺术名列其中。其它还有口语和说唱、史诗表演 5 个，歌舞表演 12 个，节日 3 个，偶戏（人偶、影偶）2 个，工艺 1 个，医术 1 个，绘画 1 个，文化空间 2 个。再一次显示了保护人类口头和非物质遗产的国际性活动的有力成效。这将在很大程度上鼓舞我国民间文化遗产抢救的热情，有力地推动我国的民族民间文化抢救与保护工作的发展进程。

［原载《广西师范大学学报》（哲学社会科学版）2004 年第 3 期］

非物质文化遗产及其保护的整体性原则

刘魁立

一、民族文化的当前处境

民族文化是一个民族的根基，是一个民族的灵魂。

“地球村”、“全球化”、“经济一体化”等等，是最近若干年来听得最多的一些字眼，同时也是世界发展趋势的真实写照。在这种形势下，民族文化如何发展，就成了每个民族乃至整个人类必须关注的重要问题。

这里所说的民族文化，应该包括两个层面：一是指族群文化而言，就我们中国的具体情况来说，是56个民族大家庭中每个民族的文化传统与文化现实，另外一个更宽泛的具有国家意义的层面，是指包括56个民族的文化传统在内的多元一体的中华民族文化。

每种民族文化又大略地可以分为精英文化（或称雅文化、上层文化）和民间文化（或称底层文化）。而从时间的角度来说，又可约略地分为传统文化和当代文化。精英文化和民间文化、传统文化和当代文化，这两种划分都是相对的，它们中间没有不可逾越的鸿沟，而是彼此紧密联系、相互交融的。民间文化往往成为精英文化的基础，而精英文化的诸多成分又在许多情况下被民间文化所吸纳，成为自己的有机组成部分。传统文化虽然历史悠远。但并非是被现实所遗弃或否定的历史陈迹。传统文化也并非一成不变，任何传统都会随着时间的前进、社会的发展而渐渐有所变异。所谓当代文化也不是无本之木、无源之水，它总是从传统中汲取营养和灵感，应时代之召唤，而孕育、生成和发展。

精英文化往往是社会的主流声音，从某种意义上说也是一种强势文化。由此，它特别受到重视与呵护。另外，对这种文化的提倡与宣传常常是自上而下的，带有若干强制性。所以，在一定的时间里，社会影响相当大。这种文化在很多情况下是适应时代的需要而兴的，又往往是追逐潮流而动的，它的独创性和吸纳外来文化的包容性都更强烈。

相对而言，民间文化植根最深，影响最广，虽然处在强势文化的边缘，但很像是一个建筑物埋在地下的基础部分，其功能是潜在的、持久的、稳固的。像空气弥漫于人的周围一样，人们自觉不自觉地生活在民间文化的氛围当中。习以为常，便往往不再对它特意地重视。由于其传承方式更多的是口耳相传，代代相承，所以在很多情况下它又是极其脆弱的。这种脆弱性在长期的、稳定的农耕社会里表现得并不突出，但在特定的历史条件下，就特别地彰显出来了。

今天我们正处在一个复杂的历史时期，经济大潮和全球范围的经济一体化来势很猛；战争和冲突，暴力和恐怖主义并未稍减，其规模和手段颇有日趋发展之势；民众的迁徙、流动成为常事，旅游业成为最发达的产业之一；城市化、数字化、文化标准化的趋势日益增强……在这样的形势下，传统文化的“生存环境”越来越恶化；对传统文化的“遗忘”，或者说对传统文化的“记忆丧失”越来越疾速、越来越强烈。于是，在这样的形势下，各民族的（尤其是少数民族的）传统的民间文化保护问题就显得分外重要。人们常常用“抢救”两个字来说明当前境况的危机性和这项工作的紧迫性。

二、时代的使命

今天，正在我们眼前发生的难以胜数的实例都说明，许多宝贵的民族民间传统文化事象，正面临着令人担忧的命运。

比如，西藏有一位扎巴老人能够演唱世界最长的史诗《格萨尔》。他能够演唱其中的34部，当他1986年逝世的时候，我们仅仅记录了25部半。其余8部半随着他的逝世而亡佚。每一位伟大民间演唱家的逝世都仿佛带走一座丰富的图书馆。在现代社会的条件下，在我们的眼前，损失这样千百年来经无数极富才智的民间艺人所传承、所完善的宝贵文化遗产实在是太可惜、太不应该了。

再比如，广大西北、西南地区，乃至在全国的广大农村，有很多刺绣能手，以往他们刺绣的高超技艺是展示在传统的物件之上的，例如“袜跟儿”、“鞋垫儿”、“虎头鞋”、“虎头帽”等等。而这些物件随着人们生活水平的提高和生活方式的改变，渐渐不再时兴。随之而来的是民间刺绣的技艺也不再像过去那样被广泛重视和传习，而渐次式微了。

其它的诸多宝贵的民间文化遗产，如窗花、年画、木雕、泥人等等，也都面临着相似的、令人惋惜的命运。

对于文化遗产的保护问题，已经引起广泛关注。

中国自1985年加入《保护世界文化和自然遗产公约》以来，对这项工作十分重视。截止2001年，一共有28处文化与自然遗产被列入“世界遗产名录”，总数居世界第三位。

最近一个时期，我们又常常提到“口头和非物质遗产”这样一个术语，这是联合国教科文组织以及世界各国通用的一个新的称谓。

1973年，有的发展中国家曾经提议，作为对前述公约的补充，应该对口头和非物质遗产给予特别关注。1989年10月，联合国教科文组织第25届大会通过了保护民间创作的建议案。1999年11月，第30届大会决定设立人类非物质和口头遗产代表作名录。2000年6月，在联合国教科文组织巴黎总部，首次召开口头和非物质文化遗产代表作评委会议，正式发起设立“代表作名录”项目，并为会员国申报工作制订了《申报条例指南》。2001年启动申报工作。第一批确定了19项，其中亚洲占有4项。中国的传统文化瑰宝、古老剧种——昆曲名列其中。两年后又公布了第二批代表作，我国的古琴艺术榜上有名。

“非物质文化遗产”这一概念是教科文组织在广泛征询专家意见的基础上提出的，

系指在历史、艺术、民族学、社会学、人类学、语言学或文学方面具有特殊价值的传统和民间文化表现形式。关于这一概念曾经提出过这样的定义："人们学习的过程及在学习过程中被告知和自创的知识、技术和创造力，还有他们在这一过程创造的产品以及他们持续发展所必需的资源、空间和其它社会及自然构造；这些过程给现存的社区提供了一种与先辈们相连续的感觉，对文化认定很重要，对人类文化多样性和创造性保护也有着重要意义。"

关于它的定义，有关学者和官员还在不断的继续探索和完善。

说到它的范围，我个人认为，应该包括各民族广大民众传统生活方式的各个方面。具体说，包括各族民众千百年来传统的物质生活、社会生活和精神生活三个领域内的所有文化事象。为了醒目起见，可以简明开列如下：

物质生活方面：土地和村落、房屋建筑、劳动（渔猎、畜牧、农业、林业、手工业……）、民间技术和科学、民间历法、民间医药、服饰、器物、工具、饮食、交通运输、贸易。

社会生活方面：家族和亲族、民间组织、交际活动、人生仪礼、岁时风俗、吉庆娱乐、游戏和竞技。

精神生活方面：认识和观念、祭祀礼仪、巫术和信仰、伦理道德、习惯法、语言民俗、民间文学、民间艺术。

中华民族的广大民众在悠悠历史长河中，创造了极为丰富的口头及非物质文化。这些宝贵遗产在数个世纪里极少受到上层社会和权力集团的重视和呵护。然而，它却在民族的发展历史中，特别是在广大民众的生活中发挥着极为重要的作用，口头及非物质文化是广大民众生活当中须臾不可离开的一个有机组成部分，承载着生活制度和行为规范的内涵。例如，诸多民族的不成文法多是以口头传承的艺术作品形式表现出来的，侗族的"款词"、瑶族和苗族的"石牌话"都是最好的代表。

口头和非物质文化是民族价值观的反映，是民族情感的寄托，是民族精神和民族性格的体现。眼泪和笑声是个人情感的体现；神话、传说、故事和史诗则"记录"了整个民族的喜怒哀乐和爱憎好恶，像《格萨尔》、《玛纳斯》、《江格尔》等史诗巨著都被看成是藏族、柯尔克孜族、蒙古族等民族的最重要的文化象征。

正因为上面所说的这些原因，口头及非物质文化就成为维系和巩固民族团结和谐、密切社会联系的黏合剂，是民族凝聚力的载体。无论你的年龄、性格如何，无论你有怎样不同于其它人的经历，无论你处在如何异样的生活环境中，你总要感受这种传统文化所给予你的快乐和激动，这是一个民族的每一个成员文化认同的依据，是整个民族所有子民的情感的"最大公约数"。

作为一个中国人，假如你不再为春节的欢庆气氛所激动；不再感到端午节的粽子是分外的香甜；不再为参加"麦西莱普"而手舞足蹈、跃跃欲试；不再为"三月三"的歌声而心情激荡；不再在妈祖的塑像前油然升腾虔敬之情……而是要忘却一切、抛开一切，反到只为情人节、为圣诞节而心跳不止，那么，你胸中的那颗心已经多少地不再是"中国心"了。一个人、两个人、很少一部分人是这样或许还没有什么了不起；假设我们不注意培护我们民族文化的根基，不注意关爱我们的民族的灵魂，不保护我们的传统文化，假设整个民族都是这样的话，那么，我们将如何骄傲地自立于世界民族之林呢？

口头和非物质文化是我们每个民族历代先辈奋斗和创造的历史实录，是民族历史这棵参天大树的“年轮”。联合国教科文组织前任总干事马约尔在《文化遗产与合作》的前言中说：“保存与传扬这些有历史性的见证，无论是有形文化遗产还是无形文化遗产，我们的目的是唤醒人们的记忆。……事实上，我们要继续唤醒人们的记忆，因为没有记忆就没有创造，这也是我们对未来一代所肩负的责任。”我们常常会比喻说这一或那一优秀的口承文学作品是某个民族的“百科全书”。我以为，这不单是一种比喻，它反映了历史的真谛。

唯其如此，它便是一个民族乃至整个人类同自己历史进行对话的手段。文字写出的历史固然重要，但“写”在口头和非物质文化遗产上的历史，只要我们学会“读懂”它，它就不是苍白的、琐细的、局限于某些个人、某些集团的所作所为、所思所想；而反映出雄浑的、博大的、涵括整个民族的悠悠历史进程。

口头和非物质文化因此也是推进现代文化前进的基础之一。揪住头发，使自己离开地面是做不到的，不在自己传统文化的基础上建设和发展民族的现代文化是行不通的。《联合国教科文组织发展纲领》说：“记忆对创造力来说是极端重要的，对个人和各民族都极为重要。各民族在他们的遗产中发现了自然和文化的遗产，有形和无形的遗产，这是找到他们自身和灵感源泉的钥匙。”

关心和爱护民族文化的特异性，保护口头和非物质文化遗产不仅是整个人类共同的光荣任务，是繁荣和发展世界多元化文化的必经之路，而且是每个民族对世界和时代应承担的责任。只有最大限度地发展底蕴深厚、色彩绚丽的民族文化，才可能使人类文化的多样性和丰富性得到最好的体现。

设想一下，在我们中国广袤的大地上，如果没有了大熊猫，如果没有了东北虎，如果没有了中华鲟，如果没有了许多诸如此类的可爱的动物，我们的动物界必然会黯然失色。同样的，如果在人类文化的园地里，只有可口可乐加好莱坞加电脑及其它，那么我们的世界文化不是非常单调、非常苍白、非常可怜吗？

联合国教科文组织总干事松浦晃一郎 2000 年 5 月 4 日在日内瓦“瑞士国际政治论坛”上的报告《多元文化的保护和开发》一文中说：“全球化趋势可能成为世界各民族密切关系的一个有力因素。但是不应因此而导致世界文化的一体化发展，不应该使一种或几种文化支配其它文化，也不应该导致文化肢解或同一性的重合。我主张把人类文化多样性的保护和开发摆在一切工作的首位。”

我以为，对于发展中国家来说，保护自己民族的口头和非物质遗产，这项任务尤为艰巨、尤为重要，它既是建设具有民族特色的现代文化的基础，也是每个民族对世界文化的丰富和贡献。

三、民族的根基和灵魂

口头和非物质文化大都是自然状态的民间文化，在长期的历史发展过程中，都是自生而自灭。进入现代社会才在一定程度上引起人们的重视和有意识的抢救和保护。在社会急遽变革的今天，为了人类文化的健康发展、为了社会的稳步前进，那种任由传统文化自生自灭的观念和做法必须彻底改变。保护和合理开发资源以完成可持续发展的战略任务，这一思想的基本精神，同样也适用于口头和非物质文化遗产。

中华民族历史悠久、幅员辽阔、民族众多，要历数优秀的民间文化遗产是一件非常困难的事。在我们的民族大家庭中，有那么多值得我们自豪的口头创造，有那么多异彩纷呈、令我们魂牵梦萦的节日习俗，有那么多令我们情感升腾、赞叹不已的民间艺术……对于我们祖国各民族的丰富的传统文化的深刻理解，应该成为我们中国现代人的必备的素质之一。优秀的文化传统是我们引以为荣的依据，这些丰富的遗产使我们的心灵更纯洁、更高尚，使我们的素养更丰厚、更深沉。

藏族英雄史诗《格萨尔》是世界上最长的一部英雄史诗，是人类所创造的口头文学作品中最为宏伟的巨著。它不仅是藏族传统文化的百科全书，而且是整个中华民族的骄傲。《江格尔》、《玛纳斯》、傣族、哈萨克族和其它诸多少数民族的民间叙事长诗等等，同样都是人类口头创作中的极品。维吾尔族的十二木卡姆，是人类所创造的熔音乐、歌唱、舞蹈、戏剧、文学于一炉的一种综合性艺术的高峰之一。广大维吾尔族民众和她杰出的艺术代表把整个维吾尔族的精神和灵魂融进了这一伟大创作之中。前不久，还发现了它的新的三个乐章。它像一切民间口承艺术一样，是一种活的生命，像一棵千年古树，至今枝繁叶茂、郁郁葱葱；像一川奔腾不息的万年流水，由许多涓涓细流汇集在一起，不舍昼夜、奔腾向前，流动是永久的，变化和丰富也是永久的。

彝族人在长期的历史进程中，创造了绚丽多姿的民间口头语言民俗，别具一格的论辩艺术“克哲”便是其中之一。它以民间口头传承的方式广泛流传在四川大凉山彝族的村村寨寨，成为家喻户晓、老幼皆知，并深为民众所喜爱的口承文学事象。“克哲”的传承场合一般是在民间隆重的婚嫁仪式上，论辩者作为赛手是姻亲双方各派一位知识渊博，具有雄辩才能的男子作代表，主方在前，数番轮回后决出胜方。在表现形式上，“克哲”既可朗诵，又可歌唱，还可采取诵唱兼行的方式，而且，论辩者往往在歌唱时，还要双脚踏地为节，平缓地移动脚步，两手挥动察尔瓦（羊毛擀制的披风），翩翩起舞，以展现诗、歌、舞三位一体的传统风习。进行方式则是参赛的双方临场诵唱即兴创作的诗歌，互相盘驳、褒贬、盘古论今、引经据典，以能够达到“穷百家之词，困众人之辩”者为胜。通常整个“克哲”活动气氛活跃而紧张，双方的较量犹如龙争虎斗，扣人心弦，引人入胜，听众云集，给婚嫁仪式增添了热烈的氛围。盛行于汉族以及若干兄弟民族当中的《梁山伯与祝英台》的民间传说，不是从传统的封建伦理道德观念出发，而是民众情感和价值观的真实反映，是爱情的颂歌、理想和自由的颂歌、生命的颂歌。它不仅以叙事文学的形式存在，而且存在有大量的歌曲和诗歌形式。现在，它又被国际国内的艺术家们所承继，改编成为大型器乐作品，甚至以芭蕾舞的形式搬上舞台，推向世界。它不仅是反映我国同胞心灵的一面镜子，而且也引起了世界各国民众的心灵共鸣。

其它著名的民间传说和叙事诗“孟姜女哭长城”、“牛郎织女”、“白蛇传”、“董永和七仙女”、“刘三姐”、“阿诗玛”等等，都是各族民众的审美创造，都是他们情感的直露和心灵的再现。侗族的“大歌”、壮族的“歌墟”、赫哲族的“伊玛堪”、满族的“说部”、藏族的戏剧、西北诸多民族的“花儿”、各民族绚丽多姿的民间舞蹈、各民族丰富多彩的节日习俗、藏族的“唐卡”和“酥油花”、各民族的美不胜收的民间美术和五光十色的民间工艺、客家人的“土楼”、许多南方民族的干栏式建筑……我们在一篇文章里怎么可能囊括这么多民族在这么悠久的历史中所创造的丰富的文化遗产事象呢?编制名录本身就是一项专门的、艰巨的工作。

当然，并非所有的历史都是值得我们留恋的，并非一切的历史文化现象都应该得到我们的尊敬和礼拜。比如吸鸦片和缠小脚便是应该鄙弃的历史文化现象，虽然在绣鞋上曾有过极好的刺绣，在烟枪上有过精美的雕刻，可是这一段历史却像警钟一样会给我们一些启示，让我们觉醒。所以，对待口头和非物质文化遗产要有分析的态度，我们应当采取不同的方式对待：有的可以立此存照；有的应予关怀和保护；有的则应鼓励其发展。应该说，提高全民珍视和关怀非物质文化遗产的意识，是最根本的和最重要的任务。保护传统的民间文化遗产，是一项繁复的系统工程，是一项长期的历史任务。在振兴民族文化的整个过程中，应该持之以恒地做下去。

四、保护的整体性原则

我们对于非物质文化遗产的保护应该有一个整体性的原则。从整体上加以认识，在整体上进行关注和保护。从这一原则出发，我认为以下六个方面的认识对保护工作来说是十分重要的：

1. 既要保护非物质文化事象本身，也要保护它的生命之源

“非物质文化遗产”这一概念是联合国教科文组织在广泛征询专家意见，反复修正不断完善的基础上提出的。

根据2003年10月17日通过的《保护非物质文化遗产公约》中发布的最新定义，“非物质文化遗产”是指：被社区、群体、有时是个人，视为其文化遗产的各种实践、展现、表达、知识和技能，以及与之相关的工具、实物、手工制品和文化空间。各社区、各群体为适应他们所处的环境，为应对他们与自然和历史的互动，不断使这种代代相传的非物质文化遗产得到创新，同时也为他们自己提供了一种认同感和历史感，由此促进了文化的多样性和人类的创造力。《保护非物质文化遗产公约》从这一定义出发，指出“非物质文化遗产”涉及以下五个方面的内容：(1) 口头传统，包括作为其媒介的语言；(2) 表演艺术；(3) 社会实践、仪式礼仪、节日庆典；(4) 有关自然界和宇宙的知识和实践；(5) 传统的手工艺技能。此外，与上述各种文化表现形式相关的文化空间。

由此我们可以看到，世界非物质文化遗产保护的目的是以全方位、多层次和非简化的方式来反映并保存人类文化的多样性。它涉及到整体性文化的各个方面，几乎包括了传统和民间文化的所有表现形式，而不仅仅是个别文化形式的有限综合。

作为一个幅员辽阔的文明古国，中国有着极为丰富的文化遗产。面对这样宝贵的文化传统，我们不能以保护个别的文化事象来代替对优秀文化遗产全局的关注和保护。应该在全民范围内树立和提高对整体性文化的保护意识，只要是能体现人类在特定时空内的文化形态及其创造力的，都应该给予关注、研究并注意保护。

如果不能从整体上对非物质的文化遗产加以关注并进行综合保护，如果仅仅以个别“代表作”的形式对已经认证的文化片段进行“圈护”，那就可能在保护个别文化片段的同时，漠视、忽略、遗弃或者伤害更多未被“圈护”的优秀文化遗产。我们对非物质文化遗产的保护不应也不会仅仅停留在保护一个个“文化碎片”或者“文化孤岛”上。世界文化遗产保护的现实状况及历史的经验都告诉我们，坚持整体性原则是非物质文化遗产保护的必然趋势。

在全球经济一体化和社会生活现代化的大潮中，我们的传统民间文化正面临前所未有的困境，特别是以口头传承为主要存在方式的非物质文化遗产正在迅速变异或消亡。多样的民间文化受到了社会化大生产和外来文化的强势撞击。这种撞击的结果决不仅仅意味着个别文化片段的毁灭，而是意味着整个多样性文化的生存空间的改变，如果我们不能从整体上对之加以热心关注、科学分析和合理有效的保护，正确处理好发展与保护之间的关系，那么，任何个别圈护都会显得苍白无力。

同样的，不能将具体文化事象从它的生存环境和背景中割裂出来“保护”，否则只能是切断具体传统文化事象自我更新、自我创造的能力，最终使我们的优秀民族文化的根基受损。换句话说，对具体文化事象的保护，要尊重其内在的丰富性和生命特点。不但要保护非物质文化遗产的自身及其有形外观，更要注意它们所依赖、所因应的结构性环境。不仅要重视这份遗产静态的成就，尤其要关注各种事象的存在方式和存在过程。比如，保存了民间故事的文字记录，并不能替代它的讲述场景、讲述氛围和讲述技巧等重要过程的真实全面的记录。仅仅有哭丧歌的歌词远远不能反映哭丧仪式中的悲怆情绪和死别的心境；仅仅有情歌和歌词同样难以表达恋爱的过程中情感交流的丰富内涵。总之，既要保护文化事象本身，又要保护它的生命之源。

2. 保护非物质文化遗产的整体性原则，不仅是就空间向度而言，也表现在时间向度上

传统是发展的、流动的，它有自己运行的客观规律，文化遗产作为传统的一个方面，同样是存在于发展过程中的，不可能一成不变。我们不能只注意文化遗产的历史形态，以为文化遗产的“过去式”就是最合理的存在，忽视甚至歧视文化遗产的现时状态和将来发展，割裂了它的发展和流变，人为地将还在生活着的文化遗产“化石化”。

同为人类文化遗产，非物质遗产与有形文化遗产相比，有其独特的存在方式。特定时代的有形文物是固定的，不可再生的，它可以是脱离活形态文化传统的一种静态存在，是一种物化的时间记忆，相对来说，对它可以用强制手段进行有效的保护。但是，非物质文化遗产却是流动的、发展的，它不可能脱离生产者和享用者而独立存在，它是存在于特定群体生活之中的活的内容，是发展着的传统方式，它很难被强制地凝固保存。在联合国教科文组织《保护非物质文化遗产公约》的定义中，对“创新”和“可持续发展”的强调，是很值得我们认真思考的。

我们切不可把有形的文化遗产的保护方法简单地挪用为非物质文化遗产的保护方法，不应割裂这种文化传统与民众生活方式的关联，把这种文化传统固定在既有时态上，遏制了它在新的生存时空下的新的发展。有形的文化遗产反映的可能只是人类过去的创造，而非物质文化遗产反映的是人类的过去、现在以及将来的创造力。

文化精神和气韵的流变是有生活基础的，没有了生气勃勃的生活之流的滋润，遗产的保护难免流于形式，而这遗产离绝唱不远了。因此，我想，承认并理解文化遗产自身的嬗变，正意味着对它的尊重。我们应该重视文化遗产的自身发展，保护不应是把它凝固地定影在某个历史的时空点上。

3. 既要重视非物质文化的价值观，又不能忽视其背景和环境

保护非物质文化遗产还面临一个关键性问题，即关注和尊重蕴涵其中的文化价值观。比如，藏区的广大僧俗民众，在寺庙里或者在家中供奉“唐卡”。传统的“唐卡”制作有严格的仪式，制作完了还要“开光”。它不仅仅是艺术作品，更是信仰的载体。在经济大潮的冲击下，一些地方将“唐卡”简单地当作商品推向市场，其观念的内涵被抽掉了，其制作的方式、方法和进程，也与既往大相径庭了。而“唐卡”在相当长的历史时期中所蕴涵的民众的价值观，对我们却是十分重要的和珍贵的。

一方面，口头和非物质文化承载着生活制度和行为规范的内涵，是广大民众生活当中须臾不可离开的一个有机组成部分。例如，诸多民族的不成文法多是以口头传承的艺术作品形式表现出来的，侗族的“款词”、瑶族和苗族的“石牌话”，都是最好的代表。口头和非物质文化还是民族价值观的反映，是民族情感的寄托，是民族精神和民族性格的体现。

另一方面，蕴涵在各民族文化当中的价值观念又构成了这一文化的灵魂。非物质文化事象的本质基础在于它的价值，即在于人同这一文化的关系。脱离了核心价值判断的文化事象只能是徒有其表而内无神韵的玩偶，现在遍布各地的各种急功近利的伪“文化”景观难道还不足以使我们警醒吗？保护非物质文化遗产应该关注民众同这一部分遗产的情感联系，十分关注、大力发掘和精心保护蕴涵在这一传统中的价值观念，并从现代理念的角度加以分析和研究。这样，保护才具有了本质性的意义，才能使之呈现为活的文化。

任何一项口头和非物质文化事象，都是存在于整个民族文化系统当中的，抢救和保护这部分遗产，不能割断和脱离开它与相关环境和背景的联系，在一些情况下，由于忽略了它与存在环境的血肉联系，我们保护这部分遗产的初衷有时不可能收到令人满意的效果，甚至可能适得其反。例如，在一个以擅讲故事而成名的村子里，政府部门曾经为了招徕更多的参观人群，出资修建了“故事堂”，然而，在现实当中，讲故事是人们实际生活的一部分，并非是特意的表演，所以，那个“故事堂”并不曾派上用场，它曾经一度成为了村民打扑克、打麻将的场所，如今已经变得破落不堪了。再比如，某地领导机构深爱一位民间故事家，为了“照顾”他，将他从村里调到县城居住，每月发给工资。但是事与愿违，脱离开原本的生存环境，故事家的讲述才能也就无法展现、无法发展了，一位负责人在向我们介绍这位故事家时，提出要把他“推向世界、推向市场”。割断了民间故事以及故事家同生活、同民众的联系，丧失了原有的价值观，把故事家推向茶社、演艺厅，重建一种市场价值观，原来的民间故事就变质了，原来的民间故事家也就不存在了。口头和非物质文化遗产是长期历史传承的结晶，是传统文化与个体智慧交织的成果。因此，我们既要看到这些成果是由具体的某位具有突出才艺的个体作为传承的代表而保存、而展现的，也要特别关注到个性的人、人的个性的技艺和个性的人及他所传承的历史文化之间的特殊情感关系。

我们所指称的民间文化，主要是指由特定民族或特定区域的人群所传承的，反映了该民族或该地区人群的生存历史、生活习俗、心理特征以及宗教信仰等多种内容的文化表现形式的总和，而不是单一的文化表象。申报世界非物质文化遗产代表作的条件之一，要求这一文化必须深深扎根于一个地方的传统文化历史中，能够作为一种手段，来体现一个地区的文化特质和价值，对社会团体起到促进作用。这一要求提醒我们，要十分关注文化遗产所蕴涵的价值观念及其文化生态。文化生态的平衡关系一旦被打破，文化基因谱系一旦断裂，这种文化形式的存在也就失去了它原有的本质和意义。所以说，如果舍弃对价值观这一文化灵魂的保护，也就等于肢解了这一文化的有机生命，文化也就不再是活的文化，对这一文化的抢救和保护也会徒具形式或者事倍功半。

所以说，对口头和非物质文化的抢救和保护，不仅要重视静态的成果，尤其要关注这份遗产的各种事象的存在方式和存在过程。

4. 在具体操作过程中要整合和协调各方面的利益诉求

理论上的探讨自然还需要结合实际。我们在抢救和保护非物质文化遗产的过程中，往往感到，行政部门的作为、商业单位的作为同非物质文化自身的发展逻辑，并非总是取向一致。同样是为了抢救正在逝去的人类文明成果，着眼点是放在中华民族和全人类的未来文化发展上，还是放在部门功利建树上，抑或是放在商业利润追求上，就有很大的不同；相应地，在实践中、在目标设计乃至实际功效上，也会呈现出相当大的差异。

非物质文化遗产保护不仅是一项系统工程，而且是一项举国上下全民参与代代接替的、长期的宏伟的历史性任务。应该承认，保护民族文化的民间根基和维护其可持续发展，绝不可能离开行政部门的强力领导，社会各界包括知识界和商界的大力支持，特别是广大民众的积极参与。在现代中国社会的大环境下，缺了哪一方都不行。在具体操作过程中，参与保护的各个社区、群体、组织或个人，都有着自身的利益，如果各个参与者之间的利益严重失衡，不仅不能对文化遗产进行有效的保护，而且可能对这一文化形成毁灭性的破坏，尤其是对文化遗产所赖以生存的价值观念的根本性破坏。

认识保护工程的复杂性，合理地协调各方的利益诉求，将保护行为纳入科学、合理、有效的轨道，是一件需要社会各界共同努力去做而且并不容易做好的事情。在这一活动中，合理地整合与协调各种利益诉求，是使保护行为不至于走向片面或反面的基础保障。比如，在文化遗产的享用上，就要根据这种文化的特点而规定不同的鼓励和限制措施，也就是说，要营造一个合理的、和谐的良好环境，以利于这一文化遗产的妥善保护、健康发展和广泛享用。商业立场、政府立场、学术立场与民众立场之间有时可能呈现出某种程度的不和谐。要正视这些立场的不同并且很好地协调各方的立场。但是，在协调中要坚持一条底线，那就是保护文化遗产应该建立在人类社会可持续发展与人的全面发展需要的基础之上。这样，才能使我们这一代人俯仰上下而无愧于心。

5. 处理好非物质文化遗产的创造者、拥有者和保护者之间的利害关系

当我们强调对一种非物质文化事象进行保护的时候，应该对自己的立场有一个清醒的认识，即我们是代表谁来保护，以及为什么保护的问题。应当承认，站在全人类文明史的宏观角度来保护为一时一地的人们所拥有的文化成就，这其中是有矛盾的。对非物质文化的保护，不应将之封闭在某个特定的历史时空中。要尊重非物质文化的传承者和共享者在文化保护、文化传承、文化发展中的自由选择意志。

我们在工作中往往可以看到，当地人民往往希望摆脱传统的“包袱”，希望谋求本地区的现代化发展。这种要求本身无可非议，但是其中的得失和代价也许不是每一个人一开始就能有明白认识的。有时候当事人并没有意识到自己抛弃的东西有什么价值。现在，我们意识到了，或者说感受到了这种抛弃无意间造成的巨大损失和无可弥补的遗憾，于是需要寻求一种途径以调和社会发展与文化传承之间的两难。

我们看到，个人、群体和整个世界一样，对文化的追求都是多样的；当人类为了自身的健康发展而要求保护多样性文化的时候，生活在特定文化中的群体和个人，同样应该有对多样性生存方式的选择自由，不应该也不可能要求他们为了给世界保存一种生存方式，而将他们的生活封闭在固定的时空中，使他们成为世界文化多样性追求的牺牲品。这对文化传承者来说，显然是不公平的。

就这一点来说，当地民众与我们之间是平等的。我们的追求如果缺乏必要的自省和自律的话，客观上就可能在某种程度上影响或限制了特定群体或个人对文化多样性的自由选择。应该说，以往对这个问题的重视是不够的。面对非物质文化遗产，尤其是一些技艺性的非物质文化遗产，如果舍弃了主体，那我们还能面对什么呢？我想我们在讨论非物质文化遗产保护的时候，应该意识到它本身也是我们改进自身方法和理论的一个契机，只有当我们在工作中把民俗文化的创造者、持守者和继承者也纳入到我们工作的视野中来，把他们的主体性、现实境遇和要求也切实地考虑进来的时候，我们的抢救和保护工作才可以说真正有了对人的关怀。这个“人”不仅是抽象的全民族、全人类，而且也是具象的实实在在生活在我们身边的人。我想，只有兼备了这两种“人的关怀”之后，我们对文化遗产的抢救和保护的立场才是完全的。

尊重传承这部分文化遗产的特定群体或个人，当然地要遵循历史发展的要求，当然地应当很好地协调自由选择与继承传统之间的矛盾。而处理传统保护与现实追求之间的矛盾，并不是靠单纯的行政命令或法律裁决所能解决的，它需要传承者同行政部门、学术界、实业界等多方的平等对话，甚至可能需要政府和社会各界做出道义上的鼓励和财政上支持。从局部的和短暂的利益来看，或许可能出现做出某种牺牲的一方；而从全局的和长远的利益来看，所有参与者乃至全民族全人类世世代代都是受益者。

从根本意义上说，非物质文化遗产的保护，首先应该是对创造、享有和传承者的保护；同时也特别依赖创造、享有和传承这一遗产的群体对这一遗产的切实有效的保护。

这就要求我们在工作中能够有一种善于从民众出发、设身处地为民众着想、以人为本的精神，注意倾听当事者的声音，协调好各个方面的关系，本着为人类文化多样性发展而积极合作，大力宣传保护优秀文化遗产的重要意义以及对待文化遗产的正确态度，真正把文化遗产的保护工作变成一项发自民众而又服务于民众的事业。

6. 尊重文化共享者的价值认同和文化认同

非物质文化遗产尤其是口头文化遗产，具有广泛性和共享性的特点。作为一个多民族国家，我国的情况就更是如此。我们要特别关注中国多民族的历史和现状对口头和非物质文化遗产的影响。许多口头和非物质文化遗产不是特定民族、特定地区、特定群体独创或独享的文化。例如，火把节、赛龙舟、傩戏等等习俗或艺术形式都是为多个族群所保有和传承的。马头琴艺术、阿肯弹唱、木卡姆传统艺术等等同样是我国有关民族的历史悠久、内涵丰富、根基深厚、枝繁叶茂的优秀文化遗产。我们保护遗产，就不能忽略其中享有和传承这一遗产的有关族群的响亮声音。无论是出于什么样的考虑，文化保护的过程都不应成为文化垄断的过程，不能因为遗产保护的立项而把这一或那一共享的群体割裂开来或者排斥出去。不能把民族团结和人类交流的凝合剂变成影响团结交流的障碍。跨群体、跨地区、跨民族的非物质文化遗产保护应该成为共创、共享该文化的各群体、各地区、各民族的共同权益与责任。

与有形文化的单一性、排他性，以及在另一时空的不可再生、不可复制的特点不同，口头和非物质文化遗产本身就具有共享性、变异性（多样性）的特点，因而也就具有了传播、享用的广泛性。但是，当文化成为一种商业资源，一种可以获取利益的手段的时候，这一文化的享用者们就有可能最大限度地寻求对文化的垄断。垄断诉求一旦出现并被付诸实施，就可能在保护此一群体的文化遗产的同时，伤害着另一群体的文化共有和共享。口头与非物质文化遗产的保护不应成为特定群体对某种共享的文化资源的独占，此一地方、此一群体的非物质文化的保护行为不应成为剥夺和排斥其它地方、其它群体同型文化享用的藉口。

我们在工作中要十分注意尊重文化共享者的价值认同和文化认同。尤其要关注发掘特定群体、地区和民族的文化特质，因为其中可能正隐含着民间文化传承、再生和发展的生机。促进和保护文化的多样性发展，才是我们努力追求的目标。

［原载《广西师范学院学报》（哲学社会科学版）2004 年第 4 期］

论“口头和非物质遗产”的概念与范畴

向云驹

“人类口头和非物质遗产”是联合国在保护世界文化遗产中新提出的项目和概念。2001 年，联合国教科文组织公布了第一批“人类口头和非物质遗产代表作名录”，立刻在全世界引起巨大反响，迅疾在全球掀起了新一轮的“申遗”热。最近，联合国教科文组织又公布了第二批代表作。但是，什么是“口头和非物质遗产”？它的价值和形态是什么？联合国为什么要对它进行世界性的保护？这些问题，人们不甚了了，甚至学界也多茫然。

口头和非物质遗产这一概念，是联合国教科文组织为完善对世界文化遗产的保护体系作为与物质性、遗址性、建筑性文化遗产相对应、对称的概念而提出的。在这个渊源中，还可上溯至两个起点：一个是 1950 年日本政府提出的“文化财产保护法”中从“有形文化财”的概念延伸出的“无形文化财”概念；另一个是 1989 年联合国教科文组织提出的《保护民间创作建议案》。这两个出发点，一个是对法律概念和司法实践的补充和完善，一个是依据某种法律所提出的建议。《保护民间创作建议案》是“人类口头和非物质遗产代表作”行动、条文、法案的直接依据，所以，“口头和非物质遗产”与“民间创作”二者有更直接的关联、甚至是同一事物的不同表述。

联合国教科文组织《宣布人类口头和非物质遗产代表作条例》中明确指出：“根据《保护民间创作建议案》，‘口头和非物质遗产’一词的定义是指‘来自某一文化社区的全部创作，这些创作以传统为依据、由某一群体或一些个体所表达并被认为是符合社区期望的作为其文化和社会特性的表达形式；其准则和价值通过模仿或其它方式口头相传，它的形式包括：语言、文学、音乐、舞蹈、游戏、神话、礼仪、习惯、手工艺、建筑术及其它艺术。’除了这些例子以外，还将考虑传播与信息的传统形式。”[1] 在《保护民间创作建议案》中，所谓“民间创作”即指“传统的民间文化”。此外，“条例”还有这样的表述：“口头和非物质遗产（文化场所或民间和传统表现形式）。”

但是，在实质上，“口头和非物质遗产”与“传统的民间文化”、“民间和传统表现形式”之间还是有相当大的不同的。严格意义的口头和非物质遗产，主要指与“有形的”、“物质的”文化遗产相对应的那部分文化遗产，即传统的“口头文化”和“行为文化”，其中有非民间的部分。而“传统的民间文化”虽以“口头文化”、“行为文化”、“民俗文化”为主体，但它同时也包含着相当多的有形的、物质的内容和形式。事实上，这两种概念只是一种纯理论的差异和区别，在实际生活和实践中，它们是很难区分的。

但是，“传统文化”与“民间文化”却是有很大区别的。传统文化包括民间文化，民间文化是传统文化中的一个有机组成。

在公布第一批 19 个“人类口头和非物质遗产代表作”时，概念的范畴、遗产的性质有一些微妙的差别和矛盾，有些项目是纯粹民间的，有些项目则源于民间又已超越民间；有些项目是“文化”的，有些项目已近于纯粹的“艺术”。正确地认识此中的差异及其原因，在不同差异间和差异内部建立起相关的认识、概念和标准的工作，是现在和将来应不断探索的一项任务。

一、广义的概念

广义的口头和非物质遗产概念，应该包括前人创造并遗留下来的全部口头形态、非物质形态的文化遗产。其中，口头遗产应泛指人类的全部语言形态，无论其语种大小。语言本身以外，便是语言的艺术即口头文学。传统的口头文学就是我们通常所谓的民间文学。口头文学也有当代形态，口头遗产也有一些非文学的形式，如讲演。所以，广义的口头遗产是一个非常宽泛的概念。同样，广义的非物质遗产，除了“遗产”一词要求具有一定的历史价值外，所谓“非物质”一词包容量也是极大的。非物质而系人为者，除了与人体相关（当然，某种意义上，人体也是物质的一种）外，我们很难再找到别的对象。所以，我们认为，非物质遗产除了特定的口头文化外，就是指人的行为文化或人体文化，即传人文化。

人体的行为的文化可以分为两大部类：

一是艺术类，即由人来操作、表现、传承的艺术。离开现实的活态的既定的人体，这种艺术就不能得到完整展示、演示和保存。例如，人体纹面、纹身和人体绘饰，就是非物质遗产。它只能在人体上保留，此人一旦死亡，他身上的体饰、蠡痕、绘身、纹身、纹面或绘面便不复存在。而由艺术家在岩石、木板、画布等物质材料创作出来的美术作品，则应归于物质遗产（虽然在严格意义上，画家本人所拥有或掌握的绘画技艺、技术、创作天赋等也是标准的非物质遗产），因为画家和他的作品至少是可以分离的。音乐也是典型的非物质的、人体的或行为的艺术。声乐完全依赖人体发音器官，器乐则必须有人来操作。离开人的表演，这门艺术是无以传达也无以留存的。此外，舞蹈、戏剧、曲艺、杂技等表演或表演艺术都是同类。现场性、即兴性是行为艺术或表演艺术的特点，也是其独特魅力所在。

二是文化类，即由人的行为、言行所传达和表现的文化。这类文化离开人体或人群，就无以展现和传播传承。例如，宗教信仰，虽然有经籍书写教义，有寺庙堂观或偶像符号表示信仰的内容、思想和对象，但离开人们的崇信和行为规范，其性质就会大变。宗教信仰只有在活态的或在人们的信仰中才成其为宗教信仰，否则只能转为遗迹。在行为文化中，民俗文化是最引人瞩目的。民俗文化，也被称为民间文化或下层文化。民俗文化，是广大人民特别是劳动人民的产物，这种文化与劳动者的现实生活、基本生活密切相关，并且主要依靠日常生活所用的语言和实际动作作为主要传播工具。它代代相传，因而是一种传统文化。

首创民俗学或民俗（Folklore）一词的英国民俗学家汤姆斯认为，民俗是在普通人们中流传的传统信仰、传说及风俗，即“民间古旧习俗或民间文学”、“民众的知识学问”以及“古时候的举止、风俗习惯、仪式、迷信、歌谣、寓言等等”[2]。此后，对

“民俗”的定义各说不一。有人认为民俗是旧时代的“遗风”，或现代城市环境中的“残余遗风”，它保留在文明社会内受教育较少的分子中。有人认为民俗是俗民文化的传统部分，即包括原始民族和文明民族的传统创造，是指不出确实可信的发明人或造作人而一代一代传下来的那些东西。有人认为民俗是退化的宗教，民间宗教是民俗学中的一个主要部门。也有人认为民俗是指民间故事或者说民俗是一种主要由口头流传的大众文学。还有人认为民俗是文明文化中的俗民文化表现[3]。

英国民俗学家班尼（C. S. Burne）女士对民俗学和民俗的解释、定义，最值得关注。她说：“民俗学是一个概括的名词，其内容包括传袭的信仰、习惯、故事、歌谣、俚语等流行于文化较低的民族或保留于文明民族中的无学问阶级里的东西。析言之，例如关于宇宙、生物、无生物、人性、人造物、灵界、巫术、符咒、厌胜、命运、预兆、疾病、死亡等事的原始信仰；又如关于婚姻、继承、成年、祝祭、战争、渔猎、畜牧等事的习惯与仪式；以及神话、传说、民谭、故事、歌谣、谚语、谜语、儿歌等。简言之，‘民俗’包括民众的心理方面的事物，与工艺上的技术无关。例如民俗学家所注意的不是犁的形状，而是用犁耕田的仪式；不是渔具的制造，而是渔夫捞鱼时所遵守的禁忌；不是桥梁屋宇的建筑术，而是建筑时所行的祭献等事。”[4]班尼的这一论述，出自她的著作《民俗学概论》（1914 年）。这里有两点值得注意：1. 这一观点是民俗学早中期的观点，如今已有突破和发展：民俗学既研究以上内容，也广及文明社会文明人；民俗学既研究行为、心理、仪式，也研究行为的对象、成果，即：同时研究犁的形状和用犁耕田的仪式，研究渔具的制造也研究渔夫捞鱼时的禁忌，研究建筑术、建筑和祭献事宜，也研究建筑的形状和功能等。2. 在以上表述中，可以发现，民俗学一度堪称全力以赴地研究着口头和非物质遗产，旧时的“民俗”概念是十分契合现在的“口头和非物质遗产”概念的。这一点足以使人明白，为什么联合国教科文组织的有关工作是从“民间文化”或“民间创作”派生出“口头和非物质遗产”的说法来的。

与民俗文化对应的上层文化中的礼仪文化也是口头和非物质的。所谓“民间风俗”与“官方礼仪”的搭配，原来也是有其历史渊源的。一般而言，礼节都是从宫廷、官方发源后，以君主帝王为中心，将各种细节逐步向各个阶层传播的。

在中国古代，礼者，理也，泛指奴隶社会、封建社会等级制的社会规范和道德规范。在周代，礼不仅指礼仪，还指规范和礼治思想及“君君臣臣父父子子”的宗法制度。《左传·隐公十一年》曰：“礼，经国家，定社稷，序民人，利后嗣者也。”《礼经·典礼》曰：“礼不下庶人，刑不上大夫。”这是礼与俗的区别。实际上，古代中国的礼，对君臣上下、父子兄弟、学宦事师、班朝治军、莅官行法、祷祖祭祀、供给鬼神、婚姻丧葬等都做了具体的规定。仁义礼智信者都唯礼是瞻。“曰仁、曰义、曰智、曰信，礼之别名也。”（北宋李觏《直讲先生文集·礼论第一》）礼和俗还时时发生双向互动。“上以风化下”是礼下传为风俗；“下以讽刺上”，“风以动之，教以化之”，是民风影响礼制的表现。礼尚往来，则表明古代中国行“礼”的普遍性。“礼”的传播，造成了几千年根深蒂固的礼文化，成为中国文化最有特色和性格的内容。

在西方，中世纪是礼节盛行的黄金时期，形成了严格的等级划分。只要回想一下当时英国社会的情形，就可领略此时的风尚。到 19 世纪末和 20 世纪初，西方上层社会把遵守礼节的最繁琐的要求看作是一种消遣，而对妇女来说则是最基本的职责（一如中国妇女要严守妇道，恪守三从四德一样）。迄今，礼节在西方的宫廷、典礼、职业生活与公共生活的各种场合，都还随处可见，如着装的要求、宾主的座次、就餐的规定、称谓的限定等等，甚至已经形成了一整套的国际礼仪。

由上可见，广义的口头和非物质遗产用于对文化的分类，形成一个特殊的认识范畴是可以的，但若用此概念去确定保护范围或划定学术研究范围，就太宽泛并因此丧失科学性。比如，语言中的英语、汉语等，艺术中的交响乐、歌剧、芭蕾舞、话剧等，文化中的礼节、官方典礼等，目前而言，就还没有必要置入遗产名录，虽然它们也堪称“代表作”。

二、狭义的概念

狭义的“口头和非物质遗产”应该指联合国教科文组织所希望予以保护的范畴。这个范畴不是一成不变的，应该具备一定的概念和对象的弹性。一种文化形态，今天可能还是无足轻重的毫无危机的，明天它就可能具有特殊的意义，或者岌岌可危。“代表作名录”的范畴就可能因时而异或与时俱进。

我们先来分析一下联合国教科文组织的有关表述。

在《保护民间创作建议案》中，对“民间创作”的表述有如下内容：

1. “民间创作是人类的共同遗产，是促使各国人民和各社会集团更加接近以及确认其文化特性的强有力手段，注意到民间创作在社会、经济、文化和政治方面的重要意义，它在一个民族历史中的作用及在现代文化中的地位，强调民间创作作为文化遗产和现代文化之组成部分所具有的特殊性和重要意义，承认民间创作之传统形式的极端不稳定性，特别是口头传说之诸方面的不稳定性，以及这些方面有可能消失的危险，强调必须承认民间创作在各国所起的作用，及其面对多种因素的危险，认为各国政府在保护民间创作方面应起决定性作用，并应尽快采取行动……”

2. “民间创作”即“传统的民间文化”。民间创作以传统为依据，口头相传，形式包括：语言、文学、音乐、舞蹈、游戏、神话、礼仪、习惯、手工艺、建筑术及其它艺术。所有这些形式都应是指“民间的”，如“民间礼仪”、“民间文学”、“民间舞蹈”、“民间音乐”等。

3. “民间创作作为文化表现形式应受到表现特性的群体（家庭、职业、国家、地区、宗教、人种等）保护。”

4. 民间创作的保护“涉及到对民间创作传统及其传播者的维护，因为各族人民有权享有自己的文化，也因为人民与这种文化的结合力常常由于传播工具所传播之工业文化的影响而削弱。因此，必须采取措施，在产生民间创作传统的群体内部和外部，保障民间创作传统的地位并保证从经济上给予资助”[5]。《保护民间创作建议案》是国际组织开始关注民间文学并采取重大措施的结果。此建议案的缘起，可以上溯至 1973 年玻利维亚政府对联合国教科文组织总干事提出的要求。当时，他们希望联合国的这一文化机构开始研究民间文学的状况，并就增加国际版权公约条款提出建议。玻利维亚政府认为，补充条款应包括关于保护文化遗产和在保护、支持和传播民间文学过程中产生的版权问题。该建议还对输出传统文化以及脱离原来的背景以一种与生产和保留这种传统文化的人们格格不入的方式表现这种文化的现象表示关切。

自此以后，联合国教科文组织和世界知识产权组织均对民间文学的保护给予了关心、赞助和参与。

芬兰著名学者、文化人类学家、民俗学家、民间文艺学家劳里·航柯先生（不久前劳里·航柯先生不幸病逝。深感痛惜，谨致哀悼与怀念），曾参与了联合国教科文组织的相关工作，以及“建议案”以前的文件的起草。作为当事人和起草文件的学者，劳里·航柯先生在1986年应中国民间文艺家协会之邀，在中芬联合召开的中芬民间文学搜集保管学术研讨会上作了题为《民间文学的保护》的学术演讲，并细致介绍了相关情况。劳里·航柯特别介绍了由他参与其事并直接撰稿的联合国教科文组织有关文件中关于民间文学的定义问题。此中涉及两个文件：一是教科文组织总干事为1985年10月索非亚大会准备的文件《关于保护民间文学国际通用规则中技术、法律和行政方面的初步研究》，一是劳里·航柯本人为联合国教科文组织1985年1月在巴黎举行的保护民间文学政府专家第二次委员会会议所写的工作文件。正是在这两个文件里，确定并使用了现在所见的《保护民间创作建议案》、《宣布人类口头和非物质遗产代表作条例》中的“民间文化”的定义和表述。这个定义的最终定型是在1982年保护民间文学政府专家委员会巴黎会议上提出，在1985年政府专家委员会第二次会议上修改与补充，并成为最终的有效的提法的。

当时的会议文件对此定义表述如下：

“民间文学（更广义地说，传统的和大众的民间文化）是一种集团或个人的创造，面向该集团并世代流传。它反映了这个团体的期望，是代表这个团体文化和社会个性的恰当的表达形式，它的准则和价值观念通过模仿或其它方式由口头流传下来。其形式主要包括语言、文学、音乐、舞蹈、游戏、神话、宗教仪式、风俗习惯、手工艺品、建筑及其它艺术。”[6]

将以上定义与“民间创作”和“口头和非物质遗产”定义加以比较，可以看出基本相同，只有个别字、词的调整。其中最重要的是“民间文学”改为“民间创作”。而“民间文学”即可同时表述为“传统的或大众的民间文化”。这表明，“民间创作”、“口头和非物质遗产”概念均源自或等同于“民间文学”。

这是一个重要的问题。民间文学——民间文化——口头和非物质遗产，这是三个逐渐扩大外延而内涵精神基本一致的概念。而且，所有问题的起因，都在于对“民间文学”的保护，并由此伸发开来。

民众集体性的、口头形式的、有传承传统的、在现代传媒的冲击下面临消失危机的、具有重要人类文化价值和群体价值的，这些正是民间文学的最基本的特征，也是民间文化的最基本特征。将这些定义置于“口头和非物质遗产”之上，“口头和非物质遗产”概念的基本精神和本质意义也就一目了然了。

在《宣布人类口头和非物质遗产代表作条例》中，也有一些值得在此一并分析的表述。

在“宗旨”中，条例指出：“宣布的目的在于奖励口头和非物质遗产的优秀代表作品。这一口头和非物质遗产（文化场所或民间和传统表现形式）将被宣布为人类口头和非物质遗产代表作。”[7]

这里的“文化场所”后来还被译为“文化空间”。“‘文化场所’的人类学概念被确定为一个集中了民间和传统文化活动的地点，但也被确定为一般以某一周期（周期、季节、日程表等）或是一事件为特点的一段时间。这段时间和这一地点的存在取决于按传统方式进行的文化活动本身的存在。”[8]

以上种种表述有三个关键词：“文化场所”、“民间”、“传统”。“文化场所”主要是用人类学（特别指文化人类学）标准界定的，以民间文化的综合性、集体性、周期性、时空合一性为准绳，把“传统”加以适当突出，与“民间”并列。可见此中“口头和非物质遗产”概念向民间以外的突破，扩大了保护对象的范围。

早在劳里·航柯时代，保护民间文学的国际行动就有一个重要出发点，即从“民间文学这一精神财富在世界上大多数国家中是被人们不屑一顾的”[9]转向逐渐重视的过程，并终于提上了国际组织的议事日程。还有一个原因是，民间文学是人类文化遗产的重要组成得到普遍认可，“对于人类的各种文化遗产，人们主要把它们看作一个整体，构成该整体的各个组成部分，正在日益吸引人们的注意力”[10]；第三个现象是，民间文学的价值、地位提升，“随着年代的推移，越来越多的表现形式取得了同名胜古迹、文学、艺术及音乐作品相媲美的地位”[11]。

在以上论述中，民间文学独立于名胜古迹、作家文学、高雅艺术和音乐作品之外，最先是不登大雅之堂的，但十几年后，终于可以相提并论。这应该视为人类文化观和价值观的一个重大进步。

在衡量口头和非物质遗产代表作的价值和文化标准时，“条例”特别强调“从历史、艺术、人种学、社会学、人类学、语言学或文学角度来看是具有特殊价值的民间和传统文化表现形式”。在评审委员会的专家构成上，也特别规定各专家“所代表的学科之间的平衡，如音乐、口头文学、表演艺术、礼仪、语言及手工艺和传统建筑专门知识等”。事实上，民间文化最突出的特点和最可宝贵的意义就在于它多功能多价值，既是生活的百科全书，也是多学科的对象。当然，根据理解，口头和非物质遗产有相当一些传统的艺术形式是非民间的或纯艺术的，是美学和艺术学家的工作对象。但“历史学、人种学、社会学、人类学、语言学或文学”这些学科，基本上都是“文化人类学”及其相关学科，而且文化人类学者也必须研究民间文学艺术。所以，口头和非物质遗产保护体系所保护的重点、主体，还应该是民间的文学、民间的艺术、民间的文化。

最后，只要我们看联合国教科文组织对口头和非物质遗产范畴的举例和示范，就能更直观地了解这样一个新颖、少见的概念及其实际所指。

举例如下：

1. 口头表述。诗歌、史话、神话、传说及对文化群体具有重要意义的其它叙事的表演和公开表述。

2. 表演艺术。在文化群体的节庆或礼仪活动中的表演艺术，其中包括肢体语言、音乐、戏剧、木偶、歌舞等表现形式。

3. 社会风俗、礼仪、节庆。人一生中的各种仪式（出生、成长、结婚、离婚和殡葬等仪式），游戏和体育活动，亲族关系与亲族关系的仪式，定居模式，烹调技术，确定身份和长幼尊卑的仪式，有关四季的仪式，不同性别的社会习俗，打猎、捕鱼和收获习俗，源于地名的姓名和源于父名的姓名，丝绸文化和工艺（生产［纺织］、缝纫、染色、图案设计），木雕、纺织品，人体艺术（纹身、穿孔、人体绘画）。

4. 有关自然界的知识和实践。有关大自然（如时间和空间）的观念，农业活动和知识，生态知识与实践，药典和治疗方法，宇宙观，航海知识，预言与神谕，有关大自然、海洋、火山、环境保护和实践、天文和气象的具有神秘色彩的、精神上的、预言式的、宏观宇宙的和宗教方面的信仰和实践，冶金知识，计数和计算方法，畜牧业，水产，食物的保存、制作、加工和发酵，花木艺术，纺织知识和艺术[12]。

毫无疑问，以上举例，其范围与“民俗学与民俗”是基本等同的。这些举例，也只有在“来自某一文化社会的全部创作”、“群体表达”、“口头相传”这些前提下，才是可以理喻和有必要的。否则，一切科学、技术、知识、文学、艺术、礼仪均收入囊中，又有什么意义和必要呢?

至此，我们可以看到，口头和非物质遗产的概念实际上有三个层次：(1) 广义的与物质遗产、遗址、遗迹、文物、典籍等对应的无形遗产、口头遗产、非物质遗产；(2) 狭义的以民间文学（口头遗产之重要主体和组成）、民间文艺、民俗文化、传统的表演艺术、民间科技、民间技艺、民间知识、民间工艺等为内容的口头和非物质遗产；(3) 以狭义的“口头和非物质遗产”之精华为主体，以广义的但处于濒危的“口头和非物质遗产”为补充。此二者中作为人类口头和非物质遗产的代表作被列入“代表作名录”时，它们以“代表性”和“濒危性”为界定标准，要求世界级的形态和全球性的价值与意义。此中，因为“濒危性”原则，囊括了各种自为状态下的“民间文化”、非民间的传统的无形文化、人体的行为的非物质的传统的艺术，如具备全球性意义和世界级价值，一旦濒危，也在“代表作名录”的保护和选择范围之内。

［原载《民间文化论坛》2004 年第 3 期］

参考文献

［1］钟敬文．民俗文化学：梗概与兴起．中华书局，1996．42.

［2］(英) 威廉·汤姆斯．民俗学．民俗学译丛．中国民协民俗学部编．1982.

［3］陶立璠．民俗学概论．中央民族学院出版社，1987．7.

［4］转引自方经生．民俗学概论．1934 年．另见乌丙安．中国民俗学．辽宁大学出版社，1985．5.

［5］中国民间文化遗产抢救工程普查手册．高等教育出版社，2003．2.

［6］中芬民间文学搜集保管学术研讨会文集．中国民间文艺出版社，1987．18.

［7］中国民间文化遗产抢救工程普查手册．高等教育出版社，2003．219.

［8］中国民间文化遗产抢救工程普查手册．高等教育出版社，2003．219.

［9］劳里·航柯．民间文学的保护．

［10］劳里·航柯．民间文学的保护．

［11］劳里·航柯．民间文学的保护．

［12］中国民间文化遗产抢救工程普查手册．高等教育出版社，2003．224～225.

民间文化与文化主权

——2004年4月17日在北京第二外国语学院文学院的演讲

白庚胜

同学们，能到二外作学术交流是很荣幸的。我一直在中国社会科学院做研究工作。做了21年之后，于前年被上级有关部门调到中国民间文艺家协会担任领导工作，主要是和著名作家冯骥才先生一起从事抢救中国民间文化遗产。这项工作从前年开始呼吁、去年开始正式启动，到现在已经进行1年多的时间。我们打算用10年的时间对全国近3000个县进行地毯式、全方位的民间文化普查。我称它为21世纪中华文明的生命线工程。

民间文化主要包括三方面内容：第一是民俗，第二是民间文学，第三是民间艺术。普查的结果是编纂出版近3000个县的《民俗志》、《中国民间艺术图典》和《中国民间故事全书》，建立一大批中国民间文化资料馆、博物馆、数据库、中国民间文化保护基地等等。这是我们工作的基本内容。做这个工程有如下原因：

第一，随着全球经济一体化的加剧，我们的民间文化受到越来越多的西方文化的冲击。一方面，它使我们学到了西方先进的观念、技术等等，但另一方面也使我们五千年的农耕文明受到极大的破坏。我们没有理由去阻挡社会进步及与世界接轨，但我们也不能对传统文化的解体熟视无睹、麻木不仁。我们有责任在其被冲击消失之前就利用声音的、数字的、图像的、文字的和实物的方式，把我们现存的文化资源记录下来。这些资料将会变成我们中华文明大厦中新的积累。我们不能回到周代、汉代，但我们今天还能欣赏《诗经》里面的优美诗篇等，正是靠了当时文化人的记录才实现的。我们做这项工作是在为我们的子孙后代留下一些我们民族最基本的文化元素，而不是要通过保护它来阻碍现代化，搞复古主义，也不是要通过保护它来激活中国的地方主义和民族主义

第二，我们在以经济建设为中心从事改革开放的过程中，改善了中国人民的生活水平，使我们的综合国力逐渐变得强大。但是，它也伴随有以经济冲击其它、拜金主义等消极现象，使民间文化的保护难以提上议事日程。比如，前两天我和冯骥才主席到杭州开会，在从杭州机场到杭州宾馆的路上，发现那里的民居全部西洋化。过去的村落、土地没有了，拔地而起的是一座座洋式建筑。我们感到很悲哀。如果我们早就开始保护民族民间文化，我们今天就用不着唉声叹气。我们只重视与世界接轨而蔑视我们自己的传统文化，就极易造成传统文化的严重断裂。

好几年前，我曾问女儿："你为什么那么爱看日本、美国的卡通，不看中国的卡通?"她说："是因为你们没有能力让我们看到比日本、美国卡通更好看的中国卡通。如果中国有比《一休》、《哈里·波特》更好看的作品，我们能不去看吗?"这既是在说我

们缺少优秀的卡通艺术，也是在说我们忽视用卡通这种形式作传统道德教育。改革开放快三十年了，我相信在开放到一定程度时，社会就会有一个重新整合的过程。在这个过程中，中国民间文艺家协会有义务承担中国人文精神重建、传统精神道德重建的重任，因为我们的民间文化所承载的是民族的道德智慧。所以，我们发起的这一个抢救工程，其意义已经不仅限于抢救民间文化本身，这也是在抢救我们自己，更是在抢救我们中华民族的文化命运。

第三，现在全国各地到处进行旅游区开发，把文化当成一种资源吸引顾客，创造了丰厚的经济效益。的确，民间文化有产生经济效益的可能。比如，酒文化和烟文化、陶瓷文化就是这样。另外，民间歌舞、习俗、服饰等也可以做到与产业的有机结合。但是，不是所有的民间文化都可以进行产业性开发的。贵州有个叫芭莎的苗族村落，当地旅游局为了通过旅游增加收入，把大批的国内外游人引到了芭莎，让游客去看村里极其恶劣的生活条件。我看了之后，感到这是一种没有道德的旅游！是一种以展示少数民族的贫困来赚钱的手段！在云南丽江，去年的旅游创收已经达到了25亿元。但是，其中有一部分是以纳西语的迅速消亡、纳西文化的全面解体、丽江每年受300万游客冲击、严重污染、自然植被被破坏、物价奇高不下、社会治安日益恶化等作为代价换来的。那些只追求丽江旅游收入、只考虑让旅游公司上市的人很少考虑纳西文化的命运。

我住在北京潘家园旧货市场边。那里，每个礼拜六、礼拜天都拥堵不堪，眼看着真真假假、假假真真的各种文物通过各种手段流入国外，流入民间。假的害了顾客，真的导致文物流失，这对我们的民间文化艺术造成了极大的冲击。为了旅游，为了经济开发，我们有大量的古董说没有就没有了，我们有大量的古建筑还来不及进行科学的整理和记录就轰然倒下。同时，又有大量假古董、假文物、假景点被克隆出来。汉族毕竟是大民族，总还有各种资源和条件，总还有各种人才在保护和抢救，而许多边远的少数民族因没有认识自己的能力，没有保护自己的力量，很多文化正在无可奈何地死去。

我们中国民间文艺家协会作为国家级人民团体，有权利、有义务去发起民间文化遗产抢救工程，为我们中华民族的伟大复兴做一点力所能及的工作。在这样一个工程的呼吁到实施的过程中，我们得到了来自各方面的关心和支持，也经受了各种困难与挑战。

在座的各位都是我们年轻的精英。在北京二外学习，意味着你们将是对外开放最前沿的才俊，以后大多要到涉外部门与机关去工作，甚至要到国外去当大使。你们身上担负着我们的民族文化和世界文明接轨的重要使命。因此，我今天要讲的就是我们的民间文化与我们的国家安全到底有些什么关系、我们能通过民间文化为国家的总体外交做些什么工作。因此，我把演讲的题目定为“民间文化与国家文化主权”。

什么是主权？主权就是主体的权利。如果主体是妇女，这个主权就是女权。当这个主体变成了民族，主权就变成了族权。在这个主体是宗教的时候，其主权表现为教权。在《现代汉语词典》里，主权被解释为一个国家在其领域内行使的最高的权利。显然，这是一种以国家为主体的权利。主权包括的内容很多，有领土、领海、领空、文化、政治、经济等各个方面。它体现了国与国关系中国家的最高意志、最高利益。国家主权里面包含有文化内容，文化主权是国家整体主权的一个部分。而文化是一个内涵很广的概念，其中有民间文化的地位，文化主权中当然也包含民间文化的内涵。

江泽民同志在中国共产党第十六次全国代表大会上的报告中指出："全面建设小康社会，必须大力发展社会主义文化，建设社会主义精神文明。当今世界，文化与经济和政治相互交融，在综合国力竞争中的地位和作用越来越突出。文化的力量，深深熔铸在民族的生命力、创造力和凝聚力之中。全党同志要深刻认识文化建设的战略意义，推动社会主义文化的发展繁荣。"

在这段论述中，江泽民同志着重强调了社会主义文化建设在全面建设小康社会中的战略意义、战略任务，并从当今世界综合国力竞争的角度提出了文化力的特殊地位、作用，已经包含文化主权建设的深义于其中。而且，对以江泽民同志为代表的中国共产党第三代领导集体来说，一直视文化安全为国家安全的基本要素、视文化主权为国家主权之一、视文化力为综合国力之一部分。如：江泽民同志于2001年12月19日在中国文联第7次全国代表大会上的讲话中即已对此作过充分的阐述。他说："当今世界激烈的综合国力竞争，不仅包括经济实力、科技实力、国防实力等方面的竞争，也包括文化方面的竞争。世界多极化、经济全球化的深入发展，引起世界各种思想文化，历史的和现在的、外来的和本土的、进步的和落后的、积极的和颓废的，展开了相互激荡，有吸纳又有排斥，有融合又有斗争，有渗透又有抵御。总体上处于弱势地位的广大发展中国家，不仅在经济发展上面临严峻的挑战，在文化发展上也面临严峻挑战。保持和发展本民族文化的优良传统，大力弘扬民族精神，积极吸取世界其它民族的优秀文化成果，实现文化的与时俱进，是关系广大发展中国家前途和命运的重大问题。"这种关乎国家前途和命运的文化问题，显然指的是文化主权问题。

文化主权问题历来存在，但它只能在经济全球化背景下凸显其重要性。自觉意识文化的主权性，是一个国家认识自我生存发展资源力量达到一定高度的重要标志。积极建设文化主权，更是一个民族在激烈的国际竞争中，以国家利益为最高原则，打好主动战、争取主动权、占领制高点的必然要求。

文化主权的主体是国家，其权力具有综合性、自主性、至高性。

从主权的综合性看，它涉及内政外交的方方面面，可以具体分解为政治、经济、军事、法律、科技、资源、文化等方面的权力；主权的自主性，表现为一个国家在其政策与策略、方针的制定、推行、实施等方面不受任何国家的干涉、支配，而是完全按照本国的实际与需要进行自决、自治，文化亦不能例外；主权的至高性指的是它体现国家的最高意志与最高利益，尤其在对外关系方面超越个人、团体、阶层、阶级、政党的意志与利益而存在。在此，至关重要的是作为主权主体的国家由什么样的阶级、政党，代表谁的意志与利益掌握国家政权。

文化主权应包含这样一些内容：(1) 创造权：即主体创造文化理念、文化制度、文化形式、文化产品等的权力；(2) 所有权：指主体对所创造发明的文化所拥有的知识产权，它们包括现代意义上的专利权、商标权、广告权、著作权、版权等；(3) 优先享受权：也就是主体在物质层面、精神层面、制度层面上对文化成果优先享受的权力；(4) 阐释权：指主体对本国文化所拥有的最权威的表述与阐释的权力。需要加以强调的是，由于国家的主体是国民，无论是创造发明权、所有权，还是优先享受权、阐释权，都是主要通过国民去实现的。国家只是保障实现这些权力的组织形式。

在我国，自鸦片战争开始，由于帝国主义的侵略及封建统治阶级的腐朽无能，中华民族曾一度深陷半殖民地、半封建社会的泥淖之中，国家主权受到西方列强的全面侵犯。于是，从康、梁维新变法到孙中山发动辛亥革命、建立中华民国，从“五四”运动到中华人民共和国成立，几代仁人志士、革命先驱前赴后继，英勇斗争，中国人民最终在中国共产党的领导下实现了国家的独立和民族的解放，并且建立起了以无产阶级为领导、以工农联盟为基础、由社会各界各阶层参加的社会主义制度，不仅确立了包括文化在内的国家主权，而且还确保了这一主权的人民性，即人民成为国家的主体。这使我国的文化主权能够真正体现人民的文化意志与人民的文化利益。实践证明：没有人民的革命，便没有人民的国家；没有人民的国家，便没有属于人民的文化主权。新中国的成立，使文化的创造权、所有权、优先享受权、阐释权回到了人民的手中，并实现了它们之间的有机统一。

以此为前提，从全国解放至“文化大革命”结束，虽有大跃进、反右、“四清”、“文化大革命”等的干扰，但我们党和政府始终关注政治、经济、文化、军事、外交、教育、科技等主权的全面建设，并取得了举世瞩目的成就。仅就文化主权而言，我们在马列主义、毛泽东思想指导下，以建设民族的、大众的、科学的社会主义文化为目标，独立自主地建立起了比较完整的文化体制，制定了一系列正确的文化政策、法规，实施了一批批规模宏大的文化工程，建造了众多功能各异、水平先进的文化设施，培育了无数出类拔萃、饮誉中外的文化人才，打造了灿若星汉的文化品牌及优秀成果，开拓了畅通无阻的对外文化交流渠道，取得了粉碎封建主义、资本主义、帝国主义进行文化反扑与文化颠覆的伟大胜利，从而增强了文化国力，塑造了国家形象，弘扬了民族精神，丰富了人民生活，促进了社会稳定，强化了国家安全，巩固了社会主义事业。

进入新时期以来，在邓小平理论及“三个代表”重要思想的指引下，我国的文化主权建设又谱新篇。最突出的表现是：党和国家高度重视文化建设在精神文明建设中的特殊地位与作用，将建设先进文化及代表先进文化的前进方向作为党和国家的根本任务，并将它通过党章与宪法确定下来；从制度创新的高度实施文化管理体制、运行机制、活动方式等的全面改革创新，从体制上保证文化事业、文化产业的发展适应全面小康社会的建设，以及日益激烈的国际文化竞争；从以法治国的需要出发，制定大量的文化法律法规，以规范文化市场及文化行为、文化秩序，使健康积极的文化活动获得法律保障；制定文化发展规划，使之与政治、经济、科技均衡、协调发展；实施走出去战略，系统地组织具有鲜明民族特色及高水平的文化产品走出国门进行交流；开展一系列具有重大意义的文化活动，推进城乡精神文明建设与全民族的思想道德建设；推动文化队伍建设，倡导德艺双馨，表彰优秀成果及先进典型……无疑，这大大深化了文化理念，强化了文化本体，提高了文化地位，激活了文化功能，改善了文化结构，对我们国家在新的历史条件下更好地依靠文化的力量鼓舞斗志、凝聚人心、和谐社会、美化生活、丰富精神具有十分重要的意义。

目前，面对全球经济一体化及国际竞争的不断加剧，尤其是我国对外开放不断加大其广度与深度，我们必须继续强化文化主权意识，增强建设文化主权的自觉性，建造文化安全长城，粉碎西方敌对势力的西化、分化图谋，改变“西强我弱”的国际文化环境，防止“民运”、“法轮功”的破坏与捣乱，反对“台独”，维护国家的统一、民族的团结、社会的稳定，并不断增强文化的生产力、消费力、感召力、凝聚力，使我国在国际文化斗争中处于主动与不败的地位。

就文化主权的创造发明权而言，我们中华民族拥有五千年的文明史，在漫长的历史长河中，她以勤劳智慧著称于世，从有形文化到无形文化，从文字文化到口头文化，我们的各代祖先都有杰出的创造发明，孕育了独特的中华文明，并对全人类的进步、发展作出了重大的贡献。然而，自19世纪以来，我们饱尝内忧外患，我们的文化备受摧残，解决国家政治统一与经济振兴问题始终是历史的主题。这使我们一度无暇将文化主权建设加以全面、理智、科学地思考与规划。于是，从“五四”到“四清”运动、“文化大革命”，我们自己的传统文化不断消亡，造成了我们民族想像力的贫乏、创造力的萎缩。直到冷战结束、苏联解体，我们才彻底从教条主义、形式主义、崇洋媚外中解放出来，坚持实事求是，坚持以我为本，重视民族民间文化的力量，重视将传统的与现代的、民族的与世界的、民间的与精英的文化有机结合，重新焕发起我们的文化生命力、想像力、创造力。

悠久的民间文化是我们民族无限创造力与想像力的具体体现，也是我们在新的历史条件下培育我们的民族精神及创造力的资源。我们不能舍近求远、弃本逐末，盲目地引进、模仿，而应对56个民族、五千多年的文化传统进行整合，将它与学习外国的优秀文化相结合，激活我们民族的发展动力。

创造发明权与所有权是统一的，谁创造的文化就归谁所有。但是，近200年来，我们的文化所有权曾经部分丧失。这一悲剧主要是由帝国主义的政治、军事、文化侵略所造成。另一部分是因为个别唯利是图的军阀、不法分子出卖，以及一些官员的无知乃至藐视，使之得不到应有的保护所致。很多时候，我们是在无知的状态下丧失了文化主权中的所有权。这样，敦煌文书被伯希和等劫掠到大英博物馆，楼兰文物被赫文斯定等劫掠到瑞典东方博物馆，使得我们今天只能办护照、办签证之后才能去利用一点点有限的资料。同样，我们的大量的西夏、蒙古、藏、契丹文文献也被收藏在东京的东洋文库。仅一个洛克从丽江拉走的东巴经典就有7000多卷，现在还有4000多卷分别收藏在哈佛大学图书馆和美国国会图书馆，有3000卷分别流失在英国、德国、法国、西班牙等国家。问题是，我们的部分主权流失仍然在进行。前年，我陪冯骥才主席去山东潍坊市寒亭区杨家埠考察木版年画。走进年画大师杨洛书的家，见一个女孩正向杨大师学习雕刻木版年画，一问才知道是个日本人。我们在座的同学谁见过木版年画？谁亲自考察过木版年画产地？肯定没有。而韩国、日本年轻人中的不少人却像他们的祖先那样不惜血本、不遗余力地在学习中国的民间文化，学习中国传统文化中的任何有益的部分，如语言、中医中药、功夫、戏剧、传统印染。更有甚者，还有不少人在拿着大把的钞票大量购买中国文物，狂购我们的民间文化遗产。假如说我们过去还可以将文化主权丧失的罪过归结于帝国主义的侵略，那么对新中国成立以来、尤其是改革开放以来文化主权所受到的危害就只能归罪于我们自己的无知以及对民间文化、传统文化的轻视了。“往者不可谏，来者犹可追”，我们一定要唤醒主权意识，认识到保护好文化遗产是在保护我们的思想、历史、情感以及尊严。

文化成果应当令人类共享，但它首先为它的创造发明及拥有者优先享受。文化的优先享受权指的是文化的优先消费权利。这种消费既有有形文化的消费，也有无形文化的消费。前者是物质的，与文化的产业性关系密切。后者是精神的，与文化的审美性关系密切。任何一个民族的文化都有有用性，它是为了人的物质与精神的需要而广泛存在，也是在物质与精神创造中所产生的。这种享受权是普世的，亦即它应为全人类所共享，但它首先为其创造者、所有者所享受。所有权的丧失，将导致同时丧失文化的享受权。在较长时间里，由于创造发明力的减弱，我们没有得到更好的民族民间文化享受。

文化主权中的阐释权，表现为话语权，即由文化的创造者、所有者、优先享受者对该文化作出最权威的说明。对它的性质、特点、功能、意义、规律的阐释以本民族、本国作为最主要的主体。由于长期封闭，我们曾丧失了对传统文化、尤其是对民间文化的阐释权。比如，我们发明了茶文化、花文化、书法，但让它们走向世界的主要是日本人。他们乘我们没有意识、或忽视之机将它们据为己有，向全世界兜售所谓的茶道、花道、书道。在相当长的一段时间里，日本人与韩国人打上“东洋文化”、“东亚文化”等等招牌在世界上兜售中国文化、阐释中国文化，似乎他们拥有了中国文化、汉学的最高阐释权。目前，这种情况正在发生变化，但还不够，我们应该全面恢复自己的文化阐释权。

目前，国家文化主权建设大约有以下几个任务：一是回归主权，二是捍卫主权，三是发展主权。

第一个任务是主权回归。即，凭借我国日益提高的国际地位及国际影响力，使西方列强在近现代劫掠至海外的文化财产逐步回归中国，实现文化创造权与所有权的统一。1979年，联合国曾制定了《教科文组织促使文化财产送回原有国家或归还非法占有文化财产政府间委员会章程》。我们完全可以根据这个章程，用多种形式、多种手段让近150年内流失到外国的中国文物回归祖国。如，日本6000个大小博物馆中大多都充斥着中国文物。这些文物有些是劫掠去的，有的是购买去的。它们有的是民间行为，有的是政府行为。对那部分非法劫掠去的，理当让它们逐渐回归。就港澳而言，文化主权建设中的中心问题是文化心理回归。香港、澳门离开祖国的时间较长，现在他们已经回归祖国，但文化心理的回归将是一个漫长的过程，还要做许多努力。只要心理不回归、文化不认同，社会的不稳定就在所难免。除了香港、澳门以外，我们统一台湾也要借助文化的力量，确保统一的文化主权。目前，台独势力极其猖狂，他们全力推行去中国化。他们要修改历史，割断文化，撕裂情感，要让2300万人活活地从中华文化中脱离开去，这是绝对不能允许、也不会那么容易得逞的。我们要学会打文化牌，用中华文化、用两岸同胞血浓于水的关系强化统一性，为国家的最终统一服务。文化主权的回归还有一个重要使命——用文化的手段来联系全世界华人华侨，甚至通过它来加大我们对韩国、日本、越南等汉字文化圈、儒教文化圈的影响。

文化主权建设的第二个任务是主权捍卫。就总体而言，新中国诞生以来，党和政府在保护文化资源等方面用力甚大，成效显著。但是，在市场经济条件下，仍有文物流失现象频频发生，甚至一度达到惊人的地步。我们要通过行政措施、立法、执法等，加强管理，防止文化遗产流失。另外，在申报世界遗产方面也要制定长期规划并积极申报，严防我们与邻国共有、尤其是边疆地区的文化遗产被邻国抢先申报，造成知识产权的丧失。在与国外科研文化单位进行合作考察研究中，我们既要积极友好，又要有文化安全意识，看穿一些“合作”背后所隐藏的军事、政治目的。前两天，我与一位将军闲谈。我说我和他做的是一回事儿。他问：“我是守国门、保疆土的，你又是捏面人，又是搞剪纸，怎么会是一回事？”我说：“我保卫的国土一点也不比你少，我守的国门也不比你矮。”中国的领土在不断地盈缩，我们的民族民间文化积淀了五千年，我们不止在抢救保护现时的960万平方公里土地上的民族民间文化，而且还在抢救保护历史上出现于中国土地上的民间文化。另外，我国现有34个民族跨国而居，有十几个民族在国外还建立有国家。如果我们不抢救好、保护好边疆各个民族的文化，不尊重他们的文化存在，很有可能造成许多文化主权的流失，引发国与国之间的各种争端，影响到国防的巩固与民族的团结、社会的稳定。

主权捍卫的意识、主权回归的意识、主权发展的意识如果不牢固建立在我们的脑子里面，我们便不能对我们民族的民间文化有足够的关爱。如果说文化大革命期间是极“左”政治毁灭了我们的民间文化，那么“文革”之后主要是唯利是图、经济利益驱动毁灭了民间文化。我知道，我们许多寺庙里面已经很少看见有脑袋的佛像了。佛的现实就是我们的现实，佛的悲剧也是我们自己的悲剧，佛的形象也是我们自己的形象。

这些年，很多外国人热衷于在中国各地作调查，我自己也陪同一些外国学者于1990年在浙江地区作过民俗调查。我发现，民俗学中有一种村落研究，一要研究村落的景观，二要研究村落的地形，三要研究村落整体的结构，这就不可避免地要画地图。这些民俗学家把走过的任何村落都绘成地图。在和平的年代，这是学术的资源，但在战争年代，这极易转换成军事资源。美国的洛克被人们称为纳西学之父。他首先是美国国家地理杂志社派到云南地区绘制军事地图的人员，然后才是植物学家、博物学家，最后才升华成了一个纳西文化研究家。当时，他绘制的大量地图为陈纳德将军开辟驼峰航线立了很大的功劳。但是，如果这场战争中日本和美国并非敌对国而是同盟国的话，那么这些地图又会为谁服务？又会起什么样的作用？我们谋求和国外合作考察应有主权意识、安全意识、国防意识，不能什么都让人看，误以为这就是开放，这就是现代化。我们无意人家有心啊！我们必须在新的时代条件下又适度开放、又保持高度警惕。我们需要在政治经济统筹发展开放的环境下，更好地考虑我们对文化主权的捍卫。

文化主权建设的第三个任务是发展主权。主权是一个可变的概念。主权的范畴、内涵在历史的长河当中除了一些基本的东西稳定不变以外，有很多东西有时代特征是可变的。当前，我国的文化主权发展需要做大量的工作：

一、应积极学习西方的成功经验及其各种先进理念、新标准、新技术、新方法，做到洋为中用。西方国家先于中国一二百年经受了工业革命、都市化对它的传统文化的冲击，所以最先在英国、德国等产生民俗学、民族学、人类学，他们有许多建设文化主权的成功经验值得我们学习。不过，这些理论、方法与经验毕竟是200年来根据西方的实际取得的。由于文化在不同民族、不同时代、不同地域里有它的质、量的不同的表象，因此，这种学习应该有我们的时代高度与民族特点。

二、应积极成立各种国际文化组织，由我们主导国际文化交流活动。在这里，我给大家讲一件事：1999 年，我们在云南丽江成立了国际纳西文化学学会。当我回到北京注册时，民政部的回答是不允许成立国际性组织。这样，在客观上造成国际纳西学会只能把中心设在日本、德国或是瑞士，而这恰恰是国家文化主权丧失的一个重要标志。过去，我们的藏学中心、蒙古学中心设在国外是由于我们遭受帝国主义的文化侵略、是文化主权被剥夺所造成的。而今天，由于不能适应形势，变被动为主动，我们的一些国际性文化中心只能在国外注册。于是，有人提议在日本、美国、法国或德国设立纳西学学会总部。我说不行，流浪也要流浪在自己的国家，非法也要非法在中国大地上。因为纳西族是中国的纳西族，纳西文化是中国文化。我们今天不行，但明天肯定行，明天不行，但后天肯定行。国家在不断进步，文化主权意识也在不断强化，我宁可做一个地下的、没有合法身份的国际纳西学学会会长，也不愿意做一个有合法身份的设在日本或美国的国际纳西学学会会长！我在日本 11 年，学术界、企业界、政治界都有一定的交往，至少在日本建立一个纳西学会总部是不会很困难的，但我不愿为了纳西文化的所谓国际化而把主权出让给日本。

三、应设立各种国际文化奖项，进行各种国际性评奖。我们中国应该具有这样的气派，比如，我们应该设立比诺贝尔文学奖更重要的奖项，由中国学者决定什么样的文学作品符合中国人的需要，什么样的文学作品不会给我们中华民族带来屈辱，而不是我们只以获得别人的奖项为荣。

四、应参加各种国际学术会议。大家知道，国际大赦组织、国际人权组织年年开会，每次会议都是西方世界教训中国的最好时机。每次民族学会议也是一些国外的人贬低中国民族政策、民族理论最猖狂的时候。我们现在应该变被动为主动，在中国召开大量的人权会议、民族会议、宗教会议，由我们来裁定对或否，由我们来根据我们的需要发言。当然，我们的发言应该更理性、更有学术分量。

五、应积极申报世界遗产。目前，联合国正在世界范围内保护人类遗产，已先后公布的有自然遗产、历史文化遗产、自然与历史文化双重遗产、记忆遗产、文化景观遗产、口头与非物质遗产六大类。我们要建立申报秩序，制定申报规划，有组织、有计划、有重点地申报文化遗产。其中，重中之重应该申报那些濒危的、少数民族的、边境地区的文化遗产。申报遗产是一种国际性的保护形式，一旦申报成功，也就没有主权丧失之虞了。对于与邻国共有的文化遗产，我们也不可轻易弃而不顾，可用抢先的方式单独申报，也可用支持申报、共同申报等方式占有我们应有的份额。

六、应实施文化走出去战略。中国的民间文化应该通过艺术表演、工艺品展览、学术交流、文物展览等多种方式走出国门，结束自信自语的过去，开创与世界文明对话的未来，在确保主权在我的前提下达成文明成果共享，配合政府外交，成为民间外交的重要力量。这里，尤为重要的是我们的民俗研究、民间文学研究、民族学研究必须关注周边国家以及我国在世界上的活动热点地区、世界上重要民族及地区的文化。我们的民族、民俗、民间文化研究不能停留在一国、一族、本国、本族之内。

七、应该参加各种国际文化组织，活跃在国际各个舞台，承担一个文化大国、文明古国应该对当代人类社会所承担的义务，并在激烈的国际文化交流竞争中代表正义的力量，维护世界和平，促进世界文明的发展进步。我们绝不能放弃国际文化交流中的话语权。

八、应加大吸收来华学习研究中国文化人员的力度，戏剧、武术、中医、中药、烹饪、民间工艺、民间舞蹈、民俗等都是有极强的吸引力的学习对象。吸引外国人学习、考察、研究，既可深化对它们的认识，也可以培养起对外传播中华文明的队伍，培育世界各国人民对中华文明的感情，更好地促进多元文化的平等交流，有利于团结一切可以团结的国际力量，更大限度地缩小反华排华反动势力的空间，服务于我国的国际政治、经济、外交。

[原载《民间文化论坛》2004年第6期，选刊时略有删节]

非物质文化遗产保护国际学术研讨会在京召开

2004年11月16日至18日，中国艺术研究院在北京国际会议中心举办为期三天的“非物质文化遗产保护国际学术研讨会”取得圆满成功。这是继2002年和2003年成功举办“人类口头和非物质遗产抢救与保护国际学术研讨会”与“中国少数民族艺术遗产保护及当代艺术发展国际学术研讨会”后，中国艺术研究院举办的又一次重要学术活动。在十届全国人大常委会通过我国加入联合国教科文组织《保护非物质文化遗产公约》的决定之际，召开本次大会，无疑为保护非物质文化遗产工作注入了新的活力，为各国保护经验的交流提供良好的学术平台，并将推动这一工作长期有效的开展。

2002年中国艺术研究院正式启动了“中国人类口头和非物质遗产代表作的认证、抢救、保护、开发和利用工程”，目前已经连续两年成功申报了昆曲艺术和古琴艺术作为世界人类口头和非物质遗产代表作，并已完成了申报第三批世界非物质文化遗产代表作的工作。2003年2月25日“中国民族民间文化保护工程国家中心”在中国艺术研究院挂牌成立，并在各级领导的正确领导下，遵循“保护为主，抢救第一，合理利用，继承发展”的方针政策，积极开展民族民间文化的保护研究工作。目前，中国民族民间文化保护工程确立了39个试点单位，国家中心和其中18个试点单位已经签订了《试点项目任务书》。为了加强保护工程管理队伍建设，还在中国艺术研究院举办了“中国民族民间文化保护工程”第一期培训班（管理类）。近期，国家中心正加紧进行“保护工程”普查参考手册的编撰工作。今年，中国艺术研究院还组织成立了“非物质文化遗产研究中心”，以确保申报工作的有序进行。

16日上午九点在北京国际会议中心隆重举行了非物质文化遗产保护国际学术研讨会开幕式。原全国人大常委会副委员长铁木尔·达瓦买提、文化部副部长周和平、联合国教科文组织北京代表处代表青岛泰之、中国艺术研究院副院长张庆善和中国民族民间文化保护工程试点单位代表安徽省蚌埠市文化局局长谢克林分别在开幕式上致辞讲话。开幕式由中国艺术研究院副院长刘茜主持。文化部各有关司局负责人和来自海内外的150余专家学者出席了开幕式。

原全国人大常委会副委员长铁木尔·达瓦买提在讲话中指出：这次会议的召开，说明非物质文化遗产的抢救和保护工作，正在我国乃至世界范围得到越来越多的关注和重视。他特别强调，中华民族世世代代在这块土地上生产、生活、创造、繁衍，给后人留下了极其丰富的物质文化遗产和精神文化遗产。正因为有这些遗产的存在，我们才能毫无愧色地自立于世界民族之林。在这个基础上，我们每个人都是文化遗产的拥有者、受益者，因此，理所当然地成为其传承者、保护者。保护非物质文化遗产是增加民族认同感和增强民族凝聚力的重要途径，是继承民族优秀传统文化的具体行动，不仅造福于当代，也必将惠及子孙后代。

文化部副部长周和平对中国艺术研究院在非物质文化遗产的保护中所做的努力给予了充分的肯定，他指出，我们在继续做好向联合国申报“非物质文化遗产代表作”工作的同时，还要建立中国的“代表作”和“国家名录”认证体系。要继续开展田野调查和理论研究，逐步加大各级政府对非物质文化遗产保护的各项投入。同时，要加快立法进程，进一步加强国际间的联系和合作，充分借鉴世界各国的成功经验，为建立起同自然与文化遗产保护同步协调的非物质文化遗产国内保护机制和国际合作体系而不断努力。

联合国教科文组织驻北京代表处代表青岛泰之介绍了三十多年来联合国教科文组织在非物质文化遗产的保护工作中的不懈努力，他表示，联合国教科文组织将全力支持中国艺术研究院为确认、研究和保护中国非物质文化遗产所做的各项工作。他呼吁大家抓住此次研讨会提供的互相讨论与交流的契机，加深对世界范围内非物质文化遗产的了解，继续为保护与发扬非物质文化遗产作出贡献。

王文章院长在大会书面致词中指出：自去年启动了中国民族民间文化保护工程，标志着中国多年来对非物质文化遗产保护工作，已由分散的项目性保护转入系统的全面保护阶段。在世界经济一体化和现代化进程快速发展的今天，努力创造适宜的社会、经济环境来保护和承续人类优秀的文化传统，按续寄寓在古老传统中的人类智慧和精神血脉，维系世界人类文化的多样性发展，是时代赋予我们的不可推卸的历史使命。一年一度的国际学术研讨会，已成为我院与国内外学术界、联合国教科文组织以及我国各级政府和社会各界共同探讨非物质文化遗产保护问题的聚会，成为我们推广和交流保护经验和解决实践中出现的新问题的聚会。通过广泛交流，进一步加强理论探讨，建立和不断完善保护机制，用科学的理论和方法指导和解决保护工作中出现的新问题，确保我国保护工作全面顺利地展开。

会议期间，来自美国、德国、奥地利、法国、日本、韩国、越南等二十多个国家和我国各省、市、自治区及港、澳、台等地区的150多位代表齐聚一堂，大家就“非物质文化遗产保护管理机制研究”、“非物质文化遗产保护与立法研究”、“非物质文化遗产保护与文化多样性”、“非物质文化资源与生态环境保护”、“旅游产业与非物质文化遗产保护”、“文化遗产承传人的保护问题”、“各国非物质文化遗产保护经验交流”等方面的问题进行学术研讨，为非物质文化遗产保护慷慨献策。

大会闭幕式上，全国人大副委员长许嘉璐发表了题为“为了历史，为了未来”的重要讲话。他说：非物质文化遗产，是各民族人民在几千年与大自然和人类自身进行搏斗与协调过程中逐渐积累起来的智慧的结晶。它负载着历代人民的喜怒哀乐、追求与梦想，记录着人类从遥远的过去走到今天的脚步。它是人民之所爱，是现代艺术的老师。如果这些宝贵的遗产丧失殆尽，世界文化的多元化将受到重创，人类将会迷茫，生活将会乏味，物质与金钱将成为更多的人的唯一的最终追求，那将是人类的灾难，也可能就是人类历史的终结。许嘉璐副委员长在讲话中，运用中国传统文化的哲学理念，从事物发展规律的“和而不同”，到“海纳百川”，对中国传统文化的源流、兼容并蓄、中华民族的胸怀等作了精辟的阐释。在为非物质文化遗产的保护，由于现代化、商品化变化而逐渐失去原有的生存土壤和社会环境而担忧的同时，也提出了国家在此方面采取的一系列措施，看到目前取得的可喜成绩，表明了足够的信心。他希望大家为了历史，为了未来，齐心协力，为保护非物质文化遗产作出更大贡献。

出席本次大会的著名学者还有：意大利罗马大学建筑学教授菲利浦·萨尔维亚第、日本大阪大学名誉教授山口修、法国戏剧导演卢卡斯·汉列博、美国加利福尼亚传统艺术联盟常务主席埃米·基奇纳、美国加利福尼亚大学人种音乐学系教授安东尼·希格尔、法国国家科学研究院研究员幽兰、欧洲钟铃协会会长阿兰·乔弗雷、联合国教科文组织亚太文化中心代表大贯美佐子、韩国东国大学历史系教授任敦姬、奥地利录音档案馆馆长D·舒勒、联合国教科文组织驻北京代表处文化代表比阿特丽斯·卡尔敦、韩国淑名女子大学传统舞蹈学教授、韩国传统舞蹈僧舞第一传人郑在晚、中国台湾玄奘大学讲座教授王秋桂、中国台北国际艺术协会会长陈琪等。来自我国各省、市、自治区的著名专家有：刘魁立、刘锡诚、刘梦溪、张振涛、郝苏民、王宁、方李莉、乌丙安、廖明君、释永信、资华筠、华觉明、冯双白、刘尧汉、马铁英、王作全、马平、格桑曲杰、热依拉、杨恩洪、刘祯、吕品田、蔡良玉、任大援、郑工等；国内试点单位及有关方面代表有新疆文化厅副厅长吕家传、河南省文化厅副厅长谢文明、湖南省吉首市土家族苗族自治州政协副主席田岚、四川省凉山彝族自治州人民政府副州长杨朝波、云南省大理白族自治州副州长杨宴君、青海省同仁县人民政府县长阿更登等。

[原载《中国民族民间文化保护工程工作简报》第9期（2004年11月30日）]

第　二　编

总　　论

一　论文选载

民间文学的再认识

万建中

“什么是民间文学”，似乎是早已解决了的问题。“民间文学是劳动人民的口头创作，它在广大人民群众当中流传，主要反映人民大众的生活和思想感情，表现他们的审美观念和艺术情趣，具有自己的艺术特色。”[1]这是20多年前的权威性定义。如今，关于什么是民间文学的认定并没有发生多大变化，依旧认为，“民间文学是一个民族集体创作、口耳相传的语言艺术。它既是该民族人民的生活、思想与感情的自发表露；又是他们关于历史、科学、宗教及其它人生知识的总结；也是他们的审美观念和艺术情趣的表现形式”[2]。这种对民间文学的理解、界定显然是纯文学化的。仅仅把民间文学看作是与作家文学并行的一门独特的语言艺术，并不全面，极大地限制了民间文学学科的发展空间。

一、“民间文学”的提出

“民间文学”这个学术名称是从国际术语Folk-lore发展来的。Folk-lore的原意是“民众的智慧．民众的知识”，到了19世纪70年代，这个术语被西欧学者广泛使用，并确定为“民俗学”的含义（即“关于民众智慧的科学”的意思）。在当时，它的概念显然是广义的，凡是民间生活中的一切事物，像村制、族制、婚姻、丧葬、产育、社交、节日、信仰、祭仪、居住、饮食、服饰、农耕、技艺以及民间文艺、民间口头传统等等，都属于民俗学研究的具体内容。在民俗学的发展过程中，随之又出现了Folk-lore狭义的概念，即专指民间文学创作。“五四”时期，中国学者将这个名词解释成“民俗学”，同时又具体地译为“民间文学”，即专指“民俗学”当中的口头艺术部分。

最早使用“民间文学”概念的中国学者是梅光迪。1916年3月19日，梅光迪先生致信胡适：

> 来书论宋元文学，甚启聋聩。文学革命自当从“民间文学”（Folklore，Popular poetry，Spoken Language，etc.）入手，此无待言。惟非经一番大战争不可。骤言俚俗文学，必为旧派文学家所讪笑攻击。但我辈正欢迎其讪笑攻击耳。[3]

梅光迪使用“民间文学”，显然是受“Folklore”概念的启发，说明他对西方民间文学界并不陌生。“Folklore”是民间文学的国际术语，由英国学者汤姆斯（William

Thoms，1803—1885）于 1846 年首先提出，后来发展成新兴民间文学学科的正式名称。直到现在，我们仍然根据这一国际称谓，沿用“民间文学”一词。“因此，folklore 也可被视做民间文学的同义语，人们在讨论民间文学时，不一定要严格地使用 folk literature（民间文学）或 popular literature（大众或流行文学）等短语特指。”[4]

可见，民间文学并不是以作家文学为对应的一种文学，这一现代学科概念也不是以作家文学为参照提出来的。“民间文学”作为一门相对独立的学科和这门学科研究的对象，都不是由“文学”分化出来的，它有着完全独立的形成和演进轨迹，并不完全属于文学的范畴。“文学理论”不能涵盖民间文学，解决了什么是文学的问题，并不能解决什么是民间文学的问题。民间文学的话语形式不能纳入“文学理论”的结构体系之中。民间文学理论和“文学理论”尽管有联系，但属于两个完全不同的理论体系。将民间文学完全隶属于“文学”的看法是不正确的。

当然，民间文学是文学的源头，其实也是其它人文学科的源头，在原始社会时期是唯一的文学，那时还没有专业的作家，也没有阶级分野，无所谓民间不民间。在阶级产生以后，发生了体力劳动和脑力劳动的社会分工，出现了专业作家，产生了“作家文学”，民间文学和作家文学分道扬镳了。与其说作家文学是由民间文学分化出来的，不如说是由社会分工导致的必然结果。在以后演进的过程中，两者的确构成了互动的关系，而且各自研究方法也在相互影响和借鉴，但两者的异质性非常明显。

在中国古代，民间文学很少得到研究，古代文学家们理所当然地认为，“文学”本身就含有文字书写的要求，不成“文”的东西不能算是文学。在过去，广大民众不识字，不能运用文字进行交流和表达思想感情，他们从事的文学活动只能停留在口头语言的层面。因此，民间文学只能在口头创作、口头交流。民间文学的口头交流依靠的是记忆，而人的记忆力是有限的，时间长了便会遗忘。民间文学如果没有得到及时记录，许多作品就会像风一样消失，所以需要“采风”，即及时搜集和记录被演说的民间文学的内容。

民间文学不是一般意义上的文学，不仅仅指民间文学作品，民间文学作品是“采风”的成果，是对民间文学“部分”的记录，而不是民间文学的全部。现有的民间文学作品都没有也不可能涵盖民间文学的全部。真正的民间文学存在于生活当中，其中的许多部分很难被“采风”，并用文字描述出来。民间文学是和作家文学并行的一种文学，但两者的呈现方式并不完全一致。一般而言，作家文学等于文学作品，民间文学作品属于民间文学，并且成为民间文学研究者关注的主要对象，但民间文学不是民间文学作品。

而且记录下来的书面文本不可能是民间文学的最初样式，因为此前这一作品已流传了很长时间；也不可能是最后的样式，因为此作品还会继续流传下去。口头文本从来就没有一个“最后的定稿”或文本“原型”。文本和演说情境是不可分离的。脱离了演说情境，文本就可能会被误读。文本是由演说者和听众或观众共同建构起来的，文本要通过语境才能被充分理解。民间文学的创作和传播过程，实际上就是在特定场域中发生的言语和情感的交流行为。严格说，只有进入这一演说场域，才能真正接受和享用被演说的民间文学。

一个令人啼笑皆非的常见现象是，我们一提到民间文学，就会列举许多作品，并用书名号将作品的名称标识出来（这些名称多为记录者所加）。在表现形式上，民间文学与作家文学没有区别。而且，一旦采风记录下来一篇作品，这一作品便成为经典，被学者反复引用，学者反而对还在口耳相传的这一作品的生活形态置之不理。某一民间文学作品处于真正的口传阶段，任何后续的部分都可能纳入经典演说的文本。口传中的《摩可婆罗多》《格萨尔王传》《白蛇传》《田螺精》等在传播的过程中，在不断发生变异。但当这些演说、特别是与一个民族的宗教信仰有关的演说被记载下来，由于文字所具有的"圣言"性质，书写比口传代表了更权威的文化形态，也由于文字的确定性，这些文本的更进一步的扩展就终止了。即使有后续的口传部分也会被排斥在经典结构之外，以便限定经典文本的含义，而不是使它陷入多义性和歧义性的蔓延。也许这正是以口传为基础的民间文学和书面形式民间文学之间的区别，以及它们对后世影响上的差别。口传似乎不如书写那样具有权威性，比如，口传史诗的演说人是一个浪迹人间的行吟诗人，史诗的笔录者和书写者则身居庙堂之上。口头民间文学是可以在口传中随时添加的，书面民间文学则是处在被"引用"的权威地位。

二、从口头到书面

民间文学是一个区域内广大民众集体创作和传播口头文学的活动。作家的书面文学作品，本来也可以在口头背诵或讲述，但是，对于以文字写作为表达形式的作家创作来说，这种口头方式并不是必须的方式。例如诗词的吟诵、散文的朗读都是辅助性的、第二义的，文字写作才是必须的、第一义的方式。相反，民间文学也可以用书面文字记录下来，但是，对于广大民众来说，文字形式也不是必须的表达形式，它也只是对民间文学的流传起辅助性作用的第二义的方式。因此，民间文学的明显标志，正是呈现于民众口头上的语言艺术特色。民间文学是存在于民众口耳之间的活动着的文学。"如果'民间文学'只能转换成文字的存在方式，那么可能变成另一种形态的'通俗文学'，而非'民间文学'了。'民间文学'可以被采集，以'文字'方式出现，其真正的生命还是在'语言'上，唯有还原到'语言'的表达形式和情景，才能体会到民间文学的浓厚情感。"[5] 只有在民众中口耳相传的民间文学才能真正展示其艺术和生活的魅力。

记录也有可能是不真实或拙劣的。"其一口头文学传统事象在被文本化的过程中，经过搜集、整理、翻译、出版的一系列工作流程，出现了以参与者主观价值评判和解析观照为主导倾向的文本制作格式，因而在从演说到文字的转换过程中，民间真实的、鲜活的口头文学传统在非本土化或去本土化的过程中发生了种种游离本土口头传统的偏颇，被固定为一个既不符合其历史文化语境与口头艺术本真，又不符合学科所要求的'忠实记录'原则的书面化文本。而这样的格式化文本，由于接受了民间叙事传统之外并违背了口承传统法则的一系列'指令'，所以掺杂了参与者大量的移植、改编、删减、拼接、错置等并不妥当的操作手段，致使后来的学术阐释，发生了更深程度的误读。"[6] 当然，并非所有的民间文学记录文本都是如此，事实上许多记录文本具有旺盛的生命力。如果我们否定记录文本是民间文学，那么我们的研究就无所适从了。

当“书写时代”到来之后的许多个世纪里，书写主要还是口传表演的记录、加工与整理。六朝志怪小说、唐代及明清传奇小说，其中的故事，无论是有历史依据的，还是想象的。最初都被民间说书人在勾栏瓦舍宣讲、说唱。而历代的文人和民间艺人从事口头创作、编写、收集、抄写故事，只是为了谋生，而且限于口头讲述、说唱，父死子传，子死孙继。直到印刷术在市井流传开后，才照原来的手抄本印行；一般说来，《搜神记》《聊斋志异》《清平山堂话本》《三国演义》等的每个故事都各有它的作者以及无数的传抄者和讲述者。书写形式的宋元话本，仍是保持了“说书人”口头表演的风格。明清章回小说也常常是以说书人的技巧写成。这是一种尚未与口传文学及其口头传统相脱离的书写活动。在当时，评判那些用纸笔录下的原有故事，标准就是记录下来的东西同众多无名的讲故事的人口头表述区别最小，就是好的、受欢迎的。对文人的笔记小说的评判也是如此、

然而，一旦对民间口头文学的记录成为一种“采风”活动，记录就不是出于记忆的需要，记录的文本就不是可供演说的“脚本”，而是为了民间文学学科研究的需要，或者出于固存口头文化传统的目的。因此，所谓的“田野作业”的学者们在从事从口头到书面的工作中，很少有努力将记录接近于口头传统的意识。记录下来的东西再难以诉诸于口头，或者说，根本不能用当地的口头语言来表达；相反，为使记录文本具有广泛的读者面，记录时基本抹去了口头文本最重要的地域特色。一个明显的表征是，民间文学的书面文本最需要注释，而我们现有的民间文学作品基本没有注释。一个符合当地口头传统的记录文本，必须要有注释，否则，局外人难于读懂。因为局外人根本不了解当地的口头传统。

我们一贯强调“忠实记录”，这主要指不要篡改演说的内容，即对所记的内容要做到忠实，至于如何记、记什么则没有忠实的要求。现已出现的中国民间文学三套“集成”，是人人都能读懂的文本，它们与一般通俗文学的区别似乎只是“来自”民间。而且，不同省、不同地区、不同县、不同乡、不同村的记录文本似乎也不存在根本差异。经过那些语言功底过硬的人的加工、润饰，所有文本似乎来自同一口头传统，甚至根本就不是来自口头传统。

我们很留恋上个世纪初一大批民间文学的记录文本，毋庸讳言，它们的确更接近口头，更接近当地的口头传统。当然，作为民间文学的关注者，我们更留恋口传传统风行的时代，但是，文化的主要传播方式从口传让位于书写毕竟早已到来了。不论多么“接近”，“说”与“写”的经验之间始终存在着根本的差异。最显而易见的是，民间文学的演说者在演唱或讲故事时极为自然地把说变为一种表演、一种戏剧化的形式。演说者不仅是一个故事的叙述人，他还分身术似地模拟故事中不同人物的口吻、音容、举止，以有声有色的方式富有临场感地叙述民间故事或英雄史诗的场面。当采风者试图写下这些故事来时，口头语言的千变万化的色调、神韵与情趣便随着听众的缺席而减少了临场感。民间文学的书面记录和书写活动如同被统一、被规范了的汉字一样，变得规范和统一起来，成为人人都可以随意使用的廉价的浅陋的读物了。

口传方式向书写方式的变迁伴以生活方式的变迁，口传经验的丧失，集体经验或史诗经验的衰落，经济个人主义与私人生活空间的出现，叙事艺术开始逐步地进入孤立的

个人化处境，即进入了强调个人独创性的时代。与口头语言相比，书写语言从公开表达偏向了具有独白性质的思维。然而，民间文学的记录文本应该游离这种时代的趋势，努力保存其应有的口传经验和集体经验，这是民间文学工作者的神圣使命。

三、民间文学的生活属性

民间文学的创作和流传过程是民众重要的生活方式之一，和民众其它的生活方式融为一体，并非是一个单纯的创作和审美过程。民间文学是文学，但又确实是非文学。首先，文学是一种写作，而民间文学显然不是写作出来的；其次，"文学是一定社会生活在人们头脑中的反映的产物"[7]，民间文学与社会生活的关系显然不完全是反映与被反映的关系，两者之间并没有距离；再次，文学或审美的属性不能涵盖民间文学的所有特征。民间文学具有浓厚的生活属性，民众在表演和传播民间文学时，是在经历一个独特的生活，一般不会意识到自己在从事文学活动。民众的创作活动，基本上是一种无意识，或下意识的。这即是说，民众在创作和表演民间文学时，并不把它当作艺术创作来对待，民间创作活动常常是伴随着物质生产和精神生活一道进行的。民间文学是在一定的民众生活中产生的，离开了民众生活，民间文学就不是真正的民间文学。另外，民间文学是一个民族的历史、宗教、信仰、伦理、民俗等等留有先民的心理痕迹和经验残余的语言符号，是一个族群的心理生活和现实生活在历史的进程中不断出现和逐渐演化的产物的记载。这些，均与作家文学和其它文学形式有很大的区别。因此，民间文学在全方位的审视中，与其说它是文学的，不如说它是生活的；与其说它是审美的，不如说它是历史的、文化的。

运用口头语言是民间文学生活属性最重要的范式。民间口传话语与当地口传传统融为一体，丰富而鲜活，但民间口头话语的表达又自相矛盾地呈现为模式化与重复。对某一作品的反复演说而使之成为老生常谈，因其为当地人耳熟能详而显得贫乏。就民间口头话语的高度生活化、具象化而言，民间的口头话语的确成为形象而又生动的表达。篇幅短小的民间表达，已成为俗话、格言、谚语、谜语和歇后语。只有重述才能使一句话成为格言、谚语。它被创造出来正是为了被重述，正像一个故事或一个传说。其它篇幅较长的民间表达也是如此，它们无一例外都是模式化与重复的。神话、传说、故事、歌谣、俗话、格言、谚语等是非个人化的、集体生活的隐喻。它是以共同体为前提，并诉诸某一区域公众面对面交流的；同时，作为当地人能听懂的方言成为一种隐去说话人个性的语言，它使说话人成为一个融合于话语共同体的成员。因而，这些民间口头的文学并不含有未知、暧昧与歧义，它们是当地人都能领悟的。没有个性也许正是民间生活的一个温和的强制特性。民间生活传统注重观念的认同而非特异性。民间文学能够被反复演说正是基于民间生活的这种特质。

中外民间文学学者大多关注民间文学的文学属性，而没有认识到其生活属性或排斥其生活属性。民间文学学科的正规名称是"民间文艺学"，是和作家文艺学相对的文艺学。这足以表明以往人们对民间文学的考察和研究主要是基于文艺学或文学的视角。民间文学被记录下来，变成了与作家文学同样的文学文本。民间文学研究的主要流派，有神话学派（包括语言学派）、功能学派、人类学派，心理分析学派、原型批评学派、流传学派、结构学派、符号学派等等。这些流派的研究对象一般也是民间文学的文学文本即记录文本，而不是民间文学的生活文本。

从民间文学生活属性的角度考察民间文学，则可以更科学更全面地认识民间文学；将民间文学复归为原本的生活状态，从实际生活中考察其生存空间，才能真正理解什么是民间文学。同时，对民间文学现实意义的把握，也只能在现实生活的宽广维度中进行，否则，这种把握就是不充分和不全面的。

只有理解了民间文学的生活特征，才能真正认识民间文学的现实意义。以往对民间文学现实意义或价值的认识与作家文学区别不大。事实上，只有将民间文学置于其生存的环境中加以考察，才能突显许多作家文学不具有的现实意义和价值。以传说为例，传说是一个社会群体对某一历史事件或历史人物的共同记忆，属于“社会叙事”（social narrative)，叙事就是“讲故事”。“讲故事”是“叙事”这种文化活动的一个核心功能。古往今来的不少批评家都注意到了讲故事作为人类生活中一项不可少的文化活动的意义，不讲故事则不成其为人。同样，没有传说的村落也是不存在的。如果一个传说为全村落所共享，那么，它便成为村落记忆。在村落内，叙事和记忆相互支撑，共同创造了村落的口述史。

传说、记忆和口述史往往三者合一，成为具体时空中人们共同拥有的传统。那么，在一个村落里，哪些历史事件能够演化为传说，或者说传说是如何被建构的？建构传说具有哪些社会功能呢？要解决这些问题，仅仅依赖传说的记录文本是远远不够的，必须进入传说生存的具体环境之中。

每个演说者都声称是由于听到过这个传说因而才具有了演说它的能力。每个听众都能够以这种方式获得演说它的权威。演说被宣布为完全是“转述”的，而且历来都是转述的。结论显然是：传说里的主人公本人一定是这个传说的最早的演说人。利奥塔写到：这形成了“固结的时间，即描述的行为发生的时间，和描述这一行为的实际叙事发生的时间不受干扰地交流着。两个措施保证了这样一种泛时性：名字的永久性，和被指名的个人在三个叙事实例（叙述者、听者、故事主人公）之间的可互换性，这种可互换性在所有场合都是由仪式支配的”[8]。演说的传说内容似乎属于过去，但事实上和这个行为永远是同时的。传说的一个基本功能是使传说的内容合法化和富有权威性。

确立了民间文学的生活属性，就给我们研究民间文学提出了理想的目标。这就是摈弃记录文本而直接对处于“声音”和演说状态的民间文学进行研究。在“声音”和动作的层面把据民间文学的演说规律和结构功能，那么，所得出的“类型”、“程式”、“结构”等可能与现在的结论南辕北辙，“口头程式理论”才有可能名副其实。在“听”和“说”的情境中考察民间文学是可能的，这对研究者提出了更高的知识和能力的要求，最主要的是应熟悉当地的方言和文化传统。我们呼唤这种生活状态的民间文学研究成果的诞生，他们可能要全面颠覆现有的民间文学的理论方法和观点。因为对当地人而言，现有的民间文学的理论方法和观点可能是”陌生人”的“臆想”。

[原载《民俗研究》2004 年第 3 期]

参考文献

［1］钟敬文主编．民间文学概论．上海文艺出版社，1980年版，第1页．

［2］刘守华主编．民间文学教程．华中师范大学出版社，2002年版，第5页．

［3］姜义华主编．胡适学术文集·新文学运动．中华书局，1993年版，第201页．

［4］祁连休主编．中华民间文学史．河北教育出版社，1999年版，“前言”第8页．

［5］郑志明．民间文学的研究范畴及其展望．文学民俗与民俗文学，台湾南华管理学院，1999年版．

［6］巴莫曲布嫫．“民间叙事传统格式化”之批评．中国俗文学学会通讯，第30期，第12页．

［7］辞海（文学分册）．上海辞书出版社，1979年版，第1页．

［8］利奥塔．后现代性与公正游戏．谈源洲译．上海人民出版社，1997年版，第168页．

反思民俗学、民间文学的学术伦理

吕　微

一

近年来，在学科反思的过程中，民俗学、民间文学日益呈放开放的状态，特别是从相邻学科人类学、社会学那里学得了不少东西。但与此同时，我们也要注意从本学科自身的学术传统中努力发掘自我发展的潜力。换句话说，民俗学、民间文学本学科有自己的基本问题或问题意识，有自己的终极关怀，有自己的哲学立场，有自己的理论、方法，一句话，有自己本学科的研究范式。在学科反思、学科开放的今天，这些学科遗产或学科传统仍然值得我们继续深入地挖掘。但遗憾的是，今天从事民俗学、民间文学研究的学者往往遗忘了或者有意无意地忽略了这些方方面面在学科起源时的曾经显现。一句话，缺乏在自我批判的过程中对本学科的深刻的自我理解和自我解释，因而难以实现学科范式的转换和更新。

就个人的本意来说，我极不愿意在相关学科之间“划清界线”。民间文学、民俗学、人类学、民族学都是孪生的姐妹兄弟，至今共享着某些学术经典，“孔子殁后，儒分为八”是后事。自己从事民间文学研究，却始终不认为民间文学学科就比相邻学科有什么特别的高超之处。但我又始终坚持认为，针对民俗、民间文学现象的“特化”了的视角和专门研究蕴涵着一些与其它学科不同的思考方式或思想方式，民俗学、民间文学研究的合法性并不只是为其它学科提供了现象描述的资料结集。这个学科完全能够通过其蕴涵的以及能够贡献的问题意识和研究范式，为其它学科提供启发，为社会问题的诊断和治理提供建议，为克服人类精神的普遍困境、推动人类文化的和谐发展提供本学科的解决方案。我之所以对民间文学和民俗学的未来充满信心，是因为我越来越发现，这是一门“有用”的学问，通过这门学问，我们能够开发出一些相关学科尚未开发的、激动人心的命题。还是那句老话：回到学科的内心深处，学科的内心比我们头顶的星空更广阔、更深邃。

当然，从表面看，目前民俗学、民间文学学科仍然显得理论贫乏、方法陈旧、问题意识和哲学基础薄弱，甚至缺少终极关怀，这些都是事实。但也有迹象表明，民间文学、民俗学内部正在酝酿着新的学科问题意识和理论、观念，只是这些晚近的学术细流目前尚隐藏在诸多学者对于具体现象的具体研究当中，还没有形成学者共同体的集体性纲领。进而言之，当今时代学科范式的创新、转换往往不是由哪个学者个人所能完成的，而是由各个学科的学者共同体通过集体努力换来的结果。因此，对于民间文学、民俗学的新的集体纲领的形成，我们尚需假以时日。但即使如此，我仍想通过对一例“个案”的解读来说明我以上的观点，即指明目前民间文学、民俗学研究的群体作业所蕴涵的新的问题意识，以及理论创新、观念更新的可能性。这个案例就是第二届“民间文化青年论坛”。

第二届“民间文化青年论坛”（会议主题：“民间叙事的多样性”）于2004年8月4日～5日在北京召开，与会青年学者向本届论坛共提交了39篇论文。会议就民间文学、民俗学研究的文本和语境、叙事与仪式，以及民俗学、民间文学学科知识的生产等问题展开讨论。青年论坛是一个缩影，这个缩影反映了目前中国民间文学、民俗学研究的前沿状况：新的学科问题意识和理论、观念的创新正处于蓄势待发的状态，但其破土萌芽尚需本学科同人在朝向相关学科开放的同时不断地进行自我反省，从而开发出自我发展的潜力和能力。

如果拿本届论坛与2003年的“民间文化青年论坛”第一次网络会议相比，两次会议可以说各有千秋。第一次会议提出了不少前沿性的问题，与会者大都是从各自的问题意识介入讨论的，那一次会议提出的问题我们至今记忆犹新：民俗学、民间文学研究是应当告别田野、回到文本，还是应当文本与田野并重或更注重田野？民间文化传统的本真性是被发现的还是被发明的？引进的西方民间文学和民俗学是我们认识客观世界的普遍方法、还是我们建构意识形态的特殊资源？我们如何通过对钟敬文先生的评价把握中国民间文学、民俗学未来发展的契机？[1]

本届“民间文化青年论坛”上，有多篇论文在各自的专题论述中延续、隐含了上届论坛的诸多命意，比如文本和语境（田野）的关系，以及本真与建构的关系……但在本届论坛上，与会者则不再是简单地高声疾呼告别田野、回归文本，而是通过自己切实的学术实践强调我们究竟需要什么样的田野研究和文本研究。而那些原本就坚持田野研究、语境研究的学者也不再把田野、语境看作是纯粹属于被研究对象的客体性范畴，而是突出地把研究者本人的因素加入到田野、语境当中，用民族文学研究所巴莫的话说就是研究者在研究事件中的“在场”[2]。北京师范大学杨利慧也认为，口头文本是进入同一语境的讲述者和聆听者（包括研究者）共同创造的结果，中山大学施爱东在其民俗传承实验中特意安排了邀请被试者对实验进行反馈批评的环节；北京师范大学周春发现了故事村被建构的事实；文学研究所户晓辉进一步追溯了格林兄弟本人的童话创作；而北京大学彭牧则毫不讳言地申明自己对民间图案的意义解读具有鲜明的主体性质[3]。以上这些反思性的研究立场正与上届论坛的问题意识和反思精神一脉相承，即：我们不再坚持一种纯粹的客观主义研究态度，而是已经把我们研究者自己的主观立场摆进了情景语境。从中，我们正可以体味到世界学术对中国学界的时代影响，我们并没有置身于世界和时代语境之外自说自话而不自觉。

但是，问题还不仅仅如此，一旦我们把自己——研究者主体摆进了“研究事件”（这就是“田野”），我们发现，我们研究者主体和被研究者主体的意见并不总是一致的。蒙古族说书艺人齐宝德坚持说他是严格按照本子说唱的，但北京大学陈岗龙认为他在说唱的过程中加入了许多本子之外的东西；北京妙峰山进香的香会人士坚持说曾经有过书面的香会会规——话条子，但河南大学吴效群认为这种说法本身就是一种对于会规合法性的想象；巴莫承认诺苏彝族史诗分黑白、分公母的地方性知识应当享受被局外人接受、认可的权利[4]。在具体的情景语境中，不同的人持有不同的意见本不足怪。问题是：产生分歧的原因究竟是什么，这些分歧是同一知识背景下人们偶然的不同意见还是具有不同背景知识的人们必然的不同意见，而在不同知识背景下的不同主体之间的不同意见又有哪些是最终能够相互接受的，哪些是双方始终都不会互相接纳的。

二

对于以上问题，援引哈贝马斯的分析性概念也许不无启发。哈贝马斯认为，人们生活于其中的世界可以被进一步析分为三个世界，即：客观世界、社会世界和主观世界。与此相应，人们则以三种不同的语言行为指涉这三个世界。这三种不同的语言行为更是根据三种不同的语言应用（语用学）原则，即三种有效宣称：指涉客观世界的真理宣称(truth validity claim)，指涉社会世界的正当（规范）宣称（rightness validity claim)，以及指涉主观世界的真诚宣称（sincenty validity claim)。借助哈贝马斯的分析，可以认为，启蒙主义以来的时代错误就在于用指涉客观世界的真理宣称完全取代了指涉社会世界的正当（规范）宣称和指涉主观世界的真诚宣称。指涉客观世界的真理宣称是一种工具理性的语言行为，由于完整的生活世界还包括社会世界和主观世界，因此仅仅是真理宣称必然导致工具理性无节制的泛滥。而完整的生活世界只能用更高层次的沟通理性才能够加以协调，沟通理性把工具理性的真理宣称包括在内，同时更突出了正当（规范）宣称和真城宣称在沟通理性中的主导地位。

由于人们生活于其中的世界是一个复合的世界，因此当人们立足于生活世界的不同空间时，自然就会产生不同的意见。本届论坛的论文发言中所呈现的研究者与被研究者的不同意见就往往是因为研究者针对客观世界的真理宣称与被研究者出于主观世界的真诚宣称的分歧所致。在田野（甚至在文本）中，被研究者不仅仅是被研究的客体，同时也是主体，作为主体的人自然也生活在他自己的主观世界当中，正如研究者首先生活在他自己的主观世界当中一样。由于研究者主观世界的真诚宣称（我们暂且假定出乎主观世界的宣称都是真诚的）会影响其针对客观世界的真理宣称，所以研究者对于客观世界的真理宣称并非绝对是客观的，而是也应当获得被研究者的反观。

于是，问题变得如此复杂。过去我们曾经乐观地认为，我们能够通过使用工具理性的合适方法切入客观世界、客体对象；现在，一旦我们“如其所是”地恢复了客体对象以对象主体的地位，我们能否继续使用传统的、经典的客观论、反映论、实证论等真理宣称的“正确”方法“规定”对象就成了一个问题。现在，不仅被解释的对象意义不再是纯粹地内在于对象的，就连对象作为事实的形成或现象的显现也含有研究者主体介入的成分。进而，如果被研究对象的事实生成、意义生成与研究者的主体性介入有关，那么研究者主体对被研究对象的事实认定和意义赋予的效应就应成为研究者必须谨慎考虑的事情。

与工具理性的真理观不同，根据沟通理性的整体真理观，真理不是简单地被从客观世界中发现的，而是客观世界、社会世界和主观世界相互协调的结果。就此而言，真理最终要落实为主体之间达成的共识。哈贝马斯的三个有效宣称之“有效”的意思正是充分考虑了语言行为的共识效果。因此，有效宣称含有宣称者面对被宣称者的“关怀”，含有宣称者对宣称行为结果的关注，含有宣称者应当对被宣称者承担的责任。就此而言，沟通理性体现了一种顾及沟通效果的关怀伦理、责任伦理[5]，即不再是单向度的真理宣称的客体化行为，而是既包括真理宣称同时也包括规范宣称、真诚宣称等希望导致双向互动的主体间行为。

在客观论、反映论、实证论占据统治地位的方法论时代，我们没有也无须考虑我们的研究结论对被研究对象可能造成的影响。因为，既然我们关于对象的表述是客观真理，而客观真理的根据内在于对象本身，那么研究者主体也就不必因为自己的非主观（客观）性表述而对对象承担起任何表述责任。但是，如今我们一旦认识到对象生成为事实也事关研究者的主体性介入，特别是当我们已经把客体对象作为对象主体对待的情况下，学术成果的观念效应应当成为我们认真思考的时代问题。换句话说，如今作为研究者主体的我们必须为自己的学科表述承担起应负的知识伦理责任或知识责任伦理[6]。而反观已逝的上一个学术时代，正是由于我们坚持学术观念的纯粹客观性来源而不曾予以反思，所以才造就了一代知识的暴政和话语的霸权。

在研究对象被视为客体的时代，客体只能接受研究者主体的言说而绝无拒绝接纳此言说的权利，因为主体的言说被认为纯粹是客体内在本质的客观反映。于是，在单方面主体性的知识暴政和话语霸权的时代，凡与“现代性”知识系统不合拍的异己性知识系统在被“现代性”所研究和说明的同时也就被置于“现代性”所宰制却不容其申诉的地位。“‘客体’或对象是通过‘方法’定义的，只有符合方法条件的才能成为对象，这种客体的方法研究的目标本质上是为了解除对象的对抗性并达到对自然过程的统治。”[7]如何避免这种科学主义、方法主义霸权和暴政在人文学科领域的重演，应当是后现代人文学术必须解决的当务之急。即：清理现代性学术与政治意识形态所共享的哲学基础。由此言之，近三十年来中国学术为阻止政治意识形态对学术的“干扰”、“破坏”，只是后现代学术反思的最初成果，而学术反思的脚步却并不能因此而停止，反思必然从权力话语的层面进入到哲学基础的层面。

在后现代学术反思的进程中，民俗学、民间文学首当其冲，因为民俗学、民间文学的经典研究对象正是那些被“现代性”知识系统（包括民间文学、民俗学学科知识）异己化、他者化的知识系统下的客体对象。如何恢复这些已经被异己化、他者化的客体对象本应享受的主体地位，这既是民间文学、民俗学在今天面临的最严峻的挑战，同时也是这个学科对人文学科整体有可能作出的最有价值的贡献。为此，民间文学和民俗学学者必须谨慎从事，防止我们那些“自以为是”的陈述（即使真的是真理宣称）对被研究的对象可能造成的伤害。“人类学者的道德故事不能给那些在支配性的文化体系中受到压制的人们带去伤害（没有伤害原则），它们刻画的人物应受到保护。”[8]今天是我们超越传统的、经典的基于主、客体之间的方法论而将目光集中于主体之间的伦理学的时候了。

据此，后现代学术的核心问题是：研究者主体应当根据哪些责任伦理的知识原则与被研究者主体进行有效的对话。所谓有效对话的意思是说，对话是富有成果的，而富有成果的对话将有助于被研究者主体无论作为承载何种知识类型的主体，都能够在后现代知识体系的整体格局中享有与承载其它不同类型知识的主体同样平等或者接近平等的身份、地位。在传统的、经典的方法论视野中，我们的出发点只能是主、客体的关系；而在后现代的伦理学视野中，我们才能够立足于主体间的基础之上。于是，认识论的方法论转变为本体论的伦理学。而这正是民间文学、民俗学学科转向的哲学方向。在本届论坛上，高丙中在他的论文结尾处这样写道：

> 民俗学在今天要关心自己的专业队伍与研究对象的互动，使学科具有自我反思的能力；要使自己的专业活动避免原有的单纯利用调查地点的民众，而让作为对象的“民间”有机会在一定的意义上成为追求自己的目的的主体，从而奠定本学科适应新的时代的学术伦理基础，我们就有必要尝试把民俗学者的工作过程也纳入观察的范围、对象。作者相信这一立意是符合民俗学进一步发展的时宜的。[9]

这也是我所理解的本届论坛所隐含的、但我认为应当明确加以表达的最重要的理论问题。这个问题的重要性是不言而喻的，因此，即使是仅仅提出或隐约地提出了这个问题，却也可以说就是本届论坛最成功的地方[10]。

三

学术伦理也是晚近哲学、人类学等诸多学科所共同关注的重要问题，但本届论坛所提出的学术伦理并非指的源于处理日常生活中人际交往关系的社会伦理、生活伦理，而是特指从认识论、方法论转换而来的知识论伦理学，特别是指从现象学方法论的立场经现象学本体论的“格式塔”目光转换而生成的解释学伦理学[11]，因此，是与方法论有着“血缘关系”的伦理学。方法论是主体用来切入客体的工具性原则，而从方法论转换而来的伦理学则是研究者主体借以与被研究者主体进行有效对话的规范性原则。我们都有切身的经验体会：即使是在具体的情景语境中，主体之间的意见也经常难以达成一致，但这并不妨碍主体之间已先验地就对话的规范性原则达成共识，从而为不断地趋向于由对话双方都认可或认同的真理，奠定坚实的对话伦理基础。

如果说中国民间文学家和民俗学家们目前对方法论的反思尚未在整体上上升到伦理学的高度。那么，当代哲学家和人类学家们显然已着先鞭。当代哲学基本问题从主体性到语言性的转向正包含着晚近世界学术的伦理关怀，把语言作为第一性而不是把主体作为第一性的哲学问题本身就意味着“主体间性”。因为从逻辑上说，凡语言都必须以两个以上的主体为存在前提。语言的共时性语法本身就意味着语言交往的规范、原则，主体生活在语言、语法当中就意味着个别主体（个体）已经先验地承认了主体间的语言共同体的交往理性或交往伦理。“我们的第一句句子，已经清楚地表达了我们的意向，就是追求普遍和不受制约的共识。”[12]

在现代性的知识主体看来，异己或他者的知识主体（其实是视之为客体）往往具有非理性（如信仰知识）的性质。然而，一旦认识到不同知识系统下的主体同样生活在语言、语法当中，通过对语言的共时性语法本质的领悟，哲学家们看到了人类理性交往的未来普遍前景。传统的、经典的民间文学、民俗学的研究对象主要是口头的和书面的文本，晚近的研究趋势更是从文本的文学层面深入到文本的语言层面[13]，就此而言，民间文学、民俗学正可以通过在语言层面关注不同知识主体之间的语言、语法关系在后现代学术语境中发挥本学科的学术专长。

语言性、“主体间性”，或者说主体之间交互为主体的语言关系，的确是晚近世界学术大潮所集中关注的中心问题。主体，可以指个体，也可以指民族主体、国家主体、社会主体、文化主体，如此等等。启蒙主义、浪漫主义企图通过普遍主体和特殊的民族国家主体的途径解决主体与客体以及个体与集体的问题，但由于没有注意到“主体间性”，从而造成了单向度的主体性和集体性独白与独断，近代以来的自由主义实践因此而身陷其中。当代哲学正是从这一“现代性的灾难”中提炼出了“主体间性”的问题意识。

当然，中国民俗学和民间文学研究并非仅仅跟在西方学术的身后，像个嗷嗷待哺的儿童。“主体间性”也是中国民俗学、民间文学学科本身的、内在的问题。只不过在我们还没有发明出更为“上手”、好使的概念工具之前，我们暂时移译了西方世界的理论范畴对我们自己所遭遇，所领会的问题加以反思、加以界定。但问题首先是我们自己的，即我们这个学科的——即使我们自己的问题并不可能脱离全球性语境而封闭地自我限定——我们所有的反思和痛定思痛都是为了赎我们曾经的启蒙主义和浪漫主义现代性“原罪”。

而且，在我看来，中国民俗学、民间文学学科所面临的“主体间性”问题，要比西方世界（如果有一个统一的西方）更为复杂和难以处理。我们的“主体间性”概念要用来解决国际、国内、不同层次、不同类型、特别是不同的知识共同体之间的问题。过去，我们把民俗、民间文学的研究目的、对象、范围定位于认识与现代知识体系相对立的传统知识体系，或者与上层知识体系相对立的下层知识体系。但是，如今在“主体间性”的伦理要求下，中国民俗学、民间文学学者，显然已经开始倾向于将民间知识系统视为后现代知识体系整体中的一个组成部分。或者说，民间文化的知识传统应当在后现代知识体系的整体中占有其合理合法的位置。这是中国民俗学、民间文学在当前希望表达的学术伦理理想，同时也符合中国民俗学、民间文学学科创建之初的民主宏愿，尽管我们知道这一论证过程将是长期的和艰难的[14]。

传统在现代中延续，而现代则是延续的传统。曾几何时，一部分现代知识（比如“中心活语”）把另一部分现代知识（比如“地方话语”）视为传统，把原本在不同空间中分布的现代知识置于时间序列当中。于是，不同的现代知识就被表述为现代知识和传统知识的对立，遮蔽了被视为传统的那部分知识的现代性质。而这部分所谓的传统知识其实原本就是现代知识体系的“有机构成”，即现代性知识中的地方性知识，或者说是“现代性的民间表述”[15]。

四

中国民俗学和民间文学应当以自己的学术思考更广泛地参与社会性的学术实践。学术实践有各种层次，包括理论的层次和应用的层次。而理论其实也就是应用，因为理论建设就是通过观念的生产参与到社会实践当中。当然，民间文学、民俗学的理论建设、观念生产不是只能使用哲学语言，民俗学、民间文学研究有自己经典的学术语言，有自己传统的学术问题。比如当民间文学家、民俗学家用“主体”一词来重新界定“民间”的时候，民间文学家、民俗学家也就丰富了书斋中或摇椅上的哲学家们对于抽象概念的“主体”的感觉（本届论坛上，北京师范大学岳永逸就对作为被调查对象的主体“范庄人”的同一性提出了质疑）。当然，具体到每一位民间文学、民俗学家，作为学者个体并非一定要时时事事都对学科理论的基本问题有所言说；但是作为学者群体，我们不能不对学科的基本问题、终极关怀、哲学基础等理论问题有所自觉。我们更不能不对世界学术的基本走向心中有数，并随学术前进的时代脚步而不断自省，以期在向其它学科开放的同时不断地加深学科自身的自我体验。这样，民俗学、民间文学学科一定会通过自己独到的学术语言并在使用自己的学术语言表述自己的学术问题时，对社会也对其它学科贡献出自己的影响力。

一门学科的理论所关注的基本问题（终极关怀）并不是在其起源处就一劳永逸地被固锁住的，学科理论的基本问题需要该学科的学者不断地追问。就此而言，学科问题是学科的先驱者和后来人不断对话并通过对话得以解决的结果。本届青年论坛的论文发言能否开发出对于理解和解释本学科基本理论问题的更多的有益成果，还望与会学者和学界同人进一步参与讨论。

[原载《民间文化论坛》2004年第5期]

参考文献

[1] 参见陈泳超主编《中国民间文化的学术史观照——民间文化青年论坛》(1)，哈尔滨：黑龙江人民出版社，2004.

[2] 巴莫曲布嫫．史诗传统的田野研究：以诺苏彝族史诗《勒俄》为个案．博士学位论文．北京师范大学，2003．208.

[3] 杨利慧．民间叙事的传承与表演——以兄妹婚神话为例，兼谈中国民间叙事的综合研究法：施爱东．故事传播与记忆的实验报告及实验分析；周春．故事村：一个复杂的社会现象——以W故事村为个案；户晓辉．童话的生产：对格林兄弟的一个知识社会学研究；彭牧．作为表演的视觉艺术；中国民间美术中的吉祥图案．以上均为第二届民间文化青年论坛论文，引自 http：//www. chinese. pku. edu. cn/teacher/chenyc，以下引述凡未注明出处者均见该网页.

[4] 陈岗龙．口头传统与书面传统的互动和表演文本的形成过程：以蟒古思故事说唱艺人的田野研究为个案；吴效群．妙峰山：民间社会紫禁城的建立；巴莫曲布嫫．叙事界域与传统法则：以诺苏彝族史诗《勒俄》为例.

[5] 阮新邦等．解读《沟通行动论》．上海：上海人民出版社，2003．52.

[6] 胡塞尔认为，主、客体分离的科学主义研究是“非人性”的，“这种研究成为一种自由飘浮的、摆脱了责任的行为”，“胡塞尔在他后期著作标题中所说的‘欧洲科学的危机’就是一种意义的丧失，这种意义丧失之所以产生，乃是因为一个绝然的、与主体无关的世界——如果它真的存在的话——将会放弃人的责任”．（德）黑尔德著、倪梁康译．生活世界现象学·导言．（德）胡塞尔著、黑尔德编、倪梁康译．生活世界现象学．上海：上海译文出版社，2002．40.

[7]（德）伽达默尔著，夏镇平译．赞美理论．上海：上海三联书店，1988．155.

[8]（美）邓金著，周勇译．解释性交往行动主义——个人经历的叙事、倾听与理解．重庆：重庆大学出版社，2004．15.

［9］高丙中．知识分子、民间与一个寺庙博物馆的诞生：对民俗学的学术实践的新探索．民间文化论坛，2004．137．

［10］一次学术会议成功的标志是什么？可以从以下几个方面加以考虑：是否提出了前沿或深度的问题，是否提交了高质量的论文，是否就论文和问题进行了充分的讨论，会议最后的论文结集是否在以后的时日被证明是阶段性的学术成果。这样的标准也许是陈义过高，但应当是学界青年的努力方向，尽管每次会议不可能同时满足上述几个标准的全部要求。

［11］这是对西方现、当代学术思潮发展脉络之一支的描述，其相应的思想家之间的具体师承关系是：胡塞尔认识论现象学→海德格尔本体论现象学→伽达默尔本体论解释学。至于中国现、当代学术思潮的发展尽管也有其内在的学理逻辑和师承关系，但更主要地表现为社会实践对于学术观念的迫切需求从而导致的学术回应以及对西方学术的实用主义理论借鉴。近年来中国学界盛行学术史研究，在一定程度上清理了本土学术思潮的学理脉络。对中国现代民间文学、民俗学学术思潮的学术史反思，参见（美）洪长泰著、董晓萍译《到民间去：1918—1937 年的中国知识分子与民间文学运动》（上海：上海文艺出版社，1993）；高丙中《民俗文化与民俗生活》（北京：中国社会科学出版社，1994）；吕微《现代性论争中的民间文学》（文学评论，2000，（2））；户晓辉《现代性与民间文学》（北京：社会科学文献出版社，2004.）

［12］哈贝马斯．沟通行动论．转引自阮新邦等．解读《沟通行动论》．上海：上海人民出版社，2003，40．

［13］朝戈金．口传史诗诗学——冉皮勒《江格尔》程式句法研究．南宁：广西人民出版社，2000．

［14］论证过程之所以艰难，是因为在现阶段中国社会，哈贝马斯所说的没有内在和外在压力制约的“理想沟通情境”还是一个有待实现的理想。但是，理想沟通情境既是有效对话得以实现的条件，同时也是有效对话所要实现的目标。哈贝马斯认为，理想沟通情境只有在一个自由和开放的社会里才能够实现；但是，如果没有理想沟通行为自身的努力也就谈不上理想沟通情境本身的实现，而学术研究所实践的理想沟通行为且试图营造的理想沟通情境，恰恰应当也可以成为社会实践的先行试验。理想沟通情境和理想沟通行为，二者之间具有一种互为因果的关系。参见阮新邦等《解读〈沟通行动论〉》．（上海：上海人民出版社，2003．28，77．）

［15］刘晓春．现代性的民间表述——当下民间造神运动的一种阐释．思想．第七辑．北京：中国社会科学出版社，2001；仪式与象征的秩序．北京：商务印书馆，2003．237．

略论民间文学研究中的几个关系

——“走向田野，回归文本”再思考

陈建宪

2002年7月16日，笔者在中国民俗学会学术讨论会上作了一个发言，提出民间文学研究要回归文本的问题。会后，几位同仁觉得“文本与田野”的题目值得进一步探讨，并准备在2003年4月北京大学中文系举办的学术史讨论会上，将它作为中心议题之一，但由于“非典”，此次会议未能举行。7月，北京大学“民间文化青年论坛”网站召开第一次网络学术讨论会，大家对笔者《走向田野　回归文本》一文展开了激烈的辩论，会后承蒙汤晓青同志整理了一个完整的资料①。讨论中大家提出了许多真知灼见，帮助笔者理清了一些思路。

通过这段时间的思考，笔者觉得“文本与田野”的命题虽涉及民间文艺学当前危机的某些实质问题，但似乎仍不够准确和深入。下面就在集思广益和自我批判的基础上，对“回归文本”所涉及到的民间文学研究中的几个关系，作进一步探讨。

一、民间文学的本质与形式

自从1997年国家学位委员会取消了民间文学的二级学科地位，民间文学界就普遍感到了学科的生存危机。“回归文本”的提出主要基于这一背景。

我们不能将民间文艺学独立地位的丧失完全归咎于管理层的歧视。一门学问能否独立，是否受到社会重视，涉及因素甚多。民间文学的主体产生于农耕时代，在社会生活日益现代化的今天，它以原生形态服务民众的功能基本消失（活形态只有少量存在，如时政歌谣与笑话），而再生形态的民间文学（如古文献、三大集成等）虽大量存在，但民间文艺学理论建设却长期滞后，缺乏深入系统的理论阐释，未能有效地开发民间文学在文艺创作和学术研究等方面的价值，这是民间文艺学不能自立于学科之林的根本原因。

20世纪90年代以来，民间文艺学与民俗学在学科性质、对象、目的与方法等方面的混淆日益加剧，混乱现象之严重，直接导致了国家在调整学科目录时，设置了一个“民俗学（含民间文学）”的学科名，并将其归入社会学，民间文艺学从此被吊销了户口。民俗学果真能涵盖民间文艺学吗？如果不能，那么民间文艺学与民俗学的不同特质体现在什么地方呢？“回归文本”的命题，就是对这个问题进行的反思②。

钟敬文先生在《民间文艺学的建设》一文中曾说：“一种科学的成立，绝不是很偶然的事，也不是任凭一二好事的学者可以随意杜撰的事。最要紧的，是那对象必须具有可以成立为一种科学的内外诸条件。”[③] 从民间文艺学今天的实际看，一种学科的成立，除了对象本身外，似乎还需要加上一条，就是研究主体对学科特性的明晰认识。正如马克思所言：“从主体方面看：只有音乐才能激起人的音乐感；对于不辨音律的耳朵来说，最美的音乐也毫无意义。……因为对我说来任何一个对象的意义（它只是对那个与它相适应的感觉说来才有意义）都以我的感觉所能感知的程度为限。”[④] 尤其是今天，我们需要对民间文艺学研究的对象与目的作更准确的定位。

首先看研究对象。一门学科应该研究的对象，与属于这门学科的特定对象，是两个不相同的概念。从应该的角度看，没有哪一门学科可以单打一，研究文学的人应该研究社会，研究经济的人应该研究文化，研究民间文学的人应该研究民间生活，这是不言而喻的。但是，每门学科的对象又只能是林林总总的人类文化现象中某个特定的部分。现代科学是一个严密的体系，每门学科都有其独特的对象与功能，没有一门学科能包罗万象。这就涉及到本体论问题。

从哲学意义上说，“本体”一词来自拉丁文 on（存在、有、是）和 ontos（存在物）。一门学科所研究的对象本体，必须是一种客观存在物，这种事物有其本质与形式的规定性。就“民间文学”一词来说，虽然它无疑属于一种民间文化现象，但究其本质，乃是一种由特定群体在特定条件下创作、传承和享用的具有特定形式的文学作品，它的各种存在状态，如在特定时空背景中展演的口头表演文本，或超越特定时空传承的书面文本或影像文本，都可以看作是民间文学的形式。

再看研究目的。民间文学是一种集体创作和传承的文学作品，但这种作品的特殊之处是，其意义的实现方式常常是一种集体进行的、综合性的文化活动，这些活动也是其它人文科学感兴趣的对象。民间文艺学对象本体既是民间文学作品，它的目的也只在于对这些作品的记录与阐释。它对其它社会文化问题的关怀，是通过对作品内容与形式的研究而实现的。

综上所述，“回归文本”命题针对的是民间文艺学因研究对象与目的泛化而导致学科特性消解的现状提出的。它不是一个要不要做田野作业的方法论命题，而是一个本体论问题。“回归文本”并不反对走向田野，但认为走向田野的目的也是为了作品：一是科学地记录作品，二是科学地理解和阐释作品。至于由田野作业获得人类文化的普遍性知识或特定地区的地方性知识，就既不是民间文艺学所能承担也不是它所要承担的任务。

二、相关术语界定

民间文学作品以文本形式存在，所以“文本”是民间文艺学的中心范畴。除文本外，民间文艺学还需有一整套术语体系。正如巴尔特谈到叙事学时所言：“如果我们在入手时就遵循一个提供给我们首批术语与原理的模式，就会使这一理论的建立工作得到许多方便。”[⑤] 为避免本文讨论中发生歧义，我们先对几个有关概念作初步的界定。

文本　根据有关资料[⑥]，“文本”（text）一词的词根是 texere，表示编织的东西，如纺织品（textile）。在不同的学科和学者那里，人们对“文本”的理解广狭不同。最狭义的一种是语言学，将文本理解为文章的语句：“文本指的是文本表层结构，即作品‘可见’、‘可感’的一面。”（福勒《语言学与小说》）稍宽泛一点的是文艺学，将文本理解为具有稳定意义的、以书面形式表现出来的文学作品，巴特称这是一种“古典的、习惯的和流行的看法”（《文本理论》）。更宽泛的是符号学，认为文本是“以一种符码或一套符码通过某种媒介从发话人传递到接受者那里的一套记号”（史柯尔斯《符号学与解释》）。最广义的界定是后结构主义，认为“文本无所谓构造。文本中的一切都一次次得到意指和多次运用，文本没有一个极尽的整体，也没有终极结构”（巴特《S/Z》）。“一切都始于再生产”（德里达《弗洛伊德与书写的意味》）。综上所述，人们对“文本”的界定，一方面随着学术进展在不断深入，另一方面也与不同学科不同流派的研究意旨紧密相关。在语言学家、文艺学家、符号学家、哲学家眼里，“文本”具有不同的内涵。在古典、现代和后现代之间，理解也有很大分歧。

从民间文艺学角度来看，文本指的是以物化的符号形式所呈现出来的民间文艺作品。一个民间文艺作品，常常是语言、音乐、动作等符号的集合，它既有相对稳定的组合形式，也有在创作者看来是明确的内涵，但其意义的生成却常常依赖于符号发送者与接受者的互动。“文本”有多种形态，如文字文本、语音文本、影像文本、现场表演文本等。总的来说，由于现代传媒无孔不入，形式较农耕时代和工业时代丰富得多，而民众受教育水平又普遍提高，因此，现代生活越向前发展，民间文学的口头表演文本在范围和数量上会越来越少，而记录手段和活动的增加将使书面文本、影音文本不断增多。民间文学文本的特点是：首先，它以多种形态（原生态、再生态、新生态、衍生态）存在，人们既可通过文化活动（如节日、仪式）中的群体互动，也可以通过再生态（如书籍）或新生态（如手机短讯）、衍生态（如动画）来实现其各种艺术功能与社会功能。其次，文本由集体而非个人创作，创作者与接受者有时分离（如祖先与后代），有时混融（群体中每一代成员和每个成员都可对作品进行修改）。第三，与作家文学相比，民间文学文本异文众多，且不断变异。正是这些特性使民间文艺学成为一门“特殊的文艺学”。

语境　文本的对应范畴不是“田野”，而是“语境”（context）。语境一词本是语言学的概念，指“在话语或文句中，位于某个语言单项前面或后面的语音、词或短语”。也就是我们常说的上下文或关联句。但这个词被引入文艺学、人类学和哲学后，其内涵一扩再扩。福勒说：“词语的语境含义包括狭义的语言（语音的或形态的）范畴，也包括广义的哲学范畴。一方面，文学批评的任务可以部分地看作是把词、短语、句子和作品的其它部分与其语言的语境联系起来的需要，另一方面，更广泛的文学批评就把文学作品本身和与之有关的心理的、社会的和历史的语境联系起来。”（《现代批评术语词典》）而瑞恰兹的界定是：“‘语境’是用来表示一组同时再现的事件的名称，这组事件包括我们可以选择作为原因和结果的任何事件以及那些所需要的条件。”（《修辞哲学》）⑦

从民间文艺学角度看，语境就是民间文学文本获得意义的环境。这种环境包括民间文学的展演，也包括对文字文本和音像文本的赏析。语境是具象的，它与特定的时间、空间、人群相关联。文本是民间文学作品的符号集合，语境则是符号内涵的实现方式。

刘宗迪先生认为："语境原本就包括多个层次，句子的上下文是语境，故事的讲述环境是语境（比如在丧礼上讲述洪水再造神话），意识形态也是语境，今天，全球化背景也正在成为民间文学存在的语境。所谓语境，无非就是使一个文本具有意义、可以理解的环境。"[⑧]笔者建议，为了使不同层次的"语境"不发生混乱，我们在具体分析中可用限定词作更细致的表述，如文句语境（或称上下文）、文化语境、社会语境、意识形态语境等。

文本批评　文本与语境指的是民间文艺学研究的对象，文本批评（textual criticism）与田野作业（fleld work）则是指两种不同研究途径。在西方，自 20 世纪 30 年代以来，文本批评就成为一种以文本为中心的批评方法。正如沃西奥勒克所概括的那样："批评是针对一种客观的文本，并以这个客观的文本来衡量的评论。"（《法国的新批评派，引言》）对于一般文学作品来说，"这种批评的目的是尽可能精确地确定作者实际写的，或者打算作为最后定稿的东西到底是什么"（阿伯拉姆斯：《文学术语汇编》）[⑨]。而民间文学的文本批评，指的是针对民间文学作品的各种异文、各种形式进行内容方面的阐释，其中既包括对不同时代不同地区所记录的文字文本的考据（如历史地理学派），也包括对各种文本形式的作品中所包括的价值观、艺术性等方面的解读。

田野作业　它本是一个文化人类学的概念，亦称田野调查、现场调查或实地调查，"指到调查对象所在地搜集实际资料的过程。……其突出特点在于研究人员长期居住生活于调查现场中，参与及观察当地居民的生活，研究其文化全貌，深入了解当地居民的观点，以期达到人类学研究应具有的整体观"[⑩]。这种方法始于美国的摩尔根，完善于英国的马林诺夫斯基。就民间文艺学来说，田野作业的含义，是通过对民间文学现场表演情境的调查研究，对作品中涉及的社会文化因素（如传统性指涉、社会功能等）作进一步阐释。

民间文艺学界过去对术语规范作得很不够，为此刘魁立先生在 2002 年 7 月召开的中国民俗学会学术讨论会上，曾就这个问题作过一个专题发言。笔者在《走向田野　回归文本》一文中，也以神话学为例，作过这样的表述：

> 目前我们的当务之急，是对有关神话研究的范畴进行科学界定，并在来自各种学科的神话范畴之间，建立起符合生活事实的逻辑关系。……世界上各种涉及神话研究的理论流派，已经产生了不少理论术语与范畴，如历史地理学派的母题、类型、亚型、地区变体、异文、原型；口头程式理论的程式、场景、故事类型；人类学派的仪式、展演、万物有灵、文化遗留；社会学派的集体意识、集体表象、互渗、功能；心理分析学的自恋、他恋、情结、集体无意识、原型；结构主义的结构、转换；还有文艺学的文本、主题、意象、语境、象征；语言学的话语、能指、所指等等。我们可以而且也只有对各领域和学派所创造的各种范畴，进行系统缜密的"知识考古"，从中剥离出最切近神话本质者进行整合，才能全面继承学术界已有的思想成果，建立起中国神话学的科学理论体系。

建立民间文艺学的理论范式，既要创设新范畴，也要引进和消化相关学科的相关概念，加以重新梳理、界定和建构，这样才能打破民间文艺学的独白，与其它学科如文艺学、社会学、人类学等实现对话与共谋。这方面，民间文艺学家还有很长的路要走。

除了建构本学科的术语范畴之外，民间文艺学研究还需要处理好学科内外的一些关系，特别是民间文艺学与民俗学的关系。要牢牢把握民间文艺学的学科特性，必须在内部研究与外部研究、文学研究与文化研究、文本批评与田野作业之间，保持适当的张力。我这里说的张力，指在对立统一的两个事物间保持平衡与协调的力量。

三、张力一：内部研究与外部研究

民间文学作为一种集体传承的口头文学，其内容包罗万象，需要采用不同视角、运用多种方法来研究。从宏观看，这些研究可分为两个基本视角：内部研究与外部研究。所谓内部研究，指对作品本身所含信息的分析。所谓外部研究，指对作品相关语境的调查。

整个 20 世纪，西方文艺思潮一直在内部研究与外部研究间互动。20 世纪初，西方文学理论摆脱了 19 世纪风行的社会批判思潮，向语言学转向，随后半个世纪，研究重心放在以文学语言本身为对象的“内部研究”上，俄国形式主义、英美“新批评”、法国结构主义等流派相继出现，他们的共同特点，就是拒斥文学的社会性研究，强调文学的独立性，将文学视作一个自立自足的系统。20 世纪中、后期，随着英国“伯明翰学派”，美国“新历史主义”等流派的出现，文学研究又回归“外部研究”，“新历史主义”、“后殖民理论”、“女权主义”等文化理论在文艺界成为主潮。内部研究与外部研究前后相继、互相推进、平衡发展，体现了文艺理论思潮的内在张力。

在中国，20 世纪 80 年代文艺理论界一复苏，就将形式主义、新批评、结构主义、符号学、叙事学等“内部研究”理论迅速地介绍进来，打破了文艺学成为政治附庸的局面，使文学研究回归到了自身，中国文艺理论由此得到迅猛发展。20 世纪 90 年代以来，文艺界又马不停蹄地跟上西方对文学进行“文化研究”的步伐，由文学的内部研究向外部研究发展。

文艺理论由内部向外部、由外部向内部的跳转，是一种自然而然、水到渠成的发展过程，是人类对事物认识的螺旋式上升。中国文艺界过快从内部研究向外部研究的转向，已经引起人们的质疑。易晓明先生指出：“中国的理论界是在赶潮，它是跳跃式的，缺乏螺旋式上升的必要环节，中国的理论界并未像西方那样作几十年‘内部研究’的扎实工作，实际上是从社会历史批评的视野，迅速又跳入了外部‘文化研究’的视野，从‘外部研究’到‘外部研究’，缺乏对文学本身内部结构的深入探索与研究这一重要的环节。”[11]

就中国现代民间文艺学发展史看，整个 20 世纪，学术界对民间文学的关注，主要着眼于意识形态与社会学的价值。20 年代看重的民间文学对文学革命的启示，30 年代注重的是民间文化与圣贤文化的对立，40 年代号召作家学习“萌芽状态的文艺”去为工农兵服务，50～60 年代强调民间文学的阶级性，80～90 年代民间文学成为研究全球化语境中民族文化命运的一个标本。在这种大背景下，民间文学的外部研究必然成为主流话语，而对民间文学作品内部构成与内部因素的研究，对民间文学艺术性和审美特性的研究，也就只是凤毛麟角。

百年来中国各界对民间文学意识形态和社会功能的特别关注，在研究中重文化轻艺术、重外部轻内部的现象，是由中华民族20世纪迫切需要争取民族自立和向现代化转型这样一种历史语境所决定的。正如钟敬文先生回顾中国30年代时的民间文艺学史时所言："当时我们提倡收集、研究民间文学，不但在活动的产生上，有显著的时代、文化背景；就是在活动者的行为动机上，也跟当时的国情和民众（包括儿童）的文化现状与改革要求，密切联系在一起。"[12]

一门学科要保持良好发展，内部研究与外部研究应该协调前进。从民间文艺学发展现状看，长期忽视内部研究，已经造成了学科独立性危机的后果。今天，中国的学术语境已发生巨大变化，各门学科都面临新的调整。在继续搜集抢救民间文学资料，为中国现代化转型服务的同时，加强内部研究，关注民间文学作品本身的内在信息，在汲取国外同行已有成果的基础上，建构有中国特色的民间文艺学理论，已成为我们的一项紧迫任务。

今天进行民间文学内部研究有许多有利条件。首先是资料积累已达相当规模，不仅有中国各族（如汉、彝、纳西、蒙、满等）古籍中的书面文本，还有大量来自田野的记录（如《三套集成》），此外在少数地区还有相当的活形态民间文学（即口头表演文本）存在。其次，国内外民间文艺学实践为我们提供了不少借鉴。在国外，有一些致力于民间文学作品内部研究的理论，如历史地理学派的类型/母题分析法，普罗普的故事形态学，奥尔里克的"史诗律则"论，"口头诗学"中的程式理论、小泽俊夫关于民间故事语法与音乐性的研究等；在国内，有以茅盾、顾颉刚、郑振铎、丁山、袁珂等为代表的文献学传统，以及江绍原、马学良、芮逸夫等为代表的民俗学与人类学方法实践。这些经验与成果将为我们建构民间文学内部研究理论提供助力。

四、张力二：文学研究与文化研究

把握民间文艺学的学科特质，一个重要方面是处理好文学研究与文化研究的关系。

从现代学术史看，每当民间文艺学离开了文学，它就面临自我消解的命运。20世纪初对民间文学发生兴趣的首先是一批文学家。1916年3月胡适与在东京的同学梅光迪通信时，梅回信说："文学革命自当从'民间文学'（folklore，popularpoetry，spoken language）入手。"[13]这可以看作是当时知识分子开始关注民间文学的初始动机。1918年，北大文科教师刘半农、沈尹默、周作人等在《北大日刊》发起歌谣征集活动，到1922年《歌谣周刊》发刊时，他们已意识到了民间文学的多学科价值。该刊发刊词中说："本会搜集歌谣的目的共有两种，一是学术的，一是文艺的。……歌谣是民俗学上的一种重要的资料，我们把它辑录起来，以备专门的研究。……从这学术的资料之中，再由文艺批评的眼光加以选择，编成一部国民的心声的选集。……这种工作不仅是在表彰现在隐藏着的光辉，还在引起当来的民族的诗的发展。"[14]这里提到了民俗学，但也没有忘记民间文学的文艺学价值。此后，北大歌谣研究会的研究范围不断扩大，1925年《歌谣周刊》并入《国学门周刊》，歌谣学运动寿终正寝。十年以后，胡适在《歌谣周刊》复刊词中，还以一种总结教训的口气说："我以为歌谣的收集与保存，最大的目的是要替中国文学扩大范围，增添范本。我当然不看轻歌谣在民俗学和方言研究上的重要，但我总觉得这个文学的用途是最大的，最根本的。”他还以诗三百篇为例，说它虽可看作古代史料，但主要还是文学[15]。钟敬文先生在研究这段历史时，也指出20世纪60年代初曾有人认为《歌谣周刊》在第48期后向民俗学方面的发展是不正常的。不过钟老并不赞成这种意见[16]。

20世纪40年代，毛泽东《在延安文艺座谈会上的讲话》，虽然没有用“民间文学”这个词，但却提到知识分子学习民间“萌芽状态的文艺”。在解放区，从搜集陕北民歌与故事，到以群众喜闻乐见的形式创作新文艺，革命文艺可以说获得了质的飞跃。在向民众学习的文艺思潮影响下，涌现了《白毛女》、《李有才板话》、《王贵与李香香》、《夫妻识字》、《南泥湾》等一批红色经典。但《在延安文艺座谈会上的讲话》只谈文艺不谈学术，强调文艺是一种“团结人民，教育人民，打击敌人，消灭敌人”的武器，这种武器论的弊端，在全国解放后很快显现出来。民间文学后来成为政治工具，政治家和民间文艺工作者形成了以社会运动方式来开展民间文学活动（包括学术研究）的运作模式，其中的教训是深刻的。

20世纪70年代末，中国进入一个新的发展时期。随着1980年钟老主编的《民间文学概论》问世，全国高校纷纷开设民间文学课程，《民间文学论坛》创刊，《中国民间文学三套集成》开始编纂，民间文艺学的发展蓬蓬勃勃。但从20世纪80年代下半叶开始，特别是1985年《民间文学论坛》编辑部在江苏南通召开“田野作业与研究方法”座谈会后，明确提出“把田野作业升华为研究方法来讨论”[17]，民间文艺学开始向民俗学转向。20世纪90年代，则向更具理论阐释力的人类学、社会学靠拢，研究民间文艺学的目的，从“特殊的文艺学”发展到“目的永远在于人（群）”。结果就出现了今天关于民间文艺学学科危机的种种讨论。

总结上述历史经验，我们发现：民间文学首先是一种文学，是一种语言艺术。神话、史诗、传说、民间故事和民间歌谣等，固然承载着多种社会功能，但它首先是艺术，它的种种文化功能与社会功能，是以艺术的形式来完成的。老百姓讲故事、看戏、唱山歌，并未预设阶级情感、民族精神、文化象征、话语权、真理性等，那是研究者带着理论眼镜到民间去见仁见智的东西，老百姓们首先是被艺术所吸引，艺术性才是民间文学存在的第一要素。因此，民间文艺学一离开文学，就不知不觉地走向消亡。

作为文艺学中的一个分支，民间文艺学在文学性研究方面有许多事要做。例如民间文学作品的内容与形式问题、语言艺术问题、审美形式与审美功能问题、典型塑造问题、类型性与程式性问题、接受心理学问题、民间文学作为文学史一个有机构成部分的相关问题（如具体作品的形成与传承、与作家文学的关系），等等。作为一种集体的口头传统，民间文学与个人创作有着极大差异，民间文艺学家应该在建立口传文学的批评范式、帮助人们鉴赏民间文学作品、运用民间文学资源进行创作等方面，发挥自己的独特作用。

当然，硬币都有两面，对民间文学的文化研究，也是一个十分重要的方面。民间文学既是一种特殊的文艺作品，又是一种特别的文化现象。一方面，民间文学作品中有些信息只有联系到特定的文化语境才能理解，另一方面，民间文学作品往往通过一种特定的文化活动来实现其意义。此外，民间文学作品的产生、变异、消亡，也离不开大的社会文化语境。20 世纪 90 年代以来我们强调田野作业，乃由民间文学的文化特质所决定，不能说是盲目追赶国外潮流。但在文化研究中如何做到锁定作品本身，致力于对民间文学特殊规律的发现，不使学术目标泛化，则是一个需要注意的问题。

从当前情况来看，民间文学的文学研究比较滞后，成了这门学科的阿基里斯之踵。因此，我们可能需要在这方面作更多更大的努力。

五、张力三：文本批评与田野作业

从方法论的角度看，民间文艺学可能特别需要处理好文本批评与田野作业之间的关系。民间文艺学研究的对象是作品，这些作品的文本以多种形态存在。其中，文本批评方法主要用于书面文本或音像文本，田野作业方法则面对生活文本，即特定语境中展演的文本。

钟敬文先生曾将方法论分为三个层次：一是带有世界观性质的方法论，如唯物论；一是各门学科的通用方法，如归纳法、演绎法、历史追踪法、比较法等；最后是用于某一门学科的专门方法。由于每门学科的研究对象都有自己的特殊规律，必然要求有发掘这种特殊规律的独特方法，从这个意义上说，民间文艺学有无专属方法，是这门学科是否具有独立性的一个标志。

反思西方学术史，民间文学研究中最具专业特点的方法，大多与对民间文学作品的文本批评相关。罗斯玛丽·列维·朱姆沃尔特在《口头传承研究方法纵谈》一文中，将民间文学研究的方法论归纳为九大类[18]，其中，以文本批评为主要手段的几种方法，如太阳神话学派、历史—地理学派、史诗法则理论、口头程式理论、形态学方法等，最具民间文艺学专业特性，很难移植于其它对象。而其它一些方法，如进化论、结构主义、精神分析、真确性（Authenticity）等，则属于钟老所说的各门学科的通用方法。

从国际民间文艺学史看，民间文学文本批评方法已积累了相当丰富的经验。小泽俊夫先生在《昔话的语法》一书中，对民间文学文本批评方法的历史进行了回顾。其中他以专门章节讨论的有：阿尔奈（Antti Aame）的民间故事变化法则、汉斯·克利斯坦·莫（Hans Christian Moe）的叙事诗法则、奥尔里克（Axel Olrik）的叙事律则、威廉·沃里格（Wilhelm Worfinger）的移情理论、罗伯特·帕斯（Robert Petsch）的“故事艺术的本质与形式”理论，他特别介绍了麦克斯·鲁斯（Max Lüthi）的样式理论，并对民间叙事艺术的音乐性质作了独到的研究，将民间叙事与交响乐的结构进行了饶有兴味的比较[19]。仅从这本书所论及的理论，也可窥见这类研究的一斑，可惜中国民间文艺学界对西方文本批评理论介绍得很不够，特别缺乏懂得北欧语言的人才，而像德国、芬兰、瑞典、丹麦等国，在民间文艺学研究方面却是走在世界前列的。

中国是一个有几千年书面传统的国家，浩如烟海的典籍中保存着不少古代民间文学作品。从《诗经》、《山海经》到《中国民间文学三套集成》，文本批评方法大有用武之地，它应该成为民间文学研究的一个“中国特色”。回顾近百年学术史，在民间文学研究方面取得瞩目成就的，多立足于文本批评。仅以神话为例，像茅盾、顾颉刚、黄石、闻一多、徐旭生、丁山、袁珂、钟敬文、萧兵、叶舒宪、何新等人的研究成果，可以说主要是建立在文本批评之上的。我们不能笼统地将文本批评斥为“书斋学者”而否定其成果的价值。从学术史看，即使是弗雷泽这样纯粹的“书斋人类学家”，也不能一概抹杀。一本《金枝》，使得马林诺夫斯基这样的物理数学双博士转向人类学，使弗洛伊德这样的心理学家心仪文化研究，启发了荣格的原型理论和弗莱的神话原型批评，启发出郑振铎《汤祷篇》、闻一多《姜原履大人迹考》、江绍原《发须爪》这样的研究成果，难道说它是没有学术价值的吗！中国民间文艺学独立学科地位的丧失，应该说与这门学科缺乏高水平的文本批评有很大关系。民间文学的语法论、结构论、类型论、母题论、意象论等等，离不开对文本的细读。中国文学史中民间文学部分的深入研究，也离不开高水平的文本批评。

作为文本批评的另外一极，高水平的田野作业，对民间文艺学理论的建构也至关重要。目前我国田野作业在作品记录方面虽仍存在这样那样的问题，但其成就却是有目共睹、举世公认。然而说到理论，就笔者所见，中国民间文艺学界目前还处于向人类学、民俗学理论学习与引进的过程中，缺乏重大突破。鉴于民间文学作品的口头传承与表演特质，鉴于民间文学活动往往是一种综合性的文化活动，我们迫切需要将民间文学的田野作业提高到一个新水平，使我们对民间文学作品更具阐释力。这方面，国外的相关理论与方法，如口头程式理论、表演理论，有很多成就可供借鉴。这里特别要强调的是：民间文艺学所指的“田野”，指民间文学作品内容得以获得意义的语境，它与人类学、民俗学的田野意义是不同的。随着时代的发展，民间文艺学的田野也应该是开放的，不仅民间文学的口头展演是田野，民众其它方式的民间文学欣赏活动，如阅读、观看影视，甚至手机和电脑网络的传播，也应纳入民间文学的“田野”范畴。

总而言之，文本批评与田野作业不是一种对立关系，而是相辅相成的。将这两种方法有机结合，可以更全面深入地揭示民间文学的本质与形式，使民间文艺学真正成为一门其它学科无法替代的特殊文艺学。

卡西尔曾说：“事实的财富并不必然就是思想的财富。除非我们成功地找到了引导我们走出迷宫的指路明灯，我们就不可能对人类文化的一般特性具有真知灼见，我们就仍然会在一大堆似乎缺少一切概念的统一性的、互不相干的材料中迷失方向。”[20]百年来中国民间文艺学曲折前行，积累的经验与教训都是我们的财富。笔者相信，一代代学人努力探索，一定会找到那盏引领我们走出迷宫的指路神灯。

[原载《民族文学研究》2004 年第 3 期]

注释：

①《走向田野　回归文本》一文贴于“民间文化青年论坛”网站，即将发表于《民俗研究》，2003 年第 4 期。笔者原文和汤晓青同志整理的“关于陈建宪论文的讨论”，亦见该网站：http：//chinese. pku. edu. cn/teacher/chenyc/thread. php。

② 民俗学也存在着对象与目的不明的问题。对此，阎云翔博士 1998 年 7 月 4 日在北京大学举办的社会·文化人类学第三届高级研讨班曾评论说：“民俗学失利在始终没有自己的学科领域、学科理

论与方法，没法使自己与别人区别开来，造成这种现状的具体原因我也不知道，但是它到现在还不知道自己的危机在哪儿可能是一个很重要的原因。”见叶涛《民俗学的叛徒——一段关于民俗学研究者和研究对象的小插曲》，见“民间文化青年论坛”网站。

③ 杨利慧编：《钟敬文学术文化随笔》，中国青年出版社，1996年版，第1页。

④ 马克思：《1844年经济学、哲学手稿》。

⑤ 巴尔特：《叙事作品结构分析导论》，载张寅德编选《叙述学研究》，中国社会科学出版社，1989年版，第4～5页。

⑥ 有关文本概念的论析，这里主要参考的是王先霈、王又平主编的《文学批评术语词典》（上海文艺出版社，1999年）有关词条。

⑦ 参见王先霈、王又平主编的《文学批评术语词典》，上海文艺出版社，1999年版，第228页。

⑧ 见民间文化青年论坛讨论第一次网络会议讨论中刘宗迪的发言。

⑨ 参见王先霈、王又平主编的《文学批评术语词典》，上海文艺出版社，1999年版，第169页。

⑩ 陈国强主编：《简明文化人类学词典》，浙江人民出版社，1990年版，第130页。

⑪ 易晓明：《从“外部研究”到“文化批评”》，载《文艺报》，2001年10月30日。

⑫ 钟敬文：《东方学中的中国民间文艺学史研究》，载杨利慧编，《钟敬文学术文化随笔》，中国青年出版社，1996年版，第91页。

⑬ 胡适《逼上梁山——文学革命的开始》，载姜义华主编《胡适学术文集》，中华书局，1993年版，第201页。

⑭ 见《歌谣周刊》第1号，北京大学歌谣研究会出版。

⑮ 胡适《歌谣复刊词》，载《歌谣》第2卷第1期（1936年4月4日）。

⑯ 钟敬文《“五四”前后的歌谣学运动》，载《钟敬文民间文学论集》上册，上海文艺出版社，1982年版，第361页。

⑰《田野作业与研究方法座谈会纪要》，载《民间文学论坛》，1985年第5期。

⑱ 罗斯玛丽·列维·朱姆沃尔特：《口头传承研究方法纵谈》，尹虎彬译，载《民族文学研究》2000年增刊，第1～17页。这九种方法是：18—19世纪起源研究的“大理论”（包括浪漫主义的民族主义、文化进化学说和太阳神话学派）、20世纪“机械论”的起源研究（包括芬兰历史—地理学派和美国鲍亚士的地域—年代假想）、文本模式（包括奥利克的史诗法则、帕里—洛德的口头程式理论、普洛普的形态学方法）、结构主义和解释学方法（包括列维—斯特劳斯的结构主义、格尔茨的象征—解释学方法和费尔德的结构主义—解释学方法）、邓迪斯的精神分析方法、特德劳克和海莫斯的民族志诗学、鲍曼和纳拉扬的表演理论、霍利斯等人的女权主义理论、本迪克斯等人的真确性理论。

⑲ 小泽俊夫：《昔话の语法》，日本福音馆书店，1999年版。

⑳（德）恩斯特·卡西尔《人论》，甘阳译，上海译文出版社，1985年版，第30页。

表演理论与民间叙事研究

杨利慧

一、民间叙事的涵义及其研究方法

民间叙事（Folk Narrative），是指在不同集团的人们当中流传的、对一个或一个以上事件的叙述，与一般叙事不同的是，它们主要是通过口头来进行交流（所以有时又被称为“口头叙事”，Oral Narrative），而且往往以众多异文形式存在。民间叙事范围广泛，包含着许多种叙事文类（Genres），其中既包括比较传统的文类，像神话、民间传说、民间故事（狭义）、笑话、史诗、叙事歌谣等等，另外也包括现代日益受到学者们关注的个人叙事（Personal Narrative）、都市传说（Urban Legend）、奇闻逸事（Anecdote）等。民间叙事不仅一直是民俗学、民间文艺学领域里最受关注的研究内容之一，而且还常常引起诸多文艺学家、人类学家、语言学家、心理学家、历史学家等的浓厚探索兴趣。

民间叙事的研究方法有很多，从其研究视角和对民间叙事本质理解的差异来讲，大体上有两大派。一大派是认为民间叙事文本本身就是“自足的事象”，它的意义从其自身的观察和分析就可以得到，而不必从其与社会生活的联系中去找寻。属于这一大派的为数众多，在学术史上比较有影响的有自然神话学派（主要用历史比较语言学的方法追溯神话的本源，而这些本源往往被归结为自然现象）、传播学派（主张人类文化的相似性是由于传播造成的）、历史——地理学派（又称芬兰学派，主要方法是大量搜集散见于世界各地的某一叙事类型的各种异文，然后比较其异同，最终目的是探寻出故事的最初形貌和起源地）、心理学派（包括精神分析学派和心理分析学派，主张民间叙事是人类的一种心智现象，从中可以探求人类的潜意识心理特征）、结构主义学派（致力于发现民间叙事的基本逻辑结构和内在的思维讯息）等等。而另一大派则认为民间叙事与社会生活有着密切联系，所以考察民间叙事的功能和本质不能不与社会生活联系起来。属于这一大派的，有神话——仪典学派（从神话与仪式的相互关系去探索神话）、功能学派（主张从现实生活中去考察民间叙事的功用和本质）和比较晚近的表演理论等等。

二、表演理论产生的学术背景

表演理论（Performance Theory），有人称之为“美国表演学派”（American Performance-School）①，是20世纪60年代末70年代初从美国兴起的②，80年代至90年代上半期影响臻至顶峰，至今仍然具有强大生命力，并广泛影响到了世界范围内的诸多学科领域，例如民俗学、人类学、语言学、文学批评、宗教研究、音乐、戏剧、话语研究（discourse studies）、区域研究、讲演与大众传媒等许多研究领域，并为民俗学学科赢得了广泛的声誉[3]。

表演理论兴起的学术背景主要有三个方面：

1. 哲学思想和人类学研究的促动

19世纪，欧洲和美国的诸种民俗学理论大都受到了历史学的深刻影响，学者们提出的问题和解决问题的方法都是历时性的，他们经常致力于追溯民间叙事作品的源头、原初形貌和传播路线等等。但是在20世纪中期，美国民俗学受到存在主义哲学和人类学的影响，开始思考这样一些问题："我们确实了解到民俗之间的这些关联，但我们不知道导致这些关联的人类原动力；我们知道存在一些模式，但我们不知道这些模式是如何被真实的人类活动创造出来的。人类学告诉我们人类文化可以如何迥然相异，而存在主义哲学提醒我们必须去理解真实的、个体的人如何在真实的时刻创造历史——并非历史影响个体，而是个体创造历史。"[4]

在此背景之下，美国民俗学界逐渐出现了表演理论，它对于19世纪的民俗学理论和方法进行了许多反思和批评，并寻求新的学术视野和方法。如果说，19世纪的民俗学理论大都认为，从文本1到文本2的过程是历史的过程，20世纪的民俗学者则要研究这段历史是如何形成的[5]。

2. 语言学的重大影响

在20世纪50～70年代的语言学领域里，占统治地位的理论是诺姆·乔姆斯基(Noam Chomsky)的"转换生成语法"。他有两个基本的术语："语言能力"(Competence)和"语言运用"（Performance），这两个术语是对索绪尔（Saussure）的"语言"(Language)和"言语"(Parole)术语的一种再造（reformulation）。但乔姆斯基认为，语言能力是先天地完美的，是一幅抽象的图画，而"语言运用"则是对正常语言能力的一种不完美的实现，语言学应该真正关注的是"语言能力"而不是"语言运用"。

美国民俗学家、语言学家戴尔·海默斯（Dell Hymes）则在结合其它同行的观点的基础上，重新检讨了"语言运用"的概念。他认为应该从探讨人们实际的行动出发，对言语的使用予以关注，而不是去关注那些抽象的形式系统，他强调对交流进行民族志研究。受到这一主张的影响，许多研究者纷纷把注意力转向对交流事件的观察、描述和分析[6]。

在海默斯的推动下，语言学界出现了一种新的宣言："是的，我们应该把力量集中在'语言运用'上，那是我们应该集中关心的问题。"[7]而且，在许多学科领域，都开始日渐关心语言的运用（Language in Use）。罗杰·苏伊（Roger W. Shuy）在为表演理论的主要代表人物之一理查德·鲍曼（Richard Bauman）的重要著作《作为表演的语言艺术》1977年单行本所作的序言中说：近年来，人们开始逐渐关心起语言的运用。语言哲学家（Philosophers of Language）关心如何用语言达成事物；语言学家寻求理解语言中的含意；文学批评家力图理解意图、动机和观点；人类学家则寻求揭示交流事件之下蕴涵的文化系统模式；而鲍曼的书正是用"表演"（Performance）把这些学科中的观点和方法结合起来了[8]。

3. 民俗学本身的方法论转向

在表演理论正式提出之前，已经有一些民俗学者，特别是一些做了大量田野调查的民俗学者，对民间表演的艺术性产生了兴趣，并开始注意对语境的考察和研究。例如塞西尔·夏普（Cecil Sharp）在20世纪初期从英国来到美国，搜集英国民歌，他认为音乐与歌词同样重要，应该在语境中搜集民歌，而不是从印刷文本上去研究歌词。20世纪30年代，哈佛大学学者米尔曼·帕里（Milman Parry）和他的学生艾伯特·洛德（Albert Lord）在南斯拉夫对于史诗的表演进行了考察和研究。洛德在帕里去世之后，于1960年出版了他们的研究成果《故事的歌手》一书，发展出了史诗表演的口头程式理论。他们研究活着的史诗演唱者，在表演的语境中研究史诗叙事，考虑到听众、情境、时间、地点等因素对表演中的创作（composition）的影响。但是，帕里、洛德的研究终究没有走向对动态的表演过程的分析，而是最终回到了史诗唱词的文本形式研究。"这个听起来多少有点讽刺，但正是在这个地方，泄露出了其早期开创者帕里和洛德的学术背景：古典学、语文学和文学。"[⑨]

早在1957年，威廉·詹森（William Janson）已开始使用"表演"这个概念，并在理论术语的意义上讨论了"表演"，指出在民俗学上我们应该注意的问题之一，是人们如何演唱一首民歌，而不仅仅是民歌的文本。阿兰·罗曼克斯（Alan Lomax）在《民歌的风格和文化》（Folksong Styly and Culture）中则关注了民歌表演时的风格、声音的质量等，探究了演唱者如何控制自己、是否用鼻子演唱、是否演唱得很紧凑等方面的问题。同时，他还对社会、文化因素如何在这其中产生影响给予了关注。阿兰·丹迪斯（Alan Dundes）于1964年发表了《文本肌理、文本和语境》（"Texture, Text and Context"）的重要文章，主张在研究民俗事件时，不仅要关注文本，还应该关注表演的结构和事件发生的语境。肯尼斯·荀思丁（Kenneth S. Goldstein）于1964年出版了《民俗学田野工作者指南》（*A Guide for Field Workers in Folklore*），已使用了表演为中心的方法，主张田野作业要关注事件发生的"自然语境"[⑩]。

总之，由于多种因素的促动，"表演"逐渐成为美国民俗学、语言人类学等领域里关注的焦点和时尚，学者们的注意力由此转向了对表演的艺术性、交流民族志等的研究。

三、表演理论的主要理论主张

表演理论的学者队伍庞大，其中主要代表人物有戴尔·海默斯，理查德·鲍曼，罗杰·亚伯拉罕（Roger Abrahams）和丹·本-阿莫斯（Dan Ben-Amos）等，其中又以鲍曼影响最大，他比较系统地介绍表演理论的论文《作为表演的语言艺术》（*Verbal Art as Performance*）[⑪]，成为至今被引用最多的表演理论著述[⑫]。

关于"表演"的含义和本质特点，不同的学者有不同的论述。鲍曼曾经在他的许多著述中对此做过大同小异的表述。例如在《作为表演的语言艺术》中，他明确地指出了所谓"表演"的本质："表演是一种说话的模式"，是"一种交流的方式"——

从根本上说，表演作为一种口头语言交流的模式，存在于（表演者）对观众承担着展示（display）自己交际能力（communicative competence）的责任。这种交际能力依赖于能够用社会认可的方式来说话的知识和才干。从表演者的角度说，表演要求表演者对观众承担有展示自己达成交流方式的责任，而不仅仅是展示交流的有关内容；从观众的角度来说，表演者的表述行为达成的方式、表述技巧以及表演者展示的交际能力是否有效等等，将成为被品评的对象。此外，表演还标志着通过对表达行为本身内在品质的现场享受而使经验得以升华的可能性。因此，表演会引起对表述行为的特别关注和高度自觉，并允许观众对表述行为和表演者予以特别强烈的关注。[13]

与以往民间文学[14]研究领域中盛行的“以文本[15]为中心”（text-centered）、关注抽象的、无实体、往往被剥离了语境[16]关系的口头艺术事象（item-centered）的观点不同，表演理论是以表演为中心（performance-centered），关注口头艺术文本在特定语境中的动态形成过程和其形式的实际应用。具体来讲，表演理论特别关注从以下视角探讨民俗文化：（1）特定语境（situated context）中的民俗表演事件[17]（folklore as event）；（2）交流的实际发生过程和文本的动态而复杂的形成过程（folklore as communicative process，dynamics of performance），特别强调这个过程是由诸多因素（个人的、传统的、政治的、经济的、文化的、道德的等等）共同参与，而且也是由诸多因素共同塑造的；(3)讲述人、听众和参与者之间的互动交流(folklore as communicative interaction)。例如：故事如何被讲述？为什么被讲述？一个旧有的故事文本为什么会在新的语境下被重新讲述（recontextualize）？周围的环境如何？谁在场参与？讲述人如何根据具体讲述语境的不同和听众的不同需要而适时地创造、调整他的故事，使之适应具体的讲述语境(the very moment，the concrete situation)？（4）表演的即时性和创造性（emergent quality of performance），强调每一个表演都是独特的，它的独特性来源于特定语境下的交际资源、个人能力和参与者的目的等之间的互动。(5) 表演的民族志考察，强调在特定的地域和文化范畴、语境中理解表演，将特定语境下的交流事件（communicative cvent）作为观察、描述和分析的中心，如此等等[18]。因此，总体上说来，与以往关注“作为事象的民俗”的观念和做法不同，表演理论关注的是“作为事件的民俗”；与以往以文本为中心的观念和做法不同，表演理论更注重文本与语境之间的互动；与以往关注传播与传承的观念和做法不同，表演理论更注重即时性和创造性；与以往关注集体性的观念和做法不同，表演理论更关注个人；与以往致力于寻求普遍性的分类体系和功能图式的观念和做法不同，表演理论更注重民族志背景下的情境性实践（situated practice)。

四、个案举例：表演理论的民间叙事研究

民间叙事是表演理论最为关注和倾力的主要领域之一。从表演理论的视角看，民间叙事文本不再是集体塑造的、传统和文化的反映，也不是“超机体的”（superorganic)，即它不再是一个自足的、具有自己生命力的、能够自行到处巡游（travel）的事象，而是植根于特定情境中的，其形式、意义和功能都植根于由文化所限定的场景和事件中；研究者也不再局限于以文本为中心、追溯其历史嬗变、地区变文或者蕴涵的心理和思维

信息的研究视角，而更注重在特定语境中考察民间叙事的表演及其意义的再创造、表演者与参与者之间的交流，以及各种社会权力关系在表演过程中的交织与协调。

例如鲍曼本人的民间叙事研究，不仅限于叙事文本的形式或者内容的研究，而是形式、功能、意义和表演的有机融合。他在《故事、表演和事件》（*Story*，*Performance and Event*）一书中研究德克萨斯流行的口头叙事时，特别关注故事讲述行为及其社会语境的意义，关注“被叙述事件”（narrated events，即故事中详细讲述的事件）、叙述文本、叙述事件（narrative events，即故事讲述行为发生于其间的情境）三者之间的相互关系，关注讲述人和听众之间的互动关系，在探讨故事演变时注重结合语境以及听众的反应和认识等的变化，来探讨文本的变化和语境的变化之间的关系。他在比较了一个美国故事讲述家 Ed Bell 在 15 年中讲述的同一个故事的 3 个异文后，发现故事的长度明显地一次次增加了。为什么会发生这样的变化呢？他除了注意到故事情节插曲的增加、母题的粘连、故事内容的丰富，以及这些变化对于故事讲述的影响之外，还特别注意考察了故事的变化与故事讲述语境的变化之间的联系。他经过研究发现，15 年前，讲述家的听众是他狩猎打鱼的同伴，大家对他的故事体裁、背景知识都很了解，其意义不讲自明，所以他的故事比较简短；而 15 年后，讲述人成了一个公开场合讲故事的表演者，听众对他个人、对他的故事体裁、对故事发生的背景一无所知，所以他就在故事的间歇点加入了许多介绍他个人以及有关狩猎等活动的细节描写。所以，故事文本的变化是植根于语境的变化之中的[19]。

瑞格纳·达奈尔（Regna Darnell）的《克瑞人叙事表演中的多种互联关系》[20]一文，也是表演理论著述中常被提及的，从文中的描述和分析上，我们可以看到表演理论和方法的一些基本特点。作者开篇就明确指出：民间传统对于文本的创造和变异具有潜在的意义，最有趣的文本也许就是被用以适应某一地域里的某一位新听众或者某一新情境而产生的；在表演的组织中，表演者和听众之间的互动和呼应是至关重要的维度，因为表演本身是一种社会行为。他在文章中详细地描述了一个克瑞印第安老人的创造性的表演，通过详细的语境和过程描述，我们能看到一个表演者如何创造性地改变了传统的神话讲述方式，并适应特定的情境而添加了即时性的内容。

该表演事件发生于 1971 年 3 月，作者夫妇对阿尔伯塔（Alberta）地区瓦巴斯卡（Wabasca）地方的克瑞（Cree）印第安人的传统生活方式进行了调查。作者首先调查了一个印第安家庭里的父亲和女儿。父亲 70 岁了，能讲不少传统故事和地方逸闻，但是他仍然觉得自己不是这个社区中最适合讲这些传统的人，他建议作者夫妇面见另一位近 100 岁的老人。作者由此对不同的人（父亲、女儿、老人）与克瑞传统质素（traditional material）的关系发生了兴趣。

父亲保持着克瑞人传统的生活方式，懂一些英语。但他对克瑞的语言和文化的未来持悲观态度，认为目前年轻人不愿意学克瑞语，而且他们也不再遵从克瑞人的传统生活方式和价值观，不再遵从长辈的权威性。

女儿在阿尔伯塔的大学里做克瑞文化的指导教师，除流利的英语外还会德语和汉语，虽然她并没有尝试去做一个传统的表演者，但对保护克瑞传统文化感兴趣。在该表演事件中她一直是翻译者和阐释者：在翻译过程中，她经常并不表演，而是只译述有关内容，用“他说”的方式转述，让作者注意父亲的手势和声调。但在翻译一个长故事时，她用了第一人称，而且加上了手势和语调，表明她不再局限于父亲的讲述，而是开始了她自己的讲故事表演。

在这样的背景下，社区中最年长的老人被请来讲述克瑞人的传统生活方式。有一些听众来欣赏他的表演，这就是认可了他在社区中受人尊重的地位。作者特意关注了表演者和参与者们在屋子里坐的位置，认为从中显示出了克瑞传统文化的准则。比如，老人显然处在中心的位置，显示了他的最受尊敬的社会地位。老人和他夫人构成了一个封闭的、亲密的空间。父亲的靠后位置，表明他的角色此时从表演者变为了一个听众，在更具有传统文化知识的老人面前，父亲的重要性减退，他成了一个学习克瑞传统的听众。女儿的位置（处在父亲和老人之间）表明了她的双重身份：作为印第安妇女，她需要隐蔽自己，但是作为英语翻译，她又不得不适当显示自己。

在这一个叙事表演中，作者夫妇构成了主要的听众，父亲和女儿是后台的观察者。讲述过程中，老人的儿子、儿媳、孙子和两个少年也进来听。他们坐的位置（屋子的角落，或者老人的后面）一样突出了老人的尊贵社会地位，显示了对老人的尊重。

在开始唱歌或讲故事之前，老人需要表演一些别的作为开端，以便慢慢把听众从1971年的瓦巴斯卡日常生活引到传统故事发生的神幻时间框架之中。老人依次采用了如下策略：1. 强调他的故事的重要性，要人们严肃对待；2. 描述自己作为一个老派的丛林印第安人的个人经历，确定自己在传统的克瑞印第安人中的地位，强化自己作为传统的表演者和阐释者的角色；3. 讲述过去的印第安人生活方式；4. 通过演唱传统歌谣，转向神幻时间的叙述，但还依然是在现实世界里；5. 最后讲述故事，从正常世界走入超自然世界。

在这个表演过程中，父亲也时时回忆起他小时候的克瑞生活，感慨目前生活的巨大变化。女儿作为翻译，并不能完全理解老人介绍的传统知识，对他的讲述风格也不熟悉，同时她父亲对老人的遵从态度也影响到她，因此她非常紧张。

在该讲述过程中，只有老人是真正的表演者。在他面前，父亲也没有充分的自信来独立地表演，但是当他女儿因为缺乏有关传统知识而无法正确翻译时，他也会参与翻译，而且也有表演。

老人讲述了一个神话。一个叫贝尔（Bear）的人很强壮，有4英尺高。他看见了更高的兄弟三人。一个在拉动小山丘，一个在折树，贝尔要他们两个跟他走，去找第三个兄弟。他们看见一个人正捡起洛基山脉朝一个方向移动。贝尔问：“你在干什么?”那人答到：“人们住在洛基山脉里，他们说是我造了那座山。”那人接着说：上帝派我来建造这些山脉，因为将来会有无数的人，他们将说着不同的语言：法国人将说法语；英国人将说英国；奇帕维安族（北美印第安之一族，在加拿大西北部阿塔帕斯坎——杨利慧注）将说奇帕维安人语；乌克兰人将说乌克兰语；克瑞人也将说他们自己的语言。最后，艰辛和厄运将降临到所有的这些种族中间。

至此，老人结束了讲述：“现在我的故事讲完了，我讲得就像我小时候在克瑞恩湖（Crane Lake）地区听到的那样。”翻译者没有翻译这句话，老人接着说：

> 现在我要告诉他们（采访者）一些别的事情。造山的人曾预言将来人们还会再

长胡子，他们的胡子会长得和从前一样。……

我知道他们以后将会幸福地生活在一起，也许以后我会在另一个世界遇见他们。

作者发现，这个故事的双重结尾在克瑞传统故事中是少见的，正常的故事应该以第三个兄弟对未来的预言而结束。但是老人特地针对他的特殊听众增加了对故事的评论，即“收场白”；因为作者的丈夫有胡子，老人也有胡子，所以他增加了有关“胡子”的评论，这实际上是在陈述克瑞传统的同时，也把外来者拉入了进来；而且，这个结尾还担负着这样的功能：把叙事从神幻时间再重新放置到日常会话世界中去，逐渐回归到日常生活的时空框架中。老人在结尾时采用的叙事策略与其开头一样，都是逐渐递进的。他用正常的结尾结束了关于神幻时间的讲述，接着他用了一个神圣故事中的人物（造山的人）作为桥梁，连通了超自然世界与日常世界的鸿沟。他采用的叙事策略是：1. 以前印第安人长有胡子，与神话时间里的人一样；2. 现在人们没有胡子了；3. 将来印第安人还会长胡子；4. 最后，他把他的叙事与参与现场互动的个人（即作者夫妇）的现在和未来联系起来了。他用神话人物预言中出现的胡子的主题来评论（comment）他的访问者和听众，在评论中他显示了对访问者的首肯，并希望在将来能再与他们见面。

通过这一个案的细致过程分析，作者认为，虽然在阿尔伯塔北部的克瑞人受到传教士、种族多样性的很大影响，在印第安人和白人中间都贬低印第安人的文化和语言，但是传统的克瑞正式言谈的文类依然在延续和适应性地改变。本文描述的表演情境清楚地表明：克瑞人的叙事依然在不断变化和适应（adapting）。虽然克瑞人的生活方式发生了巨大变化，但老人的文化传统还是很强大的，并且继续存活着。这说明克瑞的叙事传统并不是静止的，它的活力在于它具有依据表演者的生活而不断适应的能力。所以，在表演的语境、个体表演者和文化的变迁之间存在着持续的互动。

表演理论讨论的民间叙事问题很多，例如鲍曼在《作为表演的语言艺术》里讨论了设定表演框架的种种交流手段，例如特殊代码（codes）、比喻性语言、平行式、特殊的辅助语言特征、特殊套语、求助于传统、否认表演等[21]；涉及表演的种种模式性因素，例如文类、行动、事件和角色；表演的即时性等。他的另一篇文章《语境化，传统，以及文类对话：冰岛的克瑞夫塔斯卡尔德传说》，则通过一个统一完整的个案，来考察叙事过程中的文类互动，讲述人采取的传统化行为和策略，以及具体情境中的“语境化”[22]。巴巴拉·巴伯考克（Barbara A. Babcock）在《故事中的故事：民间叙事中的中介叙事》一文中，探讨了故事叙事中“中介叙事”（Metanarration）的诸种策略，它们在叙事与交流过程中担负的功能，以及关注和分析中介叙事的学术意义等[23]。

五、表演理论的影响

表演理论是当代世界民俗学领域里最富有影响和活力的方法之一，它“并非只是又一种理论的花样翻新，它更代表了一种思维方式和研究角度的转变，它的应用所带来的是对整个民俗学研究规则的重新理解”[24]，“是一场方法论上的革命”[25]。对此，美国宾夕法尼亚大学民俗学博士研究生李靖的分析比较中肯：

由于“景境（context）”被纳入民俗学研究的视野，文本为重（text-based）的搜集阐释及相应的历史地理学派、功能主义、结构主义等的研究方法被当今民俗学界在不同程度上加以反思，民俗学的核心不再被认为是搜集整理来的定格资料。相反，它的意义和生机在于民众日常生活中如何不断地创造，表演（perform）和接受它。这种流动性的、联系性的视角不仅使研究者注意在民俗学自身的“生长”环境中去观察民俗学的运用，从而更深地理解民俗学在民众生活及社会文化形成发展中的意义，而且它还促使了对学科的一些基本概念进行再定义和再理解，比如“真实性（authenticity）”、“传统（tradition）”等等。[26]

由于表演理论的影响，加上其它一些相关理论和方法的共同推动，促成了美国民俗学界从20世纪60年代以来几个大的转向：从对历史民俗的关注转向对当代民俗的关注；从聚焦于文本转向对语境的关注；从对普遍性的寻求转向民族志研究；从对集体性的关注转向对个人（特别是有创造性的个人）的关注；从对静态的文本的关注转向对动态的实际表演和交流过程的关注。尤其在20世纪80年代以后，民俗学界（及其它一些人文学科）对于传统的再创造（the Invention of Tradition）、文化商品化（the Commodification of Culture）的论争，使得整个学科更注重民俗文化现象的即时性、立体性（Contexualization）、多重异质性（Multi-layer and Heterogeneity）以及复杂性（Complexity）[27]。民俗不再被看作是过去年代流传下来的“遗留物”，而是现代的、流动的和不断整合、重建的；民众也不再被视作是简单的、被动的和消极的，而是有意识地、自觉地选择和重新塑造他们的现在和未来。

如前所述，表演理论广泛影响了世界范围内的诸多学科领域，例如民俗学、人类学、社会语言学、文学批评、宗教研究、音乐、戏剧、话语研究、区域研究、语言学、讲演与大众传媒等，它的一些核心观念已经作为基本理念，渗入到了除民间叙事之外的许多文化研究领域中。例如，鲍曼夫人贝弗莉·斯道杰博士（Beverly Stoeltje）长期从女性主义的角度关注文化表演。她的《表演中的性别展现：牛仔女郎与女东道主》一文，讨论了节日和庆典中的性别表演，认为节日是一个事件，从头到尾都充满了性别观念的展示和表现，在此过程中，个人的、社会的、商业的、霸权的以及其它各种力量纵横交织、彼此协商（negotiation），共同塑造了性别的展示与表现。所以，节日提供了一个很好的场合以研究当今复杂社会中的性别建构和协商[28]。加纳学者克威西·扬卡（Kwesi Yankah）在《为部落酋长而言：奥克叶米与阿坎王室演讲术的政治》一书中，描述了在加纳南部的阿坎诸种族部落中的王室演讲术以及“三边交流（triadic communication）现象，即有事需要禀告部落酋长的人，必须先通过在王室表演诗歌告知奥克叶米（王室代言人），然后奥克叶米再通过更加修饰加工的韵文禀告酋长；酋长的意见再由奥克叶米润色后转达访问者。扬卡将王室演讲术置于阿卡特定的政治和宗教信仰系统中，讨论了这种在社会互动中的演讲形式的艺术和政治的价值，并通过民族志的考察，分析奥克叶米演讲术中采用的各种语言和风格上的策略，以及奥克叶米与部落酋长之间的话语互动[29]。除了学者们的著述外，从目前一些美国民俗学专业研究生的论文写作中，也可以看到表演理论仍然是富于活力和影响力的。例如在美国最富有民俗学传统和实力的印第安纳大学民俗学与音乐文化学系，一位博士候选人目前正在做的博士论文，是想通过对韩国萨满仪式上的神话讲述，来看神话在现代语境下的传承与变异情形。而另一位博士生则关注旅游景点的文化表演（Cultural Performance at Tourist Sites），认为旅游景点的文化表演实际上展示了个人和集体对于文化和社会的观念，表演空间由表演者和参与者共同赋予意义，表演者积极地参与到选择和决定“展示什么”的过程中，而这个过程充满了表演者的不断协商，以及旅游者、市场、政治以及社会风俗制度等的影响。她将通过对桂林某个旅游点的细致民族志考察，揭示这个复杂因素交织互动的过程，揭示地方社会为什么、如何通过文化表演来展示自我认同，并建立它与民族国家的联系。

六、对表演理论的反思与批评

20世纪七八十年代以后，表演理论在世界范围内的民间叙事学领域里广泛渗透，并产生了巨大影响。许多学者在自己的民族志研究基础上，纷纷运用表演理论和方法来研究民间叙事的表演，也有不少学者对表演理论存在的一些局限和不足提出了修正和补充。

例如美国著名民俗学家琳达·戴格（Linda Degh）认为，像表演理论那样仅仅通过精细地记录和微观地描述分析表演行为的技巧和策略是不够的，如果缺乏对讲述者的个性、教育、艺术、社会文化实践等的全面和长期的调查，就可能导致研究者凭印象得出推测性的阐释[30]。她的研究方法正好补充了表演理论在相关问题上的局限和不足——她将自己的研究方法概括为：“以表演者为中心来探究民间叙事的表演民族志”，主张只有通过连续的、反复的、长期的、充满问题意识的民族志研究，才能对特定的表演进行评价[31]。而芬兰民俗学家安娜·丽娜·茜卡拉（Anna-leena Siikala）的名著《口头叙事的阐释》，也特别注重故事讲述者的个性因素、世界观和对社会环境的态度如何影响了他在特定社区中的社会地位、他作为传统承载者的质量和他作为民俗传承者的能力[32]。这对于表演理论过于关注特定叙事过程的追寻，而忽视了对民间叙事传统以及讲述人个性、生活史、资料库（repertoire）等的全面深入的把握，无疑是有力的补充和纠偏。

另外，中国学者周福岩在《表演理论与民间故事研究》一文中，指出了表演理论的三大局限：第一，表演理论的分析过程太过琐碎，因而“使故事分析几乎无法操作并有陷于琐细短视的危险”；第二，表演理论把讲述者的活动完全看成是有意识的表达（即逻辑行为），仿佛表演者一切行为都是别有深意的，致使研究陷入对互动细节的无休无止地捕捉上，这样不仅给田野作业带来无穷压力，而且也是有悖学理的；第三，表演理论在批评以往的传承理论的同时，也过分夸大了变异在民俗活动中的作用，从而陷入了另一个极端[33]。这些批评也是切中要害，非常中肯的。

此外，笔者通过自己的神话研究还发现，尽管每一次表演中的细节和母题组合都有大大小小的差异，但是神话的类型和核心母题的变化很小，可见，文本也有其自身独具的意义。那么，如何能真正把文本的形式、内容、意义与表演结合起来研究？把叙事文本的内部研究和外部研究结合起来？这不仅是有待表演理论回答的问题，也是未来的学术理论应该积极探索的问题。

［原文载《民俗研究》2004年第1期］

注释：

① Degh，Linda，*Narratives in Society*：*A Performer－centered Study on Narration*，Helsinki：FF Communications，No. 255，1995，p. 8.

② 有一些材料上说表演理论是从20世纪70年代开始兴起的，不准确。参见Richard Bauman，“Disciplinarity，Reflexivity，and Power”，*Journal of American Folklore 115*（2002），p. 93. 另外还需注意，此派中的一些重要著述，例如Dan Ben-Amos的“Toward a Definition of Folklore in Context”也是1967年就已经在美国民俗学年会上发表了，参见*Toward New Perspectives in Folklore*，Paredes，Americo，Richard Bauman，ed.，Bloomington：Trickster Press，1972，Rpt. 2000，xvi。

③ Rudy，Jill Terry， “Toward an Assessment of Verbal Art as Performance：A Cross-Disciplinary Citation Study with Rhetorical Analysis”，in *Journal of American Folklore* 115（455），2002，p. 5～27.

④ 亨利·格拉西（Henry Glassie）：《美国民俗学的昨天与今天》，彭牧整理，《中华读书报》，2000年8月20日。

⑤ 亨利·格拉西（Henry Glassie）：《美国民俗学的昨天与今天》。

⑥ Paredes，Americo，Richard Bauman，ed.，*Toward New Perspectives in Folklore*，Bloomington：Trickster Press，1972，Rpt. 2000，xvii.

⑦ 杨利慧、安德明：《理查德·鲍曼及其表演理论——美国民俗学者系列访谈之一》，《民俗研究》，2003年第1期。

⑧ Richard Bauman，*Verbal Art As Performance*. 1977，Rpt. Illinois：Waveland Press，Inc. 1984，ix.

⑨ 朝戈金：《口头·无形·非物质遗产漫议》，《读书》，2003年第10期。

⑩ 参看杨利慧、安德明《理查德·鲍曼及其表演理论——美国民俗学者系列访谈之一》；Santino，Jack，“*Folklore as Performance and Communication*”，in William M. Clements，ed.，*100 Years of American Folklore Studies*：*A Conceptual History*，Washington，D. C.：The American Folklore Society，1988，p. 21～23。

⑪ 该文于1975年首先发表在《美国人类学家杂志》上，1977年另加了其他作者的四篇相关论文，与该文一道，由美国Newbury，House Publishers出版了同名专著，1984年Waveland Press重印了该书。

⑫ Rudy，Jill Terry，“Toward an Assessment of *Verbal Art as Performance*. A Cross-disiplinary，Citation Study with Rhetorical Analysis.” *Journal of American Folklore* 115（2002），p. 5.

⑬ Richard Bauman，*Verbal Art As Performance*，p. 11.

⑭ 鲍曼觉得“语言艺术”或“口头文学”的提法都比“民间文学”（Folklore）要好，“口头艺术”（Spoken Art）的提法可能更恰当，参见*Verbal Art As Performance*，p. 4。

⑮ 文本是指一段与围绕其四周的散漫话语相分离的话语，它具有内聚性、语义上的粘着性和客观性（例如能够被称呼、命名和谈论等）。Michael Silveratein和Greg Urban在“The Natural History of Discourse”一文中指出：文本的观念允许文化研究者把一段正在发生的社会行动（话语或者一些非散漫但仍然是符号性行为）从其无比丰富的和极度详细的语境中抽取出来，并为它划定边界，探讨它的结构和意义。Silveratein，Michael，Greg Urban，*Natural Histories of Discourse*，Chicago and

London: The University of Chicago Press, 1996, p. 1.

⑯ Context 一词有不同的翻译，例如“情境”、“景境”、“场景”等，多数人译为“语境”。本文采用多数人的译法。作为表演理论以及语用学、语言人类学等研究领域里的核心概念之一，语境在不同的学者那里多少有些差异。理查德·鲍曼曾经在“The Field Study of Folklore in Context”一文中，对语境做了非常细致的划分。他认为民俗是存在于一个相互关联的网中，个人的、社会的和文化的因素会赋予民俗以形态、意义和存在，因此我们应该研究语境中的民俗。他把语境划分为两个大层面：文化语境（Cultural Context，理解文化需要了解的信息，主要指意义系统和符号性的相互关系）和社会语境（Social Context，主要指社会结构和社会互动层面）。并进一步划分为六个小层面：1. 意义语境（Context of Meaning，理解“这意味着什么”？需要了解的信息，例如人们的生活方式、信仰和价值观、符号和隐喻关系）；2. 风俗制度语境（Institutional Context，例如政治、宗教、亲属关系、经济，乃至邻里关系、开张、庆祝等，主要回答文化各方面如何相互关联、如何相互适应的问题）；3. 交流系统语境（Context of Communicative System，主要回答“一个文化中的特定民俗形式如何与别的形式相关联”问题）；4. 社会基础（Social Base，回答“该民俗关联到何种社会认同的特点”，需要了解的信息包括地域、民族、职业和年龄集团、家庭和社区等）；5. 个人语境（Individual Context，包括个人生活史、个人讲述资料库的结构和发展等）；6. 情境性语境（Situational Context，例如交流事件——妇女座谈会、家庭聚会、布鲁斯表演，甚至电话交谈等。事件的结构是由许多情境性因素的相互作用而产生的，其中包括物质环境、参与者的身份和角色、表演的文化背景原则、互动和阐释原则、行动发生的顺序等。这些因素将决定选择什么来表演、表演的策略、突生文本的形态，以及特定情境的自身结构）。另外，鲍曼在注释中还指出，历史语境（Historical Context）也应该被包括在内。Dorson, Richard, ed., *Handbook of American Folklore*, Bloomington: Indiana University Press, 1983, pp. 362～386.

⑰“事件”是指由文化所界定的、有一定边界的一系列行为和经历，它构成了行动的一个有意味的语境。Richard Bauman, *Verbal Art as Performance*, p. 27.

⑱ Paredes, Americo, Richard Bauman, ed., *Toward New Perspectives in Folklore*. Bloomington: Trickster Press, 1971; Richard Bauman, *Verbal Art As Performance*, Rpt. 1984; Bauman, Richard, *Story, Performance, and Event*. New York: Cambridge University Press, 1986.

⑲ Richard Bauman, *Story, Performance, and Event*, pp. 78～111.

⑳ Darnell, Regna, “Correlates of Cree Narrative Performance”, in Richard Bauman, Joel Sherzer, ed. *Exploration into Ethnography of Speaking*, New York, Melbourne: Cambridge University Press, 1974, 2nd edition 1989, pp. 315～336.

㉑ 这一章的中文翻译，可参见翟胜德译《对表演的设定》，见《民族文学研究》2000 年增刊。

㉒ Richard Bauman, “Contextualization, Tradition, and the Dialogue of Genres: Icelandic Legends of the Kraftaskald”, in *Rethinking Context: Language as an Interactive Phenomenon*, Alessandro Duranti, Charles Goodwin, ed., Cambridge University Press, 1992, Rpt., 1997, pp. 125～145.

㉓ Babcock, Barbara A., “The Story in the Story: Metanarration in Folk Narrative”, in Richard Bauman, *Vernal Art as Performance*, pp. 61～79.

㉔ 李靖：《美国民俗学研究的另一重镇——宾夕法尼亚大学民俗学文化志研究中心》，《民俗研究》2001 年第 3 期。

㉕ John McDowell 教授的访谈。杨利慧、安德明，2001 年 6 月，印第安纳大学民俗学与音乐文化人类学系。

㉖ 李靖：《美国民俗学研究的另一重镇——宾夕法尼亚大学民俗学文化志研究中心》。

㉗ 李靖：《美国民俗学研究的另一重镇——宾夕法尼亚大学民俗学文化志研究中心》。

㉘ Stoeltje，Beverly，“Gender Representations in Performance：the Cowgirls and the Hostess”，*Jounal of Folklore Research*，vol. 25，No. 3，1988，pp. 219～241.

㉙ Yankah，Kwesi，*Speaking for the Chief*：*Okyeame and the Politics of Akan Royal Oratory*，Blomington and Indianapolis：Indiana University Press，1995.

㉚ Degh，Linda，Narratives in Society：*A Performer-centered Study on Narration*. *Helsinki*：F Communications No. 255，1995，p. 8.

㉛ Degh，Linda，*Narratives in Society*：*A Performer-centered Study on Narration*. Helsinki：F Communications No. 255，1995，p. 8.

㉜ Ssiikala，Anna-Leena，*Interpreting Oral Narratives*. Helsinki：FF Communications，No. 245. 1990.

㉝ 周福岩：《表演理论与民间故事研究》，《鞍山师范学院学报》，2001 年第 1 期。

北大歌谣研究会与启蒙运动

刘锡诚

作为文化革命和启蒙运动的一个组成部分，从1918年2月成立的北京大学歌谣征集处[1]到“五四”新文化运动落潮期的1920年冬天北京大学歌谣研究会成立，《歌谣》周刊从1922年12月17日创刊到1925年6月停刊，歌谣运动从兴起到衰亡大约经历了7年时间。如果加上胡适于1936年主持复刊《歌谣》，又出了一年，总共也不过8年。歌谣研究会的成立和《歌谣》周刊的创刊，作为中国现代民间文艺学史上的第一个流派，征集和研究流传于下层老百姓中间、向来不登大雅之堂、不为圣贤文化所承认的歌谣、谚语、俚语等口碑文学在中国文化史上的思想启蒙意义，应当得到充分的估价。

北大歌谣研究会是一个松散的流派，在这个大的研究群体中，至少包括了三种类型的学者：一是受西方人类学派影响较多的学者，如周作人等；二是重视和提倡搜集歌谣，但就其立场而言是从文学的角度研究歌谣的学者，如刘半农、胡适等；三是乡土研究的学者，如顾颉刚、董作宾、常惠等。乡土研究在当时是一种人数最多、成绩也最显著的民间文学研究群体或流派，他们的实践和业绩将作为中国民间文艺学起点而载入史册。

启蒙运动中诞生

在19世纪末20世纪初的中国，北大歌谣研究会是冲破政治和文化保守势力的笑骂和抨击而表达其观念、开展其活动的。在对待歌谣的态度上，歌谣研究会之外的知识界大致上有三派人：一曰赏鉴派。这一派认为歌谣只不过是“小玩意”，不但及不上那些喷饭下酒的歪诗，甚至也及不上那些消愁解闷的唱本。二曰混合派。他们把歌谣、谜语、方言、乡曲、唱本看作是不堪入目的下等作品、下贱品。三曰笑骂派。这一派的人数非常之多，势力甚是强大，他们是旧文化的卫道士[2]。即使歌谣研究会的一般会员——收集者们，在老百姓中收集歌谣时，也往往受到保守主义和在保守主义思想控制下的习惯势力的限制与阻碍，其困难是我们生活和工作在20世纪末与21世纪初的人们很难想象的。正是北大歌谣研究会的领袖们和成员们、拓荒者们——蔡元培、刘半农、钱玄同、沈兼士、沈尹默等，在荆棘中为中国现代民间文艺学的初创打开了一条通道，奠定了基础。

在中国，第一个提出搜集和研究歌谣的人是鲁迅，但鲁迅并没有付诸行动。真正实施征集歌谣的是北大歌谣征集处[3]。歌谣征集处的出现，功在时任北京大学法科教授的刘半农。他在1927年4月由北新书局出版的《国外民歌译·自序》里说：“这已是九年以前的事了。那天，正是大雪之后，我与（沈）尹默在北河沿闲走着，我忽然说：‘歌谣中也有很好的文章，我们何妨征集一下呢？’尹默说：‘你这个意思很好。你去拟个办法，我们请蔡（元培）先生用北京大学的名义征集就是了。’第二天我将章程拟好，蔡先生看了一遍，随即批交文牍处印刷五千份，分寄各省官厅学校。中国征集歌谣的事业，就从此开始了。”他还说：“研究歌谣，本有种种不同的趣旨：如顾颉刚先生研究《孟姜女》，是一类；魏建功先生研究吴歌声韵类，又是一类；此外，研究散语与韵语中的音节的异同，可以别归一类；研究各地俗曲音调及其色彩之变递，又可以另归一类……如此等等，举不胜举，只要研究的人自己去找题目就是。而我自己的注意点，可始终是偏重在文艺的欣赏方面的。”[4]从此可以见出，一、参与开创中国歌谣运动的人，不仅来自不同的学科，而且也采用了不同的方法和立场，而首倡歌谣搜集运动的刘半农，是从文艺欣赏的立场进入并发动这个事业的；二、他所说的“歌谣”是广义的，包括像顾颉刚所搜集与研究的孟姜女传说，也在“歌谣”之列，“歌谣”与后来我们所指的“民间文学”是同义的。

三年后，即1920年冬，歌谣征集处改为歌谣研究会。先后参加歌谣研究会这个团体或流派的领袖人物，除了刘半农、沈尹默外，还有文学家周作人、胡适、常惠等，语言学家、音韵学家钱玄同、沈兼士、魏建功，史学家顾颉刚等。尽管参加进来的人员成分很杂，学术思想及其倾向也各不相同，但他们却都以周作人执笔的《歌谣》的发刊词为行动纲领。周作人宣布：“汇集歌谣的目的共有两种，一是学术的，一是文艺的。……歌谣是民俗学上的一种重要的资料。我们把它辑录起来，以备专门的研究；这是第一个目的。因此我们希望投稿者不必自己先加甄别，尽量地录寄，因为在学术上是无所谓卑猥或粗鄙的。从这学术的资料之中，再由文艺批评的眼光加以选择，编成一部国民心声的选集。意大利的卫太尔曾说‘根据在这些歌谣之上，根据在人民的真情感之上，一种新的民族的诗也许能产生出来。’所以这种工作不仅是在表彰现在隐藏着的光辉，还在引起当来的民族的诗的发展；这是第二个目的。”[5]此后，在第26期以北京大学歌谣研究会名义复俄国教授伊凤阁的信（1923年9月24日）中，再次重申并进一步阐述了研究歌谣的两种方法：“学术的研究当采用民俗学（Folk lore）的方法，先就本国的范围加以考订后，再就亚洲各国的歌谣故事比较参证，找出他们的源泉与流派，次及较远的各国其文化思想与中国无甚关系者作为旁证；唯此事甚为繁重，恐非少数人所能胜任，须联合中外学者才能有成。本会事业目下虽只以歌谣为限，但因连带关系觉得民间的传说故事亦有汇集之必要，不久拟即开始工作。至于文艺的研究将来或只以本国为限，即选录代表的故事，一方面足以为民间文学之标本，一方面用以考见诗赋小说发达之迹。”[6]

以歌谣研究会及其《歌谣》周刊为中心的歌谣运动，持续到1925年5月11日北京大学文科研究所国学门开会议决暑假后归并《北京大学研究所国学门周刊》。至于改刊的原因，《国学门周刊·缘起》写道：

> 国学门原有一种《歌谣》周刊，发表关于歌谣的材料。去年风俗调查会成立，也就借它的余幅来记载一点消息。后来浸至一期之中，尽载风俗，歌谣反付缺如，顾此失彼，名与实乖。兼之国学门成立以来研究生之成绩，及各学会搜集得来整理就绪之材料，日积月累，亦复不少，也苦于没有机会发表。于是同仁遂有扩张《歌

谣》周刊另行改组之举。

这个新周刊是包括国学门之编辑室、歌谣研究会、方言研究会、风俗调查会、考古学会、明清史料整理会所有的材料组合而成。其命意在于将这些材料编成一个略有系统的报告，以供学者之讨论，借以引起同人之兴趣及社会之注意。其组织虽于本校《国学季刊》不同，却是表里相需并行不悖的。以后尚望同志随时赐教。

十四年十月十日[7]

《歌谣》周刊出到第97号（同年6月28日）停刊，《歌谣》周刊原来的任务合并到了《国学门周刊》，征集和发表歌谣的园地被所内的方言研究会、风俗调查会、考古学会、明清史料整理会等所挤占，不仅排除了许许多多远在外地的搜集和研究歌谣已颇有成绩的会员，即使围绕在《歌谣》周围的那一彪人马，如常惠、董作宾等也陆续风流云散了。

歌谣运动派的解体，主要原因应是社会条件的变化。正如胡适在十年后为《歌谣》写的复刊词所说："歌谣周刊停办，正当上海'五卅'惨案震荡全国人心的时候。从此以后，北京教育界时时受了时局的震撼，研究所国学门的一班朋友不久也都散在各地了。歌谣的征集也停顿了，歌谣周刊一停就停了十多年。"[8]

到1935年，北京大学文科研究所决定恢复歌谣研究会，聘请周作人、魏建功、罗常培、顾颉刚、常惠、胡适诸位先生为歌谣委员会委员，但那时连会都开不起来。直到1936年3月，胡适才站出来重新收拾旧山河，恢复《歌谣》周刊，看起来所聘人员有些还是老搭档，但昔日的辉煌已经不再了。而且，胡适在复刊词里所宣布的新纲领，其基调与当年周作人的旗号相比已经出现了显著的改变。胡适写道："我们现在做这种整理流传歌谣的事业，为的是要给中国新文学开辟一块新的园地。这园地里，地面上到处是玲珑圆润的小宝石，地底下还蕴藏着无穷尽的宝矿。聪明的园丁可以掘下去，越掘的深时，他的发现越多，他的报酬也越大。"周作人当年宣布两种目的，而且是把"学术的"——即民俗学的目的放在第一位，到此时，胡适放弃了"民俗学"的目的，只重申"文艺的"目的，即为"给中国新文学开辟一块新的园地"。

歌谣研究会派的历史贡献

以北京大学歌谣征集处和歌谣研究会为中心的歌谣运动，是在19世纪末20世纪初的思想启蒙运动中出现的，是"五四"新文化运动的有力的一翼。作为中国民间文艺学史上的第一个流派，以《北大日刊》、《歌谣》周刊以及《晨报》的副刊等报刊为理论阵地，一开始就高扬一向被以贵族文化为核心的传统文化所鄙夷的平民口头文学的旗帜，在建立中国新文化、新文学的伟大运动中，起了重要的作用和发生了深远的影响。尽管后《歌谣》周刊时代的一些团体的成员，对歌谣研究会和《歌谣》周刊这一主要以文学家组成的流派的成就持较多的否定态度，但这一流派的历史贡献不会因为它所固有的缺陷而被历史所埋没。歌谣研究会的成就主要表现在下列方面：

（1）通过他们在舆论上的大声疾呼、思想理论上的搏斗和包括搜集研究阐释等富有成效的工作，从根本上改变了两千年来只有统治集团及其文人雅士们所创造的圣贤文化才算是中华文化的文化偏见与文化保守主义，为不登“大雅之堂”的“平民文学”亦即民众的口碑文学争得了应有的地位：流传在民众口头上、传布于百姓中的民间文学，理应是中华文化的不可分割的重要组成部分，而且是最活跃、最富生气的一部分。歌谣学者们的搜集和研究活动，遇到了来自政治保守主义和文化保守主义以及习惯势力的重重阻挠和困难。用《歌谣》周刊编者常惠在《一年的回顾》里的话来说：他们是“委屈婉转于家庭反抗和社会讥评中间，去达到收获的目的”[9]。这一贡献是历史性的。

(2) 他们把历史进化论的哲学思想引入中国民间文艺学研究中来，打破了传袭既久的中国儒学家们所创立和发展了的天命观哲学基础。如学者们透过歌谣研究中国的社会民族问题，提出了令人耳目一新的结论。如常惠《歌谣中的家庭问题》（第 8 号）、刘经菴《歌谣与妇女》（第 30 号）、刘经菴《歌谣中的舅母与继母》（第 46 号）、黄朴《歌谣与政治》（第 37 号之歌谣周刊纪念增刊）等对中国家庭问题的研究，以新的视角、新的理论思想，丰富和拓展了初创时期的中国民间文艺学的架构和内涵。

(3) 他们逐步把西方民俗学和其它人文学科的思想原则和方法、特别是比较研究法介绍到中国来，并使之与中国传统的国学研究方法（诸如训诂、考订等）结合起来。胡适发表在《努力》周报上、后来为《歌谣》周刊转载的《歌谣的比较的研究法的一个例》[10]，应该说是中国人写的第一篇以比较研究法研究歌谣的文章，在后来的歌谣研究中发生过不容忽视的影响。周作人作为《歌谣》周刊的编者，在该刊和《晨报》等发表的文字中，对西方民俗学的思想和方法的介绍，对于推进歌谣的研究也起了重要作用。

(4)《歌谣》周刊前后历时八年，虽然主要以提倡歌谣搜集渐而及于故事传说材料为要旨，但一些学者，如顾颉刚、董作宾、白启明、刘经菴、张四维、孙少仙、刘策奇、王礼锡等，也在歌谣、传说、故事研究方面形成了一个乡土研究的流派，并创造了至少两个研究范式：一个是歌谣的，即董作宾的歌谣《看见她》母题研究；一个是传说的，即顾颉刚的孟姜女故事研究（那时“传说”、“故事”的界说还缺乏严格的界定）。顾颉刚的吴歌搜集与研究和孟姜女故事研究拟另文论述，这里仅以董作宾的《看见她》母题研究为例，略谈《歌谣》周刊在歌谣研究上的贡献。董作宾在《歌谣》周刊 62、63 两期（1924 年 10 月 5 日、12 日）上刊行专号《看见她》两期，开歌谣“母题”研究之先河。他从歌谣研究会征集到的 7838 首各地歌谣中，挑选出属于“看见她”母题的歌谣 45 首，又从中分解归纳出“娶了媳妇不要娘”、“寻个女婿不成材”、“隔着竹帘看见她”三个母题，进行统计学的比较研究，从而得出结论说：“我把有线索可寻特别相同的地方，详细比较一次，作出个粗疏的分类，结果发现了‘两大语系’、‘四大政区’的关系。原来歌谣的行踪，是紧跟着水陆交通的孔道，尤其是水便于陆。在北可以说黄河流域为一系，也就是北方官话的领土，在南可以说长江流域为一系，也就是南方官话的领土。并且我们看了歌谣的传布，也可以得到政治区划和语言交通的关系。北方如秦晋、直鲁豫，南方如湘鄂（两湖）、苏皖赣，各因语言交通的关系而成自然的形势。这都是歌谣告诉我们的。”次之，他又作内容的和地理学的比较研究，在传承路线上取得了颇有说服力因而十分可喜的结论。再次，他运用中国传统的训诂考订方法，对字、词、句、段进行考订，校正内容的合理与流传的变异。从而他得出结论说：“一个母题，随各处的情形而字句必有变化，变化之处，就是地方的色彩，也就是我们采风问俗的师资。所以歌谣中一字一句的异同，甚至于别字和讹误，在研究者视之都是极贵重的东西。”[11]董作宾的“看见她”母题的研究，以及围绕着“看见她”母题开展的讨论，被后来学者称为中国民间文艺学的歌谣研究的一个范式，也为当时世界范围（特别是日本）的“文化移动学说”增添了中国文化的例证，并成为我国歌谣形式主义研究方法的鼻祖。

思想分歧未果而终

前期歌谣运动的学者主要是文学家和语言学家，他们大多是“五四”前夕在西方的“民主与科学”的文化革命思潮的大形势下集拢而来的，他们在学术思想上显得很是驳杂。歌谣研究会的成立，虽然在歌谣征集处之后又酝酿了三年之久，但毕竟还是很仓促的，应该说周作人在《歌谣》的发刊词里所宣布的歌谣运动的两个目的，想把西方民俗学的套路和由“国风”开启的中国文化传统弄到一块，并没有经过深思熟虑。因此，歌谣研究会内部始终存在着意见分歧就并非偶然。这种分歧或矛盾，在歌谣研究会的会刊《歌谣》周刊的版面上随时都能从字里行间见得到闻得出。

《歌谣》周刊的负责人周作人在该刊第10号上撰文说，研究歌谣（具体说研究童谣）者有三派：“其一，是民俗学的，认定歌谣是民族心理的表现，含蓄着许多古代制度仪式的遗迹，我们可以从这里边得到考证的材料。其二，是教育的，既然知道歌吟是儿童的一种天然的需要，便顺应这个要求供给他们整理的适用的材料，能够收到更好的效果。其三，是文艺的，‘晓得俗歌里有许多可以供我们取法的风格与方法’，把那些特别有文学意味的‘风诗’选录出来，‘供大家的赏玩，供诗人的吟咏取材’。这三派的观点尽管有不同，方法也迥异，——前者是全收的，后二者是选择的，——但是各有用处，又都凭了清明的理性及深厚的趣味去主持评判，所以一样的可以信赖尊重的。”[12]歌谣研究会成员杨世清在《歌谣周年纪念增刊》撰文说：“现在研究歌谣的人，从他们的目的看来，大约可分以下四派：（一）注重民俗方面，（二）注重音韵训诂方面，（三）注重教育方面，（四）注重文艺方面。在这四派目的里边，本难说哪派重要，哪派不重要；不过默察现在的情形，似乎注重文艺方面的人，较为多点。”[13]三派也好，四派也好，总之是在认识上和目的上存在着分歧，而且这种分歧越来越扩大。歌谣研究会成立时的元老之一的沈兼士，以及钱玄同、魏建功、林玉堂，甚至董作宾，主张通过歌谣研究方言。周作人、常惠，他们都是文艺家，但在歌谣研究上，却都明显地倾向于民俗学而非文艺学、或曰逐渐从文艺学转向民俗学。尤其明显的是周作人，他是最早介绍和运用英国民俗学和日本民俗学的理论的主要人物。常惠受周作人的影响，并发展了周作人的理论，把歌谣研究归结为一句话：“歌谣是民俗学的主要分子，平民文学的极好的材料”，而这句话几乎成为歌谣研究会一时的行动口号。刘半农、胡适等是坚定的文学派，他们主张搜集研究歌谣的目的是为中国新文学开辟一快新的园地。胡适早在1922年《歌谣》周刊创刊之前就著文写道：“近年来，国内颇有人搜集各地的歌谣，在报纸上发表的已很不少了。可惜至今还没有人用文学的眼光来选择一番，使那些具有文学意味的‘风诗’特别显出来，供大家的赏玩，供诗人的吟咏取材。”[14]

从歌谣研究会成员们在学术方向上存在的分歧中，可见出歌谣研究会这个学术流派是多么的驳杂而松散。

1923年1月7日，《歌谣》周刊编辑常惠在回答蔚文的来信时写道：“我们研究‘民俗学’就是采集民间的材料，完全用科学的方法整理他，至于整理之后呢，不过供给学者采用罢了。”“等我们将来把‘歌谣研究会’改为‘民俗学会’扩充起来再说吧！”[15]同年10月，常惠在《歌谣》周刊第28号（1923年10月14日）头版编发了闻寿链所撰《福建龙岩县的风俗调查》。此文是编者从风俗调查会发出的风俗调查表格反馈回来的调查报告中选出的一份。这篇文章的发表表明，歌谣研究会已向着民俗学方向迈出了一大步。歌谣研究会成员们在认识上和理念上的分歧，最终导致了在歌谣研究会的会议上提出并讨论把歌谣研究会改名为民俗学会的建议案。

1924年1月30日召开的歌谣研究会常会，就歌谣研究会是否改名为民俗学会问题上进行了专题讨论。作为会议主席的周作人和常惠以及容肇祖最积极主张把歌谣研究会改名为民俗学会，而钱玄同、沈兼士、林玉堂、杨世清则反对改名。争论未果而终[16]。作为妥协的措施，会后由周作人和常惠于下一期（第64号）上根据会上一些人的发言、特别是容肇祖的提议，刊出了一则《本会启事》：“歌谣本是民俗学中之一部分，我们要研究他是处处离不开民俗学的；但是我们现在只管歌谣，旁的一切属于民俗学范围以内的全部都抛弃了，不但可惜而且颇感困难。所以我们先注重在民俗文艺中的两部分：一是散文的：童话，寓言，笑话，英雄故事，地方传说等；二是韵文的：歌谣，唱本，谜语，谚语，歇后语等，一律欢迎投稿。再倘有关于民俗学的论文，不拘长短都特别欢迎。”[17]这则《本会启事》，我们可以看作是对《歌谣》周刊初创时周作人所撰的发刊词的补充、修正和调整。而《歌谣》周刊扩版，正式刊登民间散文体裁作品、方言和民俗研究文章，成为国学门所属歌谣研究会与方言调查会两个团体共同的机关刊则是从第49期（1924年4月6日）起。作为刊物转折标志的是在第49号刊登了董作宾的《为方言进一解》，在第50号刊登了顾颉刚的《东岳庙七十二司》。接着，第55号编发了一期《方言标音专号》，第56、57、58、59～60连续编发了四期《婚姻专号》，“民俗的”色彩日趋浓重。

南下广州到中山大学任教、并于1928年创立了中大民俗学会的顾颉刚在《歌谣》周刊1925年6月停刊四年后的1929年追溯北大歌谣研究会解体的原因时写道：“当民国八九年间，北京大学初征集歌谣时，原没想到歌谣内容的复杂，数量的众多，所以只希望于短期内编成《汇编》及《选粹》两种；《汇编》是中国歌谣的全份，《选粹》是用文学眼光抉择的选本。因为那时征求歌谣的动机不过想供文艺界的参考，为白歌竹枝词等多一旁证而已。不料一经工作，昔日的设想再也支持不下。五六年中虽然征集到两万首，但把地图一比勘就知道只有很寥落的几处地方供给我们材料，况且这几处地方的材料尚是很零星的，哪里说得到《汇编》。歌谣的研究只使我们感到它在民俗学中的地位比较在文学中的地位为重要，逼得我们自愧民俗学方面的知识的缺乏而激起努力寻求的志愿，文学一义简直顾不到，更哪里说得到《选粹》。于是我们把原来的计划放弃了，从事于较有条理的搜集，这便是分了地方出专集。”[18]显然，顾颉刚对歌谣研究会里那些文学家从文艺学或从文艺欣赏的角度研究歌谣的立场是持否定态度的。

《歌谣》周刊停刊十年后由胡适主持复刊时，他于1936年3月9日在所撰写的复刊词里对初创时由周作人所表述的办刊宗旨，亦即歌谣研究会同人们的共同的纲领作了重大的修改，在实际选稿办刊中，也与周作人、常惠时代迥然有别。他写道："我以为歌谣的收集与保存，最大的目的是要替中国文学扩大范围，增添范本。我当然不看轻歌谣在民俗学和方言研究上的重要，但我总觉得这个文学的用途是最大的，最根本的。……所以我们现在做这种整理流传歌谣的事业，为的是要给中国新文学开辟一块新的园地。这园地里，地面上到处是玲珑圆润的小宝石，地底下还蕴藏着无穷尽的宝矿。聪明的园丁可以徘徊赏玩；勤苦的园丁可以掘下去，越掘的深时，他的发现越多，他的报酬也越大。"[19]一向就存在的民俗派和文学派之争，后期《歌谣》更坚定地选择了文学派的立场。于是，一大批文学研究者和教授，如朱光潜、李长之、吴世昌、林庚、台静农、陆侃如、吴晓铃、寿生等参加进来，他们分别从自己的文学立场对歌谣作出种种微观的阐发。容肇祖的《粤讴》研究、佟晶心的宝卷研究、吴晓铃的影戏研究等，既为新版《歌谣》开辟了新径，也为20世纪30年代民间文艺学研究中的俗文学派的登上舞台作了铺垫。刊物上虽然也不时有不同的声音（如编者徐芳的推介李安宅译马林诺夫斯基的《巫术科学宗教与神话》文章、于道源译翟孟生著《童话型式表》等），但从总体说来，它已成为民间文学的文学研究者流派的单一园地。胡适时代的《歌谣》与周作人、常惠时代的《歌谣》相比，所走的全然是两股车道了。

《歌谣》周刊的最后一期是3卷第13期，出版于1937年6月26日暑假开始之日，离日军攻打北平的"卢沟桥事变"大约仅差10天。至此，前后存在了8年的北京大学歌谣研究会，也随着抗日战争的逼近北平而宣告解体了。

[原载《民间文化论坛》2004年第3期]

参考文献

[1] 北大歌谣征集处由刘半农、钱玄同、沈兼士、沈尹默发起。由刘半农草拟的《北京大学征集全国近世歌谣简章》和北京大学校长蔡元培的《校长启事》，发表在《北大日刊》第61号（1918年2月1日）上。

[2] 卫景周. 歌谣在诗中的地位. 歌谣周刊·周年纪念增刊，1923，12，17，第34版.

[3] 刘锡诚. 刘半农：歌谣运动的首倡者. 民间文化，2001，1，学术专号.

[4] 刘半农. 国外民歌译·自序. 上海：北新书局，1927，4.

[5] 周作人. 歌谣·发刊词. 歌谣周刊，1号，1922，12，17.

[6] 歌谣研究会复伊凤阁信. 歌谣周刊，26，1923，9，30.

[7] 北京大学研究所国学门周刊. 1. 1925，10，14.

[8] 胡适. 歌谣·复刊词. 1936，3，9. 歌谣周刊，2卷1期，1936，4，4.

[9] 常惠. 一年的回顾. 歌谣周刊，37. 纪念增刊，43，1923，12，17.

[10] 胡适. 歌谣的比较的研究法的一个例. 努力，31，1922. 常惠在《歌谣》周刊创刊号上就提到和推荐了胡适的这篇文章。

[11] 董作宾. 一首歌谣整理研究的尝试，歌谣周刊，63. 1～2版. 1924，10，12.

[12] 周作人. 读《童谣大观》. 歌谣周刊，10号，1版，1923，3，18.

[13] 杨世清. 怎样研究歌谣. 歌谣周年纪念增刊，19，1923，12，17.
[14] 胡适. 北京的平民文学. 读书杂志，2，1922，10. 1；后收入《胡适文存二集》卷 4. 亚东图书馆，1924. 11.
[15] 蔚文与常惠的通信. 歌谣周刊，10，1923，1，7，4.
[16] 本会常会并欢迎新会员纪事. 歌谣周刊，45 号，6～8.
[17] 歌谣周刊. 64，1924，3，9，1.
[18] 顾颉刚. 福州歌谣甲集·序. 民俗，49～50 期，1929，3，6.
[19] 胡适. 歌谣复刊词. 歌谣，2，1，1～3 版.

二 论文摘要

论民间文化传承场

张福三

《民族艺术研究》　2004 年第 2 期

民间文化的传承体系是与传统的农耕社会相适应的，有它自己的生命力，靠它内部的输出输入机制不断调适自己，以适应社会的发展。当前，我国社会正处于转型时期，随着现代化的进程加快，加上许多人为的因素，民间文化及其传承体系正受到前所未有的冲击，某些民间文化已濒临灭绝的危险。许多有识之士对此提出种种对策，而深入到民间文化及其传承体系内部去寻求它自身的生存与发展才是根本之道。

民间文化的传承体系涉及到民间文化的诸多方面，也包括民间文化传承场的概念——它是民间文化传承的中介实体，是民间文化传承和发展的空间、平台和通道，是自然传承场、社会传承场和思维传承场整合的结果。它具有物理性和非物理性两个层面。前者指传承场是由点、线、面所组成的物理空间，是自然的空间，无意味的空间，有形的空间；后者则指这个传承空间是由社会的各种关系所构成，是由民间文化的创造主体思维的各种要素所构成。它是情感的空间，有意味的空间，无形的空间，甚至是神圣的空间。这两个层面一旦融合，整个空间就具有文化的输出输入的功能，就具有接受与传承的功能，以及自我更新的功能等。

民间文化传承场可以概括为三种类型：自然传承场、社会传承场和思维传承场。

民间文化与大自然有一种天然的联系，但是只有那些与人类的生存与发展休戚相关，与人类社会生活有着密切联系，又被人类所认同的那些自然环境的因素，才有可能成为自然传承场，它是“人化的自然”。并且具有开放性的特点：（1）自然传承场多选择在空旷的地带或开放的广场，可以容纳更多的人群，充分表演他们创造的民间文化。（2）自然传承场的人群具有开放性，参加节日聚会的人群以本民族为主体，但也可以有其他不同年龄、不同职业、不同阶层、不同村寨、不同地方、不同民族的人。（3）自然传承场还是一个动态的过程，它不仅有一个固定的地方，而且还有一个确定的时间，每年都要举行一次，周而复始，永不间断，保证了民间文化的传承像河流一样奔流不息。

冯天瑜等把社会场分作两个方面：社会经济环境和社会制度环境。前者指人类加工、改造自然以创造物质财富所形成的一套生产条件，包括工具、技术、生产方式等；后者指的是人类创造出来为其文化活动提供协作、秩序、目标的组织条件，包括各种社会组织、机构、制度等结合而成的体系。民间文化传承体系中的社会传承场更多强调的是这里的社会制度环境。与自然传承场相比较，社会传承场在内涵和外延方面都要深广得多。民间文化的传承场与社会联系的历史非常久远，它可以追溯到史前时期最原始人群及其社会组织。

家庭是各民族社会组织最基层的单位，也是民间文化传承的一个社会传承场，它的作用不可低估。首先，家庭传承场是联结自然传承场、社会传承场和思维传承场的一个基础平台和桥梁，使它们之间可以互融、互通和互渗，这个传承场是民间文化传承的出发点和归宿地。其次，民间文化的精华内容，几乎都浓缩在家庭这个传承场中，它的多种功能和价值包含了人生的各个阶段。再次，以传统家庭为中心的社会传承场，空间虽然不是很大，但民间文化的创造主体却充分利用这有限的空间，贮存和传承着民间文化更多的内容。

思维传承场是无形的传承场，因为思维就是一个过程，有过程就会有空间、通道，也就是场。它有很大的能动性和创造性，它本身具有的诸多动力可以保证对所获取的各种材料进行记忆、存取、加工、传递和反馈，也就是说它是具有操作能力的能动的空间。在思维结构上还是多层次、多结构、多功能的开放性空间。

各民族民间文化是群体思维的产物。这是因为民间文化中的基本内容，大都产生在原始时代，这个时代个体思维比较微弱，群体思维占绝对优势。它是原始人群在长期的生产生活的实践基础上形成起来的种种“共识”，这些共识进入到集体意识之中——集体意识又分为集体有意识和集体无意识两大领域，成为民间文化里许多古老的观念、原始意象、心理情结、民俗事象、行为规范、礼仪制度等等，同时还构成群体共有的思维传承场、自然传承场和社会传承场。它们一经形成就具有相对的独立性、稳定性和传承性。

民间文化的创造主体的需要，不仅是整合自然传承场、社会传承场、思维传承场这三类中介实体的基本动力，也是形成传承场的基本动力。人类有多少种需要，就产生多少种传承场。如在原始时代，人们最关心的是两种生产，生活资料的生产和人类自身的生产，即种的繁衍。因此，在各民族的民间文化中，生殖崇拜的文化占有特殊的地位，由此还形成了自己独特的传承场，以满足人类生殖繁衍的需要。人类还有其它许多方面的需要，都是我们需要进一步深入研究的民间文化传承场的范畴。

（徐永安　摘）

从书面范式到口头范式：论民间文艺学的范式转换与学科独立

刘宗迪

《民族文学研究》　2004年第2期

学科独立源于研究对象和研究方法的独立。中国民间文艺学正因为从来也没有认清自己的研究对象，并形成自己的研究方法，因此，尽管民间文艺学从北大歌谣运动算起，在中国已经有80多年的历史，却从来没能成为一门独立的学科。

民间文艺学的研究对象是民间文学，这可以说是常识。但是，看见自己的研究对象在那里，与认清自己的研究对象是什么，并不是一回事。认清自己的研究对象，意味着准确把握对象区别于其它事物的特征，并用与这种特征相适应的方法研究它。

民间文学的根本特征是其口头性，可是我们的民间文艺学一直是把民间文学当成书面文学进行研究的。我们的“采风”，不仅把原本口头流传的民间文学记录、整理为书面文学，并按照书面文本的格局和作家文学的标准进行重塑、剪裁、拼合、润饰、组织等等，而且研究和理解民间文学的理论范式也一直就是古典文学、作家文学研究中的书面文学范式（包括概念、范畴、术语、理论、方法、视角），如此记录下来的民间文学作品，再使用评价作家文学的概念框架和审美标准加以剖析和点评，那么与作家文学相比，民间文学的形式总是幼稚的、语言总是粗糙的、风格总是混杂的、思想总是含混的，并不具有独立的美学价值和艺术价值……那些对于书面阅读毫无意义，但对于现场表演、口头演述和集体记忆等必需的声音程式，如重复、合声、衬腔、引子、插话等等口头文学自身所独有的要素，就可能被视为毫无意义的赘疣，遭到忽视或予以剔除。而完全忽视了口头文学独特的修辞构成方式、意义表达方式和传播及接受方式，便无法把握口头文学的独特风情，这就是中国民间文艺学学科一直萎靡不振的症结所在。

但是，从来没有哪位民间文学研究者曾经长期地追随那些民间演艺组织和艺人，对其口头表演的程式、场域、习俗等进行过系统的调查和研究，并依据其具体的表演场域（语境）对民间口头文学与作家书面文学在创作、传播、接受、评价、记忆等方面的差异进行思考，从而建立起与作家书面文学不同的概念框架、审美标准和研究范式。

这种由书面文学模式看待口头文学的偏向也突出地表现在民族和民间文学史的研究中。例如，学术界对纳西族东巴文化及其经籍的研究已有了长足的进展，东巴经典源于对东巴口头唱述的记录，与东巴仪式（如祭风、祭日、祭山、祭树等）息息相关，现存的东巴经中大多明确地注明了其所用的仪式、相关的音乐、舞蹈和场景——它们仍在纳西地区活生生地存在着。这正为学者们考察东巴文学的口头表达模式、重建口头演述的场景，依据民俗场景解释东巴文学文本的意义、结构、流变提供了有力的线索，但是，在已经出版的《纳西族文学史》中，东巴文学却完全被当成了书面文学作品进行分析和罗列，我们无法从其叙述中获得对这些作品的口头传统渊源和宗教仪式场域的理解。

正因为意识到民间文学与作家文学的区别，研究者开始从专注文本转到对语境的关注。神话、传说、歌谣、故事、民间戏剧等往往是在节日庆典、巫术祭仪、人生礼仪、庙会社火上讲述或表演的，因此，民间文学的语境就是民俗生活，于是，对上述体裁的记录文本的解读就归结为对其民俗场域的田野考察和描述。但是，研究者又从一个极端走向了另一个极端，在走向田野的同时，却背离了文本，在转向语境描述的同时，却忽视了意义的解读。研究者最初从民间文艺学转向民俗学，本来是为了解读民间文学，却变成了单纯的民俗学研究。

其实，文本与语境，意义与田野，原本是相互生发，生死相依。要理解文本，固然离不开田野，因为文本是在田野中生发和流传的，但是，离开那些世代流传于村巷阡陌，铭刻于民众心头，穿越民间历史的神话、传说、故事和歌谣，我们又如何理解田野？这些口头文本，是民众心灵的自我理解和自我阐释，它们在融贯、汇聚意义的同时，也为民众世界赋予意义；它们宣示着民众对于其乡土的理解，也引导着民俗学者对民间社会和民俗生活做出更透彻的了解和解释，从而增进对家乡的理解，也寻求自我理解的依据和归宿。它们其实就是解释学意义上的“前理解”（海德格尔把“前理解”称为“先行看到”），这正是区别人文科学和自然科学的分水岭，也是区别民俗学和人类学、社会学、民族学等学科的分水岭。

但是，当民俗学者摈弃民间文学，舍弃了文本及其所展现的对于田野的“前理解”，按照人类学的田野研究方法从事田野研究的时候，民间文艺学又面临着被社会学和人类学吞并的危险。于是学者们又呼吁“告别田野”，“回到文本”。然而，如何回到文本？回到什么样的文本？民间文学三套集成，那是旧路径辉煌的顶点，从这里开拓不出一条学科发展的新路。回到文本，不应该回到书面上现成的、凝固为文字的文本，而是回到口头传统中世代流传的口头文本；回到文本的同时，也是走向田野，即走向那环绕着民间口头文本，作为其形成、演述和流传语境的民俗场域和仪式。

回到文本，就是把握民间文学文本的口头性，并在口头性的引导下倾听、理解、研究口头文本。口头文本和书面记录文本迥然不同，书面文本是在空间中展现由文字编制的界限分明的文章，口头文本是在时间中绵延、借声音传播的言语，不是空间中存在的历历分明的定型物，而是时间中流逝的绵延不绝的语音流。口头文本的意义全凭语音的流动和变化呈现，其文本的界限则由时间的起与迄界定。意义依存于结构，因此，那在时间中绵延不绝、方生方死的语音之流要能够成为有意义的口头文本，就必须有稳定的、可以被重复和理解的结构，这种结构就是我们在民间史诗、歌谣、甚至故事中常见的重复、复沓、双声、叠韵、合声、帮腔、押韵、音步、平仄等等。这些结构化、程式化、模式化的语音结构就是所谓“口头程式”，民间的史诗、歌谣、说唱、戏剧歌手就是依赖这些程式流传记忆、即兴创作、遣辞造句、抒情达意。它们还是同一口头传统中的听众聆听和理解的依托。凭借这个意义，口头程式就成了口头文化研究关注的焦点，于是才有以帕里—洛德命名的口头程式理论，也正是由于口头程式在人类文化表达的中心地位，该理论才一时成为西方人文学术的“显学”。

口头程式既然是口头文本意义赖以存在的结构基础，那么，以理解民间文学的结构和意蕴为指归的民间文学把口头程式作为关注的焦点，不就是顺理成章的吗？中国民间文学研究的困境，正是因为它一直没有把握这一关键所在！当前的一系列理论思考和个案研究成果预示着中国民间文艺学正面临着从传统的书面范式向口头范式的转变，西方口头程式理论的引进可谓适逢其时，如何在口头理论的指导下，将我们的理论思考与个案研究结合起来，创建民间文学研究的口头范式，使口头范式成为民间文艺学的理论核心，并在口头范式基础上建立一个全新的民间文艺学理论体系，可以说是民间文艺学从业者义不容辞的责任。也许经过这一次脱胎换骨的转变，中国民间文艺学终将获得新生。

（徐永安　摘）

文化的多样性与少数民族艺术遗产保护

贾作光

《舞蹈》　　2004 年第 4 期

随着社会经济和科学技术的迅速发展，使得文化艺术的传播非常快捷。在东西方文化的碰撞中，在借鉴与汲取先进国家与民族文化艺术的经验时，必须注意本国的民族审美习惯与要求，更应该重视民族性、地区性、群众性的艺术个性和文化艺术的多样性。

中国民族众多，在 56 个民族中少数民族就有 55 个，每个少数民族地区都积存着丰富多彩的文化艺术遗产，特别是口头及非物质文化艺术遗产如宝石般的璀璨。仅从少数民族舞蹈艺术来看，它的舞蹈样式、动态及表演方式、动作风格、节奏变化、音乐语言、调式和唱法都有自己的特性。各民族舞蹈都有自身独特的风格，区别很大，都具有着十分重要的艺术价值。

中国少数民族舞蹈在旧社会是被歧视、被禁止上演的，新中国成立以后，少数民族舞蹈才兴旺发达起来，民间艺人的社会地位有了显著的提高，并得到了人民政府的重视与相应的保护。同时人民政府号召广大舞蹈工作者深入生活向民间艺人学习，继承优秀的舞蹈文化，开掘整理，保存借鉴，从而不断创新与发展。但是目前，对于舞蹈艺术的保护关键在于各级文化部门采取的保护方式。

我们保护文化艺术遗产的目的，是把原汁原味的原生态舞蹈有形有声地记录下来并妥善保存以示后代。保存文化艺术遗产，也正是为了促进发展与创新。但发展与创新必须坚持万变不离其宗的原则。当前政府正积极采取有效措施，通过文字、图表、录像等方式来记录、保存舞蹈艺术。但是舞蹈是直观艺术，是具有鲜明的艺术个性的动态形象，除开上述的方式外，它还需要影视传承，那就需要活的人体表现出来，这样就必须要有广大群众参与其中，共同来继承与保护。同时，经济在发展，外来的舞蹈艺术也正在冲击着民间舞蹈艺术，因此我们必须大力提倡广大群众中的民族舞蹈遗产的继承与保护，决不能由于引进学习外来的舞蹈而削弱各族人民喜闻乐见的舞蹈，要鼓励和保护各族群众热爱民族民间舞蹈遗产的热情。

在中国少数民族地区仍然有保护与传播比较好的，如藏族的“弦子”、“果谐”，苗族的反拍“芦笙舞”、“打歌”，土家族的“摆手舞”，白族的“绕山林”，彝族的“阿细跳月”，傣族的“嘎央”、“嘎洞”等仍然在民间流传与保留。

当今科学技术迅猛发展，我们应该更好地利用现代科技手段保护少数民族艺术遗产，但必须以人为本，在群众中进行有效传承。要科学保护与人文传承相结合，在社区应与娱乐结合起来开展。同时在社区文化管理单位建立文化遗产保护站，普及与提高同时进行，要强调少数民族舞蹈个性的延伸，避免丧失个性。因此，风格各异、多姿多彩的舞蹈文化，应该是百花盛开而不是一花独放！

（梅仕士　摘）

一位美籍华人学者的中国民间文学情结

——追忆丁乃通教授

刘守华

《民间文化论坛》　2004 年第 3 期

以编撰《中国民间故事类型索引》而驰名海内外的丁乃通教授，1989 年 4 月因突发心肌梗塞在美国西伊利诺大学溘然长逝，距今已有十五年了。我们特将他所著《中西叙事文学比较研究》这部文集作为“桂苑民间文化论丛”的首册增订再版，作为永久纪念。丁乃通教授出生于 1915 年，本是浙江杭州人，早在 1936 年即毕业于北京清华大学西方语文学系，并于 1938 年获得美国哈佛大学英国文学硕士学位，三年后又在哈佛大学获得博士学位。随后就开始了他在高校讲授英国文学的漫长生涯，先在国内的浙江大学、河南大学、中央大学、岭南大学任教，从 1957 年起客居美国，任教于泛美大学和西伊利诺大学。

丁乃通先生于上世纪六七十年代，不惜花费十年心血撰写了一部《中国民间故事类型索引》。他依据 580 多种故事资料，归纳出 843 个类型，涵盖故事 7300 余篇。在索引编撰体系上，他借用芬兰学派的 AT 分类法来处理中国民间故事，其优点是便于人们将中国故事纳入国际通用编码体系而进行比较；但这一框架并不完全适合扎根于独特历史文化土壤之中的中国故事，因而在某些方面难免有削足适履之缺陷。

丁乃通先生于 1985 年 9 月 16 日至 10 月 17 日应邀在武汉华中师范大学进行了为期一个月的讲学。他每周给我们的本科生和研究生讲一两次，平时还可随时向他请教，或不拘形式地展开讨论。他以极大的热忱指导听课的陈建宪和黄永林两人将他的成名之作《高僧与神女》，从英文译成中文在国内发表。以这一个月的讲学为中心，我们的交往从 1983 年 5 月开始到 1988 年 4 月，前后达 5 年之久。在这几年中，他倾注了大量心血指导和帮助我就 A461 即“求好运”这个世界性类型作深入系统的研究，使我在故事学研究上获得了较大的进步。

丁乃通先生在这几年中还为促进中国民间文学事业作过许多事。一、作为一位献身于中国民间文学研究的海外华人学者，他渴望尽可能多地了解中国民间文学事业发展的实际状况。二、编辑出版他的比较故事学论文集《中西叙事文学比较研究》。三、筹划续编《中国民间故事类型索引》。四、沟通中国学人和欧美学术界，特别是和芬兰学派的关系，帮助他们走出国门，走向世界。

丁乃通先生在中国民间文艺学界走向世界、汇入世界学术大潮的历史性转折中，发挥了重要的桥梁作用；他的学术成果及严谨学风，不愧为中国学者的楷模之一。我们追忆这位美籍华人学者，将会从他身上获得许多有益启示和鼓舞力量。

（白　杨　摘）

第　三　编

神 话 研 究

一　研究概述

2004年中国神话研究概述

李丽丹

自1903年蒋观云发表首篇神话学论文《神话·历史养成之人物》起，神话学在我国经历了一百多年的风雨，尤其是近十五年来，神话研究更是取得诸多成就。仅2004年神话研究发表的学术论文（约202篇）和学术专著（博士论文3篇，专著12部）的数目而言，其成果居中国民间文艺学诸多门类之首。论文数量呈激增趋势（2001年约106篇论文；2002年约147篇论文，2003年约187篇），数量的增长只能说明参与神话研究的现状，对于神话研究的实质性进展，却有待对所有论文的解读与评析，并将其与神话研究的历史成果相比较。

一、2004年神话研究概况

（一）神话研究的分类

人文科学根据研究类型对研究对象进行分类，大体可分为神话基础理论研究与神话个案研究两大类。所谓“理论研究”是指旨在建立一种理论体系（或概念体系）但又不以经验资料加以验证的研究．而“个案研究”旨在解决实际问题，将其理论和研究方法运用于资料，建立或检验学科知识。参照此分类，今年共有21篇左右的文章属神话的基本理论研究，个案研究约有181篇论文，从数量上看，占绝对优势。

赵沛霖在《中国神话的分类与〈山海经〉的文献价值分析》一文中指出：“根据神话分类的一般理论和笔者个人的研究，对神话大体上可以按以下四种方式进行分类：1. 按历史形态……2. 按功能（祭祀礼仪神话、解释性神话、巫术神话和物占神话）；3. 按性质，可以把神话分为原生态神话、次生态神话和再生态神话；4. 按内容可以把神话分为创世神话、洪水神话、英雄神话等。”[1]然而，统观2004年的神话研究，难于仅按历史形态分为原始神话、奴隶社会神话与封建社会神话等，也不能仅按功能分或按性质分，如果按内容分，则又过繁多。因此，本文参照《2002年中国神话研究概述》[2]的研究对象分类，结合2004年研究的现状，将神话的个案研究按地域（国家、民族）和主要研究方法的两个标准分为四个类别：中国神话研究、外国神话研究、中外神话比较研究、多学科交叉研究。中国神话研究又分为两类：汉族神话研究和少数民族神话研究。汉族神话研究中由于个案研究中有不少重点研究对象，又可分为《山海经》研究、西王母研究、女娲研究、月神研究等。少数民族神话有壮族神话研究、瑶族神话研究等。外国神话研究主要可分为希腊神话研究与日本神话研究。影响研究情况比较复杂，但也有研究主流，如神话与文学中的小说和诗歌的影响研究、神话与宗教、神话与艺术、神话与语言教学的关系研究等。

（二）神话研究者概况

201篇文章共有190位研究者，其中发表6篇以上论文的1人，4篇以上1人，2篇以上9人，两人以上合著的论文有15篇，共有作者约31人。研究者主要来自高等院校、中国社会科学院及省、市社科院、党校及其它一些事业单位，如民族研究所、文联、学报及历史研究编辑部、电视台等。其中专攻神话、民间文学、民俗学、民族民俗的有15人，其他有古代文学、中国古代文化、文化人类学、史前宗教艺术、古典文献学等为专业的研究者大约12人，以文艺理论、文学批评、地域文化、当代文学、美学、考古学、小说美学、英美文学、社会学等专业的研究者大约有10人。其余研究者多未表明其主要研究方向。

从统计中可以看出，专攻神话学、民俗学、民族民间文化领域者少，从其它学科领域研究神话或运用神话进行研究者多。这种状况一方面表明神话是跨学科的研究对象；另一方面也表明神话涉猎领域之广，如神话学、民间文学、民族学从其本体入手研究神话的历史流变、文化意义、特征等；其它学科也使用、借鉴神话的相关资料，如古代史学以神话以求证历史，史前宗教艺术研究以神话探讨史前艺术，文学研究以“神话—原型批评”、神话思维来研究文学的神话原型，发掘文学作品的深层内涵及集体无意识等。

专攻神话、古典文献的学人有的在2004年发表多篇神话论文。如李炳海教授专攻《山海经》研究，贾雯鹤博士专攻古典神话，张启成教授专攻古代文学等。李炳海教授2004年共发表论文6篇，主要是以《山海经》为对象的个案研究，通过个案的翔实考证与梳理研究神话，同时对神话学的研究方法也进行了理论思考，如他在《蛇：参与神灵形象整合的活性因子》一文中指出：“神话研究必须深入发掘各种意象的内涵，而不能停留在各种事象的表层。……神话研究不但要注意古人和现代人观念的不同，而且还要发现古代早期先民和后来社会成员观念的差异。……要用神话本身的材料来解释神话现象，尽量从神话本身找内证。……要用动态把握的方法处理神话材料，努力勾勒出神话演变的脉络。”张文安历年的神话研究成果表明，他继续致力于对神话人物的个案研究，如2002年对后羿的研究，今年对夸父、女娲的研究。章立明也多年来持续对洪水神话及婚姻神话进行研究，今年又发表了《兄妹婚型洪水神话的误读与再解读》（《中南民族大学学报》，2004年第2期）。另有邱宜文两篇论文对《山海经》中的数字进行研究、李炳海对两大神话体系的梳理与建构等也是较为重要的成果。

一稿多发在2004年的神话研究中也屡屡出现，有的文章不只重发一次，甚至两三次，这些文章从学术质量上看，也并没有深刻的见地。

（三）发表神话论文的刊物状况

2004年共有161种刊物刊登关于神话研究的论文，其中《民族文学研究》发表5篇以上，《广西民族研究》与《贵州文史丛刊》发表4篇以上，《中南民族大学》、《湖北民族学院学报》、《河池学院学报》、《玉林师范学院学报》等发表3篇以上，其它如《东南大学学报》、《广西师范学院学报》、《佳木斯大学社会科学学报》、《辽宁大学学报》、《辽宁师范大学学报》、《思想战线》、《天中学刊》、《西华大学》、《民族艺术》等期刊发表2篇以上神话学论文。

固定的神话学言论空间表明神话研究已经有自己的阵地，研究者易于从这些刊物获取相关资料，也易于从这些刊物上登载的神话学论文发现神话学研究的最新动态。神话代表着一种民族精神，与民族的发展息息相关，而热情刊发神话研究论文的，也主要是一些民族性质的报刊、民族院校的学报及文史丛刊等。

（四）研究成果的分布状况

以前文所述研究对象的划分标准，对2004年神话学研究的成果进行分类集中，从数量上考察研究的热点，同时，通过集中阅读同一研究对象的研究论文，分析其研究方法、使用资料的情况、假设与论证逻辑的严密性、得出的结论在该研究对象的历史发展阶段上的价值等，对下文从整体上评价2004年神话学研究的状况做一些基础性的工作。

1. 理论研究与个案研究[3]

表一　理论研究与个案研究状况（N=200）

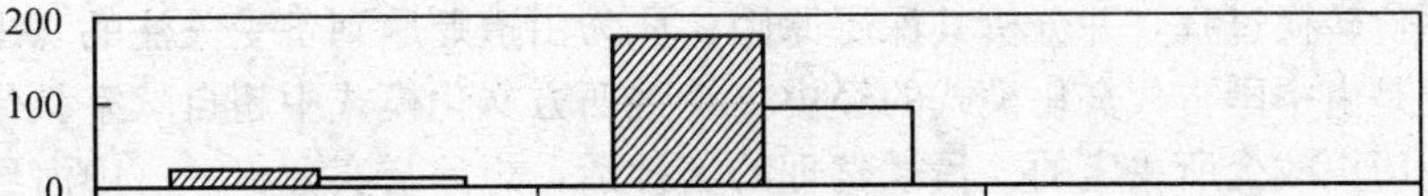

	理论研究	个案研究	书评
▨数量（篇）	21	176	3
□所占百分比（%）	11	88	1

从表一可以看出，目前神话个案研究多，理论研究少。虽然个案研究是理论研究的基础与展现，但对于纯理论的过少关注则是学科建设的一个不容乐观的趋势。

2. 个案研究的分布状况

表二　个案研究总体分布状况（N=180）

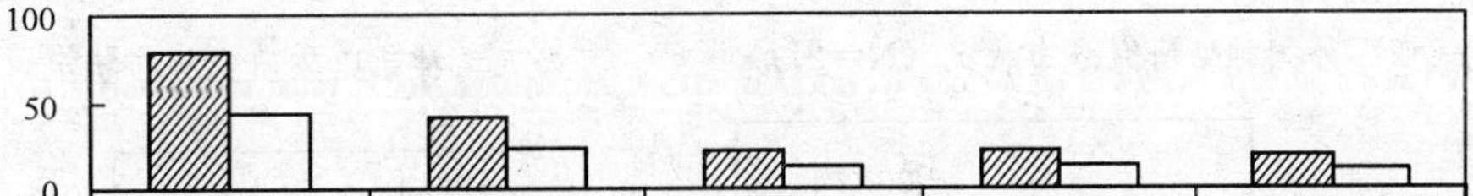

	汉族神话	交叉研究	外国神话	比较研究	少数民族神话
数量（篇）	79	41	21	21	18
百分比（%）	44	23	12	12	10

表二显示，汉族神话研究数量较多，影响研究次之，令我们感到遗憾的是，相对于我国众多民族及这些民族丰富的少数民族神话资源，研究者之少，论文数量之少让人惊异。

表三　汉族神话研究分布状况（N=79）

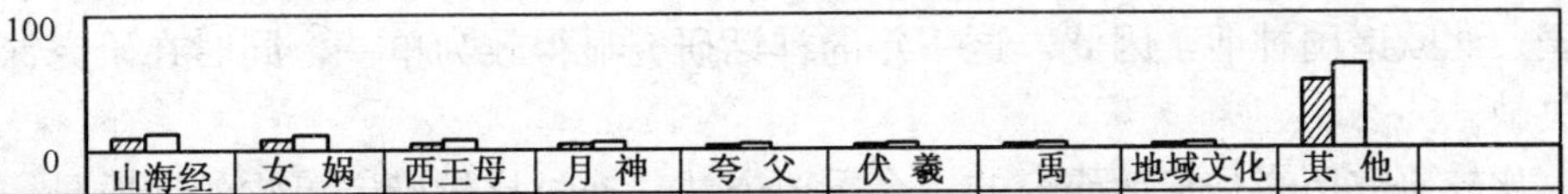

	山海经	女娲	西王母	月神	夸父	伏羲	禹	地域文化	其他	
▨数量（篇）	10	8	4	3	2	2	2	2	46	
□百分比（%）	13	10	5	4	3	3	3	3	58	
□柱形图3										

袁珂先生曾在《中国神话通论》中说：“研究中国神话，如果不首先从《山海经》着手，那简直可以说是无从谈起。”“《山海经》是保存中国神话材料最多的一部古书。”2004 年的《山海经》研究依然炙手可热，以上图表仅只反映出以该书为专门研究对象的成果，《山海经》还是今年神话研究中引用文献最多的古籍，其它的神话人物及地域文化研究，如西王母研究、月神研究、成都及三峡的地域文化研究等也主要围绕此书展开。学者们对此书的关注，进一步肯定了它在中国神话学中的重要地位。

2004 年关于《山海经》和神话人物研究历史与现状的反思与论争的论文较多，研究也较深入，如刘宗迪在《西王母神话的本土渊源》（《湖北民族学院学报》，2004 年第 1 期）中对“西王母来自西方”这个论点进行驳斥，通过翔实的资料分析与文化溯源，认为《大荒经》并非是古人所认为的整个九州方域，而是东夷文化区内一个方圆百里的地理范围，与西域无关；西王母也不是“西土之神”，而是源自东方神仙道教信仰的东方本土文化产物。陈连山《神怪内容对于〈山海经〉评价的影响——从文化背景谈〈山海经〉学史上的一个问题》（《民族文学研究》，2004 年第 1 期），从文化背景角度梳理了中国学术史（自儒学时代至西方文化观念引进的近现代）上对《山海经》中神怪内容的评价转换过程，并分析其深层原因，认为由遭贬斥到备受关注的《山海经》之地位改变，是由中国古代文化模式的经史传统到西方文化模式中超自然宗教传统对中国的影响这一历史改变所决定的。吕微整理的《神话：想象与实证——〈山海经〉研究座谈会发言选载》（《民族艺术》，2004 年第 4 期）一文，对马昌仪、吕微、陈连山、刘宗迪、杨利慧等在《山海经》研究中有卓越成果的学者对《山海经》研究的历史与现状中之问题的论争进行述评，这些争论带着明显的问题意识与思考而展开，总结了《山海经》神话研究的历史与现状，对未来研究的去向与方法等也提出了一些建议。另有李炳海、贾雯鹤等学者立足于古文献资料的整理与分析，对该书的神话学研究做出了贡献。女娲研究的论文在数量上虽然较多，但相对于早年杨利慧等学者的深入研究而言，其研究成果一般。

表四　外国神话研究分布状况（N=21）

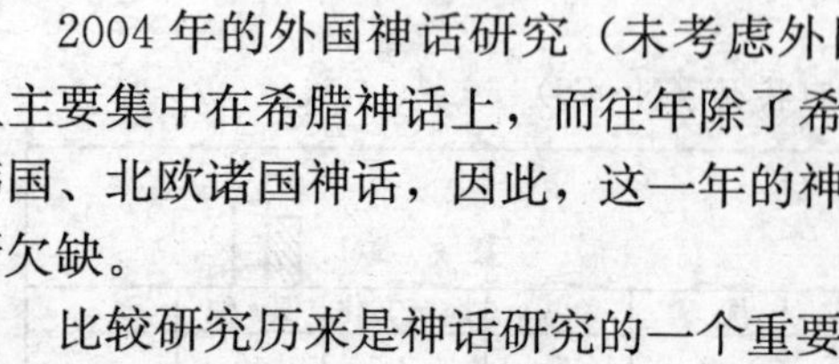

表五　神话比较研究分布状况（N=21）

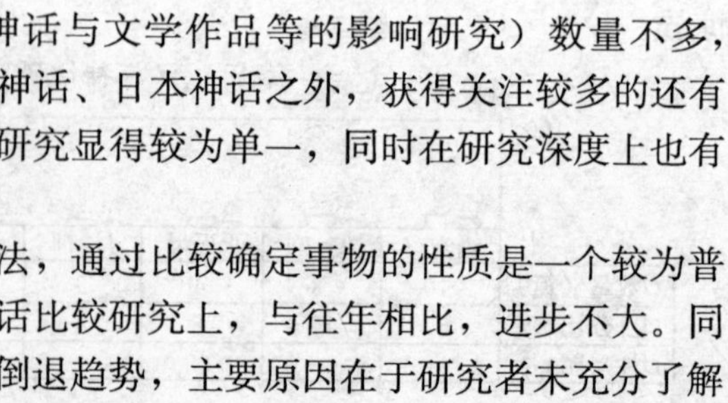

2004 年的外国神话研究（未考虑外国神话与文学作品等的影响研究）数量不多，且主要集中在希腊神话上，而往年除了希腊神话、日本神话之外，获得关注较多的还有韩国、北欧诸国神话，因此，这一年的神话研究显得较为单一，同时在研究深度上也有所欠缺。

比较研究历来是神话研究的一个重要方法，通过比较确定事物的性质是一个较为普遍的手段，而今年的重点在中国与希腊的神话比较研究上，与往年相比，进步不大。同时，中国各民族神话的比较研究也出现一种倒退趋势，主要原因在于研究者未充分了解前人研究成果而进行重复研究。

表六　文学与神话的交叉研究（N=41）

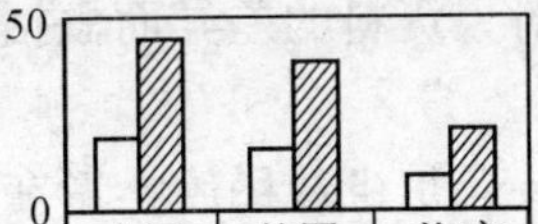

	中国	外国	其它
□数量（篇）	18	15	8
▨百分比	44	37	20

表七　中国神话的交叉研究（N=26）

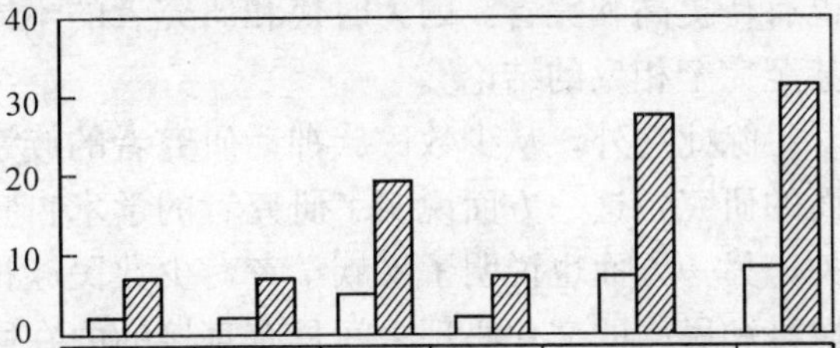

	西游记	红楼梦	屈原	艺术	现当代小说	其他
□数量（篇）	2	2	5	2	7	8
▨百分比（%）	7	7	19	7	27	31

交叉研究的论文数量很多，尤其是神话与文学的关系研究，主要集中在小说和诗歌中的神话意象、神话原型等的探讨，其中，文学研究尤其偏爱神话—原型批评的方法，也有不少论文从理论角度研究该批评方法本身，如梅笑冰《弗莱神话原型理论述评》（《中共浙江省委党校学报》2004年第1期）、武传阳《神话－原型批评及其影响潜能》（《新余高专学报》，2004年第1期）、张曦《关于弗莱原型批评理论的批判性考察》（《池州师专学报》，2004年第1期）、何明霞《不尽的神话——原型批评探析》（《玉林师范学院学报》，2004年第2期）等。另有神话与汉画、神话与宗教等的交叉研究，如李立对汉画的神话学解读（《汉墓神画龙壁画像神话艺术辨析》。《理论与创作》，2004年第2期；《汉画车马出行画像的神话学诠释》《理论与创作》，2004年第6期），徐祖祥《道教与云南瑶族神话的变异》（《楚雄师范学院学报》，2004年第2期）、宇汝松《试论檀君神话与道教的基本文化精神》（《中国道教》，2004年第2期）、胡爱华《〈简·爱〉中的神话原型解读》（《淮北职业技术学院学报》，2004年第3期）为代表。

表八　少数民族神话研究分布（N=18）

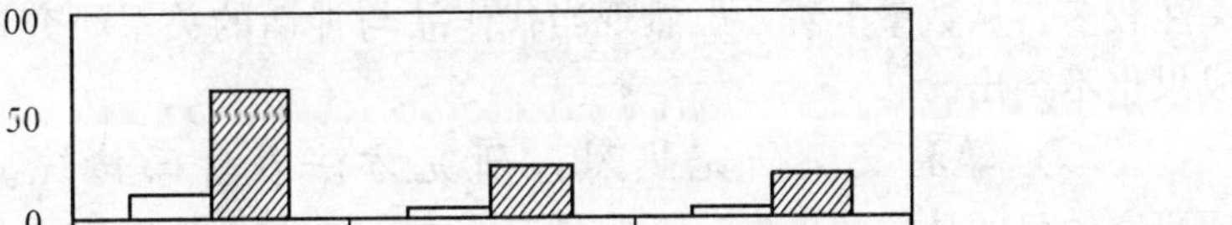

	南方	北方	其它
□数量（篇）	11	4	3
▨百分比（%）	61	22	17

仅从数量来看，2004年的少数民族的神话研究与2001年、2002年相近，这种持续的低迷稳定状态说明，蕴藏丰富的少数民族神话资源，令人遗憾地未受到研究者应有的关注。在这种情况下，过伟、覃彩銮、拉木吉拉等学者长期坚持在少数民族神话研究的领域就更显弥足珍贵。两位学者在少数民族（来宾壮族）盘古神话的发现与研究上着力颇多，那木吉拉《蒙古、突厥语民族狼鹿神话传说——“蒙古先民以‘鹿’为图腾，‘狼’是突厥人的图腾”说质疑》（《中央民族大学学报》，2004年第3期）对苏鲁格发表的《蒙古、突厥之图腾崇拜再探讨——“蒙古先民以狼为图腾”说质疑》一文提出了不同的意见，力图以文献记载和现代民间鲜活资料为根据，指出苏文“以狼为父系始祖、以鹿为母系始祖”的论证根基不够坚实，并指出“理论概括一定要建立在坚实可靠

的资料建设之上，离开了这个基础之后，它的生命力就很难维持下去。而且，我想随着时间的推移和人们的认识能力的不断提高，相关理论也会更新或发展。同样是图腾理论也有待提高和完善。因为时代和研究者的不同或者研究对象资料的差异而概括出不同的甚至完全相反的结论”。

除此之外，从少数民族神话研究者的族别来看，主要还是少数民族学者在从事这方面的研究，这一方面说明了研究者的学术自觉，这与他们自身具有的族别、语言优势有关，另一方面也说明了汉族学者对少数民族神话资源的忽视。而神话与民族精神、民族性格和民族的文化心理之间具有直接的内在联系，对于少数民族的神话进行研究不仅具有学术史意义，更具有现实的政治、社会、文化意义。但愿更多的少数民族学者与汉族学者不畏艰难地参与到这片沃土的开垦与种植中来。

二、2004年神话研究的特征

概观2004年神话研究，在阅读、统计与分析的基础上，可以看出全年神话研究呈现出以下特征：

（一）个案研究多，理论研究少。从表一可以看出，个案研究占全部神话研究的88%，理论研究仅占10%。在个案研究中，又有一些特征。如个案研究以研究本国尤其是汉族神话为主，外国神话研究以希腊神话研究为主，对其它国家神话如日本与朝鲜都只是略有涉及。研究方法上以比较研究和影响研究为主，前者以中、希神话比较研究为主，而中国境内各少数民族神话的比较研究相对而言十分少见。就外国神话与文学的影响研究和中国神话与文学的影响研究从数量上看差距不大，对神话与其它门类的影响研究则较少，如神话与宗教、神话与艺术等。中国神话与文学的影响研究上，2004年的主要着力点在于神话与屈原的关系研究，其它对《红楼梦》、《西游记》等古典名著关注较多，从数量上看，虽然现当代作品与神话的关系研究论文占主要，但焦点分散，成果也不突出。

（二）学科交叉研究热烈，研究方法多样而传统。陈建宪先生曾指出：“神话研究的目的从总的来看，无非是三个方面：一是从历史学角度，考察一个神话发生、发展、传承、传播、演变的轨迹；二是从社会学角度，考察神话在社会生活中的作用，它们对于民族精神、民间风俗以及当代生活的影响；三是从文学角度，研究神话为什么能具有‘不朽的魅力’，使一代代人为之倾倒。”[4]2004年神话研究方法多样化主要表现为：一是运用历史学、文献学的方法，对古籍资料进行梳理考证，如李炳海、贾雯鹤发表的一系列关于《山海经》与神话研究的论文、贾雯鹤的《月神源流考》等都是此方法的代表。二是从文化学、社会学的角度对神话的现实意义，尤其是民族学意义进行探讨，如覃彩銮《布洛陀神话的历史文化内涵》、叶晗《女性历史地位嬗变的神话学分析》等。三是将神话学方法运用于其它学科的研究，如对宗教、艺术、文学等的研究，以李立、徐祖祥、宇汝松、胡爱华等人的研究为代表。

（三）神话的田野调查成果及对已有田野调查资料的相关研究少。尽管在2003年至2004年，围绕着民间文学研究是重田野还是重文本（当然包括神话）进行了很是热烈的论争，“民间文化青年论坛”第一次会议上以陈建宪《走向田野，回归文本》和施爱东《向田野要什么?》两篇论文展开了白热化的讨论，重在田野或是意在文本都各有一帮拥护者，说明了民间文学的研究既不可能是纯文本的，也不可能纯田野的，论争对于田野资料的“文本化”要科学形成了较一致的看法。然而，面对整个民间文学学科在研究对象与方法上发出的呼声，神话学似乎还处于一种置身事外的状态，尽管在大的民间文学搜集活动和各省市、高校、研究者组织的调查中，得到不少神话的田野调查资料，然而，相对于浩如烟海的口头的和近年来还在流传着的神话，相关研究和在研究中对这些资料的运用却少得可怜。其中以过伟(《南方民族盘古神话的新发现》,《广西民族研究》，2004 年第 1 期）与覃彩銮(《广西来宾壮族盘古神话传说的文化内涵及价值述论》,《广西民族研究》，2004 年第 3 期）对于盘古神话的发现与研究成果较突出。过伟先生对来宾壮族的盘古神话给予高度评价，认为“当地壮族民间保留有形式多样、内涵丰富、积淀深厚的活态性盘古文化，证明来宾一带是盘古文化的重要发祥地，实证了我国神话研究先驱茅盾、袁珂等先生早年关于‘盘古神话流行在南方（假定是两粤)’的推论”。另有鹿忆鹿(《小黑人神话——从台湾原住民谈起》,《民族文学研究》，2004 年第 4 期）对于小黑人神话的研究涉及田野资料与相关古籍。该文研究了台湾原住民小黑人神话的母题特质、小黑人的双重个性及其深层历史蕴含，从材料的搜集整理上为以后的研究打下了基础。另有刘敬源(《台湾原住民与大陆东夷太阳神话之比较》,《贵州文史丛刊》，2004 年第 2 期）对大陆和台湾两岸的太阳神话中太阳的性别、传说中的太阳的数目等方面的异同和源流关系进行比较，作尝试性探讨；认为两岸的太阳神话，在太阳具有繁衍与死亡的二元性、太阳的原始性别为女性等方面有共性，而在太阳神话具有的寓意、出现的太阳数量等方面又有差异。此项研究从神话角度对展开两岸文化对话打开了一扇新窗口。

（四）2004 年神话研究的反思与理论进程。2004 年是神话理论研究反思进程中的一个环节。神话概念的外来性质，神话学研究方法的外来性质，连续多年来都遭到持续的质疑与反思。百年来，神话研究的成果固然不容抹杀，研究存在的问题在近几年却更引起学者们的重视。概括起来，2004 年对神话研究的反思主要在以下几个方面：

1. 反思应该怎样定义（中国的）神话，即神话是什么。既然不能像西方那样有明显的体系可以归出西学中的 ABC 等界定条件，又不能说中国没有神话，这不仅仅是出于民族自尊心或者是要反对文化霸权主义，也不符合中国客观存在着神话的事实（一百多年来中国学者的努力有力地反驳了西方部分学者的“中国无神话论”)，西方在界定神话时仅以其自身为参照物得出的以偏概全的做法对于作为科学的神话学自身也是一种不科学的做法。因此，中国神话学者是否应该在一个更高的视域来审视对世界文化（既包括西方，也包括东方）适用的真正具有科学性、客观性的神话界说。在参照西方学者对神话定义的基础上，充分考虑中国神话的特殊性（如与历史的混杂、叙事性与说明性并存、图文并存等)，对神话的定义作出真正科学、客观的界说。

2. 反思神话研究的方法。陈泳超 2002 年在《关于“神话复原”的学理分析——以伏羲女娲与“洪水后兄妹配偶再殖人类”神话为例》[5]一文中，通过对“多重证据法”在伏羲女娲神话研究中存在的诸多问题进行认真细致的学术考察与反思，指出文化人类学理论善于提供假说，却短于求证的缺陷，认为“作为第三重证据的人类学方法，在‘神话复原’的学术工作中，其主要作用在于提供新鲜的思路和假说，而且通常看去，这些假说总是比较大胆。问题是大胆假设之后的小心求证常常比较滞后……”而吕微在《神话何为》中已经对用于人类学的神话理论与田野材料构拟中国古神话时需要更多的考古学和历史学等方法以作为佐证进行了方法论上的评说，陈文正是从实践操作中对吕微的观点作出了呼应。现在看来，陈文是从一个具体的研究个案入手对西方用文化人类学方法研究神话在中国神话研究的实用性提出了质疑，这无疑是对于神话研究方法反思热潮的一个先声。

2003 年，吕微在《传统经学与现代神话研究》中进一步提出，“中国现代神话学关于‘中国神话历史化’的理论命题和‘文本间’的研究方法，一方面证明了西方理论的普遍有效，在中国与世界之间建立起材料的同一性关系与文化间的不平等关系；而另一方面也使本土材料由此丧失了参与修葺普遍性理论的机会，并且以无语境‘纯文本’的建构掩盖了其真正的当代学术语境”[6]。吕文认为，中国的现代神话研究在引进西学与继承本土的过程中，过于偏重西学的基本方法，即使是在与中国传统的学术方法相融合的过程中，也由于意识形态等原因，忽视了中国传统学术方法中的另一面：注重语境的今文经学的方法。吕微认为，中国现代神话学对中国古代神话的研究应该注重对于神话叙事语境的具体考察。

2004 年对图腾理论在中国的应用的反思是今年理论研究的一个亮点，而图腾说原也是人类学提出的，由此看来，这种反思并不是偶然，而是继续了陈泳超、吕微诸位学者关于运用人类学方法研究神话的理性批判与思考，更进一步而提出在整个神话学研究领域对于西学引进与研究方法的借用上的反思。对于神话研究与图腾说之关系的反思，以钟宗宪关于《图腾与中国神话研究的迷思》（《民族文学研究》，2004 年第 1 期），曲风《图腾：古代神话还是现代神话?》（《河池学院学报》，2004 年第 3 期）为例，两位学者都对以图腾说来研究中国神话提出质疑。曲风对图腾说在西方兴起的缘由、历史、引进我国的状况及在我国的发展历史等进行了追溯与分析，指出该学说并非严谨的科学理论，自创立伊始就已陷入某种误区之中。既然这一学说从创立伊始便不严谨科学，国内众多研究者奉之为金手指，并以为打开了一座丰富的宝藏（如众多的龙凤图腾研究等）的做法，就有一些根基不稳了。钟宗宪从对神话的起源、表现形式及意义等三个方面进行了分析，质疑神话研究中最基本的一个问题：对神话定义的界定。虽然该文并没有提出一个具体的神话定义，但表达了对该学科研究基础的思考，作者指出“人文性学术研究的重点，往往是在于‘诠释’角度与观点的提出。即使面对相同的研究对象、研究文本，只要诠释的方向与方法略有不同，都可能在最后得出完全不同的结论”。“图腾”作为诠释神话的一个重要角度，其理论本身就存在一些问题，因此，对于从“图腾”的角度研究中国神话并蔚成风气就有所怀疑了。作者持一种谨慎而客观的态度看待已有的图腾说之研究成果，认为“图腾理论在现代学术的运用上，还有很大的思考空间，如果只是全然排斥或全盘接受，都应该是比较偏执而不客观的态度”。两位学者不谋而合地对“图腾”说的质疑，是 2004 年神话理论研究的一个强音，也成为对由西学引进的中国神话学研究反思由宏观走向微观，由务“虚”走向务“实”的一个台阶。

3. “神话历史化”与“历史神话化”之争由激烈归于沉寂。我国的神话研究初始就与历史纠缠在一些，从历史典籍中析出神话和从神话中分辨真实的历史历来是历史学家与神话学都不能回避的问题。2001年，以对神话的历史化研究为主，发表了一系列论文，如许并生《神话历史化的原因及其对小说的影响》(《明清小说研究》，2001年第2期)；程秀莉《由黄帝神话的演变看神话历史化》(《中南民族学院学报》，2001年第3期)；张筠《从〈孔子世家〉对神话材料的处理看司马迁的历史观》(《西南民族学院学报》，2001年第10期）等文。2002年，以陕西师范大学常金仓教授为中心的一批学者，对闻一多、顾颉刚等先辈学者们持有的“神话历史化”的观点表示怀疑，认为中国古代神话中还存在“历史神话化”的过程，如常金仓《伏羲女娲神话的历史考察》(《陕西师范大学学报》，2002年第6期)；邓乐群《秦汉时期炎黄崇拜的神人转换》(《北京大学学报》，2002年第6期)，同时，对于神话历史化的探讨也仍在继续，如赵沛霖《司马迁与帝王天命神话的终结——〈高祖本纪〉和〈赵世家〉的神话学审视》(《天津社会科学》，2002年第6期)；呼东燕《孔子对神话传说的历史化、理性化》(《陕西师范大学学报》，2002年第1期）等。2003年，仍有不少论文在探讨羿射十日的神话与历史因子和司马迁的历史观问题，如郑伯农《后羿射日乎？——关于神话和历史的杂糅》(《文艺理论与批评》，2003年第5期)；张筠《从〈史记〉对始祖神话材料的处理看司马迁的历史观》(《中华文化论坛》，2003年第1期)；朱琳《“羿射十日”神话的历史真相浅析》(《涪陵师范学院学报》，2003年第2期）等文。然而，2004年，论争历史长、观点鲜明、论辩激烈的这两种观点突然归于沉寂，未出现讨论相关问题的论文。神话与历史基本上是双线并进地发展着的，这两条线并不是并行不悖，而是时有交叉，难以分解，要想整理出科学的神话史，就不得不对历史中的神话进行辨析，而这一过程，实际上又正是吕微曾指出的，要在具体的历史语境（context）中来解读文本（text)，而不能简单地从文本到文本进行研究。就目前的研究进程来看，诸多问题并未定论，辨析历史与神话仍旧是中国神话学不容懈怠的任务。

4. 回顾与反思《山海经》的研究。《山海经》研究历来是神话学界最受争议，研究者最为集中、成果最为众多的个案研究，最带有典型性的神话古典文献研究。多年来此书备受关注，在神话学界尤其如此。紧承2003年对《山海经》研究的综述(《纵观海内外〈山海经〉研究五十年》,《福建师大福清分校学报》，2003年第1期；《〈山海经〉研究综述》,《山东理工大学学报》(社会科学版)，2003年第1期)，还有对《山海经》的神话思维、原始思维、与夏史的关系、山海经图与书的关系、昆仑原型考等研究之后，2004年的《山海经》研究向前迈进了一大步。

除了上文论述的关于《山海经》研究的诸多论文的发表，《山海经》研究的一个重要进程，是2004年6月15日中国社会科学院召开了《山海经》研究座谈会，神话学与民俗学领域从事《山海经》研究的许多卓有成就的学者都结合各自的研究成果，围绕与该书相关的神话学问题各抒己见，既有马昌仪、萧兵、贺学军等老一辈学者，也有吕微、叶舒宪、金大成、陈连山、杨利慧、刘宗迪等中青年学者。随后，吕微整理座谈会部分发言，以《神话：想象与实证》为题，刊于《民族艺术》2004年第4期上。该文反映出我国《山海经》的神话学研究的现状、研究视角及主要研究方法的运用，如对

《山海经》从文化理论、历史学、民俗学、文献学等多角度入手，运用神话政治地理学、神话天文历法学等方法。

解读座谈会的发言可以看出，它不仅是对一个神话个案或典籍的研究，也体现了对整个神话学研究现状（研究对象、研究理论、研究方法等）的反思，呼应了以上所提两个方面的反思。而这次座谈会带给我们更深的启示是：神话学的研究如果仅只局限于神话学内部，抱紧固有的从西方输入的神话学研究方法与理论，不结合中国神话的实际状况，是没有出路的，只有在多学科的观照下，用超出神话学范围的视野来较全面地审视它，准确地定位它，才能更科学、更深入地研究它。正如刘宗迪运用天文历法的相关知识来解读《山海经》神话一样，从更全面的社会科学范围来看，《山海经》本来就不只是一本神话著作，也关乎地理、风俗、地质等，仅依附于神话对它进行解读，不能令其它学科的研究者信服，而这种超出小学科，走向更广阔天地的研究方法，也为其它的神话个案研究作出了一个榜样。

5. 对于晚清民国时期神话学与神话学家的研究方法的理论回顾。此研究集中在茅盾、闻一多的神话学研究方法及晚清神话学与民俗学渊源的研究之上，有郑守江《孜孜以求，追溯民族文化之源——论闻一多的神话研究》（《北方论丛》，2004 年第 2 期）、储冬爱《茅盾、闻一多神话研究的比较》（《广西民族研究》，2004 年第 4 期）、龙文玲《闻一多〈伏羲考〉与中国神话学研究的转型》（《民族艺术》，2004 年第 4 期）等论文。储冬爱对茅盾与闻一多的神话学研究进行分析，对他们学术研究的起因、旨趣、对象及理论与方法四个方面进行比较。如二人同是从文学开始研究神话，茅盾从研究欧洲文学始，闻一多则是在讲授中国古代文学发展史始；在研究方法上，茅盾受西方神话材料和理论成果的影响，主要运用安德留·兰的人类学方法，注重神话的结构研究，在搜集材料和比较研究的基础上，试图建立中国神话结构或类型的大体框架；而闻一多则在国学造诣深厚的基础上，运用“图腾”理论的基本方法，除了搜集材料外，还参引了当代考古、文化人类学、风俗等多种资料和多种中国传统方法，分析具体的神来进行本民族的神话图腾研究。杜新艳则梳理了晚清神话学著作，认为除中国传统经史学之外，西方的社会民俗学，包括社会学派、地理环境论、神话学语言学派、人类学派等都是当时神话学的理论渊源，在借鉴西学的过程中，将救亡图存的启蒙改良思潮融于其中，成为晚清神话学迅速发展的动力。对神话学家的历史回顾、神话学方法的历史梳理是必要的，尤其是在研究者虽然众多，研究方法较为陈旧，重复研究不断出现的现状之下，追溯这些学者们的学术轨迹可使研究者更易弄清神话研究的历史，寻求科学的途径，避免重复研究。

本文仅从以上几个方面来考察神话学至 2004 年的反思与进步，我们也注意到神话学的反思并不是横空出世，而是有其更大的学术背景：整个民间文艺学的学术反思，从 2002 年即开始的田野与文本之争，到贺学君 2004 年发表在《民间文化论坛》的《从书面到口头：关于民间文学研究的反思》一文都体现了民间文艺学家们深刻的自省意识。无论何种学科，历来不乏面对“西学东用”时要批判地接受其学术思想与研究方法的呼声，然而在具体研究中却难免会发现“批判地接受”是一条何其艰难的路，我们期待，与《山海经》座谈所留下的更多有待学者们对话、争鸣的问题一样，神话学研究的反思也有更多学者的加入，以求得深入发展。

除以上几点外，2004 年的神话研究有着不少弱点需要引起我们的注意。与研究方法的传统承袭与深入探讨相对，新的研究方法的尝试，或者说对神话思维新的解读成果缺失。仅有冯寿农对法国学者勒内·吉拉尔“模仿欲望”假设的介绍，冯在《勒内·吉拉尔对俄狄浦斯神话的新解》（《国外文学》，2004 年第 2 期）一文中介绍了勒内·吉拉尔以此假设对俄狄浦斯神话的重新解读，认为该神话是一个“迫害文本”，俄狄浦斯是位无辜受害者，神话内存在一个替罪羊机制，从而掩盖了集体迫害的事实，并为集体暴力开脱责任。该方法的介绍为我国的洪水神话、鲧禹神话、夸父神话与女娲神话提供了一个可能的新视角，但也有可能导致与对神话的图腾解说一样，将某理论视为万能，任何神话都可在使用该方法的研究者手中被捏至适合其理论的尺度，进而在材料查找与使用上带有偏见。

三、结　语

总之，2004 年神话研究虽然在某些领域有所进展和突破，整体上却难如人意，面对这些特征与趋势，我们期待从以下几个方面做出努力，以共同繁荣神话学园地的未来。

一是神话研究者对于学科反思的自觉意识有待进一步扩大。对于神话学的反思在新世纪以来已经逐年得到加强，吕微、陈泳超、陈建宪、杨利慧等学者从宏观与微观的双层角度反思中国神话学的历史与研究方法，钟宗宪、曲风等人在 2004 年对神话的基本定义、图腾说在西方的兴起及在中国的传播与运用进行了研究及批评，这无疑是在宏观的反思意识下从微观上切入，是一种自觉的反思行为。两位学者都同时指出，图腾说存在一定的不足，尤其是面对中国的实际情况时，更需要研究者谨慎对待。惜乎参与神话学研究反思的学者主要还是在整个学科都要反思的这个观念下以个案研究（如《山海经》研究、神话的定义、具体的某一个研究方法等）的历史进程为反思对象，且具有这种反思意识的研究者寥寥无几，因此，神话学界要增强这种反思意识。

二是要多学科观照，大胆借鉴。2004 年刘宗迪博士运用天文学的相关知识解读《山海经》取得了一定的成绩，多位学者在座谈中也对他的方法进行了评说，他的研究对全年较为沉寂的神话学界是一笔亮色。同时也引起我们的思索：神话学对神话的研究并不是全能的，任何一个文化现象都不是孤立存在的，我们大可不必为了表明自己的神话学身份而在研究中贴上“只此一法，别无他途”的标签，而是应该更广泛地、站在新的文化视域，多学科地对神话进行观照，大胆借鉴天文、地理、历史、语言等诸多学科的方法。前辈学者对此已多有努力，如顾颉刚运用历史、考古的方法研究神话传说，闻一多运用人类学、文学的方法研究神话等。而从民间文艺学本学科中的其它研究方向借鉴研究方法也是重要途径，如史诗研究、传说研究在理论上与方法上近年不断有重要成果出现，就很值得借鉴。

三是研究方法运用的规范化。研究方法的运用不能一知半解，需要大胆假设，小心求证，敢于创新。2004 年神话研究的薄弱处，如少数民族神话、神话人物研究、神话比较研究、外国神话研究等无法深入，除了在研究资料的挖掘与使用上有待加强外，主要的还是研究方法的不规范、对于前人研究成果不了解等问题所导致的。神话学的兴起本就源于西方文化与思想的输入，在方法上也多借鉴了西方的学术成果，在借鉴的过程中，出现囫囵吞枣、一知半解，甚至不求甚解的情况也是在所难免的，因此也呼唤着神话学建立自己系统的研究方法，研究者在研究中要特别注意方法论问题。

四是学术的争鸣与对话的加强。对话是一种重要的交流，学术争鸣更是激发思想的有益方式，2004 年吸引学人的神话研究成果主要是出现在学术对话与争鸣之中，如对于《山海经》研究，对于图腾说与神话研究，对于学术史的回顾等。

诚如《民间文化论坛》2005 年第 2 期神话学讨论专题——《多维视野中的中国现代神话研究》所指出的，神话研究需要内部研究与外部研究结合、立体研究与综合研究要多视角进行、走出把神话当历史研究的误区等。中国现代神话学研究问题多多，也预示着我们深入与拓展这一研究的空间还很多，我们期待着今后的神话研究能大步向前跨越，在学苑中大放异彩。

参考文献

[1] 赵沛霖. 中国神话的分类与《山海经》的文献价值分析. 文艺研究，1997 年第 1 期.

[2] 李丽丹. 2002 年中国神话研究概述. 中国民间文艺学年鉴（2002 年卷），华中师范大学出版社，2004 年版.

[3] 图表中的 N 表示该类论文的总数量，下同.

[4] 陈建宪. 论神话学的基本概念与方法. 湖北民族学院学报，1997 年第 2 期.

[5] 陈泳超. 关于“神话复原”的学理分析——以伏羲女娲与“洪水后兄妹配偶再殖人类”神话为例. 民俗研究，2002 年第 3 期.

[6] 吕微. 传统经学与现代神话研究. 广西民族学院学报，2003 年第 5 期.

二　论文选载

图腾与中国神话研究的迷思

钟宗宪

中国神话研究与图腾研究都是从 20 世纪初期开始受到西方现代学术研究观念的影响所萌生的产物。而这两种研究范畴的基础与意义，都与中国上古史的建构与反省有着密切的关系。然而，大凡一个学术观念的引进与研究，都必须先厘清该学术观念的基本定义界定，才能衍生出研究对象的范围，框架出整个理论观念的完整性与圆满性。如果不能从严谨的定义界定出发，而只是藉由一些混沌不明的概念来寻找研究对象，生硬的套用既成观念，甚至在无法获得令人信服的具体证明之前，仍然加以主观的认定，那么不但是徒添争议，也无助于学术研究的发展。

虽然以目前来看，试图去复原、整理中国上古史的全貌，尤其是所谓的“信史”以前的历史状况，仍然有着许多的困难与盲点。而出土文物的陆续出现，确实为我们提供了不少研究上的佐证。然而人文性学术研究的重点，往往是在于“诠释”角度与观点的提出。即使面对相同的研究对象、研究文本，只要诠释的方向与方法略有不同，都可能在最后得出完全不同的结论。当然，人文性学术研究基本上不容易取得放诸四海皆准的结论；像是关于抽象的情感表达、意识形态、思想观念等等内容的研究，本来就可以容许百家争鸣、各成一家之言。其实不同意见的提出，乃至于因此而出现激烈的争论，反而可以扩展学术思考的范畴与领域。但是不可忽略的前提是：一种诠释、一种观念的提出，必须以“自圆其说”作为基础，至少不能过于偏狭或自相矛盾。“自圆其说”代表研究者思虑的成熟、周延，可以观照到一定的研究对象与研究范围。而“一定的研究对象与研究范围”，还是依赖严谨的定义界定。

一、关于中国神话研究的定义与范畴

神话是什么？几乎每一位神话研究者都在为神话下定义。从希腊文的 mythos（或是 muthos）、英文的 myth 的意义来看，神话大抵上就是“以神或英雄为内容的故事”。“神话”一词的中文使用来自于日本汉字，日本的神话研究定义大致上也与西方的定义相当。例如日本学者松村武雄在《神话学原论》一书中，整理西方学者的各家说法，提出对于神话的界说是：“神话是持有非开化心意的古代民众，以与他们有共生关系的超自然性威灵的意志活动为底基，而对周围自然界及人文界的诸现象所做的叙述或说明所

产生的圣性或俗性的故事。”无可否认的，在西方的观念里，比较倾向于：神话的语言和形象表达了人类对自己与宇宙的关系的感知；任何一个神话故事都是迷信和宗教真理的结合，是原始人的畏惧与对宇宙的理解的结合。

问题是这样的定义方式，是否可以用来观照“中国神话”的内容与形式？最为简单的问题出自于：中国神话到底有没有“故事”？而且所谓的“原始”、“持有非开化心意的古代民众”，是否意味着神话只出现于上古、远古的原始初民时代？西方学者动辄批评中国没有神话，日本学者如白川静先生称中国神话属于非西方模式、非日本模式的神话。究其原因都是由于中国神话没有完整的故事体系，往往只出现只字词组般的叙述性说明而已；换言之，中国神话缺乏具有体系、足供讨论讲述的文本。而 1983—1984 年袁珂先生与武世珍先生等人关于“广义的神话”的争论，其症结应该也在于此。

事实上关于中国神话的定义，应该可以从几个范畴来加以界说：

1. 关于神话的起源

神话是以“原始思维”的感知方式，试图去诠释或说明人所面临的各种现象，藉由不成熟或有限的语言文字来加以表达的一种话语。神话所欲诠释或说明的现象，包括自然的与人文的一切现象，也包括外在的与内在的一切现象。其产生的背景与叙述的内容，可能有记忆中的真实历史成分，可能有崇拜性的宗教意识，也可能仅止于个人的特殊想象。但是“神话”之所以是神话，必定以当时人“信以为真”作为主要的基础。以今天的眼光来看，神话是人诠释或说明所面临各种现象的一种象征、一种譬喻或是一种意象的话语，也许因为“信以为真”的前提，神话可能与历史贴近，甚至重叠，但是神话毕竟不是“历史”；神话中的“人物”或“事迹”，则是这些现象产生的原动力——这样的原动力，是具有神秘性色彩的，而不纯然是哲学性或科学性的理解。

2. 神话的表现形式

神话属于“民间文学”的一支，具有民间文学的性质。所谓民间文学的性质，即：自发性、集体性、匿名性、模式性、口头性、传承性、开放性与变异性等特质。而且，如同民间文学一样，神话只有被记录、采集的“暂时性定本”（时代性定本），并没有绝对的“永久性定本”。

神话是一种以不成熟或有限的语言文字来加以表达的话语，或可称之为以“原始语言”来表现的话语。“原始”是相对的概念，而非绝对的概念；当然时代较早的语言是较为原始的语言，即学者所谓的“初民的语言”。只要是现有知识所无法诠释，或者是技术上无法获得实证，只能凭借着想象来强以为说，试图以组合、堆砌式的词汇语言来加以形容，作为彼此沟通上能够共同理解的语言模式，就是所谓的“原始语言”；而构成这种语言模式的思维方式，自然相对的是朴素而简单的，那么可以将之称为“原始思维”。这种通常具有隐晦性的语言，或者称为疾病的语言，因为歧义性的结构和意象的饱满程度，所以可以与文学中“非逻辑性语言”的诗学相提并论。当然语言的使用，即是代表一种思维模式的完成，而这个思维模式是为了去认识、去解惑的，于是产生了以原始思维、原始语言所创造出来的神话。神话可以移位为文学，肇因于神话具有原始的语言的性质；神话也可以移位为哲学思想，同样肇因于神话具有原始的思维的性质。因之，就方法论而言，神话学的方法会着重在由人类思维的结构来探讨具体形象代替抽象概念。因此神话和诗一样，是通过想象创造出来的。但是，神话也并非随意创造，而是人按照自己的形象，去认识事物的特殊方式。

在具体的表现上，神话都必须具备四个叙述方面的要素，才可能被认为是神话：(1) 特殊的人物，通常是“非人”或“超人”，也就是我们一般所谓的“神”，这个特殊人物具有与生俱来的特殊能力，超越人力所及；(2) 特殊的事迹，这个事迹可能发生在神与神之间，也可能发生在神与人之间，有时候甚至只是单纯对于神的能力的一种叙述或说明而已；(3) 神或是前项所说的事迹所存在的特殊空间（地点），也许就是“神的世界”，也许是一个不可深究的特定或不特定场域；(4) 神或是前项所说的事迹所存在的特殊时间，或许这个时间经常被人认为是历史的一部分，或许这个时间只存在于某些信以为真的人的记忆里。因此，神话与小说之类的文学作品之间最大的差异是：神话具有相当程度的神圣性，而神圣性的基本依据，除了表现在对于现实的超越性之外，其实就是来自于大众集体的“信以为真”。

神话基本上是被动的“现象”叙述，是记录某个时代所共同相信、共同流传的关于神（崇拜物）的来历与活动情节的故事。这样的“神”的出现，是不自觉的（虽然理论上一定会有最初的原始创说者的出现），而传递这个内容的传播者，也是在一种“相信”的不自觉情境之中来加以传递，后来才以文字的方式记录下来。而这种“相信”，就是信仰之所以为信仰的主要原因。所以，这样的集体性不自觉的情况，被称之为“集体无意识”，因为那是不假思索的无所为而为之、不知其所以然而然之的集体性自然创作。也因为是共同的相信，所以始终具备神圣性。

而神话不必然是叙事体概念中的“故事”；神话可以只是一种关于“神”的存在态的记述与说明。中国神话的叙述形式，通常属于后者。

3. 神的意义

“神”代表的是某种力量：这种力量足以创造、毁灭、控制人或人所处的世界。有时候称之为“威灵的力量”，或是称为“崇拜物”。“神”可以只是自然物或社会现象的代名词。所谓神的力量，就是表现该自然物的特性或是社会现象构成的动力。“神”的出现，是既无法摆脱现实、又必须与现实拉开距离的交错作用下的结果。由此衍生，“信以为真”，就成为“神”之所以存在的重要依据。

用宗教崇拜的角度来看，“神”是出自人的一种无力无助的，甚至于只是一种因无力无助而畏惧戒慎的心理产物。有时候这种无力无助有着试图改变现况的冀求，或者产生浪漫的完美憧憬；有时候这种无力无助是出自对于现况的莫名，而有了解释的需要，或者从而转变为建立传统、主导历史意识的动力；当然有时候这种无力无助是满足于现况而畏惧改变，希望藉由感恩来纾解畏惧的压力，藉由祈福来作为继续保有的手段。

用理性的角度来看，“神”是一种抽象的、很难具体实证的存在，这种“信以为真”的存在，只存在于相信者本身或相信的群体之中，因而在此之外，就会有荒诞不经、无法理解的困惑，产生出“神话”的引申意涵：纯粹的幻想与不切实际。也就是说，对于相信者而言，“神”是存在的，或许是曾经存在、未来即将再现；而不相信者则可能会讥以为空谈。

用艺术的观点视之，“神”的出现，是将抽象意念予以具象化、形象化的具体表现。

这个具体表现，实质上也就是艺术的基本要求。如果将这个表现缩小到以“语言文字”作为表现的工具的部分，那么这个表现所呈现出来的，就是语言文字艺术当中的“文学”。

“神”与“人”是两种不同的概念。“神”可能从崇拜物而成为民族的祖神，而成为历史溯源观念中的“人”；但是“人”无法成为“神”。人透过修行的方式或是藉由其它外力：包括法宝、圣果之类的影响，成为具有特殊力量的英雄或人物，充其量只是传说或“仙话”中的人物，并不是神话中的神。

在这样的定义规范下，神话与仙话、小说创作、民间故事、推原传说，乃至于历史，都应该可以加以区分。也因为这样定义的内涵，有许多学科的研究理论、研究角度、研究范畴，都可以为神话研究找到更加丰富而完整的诠释。图腾观念就是其中之一。

二、图腾观念与神话研究的关系

现代学术的中国神话研究，论其原始动机，基本上是建立在中国历史建构上的一种需求。也许是因为中国神话被历史化、合理化的时间过早，也许中国文化思考的历史观念比较深刻。总之，中国神话研究一直以来都与中国古史研究有着难分难舍的关系。古史研究是以真实的物理时间观念，针对古代某一时期的历史现象加以说明与评析，甚至是加以复原。这样的研究内容与神话研究有部分重叠性，但是两者并不能画等号。然而中国神话研究的兴起，正好处于中国对于古史复原以及境内少数民族研究的热潮之中。因此，过去对于中国神话的研究，大体上说来是以以下三种范畴为主轴：

1. 对于神话产生的动机与背景的研究；
2. 对于神话的文化意义与历史意义的研究；
3. 对于神话的艺术形象的研究。

这些内容，都是运用传统训诂的方法或是以考古学（强调出土文物的实证工作）、人类学（强调田野采集资料的重整）为基础，从而达到建构上古史或原始生活情境的目的。因此在研究的体现上，就往往倾向于“民族志”（Ethnography）的建立上。所谓的“民族志”，就狭义而言是透过田野采集工作，对于一个特殊文化的记录与分析研究；就广义而言则是利用各种文献资料与文化实践的融合，来梳理出民族文化的整体内涵；而“民族志”的基本意义在于：从民族志的建构，塑造出文化的模型，再透过历史的、比较的民族学方法，诠释其民族特质与文化内涵。在研究方法的运用上，文化人类学的方法特别着重于前者，历史的研究方法则着重于后者。直到近30年来，中国神话研究才逐渐关心到对于神话文本确定的研究，以及中国神话理论的建立，中国神话学史等属于神话学科独立性思考的范畴。

然而，面对神话研究百年来的诸多成果，在众说纷纭的同时，值得我们继续思考与探究的问题是：假使我们运用训诂的方式来进行研究，那么对于甲骨文、金文乃至于古音韵的认知和不断出土的考古实物之间，我们应该如何加以运用？尤其是中原地区消失已久，甚或可能不曾存在的图腾、族徽，应该要如何界定与探求？再则，历来对于中原地区汉民族及周边各少数民族的田野采集资料，到底具有多大的可靠程度？我们在使用这些资料时，试图藉以用来作为文化溯源、比对的可能性又有多大？其中，巫术、萨满与神话的互动关系又该如何面对？当我们使用一些已经被我们认定是经过历史化、合理化之后的传统典籍资料时，破解神话内涵的角度与凭借所在又在哪里？换一个角度想，神话是文学创作吗？是历史实录吗？抑或两者都不是？

在以往的研究中，图腾观念因为涉及到历史与宗教的范畴，所以经常被提出来作为神话研究的一种诠释角度。虽然西方学界对于“图腾”的定义，自始至终都是分歧不明的。但是比较能够掌握的，从原始意义来看，“图腾”观念的主要关键是：

1. 图腾崇拜者相信他自己（或民族）与图腾物有血缘上的关系；
2. 图腾物同时也是崇拜物；
3. 图腾物的形态会表现在徽记上；
4. 图腾物的质性会构成某些禁忌、礼俗。

这是各种图腾理论所共同承认的基本原则，也是后来所衍生的各种图腾理论的基础所在。这样的概念之所以与现代本国人文学术发展密切相关，是因为“图腾”为学术研究工作找到了突破性的出口。无论是从古史研究中所面对的介于神人之间的上古帝王事迹，神话传说研究中所面对的介于人兽之间的特殊“人物”，或是从少数民族研究中所面对的各种图形、仪式与禁忌，似乎都能藉由“图腾”观念来加以解释，然后再以“图腾”观念来扩大诠释范畴，重新架构出新的历史文化面貌。但是不能忽略的是，神话、传说、历史或器皿表象上的图案或形象，是否就一定是崇拜物？即使是崇拜物，是否就一定是图腾？图腾观念、图腾崇拜是一种特殊的文化产物？或者是人类发展过程中的必然共通现象？

固然图腾观念与神话都是原始思维运作下的产物，两者之间是有其共通性的。但是图腾观念的认定，是透过某一时代或某一社群的现实生活表象所归纳得出的。神话则是一种意识形态、思维方式的说明、演绎与传递。一个具有图腾观念的时代与社群，确实可能出现与图腾相关的神话讲述或记录；而神话的内容当中，也确实可能呈现出关于图腾的观念。例如“天命玄鸟，降而生商”的说法，有可能意味着“玄鸟”就是殷商的图腾，但是需要对“图腾”再加以定义，或者需要更多的佐证资料。所以我们要追问的，同时也是历来许多反对中国古代存在着图腾的主要问题是：中国古代普遍存在图腾的证明在哪里？

胡适在《古史辨·古史讨论的读后感》一文中，提出一种研究态度与方法：(1) 把每一件史事的种种传说，依先后出现的次序排列起来；(2) 研究这件史事在每一个时代有什么样子的传说；(3) 研究这件史事的渐渐演进，由简单变为复杂，由野蛮变为雅驯，由地方的（局部的）变为全国的，由神变为人，由神话变为史事，由寓言变为事实；(4) 遇可能时解释每一次演变的原因。萧兵先生也曾经提出“新还原论”的研究态度：第一，先尽可能搜集、登记、抄录有关的上古文化资料，加以初步的考据和鉴别；第二，要尽可能尊重和吸收前人的研究成果；第三，在原材料和诸家考据之上的再解释和再发现；第四，尽可能用考古发现与田野调查来印证、检验或充实自己的结论。

从目前部分少数民族的田野考察成果来看，“图腾”应该还是存在的。例如台湾的排湾族，就有比较明显的图腾（百步蛇与龟壳花蛇）。而图腾理论对于中国神话研究的观念启蒙，其贡献也应该给予正面的肯定。但是，部分“少数民族”有图腾观念，并不代表所有少数民族都有图腾观念；更不能说“中国”古代一定有图腾观念。目前以图腾理论研究中国古典神话，确实缺乏一些合适的条件来配合，当然也缺乏许多共时性（Synchronic）的资料来提供佐证。

本文之所以利用比较多的篇幅来讨论中国神话的定义，是因为中国神话研究具有下列几种特质：

1. 定义的不确定性——研究范畴的过大与过小；
2. 传说的不稳定性——时空不同所造成的结果；
3. 原典的不完整性——神话体系构筑上的缺陷；
4. 内涵的不自主性——理论建立与考古实物的互动。

如果我们回归到面对文本的观点上来看，回归到学科建立的基础上来看，神话研究的第一步，应该是先厘清神话的定义之后，才能涉及其它问题。如果以同样的态度来面对图腾观念，而且本文对于图腾观念的理解是没有错误的话，那么中国确实有很丰富的神话材料，无论传统典籍的或是少数民族的。但是其中并没有太多内容可以完全利用图腾观念来加以诠释。甚至可以这么说，如果图腾观念的认定，确实是透过某一时代或某一社群的现实生活表象所归纳得出的，那么就目前的资料来看，古代中国，尤其是中原地区是否普遍存在着图腾？的确有着很大的疑问。

中国古代到底有没有“图腾”？或许应该是有的吧！但是在更多足以证明的材料出现之前，实在不宜妄加论断。诚如李学勤先生所说的：“图腾说是由西方学者创始的。怎样正确对待这一理论，如何以之与中国历史文化的研究相结合，并不是简单的事情。中国是世界上少数有自己独立起源的文明的古国之一，疆域广阔，民族众多，其历史文化应该最能对图腾说做出验证。可是谈图腾的每每是不假思索地接受，不谈图腾的往往没有考虑便拒斥，真正做详细探究的却很少。”图腾理论在现代学术的运用上，还有很大的思考空间，如果只是全然排斥或全盘接受，都应该是比较偏执而不客观的态度。

［原载《民族文学研究》2004 年第 1 期］

图腾：古代神话还是现代神话？

曲　风

我一直觉得自己是因为喜欢上"图腾"这个词才喜欢上原始宗教研究的。最初认识这个词的时候是在大学，那时，我写诗。当我写诗的时候，常常是满脑子里都在跳跃着"图腾"这个词，在我这里，它似乎取代了那个年代比较流行的一个诗歌术语——意象。所以，那时候，图腾在我的心里并不是图腾，而是语言本身所具有的那种穿透力所带给我的一种神秘然而却令人浮想联翩的感觉。1990年，也是我大学毕业后的第四年，我同著名的辽东史前考古专家许玉林先生一起在大连市的一处新石器时代遗址搞发掘，在一座原始人的半地穴式大房子里，我们发现了一枚小巧而精致的鸟形玉雕。直至此时，关于图腾的概念在我的心中才成为一种理性化的东西，它最终被具体为某种动物或是某种植物。我心中那些纷乱的意象之鸟就这样似乎被猎枪击落了一样，只剩下一些零星的破碎的羽毛还在脑海的边缘散淡地遥远地飘飞着。开枪的猎人也是一只鸟，那只被考古专家许玉林先生称之为图腾的玉鸟。然而，当"图腾"作为一种概念在我的心中确立起来的时候，我又对此产生了许多疑问。其实这也不足为奇，因为理性从来都是与怀疑相伴随的。那些疑问是：图腾真的存在吗？如果存在，它究竟在原始人的精神生活中占据着怎么样的地位？而在考古所揭示的形象材料中，我们又如何鉴别图腾和非图腾之间的区别？

一、"我要和妈妈结婚"[①]

文明的建立割裂了我们与史前的联系，史前的人和历史时代的人仿佛是两个不同世界的人，隔开两个世界的并不是空间，而是时间。因为是时间隔断了历史，所以在历史和史前的两个世界中还存在着一条隐藏着的线。这条线让我想起过去为病人把脉的老中医，人类学家有时也正如这老中医一样，通过一条时间的线来认知遥远的过去。

作为时间的历史会淹没史实，然而，作为历史的时间有时候在世界上的某个角落会耐人寻味地停滞下来，这样，一些相当于石器时代发展阶段的原始部落竟然同文明社会的人共存于同一个星球之上，这也许是造物主的神奇所为，或者说这正是造物主的幽默所在，他让我们仅仅转一下头看看身边便能测知我们远去的岁月。美洲以及澳洲的土著文化简直就是一部活着的史前史，它让我们感觉到史前其实并不遥远，而真正遥远的不过是我们的感觉。人类学家终于可以不再孤独地沿着那条时间的线逆流而上，而有了原始的土著文化作伴儿，当然更是作向导。跟着向导走比跟着感觉走一般来说心里会更踏实，更不会出错，问题是：我们这样已经被文明宠幸了几千年的现代人能否真正跟上向导的脚步。

“图腾”一词来源于北美印第安人阿尔衮琴部落奥吉布瓦方言的音译，在英文中它被固定为“Totem”，最初也有人把它写成“Totam”或“Dodaim”。第一个把“Totem”一词介绍给西方学术界的人是英国人约翰·郎格（John Lang）。作为东印度公司的译员和商人，他在北美生活了多年，并迷上了印第安土著的风俗习惯。在1791年出版的《印第安旅行记》（Voyages and Travels of An Indian Interpreter and Trader）中，他首次提出了“图腾”的概念。让他自己都没有想到的是，没有多少人记住了他的旅行经历，但他随笔提到的图腾文化却引起了整个西方学术界的关注。大约半个多世纪以后，英国旅行家格雷（Grey）在1841年出版的《澳大利亚西北部和西部探险记》（Journals of Two Expeditions in Northwest and Western Australia）也发现，澳大利亚的土著居民中也存在着图腾文化现象。就这样，“图腾”作为一个学术术语逐渐为学术界使用。

首先把图腾文化提高到一个重要学术高度的人是英国的苏格兰人麦克伦南（John Ferguson McLennan，1827—1881），他是研究掠夺婚姻的专家，外婚制的发现者。他也是一位进化论学派的并行进化论者（Parallelist），虽然与瑞士的巴霍芬没有什么接触，但观点却与其有异曲同工之妙，主张人类社会先是经历了原始的杂交、母权或外婚制，然后才发展至父权社会。他认为，外婚制即同一部落之内禁止结婚的制度乃是由掠夺婚姻直接产生的后果，掠夺婚姻产生的原因是由于溺死女婴而导致妇女稀少，女人不够用了，一个部族就去打另一个部族的女人的主意。部族或集团的独立性正是靠图腾制得以实现，就是说，拥有同一个部落图腾的男女之间是不能结婚的。但是，在他看来，这并不意味着远古的人已经懂得了优生优育，并用图腾以及与之有关的禁忌作为优生体制的保证。外婚制的产生主要是由于社会的原因，而不是由于生物学上的原因。在《论动物和植物崇拜》和《图腾与图腾文化》两文中，他进一步断定人类历史上的许多文化现象都属于图腾文化，并认为古代的动植物崇拜都是由于图腾制的影响而产生的。他首次使用了“图腾主义”（Totemism）一词，由于他的研究，图腾文化热在西方兴起。

紧随其后的是人类学名著《金枝》的作者詹姆斯·乔治·弗雷泽爵士（Sir James George Frazer），图腾文化在他那里成了一门系统的学说，他因此被誉为图腾文化的奠基人。他发表的四卷本巨著《图腾主义与外婚制》是他除了《金枝》以外的另一部伟大的人类学著作。他虽然承袭了麦克伦南的外婚制理论，但却认为外婚制是原始人中的聪明人为防止近亲结婚而发明的，就是说，同一个部落或氏族图腾的男女之间是不能结婚的。他的这套理论有一个致命的漏洞，那就是，传承制度若以母系计算，弟兄姐妹由于处于同一图腾保护下的缘故便不能结合，但由于女儿和父亲属于不同的图腾，则可以结合；传承制度若以父系计算，则母亲与儿子又分属于不同的图腾，于是也可以结婚。如果聪明人单单是为了防止近亲性行为而制定的外婚制，从这一点上就说不通，这是后话。弗雷泽还把图腾分成了三种类型，分别为氏族图腾、性图腾和个人图腾。顾名思义，氏族图腾就是整个氏族的图腾，性图腾就是氏族中的男性和女性分别拥有的图腾，个人图腾也就是某一个个体的动植物保护神。关于图腾的起源，他也尝试着提出自己的见解。通过对澳洲土著的图腾文化的分析，他认为图腾制乃是起源于一种原始的妊娠理论。由于对生育知识的无知，原始人把受孕同孕妇受孕时使之为之一惊的一闪即逝的物质联系起来，这种物象可以是一种动物，或是一种植物，也可以是一种自然现象。这种一闪即逝的物质就是图腾，就是说，让妇女受孕的不是别的东西，正是图腾的神秘作用。这个说法让我想起小时候看过的一部电影，片名叫《从奴隶到将军》。主人公罗霄所出生的彝族家乡有一个风俗，就是父亲在孩子出生之际目光定格在什么东西上就用这东西的名字来为孩子命名，罗霄的父亲在他出生时看见了箩筐，于是就给他起名叫小箩筐。参加北伐革命以后，他正式起名为肖罗，后来又改为罗霄。这个风俗同弗雷泽的说法颇有几分神似，只是把这样的风俗归纳为一种文化现象的起源似乎让人感到有些牵强。

就这样，图腾从弗雷泽那儿开始正式成了一门学问，它不仅使西方民族学的研究日趋成熟，也成就了一大批文化人类学的学者。法国社会学创始人E·杜尔克姆从社会学的角度出发去诠释图腾文化，认为图腾其实是一种象征，是神的象征也是社会的象征。最原始的宗教是氏族宗教，而这种宗教的主要形式就是图腾信仰。英国功能学派的B·K·马林诺夫斯基（Bronislaw Kaspqr Malinowski，1884—1942）从原始宗教社会功能的角度对图腾做出了理论性的解释，图腾信仰之所以成为初民的信仰，恰恰是基于他们的功利性需要。图腾制度的主要表现是以巫术繁殖动物和植物，满足他们对这些东西在生活中的实际需要，由此形成了他们主要的社会组织制度。另一位功能学派的代表人物A·R·拉德克利夫-布朗（A·R·Radcliffe-Brown，1881—1955）指出，图腾是人与生物之间关系的一种特殊发展；图腾不仅把人与人之间的关系组织起来，同时也把人与环境的关系组织起来；生物被选作社会群体的象征，乃是因为它们表现了社会的价值观。拉德克利夫-布朗还深入探讨了“禁忌”（Taboo）的作用，从而引出他对仪式价值的关注。美国历史学派的创史人F·博厄斯（F·Boas）专门研究了图腾的起源问题，认为图腾文化产生于不大的外婚群体，氏族图腾起源于家庭图腾。

无论是作为词语本身还是作为词语所代表的文化现象，图腾在任何时候、任何地方、任何语境中都会向它的感知者散发出一种迷人的神秘。神秘永远刺激想象力的生长，所以，对图腾涵义的研究仿佛就是一个灯谜竞猜活动。唯一与真正的灯谜活动不同的是，它没有谜底，或者说，谜底并不在我们任何活着的人的手里，包括那些土著的弟兄。土著的弟兄们只知道履行一种千年不变的从高祖传下来的传统和习惯，却从不向自己发问这是为什么。图腾的谜底已沉没在时间之水的深处。于是，不同的图腾研究学派产生了，它们把各自不同的理论制作成打捞器，捞出的东西也各不相同，以致于学术界关于图腾至今也没有一个公认的定义。然而，大致的轮廓还是存在的，认真归纳一下，它大致有以下几种特征：

1. 原始民族的社会集团，采取某种动植物为名称，又相信其为集团之祖先，或与之有血缘关系。

2. 作为图腾祖先的动植物，集团中的成员都加以崇敬，不敢损害毁伤或生杀，犯者接受一定的处罚。

3. 同一图腾集团的成员，可视为一完整的群体，他们以图腾为共同信仰。身体装饰、日常用具、住所墓地的装饰，也采取同一的样式、表现同一的图腾信仰。

4. 男女达到规定的年龄，举行图腾入社式。同一图腾集团内的男女禁止结婚，绝对的外婚制（Exogamy）。

图腾的起源比图腾的涵义更容易让人产生不同的理解。弗雷泽的“妊娠论”认为图腾是由妊娠母亲臆造出来的，是由于妇女对怀孕原理的无知而发生的一种观念上的错觉而产生的。德国心理学家 W·冯特（W·Wundt）、荷兰学者 G·A·威尔金(G·A·Wilken)认为由于死者的灵魂进入某种动物体内，死者灵魂附体的动物因而成为神圣动物，即图腾。英国人类学家泰勒先生亦从此说，这就是所说的“灵魂论”。民以食为天，既然有人提到了灵魂，就一定会有人提到与生存相关的物质，这就是 B·斯宾塞（B·Spencer）提出的“经济论”，他认为通过巫术而达到繁殖动植物的仪式是图腾崇拜的主要仪式，目的是为了促进图腾种类的繁殖，从而解决赖以生存的生活资料。还有一个斯宾塞是赫伯特·斯宾塞（Herbt Spencer）则把图腾发生的原因归结到“命名”上，据他推测，原始人存在着用动物名为人起绰号的风俗，后代因此错误地认为其祖先就是与绰号同名的动物，因而产生了图腾，所以说图腾信仰乃是一种被误解了的祖先崇拜。

奥地利心理学家弗洛伊德总结了以上各种学说，将不同的图腾起源观点归纳为三类：

1. 唯名论理论，也就是上文提到的赫伯特·斯宾塞的“命名”说。F·马克斯·缪勒（F·Max-Muler）在 1987 年出版的《献给神话学》中说：“一个图腾开始是一个部族的标记，而后是部族的名字。”泰勒的学生安德烈·朗格（Andrew Lang）认为，原始部族并不像我们那样把名字看得无足轻重，仅仅是一种习惯，而是把它看作有意义的而且关系到人的本质。原始人一旦取了同一种动物的名字，就必然会导致他们做出在他们和某种动物之间存在着一种神秘而有意义的关系的假设。

2. 社会学的理论。E·迪尔凯姆认为图腾是在多种部族中的社会性宗教的明显表现，图腾所体现的社会性，是部族成员崇拜的真正现象。弗雷泽认为图腾是使原始人各种需要达到最自然结合的一种纯实践性的组织。

3. 心理学的理论。上文提到的弗雷泽的“妊娠说”及 W·冯特、G·A·威尔金的灵魂说都基于一种心理学上的解释。在 W·冯特看来，原始人把动物当成了灵魂的贮存器，这种灵魂本来是在人体内的，后来转到了动物身上。而弗洛伊德遵从心理学上的解释，却提出了独到的与众不同的解释方法，他坚持用所谓的“俄狄浦斯情结”（Oedipus Complex）来解释图腾的起源。他以儿童小阿尔伯特（Arpad）的病例为依据，结论出图腾动物在所有原始部族中实际上都是父亲形象的替身，所以图腾体系可能就是在俄狄浦斯情结的条件下产生出来的。小阿尔伯特对邻居的妻子说过：“我要和你，你的姐妹，三个姐妹和做饭女佣人结婚，不，不是女佣人，我要和妈妈结婚。”这最后一句话，即“我要和妈妈结婚”为弗洛伊德的图腾起源于“俄狄浦斯情结”学说缀上了精彩的注脚。弗洛伊德的这一学说意味着图腾的存在乃是由于原始人为了防止乱伦而设立的禁忌符号。

关于禁忌，拉德克利夫-布朗对此有着较为全面的论述。禁忌（taboo）一词来自太平洋群岛波利尼西亚人（Polynesian）的用语，它代表两个含义，一方面是神圣的，另一方面则是令人畏惧的，邪恶的。弗洛伊德认为“最古老的和最重要的禁忌禁律是图腾的两条基本戒律：禁止屠杀图腾动物和禁止与同一图腾部族中的异性成员发生性关系”。而这两种人类最古老、最强烈的欲望可以看作是儿童的俄狄浦斯情结的中心或精神神经病的核心。图腾禁忌因而成了人类最早的戒律法典，它为人类由野蛮状态向道德状态过渡提供了最基本的可能。

弗洛伊德认为，小男孩由于“恋母”，便把父亲树立为想象中的情敌。当男孩长大成人被父亲赶出家门，那些被父亲驱逐的儿子们便杀死并食用了父亲。在杀死父亲之后，罪恶感便产生了。为了纪念父亲，他们禁止杀害作为父亲替身的动物，所以“图腾宗教是导源于儿子们的罪恶感，他们为了减轻此种心理而以服从它的方式来请求父亲的宽恕”。而偶尔举行的“图腾圣餐”，即屠杀食用图腾的庆典则是对战胜父亲的一种纪念。

弗洛伊德的“俄狄浦斯情结”一说并不为其他学者接受。W·施密特说弗氏的学说是最不足取的。但他对此又有一种无奈的感觉，因为这种“不足取”的学说在全球范围内流行，其影响力已远远超出了人类学和心理学的范畴。“机车将弗洛伊德凯旋的列车拖遍了全球。”其实，在图腾制确立的时候，性自由的禁忌只限于弟兄姐妹之间，母子之间的性自由并未得到限制，也就是说，现代人所说的“乱伦”并未纳入到原始人的道德范畴之内，所以弗洛伊德的所谓“恋母”和“仇父”，便是不存在的，是他凭空想象出来的[②]。在本人看来，图腾是人类自己创造的神，它是人类赖以生存的大自然神力的象征，是对大地母神的另一种表达方式。对图腾的敬重就是对大自然本身的敬重，所以，小阿尔伯特的“我要和妈妈结婚”这句话表达了原始人这样的心理事实：在原始人看来，人与大自然是浑然一体的，人的谦卑心理使人不想凌驾于大自然之上，因为凌驾于大自然之上就是凌驾于神之上，它表达了人试图永远保持与大自然的亲近与结合的欲望。如果说“性幻想”在原始人那里是真实存在的，那么这种性结合的冲动绝不仅仅限于男女两性之间，还存在于人与大自然之间、人与神之间，而维系人与自然和合的纽带不是别的东西，正是原始人的氏族徽章——图腾。

二、为什么鸟能吃鱼而鱼不能吃鸟[③]？

图腾现象从新大陆传到了旧大陆，当它在旧大陆被建设成一门学说的时候，它就流向了全球。西方在这一点上充当了一个车间的角色，它从落后地区输进原材料，然后将之制作成产品，最后它又以品牌的名义去占领全球的市场。如果条件合适，它还可以向产品占领区提供技术，与当地人合作成立“外资”企业，直接从当地采集原材料，并将产品输入当地，有时还会将一部分产品返销。

如果说十九世纪西方人对中国的军事征服以及半殖民化运动是中国人的一次被动的“改革开放”，那么中国人在自己随后发动的“洋务运动”中对西方技术与思想的学习则表明中国人正试图把这次“开放”由被动转为主动。

某个特定的时代就像是一条大河与其它河流的汇合处，文化会在一个很短的时间内呈现出无数壮丽的奇观。所谓的“西风东渐”使中国这个古老的封闭了几千年的帝国在一日之间认识了西方。刚刚在西方诞生不久的图腾学说也于此时进入中国。

第一个把“totem”一词译为中文“图腾”的人是严复，1903年严复在翻译英国人甄克思的《社会通诠》一书时遇到了“totem”一词，他将之译为“图腾”。此词的翻译遵循了音译的方法，但同时也兼融了此词固有的一种原始宗教的神秘涵义，那种只能意会不可言传的感觉，让人觉得很妙。严复时代的翻译家们为现代汉语词汇的丰富的确贡献了许多东西，像“爱琴海”，“幽默”等词汇都是翻译史上的神来之笔。“图腾”一词也是如此，因而刚一面世就马上为中国学术界所普遍接受。

严复不仅创建了“图腾”一词，还在译文中加按语，将中国古史上的人兽之间的怪诞传说同图腾联系起来，因而被岑家梧先生称为“中国图腾制度研究的第一人”。

1929年，摩尔根的《古代社会》在中国翻译出版，该书包含了大量美洲印第安人的图腾文化资料。然而，属于图腾方面的专著则应该是胡愈之翻译的法国人倍松（M·Besson)的《图腾主义》(Le Totemisme）一书，它标志着西方系统的图腾理论正式传入我国。此后，法国人葛兰言（M·Granet）的《古中国的跳舞与神秘故事》(Danses et legendes de la Chine Ancienne)、美国人戈登卫泽（A·A·Goldenweiser）的《图腾主义》(Totemism）等有关图腾理论的专著相继被翻译出版，并使我国学术界掀起了研究图腾文化的热潮，许多用西方图腾理论来阐释中国古史的学者也相继出现，如顾颉刚、郭沫若、李则纲、岑家梧、卫聚贤、闻一多、戴裔煊、李立伯等人。其中李则纲是中华人民共和国建国前图腾文化研究的最为有名的专家之一，也是第一个专门撰文探讨中国古代图腾文化的学者，他于1935年发表了《始祖诞生与图腾》一书，以图腾理论来解释古代各族的“荒诞”传说，并推论《山海经》等典籍所述的人首兽身形象乃是当时图腾部族的身体装饰。这本书算是开了中国本土图腾文化研究的先河，自此，关于中国图腾文化的研究专著相继问世，岑家梧的《图腾艺术史》以及李立伯的《中国古代社会与近代初民社会——中国古代之图腾社会与外婚制》这样高质量的著述让人感到中国图腾文化研究一开始就站在了一个很高的起点上。从中华人民共和国建国至“文革”结束，由于众所皆知的原因，图腾文化研究较为冷落。然而，自1978年改革开放之后，尤其是在80年代中国图腾文化研究进入了它的第二个高峰期，图腾理论被学者们更深入广泛地运用到历史学、考古学和民族学的研究之中。综合中华人民共和国建国前至今的研究状况来看，中国的图腾文化主要体现在以下三个方面：

1. 从古籍中考察中国古代的图腾文化

从李则纲开始，学者们终于为中国古代的人首兽身的怪物的神奇出现找到了图腾学上的理由。由此出发，古史中记载的有关伏羲、炎帝、黄帝、少皞、颛顼、尧、禹、皋陶、契、后稷、大业等祖先为母亲感孕而生的传说进入了学者们的视野。这种感孕而生的传述同弗雷泽的妊娠说——妊娠乃图腾入居妇女体内——似乎有某种神似之处。另外，古籍中还有许多氏族是以动物为名号的，如少皞部落的凤鸟氏、玄鸟氏、青鸟氏、丹鸟氏等，太皞部落的飞龙氏、潜龙氏、居龙氏、降龙氏，黄帝部落的熊、罴、貔、貅、虎等，据学者们考证，以上各号均为氏族部落的图腾名称。其中，少皞以鸟名为职命名的传说最为引人注目，据《左传·照公十七年》中郯子所说，少皞的部落由五鸟、五鸠、五雉和九扈组成。五鸟分别为凤鸟氏、玄鸟氏、伯赵氏、青鸟氏、丹鸟氏，分别同历正、司分、司至、司启、司闭官职，五鸠分别为祝鸠氏、鴡鸠氏、鸤鸠氏、爽鸠氏、鹘鸠氏，分别同司徒、司马、司空、司寇、司事官职；此外五雉司五乙正，九扈司九农正职。何星亮先生据此认为，官名渊源于图腾名称。最早的官名或即图腾名称，或取与图腾名称有关的词作为官名④。

此外，古籍中有关商族祖先契、秦族祖先大业的母亲吞卵生子的神话，北方民族如突厥等母狼哺育祖先的传说，南蛮由犬与女祖先交合繁衍的传说经学者们的论证，均与古人的图腾制度有关。

2. 从民族学材料中考察现代民族的图腾文化

据何星亮先生的《图腾文化与人类文化的起源》，最早把西方图腾理论运用到中国少数民族研究中的学者是何联奎，他于1936年发表的《畲民的图腾崇拜》一文论述了畲族图腾神话传说得以流传的三种形式：口传、笔传和画传，以及他们祭祀祖先的仪式。此后凌纯声、陶云逵等人对畲族、彝族、羌族、瑶族、傈僳族等图腾文化遗存均予以揭示。进入20世纪80年代之后，研究少数民族图腾文化的著述如雨后春笋大量出现，学者们从各个角度论证了中国少数民族文化中图腾崇拜的丰富性，如彝族的虎图腾、葫芦图腾；苗族的枫树图腾、水牛图腾；白族的虎图腾、鸡图腾、鱼图腾；傈僳族的虎图腾、熊图腾；纳西族的虎图腾、豹图腾和猴图腾等等。

3. 从考古学发现中考察国史前的图腾文化

把有关图腾文化的想象力运用到史前考古研究中主要是在新中国建国之后，尤其是彩陶纹饰的神秘特点为学者们发挥想象力提供了足够的空间。在属于新石器时代半坡文化的半坡遗址和临潼姜寨遗址中出土了有名的人面鱼纹彩陶盆，同时也有大量的单体鱼纹、复体鱼纹和变体鱼纹以及图案化了的鱼纹发现。根据这些图案《西安半坡》一书作者提出了半坡文化先民以鱼为图腾的观点。与之相邻的庙底沟文化的彩陶纹饰则与之大不相同，蛙纹和鸟纹是其主体图案，这样，有的学者认为鸟或许是庙底沟文化先民的图腾。甘肃、青海的马家窑文化中鸟纹和蛙纹十分发达，尤其是蛙纹，有的学者因此推论马家窑文化的图腾是蛙。浙江河姆渡文化遗址中发现有双鸟朝阳象牙雕刻、鸟形象牙雕刻、圆雕木鸟、双头连体鸟纹骨匕、陶塑鱼和蝶形器上雕刻的双鸟太阳纹等，有学者认为这些变形之鸟与同时的写实动物形象完全不同，似乎作者有意为其蒙上一层神秘的色彩，使之超然于现实之上，因而将之看作是原始图腾崇拜的某种标记⑤。辽宁西部和内蒙东部的红山文化遗址中发现了十余件玉猪龙和泥塑猪龙，何星亮先生认为这些玉猪龙可能正是远古北方豕韦部落的图腾形象，因而说“龙起源于猪”的说法是不准确的，而这些玉猪龙应该是猪图腾的龙形化。四川大溪文化中流行以鱼为葬品的习惯，有意思的是考古学者还发现了一死者的口中咬着两条大鱼尾，简直就是半坡文化人面鱼纹的形象再现，因而推断鱼是墓主人的图腾。

用图腾学说来释读考古发现材料涉及到一个想象力的合理程度问题。想像力在每个人身上不尽相同，即想象力的个体差异使人们难以找到一个合适的尺度。尺度没有了，争论也就在所难免。关于用图腾说来解释考古学材料而引起的一次最大的争论同一幅彩绘于陶缸上的“鹳鱼石斧图”有关。1978年，河南临汝阎村出土了一件红陶缸，器表绘有一只衔着一尾鲢鱼的白鹳，旁边还竖立着一把石斧。严文明先生对其隐秘的涵义作出了图腾学上的解释：

在首长的瓮棺上画一只白鹳衔一尾鱼，决不单是为了好看，也不是为着给酋长在天国玩赏。依我们看，这两种动物应该都是氏族的图腾，白鹳是死者本人所属氏族的图腾，也是所属部落联盟中许多有相同名号的兄弟氏族的图腾，鲢鱼则是敌对联盟中支配氏族的图腾。这位酋长生前必定是英武善战的，他高举那作为权力标志的大石斧，率领白鹳氏族和本联盟的人民，同鲢鱼氏族进行殊死的战斗，取得了决定性的胜利。在他去世之后，为纪念他的功勋，专门给他烧制了一个最大最好的陶缸，并且打破不在瓮棺上作画的惯例，用画笔把他的业绩记录在上面。当时的画师极尽渲染之能事，把画幅设计得尽可能的大，选用了最强的对比颜色。他把白鹳画得雄壮有力，气势高昂，用来歌颂本族人民的胜利，他把鲢鱼画得奄奄一息，俯首就擒，用来形容敌方的惨败。为了强调这场战斗的组织者和领导者的作用，他加强了最能代表其身份和权威的大石斧，从而给我们留下了这样一幅具有历史意义的图画。⑥

严文明先生对《鹳鱼石斧图》所作的图腾说诠释曾一度间为学术界所普遍认同。原因据我猜测大抵有二：一是严先生是中国史前考古研究的权威，囿于他的学术地位，若提出不同的意见就不能不慎之又慎；二是因为学者们自己也未能找到更合理的解释，只好沿用严说。但最后还是有人对此提出了异议，其代表人物当属赵国华先生，他在《生殖文化崇拜》一书中对严先生的上述诠释提出了怀疑。在陕西北首岭遗址中又有一幅《鸟啄鱼图》的发现，那么这幅《鸟啄鱼图》是否也意味着鸟氏族战胜了鱼氏族呢？如果是这样，赵国华先生作如此设问，那么陕西北首岭的鸟氏族与河南阎村的鹳氏族是什么关系？陕西北首岭的“鱼”氏族与河南阎村的“鲢”氏族又是什么关系？河南阎村的“鹳鲢之战”难道是陕西北首岭“鸟鱼之战”的历史重演？为什么两次决定性的胜利都属于“鸟”而不是属于“鱼”⑦？显然，这样的发问切中了“图腾说”的要害，而单单从严先生所谓的“图腾论”出发很难对以上的提问做出令人满意的回答。

的确如此，读了严先生的文章之后我也在想，假如是“鱼”氏族打败了“鸟”氏族，“鱼”氏族的人会不会为纪念战斗的胜利而绘上一幅鱼吃鸟的图案呢？遗憾的是，这样的鱼吃鸟的图画至今我们也未能发现。那么，到底是什么原因而使鸟能吃鱼，而鱼不能吃鸟的呢？如果沿着这样的思维定型一路询问下去，我们也许会越来越陷入到迷惑之中。必须在此止步，并溯回到问题的根本之上，那就是：图腾论在此运用的是否恰当？如果不恰当，不合适，那么我们是否有理由怀疑西方图腾论在进入中国本土之后，一开始就深陷于某种误区之中了呢？

三、图腾是怎样“没落”的？

岑家梧先生在他 1942 年完成的《中国民族的图腾制度及其研究略史》一文中敏锐地发现中国学者在研究古代的图腾制度时存在着一种不理智的倾向：

……所以若果只拾取表面的三二图腾现象，便证明中国古代某族已有图腾制度的存在，则极为不智。如卫聚贤于嘉兴新睦镇发现一鱼形刻石，便说吴人以鱼为图腾（《吴越释名》，《论文月刊》一卷十一期）。又根据山西万泉县荆村瓦渣斜发现红陶上的鱼形花纹，便说陶唐为鱼图腾发明陶器的民族（《古史研究》第三集，252页）。又说："夏氏族有以鱼为图腾的部落，按贝加尔湖人尚有以鱼为图腾的遗迹，夏氏族当自贝加尔湖来，以鱼为图腾。"（251页）此都失之疏略。……今后苟欲断定夏或吴族以鱼为图腾，必须证明夏人以捞鱼为主要生产，夏人以鱼为部族名号，以鱼为祖先，以鱼为一切装饰的表现对象等等。凡此皆须根据丰富的确实的资料，作深入的系统的探索，始属可信。且图腾传说习俗等，各族均可互相传播，若以某族崇拜某种动植物，乃断定某种动植物即为某族的图腾，亦属危险。[8]

岑家梧先生的上述论述足以证明他是一位作风严谨的学者。遗憾的是，他的这篇精辟入里的发言并未引起学术界足够的重视，即便是20世纪80年代之后的学者们也仍然在犯他在文中提到的错误。人们只要在古史中、现代民族的传统故事中或是考古发现的美术形象中发现了动植物，就会不顾一切地往图腾上靠拢。首先，从古史研究上来说，认定古代民族存在图腾制度主要是根据其始祖传说。如传说中"玄鸟生商"，因始祖母简狄吞玄鸟卵有孕生商族之祖，于是认为商族图腾为玄鸟；如南蛮之女始祖配给一只名叫"槃瓠"的蓄狗而繁衍后代，故认为其图腾为犬；如夜郎国的竹传说，始祖男儿出自顺水漂来的三节大竹，遂认为竹为夜郎之图腾；古高车乃匈奴单于之女与狼交配繁衍而成，所以认为狼是高车图腾；突厥也有始祖与狼交配的传说，因此也被认为是狼图腾的民族。还有古史中记载的人兽合体形象也常常被认为是图腾制度的产物。我个人觉得这样的推理并不严谨可靠，附会的痕迹显而易见，让人感到中国图腾学说在学术理论基础的形成上是十分脆弱的。退一步来说，假如这与始祖诞生有关的动物真就是这些古代民族的图腾，那么这些图腾在人们的社会组织和精神生活中究竟占据着怎样的地位？如果把图腾制推到一个主宰原始民族一切生活的统治地位上，那么更确凿的根据又在哪里？在原始人的精神王国里，图腾究竟是一个"国王"还是一个普普通通的"部门大臣"？

其次，从现代民族学研究来说，认定图腾制度存在的依据大都是本民族的传说和一些与动植物有关的风俗。我们试举吴晓东先生的《苗族图腾与神话》为例，从对中国少数民族的专称中，这些民族的语言中很少有一个与"图腾"相对应的词汇或是概念。而在澳大利亚的土著民族中，"科邦"、"恩盖蒂"、"穆尔杜"或是"克南札"都是不同民族与"图腾"意思接近的词汇。他把枫树作为苗族的图腾，理由主要是苗语中把枫树称作"妈妈树"，另外还有一些地方保留着敬拜枫树的风俗，还有一个依据就是那首有名的苗族古歌《枫木歌》，诗歌中描述了枫木死去幻化为万物的故事；苗族还有佩戴牛角饰物的传统，日常生活中人们对水牛也异常尊敬，因此水牛也被看作是苗族的图腾；花苗有杀保命猪的风俗，这一习俗也被认为含有一定的图腾意味[9]。实际上，以上的风俗更能体现出古代原始崇拜的痕迹，一味地往"图腾"的含义上归纳未免带上浓重的附合之嫌。这样，就又产生了疑问，即区分原始动植物神崇拜和图腾崇拜的标志是什么？原始崇拜和图腾崇拜中是各自独立发展的还是有重叠交叉的痕迹？

同样的问题也适用于对考古发现的理解上。大溪文化流行用鱼随葬就把鱼视作图腾是否合适？由于半坡文化中的鱼纹发达就贸然把鱼看作为氏族图腾其科学的根据究竟占多大的成分？以后者为例，赵国华先生就曾提出异议。他举临潼姜寨遗址为例，姜寨也曾出土有同半坡遗址一样的人面鱼纹彩陶盆，证明了二者之间的紧密联系，但是，姜寨遗址中不仅有鱼纹，共存的还有蛙纹和鸟纹，那么单单将鱼作为图腾，“做出取舍的理由又是什么?”姜寨遗址中还出土有“鱼鸟纹”，这种鱼鸟共存同一图案中的画样在史前的其它地域，以及后来的周代青铜器上、秦汉时期的瓦当上、汉画像砖上，甚至明代织锦和砖刻上均有发现，对这种现象“套用‘图腾徽号’能够将它解释明白吗”[10]？我们似乎很难用肯定的态度来回答赵国华先生的提问。这样的纹样实际上完全是古代人原始宗教观点的反映，和图腾有多大的关系则很难说清。由此，可以说，在对中国图腾文化的论证过程中，把原始宗教完全混同于图腾崇拜之中是十分普遍的现象，对“图腾”理论的运用也大多是“简单的套用”，“缺少应有的论证和具体的说明”[11]。

何星亮先生的《中国图腾文化》一书是国内外第一部中国图腾文化专著，其资料的丰富性和内容的翔实性使此书具有了较高的学术价值。然而它用图腾学说来解释古史、民族学以及考古发现中几乎所有的宗教风俗的做法似乎很难让人信服。例如建立夏代的夏人的图腾一直有龙说、石说、熊说、鱼说和薏苡说之争，何星亮先生则不偏不倚，一以概之地说：“……大概其中一种是民族图腾，其它则为氏族、胞族、部落或家族图腾。”在说到建立周代的周族人的图腾时他又说：“或以为是龙，或以为是鸟，或以为是龟，或以为是麒麟，或以为是犬，或以为是熊，或以为是天鼋，或以为是‘稠’，或以为是虎。可能其中一个是民族图腾，其它则是氏族、胞族、部落、家族或各姓氏的图腾。”[12]这种缺乏科学依据的、想当然的论证十分典型地代表了学者在运用图腾学说时所体现的盲动性和功利性。

遵照国外某些学者的观点，中国学者也认为旧石器时代中，晚期当是中国图腾文化的发生和繁荣时期，而新石器时代则是图腾文化开始衰落的时期。这样就又遇到了一个问题，那就是为什么我们在所谓的“衰落时期”发现了大量与图腾有关的彩陶纹样（或是造型艺术），而在所谓的“发生”、“繁荣”期则没有任何同图腾有关的遗迹发现呢？而旧石器中、晚期的考古遗址在我国不仅不是空白，反而有大量的发现，为什么在这么多的旧石器时代遗址中没有任何图腾的痕迹可寻呢？既然新石器时代是图腾的“衰落期”，图腾又是怎样没落的呢？

四、图腾是这样“没落”的

认为图腾发生于旧石器时代中期、繁荣于旧石器时代晚期和中石器时代，没落于新石器时代是苏联学者奥克拉德尼科夫等人的观点。另一种观点认为图腾的发生时间应该是旧石器时代晚期，即以克罗马农人为代表的新人阶段。无论是哪种观点，他们都异口同声地认定新石器时代是图腾的没落期。

实际上，能够证明旧石器时代图腾特点的文化遗物并不太多。欧洲的洞穴壁画曾被有的学者认为与图腾有关，还有的学者根据莫斯特文化遗址中发现的有意识地安放的洞熊颅骨和肢骨以及陪葬的山羊角，证明旧石器时代业已产生了图腾。然而，新石器时代已发现了大量被认为与图腾有关的遗迹和遗物，可学者们却将之认定为没落期，原因是什么呢？

最初，欧洲的学者们在创建图腾学说的理论基础时大量引用了北美印第安人和澳大利亚土著的民族学资料。在研究中学者发现，图腾制度在这些美洲和澳洲的土著人的日常生活中并不占据着主导一切的地位，因此，他们就推断这可能意味着图腾的衰落。而这些土著民族的社会发展程度与历史考古学上的新石器时代相当，因而新石器时代就被推论为图腾没落的时代。既然没落了，在它之前就必定是一个繁荣期和发生期，这繁荣期和发生期自然应当是新石器时代的中石器时代和旧石器时代。而之所以在所谓的"繁荣期"没有发现确凿的丰富的图腾资料，理由是——也只能是年代的久远。无论如何，只有这种线型组合排列才会为那个年代的人们所接受，这符合当时西方的流行思维——进化论思维。

图腾就这样在一种似乎是人工操作的背景中于旧石器中晚期、中石器时代"兴起和繁荣"，并于新石器时代"没落"了。

这颇有点像一场在开始之前结果就被赞助商和举办者预设好了的体育竞赛的味道，但是，已经发生的历史毕竟不是将要发生的事实。我们也许可以人为地操纵未来的某些事情，但我们一旦为已经发生了的业已模糊了的历史作设置，就很容易弄巧成拙，这种设置因为是人为的设置而使自身的呈现远离了历史，换句话说，我们似乎有意将真实的历史丢弃而制作了赝品的历史。之所以会出现如此状况，乃是因为人们常常会比喜欢真品而更喜欢赝品。这是人类的弱点所致，真正的史实往往因为缺乏人们想象中的逻辑——比如进化——而备受诘难和怀疑，而赝品的史实亦即人工的历史则因迎合了学者或是被学者所引导的大众的想象力而被迅速接受。有关图腾从兴起到没落的这种公式的发展过程也是如此。举苏联图腾学者S·N·布伊哥夫斯基为例，他主张图腾制发生于旧石器后期，于新石器时代崩溃。旧石器时代的洞穴壁画正是图腾制的反映。如果和澳洲人的武器用具等作一比较，旧石器晚期比澳洲土著的原始性显然要深。澳洲人已使用新石器时代典型的磨制及穿孔石器，北美印第安人的社会组织已有了社会分工，私有制的萌芽也已出现，旧石器时代的遗物所表现的社会关系的发展水平远远落后于北美和澳洲土著，因此，澳、美土著人的图腾制度已属没落的形态，仅仅具有巫术的禁忌和祭祀意义。从他的理论中，我们不难看出那种设置的痕迹。美国学者摩尔根（L·H·Morgan）经过对印第安人风俗的实地考察得知，北美易洛魁人采用作为部族名称的动物，如狼、海狸、山鸭等，在他们的经济生产上，并不占有重要的位置，仅有仪式上使用的性质。他的发现本来应该为学术界澄清迷雾，然而，作为一个社会进化论学派的代表人物，他也终于未能摆脱观念先行的习惯。于是他在匆忙之间急促地得出结论，认为这种图腾现象只能视作图腾主义的残迹，不能和氏族制的经济结构混为一谈[13]。

我们没有必要继续挑剔摩尔根那个时代的学者——包括摩尔根本人。当时，当进化论诞生并迅速传播的时候，整个世界是怎样地为之震动，而世界上的学者又是怎样地为之鼓舞和心潮澎湃啊！我猜测，当时学者的精神状态有点像上世纪初的共产主义者，马克思主义理论的面世使他们在迷茫中找到了拯救世界的真理，狂热和激动使他们马上将"马克思主义"当成了参照世界上一切事物和一切行为的准则，所谓"放之四海而皆准"。"进化论"对于摩尔根那个年代的学者似乎也有同样的感觉，一种找到了学术研究的指路明灯的感觉，也是放之学术之四海而皆准。这样，我们就可以理解为什么在当时的人类学研究中人们一有新的发现马上就迫不及待地为它排列上进化的公式了。

显然，在发现并考察了澳洲人和北美印第安人的图腾制度之后，理智而严肃的做法首先是面对事实上的民族学资料背景，将图腾制度置于整个这种大背景之下，同其物质生活和精神生活的各个方面作一个综合的横向的比较研究和考察，而不是急切地为其作纵向的时间上的推理和想象。正如摩尔根所发现的那样，图腾制在土著人的生活中并不占据主要的位置，那么我们就应利用已有的现实的资料作更多的深入的研究，看看他们生活中的处于重要位置的东西到底是什么。

最初，在北美西北岸印第安人那高大的图腾柱被西方人发现的时候，人们都将它作为图腾主义的标志性东西，图腾柱（Totem Pole）的名字也是因此而来。可后来，经过与土著人的交流发现，这些所谓的“图腾柱”并不完全同图腾有关，其表现内容主要是土著人的祖先传说、神话故事等等。即使某个柱子上雕有本氏族的图腾，它也并未在图腾柱上占据着主要的位置。美国人类学家爱德华·马林（Edward Malin）在他的《太平洋西北岸的图腾柱》一书中提到，华盛顿大学的委埃拉·加菲尔德博士曾反复强调西北岸的图腾柱根本就不是图腾，更适合它的名称应该是雕刻柱而不是图腾柱。委埃拉·加菲尔德博士一度曾致力改变“图腾柱”的命名，但她后来不得不承认自己的失败，因为她发现“图腾柱”这个专有名词已在文献中深深地扎下了根，因而任何写作者都不可能将它放弃。鉴于这种情况，马林先生虽然是加菲尔德女士的积极支持者，最后却也还是不得不用“图腾柱”这个词来为自己的书命名，同时，为了澄清这一点，他为“图腾柱”重新下了定义。他说：“那么什么是图腾柱呢？西北岸印第安人的图腾柱不过是一种巨大的雕刻柱，为同一血缘的人群或是氏族出于纪念某一历史事件或是神话典故而树立的，它完全属于一种社会秩序而不是宗教性的。一些形象也许具有图腾的含义，但大多形象同集团的社会关系与社会身份有关。有的柱子描写了单个的事件，也有的同集团的历史传统或近似于历史传统的多重事件有关。”[14]乔治·彼得·穆达克也发现了同样的问题，他在《我们当代的原始民族》中曾提到乌鸦纹饰经常不是属于鸦（图腾）氏族所有，而是属于鹰（图腾）氏族——这一事实使一些人类学家同样感到困惑。因此，此种纹饰似乎不是真正的图腾象征而是世系的标志，它们指示一个人的家世，而类似联姻关系。海达人不把兽类看作是自己的祖先，也不膜拜或禁忌，氏族也不采用它们的名字，但他们都拥有高大的图腾柱，有时高达六十英尺[15]。图腾在图腾柱中并不占有显要的地位，这似乎透露出图腾制度在西北岸印第安人那里也只是其整体文化习惯和宗教风俗的一部分，而且是并非主要的一部分。如果我们非得说图腾制度已经没落了的话，我们就必须得作出一个图腾在没落之前曾一度繁荣的设想。如果我们觉得这样的设想并非理智，那么我们就必须得认真地承认：图腾制度在近现代的落后民族中本来就不占有显要的主导的地位，至多是氏族社会文化的组成部分。而与之相对应的新石器时代文化也是如此，考古发现中所透露出的可能与图腾有关的信息在新石器时代较旧石器时代的丰富性说明新石器时代的图腾文化恰好处于繁荣时期，而并不是什么没落期，只不过图腾文化在石器时代仍然是其文化的组成部分。在原始人精神生活中占主导的并非图腾，而是围绕着至上神崇拜衍生而成的包括偶像崇拜在内的原始宗教文化，也可以不很精确地称之为巫术文化。W·冯特发现：“图腾动物经常被解释为是部族祖先，这种解释其实是大可怀疑的。一方面，‘图腾’是某一部族的名称，另一方面，它也可能是祖先名称的一种象征。在后一种关系中，它具有一种神话的含义。”[16]

不仅如此，在我看来，与动植物——尤其是动物——关系极为密切的图腾文化正是从原始宗教中派生出来的。在原始人那里，人与至上神之间的媒介（那时候没有上帝之子）权力被一些动物（偶而是拟动物化的植物）所篡夺。代表氏族或部落负责与神沟通的巫师将一些动物作为自己通天的助手，专为一个氏族或是部落服务的巫师会找到最适合于自己的动物助手，并与其它的氏族、部落相区别。由于这种动物常常会成为神的代表或代言人，围绕着它的禁忌也随之形成。

旧石器时代是否确实存在着图腾崇拜仍然是一个疑问。朱狄先生也曾就此发现了问题，他说："假如一只野牛的形象，它的身上同时画有箭，那么这就为交感巫术提供了强有力的证据，但这类证据都很难在图腾崇拜的解释中存在。即使一只狮子的形象，就其形象本身也很难说明它曾经是图腾崇拜的对象。""因为岩画本身除了自身的形象外，不存在任何其它的说明，因此要确定这类动物形象就是图腾是缺乏充分根据的。并不是凶猛的食肉动物的形象一定就是图腾，因为它仍然可以作为狩猎巫术的对象。梅因阿齐（Th・Mainage）曾提出所有史前宗教现象的解释都应该具有一种考古学的证明。这一意见虽然在理论上被广泛接受，但在实践上是非常困难的。就目前而论，发现的有图腾主义的旧石器艺术在数量上是极少的。”[17]

将图腾主义盲目泛化的始作俑者当属英国人弗雷泽。弗洛伊德和弗雷泽都把图腾制套到一条线性进化论的公式里。更有甚之，弗雷泽还将人类思想信仰史的发展过程硬塞进一个图腾时代，按照他的看法，原始宗教的基本进程是巫术——图腾——宗教——科学[18]。相对于弗雷泽对图腾主义的迷恋和狂热，德国的施密特神父则显得冷静和理智，他指出，根据现代许多民族学家研究的结果，图腾制度并不是人类社会发展史上的一个必经阶段，有许多原始民族，如欧洲与非洲的侏儒、东南澳洲土人、原始爱斯基摩人、北美洲的原始阿尔金人、南美洲的岐西塔浦雅（Gez—Tapuya）部族等等，俱无图腾制度的存在。而图腾制度亦并非最先发展的阶段，更不能由此追寻社会组织、道德和宗教的起源[19]。

弗雷泽的学说归纳起来主要有两方面，一是图腾制起源问题，即上文提到的原始妊娠理论；另一方面是外婚制的起源问题。他虽然广征博引，整理了全球性的人类学和民俗学的资料，并依此将图腾主义系统化、学说化，但由于这些材料在他这里都是第二手，所以他的论述常常是想象力凌驾于客观材料之上。这样得出的结论显然值得商榷。

弗雷泽关于外婚制的理论出自于麦克伦南。“内婚制”（Endogamy）和“外婚制”（Exogamy）两名词都是麦克伦南首先创用的。如前文所述，在他看来，外婚制乃是由于“掠夺婚姻”引起的，而“掠夺婚姻”则缘起于杀害女婴的风俗。杀婴风俗导致的另一个现象是一妻多夫制。然而，民族学资料中很难找到杀害女婴风俗的证据。中国学者徐益棠先生在对康藏地区的婚姻风俗进行考察研究之后发现，康藏地区流行一妻多夫，但都没有杀婴风俗，因此认为杀女婴导致妇女缺乏的观点乃是凭空的想象[20]。

麦克伦南的学术观点由于缺乏资料支持而流于想象。然而，令人注意的是，弗雷泽虽然占有了比任何学者都为丰富的全球性的人类学资料，却仍然是以麦克伦南的观点为基础，并将它的图腾学说更加系统化和理论化。这就是说，麦克伦南是在凭空想象，弗雷泽则是躺在资料堆上作想象。尽管如此，弗雷泽仍然不失为一个伟大的学者，因为他对自身理论的薄弱之处心知肚明。在《金枝》第二版的序言中，他写道："假设不可少，往往是联络游离事实的暂时桥梁，如果我的薄弱桥梁终有一天被人砍断，我希望此书仍可作为事实之库而被利用。"施密特神父曾撰文毫不客气地说弗雷泽的理论"不过是非生动的幻想剧（Lusus ingenii）而已"[21]。所以，弗雷泽并没有从麦克伦南那里走出多远，只不过他的文学天才使他的文风极为绚烂，令人耳眩目迷，那栩栩如生、娓娓道来的描述使人叹为观止。就这样，弗雷泽和麦克伦南联袂把原始的"图腾主义"变成了"泛图腾主义"，把一个同原始神话有关的古代风俗制度渲染成了一个现代神话，并为泛图腾主义在全球范围内的泛滥奠定了较为坚实的理论基础。

［原载《河池学院学报》2004 年第 3 期］

注释：

① 本节资料参考了何星亮《图腾文化与人类诸文化的起源》，中国文联出版公司，1991 年版；朱狄《原始文化研究》第一章，三联书店，1988 年版；戴裔煊《西方民族学史》，社会文献出版社，2001 年版；岑家梧《图腾艺术史》，学林出版社，1986 年版。

② 参看朱狄《原始文化研究》，三联书店，1988 年版，第 148 页。

③ 本节大部分资料采自何星亮《图腾文化与人类诸文化的起源》，中国文联出版公司，1991 年版。

④⑫ 何星亮《中国图腾文化》，中国社会科学出版社，1992 年版，第 123、340 页。

⑤ 吴玉贤《河姆渡的原始艺术》，载《文物》1982 第 7 期。

⑥ 严文明《〈鹳鱼石斧图〉跋》，载《文物》1981 第 12 期。

⑦⑩⑪ 赵国华《生殖崇拜文化论》，中国社会科学出版社，1900 年版；第 261～263、147～148 页。

⑧⑬ 岑家梧《图腾艺术史》，学林出版社，1986 年版，第 134、141 页。

⑨ 参看吴晓东《苗族图腾与神话》，社会科学出版社，2002 年版。

⑭ Edward Malin，Poles of the Pacific Northwest Coast，Timber Press，1986，p6. 原文为：What then is a totem pole? The totem pole at the Northwest Coast Indians was a Large Carved column raised by a Lineage or clan for the purpose of commemorating an event，historical or mythological，within an entirely social（not religious）order. Some of the symbols might have totemic meaning. But the vast proportion of Symbols relate to a group's social affiliations and status. Some poles depicted only single while others related multiple episodes associated with the historic or quasi-historic traditions of a group.

⑮《我们当代的原始民族》中译本，第 151～152 页，转引自朱狄《原始文化研究》，三联书店，1988 年版，第 21 页。

⑯⑰⑱ 朱狄《原始文化》，三联书店，1988 年版，第 78、331～332 页。

⑲⑳㉑ 转引自戴裔煊《西方民族学史》，社会科学文献出版社，2001 年版，第 229、113、201～205 页。

神仙思想的起源和变迁

吴天明

哲学家们常讲的神仙约有二义：一指冥冥之中控制万物的主宰；二指肉身死后的灵魂。本文所讲的神仙和神仙思想，均指长生不死的宗教信仰。学术界一般认为，战国秦汉产生的肉身不死信仰才是神仙思想，笔者不同意这种见解。笔者认为，只要是长生不死的宗教信仰，包括灵魂不死信仰，肉身永生信仰，全都是神仙思想。

神仙思想是古代巫术、宗教、神话、礼俗、哲学、文艺等许多精神文化现象的核心，没有这一思想，这些精神文化现象就不可能产生。因此，海内外人文学者无不重视对这一问题的研究。但因为我们的祖先早已作古，研究其思想观念多有不便，所以学者们的研究方法大多是心理学、社会学和人类学方法，悬想的成分多而实证的成分少，难免让人心生疑虑①。当然，也有用考古学、文献学等实证方法研究这一问题的，如海内外学者用考古学方法证明巫术、宗教、神话起源于旧石器时代末期（或中期），闻一多先生的《神仙考》用文献学方法研究神仙思想的起源②，都是名例。受到他们的启发，笔者打算采取一个简单的办法，即主要运用考古学、文献学和风俗学材料，通过分析古人墓葬的朝向，尽可能用实证的方法，重新考证神仙思想的起源和变迁，从而为相关精神文化现象的研究工作提供一点借鉴。

向东方，向太阳

1856年，考古学家在德国的尼安德特发现了旧石器时代末期原始初民的骨骼化石，这些遗骸头朝东方，脚向西方。遗骸周围散布着红色的碎石和一些石制的工具，似乎已有以红色饰终的礼仪。学者们推想，这可能是因为初民发现，太阳每天都从东方升起，给万物带来光明和温暖。太阳一出来，大地便生机勃勃，充满无限活力；太阳一落下，大地便会黑暗一片，十分阴冷，万物因此静息，人类亦陷入死亡的恐惧之中。因此初民相信，鲜红的太阳是生命的象征，太阳升起的东方是生命起源的地方，而西方则是死亡后的世界。太阳到西边去死亡，又回到东方复活，初民由此相信，人死了，灵魂也会回

① 各派学者的见解，详见罗竹凤主编：《宗教学概论）第1编第2章、第4编第2章，上海：华东师范大学出版社，1991年。

② 闻先生的研究方法虽然可取，但他的焚尸礼俗才会孕生神仙思想的结论却尚须商榷。古人处理尸体的具体方式多种多样，有火化的，也有不火化的；有土葬的，也有水葬、树葬、鸟葬的等等，而长生不死的宗教信仰却是一致的，闻先生的结论有以偏概全之嫌。详见闻一多：《神仙考），《闻一多全集》第3册，武汉：湖北人民出版社，1993年。

到西方去，然后返回东方复活。学者们还推想，初民发现，鲜红的火焰也是生命的象征，有了它，不仅有光明和温暖，有烧熟的肉食，而且可以赶走侵害人类的肉食动物。由于人类早先不会人工取火，得到火种便是“火好”，便可获得生命保障，反之就可能冻死、饿死或被肉食动物吃掉。太阳也是红色的，有了鲜红的太阳，生命便有了希望；失去鲜红的太阳，死亡就会来临。植物的花朵也大多是红色的，当初民好不容易熬过漫漫寒冬，从地洞、山洞里钻出来，在和煦的春风中终于看到鲜红的花朵时，他们便知道，果腹的果实就要长出来了，飞走跑走的动物也会回来了。人类和动物此时全都春情勃发，繁育新生命；当鲜花落尽，寒风瑟瑟时，初民就得面临绝粮亦即死亡的威胁。初民还会发现，人类和动物的血液也都是红色的，流血过多就会死亡。健壮的人总是面色红润，血气充盈；受伤、病重、衰老的人总是缺乏血色；死亡的人则全无血色。民间有人相信，喝了动物的血便会身强体壮，延年益寿，这些都应该是原始观念的遗存。根据上述生活经验，初民会发现，红色是生命的颜色。因此，初民崇拜红色，便是崇拜生命；他们以红色饰终，便是祈祷死者复活，重新获得生命，或者祈祷死者生命不死，因为初民常常认为灵魂才是生命的真正所在，而灵魂如果获得了红色这一生命之色的保护，便会不死[1]。

中国学者也发掘了一些旧石器时代末期原始初民的墓葬，但根据他们的发掘报告，学者们似乎很少注意初民遗骸的朝向。不过，根据这些发掘报告，仍然可以推测出原始初民墓葬所取的方向。例如山顶洞人的遗骸旁边，除了有许多石制、骨制、贝制的工具和饰物外，还有一些用赤铁矿染红的石珠和一些赤铁矿粉粒，应有用红色饰物饰终的礼仪。学者们推想，“当时人类已经有了灵魂观念……往往认为红色代表鲜血，是生命的来源和灵魂的寄生处”[2]。根据上文对太阳、火焰、鲜花、鲜血等红色事物的分析，山顶洞人的墓葬方向，或许也是朝着东方。我国新石器时代的墓葬中常有陶器殉葬，陶器上曾发现有太阳纹、日月山等形象，应是太阳等自然物崇拜的遗迹。这种十分明确的记载虽然最早仅见于新石器时代的陶器上，但其发明权恐怕属于尚未发明陶器的旧石器初民。

中国民间至今仍称死亡为“归西”、“归西天”、“归天”、“上西天”，这可能与炎黄夏周诸族均起源于中原西方有关，但更可能与旧石器初民便以日出为生、日落为死，以东方为生、西方为死的原始观念密切相关。就如，人类几万年前已会人工取火，那种失去火种便意味着死亡，得到火种才意味着新生的时代早已成为历史，但人们如今仍然用“火好”、“火旺”、“红火”等表示生命力旺盛，用“熄灭”、“灯（火）灭”、“拍熄”表示生命死亡。从这些不知传了多少代，但很少被世人深思的口语里，亦可推知旧石器初民的宗教观念和墓葬方向。原始初民并非只发现太阳有生死循环现象，月亮、星辰也有同类现象。此外，大地上的植物大多一荣一枯，动物也是一生一死，这些自然现象，都会告诉初民生命循环的道理，从而使他们产生灵魂观念和生命循环的信仰。全球各民族都有太阳崇拜，现在所知的旧石器初民的墓葬一般都头朝东方，说明初民相信，只要举行了一定的宗教仪式，让死者头朝东方，那么，死者便会像初升的太阳重新从东方升起那样，得以复活再生。古埃及文献《亡灵书》记载，太阳中有一位凤凰神，凤凰死后，其灰烬中会产生一位新凤凰神。他们还把国王当作太阳神的化身，精心把死去国王的遗体制成木乃伊，并且相信死者会像太阳那样复活。古中国人相信，太阳中有一只金乌，又以“日”指称男子的性行为亦即创造生命的行为，那么，太阳、金乌死了就可以再生，只要创造生命的行为不终止。这些神话都不是空穴来风，都应与原始初民以东方为生、西方为死，日出为生、日落为死的宗教观念密切相关。

由上可知，早在旧石器时代末期，灵魂观念和长生信仰就已经出现。初民相信，只要举行了一定的宗教仪式，便可使死者像太阳等自然物那样，循环不已，生生不息。而这一信仰正是神仙思想和自然宗教的核心所在。

向故乡，向先妣

中央电视台2003年9月23日报道，美国科学家通过研究古人牙齿化石发现，人类大约从250万年前开始吃肉，变成杂食动物。中国考古学家发现，距今四五万年的“新人”，无论是生活在南方如广西的“柳江人”、“麒麟山人”、四川的“资阳人”，还是生活在北方如北京的“山顶洞人”、山西的“峙峪人”、内蒙和宁夏的“河套人”，都在相当程度上依靠猎食动物过活，许多动物都因古人的过度猎杀，或许加上地球环境的巨大变迁而灭绝或濒于灭绝，如东方剑齿象、中国犀、水鹿、猛犸、野马、熊猫等等[3~7]。由于动植物资源的日渐减少，为了活命，先民不得不沿着河流四处迁徙，因为凡是有河流的地方，植被都较好，猎物也多一些，沿着河流开垦荒地也比较容易获得收成。

在地球环境发生巨变，人类被迫四处迁徙之前，氏族已经产生很久了。学术界一般认为，氏族产生于四五万年前的“新人”阶段。那时山上的动植物资源尚可满足人类生存的需要，加之山上有天然山洞可以居住，山岭既可防风又可防洪水冲击，山洞可防雨雪和野兽袭击，所以初民早先大多住在山上，死去的历代祖先也会埋在山上，这样，山丘就成了氏族发祥地和氏族公墓所在地了。但是，原始先民为了获得更多的食物，不得不离开氏族发祥地和祖先安葬地。当这些离开故乡的子民死去的时候，由于尸体搬运不便，实际上已没有办法再安葬在祖先身边了。先民的办法是，举行某种宗教仪式，把死者就近安葬在山丘上，用象征的方法把死者的灵魂送回到先妣身边。于是最晚从新石器时代开始，古人的墓葬方向，大多取头（或脚）朝着各自氏族发祥地的方向。

考古发现，仰韶先民的尸体，大都头朝西方；马家窑先民的尸体，则大都头朝东方，这显示，先民幻想灵魂不灭，相信灵魂可以返回老家。《史记·五帝本纪》载：“黄帝居轩辕之丘……黄帝崩，葬桥山。”笔者疑心，黄帝之“黄”与神话中的“昆（仑)”、“驩（兜)”、“浑（沌)”、“混（沌)”是一回事，山名、地名、族名、酋长名的音读都是“黄”。也就是说，该氏族早先住在昆仑山，后来才迁居到轩辕山，黄帝死了，尸体便埋在新居的山上，黄帝的灵魂则会回到昆仑山去①。在《山海经》中，昆仑山上住着无数的神仙，想必他们大都是黄帝的子孙。《后汉书·乌桓鲜卑列传》载，乌桓族本居赤山，

---

① 笔者疑心“轩辕”是“桥”的缓读，“桥”是“轩辕”的急读，“轩辕之丘”就是“桥山”。黄帝族在“轩辕之丘”住久了，“反把他乡作故乡”，其子孙又以“轩辕之丘”为故里，所以神话中有“轩辕国”。这类问题，笔者将另文讨论。

后来迁居到乌桓山。乌桓人死后，尸体只能就近埋在乌桓山，但他们同时还会选一只肥壮的狗，让它把死者的灵魂送回到赤山去，并说此举“如中国人死者魂神归岱山也”。“岱山”即泰山，是东夏地区最高的山，也当是东夏地区许多氏族的发祥地和氏族公墓所在地，其子孙被迫迁居各地后，如果死去，尸体只能就近掩埋在山丘上，灵魂则要送回到岱山去。以上这些氏族墓葬的方向，应该都朝着各自的发祥地。这类“魂归故乡”的例子，还可以列举许多。

对上述现象，《孔子家语·问礼篇》总结说：“坐者南向，死者北首，皆从其初也。”应该总结的是炎黄夏周等西北羌戎的通例。所谓“坐者南向”，是指这些民族的至尊者在世时坐北朝南，接受朝觐，以故乡所在的北方为至尊的方向。所谓“死者北首”，是指这些民族的至尊者死后，头朝北方。因为北方是他们的发祥地和先妣安葬地，虽然他们后来已经四处迁徙，尸体不可能再送回故里安葬了，但他们一死去，头就要朝向北方，其墓葬的方向也应该朝向北方，表示灵魂要回到北方的故乡去。孔子本是殷人，而殷人源于东方[8]，若按殷人旧礼，应该是“坐者西向，死者东首”，但到孔子时，殷族已灭亡500年之久，老夫子大概也有点“数典忘祖”了。不过，孔子说“皆从其初”，这个意见却是对的，是个通例。屈原《九章·哀郢》载：“鸟飞返故乡兮，狐死必首丘”，也是“皆从其初”的意思，也是通例。中国民间至今仍称死亡为“回老家”，也是讲的这个通例。不过，由于各民族进化的速度不同，迁徙的情况更是千差万别，各族子孙所能记得的“初”、“老家”也就千差万别了。《尚书·顾命》载周成王驾崩故事，正义：“王寝于北墉下，东首，反（返）初生。”如正义所述不误，那么“成王寝于北墉下”，则有返回北方故乡的意思，“东首”即尸体头朝东方，似又保留了旧石器初民魂归东方再生的古意。不管成王魂归何处，“反（返）初生”、“回老家”却是通例。

中国人喜欢把死亡叫作“归西”、“归天”、“归西天”、“上西天”，这可能与旧石器初民以东方日出为生、西方日落为死有关，也可能与炎黄夏周诸族都起源于西北有关。先民所“归”的“天”是一些什么样的“天”？笔者认为，那些“天”本是“山”，亦即氏族发祥地、先妣安葬地。屈原在《离骚》中曾描述他“上天求女”的痛苦经历，他所“周流（游）”的“天”便全都是山：诗人从九嶷山“苍梧”出发，到了昆仑山上的“悬圃”，然后到“扶桑”山，登上神仙所居的“阆风”山，又来到“穷石”，在“瑶台”上见到“有娀之女”，最后终于来到“西极”的“昆仑”山、“不周”山，找到了《九歌》和《韶》乐。所谓“苍梧”、“悬圃”、“扶桑”、“阆风”、“穷石”、“瑶台”、“昆仑”、“不周”，在今人看来都只是山，而屈原却说，这些就是“天”。今人以为“天无不覆，地无不载”，屈原却以为，有多少座高山，便有多少个“天”。这是因为远古各族大都住在山上，例如黄帝族住昆仑山，乌桓住乌桓山，鲜卑早先住赤山，后住鲜卑山，犬戎住犬丘，楚人住楚丘，舜帝住姚丘，尧帝住陶丘，等等。屈原在南方楚国找不到“美女”，只有“周流”诸天，四处“求女”。这些山，就是各族的“天”，各族的“老家”，既是相关氏族的发祥地，也是相关氏族的先妣安葬地。所谓“归天”、“上西天”、“回老家”，就是要回到先妣安葬的地方去，埋到氏族公墓里去。

但是，古人为什么一定要“归天”，一定要“回老家”，要“从其初”，回到氏族公墓里去，回到先妣那里去呢？或许有人会说，这是传统，是祖先崇拜，但笔者要问，为什么会形成这一传统，为什么会有祖先崇拜呢？要解决这些问题，仍然要研究古人的墓葬。

2001年底，湖北省考古队曾在湖北巴东发掘大溪文化墓葬，学者们在不到4平方米的地方挖掘出了3座屈肢墓葬，墓主的骨骼基本完整，3具骨骼都弯曲成同一种形状：颈部骨骼向下弯曲，双腿骨骼交叉弯曲，应是模仿胎儿在母腹中的形状[9]。笔者推想，大溪先民在死者刚去世时，乘着尸体尚有余温，便将尸体弯曲成胎儿的形状，目的应该是方便死者回到故乡，回到氏族发祥地、先妣安葬地后，重新回到母亲肚腹（子宫）中，让母亲再把他生下来，从而实现生命的循环。这种信仰虽然如同旧石器初民的生命循环信仰，但旧石器初民只是想模拟太阳等自然物实现生命循环，而新石器先民却祈祷重回母腹（子宫）再生，从而实现生命循环；旧石器初民只有自然教，而新石器先民已有祖先教。

为了证实上述推想，可以再举一些这方面的例子。据杜耀西等学者研究，西藏地区的珞巴族在有人死后，立即把死者的双手整理成弯曲状，双手放在两腮附近，两腿向上弯曲，如同投胎状，目的是祈求死者重新投胎[10]。据杨学政先生研究，云南永宁泸沽湖畔的摩梭人刚一死去，其亲友就会为死者洗净尸体，然后用麻布带子将尸体捆绑成蹲踞状，头夹于两胯中间，双手合掌，并在死者的口、耳、鼻、眼睛、肛门等窍穴里放点沙金碎玉，贫者用米，以防灵魂出窍[11]。尸体双手合掌，可能受到过藏传佛教的影响，但从总体上看，仍然是束尸为胎儿状，目的也应该是祈祷死者重回先妣腹中，实现生命循环。青海省政府所编之《最近之青海》在谈到青海羌族丧葬礼俗时说，羌人死后，其亲友即将尸体束为坐像，并用木龛盛之，然后天葬、水葬或火葬[12]。所谓束尸为坐像，应该是束尸为胎儿状；所谓用木龛盛之，当如汉族以棺椁盛之。树木是古人十分熟悉的先妣象征物，例如商人以桑为先妣象征，神话说汤祈雨于桑林，伊尹之母化而为桑，便是证据；又如周人以桃为先妣象征，周人称祖庙为“祧”，为“兆”，这也是证据。既然这些树木都是先妣的象征，子孙死了，其尸体被装在棺木之中，这应是象征子孙死后重回母腹，祈祷母亲再把他生下来的意思。我国民间至今仍称棺木为“寿木”，老人健在时便要备好，有些老人还会常常睡进去试一试，并无禁忌，他们认为将来死了睡在“寿木”里很正常，也很好。这些礼俗的起源，可能在好几千年之前。

中国新石器先民的上述礼俗和信仰，在外国宗教礼俗中也可以见到。例如巴西土著先民喜欢用具有“不朽”性质的贝壳堆起“金字塔”，而将死者埋葬于塔中。考古学家发现，塔中死者以胎儿的姿态安葬，周围摆放着项链、斧头、动物化石以及用石头雕塑的动物①。这些石制（含动物化石）、贝制的饰物，连同贝制的“金字塔”，都具有“不朽”的性质，巴西先民用这些东西饰终，应是取祈祷死者生命不死之意。他们束尸为胎儿形状，也当是祈祷死者重回母腹，重获新生之类的意思。据英国学者弗雷泽研究，古希腊人相信，如果一个人死了，必须经过母腹再生才能复活。假使一个人被人误认为死亡，并已为他举行过葬礼，那么必须为他举行一个象征母亲再次生下他的礼仪，否则，他仍将被视为死人，不得进行正常活动。这种礼仪是：他从一位女人的裙下钻出来，然

① 《神秘的巴西金字塔》，《参考消息》2001年4月11日。

后像婴儿那样洗净身体，裹在襁褓中送给奶妈[13]。这些礼俗都可为中国新石器先民将死尸束为胎儿状的葬俗提供注脚。

由此可知，新石器以还的先民之所以不辞劳苦，要把死者送回故乡安葬；如果事实上只能就近安葬在山丘上，也要举行复杂的宗教礼仪，把死者的灵魂送回故乡，这都是为了把死者送回到氏族公墓里去，送到先妣身边去，送回先妣肚腹（子宫）中去，让先妣像当初生下子女那样，再赐给死者的灵魂一个肉身，再把死者生下来，从而实现生命的循环。

中华民族近几千年所崇拜的伟大祖先，主要是炎帝、黄帝、唐尧、虞舜、大禹、殷契、后稷等等，子民崇拜他们，主要是因为他们为民族的生存和发展建立了不朽的功业，所以这种祖先崇拜实际上是功业崇拜。研究了新石器先民的葬式以后我们知道，最早产生祖先崇拜的动因，却不是因为崇拜祖先的伟大功业，而是因为崇拜伟大祖先的生殖神力、生命神力。了解了这一点，对研究祖先教乃至整个中国文化，意义重大。例如，在最近3000年中，“孝”以及由“孝”派生的“忠”是中国宗教文化的核心，这种“孝”应由祖先崇拜派生，但祖先崇拜又是从哪里来的，学术界往往语焉不详。如果我们知道祖先崇拜之所生，对研究整个中国宗教文化无疑具有重要的意义。又如，在最近几千年里，夫妻父子关系已经非常稳定，但子女往往更加依恋母亲，过去人们以为这是因为母亲对子女照顾更多，现在看来，后世人类的这种感情应与原始宗教有些关系。民间常说：“儿女见到娘，无事哭三场。”这种感情应该是一种宗教感情，仅用母亲照顾儿女多，因此母子感情深来解释，恐怕解释不通。

由此还可以知道，中国人之所以特别依恋故乡，不仅与学术界常讲的家族本位制度、乐土重迁的农耕生活、儒家对乡土情谊的培植有关，而且首先是由原始母系氏族社会的宗教信仰决定的。根据这一信仰，原始先民认为，只要死后能安葬在先妣身边，或者举行某种礼仪，把死者的灵魂送到先妣身边，那么，死者就会像胎儿那样重回母腹，母亲就会重新把他生下来，从而实现生命循环，死者亦可获得再生。否则，死者的灵魂就会成为孤魂野鬼，就会成为“厉”（恶鬼），也就永远不可能复活再生，并将最终彻底死亡。这样的信仰直到如今仍然影响着每一个中国人。这就是说，中国人乡土情谊的根，不是家族本位制度，也不是乐土重迁的农耕生活，与儒家的培植也没有多大关系，这个根是：重回母腹再生信仰。在中国，最动人的音乐是乡音，最美妙的诗歌是乡愁，最伟大的人物是祖先，最让人魂牵梦绕的地方是故乡，所谓“叶落归根”，所谓“人穷返本”，所谓“孔子于乡党，恂恂如也，似不能言者”①，所谓“老乡见老乡，两眼泪汪汪”，所谓“月是故乡明”，所谓“儿女见到娘，无事哭三场”，所有这些，哪里是一般的乡土情谊？分明是一种儿女对母亲的无限依恋，分明是子孙对生命的无限感动，分明是一种宗教感情和宗教信仰。这种宗教便是在功业崇拜之前便已产生的以生命崇拜、生殖崇拜为核心的祖先教；这种信仰相信，只要回到母亲的怀抱，回到母亲的肚腹（子宫）中，我们就能循环再生，永生不死。

新石器先民的墓葬朝向告诉我们：虽然石器祖先全都信仰长生不死，生命循环，但

---

① 《论语·乡党》。

是因为氏族的出现，氏族传统的形成，旧石器初民那种模拟自然物的生命循环信仰，到了新石器时代，已经演进为重回母腹（子宫）再生的生命循环信仰，新石器先民的神仙思想已经发生了很大的变化。

向苍天，向仙界

上文已经指出，屈原的《离骚》中还保留了以山丘为天的古意，这种古意在今人的口语中也时常可以见到，例如今人常说“人死归天”，并不一定是归苍穹之天，而往往是“归山”，与“人死上山”、“入土为安”是一个意思。但是最近几千年，又的确出现了人死归苍穹之天的新意。刻意去辨析哪一种说法是以山丘为天，哪一种说法是以苍穹为天，容易陷入繁琐考证的泥潭，也没有多大的意义，但是大体区别一下，对研究神仙思想的起源和发展，还是必要的。

根据考古学者的发掘报告，半坡氏族公墓中，死者大多是仰身葬，并有殉葬物；也有少数俯身葬者，没有殉葬物。龙山文化遗址中的情况与半坡先民相似。商人墓葬仍然沿用这一方式，有俯身葬，墓室很小，尸骸下铺有草席，想必是用草席包裹着下葬的。商人有仰身葬，其中又可分作两类：大墓有棺有椁，有许多人殉葬，并有许多贵重的器物；中墓有棺无椁，偶有人殉，殉葬的器物也少许多。《左传·僖公二十八年》载，晋国大夫子犯说，仰身葬贵，谓之“得天”；俯身葬贱，谓之“伏其罪”，说明周代仍然沿用这一葬式。但是“得天”是什么意思？笔者推想，应是得以升天的意思。这个“天”，早先应该是各个氏族的故乡，如黄帝所居的昆仑，颛顼所居的帝丘，犬戎所居的犬丘，楚人在黄河下游所居的楚丘之类，也就是说，早先死者所得的“天”，应是各氏族历代先妣安葬的山丘。由于子孙为了求生而四处迁徙，子孙死后只得就近安葬于某个山丘，但让遗骸朝上方“安息”，如同将尸体整理成胎儿状，也如同将尸体放在先妣象征的“寿木”中安葬，目的都是让死者的灵魂回到故乡去，回到先妣肚腹（子宫）之中去，实现生命的循环再生，后世登天升仙思想即由此而产生。“仙”字本作“僊”字，是“人”（亦指人的灵魂）“遷”（迁）到先妣所安息的“山”（天）上的意思，即使在“仙”字里也保留了这层古意。在中国早期神话里，神仙总是居住在昆仑山、桃都山、不死山等各种各样的山上，古希腊神话中的神仙也大多住在山上。这说明，《离骚》以山为“天”，的确保留了远古先民的古意。

但是，到了后期，当许多氏族不断融合，最终形成新的民族之后，当许多氏族远离发祥地几百年、几千年之后，“数典忘祖”、“反把他乡作故乡”的情况，就不可避免地要出现了。而且，随着人类生产力的不断发展，人类的智能必然会不断进步，抽象思维能力亦得到长足的发展，苍穹之“天”亦不可避免地要出现。

以黄帝族而论，史家普遍相信该族起源于西北，本为羌戎。该族称其所居为昆仑，那么昆仑应该在西北。但在《山海经》中，昆仑到处都是，东西南北中都有，成了高山的通名，说明该族四处迁徙，子孙遍布天下，也说明他族有人受到黄帝族宗教文化的影响，也有以氏族发祥地为昆仑的事情发生。最晚到《山海经》成书的战国时期，昆仑之“天”便遍布各地了。这是人类在“天”这个问题上抽象思维能力发展的第一步。

据《尚书·舜典》记载，舜帝继位后，曾“肆类于上帝（正义：“遂以摄告天及五帝”，“上帝，天也”），禋于六宗，望于山川，遍于群神”。然后又巡视五岳，每到一山，都要“柴”。《武成》又载，周武王伐纣得胜，“祀于周庙……柴，望，大告武成”。他先祭自家祖先，然后再用“柴”礼，即烧烟上天，以祭天神；用“望”礼，即遥祭天下名山大川。根据这些史料，似乎在原始时代末期即已出现“苍天”的理念。那么，在相当长的时间里，山之“天”与苍穹之“天”两种理念便同时并存了。但如仔细揣摩，山之“天”出现必然更早，苍穹之“天”出现则稍晚。这是人类在“天”这个问题上抽象思维能力发展的第二步。

那么，自古以来的仰身葬，何时才取回归山丘之“天”的古意，何时又有回归苍穹之“天”的新意呢？古人早已烂成了泥土，或者成了白骨甚至化石，没办法回答我们了。但笔者推想，以山丘为“天”的古意，最晚起源于新石器时代，而以苍穹为“天”的新意，最早起源于新石器时代，很可能起源于三代；两种宗教观念至今仍并存于我们的头脑中，由这两种宗教观念决定的相关礼俗，至今仍流传在民间。

由于华夏族以及以华夏为主的汉族大多用土葬形式，大多取仰身“得天”的葬式，因此具体分析所“得”之“天”是山之“天”还是苍穹之“天”比较困难，我们可以分析一些非华夏（汉）族的案例，以说明古人是如何“向苍天，向仙界”的。《新唐书·北狄列传》：“死不墓，以马车载尸入山，置于树巅。”这种方式实为弃葬，人类生活艰难时曾将未死的老人吃掉或弃置山岭，生活好转后则将死去的老人弃于山林[14]。但古人为什么要历尽辛苦把尸体运到山上去呢？根据上文的分析，这是取送死者回故乡，祝死者复活的意思。我们相信，早先把死者送回故乡，就是丢弃在山上①。后来有了苍天的理念，为方便死者魂归苍天，故将死尸“置于树巅”。《新唐书·回鹘列传下》称都播：“死以木椟敛置山中，或系于树，送葬哭泣，与突厥同。”这个“或”字不可轻轻放过，它告诉我们，都播当时存在两种理念、两种习俗：一以山丘为“天”，故将棺木置于山上即可；一以苍穹为“天”，故将棺木系于树上，以便死者上升到苍天去。《新唐书·北狄列传》称契丹：“死不墓，以马车载尸入山，置于树巅。”称契丹别种室韦：“每部共构大棚，死者置尸其上。”置尸于树巅也罢，置尸于大棚之上也罢，都是为了方便死者魂归苍天，而早先死者所归的天必然仅仅是山。

上述以苍天为“天”的新理念，祈祷死者回归苍天的新信仰和相关的新礼俗，在中国神话里也有所反映。日本学者小南一郎先生发现，在最近几千年的中国神话里，常有升天成仙的故事，而这些故事中又常有“宇宙山”、“世界树”、“天梯”之类，古人上了“宇宙山”，登上用“世界树”所作的“天梯”，然后登天成仙[15]。如果把这些新神话与上文列举的置尸于树巅的新礼俗放在一起比较，就会发现，这些新礼俗、新神话隐含的都是以苍穹为“天”，以登苍天为成仙的新观念，与新石器先民以氏族发祥的山丘为“天”，以母腹（子宫）为“天”，以循环再生为登仙的旧礼俗、旧神话、旧观念形成了鲜明的对比。

---

① 《孟子·滕文公上》：“盖上世尝有不葬其亲者，其亲死，则举而委之于壑。”此“壑”当为山丘上的沟壑，即山沟。

石器先民相信：只要举行了某种宗教礼仪，让死者的生命进入了某种循环往复的状态，那么死者的生命就可以长生不死。但是三代祖先的神仙思想似乎又有了新的变化，他们送死者的灵魂上苍天，似乎苍天就是长生之地，似乎不再需要通过循环来达到长生的目的，从中已经可以看到战国秦汉肉身不死这一新的神仙思想的影子。

肉身不死，万寿无疆

旧石器初民相信死者可像太阳等自然物那样循环不已，生生不息，所以墓朝东方；新石器先民相信死者可以重回母腹（子宫），循环再生，所以墓朝故乡；三代祖先相信死者可以升天不死，其宗教礼俗中既保留了回故乡、回母腹（子宫）的古义，又提出了死者直接升天成仙的新要求，这就为战国秦汉肉身不死的新神仙思想的出现开辟了道路。

尽管从旧石器末期以来，世人一直相信人有灵魂，而且认为只要举行了某种宗教仪式，灵魂便可以不死。但是，随着时代的演进，人们越来越不满足于灵魂不死，人们希望，肉身也像灵魂那样永生不死，如此就可以长久地享受凡尘（神话中神化为仙界）的欢乐了①。正是在这种思想观念的驱动下，战国时期，有一批术士开始了他们的冒险之旅。他们相信世间有某种让人长生不死的仙药，这种仙药可以直接在某些地方找到，或者用某种方法制造出来，不管是谁，只要服用了这种仙药，就可以长生不死。这种思想被历史学家称为“道教”，认为它是“巫术、萨满教、健身法和静坐术、道家哲学及全神贯注于寻求长生灵药的阴阳五行论者的思想的大杂烩”，而且这种信仰似乎在燕齐一带特别盛行[16]。因此，当秦始皇巡幸至此时，徐福、卢生等术士自告奋勇，为秦始皇寻找长生不死之药[17]。虽然这种仙药永远不可能找到或创造出来，但并不妨碍后世子孙继续作出努力。为了达到肉身不死的目的，汉武帝不知听了多少术士的鬼话，吃了多少“金丹”[17]。到初盛唐、金代及南宋，甚至出现了一个又一个的道教热[18]。

战国以来，古人虽仍葬山丘，其墓葬虽仍然或朝故乡，或朝苍天，但其宗教信仰已发生了某些变化，人们不再仅仅满足于灵魂不死，因此出现了服食长生的新信仰和新礼俗。最近2000多年影响中国人的神仙思想，除了石器先民灵魂不死的神仙思想，三代先民登天成仙的神仙思想以外，还有战国以后肉身不死的新神仙思想。

战国以后出现的肉身不死的新神仙思想，并没有随着科学的昌明而消亡，恰好相反，随着生命科学的不断发展，很多人开始用更加科学的方法企图实现这一梦想，例如有人将自己死去的父母迅速冷冻起来，希望将来科学发达时再解冻，而使父母重新焕发青春活力；有人企图用“克隆”的办法使个体的生命得到永生。虽然许多人都逐步认识到灵魂不死的信仰缺乏科学性，但人类仍然在憧憬肉身永生的未来。人是有幻想的动物，只要人类存在一天，就不会停止幻想，而只要有幻想，神仙思想就会以这样或那样的面目出现。

上述讨论说明：中国人的神仙思想萌芽于旧石器时代末期产生的灵魂观念和不死思

① 屈原《天问》：“延年不死”，说明最晚在战国时期已出现肉身不死的新思想。

想，发展于新石器时代产生的再生信仰和三代民族大融合后以苍天为长生之地的永生信仰，变异于战国秦汉产生的肉身不死的新信仰。

旧石器初民以自然崇拜为特征的生命循环信仰，新石器先民以生殖崇拜、祖先崇拜为特征的生命循环信仰，三代时期以灵魂登天成仙为特征的神仙思想，战国以来以肉身不死为特征的新神仙思想，在最近几千年中同时并存，影响着亿万华夏后人。

［原载《海南大学学报》（人文社会科学版 2004 年第 2 期）］

参考文献

［1］吴天明．中国神话研究［M］．北京：中央编译出版社，2003，103～104．

［2］王玉哲．中华远古史［M］．上海：上海人民出版社，2003，44～46．

［3］吴汝康．广西柳江发现的人类化石［J］．古脊椎动物与古人类，1959，（3）：97～104．

［4］贾兰坡，吴汝康．广西来宾麒麟山人类头骨化石［J］．古脊椎动物与古人类，1959，（1）：16～18．

［5］裴文中，吴汝康．资阳人［M］．北京：科学出版社，1957．

［6］贾兰坡．山顶洞人［M］．台北：龙门联合书店，1951．

［7］贾兰坡，盖培，尤玉柱．山西峙峪旧石器时代遗址发掘报告［J］．考古学报，1972，（1）：39～58．

［8］胡厚宣，胡振宇．殷商史［M］．上海：上海人民出版社，2003，14．

［9］谭克宏．巴东发掘出大溪文化墓葬［N］．楚天都市报，2001－12－19（19）．

［10］杜耀西．中国原始社会史［M］．北京：文物出版社，1983，478．

［11］杨学政．原始宗教论［M］．昆明：云南人民出版社，1991，52～53．

［12］林惠祥．中国民族史：下册［M］．北京：商务印书馆，1993，144．

［13］弗雷泽．金枝精要——巫术与宗教之研究［M］．上海：上海文艺出版社，2001，20．

［14］吴天明．原始文化的生存竞争和生殖竞争主题——论原始先民贵壮贱弱弃杀老弱的野蛮习俗［J］．中国文化，2002，（19－20 合刊）：107～116．

［15］小南一郎．中国的神话传说与古小说［M］．孙昌武译．北京：中华书局，1993．

［16］崔瑞德，鲁惟一．剑桥中国秦汉史［M］．北京：中国社会科学出版社，1992，94～95．

［17］司马迁．史记［M］．北京：中华书局，1959．

［18］葛兆光．道教与中国文化［M］．上海：上海人民出版社，1987．

蒙古、突厥语民族狼鹿神话传说

——“蒙古先民以‘鹿’为图腾，‘狼’是突厥人的图腾”说质疑

那木吉拉

《蒙古秘史》一开篇便写道：“成吉思汗的先世，是奉上天之命而生的孛儿帖赤那。他的妻子是豁埃马阑勒。他们渡海（腾吉思水）而来，在斡难河源头的不儿罕山前住下，生下了巴塔赤罕。巴塔赤罕之子，塔马察，塔马察之子豁里察儿蔑儿干……”① 这段文字讲述了成吉思汗所生蒙古部如何从孛儿帖赤那、豁埃马阑勒再生发展的故事。近年苏鲁格先生联系古代蒙古、突厥诸部图腾崇拜，研究孛儿帖赤那、豁埃马阑勒传说，发表了《蒙古、突厥之图腾崇拜再探讨——“蒙古先民以狼为图腾”说质疑》（以下简称《再探讨》）一文。该文借鉴西方图腾理论，基于历史事实，断言“蒙古先民以‘鹿’为图腾，‘狼’为突厥人的图腾”；“突厥以狼为母系之始祖，以鹿为父系之祖，而蒙古人则称狼为父系之始祖，鹿为母系之始祖”。众所周知，理论概括一定要建立在坚实可靠的资料建设之上，离开了这个基础之后，它的生命力就很难维持下去。而且，我想随着时间的推移和人们的认识能力的不断提高，相关理论也会更新或发展。同样是图腾理论也有待提高和完善，因为时代和研究者的不同或者研究对象资料的差异而概括出不同的甚至完全相反的结论。因此，我们在本文中不想落入理论的无休止的争论，而是以文献记载和现代民间鲜活资料为根据，分析《再探讨》一文“蒙古先民以‘鹿’为图腾，‘狼’为突厥人的图腾”和“突厥以狼为母系之始祖，以鹿为父系之祖，而蒙古人则称狼为父系之始祖，鹿为母系之始祖”等说，提出自己不成熟的看法，请苏鲁格先生及各位专家学者批评指正。

一、“蒙古先民以‘鹿’为图腾”说分析

此说的主要依据来自蒙古地区的考古学资料“鹿石”与“方形墓”的文化遗存。作者是这样阐述的：“‘鹿石’与方形墓文化有密切关系，因为在方形墓中发现了‘鹿石’上凿刻的匕首、弓、战斧和弯成扁担状的器物。在某些场合下，‘鹿石’还充当墓墙的角石。方形墓的分布区域与‘鹿石’的分布范围相同，即蒙古、图瓦和外贝加尔地区。人类学家认为，方形墓中被葬者是典型的蒙古人种，属蒙古人种北部部族。既然‘鹿

① 额尔登泰、乌云达赉校勘《蒙古秘史》（第1节），内蒙古人民出版社，1980年版，第1页。明译《蒙古秘史》将“孛儿帖赤那”和“豁埃马阑勒”译为“苍色狼”和“惨白色鹿”，故称此段文字为“苍狼白鹿传说”。

石’与方形墓文化有着直接联系，那就可以断定‘鹿石’是蒙古人种诸部留下来的。这些亦人亦兽的‘鹿石’使我们联想到印第安人的‘图腾柱’，揣情度理，‘鹿石’很可能就是蒙古先民的‘图腾柱’。”[1]

据考古学报告，“鹿石”已采集到500多通。从其风格特征来分析，有早期的和晚期的两种类型。考古学家认为，“鹿石”与青铜器时代有关，最早的可能是公元前8世纪或更早年代的作品[2]。此外，在蒙古国境内分布的“方形墓”(Dörböljin bulaši)，其早期形态应该是公元前8世纪以前已经产生。蒙古国考古学家那旺(Nawang)说，“鹿石”产生年代大约与方形墓晚期形态相当[2]。“鹿石”确实与“方形墓”有关，而且“‘鹿石’是蒙古人种诸部留下来的”；“方形墓中被葬者是典型的蒙古人种，属蒙古人种北部部族”。这也是无可非议的，但如何理解这“蒙古人种诸部”和“蒙古人种北部部族”等概念，这是值得考虑的问题。

我们无须解释“典型的蒙古人种”等概念。但是不宜在“蒙古人种诸部”、“蒙古人种北部部族”和蒙古先民之间简单地划等号。因为《再探讨》一文提出的“蒙古人种诸部”和“蒙古人种北部部族”即“鹿石”和“方形墓”的主人是据考古学家和人类学家们的分析当为公元前8世纪时居住于现今“鹿石”与“方形墓”分布地区的居民。而当时的居民是何等人也，我们无法证实，即使他们是“蒙古人种诸部”或“蒙古人种北部部族”，但也不只是蒙古族的先民，而很可能是现今蒙古、突厥语族民族的共同祖先——操阿尔泰原始语的诸部族。所以，即使是“‘鹿石’是蒙古人种诸部留下来的”，“方形墓中被葬者是典型的蒙古人种，属蒙古人种北部部族”，而且“‘鹿石’与‘方形墓’有关联”，也无助于证明“蒙古先民以鹿为图腾”。当然，“鹿石”与“方形墓”分布区域和现今蒙古族主要居住区域相当，但是对于狩猎和游牧民族来说，游动是正常的，而固定在某一地域是不正常的，也是不可思议的。蒙古高原好比是一个大舞台，很多民族都曾经在这里表演了自己的节目，之后绝大多数都悄然离去，而蒙古族最终成为这一大舞台的主人。但不能因此认为，“鹿石”与“方形墓”的主人就是蒙古人或他们的祖先。蒙古国学者C·杜勒玛指出：“从鹿石分布的地区来看，它是蒙古、突厥诸民族先民的作品。”[3]笔者认为，将蒙古、突厥诸民族共同祖先视为“鹿石”和“方形墓”的主人，可能更接近于事实本身。在此基础上，追溯蒙古、突厥先民的鹿图腾崇拜才是可行的。

其次，神话传说是能够反映原始社会生活的活化石，它们是原始人的思想意识、宗教信仰的载体。尤其是原始人图腾崇拜信仰习俗的大量资料是通过神话传说保留至今的。神话传说等民族民间文学作品显示，对北方诸民族来说，崇拜鹿的民族，并非绝无仅有。比起蒙古先民，突厥语民族拥有更丰富的鹿图腾神话传说。如有一则神话，且称《突厥之先与金角白鹿》：

突厥之先曰射摩舍利海神，神在阿史德窟西。射摩有神异，海神女每日暮，以白鹿迎射摩入海，至明送出，经数十年。后部落将大猎，至夜中，海神女谓射摩曰：“明日猎时，尔上代所生之窟，当有金角白鹿出。尔若射中此鹿，毕形与吾来往，或射不中，即缘绝矣。”至明入围，果所生窟中有金角白鹿起，射摩遣其左右固其围，将跳出围，遂杀之。射摩怒，遂手斩呵唨首领，仍誓之曰，“自杀此之后，须人祭天。”即取呵咻部落子孙斩之以祭也。至今，突厥以人祭纛，常取呵咻部落用之。射摩既斩呵咻，至暮还，海神女报射摩曰：“尔手斩人，血气腥秽。”因缘绝矣。①

这是一则用汉语记录的比较完整的鹿图腾神话故事。这里鹿的神性不言而喻，尤其是将突厥人“上代所生之窟”和“金角白鹿”联系起来，无疑与突厥人鹿图腾神有关。而且，在古代突厥语民族中确实有以“鹿”图腾为名称的部落。如，《北史》卷九九《铁勒传》：“铁勒之先，匈奴之苗裔也，种类最多。自西海之东，依山据谷，往往不绝。独洛河（今图勒河）北，有仆骨、同罗、韦纥、拔也古、覆罗，并号俟斤，蒙陈、吐如纥，斯结、浑、斛薛等诸姓，胜兵可二万。”[4]

铁勒为突厥之一支，《北史》卷九九《铁勒传》称，“其俗大抵与突厥同”[4]。而“仆骨”之名则是突厥和蒙古语的Buqu（鹿）的音译，故“仆骨”当为突厥语民族中的“鹿”部落。古时这个部居住于今蒙古国境内的图勒河以北地区。大概公元9世纪的一份记载突厥史迹的藏文文献中也提到这个部落[5]。我们认为，该部落的名称来自突厥语民族鹿图腾之名，此说亦得到其他史料的支持。在黠戛斯的一通碑铭文中有如下话头：“我打死了七匹狼，我没有打死雪豹和鹿。”据说，在黠戛斯人中，有一个被称为“雪豹”的氏族②。雪豹是黠戛斯一部落的图腾。在黠戛斯人中，同样有一个被称为“鹿”即Buqu（布务）的氏族。关于该氏族的起源，黠戛斯人的后裔柯尔克孜人民间流传的一则叫做《神鹿》的神话传说是这样讲述的：

> 有两个猎人在山上打猎，遇到一鹿群，在鹿群里还有一男一女两个孩童。猎人用弓箭射死了男孩儿，将女孩子带回阿依勒（Ayil，有血缘关系的人们的聚落）。这个女孩长大后嫁给阿依勒的一个小伙子。成亲前她提出两个条件：一是要吃一头母鹿的奶子和它的前胸的一块肉，另一是成亲后，凡要进她毡房的人，都要在门前打个招呼，不许闯入。阿依勒的人们答应了她的条件。于是一个猎人上山打一头母鹿，把它的奶子和前胸的肉割下来给她。姑娘一个人躲在毡房的布幔后面吸了母鹿的奶汁。但是婚后不久，新郎出于好奇，不声不响地突然闯进毡房里，只见屋里没有新娘，而只有一头白色的母鹿。此后妻子离开了他，一年后她给部落抱来一个男孩儿就走掉了。鹿妻留下的男孩儿长大后，娶妻生子，子孙繁衍，发展成今天的布务部落。[6]

从上述文献记载和民间流传的神话传说来看，操突厥语族语言的柯尔克孜族有的部落是以鹿为名，并将自己的起源与母鹿联系起来。民间文化资料显示，黠戛斯人认为他们的女性始祖为阿克马阑勒（Ak-maral，意即“惨白母鹿”）[7]。

黠戛斯人以鹿为图腾的文化传统可追溯到遥远的过去。柯尔克孜族的另一则叫做《鹿为圣母》的神话也讲述了布务氏族的起源：很久以前，柯尔克孜人被他部洗劫，仅

---

① ［唐］段成式《酉阳杂俎》前集卷四《境异》。神话中的“阿史德窟”和“上代所生之窟”都可能指突厥人的发祥地，并与拉施特《史集》所载额尔古涅—昆传说中的“额尔古涅—昆”有关。

② 郭平梁《从坚昆都督府到黠戛斯汗国》，载《西域史论丛》，第2辑，新疆人民出版社，1985年版，第17页。

剩一男一女两个儿童。敌人又准备把他们推下悬崖杀死。此时一个母鹿挽救了两个儿童，并用自己的奶汁喂养他们。这两个儿童长大后结为夫妻，生儿育女。他们的儿子布务巴依与克普恰克（Kibčiaq，13世纪汉文献多译“钦察”，突厥语部落）的女子成婚，遂繁衍为柯尔克孜族的布务部落。所以，部落里的人把鹿奉为圣母[6]。

上述神话传说也说明柯尔克孜人祖先曾以鹿为图腾。而且，该神话的原型是相当古老的。我们知道，在突厥语民族中乌孙、突厥、维吾尔、哈萨克等诸民族都有狼图腾神话传说。这些神话传说中说，有一次突厥（或乌孙、维吾尔、哈萨克等）人打了败仗，惨遭屠杀，唯一男童（或成年男子）幸免于难，敌人又欲杀害他时，一只母狼救助他，并与之交合营生，生儿育女，从而濒临灭绝的部族再生发展①。

经过比较发现，柯尔克孜族的《鹿为圣母》与上述突厥语民族狼图腾神话传说的大多数母题情节是相同的。如，部落战争；一部被打败，并惨遭屠杀；只有一二人幸免于难，被野兽救助、哺养等。因此，《鹿为圣母》的原型是一则比较典型的鹿图腾神话故事。我们是否这样还原其原初形态：黠戛斯人被另一部落打败，并惨遭屠杀，只有一男童幸免于难，敌人又企图把他杀害时，一母鹿来救助该男童，待其成人后与之交合，生儿育女，部族再生。如果说，这个神话原型为母系制社会的反映，那么神话传说中的母鹿是柯尔克孜人的母系始祖。此与柯尔克孜人鹿图腾崇拜是一脉相承的。

当然，突厥人和突厥语民族是不同的概念，但对处于神话时代的原始社会来说，历史上的突厥人和今天的突厥语诸民族先民是操相同语言的一个民族或部族。我们知道，突厥人和黠戛斯之间的关系，比突厥人和其他突厥语民族之间的关系更密切。《周书》卷五十《突厥传》称：突厥人出自匈奴之北索国，其大人称阿谤步，兄弟17人，其一称伊质泥师都。伊质泥师都娶二妻，其一妻一孕生四男。一子建国于阿辅水和剑水之间，号契骨[8]。契骨乃黠戛斯也。所以，突厥人和黠戛斯的鹿图腾实际上是统一的②。

总之，古代突厥人和“鹿”的关系甚为密切。尤其是黠戛斯（柯尔克孜）人以鹿为图腾无疑。而且，黠戛斯的鹿图腾都是表现为母系的，而其氏族以其母系图腾名称命名，说明这些神话所反映时代之久远。因此，与其说在北方民族中蒙古是以鹿为图腾的民族，还不如说突厥、蒙古和满-通古斯等阿尔泰语系诸民族先民皆以鹿为图腾③。而且，阿尔泰语系诸民族中很多部族或族群曾活动于“鹿石”分布的区域。因此，所谓“蒙古先民以‘鹿’为图腾”之说与史不符，从而缺乏说服力。

二、“‘狼’为突厥人的图腾”说分析

论证古突厥先民曾以狼为图腾，须依赖神话传说等上古口承资料。关于古代突厥人

---

① 突厥语民族狼图腾神话传说载于《史记》、《汉书》、《魏书》、《周书》、《北史》等诸汉籍。此外，现代突厥语民族民间亦流传一些活态的狼图腾神话传说。

② 此外，阿尔泰和乌良孩（Uriyianghai）等民族或部族也有崇拜鹿的习俗。

③ 满-通古斯语族诸民族有丰富的鹿图腾神话传说。参见黄任远《通古斯-满语族神话研究》，黑龙江人民出版社，2000年版，第69～71页。

狼图腾神话传说见于诸汉籍和民间口承。经研究发现，这些神话传说出自一个胚胎①。而且其中的“狼”大都是母系氏族始祖。因此，《再探讨》一文提出“‘狼’为突厥人的图腾”说是无可争议的。

笔者认为，蒙古先民与突厥先民一样也以狼为图腾。越来越多的学者认为，突厥与蒙古同属阿尔泰语系，他们拥有共同的祖先和共同的文化根基。拉施特认为：“现今称为蒙古的突厥语部落”“过去就称为蒙古的突厥语部落”[8]。有学者指出，“此绝非儿戏之言，拉施特亦不敢妄自臆造异说”[1]。因此，突厥、蒙古还未分析为语族民族之前或分析为语族民族的过程中的原始宗教中就已经产生狼崇拜或以狼为图腾的文化事象。

《国语》卷一《周语》云：“穆王将伐犬戎，祭公谋父谏曰：‘不可。’……王不听，遂征之，得四白狼、四白鹿以归。”[10]此处“四白狼、四白鹿”绝非是自然界中的狼和鹿，而是指以狼、鹿为图腾的氏族。周穆王大约生活在公元前 10 世纪左右[11]。史又载，穆王攻犬戎，俘五王，迁戎于太原（今甘肃东部邻接陕西的地区）。犬戎是戎族的一支，商周时期游牧于西北地区。他们是以狼为图腾的民族。笔者认为，此“犬”为犬戎语的音译，而非汉语的“狗”。犬，又称昆、绲、畎，此与蒙古语的 Čino～Čion（狼）非常接近。所以，犬戎本身就是一个以狼为图腾的部族。应当说，戎族是操阿尔泰原始语的民族，是突厥、蒙古民族的先民，他们将以狼鹿为图腾的传统传给后人。所以，现在我们看到的蒙古与突厥狼图腾神话极为相近。而突厥狼图腾神话传说较早地被搜集整理，载入史册，而蒙古的则长期以口耳相传，遂发生变异。

其次，随着新的资料的挖掘以及科学研究的深入，蒙古族先民以狼为图腾的痕迹越来越突现，这是大家公认的事实。据《晋书》卷一三一《赫连勃勃传》记一员将领名“叱奴侯提”。从名字分析他是属于叱奴氏的男性[12]。“叱奴”是蒙古语 Čino～Čina 的音译，是“狼”之意。“叱奴”的发音与现代蒙古语的“狼”没有多大变化。说明公元 4 世纪蒙古高原上有操蒙古语的“狼”部落活动。史籍又载，公元 5—6 世纪时的蒙古高原上也有操蒙古语的“狼”部落。《魏书·官氏志》称：鲜卑有“叱奴氏，后改为狼氏。”[13]该项记载非常准确地告诉我们：“叱奴”和“狼”分别是蒙古语 Čino～Čina 的音译和意译。《魏书》卷二《太祖纪》云：登国五年（公元 390 年）九月，“讨叱奴部于囊曲河，大破之。冬十月迁云中”[14]。可见，古代叱奴部的居住地为囊曲河附近，后被迁至云中（今内蒙古托克托县）②。他们被迁之后译姓氏为“狼”。这是部分叱奴人汉化后的结果。《魏书·太祖纪》又载：皇始二年（公元 397 年）二月，“远近流言，贺蘭部

---

① 关于突厥、蒙古狼图腾神话传说的研究，参见洪钧《元史译文证补》（田虎《元史译文证补校注》，河北人民出版社，1990 年版，第 4 页）；韩儒林《突厥蒙古之祖先传说》（韩儒林《穹庐集——元史及西北民族史研究》，上海人民出版社 1982 年版，第 274～295 页）；赵永铣《传说〈化铁熔山〉源流探析》（《内蒙古社会科学》，1988 年第 5 期）；满都呼《蒙古、突厥语族民族族源传说比较凡说》（《民族艺术》，1998 年第 2 期）；呼日勒沙《以图腾理论探讨“孛儿帖赤那”、“豁埃马阑勒”》（《蒙古神话新探》，民族出版社，1996 年版，第 23～48 页）。

② 姚薇元先生说：叱奴氏“魏末又得旧姓，北齐有叱奴世安，周有文宣皇后叱奴氏，开府叱奴兴，是其证”。参见姚薇元《北朝胡姓考》，中华书局，1962 年版，第 225～227 页。

帅附力眷①，纥突邻部帅匿物尼，纥奚部帅叱奴根聚党反手阴馆。……诏安远将军庾岳总万骑，远讨叱奴根等，灭之”[14]。这里的叱奴根也是一个“狼”部落，因为“叱奴根”（Čino-gen）很可能是蒙古语 Čino～Čion 的复数。一般地蒙古氏族名称以单数、复数以及复数词缀的不同形式出现。汉字译写的“叱奴”或“赤那”是其单数形态，而“赤那思”或“叱奴根”则是复数形态。这些部落名称来自图腾之名，可见蒙古先民以狼为图腾，确有其事。

近年来的研究表明，拉施特《史集》所载《额尔古涅-昆传说》的狼图腾神话传说的特质越来越清晰地显露出来[15]。笔者认为，通过挖掘该传说的历史文化内涵，可以再现其狼图腾神话传说的原型。这里除前人发掘的文献和民间口承资料之外还能举出一些资料可资参照。如拉施特《史集》称：察剌合-领昆娶嫂为妻，生二子。一名坚都-赤那（Genddü-Čino），另一名兀鲁克臣-赤那（Üükcin-Čino）。后来由这两个儿子后裔形成两个部落，被称为赤那思（Činos）部落。“赤那思，又称为捏古思，这个捏古思部并非那个古老的捏古思部，除非名称相同外，它们既无任何共同之处，也无任何关系。”②赤那思，又可称为捏古思，反之捏古思又可称赤那思，显然两者是同质的。我们知道，“捏古思”为《额尔古涅-昆传说》中所记最初遁入额尔古涅-昆山谷的两个男人之一，亦指由这个人形成的氏族。因此，我们可以断定，捏古思的原型为狼图腾。此与突厥语民族狼图腾神话传说对比印证。为此，本人已撰文专述，不赘[16]。

总之，狼不仅是突厥语民族先民的，而且也是蒙古先民的图腾。换言之，狼为突厥、蒙古先民共同图腾，只是在随着人类社会从母系制转型为父系制，他们的图腾从母系转化为父系。其中突厥语民族狼图腾的母系始祖特征保留得更晚一些：蒙古族有些部族狼图腾从母系转化为父系始祖更明显，其中有一些部族的转化却晚一些。

三、“突厥以狼为母系之始祖”等诸说分析

笔者认为，“突厥以狼为母系之始祖，以鹿为父系之祖，而蒙古人则称狼为父系之始祖，鹿为母系之始祖”之说，所举史料不可靠，因而仍然缺乏说服力。

《再探讨》一文论证“蒙古先民以‘鹿’为图腾，‘狼’为突厥人的图腾”说，“明确”了一些图腾理论问题，然后回到讨论的主题，自然地推出了狼——突厥和鹿——蒙古两合氏族姻联的故事。蒙古、两合氏族突厥姻联的基础是“突厥以狼为母系之始祖，以鹿为父系之祖，而蒙古人则称狼为父系之始祖，鹿为母系之始祖”。笔者认为，这里又存在一些误区，主要表现仍然是史料支持力度不到位。

首先，分析“突厥以狼为母系之始祖，以鹿为父系之祖”之说。

① 附力眷，“附力”，古突厥语 Böri 的音译，意即狼。Böri 一词在突厥语《阙特勤碑》东面第12行已有著录，其意为“狼”。《通典》卷一九七亦有载录。可见附力眷是崇拜狼的部族。

② ［波斯］拉施特主编，余大钧、周建奇译《史集》第一卷，第一分册，商务印书馆，1983年版，第254～255、301页；第二分册，第28页。

在突厥人图腾神话中，狼大都是母系始祖形象，但也有一些神话中的狼图腾形象为父系始祖。《周书》、《北史》、《通典》、《太平寰宇记》等皆谓“突厥者，盖匈奴别种也”①。《魏书·高车传》言：高车，“其先匈奴之甥也”[17]。这是母系家族繁衍的象征。《新唐书》卷二一七《回鹘传》则曰：“回纥，其先匈奴也，俗多乘高轮车，元魏时亦号高车部。”而《魏书》卷一〇三《高车传》曰：

俗云匈奴单于生二女，姿容甚美，国人皆以为神。单于曰：“吾有此女，安可配人，将以与天。”乃于国北无人之地，筑高台，置二女其上，曰：“请天自迎之。”经三年，其母欲迎之，单于曰：“不可，未彻之间耳。”复一年，乃有一老狼昼夜守台嗥呼，因穿台下为空穴，经时不去。其小女曰：“吾父处我于此，欲以与天，而今狼来，或是神物，天使之然。”将下就之。其姊大惊曰：“此是畜生，无乃辱父母也。”妹不从，下为狼妻而产子，后遂滋繁成国。故其人好引声长歌，又似狼嗥。[16]

该故事显然是针对高车人的祖先而讲述的，这就是说，高车的祖先是匈奴女与公狼交感而生的。这里狼显然是父系始祖形象。此外，在汉籍和古突厥语文献中频繁出现公狼救助突厥人的记载，这些公狼明显是父系始祖形象。所以，不能一概而论“突厥以狼为母系之始祖”。

《再探讨》一文提出突厥“以鹿为父系之祖”之说的证明依据是明王圻《稗史汇编》中的一段话：“一种名突厥，其先乃射摩舍利海神女与金角白鹿交感而生。”笔者认为，该段文字很不可靠，不宜作为支持论点的依据。王圻是明代上海人，主要是在福建、云南、山东、湖北和陕西等地做小官。晚年辞官归乡，筑室于淞江之滨，以著书为事，《稗史汇编》就是在这个时期编写完成的。从王圻的经历来看，他未曾亲临西北突厥、蒙古地区进行调查或搜集资料。他的资料只是来自前代文献，《稗史汇编》这一书名也说明问题。对上述突厥起源的文字而言，显然是根据段成式《酉阳杂俎》相关神话传说编造而成的。其中“突厥”、“射摩舍利海神女”、“金角白鹿”等用语都是直接取自前者。但前者未见“射摩舍利海神女与金角白鹿交感”等内容。《再探讨》一文不顾突厥人或突厥语民族以母鹿为图腾的神话传说的大量资料，却依据王圻编造的“神话”，提出突厥“以鹿为父系之祖”之说，其说服力如何，不言而喻。

其次，分析“蒙古人则称狼为父系之始祖，鹿为母系之始祖”之说。

此说的主要依据可能是《蒙古秘史》所载苍狼白鹿传说。但该传说的神话原型模糊，不足以说明问题。而且，从民间搜集到的神话资料证明蒙古人也称狼为母系之始祖。上世纪初叶，罗卜桑悫丹在《蒙古风俗鉴》一书中记录了这样一个神话故事：从前有猎人在克鲁伦河畔狩猎，一只母狼领着一个年仅 4 岁的男孩在荒野上奔跑。猎人赶走了狼，把小孩领到家里，教给他人类的语言。“狼孩”名字叫做沙鲁（Šalu），能听懂野兽的语言。他从狼的吼声里得知发洪水的消息，让人们躲避灾难[18]。该故事虽然与克鲁伦河、成吉思汗等后世的地名和人物联系起来，但是它的原初形态的发生年代是相当

---

① 《周书》卷五十《突厥传》。又见于《隋书》卷四八《突厥传》、《北史》卷九九《突厥传》、《通典》卷一九七《突厥上》、《太平寰宇记》卷一九四《突厥上》等。

久远的，它是蒙古先民以狼为图腾时代的遗存。据说蒙古国东部喀尔喀地区流传的叫做《Šalo-hu》的故事里出现“狼母召唤被遗弃于荒野之婴儿”的情节母题。这显然与古突厥母系狼图腾神话的情节母题相似。蒙古有的部落摇篮曲有这样的歌词：“Šalai-yin-bubai/Šašildai-yin bubai”[19]。以上 Šalu、Šalo 和 Šalal 三者是同一个词的不同方言词汇，均称指“狼”。因此，Šalal-yin-bubal 实际上就是“狼的孩子”（Činwa-yin-bubal）。从这些故事和富有神话观念的语汇，可以感受到蒙古先民以狼为母系图腾的信息。所以，我们不能贸然提出蒙古人没有狼图腾或没有作为母系始祖的狼图腾。

最后，分析蒙古人“鹿为母系之始祖”之说。

据笔者所知，到目前为止，还没有搜集到蒙古人以狼为父系始祖、以鹿为母系始祖的比较完整的复合动物图腾神话传说。仅依靠《蒙古秘史》所载苍狼白鹿传说的片断记录论证蒙古人以“鹿为母系之始祖”，颇有孤证之感。当然，我们已经搜集到了与古代北方民族有关的狼鹿复合动物图腾神的神话传说资料。如，上文提到的《国语》所记白狼白鹿传说中，或多或少地感受到“狼父鹿母”之神话观念。此外，1972 年，内蒙古杭锦旗阿鲁柴登匈奴墓出土的属于战国晚期的匈奴动物纹饰器中有狼鹿纹银饰牌①；据有关考古学资料，蒙古地区的一些岩画等原始艺术作品中鹿往往与狼在一起[19]；从西伯利亚地区发现的一些“鹿石”上雕刻着鹿和像豹的野兽在一起的画面[2]。此处像豹的野兽也是狼狗之同类。我们把这些搜集到的神话传说以及岩画等造型艺术所表现的神话资料与苍狼白鹿传说综合分析，古代北方民族或部族确实经历过以狼为父系、以鹿为母系之始祖的图腾崇拜时代。但这些资料并不只属于蒙古先民，而是反映了包括蒙古、突厥等民族共同祖先信奉公狼、母鹿复合动物图腾神的文化事象。

总之，“突厥以狼为母系之始祖，以鹿为父系之祖，而蒙古人则称狼为父系之始祖，鹿为母系之始祖”之说是由数个相互间具有内在联系的认识组合而成的理论总结。因而，如果其中一环出现漏洞，将危及整体，从而动摇《再探讨》一文提出的所谓“蒙古、突厥两合氏族姻联”的假设基础。

［原载《中央民族大学学报》2004 年第 3 期］

参考文献

［1］苏鲁格. 蒙古、突厥之图腾崇拜再探讨——“蒙古先民以狼为图腾”说质疑［J］. 蒙古学信息，1995，(4).

［2］那旺. 古代蒙古文物考（蒙古文）［M］. 呼和浩特：内蒙古人民出版社，1992，71～72，73.

［3］C·杜勒玛. 蒙古神话形象（蒙古文）［M］. 海拉尔：内蒙古文化出版社，1998，44～45.

［4］李延寿. 北史·铁勒传［M］. 北京：中华书局，1974，3303，3304.

［5］王尧，陈践. 敦煌吐蕃文献选［M］. 成都：四川民族出版社，1983，164～165.

① 田广金、郭素新：《内蒙古阿鲁柴登发现的匈奴遗物》，载《考古》1980 年第 4 期，参见张景明《匈奴动物纹的特征及相关问题》，载《中央民族大学学报》2003 年第 5 期。

[6] 满都呼. 中国阿尔泰语系诸民族神话故事 [M]. 北京：民族出版社，1997，90～91，89～90.
[7] D·策仁索德诺姆.《蒙古秘史》译注（蒙古文）[M]. 北京：民族出版社，1998，272.
[8] 令狐德棻等. 周书·突厥传 [M]. 北京：中华书局，1971，908.
[9] 拉施特. 史集（第一卷，第一分册）[M]. 北京：商务印书馆，1983，148，249.
[10] 薛安勤，王连生. 国语周语译注 [M]. 长春：吉林文史出版社，1991，3.
[11] 沈起炜. 中国历史大事年表 [M]. 上海：上海辞书出版社，1983，11～12.
[12] 乌其拉图. 叱奴氏的源流（蒙古文）[J]. 内蒙古大学学报，2000，(4).
[13] 魏收. 魏书·官氏志 [M]. 北京：中华书局，1974，3013.
[14] 魏收. 魏书·太祖纪 [M]. 北京：中华书局，1974，23，29.
[15] 满都呼. 蒙古突厥语族民族族源传说比较凡说 [J]. 民族艺术，1998，(2).
[16] 那木吉拉. 传说《化铁熔山》原型重构（蒙古文）[J]. 内蒙古社会科学，2003，(6).
[17] 魏收. 魏书·高车传 [M]. 北京：中华书局，1974，2307.
[18] 罗卜桑悫丹. 蒙古风俗鉴（蒙古文）[M]. 呼和浩特：内蒙古人民出版社，1981，247.
[19] 呼日勒沙. 蒙古神话新探（蒙古文）[M]. 北京：民族出版社，1996，32.

西王母神话的本土渊源

刘宗迪

西王母的故事在中国神话乃至中国宗教中具有重要的地位，由西王母演变而来的西华金母更是道教神谱中一位地位显赫的女神，民间世俗信仰中的王母娘娘也是由西王母演变而来的。

历来学者关于西王母的研究甚火，大都认为西王母神话源于西域，或认为西王母源于西方神话，或认为西王母是西方一母系部落或方国的酋长或女神。虽然对西王母的具体神格尚存在诸多争论，但西王母“西方说”却似乎已经铁案如山，虽偶有学者试图想翻案①，在东方寻找西王母信仰的根源，终因势单力孤，声音微弱，响应寥寥。

表面看来，西王母既然称为“西”王母，自然就应当处于西方，因此，到西方寻求西王母神话的来历，可谓顺理成章。然而，此说实想当然尔。盖所谓东、西、南、北，本属相对而言，何方为东，何方为西，全视说话者所在地而定。西王母神话起源甚早，其时或尚无如后来那样幅员辽阔的天下观，其时所谓“西”，相对于后世辽阔的“中国”的版图而言，可能恰恰在于“东”。后人不察，想当然地以后世地理比拟上古地理，因此，就把原本可能是东方神话的西王母搬到遥远的西域去了。因此，要考定西王母究在何方，首要的是要了解记载西王母神话的早期文献的地域文化渊源。

西王母一名，见于先秦典籍者，以《山海经》为最古。《山海经》中的《西山经》、《海内北经》、《大荒西经》诸篇皆有关于西王母的叙述，而以上诸篇，又以《大荒西经》先出，故考索西王母神话的源头，应以《大荒经》为本[1]。

记载西王母的《大荒西经》处于《大荒经》世界的西方，是对大荒世界西方景观的描述。自古以来，学者们皆相信《山海经》的地理范围涵盖中国九州，而《大荒经》则是对九州周边荒服遐域的描述，既然西王母见于大荒世界的西方，那么，断定其为西方之神不是有充分的根据吗？实际上，《大荒西经》中关于西王母的记载，确系西王母西来说的最初源头。

但是，这一说法要能成立，首先要证明，《大荒经》所勾勒的地理范围就是古代中国人心目中的天下地理，也就是说，《大荒经》所谓的东、西、南、北四荒就是古人心目中环绕于中国之外的四方荒服之地，惟其如此，才能断定《大荒西经》所写照的西方就是中国的西方，进而才能断定，《大荒西经》中的西王母就是处于中国西方的西王母。那么，《大荒经》的地理范围和位置究竟如何呢？

---

① 翁银陶：《西王母为东方刑神考》，《民间文学论坛》，1985 年第 1 期；吕继祥：《关于西王母传说起源地的探索》，《民间文学论坛》，1986 年第 6 期。两文力倡西王母源于东方说，但其理据多不足为训。

一、由《大荒经》看西王母神话的地域渊源

(一)《大荒经》世界的范围

荒者，荒蛮渺远之谓也，《禹贡》五服，荒服最远，故所谓“大荒经”，顾名思义，就是关于四方荒远之地山川方国、方物人情的描述，果如是，《大荒经》所涉及的地理范围必极为辽阔广袤，古往今来的读者确对这一点深信不疑。尽管对于《大荒经》中的某些地名具体指何地聚讼纷纭、迄无定论，但人们莫不把《大荒经》视为对九州之外遐域异类、异国风情的写照和传闻，从古代的郭璞、毕沅、吴承志、郝懿行诸家，到现代的蒙文通、顾颉刚、徐旭生、谭其骧诸贤，一直都孜孜不倦地试图把《山海经》地理与九州地理相印证。《大荒经》涵盖了古人心目中的天下地理，这早已成为不言而喻的常识，从来没有人想起来问过，《大荒经》说的果真是九州地理吗？它的地域范围果真有这么大吗？

其实，《大荒经》世界很小，小到只有方圆百里。

要了解《大荒经》的地理范围大小并不难，《大荒经》本身就给我们留下来确凿可凭的线索，惜乎古往今来的读者，为“大荒”一名所误，对这些明显可见的线索一直视而不见。

《大荒经》记载了东、西方的七对日月出入之山。七座日出之山分别叫做大言、合虚、明星、孽摇頵羝、鞠陵于天、猗天苏门、壑明俊疾，皆见《大荒东经》，七座日入之山分别叫做方山①、丰沮玉门、龙山、日月山、鏖鏊钜、常阳之山、大荒之山，皆见《大荒西经》。

这七对日月出入之山分列《大荒经》之东、西方，遥相对应，实在引人瞩目。清代学者陈逢衡指出，《大荒东经》的七座日月所出之山和《大荒西经》的七座日月所入之山，是古人在其居住地东、西方选定用来标识时节的标志物[2]。例如，太阳处于从南数起的第一座山峰与第二座山峰之间，就是一月；当太阳移动到第二座与第三座之间时，就是二月，依此类推，当太阳移动到最北端的山峰时，就是夏至，太阳由此掉头向南回归，下半年从此开始，当晨昏日出日落之时，太阳处于从北数起的第一座与第二座山峰之间时，就是七月，当太阳移动到第二座与第三座山峰之间时，就是八月，依此类推，直到太阳移动到最南端的山峰时，就是冬至，一个回归年结束了，太阳由此又向北回归，从此开始了万象更新的新一年[3](P27)[4](P52)。此种根据地面标志物观日出日落方位以定时节和月份的方法简便易行，经验丰富的老农至今仍能行之。

《大荒经》中的四荒经中还分别记载了四座四极之山，即东极之山“鞠陵于天”、西极之山“日月山”、南极之山“去痓”、北极之山“天柜”，四极之山用以确定东、西、南、北的方位基准，而方位基准是准确进行天文观测的基本前提。宋代学者王应麟云：“作历之法必先定方隅，验昏旦，测时气，齐晷刻，候中气。又验之以农事之早晚，物类之变化，然后中气可得而定。中气既定，然后闰余可得而推。”(《玉海·卷十》)定方

① 按：《大荒西经》云：“西海之外，大荒之中，有方山者，上有青树，名曰柜格之松，日月所出入也。”因方山处西方，不当为日出之地，故“入”字当为衍文。

隅，即确定四方基准是观象授时之首务。《大荒经》中就有关于方位基准的系统记载，这就是其中的四极之山。

这四极之山和七对日月出入之山一道，就形成了一个完整的天文观测坐标系①。

总之，《大荒经》写照四方群山，旨在建构一个基于大地的天文观测坐标系统，这个系统是古人仰观天象的依据。在尚无望远装置的上古时代，这个系统要能够有效地发挥观测坐标的作用，构成这个系统的山峰，必须在人的肉眼视力所及的范围之内，也就是说，观象者立于“大荒”世界中央的观测点上，举目四望，这些山峰都在他的视野之内，如果看不见，自然也就丧失了作为观测坐标的作用。

这就等于说，《大荒经》“四荒”，其广袤不会超出人的目力所及，就算古人视力再好，古代的空气能见度再高，其视野范围也不会超过方圆百里吧！也就是说，《大荒经》中的那些山川风物不过是方圆百里之内的地形而已，远远扯不到九州，更谈不上四荒或海外。这个结论与传统的观点大相径庭。

（二）《大荒经》世界所处的方位

那么，这个方圆百里的《大荒经》世界究竟在何方？只有解决了这一问题，我们才能知道《大荒经》中的西王母究属何方神圣。

时代渺远，文献不足，要准确判定《大荒经》所描写的山川景观究竟在何方，自然是不可能的，而且我们根本就不应奢望先秦史籍中会有对这个撮尔之邦的地理记载。不过，我们可以通过分析《大荒经》中有关记载的文化内涵，大致推定其所属地域。

1. 由《大荒经》的历法制度看其产生的地域

《大荒经》中有关于四方神和四方风的记载：

> 有人名曰折，东方曰折，来风曰俊，处东极以出入风（《大荒东经》）。
>
> 有神名曰因，南方曰因，来风曰民，处南极以出入风（《大荒南经》）。
>
> 有神名曰夷，西方曰夷，来风曰韦，处西北隅以司日月之长短（《大荒西经》）。
>
> 有人曰鹓，北方曰鹓，来风曰狻，是处东北隅以止日月，使无相间出没，司其短长（《大荒东经》）。

胡厚宣先生早在1941年就发现《尚书·尧典》中的四方之人其实就是《大荒经》中的四方神，而且同样的四方风和四方神体系也完整地载于殷墟卜辞[5]，胡氏以及随后其他学者的相关研究证明，四方风和四方神的名号最初取义于春、夏、秋、冬四季，四方神和四方风分居《大荒经》世界的四方，其实就是表示春、夏、秋、冬四时，四方风其实就是四时风。以风纪时，反映了根据季候风现象区分季节的物候历制度。不同的时节，风的风向、风力和湿度各不相同，可以导致干旱、多雨、暑热、寒冷等不同的气象条件和水土、禽兽、昆虫、草木等不同的物候变化，这种现象，在气象学上，就被称为“季候风”。古人生产生活与气象息息相关，因此，很早就认识到季候风与物候之间的关系了。《管子·版法解》云：“万物尊天而贵风雨，……所以贵风雨者，为其莫不待风而动，待雨而濡也。”《周易·说卦传》云：“桡万物者，莫疾乎风。”《易纬乾坤凿度》卷

① 关于《大荒经》与天文观测的关系，详见拙文《〈山海经·大荒经〉与〈尚书·尧典〉的比较研究》，《民族艺术》，2002年第3期。

下郑玄注引《万形经》云："风者，天地之大信。"[6](P113) 季候风总是在每年大致相同的时节如期而至，带来寒暑交替、季节转换的消息，故可根据季候风现象标示季节和节令①。

风"养物成功"，农事丰歉与风息息相关，因此，这种观风纪时的物候历肯定渊源甚古，与农耕的历史相始终。根据《左传》的记载，这种习俗可以追溯到少皞时代。《左传·昭公十七年》记的郯子之言云：

我高祖少皞挚之立也，凤鸟适至，故记于鸟，为鸟师而鸟名。凤鸟氏，历正也；玄鸟氏，司分者也；伯赵氏，司至者也；青鸟氏，司启者也；丹鸟氏，司闭者也。

少皞以凤鸟为历正，在殷墟卜辞中，"凤"与"风"是同一个字，凤鸟为历正，也就意味着候风纪时。在传说中，用于候风的器具相风恰恰是由少皞之母发明的。《拾遗记》卷一云：

少昊以金德王，母曰皇娥。……帝子与皇娥泛于海上，以桂枝为表，结薰茅为旌，刻玉为鸠，置于表端，言鸠知四时之候，故《春秋传》曰"司至"是也。今之相风，此之遗象也。

"结薰茅"为旌，即连缀茅絮于竿首，茅絮随风飘动，据以即可观察风向和风力，其实就是风信旗或风向标的雏形。而"刻玉为鸠"，则开后世铸铜或刻木为候风鸟的先河。汉代宫殿上就有候风铜鸟②，唐《开元占经》中则有对候风鸟制作和使用方法的准确记载[7]。

四方风纪时系统，既见于《大荒经》，又见于殷墟卜辞，而其渊源可以远溯到少皞时代，三者一脉相承，也暗示了《大荒经》与东方的殷商文化和东夷文化之间的地域文化渊源。《大荒经》是东夷文化的产物，此一证也。

2. 由《大荒经》中的先王谱系看其产生的地域

《大荒经》中记载了一系列古史传说中的先王（神）谱系，这一神谱体系也体现了鲜明的东夷文化的特征。

古史传说中的五帝几乎都出现在《大荒经》的神谱中，凡有黄帝、帝喾、少皞、颛顼、帝尧、帝舜、帝俊等，其中出现频率最高、地位最为显赫的是帝俊。

帝俊：帝俊为《大荒经》中的至高神，他在《大荒经》中具有至高无上的地位，这主要体现在以下两个方面：第一，帝俊是《大荒经》诸族之始祖，也就是说，帝俊是

---

① 屡见典籍记载的四风、八风乃至十二风系统，实际上就是源于以风记时的风历或物候历。《易纬通卦验》言之甚明：立春调风至，春分明庶风至，立夏清明风至，夏至景风至，立秋凉风至，秋分间阖风至，立冬不周风至，冬至广莫风至。

② 《三辅黄图》卷四记载："汉灵台，在长安西北八里，汉始曰清台，本为候者观阴阳天文之变，更名曰灵台。郭延生《述征记》曰：'长安宫南有灵台，高十五仞，上有浑仪，张衡所制。又有相风铜乌，遇风乃动。'一曰长安灵台上有相风铜乌，千里风至，此乌乃动。又有铜表高八尺，长一丈三尺，广尺二寸，题曰太初四年造。"灵台为观象测天之处，宜其设相风于其上也。另据张衡《西京赋》："凤骞翥于甍标，咸溯风而欲翔。"薛综注："谓作铁凤凰，令张两翼，举头敷尾，以函屋上，当堂中央，下有转枢，常向风，如将飞者也。"

《大荒经》古史系统的人类始祖；第二，帝俊之族为《大荒经》历法制度和文化制度的创始者，也就是说，帝俊是《大荒经》古史系统中的造物之神。帝俊是“大荒”中许多方国的始祖，这些方国包括《大荒东经》的中容之国、司幽之国、白民之国、黑齿之国，《大荒南经》的三身之国、季厘之国、羲和之国，《大荒西经》的西周之国，凡八“国”。帝俊之名，除了《大荒经》，不见于任何先秦典籍，其实，他就是古史传说中的帝舜或者帝喾，帝俊、帝舜和帝喾之关系，前人如郭璞、毕沅、郝懿行、王国维、郭沫若、陈梦家、袁珂、杨宽、刘起釪等多有论述，此不赘引。帝舜和帝喾也见于《大荒经》，其中，以帝舜为祖的方国有《大荒东经》的“摇民”和《大荒南经》的“载民之国”二国。则《大荒经》中帝俊之后凡十国，由其支脉之众多，可见其在《大荒经》世界中地位之显赫。

此外，《大荒南经》有“俊坛”，《大荒北经》有“帝俊竹林”，《大荒东经》云：“有五采之鸟，相乡弃沙。惟帝俊下友。帝下两坛，采鸟是司。”“帝下两坛”亦帝俊之坛，“俊坛”和“帝俊竹林”当为奉祀帝俊之所，由《大荒经》世界中处处可见奉祀帝俊之所，亦可见帝俊地位之高尚。

在《大荒经》后有《海内经》一篇，它应当也属于《大荒经》，作为“中荒经”与东荒经、南荒经、西荒经、北荒经四篇组成一个整体。《海内经》最后一段专述诸般文物之来历，其中，许多造物者都是帝俊的后裔，诸如“始以木为车”的吉光、“为琴瑟”的晏龙、“始作牛耕”的叔均、“始为歌舞”的才子八人、“始作下民百巧”的巧倕。可见，在《大荒经》世界的古史系统中，帝俊的地位确实非同小可，他既为众族肇基，又为人文初祖。

帝俊即帝舜，而舜为东方之人。舜居东方之说，屡见典籍。《墨子·尚贤中》云：“古者舜耕历山，陶河滨，渔雷泽，尧得之服泽之阳。”《孟子·离娄下》：“舜生于诸冯，迁于负夏，卒于鸣条，东夷之人也。”赵岐注：“诸冯、负夏、鸣条，皆地名，负海也。在东方夷服之地，故曰东夷之人也。”《韩非子·难一篇》云：“历山之农者侵畔，舜往耕焉，期年甽亩正；河滨之渔者争坻，舜往渔焉，期年而让长；东夷之陶者器苦窳，舜往陶焉，期年而器牢。”《史记·五帝本纪》即综合诸家之说云：“舜耕历山，渔雷泽，陶河滨，作什器于寿丘，就是于负夏。”雷泽，《集解》引郑玄说即兖州泽，《正义》引《括地志》云在濮州雷泽县；河滨，《集解》引皇甫谧说在定陶，寿丘，《集解》引皇甫谧谓在鲁北门；负夏，《集解》引郑玄说为卫地。总之，舜之诸地皆在今山东一带，则舜为“东夷之人”明矣。又，舜后居地皆在东方，《国语·鲁语下》云：“昔武王克商，……肃慎氏贡楛矢、石砮，其长尺有咫。先王欲昭其令德之致远也，以示后人，使永监焉，故铭其栝曰‘肃慎氏之贡矢’，以分大姬，配虞胡公而封诸陈。”《左传·昭公八年》亦云：“自幕至于瞽瞍，无违命。舜重之以明德，置德于遂，遂世守之。及胡公不淫，故周赐之姓，使祀虞帝。”《史记·陈杞世家》云：“陈胡公满者，虞帝舜之后也。……舜已崩，传禹天下，而舜子商均为封国。……至于周武王克殷纣，乃复求舜后，得妫满，封之于陈，以奉帝舜祀，是为胡公。”索隐云：“商均所封虞，即今之梁国虞城是也。”陈，今豫东淮阳县；虞城，即今鲁豫之交的虞城；遂国，在今肥城南境、汶河北岸，即《左传·庄公十三年》所云“齐人灭遂而戍之”者[8]。

总之，帝舜或者帝俊为东夷之人，当无疑义，帝俊为《大荒经》之主神，此《大荒经》出于东夷文化之又一证①。

颛顼：《大荒经》另一位“头面人物”是颛顼，他出现的次数比帝俊还多，他是数个方国和重要人物的始祖，如《大荒南经》的“季禺之国”、“颛顼国”，《大荒西经》的“淑士”国、始作乐风的“太子长琴”、绝天地通的“重”和“黎”、“行日月之行次”的“噎”、不死的“三面之人”，《大荒北经》的“叔歜国”、“中辐”、“苗民”。

颛顼的居地亦在东方。《史记·五帝本纪》曰：“帝颛顼高阳者。”集解引皇甫谧云：“都帝丘，今东郡濮阳是也。”据《左传·昭公十七年》：“卫，颛顼之丘，故曰帝丘。”杜预注：“卫，今濮阳县。其城内又颛顼之冢。”今本《竹书纪年》亦云：“帝颛顼高阳氏：元年帝即位，居濮。”颛顼居卫，显系东方民族，实际上，《大荒东经》所谓“东海之外大壑，少昊之国，少昊孺帝颛顼于此弃其琴瑟。”即足以证明在《大荒经》古史系统中，颛顼与少皞一系。又，《左传·昭公八年》云：“陈，颛顼之族也，……自幕至于瞽瞍无违命，舜重之以明德，寘德于遂。遂世守之。及胡公不淫，故周赐之姓，使祀虞帝。”陈既为颛顼之族，又为虞舜之后，则舜、少皞、颛顼实一脉流传，固属东方民族②。

东方之神颛顼频见《大荒经》，此《大荒经》出自东夷文化又一证。

少皞：除帝俊和颛顼之外，少皞也是《大荒经》世界中的显要之一，《大荒经》所反映的四方风制度与少皞“以凤鸟为历正”的习俗息息相关。另外，《左传》称少皞以鸟名官，这反映了少皞所属的东夷文化区以鸟为图腾的风习，东夷以鸟为图腾的风习也在《大荒经》中留下了明显的印记。《大荒经》中，不仅地位显赫的四方神皆作人鸟之像，人首鸟身或鸟首人身的鸟人形象在其中比比皆是，其中既有如羽民国、讙头国、毕方鸟等人面鸟身的异人，也有鸟氏、咸鸟等以鸟为名的族类；既有为帝俊司神坛的五彩鸟，也有为西王母取食的三青鸟；既有带来吉祥的鸾凤，也有带来灾祸死亡的怪鸟；神

---

① 因周时有虞国在河东，故有舜居河东之说，舜的地望因此横生枝节。《史记·五帝本纪》“虞舜”，《索隐》云：“虞，国名，在河东太阳县。”《五帝本纪》又云：“舜，冀州之人也。”《正义》云：“蒲河东县，本属冀州。宋《永初山川记》云：‘蒲坂城中有舜庙，城外有舜宅，及二妃坛。’”《集解》引郑玄云舜耕之历山在河东。曾巩《齐州二堂说》云：“以予考之，耕稼陶渔之初，当同时，则地不宜相远，……图记皆谓齐之南山为历山，舜所耕处，故其城名历城，盖信然也。”杨宽先生《中国上古史导论》云舜都蒲坂之说，乃因周时河东之虞国而附会，《左传·昭公元年》载子产之说：“昔高辛氏有二子，伯曰阏伯，季曰实沈，居于旷林，不相能也，日寻干戈，以相征讨。后帝不臧，迁阏伯于商丘，主辰。商人是因，故辰为商星。迁实沈于大夏，主参，唐人是因，以服事夏、商。其季世曰唐叔虞。当武王邑姜方震大叔，梦帝谓己：‘余命面子曰虞，将与之唐，属诸参，而蕃育其子孙。’及生，有文在其手曰虞，遂以命之。及成王灭唐，而封大叔焉，故参为晋星。”似周时之虞国确为唐虞之后，但子产之说，显系世俗口耳相传之故事，不足为典据。周时之虞国除了名称与虞舜之虞巧合外，毫不相干。至于河东之舜庙、舜宅之类，则显系虞舜传说流行其地之后，好事者之捏造拟构。《史记·五帝本纪》正义又有历山在随州、舜居姚城在越州余姚县之说，皆属民间因地名偶合而编造之风物传说，更无需深辨矣。

② 因记载中有颛顼居若水云云，致使关于颛顼载地之说横生枝节，以颛顼为西方之族，不足为训，说来话长，容另文详之。

坛上栖息有青鸟、琅鸟、玄鸟、黄鸟等珍禽，昆仑上飞翔着戴蛇践蛇的凤凰、鸾鸟；所载方国，屡言其“使四鸟”，……整个《海经》古图中到处是羽类荟萃、凤飞鸾舞，俨然是一幅神鸟翔集的壮观画卷。《海经》古图这样一幅羽类纷呈的画卷，只能是东方鸟夷即帝俊—少皞—殷商文化的产物。

炎帝、黄帝、祝融等：这些在古史传统中鼎鼎有名的“先王”，亦莫非源于东方文化，对此，学者已多有阐发①。由于其在《大荒经》中地位远无帝俊、颛顼、少皞那样煊赫，为省枝蔓，此不具论，以上所述，即足以表明《大荒经》与东夷文化的渊源。

综上所述，《大荒经》所描述的地域范围只是肉眼视力所及的范围，其地理中心在东不在西，属于东夷文化区。这就意味着，《大荒经》中的西王母，虽见于《大荒西经》，居于大荒世界的西方，这个“西方”却只是这个东方百里之邦的西方，是“东方”的西王母，而不是住在渺远西荒的西王母。这东方的女神，之所以成了西方的王母，是因为人们对《大荒经》的地理范围疏于考究，望文生义，想当然地把《大荒经》与华夏地理观念中的四荒混为一团，认为《大荒经》版图笼罩九州，磅礴四海，于是，原本居于东方崇山中的西王母，就被用乾坤大挪移之法搬到了西方峻岭之中。

西王母就是这样从一个地方性的东方女神摇身一变成为一个神秘的西方女神，于是，就有了西王母“西来说”这一千古迷误，这一迷误两千多年来不仅一直诱使着人们在西方世界上下求索，追寻西王母神话的发祥地，而且也鼓动着人们在西方世界为西王母筑祠修庙，于是，西王母果真在西方“安家落户”了，这个背井离乡的女神乐不思蜀，错认他乡是故乡，而西王母“西来说”遂由理想变成现实，由谬误变为真理，可谓铁案如山，毋庸置疑。

现在，我们既然揭露了西王母神话“西方说”“无中生有”的来龙去脉，那么，古往今来一切在西方求索西王母神话渊源的学术努力也就变成白日说梦，不攻自破了。

---

① （1）关于炎、黄皆东方民族之神，参见吕思勉：《神农与炎帝、大庭》、《炎黄之争考》，载《吕思勉读史札记》，上海：上海古籍出版社，1982年；王献唐：《炎黄氏族文化考》，济南：齐鲁书社，1985年；杨宽：《中国上古史导论》，载《古史辨》第7册（上），上海：上海古籍出版社，1982年；叶林生：《古帝传说与华夏文明》，哈尔滨：黑龙江教育出版社，1999年；温玉春：《黄帝氏族起于山东考》，《山东大学学报（哲学社会科学版）》，1997年第1期；景以恩：《炎黄虞夏根在海岱新考》，《管子学刊》，1997年第3期；景以恩：《齐鲁炎黄族探源》，《管子学刊》，1998年第4期；张为民：《黄帝族源东夷说》，《东方论坛》，2001年第2期。按：时下炎黄二帝源于西方之说，颇为流行，其说盖肇自傅斯年《夷夏东西说》，徐旭生《中国古史的传世时代》承之。考其以炎黄出自西方的最有力证据，无非《国语·晋语四》所谓“昔少典娶于有蟜氏，生黄帝、炎帝。黄帝以姬水成，炎帝以姜水成。”此文实不足以证明炎帝出自西方，说颇烦，亦容另文详论。

（2）关于祝融为东方之神，参见杨宽：《中国上古史导论》，载《古史辨》，第7册（上），上海：上海古籍出版社，1982年；叶林生：《古帝传说与华夏文明》，哈尔滨：黑龙江教育出版社，1999年；萧兵：《楚辞文化》，北京：中国社会科学出版社，1990年；李学勤：《论祝融八姓》，《江汉论坛》，1980年第2期；李惑之：《试论楚先祖祝融谱系》，《江汉考古》，1988年第1期；何幼琦：《论祝融及其后“八姓”》；沈建华：《由出土文献看祝融传说之起源》，《东南文化》，1998年第2期。

二、由汉代西王母信仰的传播和分布看西王母神话的地域渊源

(一) 西汉末年的“传西王母筹”民众运动

神是人的造物，但是，人并不能凭空捏造出诸神的形象，神话背后都有深邃的宗教信仰作为观念和习俗背景，神正是一种宗教在其形成和发展过程中创造出来的偶像，信徒们用这种偶像将宗教社会的价值和理念形象化具象化，使之得以最直观最生动最感人的体现。西王母是一位被中国人长期崇拜和传颂的女神，这样一位声名煊赫、地位崇高的女神不可能是小说家无缘无故的幻想和捏造，而肯定有其深厚的民俗和宗教文化背景。要真正理解西王母神话的文化内涵，彻底揭示西王母神话起源的奥秘，就必须发掘这种神话发源于其中又在其中得以发扬光大的那种民俗和宗教文化背景。

西王母神话在先秦文献中就已见诸记载，说明对西王母的信仰和崇拜在那时业已深入人心了，但也许是由于这种信仰固有的民间性和鄙俚性，关于其信仰的具体情况的记载在先秦文献中皆付阙如。西王母信仰第一次浮出民间引起上层社会的震荡并因而被载入史册是在西汉末年。西汉哀帝年间，由于连年大旱，民不聊生，酿成了震动京师的大规模流民运动，而这种流民运动是以“传西王母筹”的形式出现的。《汉书·哀帝纪》云：

> (建平) 四年春，大旱，关东民传行西王母筹，经历郡国，西入关至京师，民又会聚祠西王母，或夜持火上屋，击鼓号呼相惊恐。

《汉书·天文志》云：

> (哀帝) 建平……四年正月、二月、三月，民相惊动，讙哗奔走，传行诏筹，祠西王母，又曰：“纵目人当来。”

《汉书·五行志》云：

> 哀帝建平四年正月，民惊走，持槁或棷一枚，传相付与，曰行诏筹。道中相过逢多至千数，或被发徒践，或夜折关，或踰墙入，或乘车骑奔驰，以置驿传行，经历郡国二十六，至京师。其夏，京师郡国民聚会里巷阡陌，设张博具，歌舞祠西王母。又传书曰：“母告百姓，佩此书者不死。不信我言，视门枢下，当有白发。”至秋止。

三者所记为同一事件，足见此事之轰动一时。

一种信仰可能在民间社会长时期默默涵养滋生，而不会引起上层社会的注意，但一旦下层民间社会因受大规模的天灾或战乱的扰动而瓦解，这种原本默默无闻的信仰就会因其为衣食无靠的灾民提供了精神上的寄托和社会上的归依而迅速传播，从而爆发为剧烈的宗教运动，撼动现实社会秩序，成为惊动朝野的政治事件，而蛰伏草泽的野心家也会借势而起，成为弥赛亚式的“教主”或起义领袖。汉建平四年的“传西王母筹”事件就是这样一次典型的民间宗教运动，这样一次大规模的宗教运动，绝非一朝一夕之功，其信仰必然已经在民间经过了长期的酝酿和传播。

由上面的叙述可以看出，在“传西王母筹”运动兴起之初，这种运动还只是被汉代上流社会视为威胁社会秩序的社会动乱现象，后来，王莽为了给自己居摄篡汉寻求根

据，遂将这次“传西王母筹”运动视为预兆元后女主摄位的瑞应，《汉书·元后传》云：

> 莽又欲改太后汉家旧号，易其玺绶，恐不见听，……于是冠军张永献符命铜壁，文言“太皇太后当为新室文母太皇太后”。莽乃下诏曰：“予视群公，咸曰‘休哉！’其文字非刻非画，厥性自然。予伏念皇天命予为子，更命太皇太后为‘新室文母太皇太后’，协于新故交代之际，信于汉氏。哀帝之代，世传行诏筹，为西王母共具之祥，当为历代母，昭然著明。予祗畏天命，敢不钦承！谨以令月吉日，亲率群公诸侯卿士，奉上皇太后玺绂以当顺天心，光于四海焉。”

民间的西王母崇拜因新莽的提倡而名正言顺，到东汉时代已遂蔚然成风，并得到上流社会的热烈响应，出土的东汉画像石中大量的西王母画面就是明证。

现在发现的西王母图像，除少数属西汉末期之外，均属东汉时期，主要分布于山东、苏北、河南、四川、陕北等地区[9](P2)，其分布非常集中，如在山东和江苏主要集中于两省交界的鲁西南和苏北地区，在河南则主要集中于南阳和洛阳地区，其中尤以鲁西南最为密集，其次则是四川的成都平原。而最早的道教教团太平道和五斗米道恰恰是活动于这两个地区[10](P81)。

西王母画像的地区分布与东汉道教策源地的吻合当然不会是偶然的巧合，西王母在道教神谱中占有重要的地位。这种吻合现象表明，西王母崇拜从一开始就与原始道教难分难解。

原始道教即神仙道教，源于东方燕齐之地，秦皇汉武所笼络的神仙方士都是来自这一地区，而来自齐地者尤众①，最早的原始道教运动即东汉末年的太平道起义也主要以这一地区为根据地。《汉书》云：“关东民传行西王母筹，经历郡国，西入关至京师。”“关东”指函谷关以东地区，包括今河南、山东等地区，“传行西王母筹”的方向自东向西，就暗示了西王母信仰的传播方向。西王母信仰的这种自东向西的流动，同时也是西王母信仰的自下向上、自民间向上层社会的流动，正是西汉末年西王母筹西入关传入长安，才使这种原本只是在东方悄然滋生的信仰引起京师的上流社会的震动，并经新莽朝的认可而在东汉时代广泛地传播开来。由此足见，中国境内的东部而不是中国境内的西部或中国之外的西域才是西王母信仰的原发地，西王母信仰是自东向西传播的，而不是像人们通常认为的那样是来自遥远的西方“西王母之邦”，而在这种信仰于西汉末年向西传播之前，必定在其原发地经过了漫长的酝酿时期。

实际上，最早记载西王母崇拜的诸子文献正是齐人的作品《管子》，其《轻重己》云：“以春日至始，数九十二日，谓之夏至，而麦熟。天子祀于太宗，其盛以麦。麦者，谷之始也。宗者，族之始也。同族者人（入），殊族者处。皆齐，大材，出祭王母，天子之所以主始而忌讳也。”“王母”当即西王母，《管子》书主要是田齐时代稷下学人言论的汇集，夏至祭王母，这可能是战国时代东方西王母崇拜所留下的唯一确凿可凭的文献线索。

值得注意的是，《管子》称之为“王母”，这或者是意味着最初“王母”之前并无“西”字，“王母”之前被冠以“西”字而变成西王母是人们将王母误解为西方之人的结

---

① 参见《史记·秦始皇本纪》、《孝武本纪》、《封禅书》和《汉书·武帝纪》、《郊祀志》。

果。迄至汉代，尽管传世文献中和出土文物（如画像石、铜镜）中多见“西王母”之名，但也不乏不冠以“西”字而单称“王母”者。《易林》繇辞屡言西王母，如下述数辞：

稷为尧使，西见王母，拜请百福，赐我嘉子。（坤之噬嗑）

患解忧除，王母相予，与喜俱来，使我安居。（蒙之巽）

引髯牵须，虽拘无忧，王母善祷，祸不成灾。（讼之需）

弱水之西，有西王母，生不知老，与天相保。行者厄殆，利居善喜。（讼之泰）

戴尧扶禹，松乔彭祖，西遇王母，道路夷易，无取难者。（讼之家人，师之离，损之离）

中田膏黍，以享王母，受福千亿，所求大得。（小畜之丰）

金牙铁齿，西王母子，无有祸殃，候舍陟道，别来不久。（小畜之大有）

驾龙骑虎，周遍天下，为神人使，西见王母，不忧危殆。（临之履）

西逢王母，慈我九子，相对欢喜，王孙万户，家蒙福祉。（鼎之萃）

“西王母”和“王母”兼称。《易林》其书为民间占卜所用，其繇辞语义浅显直白，当系仿自当时的民间谣谚，由其中西王母屡称“王母”，可知“王母”之称流行于汉世。其实，直到近、现代，民间教典和小说戏剧中，对西王母流行的称呼仍是“王母”或者“王母娘娘”，而不是“西王母”。当然，仅凭这种称呼并不足以证明王母非西来，但即此却可见西王母西来说在民间社会从来就没有深入人心。

对西王母的信仰和崇拜仪式在汉代就已经深入人心，广为流行。很难相信，这样一种对华夏民间社会和上层政治发生了深刻影响的信仰会毫无本土渊源，完全是遥远的西方一个来历不明、虚无缥缈的神话所引发。西王母神话与信仰息息相关，西王母信仰流行之地必定也就是西王母神话流传之域，既然西王母信仰和祭仪盛行东土，则这片土地必定也就是西王母神话的发祥之地，西王母完全是东方本土之女神，而非迢遥而来的西方异族之神。

（二）西王母神话的西移

西汉末年，西王母信仰和崇拜既然盛极一时，为这位万民景仰的女神寻找故居、建立神祀自然就提上了议事日程。西王母既然早就被视为西方女神，因此，她的故墟和神祀就只能到西土求索。按照《山海经》关于“西王母之山”的记载，按图索骥，要到辽阔的西土寻找一个地方让西王母安家落户，实在是一件轻而易举的事情。果然，《汉书》中就有了关于西王母石室的明确记载。《汉书·地理志下》金城郡：“临羌：西北至塞外，有西王母石室、僊海、盐池。北则湟水所出，东至允吾入河。西有须抵池，有弱水、昆仑山祠。”这是汉史（包括《史记》、《汉书》和《后汉书》）中记载的唯一明确与西王母有关的地名。《地理志》为纪实性的地理学著作，因此，这段记载明言临羌有西王母遗迹，历来西王母研究者视为“至宝”，引为证明西王母信仰和神话源于西方的可靠证据。然《地理志》为东汉人所作，其所记为西汉末地理，西汉末地理已经汉人“案古图书”进行建制和命名，临羌的“西王母石室”当与西方的“昆仑山”一样，也是汉人因误解《海经》为地理学著作而据之进行地理学建制和命名的产物。

《论衡·恢国篇》云汉平帝元始“四年，金城塞外羌豪良愿等种，献其鱼盐之地，愿内属汉，遂得西王母石室，因为西海郡”①。所言与《地理志》合。《汉书·王莽传》云：“平宪奏言：羌豪良愿等种，人口可万二千人，愿为内臣，献鲜水海、允谷盐池。莽奏请受良愿等所献地为西海郡。”《地理志》金城郡注云：“昭帝始元六年置，莽曰西海。”临羌县，师古注：“阚骃曰：西有卑和羌，即献王莽地为西海郡者。”《汉书·平帝纪》元始四年冬置西海郡，与《论衡》同，《王莽传》则云在五年，亦与此略同[11]。要之，西汉末年平帝时始置临羌所在的金城郡，在此之前，其地尚属西羌，尚不是汉朝的势力范围，非王道教化所及，羌狄化外之民，肯定不会供奉华夏之神西王母，也不会有供奉西王母的“石室”。

就在汉平帝四年（公元 4 年）之前六年，亦即哀帝建平四年（公元前 2 年），从正月一直到秋天，关（函谷关）东郡国广大地区发生了大规模的“传西王母筹”流民运动，这是西王母信仰首次见诸史书记载，野心勃勃的王莽趁机将这一社会运动视为其摄政代汉的祥瑞加以提倡和宣扬，原本可能仅在民间流传的西王母信仰从此时来运转，获得官方的确认，从此盛行不衰，从新莽时期开始出现并在东汉时期盛极一时的西王母画像石就是明证②。王莽为给自己篡汉辩护，大肆伪造瑞应谶书，并授意郡国亲信也如法炮制，临羌的“西王母石室”显然就是在此种政治氛围和宗教狂热的激励下被人捏造出来的“圣迹”。“石室”本是汉代郡县各地供奉西王母的专门场所，不只临羌才有，《太平御览·礼仪部》引《汉旧仪》云：“祭［西］王母于石室，皆在所二千石、令、长奉祠。”[12](P100)暗示汉代各地皆设有祭司西王母的石室，出土的汉画像石墓中，崇祀西王母的场景往往占据整个画面的中心位置，说不定就保存了汉代祭祀西王母石室的遗制。这一条材料也暗示了西王母曾被载于汉廷祭典，郡国长官亲自奉祀，足见其在民间的流行程度。而汉人之所以祠西王母于石室，自然是受了《大荒西经》西王母“穴处”这一成说的影响。

自从汉人在政治需要的刺激下并依据《山海经》的误解而将西王母安置到西土，西王母在西方的“家园”被《汉书》正式载入史册，西方就成了“法定”的西王母文化发祥地和西王母崇拜习俗的圣地，再历经王者的册封、信徒的朝谒以及文人的诵咏，更使西土其地作为西王母文化圣地的观念深入人心，以至于西方的西王母遗迹层出不穷，甚至形成了有声有色、“有典有据”的西王母崇祀习俗，至今不衰。西王母真正的文化家园反倒被整个民族永远地忘却了。

西王母从东土女神变为西方神仙，瞒山过海，颠倒乾坤，这实在是一个耐人寻味的文化现象，而其间的关节全在于文人对于经典的误解。对文献记载的误解借助教化和权力的力量变成现实，现实又反过来赋予误解以权威，使误解成为正解，而真正的史实反倒被掩盖。历史常常这样翻手为云、覆手为雨，正可谓“假作真时真亦假，无为有时有还无”。

［原载《湖北民族学院学报》（哲学社会科学版）2004 年第 1 期］

① 文多舛误，据黄晖《论衡校释》校。

② 关于汉画像石的流行时期及地区分布，见信立祥《汉画像石的分区与分期研究》，载俞伟超编：《考古类型学的理论与实践》，北京：文物出版社，1989 年版，第 237～245 页。

参考文献

[1] 刘宗迪．昆仑原型考［J］．民族艺术，2003，3.

[2] 陈逢衡．山海经汇说（卷二）［Z］．道光二十五年刻本．

[3] 吕子方．中国科学技术史论文集（下册）［M］．成都：四川人民出版社，1984.

[4] 郑文光．中国天文学源流［M］．北京：科学出版社，1979.

[5] 胡厚室．甲骨文四方风名考［J］．责善半月刊，1941，(19).

[6] 安居香山，中村璋八．纬书集成［Z］．石家庄：河北人民出版社，1994.

[7] 瞿昙悉达，开元占经卷九十一［Z］.

[8] 温玉春，曲惠敏．少昊、高阳、高辛、陶唐、有虞诸氏族原居今山东考［J］．管子学刊，1997，(4).

[9] 李淞．论汉代艺术中的西王母图象［M］．长沙：湖南教育出版社，2000.

[10]（日）渟德忠．道教史．萧昆华译［M］．上海：上海译文出版社，1987，

[11] 黄晖．论衡校释·恢国篇［Z］.

[12] 孙星衍，周天游校．汉官六种［Z］．北京：中华书局，1990.

神怪内容对于《山海经》评价的影响

——从文化背景谈《山海经》学史上的一个问题

陈连山

人有幸与不幸之分，士有遇与不遇之别，即便是并无生命的书籍也难逃命运的搬弄，浮沉难料。《山海经》所包含的神怪内容在古今不同背景下得到的评价存在着巨大反差，这种反差体现了《山海经》在不同文化体系下所发挥的文化功能存在差异，并因而导致人们对它性质的不同认识。

一、儒学时代遭贬斥的《山海经》

《山海经》在古代一般被视为中国最早的地理书。但是，它偏偏包含大量神怪内容，使得其地理学价值大受怀疑，更遭到多数史学家和经学家的诟病。所以，这部最早的地理著作的文化史地位一直不高。这种评价是和中国传统文化模式分不开的。

中国传统文化经典是以叙述和赞扬先王德政、斥责小人恶行的历史著作为代表的，儒学尤其如此。所以，章学诚《文史通义》总结儒学的史学特征为“六经皆史”。在中国传统学术体系中，史学也占据着极端重要的地位。钱穆《中国历史研究法》云：“我们甚至可说，中国学术主要均不出史学范围。”① 在史学色彩如此强烈的文化语境中，包含大量神怪内容的《山海经》所能实现的文化功能是受到制约的。传统史学对于《山海经》的评价也不可能很高。司马迁《史记·大宛传》云：“自张骞使大夏之后，穷河源，恶睹所谓昆仑者乎？故言九州山川，《尚书》近之矣；至《禹本纪》、《山海经》所有怪物，余不敢言之也。”这是已知最早的《山海经》评论。司马迁身为史官，在发现《山海经》与所知地理事实之间存在出入的时候，拒绝将之引入史书，是符合史学规范的。可是，由于史学的垄断地位，人们通常都不仅在史学领域，而且全方位地接受了司马迁的结论，对《山海经》侈言神怪不以为然。以至于郭璞慨叹：“世之览《山海经》者，皆以其闳诞迂夸，多奇怪俶傥之言，莫不疑焉。”② 人们大都是以世俗理性的眼光看待《山海经》，无法接受其中的神怪内容，进而影响了对全书的信任。尽管历史上不少学者一直把《山海经》视为最早的地理书，例如郦道元，但是他们的做法实际都回避了《山海经》地理描述之中夹杂的大量神怪内容。结果，到了清代，《四库全书总目提要》根据《山海经》侈言神怪而彻底否定了它的地理学价值：“书中序述山水，多参以神怪。……案以耳目所及，百不一真。”据此将《山海经》定为“小说之最古者耳”。并将《山海经》从史部“地理”类转到子部“小说”类，大大降低了《山海经》在知识体系中的地位。

居于社会思想统治地位的儒家经学对于《山海经》的神怪内容也颇有微词。司马迁评论《山海经》时业已是汉武帝“罢黜百家、独尊儒术”的时代。至于刘秀（即刘歆）校上《山海经》定本，更是迟至西汉末年了。因此，传统《山海经》学是在儒学独尊的条件下展开的，其命运受到经学很大的影响。孔子“不语怪力乱神”是儒学一个重要传统；而《山海经》中存在的大量神怪内容无疑违背了这一传统。于是，时代在后、且极端简略但内容雅正的《禹贡》进了《书经》，并逐渐成为古代地理学第一经典。相反，时代在前[3]、而且地理学内容极其丰富的《山海经》却因“不雅驯”而遭排斥。甚至于在严谨的学术著作中都不能加以引述[4]。因此，历史上从事《山海经》研究的学者并不多。

综观以上论述，在传统学术体系中，《山海经》的文化史地位主要决定于如何评价其神怪内容。在传统史学世俗理性眼光的审视下，《山海经》中包含的神怪因素成为致命缺陷。尽管有刘歆、郭璞、毕沅等学者极力辩解，但终究不能改变《山海经》在神圣的文化殿堂中的边缘地位。

正视《山海经》神怪因素的存在，并以此为出发点来认识和评价《山海经》的学者不多。明人胡应麟认为：“《山海经》专以前人陈迹附会怪神，而读者往往不能察。”[5]并否定了刘歆、郭璞等人企图把《山海经》神怪内容坐实的做法。他第一次着重从神怪内容来为《山海经》定性：“《山海经》，小说之祖也。”[6]《四库全书总目提要》把《山海经》退置于“小说”类中三大属之一的“异闻之属”，基本是继承胡应麟的思路。胡应麟和四库馆臣的做法忽视了《山海经》的地理学本质，因此遭到后来学者的严厉批评[7]。但是若单单从《山海经》中的神怪内容着眼，这个“小说之最古者”的说法是符合事实的，也是承认了《山海经》在文化史上的既得地位的。“小说家”之言，按照《汉书·艺文志》的说法，是“街谈巷语之说也”。胡应麟和四库馆臣用来评价《山海经》的神怪内容，大体相当，只是和《汉书·艺文志》当年把《山海经》列入“数术略形法家之首”相比，《山海经》的地位进一步下降了。

二、西方文化观念的引进和《山海经》地位的提高

晚清时代随着中、西方激烈碰撞带来了中国惨败的结局，中国学者面前第一次出现了一个既令人羡慕，又令人嫉恨的文化参照体系。随着“西学东渐”的盛行于世，数千年一统的文化价值观念，丧失了独尊地位。传统的学术观念、价值观念发生剧烈变化，中国进入了新的文化创造时代。《山海经》在传统文化语境中一直遭人诟病的神怪内容在新的文化语境中获得了崇高的价值，彻底扫除了进入文化圣殿的一切障碍。

1. 价值观的改变与《山海经》地位的上升

在西方文化的两大传统（古希腊文明和基督教文明）中，神话一直占有崇高的文化地位，是西方文化的重要经典[8]。究其原因，主要在于西方文化把超自然的神灵视为价值本源，与中国崇拜人间圣贤的历史传统大异其趣。

晚清学者在接触西方文化的时候，很容易把中西双方的文化经典加以比较，引以为同类，并引用西方价值观重新看待中国文化。蒋观云那篇奠定了中国现代神话学的短文《神话、历史养成之人物》[9]云：“一国之神话与一国之历史，皆于人心上有莫大之影

响”、“神话、历史者，能造成一国之人才”[10]。而且认为神话是比历史更早的产物。这显然是参照西方价值观念得出的结论。而随着疑古思潮的兴起，传统价值观所赖以存在的古史系统被摧毁，神话的地位就愈加突出。所以，在中国传统语境中不登大雅之堂的神怪之谈不仅走上了与古史同样神圣的地位，甚至逐渐超过了古史——按照古史辨学派的理论，神话比古史系统的时代更早，中国的古史系统是远古神话被历史化的产物。观察此时代各种谈论“神话”的言论，词义之中无不包含着强烈的肯定意义；并且与传统时代的“神怪”一词所暗含的贬义截然相反。鲁迅《中国小说史略》云：“故神话不特为宗教之萌芽，美术所由起，且实为文章之渊源。”[11]神话获得如此崇高地位，这当然是中国文化转型的显著标志之一。随着神话地位的肯定，传统学术加在《山海经》头上的“语怪”恶谥已经涣然冰释。在新的文化语境中，作为包含神话最多的中国古代典籍《山海经》越来越得到人们的普遍关注。

2. 现代《山海经》神话学研究的展开

现代《山海经》学在进化论的历史演进理论及由此奠基的文学史发展模式的支持下，最终登上了高居文化史、文学史之首的“神话之渊府”宝座。鲁迅、茅盾等人把进化的历史观念和文学史发展模式引入《山海经》研究领域，从而彻底改变了传统《山海经》学的研究模式，奠定了现代《山海经》神话研究的基本格局。

以进化论为特征的西方现代历史观念对于《山海经》学的影响是十分重大的。中国传统的历史观倾向于美化不可知的古代，贬斥历历在目的现实。儒家总是“法先王”，道家总是向往远古时代的自然淳朴。传统《山海经》学秉持这种历史观念，自然难以理解《山海经》语怪的真相。它总是以为最古的经典应该是平实雅驯的，语怪者就故实而夸饰、铺张以成怪[12]。这样，《山海经》中的神怪实际上被看成了对于历史事实的故意歪曲，其文化价值自然大打折扣。而来自西方的进化论历史观念认为，人类社会与文化是不断演化的，并且在演化过程中得到不断提高。其一般发展模式是从野蛮、迷信，到文明、科学。鲁迅参照这种进化的历史观念，根据《山海经》“所载祠神之物多用糈（精米），与巫术合”，判定此书“盖古之巫书”。他比较合理地解释了《山海经》的原始性质，确定了此书年代的古老，其影响十分深远[13]。同样是根据这种从神性到人性、从野蛮到文明的文化发展模式，鲁迅《中国小说史略》在讨论神话和传说时得出结论：“迨神话演进，则为中枢者渐近于人性，凡所叙述，今谓之传说。”这种神话演进的模式后来被总结为规律，在中国神话学界达成一致意见[14]。所以，多神怪正说明《山海经》内容原始，绝非后世好事者伪造。《山海经》的历史价值由此得到肯定。吕子方《读〈山海经〉杂记》的看法类似：“……书（指《山海经》）中那些比较粗陋艰懂和闳诞奇怪的东西，正是保留下来的原始社会的记录，正是精华所在，并非后人窜入。”[15]按照这种进化的历史观点，传统学术中多所肯定的所谓“雅驯”之词反而是产生时代较晚的。茅盾的进化历史观也很明显。他根据西方人类学知识把神话的“不合理质素”（即所谓野蛮、迷信、怪异的因素）解释为原始思维、原始文化的反映，并且指出这些“不合理质素”随着文明进化而逐步地被改造，“于是本来朴野的简短的故事，变成美丽曲折了；道德的教训，肤浅的哲理，也加进去了”[16]。根据这种历史发展模式，茅盾就认为《山海经》中“豹尾虎齿”“蓬发戴胜”的西王母比《穆天子传》中的西王母更原始，而后者又比《汉武内传》中的西王母古老。有了鲁迅、茅盾等人的证明，多言神怪的《山海经》作为文化元典的性质遂得以确立。故袁珂说："《山海经》是保存中国神话材料最多的一部古书，虽然也很零碎，却比较集中，并不十分散乱，是它的优点之一；所有神话材料，都接近神话的本来面貌，篡改的地方绝少，是它的优点之二。有此两个优点，所以我们研究中国神话，必须先从此书着手……"进化论的历史观念解决了传统《山海经》学中关于雅驯与怪异之间、人事与神迹之间孰先孰后的难题，从而肯定了《山海经》所述神话内容的历史真实性。

需要补充说明的是，现代《山海经》学的历史观念是广义的。传统《山海经》学所讲的历史真实都是指狭义的事实描述。贬斥者指责《山海经》"语怪"、"百不一真"是认为书中神怪内容不是对事实的客观叙述；辩解者则力图从不同角度说明书中所写均为客观事实。但是，现代学术所探讨的《山海经》的历史价值则不仅仅在于书中所写是否是对于历史事实的叙述，而且更在于此书对于叙述者本身思想状况的真实反映。《山海经》所含的神怪因素或出于信仰者的无意识虚构，或出于文学家的有意创作，当然都不是狭义的事实描述。但是，从《山海经》真实传达了作者思想的角度看，这些虚构内容又都是当时精神的如实反映。茅盾批评某些古代学者把《山海经》当作实用的地理书，也反对另一些古代学者把《山海经》看作"小说"："他们不知道这特种的东西所谓'神话'者，原来是初民的知识的积累，其中有初民的宇宙观，宗教思想，道德标准，民族历史最初期的传说，并对于自然界的认识。"这种具有远为宽泛的史实概念的史学研究，打破了传统《山海经》研究的狭隘史学话语霸权，更进一步深化了《山海经》的历史意义，为此后对于《山海经》的全面文化研究开辟了广阔的道路。

由于胡应麟和四库馆臣早已经把《山海经》确定为"小说之祖"，而其神话内容与以虚构为特征的现代小说概念之间的转换是顺理成章的。这样，《山海经》的神话内容进入文学史的条件就成熟了。鲁迅《中国小说史略》不仅把《山海经》列入小说史的开篇，而且探讨了《山海经》的文学史影响，指出署名东方朔的《神异经》、《十洲记》都是模仿《山海经》之作。后来的文学史基本都把《山海经》作为最重要的神话记录和志怪小说鼻祖加以叙述。袁珂将现代神话学对于《山海经》的解说全面贯彻、落实在经文的解读之中。其《山海经校注》是清代以后第一部《山海经》注本。如《海内经》云：建木"其实如麻，其叶如芒，大皞爰过，黄帝所为"。其中"大皞爰过"一句，郭璞、郝懿行都解为庖羲经过树下。袁珂参考《淮南子·地形训》"建木在都广，众帝所自上下"，并取《山海经》其他神巫上下于天的内证，说明实际应是庖羲上下于天的意思。《大荒西经》中"帝令重献上天，令黎邛下地"一句，古注也不详。袁珂参考《国语》释为绝地天通，也是很好的例证。经过袁珂的努力，《山海经》中绝大部分的神话片段都可以得到解说。《山海经》作为文学经典的神圣地位在现代学术史上最终得以确定。

中国传统学术对于《山海经》神怪内容的低评价实际上是中国古代文化模式造成的，是经史传统决定的；而中国现代学术对于《山海经》的神话价值的推崇，则是源自西方文化模式中超自然的宗教传统。

[原载《民族文学研究》2004年第1期]

注释：

① 钱穆：《中国历史研究法》，三联书店，2001 年版，第 89 页。

② 郭璞：《注山海经叙》。

③ 顾颉刚认为《禹贡》是在《山海经》广泛流行的气氛下写作的。

④《四库全书总目提要》关于阎若璩《孟子生卒年月考》云："盖先儒诂经多不取杂书……郭璞注《尔雅》西王母，不引《穆天子传》、《山海经》。皆义取谨严，非其疏漏也。"

⑤《少室山房笔丛正集》，卷十九，四库本。

⑥《少室山房笔丛正集》，卷十六，四库本。

⑦ 余嘉锡《四库提要辨证》云："是书（即《山海经》），《汉志》在形法家，隋、唐以下诸志皆为地理书之冠。《四库》始改入小说家，此岂街谈巷议之出于稗官者乎？自我作古，变异刘、班以来之旧例，可谓率尔操觚者矣。"

⑧ 尽管基督教反对异教神灵，反对古希腊神话，但是基督教的上帝故事其实也都是神话。

⑨ 刘锡诚《梁启超是第一个使用"神话"一词的人》考证梁启超 1902 年 2 月 8 日以后陆续发表的《新史学》第一次使用了"神话"一词，见《今晚报·副刊》，2002 年 7 月 9 日。但梁氏似乎没有展开说明。

⑩ 转引于马昌仪《中国神话学文论选萃》，中国广播电视出版社，1994 年版，第 18 页。

⑪ 鲁迅：《中国小说史略》，人民文学出版社，1958 年版，第 7 页。

⑫ 胡应麟《少室山房笔丛正集》卷十六认为《山海经》是"战国好奇之士取《穆王传》，杂录《庄》、《列》、《离骚》、《周书》、《晋乘》以成者。"

⑬ 袁行霈《山海经初探》、袁珂《〈山海经〉盖"古之巫书"试探》都沿袭这一判断。

⑭ 潜明兹《中国神话学》，云："……神性神话（人性神话（英雄神话……这后三种神话发生的顺序，在研究者中似乎未见分歧，因为这一模式早在本世纪四十年代闻一多的名篇《伏羲考》问世时，已成为众所公认的神话发展、演变规律。"宁夏人民出版社，1994 年版，第 19 页。

⑮ 吕子方：《〈山海经〉杂记》，载《中国科学技术史论集》，四川人民出版社，1984 年版，第 3～4 页。

⑯ 茅盾：《中国神话研究 ABC》，见《茅盾说神话》，上海古籍出版社，1999 年版，第 30 页。

⑰ 袁珂：《中国神话通论》，巴蜀书社，1991 年版，第 1 页。

⑱ 茅盾：《中国神话研究 ABC》，见《茅盾说神话》，上海古籍出版社，1999 年版，第 4 页。

⑲ 袁珂：《山海经校注》，巴蜀书社，1996 年版，第 509～512 页。

⑳ 袁珂：《山海经校注》，巴蜀书社，1996 年版，第 460～462 页。

勒内·吉拉尔对俄狄浦斯神话的新解

冯寿农

勒内·吉拉尔（Ren Girard，1923—）是当代法国著名哲学家、人类学家、文学批评家。1961年，他在美国大学讲比较文学的基础上写成了《浪漫的谎言与小说的真实》，提出了著名的“三角欲望”理论，以后一发不可收拾，40多年以来，用法语发表了十几部重要著作：《暴力与神圣》（1972）、《隐蔽的批评》（1976）、《论世界创世纪以来的隐蔽事物》（1978）、《替罪羊》（1982）、《莎士比亚：嫉妒之火》（1990）等。在他初期写的《浪漫的谎言与小说的真实》和《隐蔽的批评》这两部探讨性的文学批评论著里，吉拉尔已经表达了他的思想中的重大假设：“模仿欲望”，其中心思想宣扬了人永远不是自身欲望的根源，欲望永远源自被模仿的第三者——一个既是楷模又是对手的介体。人永远陷入地狱般的三角里而无法自拔：人只希望他人所希望的东西。人与人之间的互相模仿导致不间断的竞争，在吉拉尔看来人际关系中永远充满暴力。在这两部论著里，他找到许多文学事例证实了这一假设，似乎小说家跑在理论家前面，他们用直观发现了这一隐藏的真实：斯丹达尔的虚荣心、普鲁斯特的赶时髦、陀思妥耶夫斯基的充满仇恨的偶像崇拜、塞万提斯的英雄主义，文学中存在许多不同的案例。然而非常相似，因为每一个案例都能看到模仿的现象，并受模仿欲望的控制。堂诘诃德只想模仿阿马迪斯的希望，就像于连憧憬拿破仑所憧憬的东西，或者斯万希望威尔士王子所希望的东西……文学的虚构事实证明了“模仿欲望”[①]。

勒内·吉拉尔的理论涉及到文学、史学、人类学、文化学、哲学等领域，他的影响遍及欧美各地，在美国、意大利，他的书全部被翻译出版，知识界对吉拉尔的理论表现出极大的兴趣。近20年，“吉拉尔主义”在欧美知识界一时成为热门的话题。然而，西方一位这么著名的思想家在中国却鲜为人知，对他的介绍和评论寥寥无几[②]。

勒内·吉拉尔的理论大厦建立在一块最初的基石上——“三角欲望”，后来称“模仿欲望”，由此，他探讨文化、宗教的暴力起源，考察神话、圣经等，紧紧追踪人类社会一种最常见的现象：从古希腊杀害苏格拉底到我们现代法西斯的集中营，都存在着迫害行为，它成了每个社会秩序的创始的和建构的原则，从而揭示出人类童年社会的牺牲机制、替罪羊机制。在《暴力和神圣》，特别是《论创世纪以来的隐蔽事物》里，吉拉尔进一步调动历史、神话、人种学资料、宗教典籍等，去探讨“模仿欲望”的表现和结果，把系统的所有部分连接起来，形成一个坚实的理论整体。在欲望的基础上此时又连接“危机”的思想：在一个社会里，模仿被激起，也就是说所有欲望都趋向未分化状态，这时，社会出现危机，为了摆脱这个混乱的危机，团体在集体屠杀中启动牺牲机制，杀害一个替罪羊，挽救整个社会，这一牺牲机制调解了团体的矛盾。在20世纪90年代，吉拉尔用这一理论解释了宗教、艺术（特别是悲剧）的起源和作用。

在吉拉尔的理论发展历程中，最引人入胜的是他用模仿关系的理论重新解读索福克勒斯的悲剧《俄狄浦斯王》，独辟蹊径，别具一格。《暴力与神圣》[③]这部专著既有文学分析，也有人类学方面的分析。他用两章篇幅专门讨论俄狄浦斯神话，他一反过去对俄狄浦斯神话最流行的解释，首先批评弗洛伊德的俄狄浦斯情结的不足之处，接着强调创世的暴力作用和替罪受害机制的作用，这些作用是最基本的，直到现在仍被研究者所忽视。在《暴力与神圣》里，已经看到吉拉尔对神话的重要思想。随后在《论世界创世纪以来的隐蔽事物》和《替罪羊》里，他的神话思想日臻成熟。

一、关于俄狄浦斯情结

勒内·吉拉尔分析弗洛伊德的俄狄浦斯情结，他指出冲突的模仿特点。历来的批评家把索福克勒斯的悲剧称为“命运悲剧”，把《俄狄浦斯王》的主题概括为个人意志和行为与命运的冲突。但吉拉尔认为，这种冲突来自儿子和父亲的潜在的冲突，个人意志中的模仿欲望的外在表现。其实弗洛伊德已经从直观看到这些模仿特点，他称这个模仿欲望为“同一性”：“小孩对他父亲表现出极大的兴趣，他想成为父亲那样的人，在各方面代替他。我们可以断定，他将他父亲当作他的理想的人。这种对父亲（和其他男人）的态度没有任何被动的、女性的东西：它基本是男性的。它与它随后产生的俄狄浦斯情结很好地共处一起。”[④]

这个与父亲视为同一的欲望在对母亲的欲望中延伸。弗洛伊德在同一本书里的稍后写道：“小孩看到父亲阻碍他通向母亲的路；由此，他与父亲的同一性带有敌视的色彩，最终与代替父亲、甚至想靠近母亲的欲望混淆了。一开始，视为同一性的欲望就带有双重性。”吉拉尔指出：在这里弗洛伊德似乎没有完全搞清，那位给小孩指出在母亲身上的欲望客体的人实际上是父亲本人。

吉拉尔认为，弗洛伊德在解释俄狄浦斯情结时在两个假设之间摇摆不定。第一个假设：俄狄浦斯情结的核心是与父亲视为同一，第二个假设：俄狄浦斯情结的核心是对母亲的力必多爱恋。在第二种假设中，对母亲的欲望和模仿父亲的欲望之间的联系消失了，变成复杂之间的争夺。勒内·吉拉尔自问：为什么弗洛伊德不沿着第一个假设继续探讨？

如果我们继续沿着第一个假设模仿欲望探讨，那位想与父亲相像、结果想得到母亲的小孩被父亲阻挡，父亲拒绝实现儿子的欲望。勒内·吉拉尔认为：在这种情况下，弗洛伊德在小孩身上看到的暴力其实是在成人身上发生的。由此，他得出结论：“父亲”用虚线继续儿子刚刚开始的运动前进，他毫无困难地看到孩子径直朝王位和母亲走去。弑父和乱伦不可能是小孩的想法，显然是成人的想法，是楷模的想法。在神话里，这是神示在俄狄浦斯能够产生欲望之前说给拉伊俄斯听的。儿子总是最后一人知道他曾朝向弑父和乱伦盲目地前进，是成人这些伪君子起先一直在教唆他，导致他“犯罪”。

勒内·吉拉尔运用他的“三角欲望”来描述人物之间的关系：主体（小孩俄狄浦斯）—介体（楷模：父亲拉伊俄斯）—客体（母亲伊俄卡斯忒）。主体是小孩，尚不能进行像成人那样的智力运作。因为小孩还没有篡位的欲望，还没有把介体当作既是楷模又是对手的意识。

相反，弗洛伊德似乎相信小孩把其父视作一个敌手，勒内·吉拉尔认为在小孩被成人拒绝的第一次体验中不存在这种意识。在这里，可以看出弗洛伊德和勒内·吉拉尔对欲望完全不同的理解。在弗洛伊德看来，欲望来自自身性的冲动，来自潜意识力必多的升华，小孩的潜意识里从小就具有这种弑父娶母的俄狄浦斯情结；然而，勒内·吉拉尔却认为欲望是来自他者、来自外部、来自意识的激发，小孩还是一片空白，不存在俄狄浦斯情结。即使真的存在，也是首先来自成人的教唆，来自模仿竞争。父亲既是小孩的楷模又是对手，弑父和乱伦是父亲的责任，成人的责任，“不知者不为过”，俄狄浦斯是不知情者，没有责任，没有罪过。

随后，勒内·吉拉尔考察俄狄浦斯情结的普适性。他试举马里诺斯基[5]对特罗布里恩群岛[6]仍处于原始社会的土著人的研究的例子。在这个社会里，母舅承担教育小孩的任务。在这种情况下，小孩可以模仿楷模，而母舅成为楷模却不是潜在的对手。吉拉尔由此得出结论：在这种社会里，没有俄狄浦斯情结。他明确指出：只有在一个社会里父亲既是楷模又是阻挡的对手，俄狄浦斯情结才是这个社会结构的结果。父亲要成为阻碍，他必须足够地靠近小孩，他还必须没有那种家长制的专横地位。吉拉尔认为：在我们的社会里，这两个条件都具备，因此，我们现代社会带有俄狄浦斯情结特点。

二、《俄狄浦斯王》是一个迫害文本

勒内·吉拉尔从“模仿欲望”出发探讨人与人之间的关系，人受“模仿欲望”的驱使，互相模仿，互相竞争，从而导致暴力争斗，互相迫害。人的关系如此，部落与部落、民族与民族、国家与国家的关系也是如此，从原始社会开始就存在集体暴力，历史上很早就存在反映这种暴力的“迫害文本”。如何识别“迫害文本”？吉拉尔梳理出这种文本的四个范式：1. 一种社会和文化危机的描写，即一种普遍的混乱；2. 指控“捣乱者”的罪行；3. 嫌疑者身上的特殊的标记作为选择受害者的标准；4 集体将受害者处死的暴力场面。通常在一个“迫害文本”中并存着好几类范式，不一定存在所有范式，其中有三类就足够了，甚至经常是两类。他之所以从俄狄浦斯神话开始考察，是因为就迫害范式而言它是样板式的神话。《俄狄浦斯王》包含所有迫害范式，以一种漂亮的外表掩饰着迫害。鼠疫袭击忒拜，危机的爆发，这是迫害文本的第一类范式。俄狄浦斯是肇事者，因为他杀死父亲，娶了母亲，弑父和乱伦打破伦理的秩序和僭越辈份的差异，这是第二类范式：指控罪状。第三类范式：选择受害者的标记。俄狄浦斯是残废人，他跛行，他从外地来到忒拜，他是事实上的外国人；他先是国王的儿子，最后也成了国王。他的残废特征和弃儿、外国人的身份以及暴发户、国王的地位使他成了一个集中受难标记的大杂烩。一个人的受难标记越多，他就越有可能大难临头。神示说：为了平息瘟疫，必须驱逐可憎的凶手。神话的结论证实神示的准确无误：从他幼小的童年就断定他将遭受集体暴力的迫害，实际上他最终成了替罪羊。俄狄浦斯是忒拜人的救世主，他身上带着受难者标志，在混乱时期，他一下子从荣誉的顶端掉下，成为我们的范式化的指控之一的受害者[7]。

由于迫害范式的集合和性质，吉拉尔假设这个神话植根于一场迫害事实，神话后面大概真得有一个受害者，他早在《暴力和神圣》里就假设神话是建立在一个真正的受害者和一场集体迫害的基础上。因此他认为：《俄狄浦斯王》是一个真正的迫害文本，应该当作迫害文本来解读。

但许多批评家对吉拉尔的求真探源的解读法不以为然，拼命攻击。吉拉尔为了使读者相信，做了一个简单的实验：他“给俄狄浦斯故事粗略地化妆，脱去了他的希腊服装，穿上西装”，进行改写：

> 作物歉收、母牛流产、人群不和，好像不幸降临在村庄里。一位跛脚人，显然，他很邪。那是一个晴天，也不知道他来自何方，就住村子里，竟然娶了村上最富有的女继承人，生下两个孩子。他们家里似乎很平静，但村里人怀疑这个外来人谋害他妻子的前夫。女主人的前夫是当地的首领，那年不明不白地失踪，新来的跛脚人有点太快地取代首领的职位。一天，村里的小伙子忍不住了，举起长杈，迫使这位令人不安的人离开村庄。⑧

这段改写是神话的粗略的改头换面，始终存在着一个神话的结构。读者读了这段改写，就可以知道受害者根本没有犯下被人家指责的坏事。神话中指控的弑父和乱伦的罪孽实际上是莫须有的罪名。但他身上的标记却成了攻击的真正的靶子，也成了村里人的不安和愤怒的发泄对象。读者不难理解这个小故事中似真和非真之间的关系，没有人会相信这是一个毫无根据的虚构作品，读者会对吉拉尔运用的求真解读法持赞赏的态度。在神话里，团体往往以莫须有的罪名对受害者进行指控，指控的目的是置受害者于死地。

三、神话的替罪羊机制

在勒内·吉拉尔看来，俄狄浦斯是一位受害者，是一只集体迫害的替罪羊。在神话的开始部分，可以看到俄狄浦斯从来不是第一个施暴者，相反一开始他就是受害者。他的父亲拉伊俄斯为了使神示预言不可能实现，在儿子一出生时，就钉住他的双足，命一奴隶将其弃置于客泰戎山中。俄狄浦斯身上留下这一杀害的痕迹：双足肿胀，他的名字就来自这一伤痕，“俄狄浦斯”意为“双足肿胀的人”。在神话里，俄狄浦斯似乎是弑父和乱伦的唯一的罪犯，被视为十恶不赦的大坏蛋。勒内·吉拉尔指出：在神话本身，情景描写得再清楚不过，是拉伊俄斯挑衅俄狄浦斯，是克瑞翁决定谁战胜怪物斯芬克斯谁就将做国王。杀死拉伊俄斯和乱伦是俄狄浦斯在毫不知晓的情况下的被动的“犯罪”，是无意识的行为，是命运捉弄的结果。

乱伦生出的公主安提戈涅是俄狄浦斯的复制品，加速和扩大俄狄浦斯的罪行，增加混乱。安提戈涅既是女儿又是妹妹；而俄狄浦斯既是儿子又是情人，既是父亲，又是兄弟。这种伦理的差异被消除了，出现未分化的混沌状态。

整个忒拜城邦曾经参与过这些一系列的选择，他们拥护过老国王拉伊俄斯，也支持过新国王俄狄浦斯的登基，他们完全黑白不分，被罪恶污染。在这个社会里，善与恶再也分不清了，大家都成了罪犯，但大家都没有罪。于是，一场鼠疫爆发了，鼠疫象征着整个社会的污染，象征着一场伦理的危机。

为了解决这个危机，应该找到一个罪犯，俄狄浦斯由此承担了这一角色，实际上，他成了父亲和全忒拜城的错误的受害者。俄狄浦斯替罪受难成为牺牲品，给一个危机的社会重新带来和解，重新找到和平。

我们已经知道吉拉尔拒绝用弗洛伊德和列维-斯特劳斯的理论阐释俄狄浦斯神话。他用模仿欲望的理论重新解读俄狄浦斯的悲剧，发现俄狄浦斯的罪恶不是杀害他的父亲，而是他企图缩小差异，把同类和他类混淆在一个可怕的未分化状态里。俄狄浦斯通过弑父，通过激发模仿父亲的欲望到极点，很快地打乱忒拜城邦的基本平衡。团体要恢复平衡，没有其他的出路，只有他本人的死亡。吉拉尔认为，此乃是人类社会的规律。人类社会只有通过调整相互的暴力，才能永久维持下去。宗教的牺牲仪式的原则是建立一种替代其他暴力的“创始的暴力”。一个人的死亡换来大家的生存，这就是神话的替罪羊机制。

在吉拉尔看来，索福克勒斯揭示神话中最基本的神话东西，即通常称“神话性”。“神话性”不在于缥缈轻盈的文学香味，而在于以迫害者的观点叙述迫害。今天的读者根本不相信弑父和乱伦会引起鼠疫这一荒唐的指控。但当时站在迫害者一边的作者对这些罪状却深信不疑。臆造这些不可信的题材是源于作者的迫害潜意识。吉拉尔谈到天真的迫害者，是指他们的潜意识里深信受害者有罪。迫害者耽于迫害的错觉中，从来不会自我发现属于他们本身的潜意识。不过，如果操纵者为组织一次迫害没有一支可操纵的人群，换句话说，一支听信迫害者宣传、对替罪羊深信不疑的人群，那么集体迫害就不可能发生，甚至在今日也是如此。其实，作者也不过是位受操纵者，他本身不明白作品中揭露的涵义，而今天的读者却是一目了然，领会作品的真正意义。这就是读者高于作者，今天的读者一眼就可看出神话的表层意思：受害者是一只替罪羊，神话把无辜的受害者当作罪魁祸首，作为牺牲品。

总之，勒内·吉拉尔对俄狄浦斯神话的批评的积极意义在于拒绝了把这个神话视为个人与命运冲突的传统批评，也撼动了弗洛伊德的俄狄浦斯情结，他以模仿欲望的理论把这个神话视为子与父、个人与集体的冲突，俄狄浦斯是位无辜的受害者，集体为了掩盖自己的赤裸裸的迫害事实、预先给受害者莫须有的罪名。集体为了消除社会的危机，保障团体的稳定，必须挑选这位无辜的受难者替罪受死，“一人的死换来众人的平安”。这就是人类自原始以来的创世原则和社会的建构原则。因此，吉拉尔认为在神话后面往往存在一场真实的集体迫害，存在一位真实的牺牲者，但是，神话总是千方百计掩饰集体迫害的事实，为集体暴力开脱责任，神话实际上是一种“迫害文本”。吉拉尔的批评揭示了神话的真实本质，揭示了人类社会的暴力本质。这也许是他对俄狄浦斯神话的新解的进步意义。

［原载《国外文学》2004 年第 2 期］

注释：

① 勒内·吉拉尔：《浪漫的谎言与小说的真实》，罗芃译，三联书店 1998 年版。

② 郭宏安曾在《中华读书报》(2002 年 5 月 29 日)的“好书告诉你”专栏上，发表短文推介勒内·吉拉尔的《浪漫的谎言与小说的真实》的译本。

③ Ren Girard，*La Violence et le Sacr*，Grasset，1972.

④ 弗洛伊德：《集体心理学和自我分析》。

⑤ 马里诺斯基(Bronislaw Kaspar Malinowski，1884—1942)，英国籍波兰裔人类学家、人种学家。

⑥ 位于大洋洲巴布亚新几内亚的所罗门海。

⑦ 乔纾亚·特拉赫藤贝：《恶魔与犹太人》，耶鲁大学出版社 1943 年版，第 98 页。

⑧ 勒内·吉拉尔：《替罪羊》，冯寿农译，东方出版社 2002 年版。

三　论文摘要

南方民族盘古神话的新发现

过　伟

《广西民族研究》　2004 年第 1 期

千百年来，关于盘古开天辟地、繁衍人类的神话一直在中华各民族中流传。但盘古究竟起源于何地，由哪一个民族所创作，一直为学界所关注。覃乃昌等壮族学者于 2003 年 9 月 13 日～28 日考察桂中来宾市壮族民间文化时，发现当地壮族民间保留有形式多样、内涵丰富、积淀深厚的活态性盘古文化，证明来宾一带是盘古文化的重要发祥地，实证了我国神话研究先驱茅盾、袁珂等先生早年关于"盘古神话流行在南方（假定是两粤)"的推论。他们田野调查的主要成果如下：1. 发现盘古庙 5 座；2. 当地口头流传的盘古神话；3. 盘古地名；4. 盘古山歌、唱本、戏剧；5. 壮族地区所敬奉的盘古神，有的盘古庙为一个男神盘古，有的盘古庙为一男一女盘古兄妹。兄妹所生磨刀石怪胎，状语称"盘"(pan)，意为磨石。壮族将祖传磨刀石视为财产和神圣之物，年初一要给磨刀石烧纸，搬家要带上它，兄弟分家时祖传磨刀石归长子，壮族民族间宗教经典麽经《布洛陀经诗·解兄弟冤》有兄弟争磨刀石的记载。兄妹避洪水的葫芦，状语称为"勾"(kau)。合起来就是"盘勾"（pan kau)。由于壮族无文字，用汉字记音就是"盘古"。磨刀石、葫芦→盘勾（pan kau）→盘古，这就是状语对盘古的最原始的解释。

（王曼利　摘）

三星堆青铜直目人面像的历史文化意义研究

黄永林

《武汉大学学报》(哲学社会科学版)　　2004 年 9 月

在四川广汉三星堆遗址二号坑出土的青铜人面像中，有三件体型庞大的直目人面像，他们有着一双明显突出眼眶的眼睛，一对向斜上方伸出的大耳，一副高高的鹰钩鼻，一张上翘接近耳根的大嘴。整个面部给人一种神秘而又亲切的感觉。这类直目青铜人面像具有什么样的历史文化意义？从典籍中记载的神话来看，直目人是生活在昆仑地区的烛龙及其后代鬼族。随着历史的发展，一部分族人在西蜀建立了蜀国。从原始蜀字的考证来看，蜀字上为人首，面中纵一目，下为蛇身。而蛇（龙）身、人首、纵目，这正是烛龙的形象特征。烛龙是蜀人的始祖，是人神的混合体，是半人半动物的神，也是蜀族信奉的祖宗神图腾。三星堆出土的直目人面像，正是对烛龙部族图腾的一种描绘，表现了蜀人的始祖图腾的崇拜心理。从历史传说的角度来看，直目人指的是纵目人蚕丛，他作为开创蜀国的第一代蜀王，成为后世历代蜀人共宗之祖先神，并受到祭祀。三星堆青铜直目人面像的发现，不仅为蚕丛的形象提供了珍贵的实物资料，而且证实了古蜀人对祖先神的崇拜是当时极为重要的一种信仰。从宗教仪式的角度看，直目人指的是原始祭祀中的神灵，炎帝、蚕丛、川著、土伯、马王、青衣神、斗姥、摩利支天神、灵官等都是直目神，它体现的是对神灵的崇拜。从口头神话的角度来看，直目人只是天神造人的一种历史想像，它体现了对自然的崇拜。总之，三星堆发现的青铜直目人面像是人类对远古时期特殊历史阶段的记忆，是神话、历史和宗教的混合物，既是对烛龙神话和蜀王传说的历史记忆，也是原始图腾和宗教祭祀的遗存，融合了图腾崇拜、祖先崇拜、神灵崇拜和自然崇拜的多重内涵，在以祖先崇拜和神灵崇拜为主的同时，又保留了自然崇拜和图腾崇拜的某些原始意味，展示了人类从自然崇拜向拟人形态的社会神过渡的中间形态所应有的特点。

（王曼利　摘）

蛇：参与神灵形象整合的活性因子

——珥蛇、操蛇、践蛇之神的文化意蕴

李炳海

《文艺研究》　2004 年第 1 期

《山海经》书中出现的珥蛇、操蛇、践蛇之神，是经过整合而形成的神灵形象。蛇在先民观念中是长于急行的爬虫，并且能够通过一定的方式把它的这种属性传导给人。因此，先民在创造急行型神话人物的时候就联想到蛇，把蛇和急行英雄整合在一起，构成别具风采的形象，《山海经·大荒北经》记载的夸父就是以这种方式创造出来的。他通过“珥两黄蛇，把两黄蛇”的方式从蛇那里获取生命的活力，得到善于奔跑的神性，因此成为与太阳竞走的英雄。蛇虽然速度很快，但毕竟还没有脱离地面，而鸟类的飞翔则不受地形障碍的影响。于是先民在把蛇神秘化的过程中，又赋予它飞翔的本领，创造出一系列飞蛇神话。既然有飞蛇，蛇能够凌空飞起，那么，人把蛇带在身上不仅能助走，而且能助飞。神话中的许多神灵确实借助蛇的力量在空中行走。《山海经》提到的四方之神，就可以见到珥蛇、践蛇的形象。由此可见，《山海经》等文献出现的那些珥蛇、操蛇、践蛇之神，他们身上的蛇不是装饰物，也不是被征服的对象，而是为他们提供行进动力的灵物。《山海经》中的珥蛇、操蛇、践蛇之神有的是陆地神，有的是水神。先民由水陆之分很自然联想到气候的干与湿、旱与涝，于是有些珥蛇、操蛇、践蛇之神也就和调节气候有了关联。而这些神之所以能够调节气候，与附着在他们身上的蛇有

关。古代先民对蛇的色彩进行审视时，比照草类植物的形态，认为青色的草是水分充足的标志，青蛇也必然水性十足，而赤色是烈火所显示的色彩，火与赤、热、干旱、光亮属于同一系列的物象，所以赤蛇为旱神。通过调控青蛇与赤蛇，可以实现阴阳平衡、气候适宜。通过对上面一系列操蛇之类神灵形象的解析，可以看出蛇是怎样作为一种极富活力的因素参与神灵形象的整合。同时，在对相关对象的梳理过程中，也在神话研究方面得到一些启示。第一，神话研究必须深入发掘各种意象的内涵，而不能停留在各种事象的表层。第二，神话研究不但要注意古人和现代人观念的不同，而且还要发现古代早期先民和后来社会成员观念的差异。第三，要用神话本身的材料来解释神话现象，尽量从神话本身找内证。第四，要用动态把握的方法处理神话材料，努力勾勒出神话演变的脉络。

（王曼利　摘）

月亮神话中蛙兔之变动因考

张　剑

《江汉大学学报》（人文科学版）　2004年6月

对于中国月亮神话的解读和月中蟾兔的考证，学术界聚讼纷纭，然大多停留在神话的语音层面上，各执一说。对于蟾兔之变，若仅仅用语音讹变、音近相通原理来解释显然显得单薄，它所表明的是：神话的演变及新旧神的生成与隐匿，是一种偶然性、无序性。这缺乏让人信服的说服力。无论是从发生学、传播学角度，还是从神话学、比较学角度，古文字学、图像学角度，论证蟾兔之变的通假说，都会对其合理性产生怀疑。我们不妨运用原型与母题的批评方法，把蛙兔放在广阔的文化背景中来考察，以探求月亮神话的深层意蕴。大致生成于人类渔猎时代的“蛙文化”，是先民们观察到蛙的多产，出于对生命丰产的祈求，对种族生存个体的数量追求，拜蛙仿蛙，进而把蛙奉为神灵。又因蛙与月都是水神、雨神，所以蛙又被叠印到了月上。进入农牧时代后，人们在畜养兔子时，发现兔的生育量虽不及蛙，但是其生存能力却大大超过蛙，而此时，祈求种族人口繁殖的欲望相对减弱，祈求种族个体寿命延长的欲望相对增强。或者说，此时的愿望是对种族个体生存数量与质量的双重追求，先人们把兔子也奉为神灵。又因兔子望月而生，从其受孕到分娩，孕育期为29天，正好与月相变化的周期相同，于是月蛙向月兔嬗变。且兔子食草性较杂，具有辨认有毒与无毒植物的能力，因兔子这种对植物药性的辨认，于是就有了月兔在月宫中捣长生不老之药的美丽神话。生产力的演进、生存方式的进步，原是月亮神话文本的生成语境。月蛙向月兔的演变，反映了人在特定情境下的现实需要和心理世界。月之神话，沉积着人类浓浓的生命热望。

（王曼利　摘）

中国古代早期工匠神话解析

郑瑞侠

《东北师范大学学报》(哲学社会科学版)　　2004年第1期

中国早期工匠神话按其产生的时间划分，可归为原始工匠神话和文明社会工匠神话两类。原始工匠神话往往置于神灵谱系中，把古代先民的发明创造编排成人类自身繁衍的谱系，采用的是象征性的表述方式。工匠神的名称各异，或是表示发明创造过程，或是描写器物形态，或是展现制造器物的工艺，需要运用古文字研究成果加以破译。如《山海经·海内经》写道：祝融降处于江水，生共工；共工生术器。术器首方颠，是复土壤，以处江水。祝融是传说中的火神，共工是火神的后代，必然会具有火的功能，所以共工有条件成为最早的制造金属器具的工匠神。工，指匠人；共有大之义。共工翻译成现代汉语就是大匠、巨匠，是工匠中的出类拔萃者，因此被尊为神灵。“共工生术器”，叙述的是工匠神共工的创造活动。术器，即疏导时用的生产工具，类似于锹、铲等，是由工匠神共工制造出的早期生产工具。“术器首方颠”，描述的则是生产工具的具体形状和用途。共工制造的这种疏导性工具，其上部呈方形而顶端为尖形，与治理水土的锹铲类工具形状相符。原始神话中的工匠神，都是因为首先创造出某种器具而被奉为神灵，体现的是英雄崇拜和器物崇拜的结合。如相传少皞之子般为弓箭发明神，帝俊的子孙倕为能工巧匠，帝俊的子孙番禺和吉光分别为舟船和木制车辆的发明神。而早期文明社会的工匠神话，或是因能工巧匠的知名度而生成，如关于鲁班的神话，或是因某种器物的奇异而出现，如关于造鼎的神话。文明社会的工匠神话将对人的崇拜和器物的崇拜联结在一起，呈现出多种形式。文明社会的工匠神话对原始工匠神话多有超越，但有时又出现返祖现象。如在干将、莫邪神话中，干将和莫邪是一对夫妻，又是雌雄剑的名称，“阳曰干将而作龟文，阴曰莫邪而漫理”。这样一来，又返回了工匠神话的原始形态，即工匠名称与所造器物名称的合二而一。

（王曼利　摘）

台湾原住民与大陆东夷太阳神话之比较

刘敬源

《贵州文史丛刊》　　2004年第2期

我国自20世纪30年代以来，对太阳神话的研究基本都是以汉族和苗、瑶、藏等大陆少数民族的太阳神话为主，而较少涉及到台湾的少数民族神话。本文仅选择大陆古代东夷民族的太阳神话作为大陆太阳神话的典型代表与台湾原住民太阳神话进行比较。从共同性来看，对比古代东夷民族和台湾原住民的太阳神话，最为引人注意的共同特征之一就是两地的神话中太阳的二元特征。在各自的神话中，太阳都同时蕴涵着繁衍与死亡这一对立的基本矛盾。一方面太阳（太阳神）是自己民族的祖先，另一方面太阳（太阳神）又是给人类带来灾难和死亡的恶神。关于太阳的性别，在我们通常所熟悉的神话和我们的习惯性思维中，太阳（太阳神）往往都是男性。然而，“太阳女性说”在台湾省的少数民族中是一个较为普遍的观念，且太阳的女性身份并没有因为父权的增长而随之改变。而通过史料的记载和推断，我们不难发现，东夷族真正老太阳神并非帝俊，而是作为女性和母亲的羲和。此外，后羿射日神话中关于太阳的性别，我们也可以从《易林·履之履》中发现有太阳是女性的记载：“十乌俱飞，羿射九雌，雄独得全，虽惊不危。”从差异性来看，在太阳的数量上，东夷民族的太阳数量无论是羲和所生还是后羿所射都是“十日”，而在台湾的原住民中“两个太阳”的说法占据了主导地位。在寓意上，较之东夷太阳神话，台湾原住民的射日神话并没有明显的所谓政治上一统的寓意。其特别突出的一点是神话中所蕴涵的强烈的死亡意识。与大陆地区的射日神话不同，台湾原住民的射日神话中，射日的英雄并非一人，往往是几个人或是几代人。并且，在射落太阳之后（甚至在到达太阳的栖息地前）他们中一部分人都会死去，活下来的人回到部时都已经是白发苍苍的老人（预示着死亡）或者要躲藏到洞窟中过艰苦的生活。这其中包含着死亡与复活的原始宗教寓意。在台湾原住民的神话中，几乎共同的一个说法就是太阳被射中以后会流出大量滚烫的鲜血，射日英雄会被烧死。在远古人类的观念中太阳和鲜血都是生命的象征，射落太阳就意味着生命的终止、意味着死亡，但是如果不射落太阳又意味着种族的灭亡。要在两者间找到一种平衡和契合点，一种主要的方法就是献祭，在射落一个太阳之后，献出一个生命，让被射中的太阳以另外的一种方式复活——成为月亮。

（王曼利　摘）

时空之钥

——《山海经》的神秘数字探悉（上、下）

邱宜文

《东南大学学报》（哲学社会科学版）　　2004年第1期、第3期

《山海经》里的神秘数字有着特殊意义。抽取《山海经》中所包涵特殊数字（极具暗示性而不纯粹为一般形容和计数功能之数）的神话记述，通过客观统计与分析，辅以文字学原理，并引证人类学资料，进行分析，可寻找出《山海经》内之神秘数字：三、四、五、九。从各神秘数字于《山海经》神话记载中之共通性及文本透露之线索，抽丝剥茧，解析其源起和象征意义，可发现神秘数字与初民时空观念间之密切关系。“四”，

源起于人类的空间意识，并宰制了时间的运行；四方的区分使人类身心安定。“四”是圣数之基，一切圣数之首。四数在神话中结合了太阳的光芒，成为宇宙时空之神秘的符号，象征“秩序”。“三”，是主客二元之超越；它对应于天、地、人，穿过神、人、幽冥三界，形成一条宇宙的纵贯直线，是时空之轴，事物开展的力量。在神话中结合了太阳的循环与不死，象征“创生”。“五”，是空间意识的中点，四方的中心，阴阳会聚与平衡之处。《山海经》里人界存在于此，象征“完美”。“九”，是天地之数，源自于三数的重叠，因之为变化之穷，创生之极尽，代表了宇宙的最上及最下限，万物的极致发挥，象征“极限”。以数字的神秘意义重新审视《山海经》世界，可以发现《山海经》对于整个太阳力量的精心布置：圣域昆仑就是太阳符号的复制品，一座巨大的光源中心；八百里面积的八隅之巅形如太阳芒角，三百里深渊则意味着生死之门；九重关卡穷尽天际，中心一株长五寻、大五围的神木则是转轴，带动整个时空场的循环和运动。四方皆有乐土，且数量均匀分布，惟以南方日次较多，且至于阳点上生出光芒若彗的三株树；这些象征着太阳升没的遗迹，以及南方不灭之光明。基于人类对于时空、自我定位和探寻千万年不变，我们可以进一步地反思，也许数字的魔力，与其视为一种迷信，倒不如说是人类对于宇宙规律、生命循环，或事物轨迹的内在直观与感应。我们可以将《山海经》里四个圣数重新译解诠释：数字“三”，反映人类力图变化和超越自我的追求；数字“四”，陈述人类对于永恒与稳定的渴望；数字“五”，说明人类自尊与自重的必要；数字“九”，揭示人类对于极限的寻找和觉悉。

（王曼利　摘）

第　四　编

史诗研究

一　研究概述

2004年史诗研究概述

桑　俊

史诗是人类特有的且不可重复的一种民间文学形式，它是“诗性的历史”，是远古各民族社会生活的“百科全书”，对史诗的研究与探讨历来就是民间文艺学中重要的一环。纵观2004年的史诗研究，应该说成绩还是相当可喜的。据不完全统计，本年度各类学术期刊共发表史诗研究论文近50多篇，其中最突出的是对《格萨尔》的全方位的研究与考证；其次，是其他少数民族史诗的研究及史诗方法论的探讨。在研究视野上，大多通过史诗内容与史诗人物的追根溯源，探寻史诗所具有的历史、文化、宗教、艺术等方面的价值。在方法上，部分文章以个案为例，以丰厚的资料为基础，进行深入考证。在结论上，敢于突破以往研究的格局，大胆质疑与反思。

一、《格萨尔》研究

本年度对《格萨尔》的研究仍然是我国史诗研究中的重点，论文围绕格萨尔的伦理思想、格萨尔作为“活态史诗”的传唱特点以及史诗中所反映的藏民族文化特点等展开。

熊坤新的《试论〈格萨尔〉中的伦理思想与格萨尔理想人格》（《玉溪师范学院学报》，2004年第1期）主要从民族伦理学角度对《格萨尔》所蕴含的伦理思想进行探讨。作者分析了史诗产生的社会历史背景，指出史诗得以在民间广泛流传、丰富、发展的原因。作者探讨了史诗中的社会理想范型，认为《格萨尔》在表现对真、善、美的执着追求的同时，着意描绘了岭国这样一个藏族人民心中的理想王国，它的自然环境、社会制度和人伦关系合理得无可挑剔，几乎达到了尽善尽美的境界。在剖析史诗中的道德批判标准时，作者认为“史诗根据藏族人民的普遍愿望和要求，把格萨尔着意塑造为一个藏族人民心目中理想人格的光辉典范——降伏妖魔、造福百姓、抑强扶弱、除暴安良”，可以说格萨尔不仅是藏族也是世界各族人民在相同历史阶段的共同的理想人格典范。在《〈格萨尔〉伦理思想探微》中，马都尕吉不仅探究了史诗中的伦理思想，并且指出了古代部落社会意识形态领域的种种思想、观念的积淀就是形成传统社会道德的主要内涵。从这种意识形态的探究中，我们还可以窥见古代藏族部落社会从血缘关系向地缘关系的转化。

我们称《格萨尔》是“活态史诗”，是因为今天它依然活在民间说唱艺人的口头，但作为说唱史诗的《格萨尔》，它的音乐长期以来却少有人研究。仓央拉姆在《藏族史诗〈格萨尔〉的说与唱》（《西北民族大学学报》（哲学社会版），2004 年第 2 期）中对说与唱进行了大量分析，她认为“说与唱相结合、文学与音乐相结合的艺术形式，使得史诗的创作不仅仅是一种简单的文学创作行为，还兼有寓教于乐的功能”。《格萨尔》的“说”分为散白与韵白两种。散白所占比例不大，主要起概括、说明、承上启下的作用；韵白占绝大部分，藏语特有的语音音调决定了史诗念白时的“韵律化”。《格萨尔》的“唱”主要以韵文出现，常伴有音乐，用以描绘情节和环境、刻画人物、表达人物思想感情。作者在文中对《格萨尔》的唱词、唱腔和唱腔的结构作了详细的描述，她认为《格萨尔》的说唱音乐在长年累月的演唱、创作过程中，已不断地丰富和发展，形成了完整、独特的曲目以及程式化的表演体系。

在《试论藏族史诗〈格萨尔〉说唱音乐的传播方式及其特点》（《西藏艺术研究》，2004 年第 1 期）中，仓央拉姆介绍了《格萨尔》音乐的创作主体——说唱艺人，并把他们分为三大类：原创艺人、后继艺人（包括闻知艺人和吟诵艺人）及抄本艺人。探讨了《格萨尔》音乐的传播方式，她认为《格萨尔》音乐与《格萨尔》史诗是相伴而生的，都由格萨尔艺人进行创造和演唱，由艺人通过口头传播来流传。“创作者就是音乐的唱奏者，传播生产隐伏在音乐唱奏活动中，每一个唱奏者，每一次唱奏活动，都在进行音乐的传播。”而《格萨尔》音乐传播的特点：一，它没有时间上的纵向传承脉络，这是因为民间艺人在口头传播时，走到哪就把史诗故事带到哪，直到自己不能说唱为止，因而没有明显的师徒关系。二，在民间艺人“创腔、演唱、传播”三位一体的原始传播过程中，由于参与的只是少数艺人，不能形成群体性的传播网而导致了它缺乏民间音乐的普及性和普遍性；其次是受传播次数的有限性影响，由于传播时间、场合等限制，它不能像民间音乐随时随地都可进行传播；再次，长篇史诗故事采用的说唱形式的音乐体裁也限制了其音乐的传播；最后，《格萨尔》音乐的即兴创造方式带有的随意性和不完整性都影响了它在空间传播上的广度和深度。随着人类信息传播手段的发展，音乐传播经历着一个由简单到复杂，由原始形态到现代形态的历史发展过程。《格萨尔》的音乐传播发展到今天主要有两种形式：一，利用印刷技术以乐谱媒介为传播手段的各种报刊、杂志或书籍；二，以声像记录为手段利用电子传播媒介进行传播生产的无线电广播、电视广播等。

对史诗说唱音乐的研究是 2004 年史诗研究中一个非常值得关注的问题，伴随着音乐研究的是对史诗说唱艺人的研究。王兴先的《高不可及的伟大诗人和人民艺术家——论〈格萨尔〉说唱艺人》（《西北民族大学学报》（哲学社会科学版），2004 年第 6 期）从《格萨尔》艺人至今仍在传承、说唱和表演的角度认为，他们不是一般意义上的艺人，而是高不可及的伟大诗人和人民艺术家。

《格萨尔》是藏族人民社会生活的“百科全书”，它比较全面地反映了藏民族的历史、地理、习俗、传统和文化。丹曲的《〈格萨尔〉所体现的古代藏族山水为喻的审美特征》（《西藏研究》，2004 年第 3 期）就从审美的角度来透视古代藏族山水为喻的审美特征。他分析了史诗中对山川河流最初形成的描述、对岭国山水的描述、对黄河等江河湖泊的描述、对岭国人物的描述等，认为这种古代山水为喻的审美观是藏族先民在认识自然的过程中逐步形成并代代相传的，而这种审美特征具体体现在两个方面：一，在人物的塑造方面充分肯定了人性的主体作用；二，在主题思想方面注入了宗教的思想情感，反映“人化的自然”，山水美和生活美相交融，让人们从多层次的图景中得到美感。

措吉的《〈格萨尔〉中的茶文化》(《西藏研究》，2004 年第 4 期）则从民俗学角度出发，结合文献学研究方法，通过对品类繁多、名称各异的茶类茶具，多姿多彩的茶礼，以及茶类烹煮方式的具体详尽的描绘和研究，不仅说明了藏族文化经古代汉藏民族交往而传播到藏区，并且在博大精深的藏族文化基础上，经过选择、吸收与整合而成的事实，以及茶的贸易对加强各部落之间的经济交往，繁荣社会经济起到的推动作用，而且探究并揭示了史诗《格萨尔》中藏族文化的深刻内涵。

石硕的《〈格萨尔〉与康巴文化精神》(《西藏研究》，2004 年第 4 期）则回答了伟大的英雄史诗为什么唯独发源在康巴这个区域，产生《格萨尔》史诗的文化土壤是什么，《格萨尔》与康巴文化精神之间存在着什么样的内在关联？而马都尕吉的《从史诗〈格萨尔〉看藏族盟誓习惯》则以史诗为佐证，探究藏族盟誓习俗的产生、形式、仪式及其历史沿革，剖析藏族人民崇尚真诚、朴实的品格与渴望和睦、友好的美好心愿。

2004 年对《格萨尔》的翻译问题的研究也比较突出，在以往的收集、整理和翻译中，由于翻译者的学术水平、翻译技巧等原因导致《格萨尔》译本的文化价值和学术价值并不很高，特别是在遇到民族性和文化性问题时，还存在一些原则上的误译，对此种种问题，学者们都进行了探讨。岗·坚赞才让在《〈格萨尔〉翻译中不可丢失的文化层面》(《西北民族大学学报》，2004 年第 4 期）中指出，藏族《格萨尔》约有 200 余部，大约 150 万行，对这部“史诗之冠”的翻译确实有一定的难度，为了确保史诗鲜明的民族文化底蕴、丰富的史料价值和优美生动的口语，翻译方法上应尽量以直译为主，因为“直译既能保持原文的内容，又能保持原文的形式——特别是保持原文的比喻、形象和民族、地方色彩等”。其次，就史诗的文化性而言，由于史诗涉及的范围广，流传的地方多，这就要求翻译工作者对藏文化的了解必须既有深度又有广度，这样才能在翻译时保持原文的特征和风格，保持文化的差异性。不管是《格萨尔》的“文学本”还是“资料本”都属于翻译，都属于文化交流。翻译本身就是民族文化的一种延伸和创新，而创新的目的就是使传统文化恢复活力，提升传统文化的质量，使之成为与当代社会相适应的精神文化。扎西东珠的《谈谈〈格萨尔〉的翻译问题》从译介的角度指出汉译藏族《格萨尔》的难点问题，并参考《格萨尔文库》的有关规定，提出翻译过程中可遵循的三条原则：1. 约定俗成的原则；2. 分别对待的原则；3. 译名遵从内容需要的原则。译者必须深刻体会史诗艺术创造的过程，从总体上把握原作的精神内核，运用形神兼备的汉文“《格萨尔》体诗”把史诗的内容与形式正确无误地再现出来。

以造型和表演为手段来塑造格萨尔的形象，表达和寄托人们的思想感情也是格萨尔研究中新的尝试。在《略谈〈格萨尔〉艺术改编中应处理好的几种关系》(《西藏艺术研究》，2004 年第 4 期）中，拉布杰巴桑就如何才能成功地改编《格萨尔》提出了自己的看法，他认为一要处理好神话与史诗的关系，要站在历史的高度和史诗本身的角度辩证地看待神话，使改编出来的作品更接近史诗本身。二要处理好现代与古代的关系，不能以现代人的审美情趣去要求古人的言行举止，要使改编出来的作品具有较强的真实性和逼真感。三要处理好原著与改编的艺术作品的关系，我们在艺术改编中不可过于“加工”，在手法上要把握好“度”的问题。

作为本年度的研究热点，其他如平措、赵秉理和尕藏才旦等都从不同的侧面对《格萨尔》作出了自己的阐述，相信这些对格萨尔学的建设有一定的意义。

二、哈萨克英雄史诗与蒙古英雄史诗

阿吾里汗·哈里和杨振明的《论哈萨克民间英雄史诗》（《新疆社科论坛》，2004年第6期）认为哈萨克民间英雄史诗是哈萨克民族历史的艺术概括，它反映了哈萨克从氏族到部落，后来形成民族所经历的大动荡、大变迁等艰难曲折历史情景的真实画面。哈萨克民间英雄史诗有很鲜明的民族特色：哈萨克民间英雄史诗在着力于理想和现实相结合的同时，在使史诗的真实性不因加入幻想成分而产生迷乱的前提下，为史诗中的英雄人物涂上了浓厚的神奇色彩。哈萨克民间英雄史诗在篇章结构上有独特的表现手法；同时哈萨克民间英雄史诗在铺叙陈述部分很讲究诗句的韵律，大都采用阿肯常用的普通韵。尽管哈萨克民间英雄史诗在内容上存在着一些瑕疵，但都无损史诗动人的光彩。

乌日古木勒（《哈萨克英雄史诗〈阿勒帕梅斯〉与蒙古英雄史诗的比较研究》，《中央民族大学学报》，2004年第2期）则从比较的角度对两个民族的史诗进行比较，探讨两者之间的共同特征，他认为产生共同特征的原因是因为突厥语民族和蒙古民族相同的游牧经济生活、共同的萨满文化背景、错综复杂的族源关系和频繁的历史接触。他首先阐述了两个民族史诗比较研究的意义，并对比较研究的成果作了一个简明的小结。他选取两个民族英雄史诗形成、发展规律和结构类型的角度，旨在阐述突厥英雄史诗和蒙古英雄史诗传统的相似性。

金海在《蒙古族中古英雄史诗社会文化背景分析》（《内蒙古师范大学学报》，2004年第3期）中指出，蒙古族中古时期，由于部族间的割据混战、封建制度的不断深化、蒙汉文化交流与中原农耕文化的渗透以及萨满教的延续和佛教的传播等社会文化原因所致，其时的英雄史诗具有与远古英雄史诗明显不同的时代特色。诸如，主题中渗透着封建等级制的特征和萨满教与佛教的斗争；原有人物形象分化成汗和臣属两个等级之外，还增添了许多新形象；使用魔法和妖术布阵等母题的引入使其情节结构变得十分丰富和复杂。贾晞儒的《试论蒙古族英雄史诗研究的现实意义》则从继承和弘扬史诗精神，发掘其现代价值的角度论述史诗对我们今天精神文明建设的重要意义，立意较为新颖。

三、其他各民族史诗

何刚（《四川地区彝族英雄史诗〈支格阿鲁〉艺术特色》，《西昌师范高等专科学校学报》，2004年第4期）以《支格阿鲁》这部长篇史诗为例，从文学的角度探讨它的艺术特色。他认为，整部史诗以诗的语言描写远古彝族英雄支格阿鲁不平凡的身世、艰难的成长历程和许许多多神圣而动人的英雄事迹，内容体系丰富而庞大。其特色一是它宏伟壮丽而巧妙的结构形式。它以壮观的场面、神奇的景象，叙述描写了远古英雄支格阿鲁的身世、成长和创世业绩，塑造了一位心地善良、智勇双全、威武英俊的伟大英雄形象。二是它的语言特色。主要表现在逼真细腻的描写、反复迭唱和独具特色的诗律上；史诗还运用对仗营造音乐节奏美和诗歌意象美。此外，《支格阿鲁》还具有浓厚的神话色彩。他认为是神话使这部英雄史诗产生了厚重苍茫而高扬的意象感染力，人们借神的形象来表达愿望和理想。

杨春华（《彝族创世史诗中的历史观、信仰观与伦理观》，《楚雄师范学院学报》，2004 年第 2 期）从宗教的角度对彝族的创世史诗进行了分析。他认为，创世史诗实质上是对人类自身实践力量的肯定与伦理道德关系的一种规范。史诗是对神造万物的否定，神是人类自我人格力量的化身。他指出彝族多种宗教形式的中心内容——祖先崇拜其实是人对自身实践力量的继承与发扬。他对史诗中的“乱伦”之谜从伦理学的角度给出了合理的解释。

李建、朱凌举例论证了《江格尔》史诗中的佛教文化因素的影响，如史诗中有大量的以神佛或佛教中的其它美好名称来形容英雄人物以及他们的武器、坐骑的描写；在史诗的各章节中，有大量的佛教化的故事内容；而且史诗中的环境描绘充溢着浓浓的佛教色彩，在数字的运用上如三十三、五百、三千、六千六等都是佛教中的象征性数字。但作者最后也指出，佛教对史诗的影响主体上还是比较薄弱的，它更多的是停留在史诗的表层。

史诗研究的新发现和突破，则是《“江格尔”名称由来与史诗主人公生活原型的关系》（《民族文学研究》，2004 年第 4 期），贾木查考察了大量的史诗文献后，认为“江格尔”一名来自波斯语“扎罕格尔”，意即世界主宰或世界征服者。只是后来由于语言环境的影响，此语融入蒙古语，成为“江格尔”，并说明“江格尔”这个主人公形象就是以成吉思汗为首的蒙古族英雄豪杰们的群体形象。

对史诗说唱艺人的研究，如阿地里·居玛吐尔地认为玛纳斯奇在柯尔克孜族人心中占据神圣地位，他们和史诗一样具有超自然力，他们兼有歌手和萨满的双重职能，这种身份的重叠使《玛纳斯》借助萨满的神事活动进一步得到传播，也进一步加强了史诗的神圣性和群众性。

四、史诗的方法论探索

从比较的角度以及从田野与文本的关系出发，探讨史诗的方法论问题，是 2004 年史诗研究中一个很重要的方面。

伍君的《现代人的神话和象征——从瑶族史诗〈密洛陀〉到蓝怀昌的〈波努河〉》则是把史诗中的创世始祖和现代小说中的主人翁抽取出来进行比较，运用神话——原型批评方法，对人物形象作初步探讨，藉以感受远古文明与当代艺术之间类似或相应的象征意义。

邱强、胡吉省的《史诗精神与〈三国演义〉〈水浒传〉》（《台州学院学报》，2004 年第 2 期），分两部分探讨了史诗精神与《三国演义》《水浒传》的内在关联。首先，他们认为神话之后的史诗抛弃了人类原有的幻想，以人生现世的英雄主义为主旋律，在赞美英雄的同时也清醒地认识到死亡的无法逃避，透出对人类终极关怀的忧虑，流露出悲凉之音。而中国复杂的社会环境，是英雄故事得以产生的土壤，宋末元初，英雄主义故事就在民间广泛流传，至元末明初，终于诞生史诗性的作品《三国演义》《水浒传》，这是对英雄的重塑，也是对原有文化、理想失落之后的一种暂时寄托，这暗合了史诗的创作机制。其次，作者指出，史诗作为历史范畴的文学现象，无法超越人类的迷惘，人类的热情最终总是无所归依，如《奥得修记》、《罗摩衍那》都以悲凉而告终。而《三国演义》《水浒传》中英雄们辉煌、悲惨的结局也是人们对历史巨变的一种无奈和情感的无所寄托。因此，小说《三国演义》《水浒传》从重塑历史英雄开始，抒发了中国文化的无所归依的悲凉，具有史诗精神。

从史诗因素方面来探讨小说的论文，有李舜华的《早期章回小说中的英雄史诗因素》，她认为英雄史诗因素直接支配了小说的潜在结构，以史诗母题的呈现与变迁为切入点，可以进一步理解章回小说的兴起与发展，理解元明以来对个体存在的思考。

我国史诗数量之丰富，举世罕见。新中国成立后，学者们对史诗进行了大规模的调查、搜集、整理，翻译、出版了大量的民间文艺作品，对保护我国的民间文学作出了巨大的贡献。但当时普遍通行的工作方法今天已受到许多学者的质疑。

巴莫曲布嫫针对“民间文学搜集整理工作”的多向性审视与建设性批判发表了自己的看法，成为本年度引人注目的一项研究成果。在《叙事语境与演述场域——以诺苏彝族的口头论辩和史诗传统为例》（《文学评论》，2004 年第 1 期）中就比较全面地结合史诗文本《勒俄特依》的搜集、整理、翻译、出版的历史实际与相关的研究成果，探讨在文本的制作过程中出现的种种问题，并作出有关学术史的清理，提出一种客观、公允的评价尺度。她在文中引入概念“民间叙事传统的格式化”，并指出它的含义即是：口头叙事事象在文本化的过程中，由于出现了以参与者主观价值评判和解析观照为主导倾向的文本制作格式，使民间真实的、鲜活的口头文学传统在本土化或去本土化的过程中发生了种种游离本土口头传统的偏颇，被固定为一个既不符合其历史文化语境与口头艺术本真，又不符合学科所要求的“忠实记录”原则的格式化的、书面化的文本。格式化的结果致使后来的学术阐释发生了更深程度的文本误读。在文中作者基于对“演述场域”的思考，提出“五个在场”的要素：1. 史诗演述传统的“在场”；2. 表演事件的“在场”；3. 受众的“在场”；4. 演述人的“在场”；5. 研究者的“在场”。作者认为建立这种田野工作模型的意义是：一，在方法层面上，确定了演述场域，能够帮助观察者在实际的叙事语境中正确地调整视角，以切近研究对象丰富、复杂的流变过程。二，在具体操作层面上，依据个案研究的目的与需要，演述场域的范围与界限也应当是流动的，而非固定的，它随着表演的变化而变化。三，在研究视野上，坚持场域关联性原则，为史诗研究确立一个相对稳定的“透视窗”，以此找出史诗演述中叙事连续性的实现或中断及其规律性的嬗变线索。可以说，演述场域为我们提供了一种反观性与互照性的考察视界。四，在从田野到文本的学术转换与学术表述层面上，对具体演述场域的“深描”，有助于对口头叙事这一语言民俗事象的表演情景作出分层描写，形成关于表演过程的民俗学报告。五，“演述场域”的确定，有助于在口头叙事的文本化过程中正确理解史诗异文，也有助于从民俗学过程来认识异文的多样性，进而从理论分析层面作出符合民间叙事运动规律的异文阐释，因而也会深化并丰富我们对史诗异文的研究。

总体说来，2004 年的史诗研究再次提出了对田野文本的方法论思考，进一步深化了对《格萨尔》的文化、历史、习俗、宗教等多方面的研究；对其他少数民族的史诗研究也有新的拓展；部分文章达到了较高的广度和深度。但在研究领域的扩大、史诗基本理论及史诗类型学的研究方面较为欠缺。我国史诗规模宏大、源远流长，亟待引起足够的关注与重视。

二 论文选载

叙述语境与演述场域

——以诺苏彝族的口头论辩和史诗传统为例

（彝族）巴莫曲布嫫

引言 “民间叙事传统的格式化”问题：田野与文本

上个世纪的50年代和80年代，在中国民间文艺学界曾两度自上而下地开展了大规模的民间文学搜集、整理工作，后来被称为“彝族四大创世史诗”的文本正是在这样的“运动”中孕育的，其中的《勒俄特依》作为彝族诺苏支系史诗传统的整编本（2种汉文本和1种彝文本），也先后在这两个时期面世了。回顾这段学术史，反思在文本整理、迻译、转换、写定过程中出现的种种问题，我们不得不在田野与文本之间为此后仅拘泥于“作品解读”的史诗研究打上一连串的问号。

通过田野调查、彝汉文本对照，以及对参与当时搜集整理工作的学者进行的访谈，我们对《勒俄特依》汉译本的搜集和整理过程有了更为深入的了解。当时的搜集整理工作并未进行民俗学意义上的田野作业与表演观察，而采用的手段，大致是将凉山各地的八九种异文与八九位德古（头人）的口头记述有选择性地汇编为一体，并通过“卡片”式的排列与索引，按照整理者对“次序”也就是叙事的逻辑性的理解进行了重新的组合，其间还采取了增删、加工、顺序调整等后期编辑手段。从中我们不难看出这一文本制作过程的“二度创作”问题：第一，文本内容的来源有两个渠道，一是书写出来的抄本，一是记录下来的口头复述本，也就是说在完全脱离民间表演传统的情形下，将文传与口传这两种完全不同的史诗传承要素统合到了一体；第二，忽略了各地异文之间的差异，也忽略了各位口头复述者之间的差异；第三，学者的观念和认识处于主导地位，尤其是对史诗叙事顺序的前后进行了合乎“进化论”的时间或“历史逻辑”的人为调整；第四，正式出版的汉译本中，没有提供具体的异文情况，也没有提供任何口述者的基本信息。因此，在这几个重要环节上所出现的“二度创作”，几乎完全改变了史诗文本的传统属性。更为重要的是，“勒俄”尽管有许多异文及异文变体，但最基本的文本类型是按照彝族传统的“万物雌雄观”来加以界定的，有着不同的仪式演述功能和叙事界域，而无视史诗传承的文化规定性，将主要用于丧葬和送灵仪式的“公本”与只能在婚礼上演述的“母本”整合到一体，则是现行汉译本最大的症结所在。

实际上，在以往甚或当前的各民族民间文学搜集整理工作中，“汇编”同样也是一种甚为普遍的现象。这也是我们在这里以《勒俄特依》的文本制作为例，对这段文本搜集、整理、翻译、出版提出学术史批评的出发点。对过往的民俗学，民间文艺学工作者在口头传统文本化的过程中，存在着一种未必可取却往往普遍通行的工作法，我们在检讨《勒俄特依》的同时，也在思考应当采用怎样的学术表述来加以简练的概括，使之上升到学术批评的范畴中来加以讨论，这样或许对今后学科的发展有一些积极作用。经过反复的斟酌，本文在此将以往文本制作中的种种弊端概括为“民间叙事传统的格式化”[①]。

这一概括是指：某一口头叙事传统事象在被文本化的过程中，经过搜集、整理、迻译、出版的一系列工作流程，出现了以参与者主观价值评判和解析观照为主导倾向的文本制作格式，因而在从演述到文字的转换过程中，民间真实的、鲜活的口头文学传统在非本土化或去本土化的过程中发生了种种游离本土口头传统的偏颇，被固定为一个既不符合其历史文化语境与口头艺术本真，又不符合学科所要求的“忠实记录”原则的书面化文本。而这样的格式化文本，由于接受了民间叙事传统之外并违背了口承传统法则的一系列“指令”，所以掺杂了参与者大量的移植、改编、删减、拼接、错置等并不妥当的操作手段，致使后来的学术阐释发生了更深程度的文本误读。如果要以一句更简练的话来说明这一概括的基本内容，以便用较为明晰的表达式将问题呈现出来，供大家进一步讨论，我们将这种文本转换的一系列过程及其实质性的操作环节表述为“民间叙事传统的格式化”（为行文的简便，本文以下表述均简称“格式化”）。

第一，“格式化”的典型表征是消弭了传统主体——传承人的（民众的、表演者个人的）创造者角色和文化信息，使得读者既不见林也不见木，有的甚至从“传承人身份”（identity of traditional bearer）这一最基本的“产出”环节就剥夺了叙事者——史诗演述人、故事讲述人、歌手——的话语权力与文化角色。因此，在不同的程度上，这种剥夺是以另一种“身份”（编辑、编译人、搜集整理者等等）对“传承人身份”的忽视、规避，甚至置换。第二，“格式化”忽视了口头传统事象生动的表演过程，在一个非忠实的“录入”过程中，民间的口头表演事件首先被当作文本分析的出发点而被“写定”为一种僵化的，甚至是歪曲了的书面化文本。第三，参与者在“格式化”的文本制作过程中，是以自己的个人意志为转移的，并以自己的文本价值标准来对源文本进行选取或改定，既忽视了本土传统的真实面貌，也忽视了表演者的艺术个性，这种参与过程实质上成了一种无意识的、一定程度的破坏过程。第四，“格式化”的结果，将在以上错误中产出的文本“钦定”为一种标准、一种轨范、一种模式，变成人们认识研究对象的一个出发点。这种固定的文本框架，僵固了口头艺术的生命实质，抽走了民众气韵生动的灵魂表达，因而成为后来学术研究中对口头传统作出的非本质的、物化的，甚至是充满讹误的文本阐释的深层原因。第五，如果我们从积极的立场来看待这种“格式化”的文本制作流程，或许应该公允地说，在一定的历史时期，这种“格式化”的工作目标针对的是本土传统以外的“阅读世界”，其种种努力或许在文化传播、族际沟通和交流中发生过一定的积极作用，尽管其间也同时传达了错误或失真的信息。

一个时代有一个时代的学术。今天的民俗学者如何以自己的学术实践来正确处理田野与文本的关系，也会反映出我们这一代学人如何应对学术史的梳理和反思。因而，本文的宗旨，就是希望以史诗田野研究的实际过程及从中抽绎出的田野主体性思考，作为对诺苏彝族史诗传统"格式化"的真诚检讨和积极回应。而通过田野研究，从民间鲜活的口头史诗演述活动去复归文本背后的史诗传统，并建立一种"以表演为中心的"史诗文本观和田野工作模型，正是本文的工作方向所在。

一、叙事语境与演述场域：史诗的研究视界

在人文科学中，我们已经看到一种远离具体对象及其存在方式和生命场境的视线转移，而走向更宏大的语境化。语境[②]概念的出现确实对我们原有的文本阐释观产生过强烈的震荡作用，促使人们将学术思考进一步从文本引向田野。文本的语境化，大多是为了集合文本之外的新的意义，将已知材料进行动态并置，在某种方式下使文本与田野之间产生互动。但是，语境的普泛化，在有的情况下甚至成了"文化"、"传统"、"历史"等等宏大叙事的代名词，同时也消弭了我们对具体民俗事象的深细观察与审慎分析。因为文本材料与田野材料之间各个不同的部分都在语境普泛化的过程中被整合为一体了，这些材料的差异性在可能的并置之中几乎是无限的，因而在意义生成方面，我们或许获取了比文本解读更多的可能性，但其阐释的结果近乎是没有底线的，也难于比较全面地揭示文本背后的传统真实，尤其是细节生动的民俗生活"表情"。笔者认为，语境诚然是我们研究固定文本的一种文本批评观，但过于宏大的语境观会使传统事实变得更难于描述。因此，我们怎样应对这种难题，也将怎样构成我们对叙事传统本身作出的阐释与学术表述。鉴于此，本文在使用"语境"这一概念时，相对地将之界定为史诗演述的仪式化叙事语境。

彝族古老的史诗传统"勒俄"（hnewo，意为口耳相传的族群叙事），被金沙江南北两岸拥有 200 多万人口的诺苏支系彝人视为历史的"根谱"和文化的瑰宝，长期以来一直在历时性的书写传承与现时性的口头演述中发展，并依托婚礼、葬礼和送灵归祖三大仪式生活中的"克智"（kenre，民间口头论辩活动》而得到广泛的传播和接受。史诗在久远的流传过程中产生了多种书面化的异文与异文变体，大体上可归为不同时期、不同地区的史诗抄本。从抄本内容而言，史诗有极为严格的文本界限与文本性属，整体上分属于"公勒俄"与"母勒俄"两种文本系统，这与彝族古老的万物雌雄观有密切关联。然而，以口头演述而言，史诗又有着严格的叙事界域，分为"黑勒俄"与"白勒俄"，并按"说史诗"与"唱史诗"两种言语表达方式进行比赛，由具体的仪式化叙事语境（婚丧嫁娶与祭祖送灵）所决定。换言之，史诗"勒俄"的承传——传承始终伴随着"克智"口头论辩而与山民的仪式生活发生着密切的联系。以笔者在田野观察中的深刻感受而言，作为一种神圣的族群叙事传统，史诗演述之所以出现在民俗学意义上的"人生仪礼"（rites of passage）活动中，正是史诗传人与听众通过口头叙事的时间维度，运用彝人关于生命周期的经验感知，在特定的仪式空间共同构筑了本土文化关于人的存在与生命本质的叙事。这里，我们先分析"克智"论辩的口头传播模式及其言语行为的

表现方式——“说史诗”与“唱史诗”的基本情境，进而讨论史诗演述场域的确立与田野研究的实现。

“克智”论辩与史诗演述的仪式化叙事语境告诉我们，“勒俄”作为诺苏彝族的史诗传统，其传承与演述在本土具体鲜活的民俗生活中流动着，以史诗传统自身的存在方式不断完成着史诗演述的实际生命过程，它既非一种基于文本的口头复颂，也非一种有固定模式的口头演绎。因为在义诺山地社会，不论是民俗生活仪式（婚丧），还是宗教生活仪式（送灵），“克智”论辩都必须根据不同的仪式场合与地点，按说/唱两种不同的方式来进行叙事表演。由此，以特定的仪式时空为背景，以特定的表演者为叙事角色，以特定的仪式圈为叙事对象，构筑了史诗传演的特定情境。我们用以下图表来概括：

表演形式 / 仪式场合	论　说	比赛人数	演述方式	仪式歌调	比赛人数
措期（火葬）	卡冉（雄辩）	一人对一人	哈：舞队赛唱	伟兹嘿	人数不定
措毕（送灵）	卡冉（雄辩）	一人对一人	（毕摩经颂）	（朵提）	（几位毕摩合颂）
西西里几（婚嫁）	克斯（辩说）	一人对一人	佐：转唱	阿斯纽纽佑	两人对两人
仪礼名称及地点	席莫席（迎亲）男方家		阿莫席（送亲）女方家		

针对演述场合的传统规定性及其相应的叙事界域，我们从理论分析层面将表演事件的特定情境提炼出来，并概括为口头史诗的“演述场域”③，以区别于范畴更广的“语境”一词。简言之，我们认为“演述场域”是研究主体在田野观察中，依据表演事件的存在方式及其存在场境来确立口头叙事特定情境的一种研究视界。它与叙事语境有所不同，但也有所联系。后者是研究对象的客观化，属于客体层面；前者是研究者主观能动性的实现及其方式，属于主体层面。以下三个方面的表演要素及其交互关系，来自于叙事语境，是本文界定史诗“演述场域”的基本视点，当能反映出叙事语境与演述场域之间的内在联系：

第一，从论辩场合来看，辩论双方的立论与辩说必须围绕具体的仪式活动来进行，因此对话氛围也与婚礼、葬礼和送灵仪式有密切关联，其基本准则是葬礼上的论辩内容不能用于婚礼；而婚礼上的论辩说词也不能用于葬礼，这在民间有着严格的区分，也规定了“黑勒俄”与“白勒俄”之间的叙事界域。婚礼上的史诗演述（白勒俄），要求立论主题与叙事线索要围绕着婚俗传统、嫁娶的由来以及相关的两性制度、联姻关系等来展开；而葬礼（黑勒俄）与送灵仪式（黑/白兼行）的史诗演述也各有侧重，葬礼主要针对死亡的发生，唱述人们对亡者的怀念，对生死问题的认识；而送灵仪式的说/唱内容则是彝人对“人死归祖”的解释。

第二，从论说方式而言，婚礼上的论辩称为“克斯”（kesyp　论说，在男方家），双方以文雅的辞令展开论辩，以论理阐说为主，语气比较平和，而且必须按照克智的表演程式有条不紊地进行；而丧葬与送灵仪式上的论辩称为“卡冉”（kerra　雄辩），双方以较为激烈的言辞进行论辩，以气势压倒对方为特征，虽有一定的表演程式，但进入高潮之后，也可以不拘一格，四面出击。

第三，从演述方式来看，由于仪式性质不同，使用的歌调也就有严格的区分，婚礼以“佐”（rro　一人领唱一人跟唱）为主（在女方家），歌调曲牌为“阿斯略略”（axsynyow）；葬礼以“哈”（hxa　人数不等的两组舞队之间的赛唱，其中每组以一人领唱，众人合唱）为主，歌调曲牌为“伟兹嘿”（vazyhlit）。不论是“说”还是“唱”，“克智”论辩始终是用诗的语言来立论并进行推理和辩论，内容和程式基本一致。“唱”的表演性较强，节奏纡缓，其竞赛性相对较弱；而“说”在技巧上则十分讲究，更具论战色彩。

以上表演要素不仅规定了“克智”的论辩方式，也规定了史诗的演述形式与叙事界域。换言之，“克智”论辩本身分为论说与演述两种方式，其所负载的史诗演述也同样分为说/唱两种方式；并且根据仪式、仪礼的背景不同，论说又分为“克斯”（婚礼）与“卡冉”（葬礼与送灵）两种具体的言语方式；演述也同样分为“阿斯纽纽佐”（婚礼）与“伟兹嘿”（葬礼）两种舞唱方式。在这种基本的表演规程中，始终贯穿着史诗叙事的“黑白”之分。因此，史诗叙事也出现了多种不确定的因素。人们说，“传统是一条流动的河”。在个案研究的实际推进过程中，我们也深切地体会到，诺苏的史诗演述也同样始终处于其自身的叙事传统之河中，生生不息地发展着。要把握其间富于变化的流程与支脉，就必须建立一种有效的观察手段。

我们或许对田野调查所提供的学术可能性都有一种普遍的认同。那么从具体的表演情境中我们又看到了什么？还能看到什么？又该怎么看？在田野观察过程中，除了身临其境去体验，除了通过摄影、摄像、录音、书写等技术手段的使用外，作为研究主体，我们的学术视界怎样定位于每一次表演的实际观察，于是也就有了田野研究的方法论意义。如果我们从表演环节入手，来切近活形态的口头叙事传统，既要兼具宏观与微观的两种视角，同时也要关注历时与现时两种维度，对每一次跟踪的表演事件进行细致入微的观察。应该说，这些都是一些基本的田野参与观察的态度。而针对具体而复杂的表演情境，追踪每一次表演事件的开端、行进、结束的全过程，我们或许需要更为具体的、更为灵活的观察角度，也需要一种可资操作的技术手段。因为，当你进入田野之后，由于本人“在场”，主体与对象之间的鸿沟变小了（尽管怎么也不可能完全达到契合），从而感觉到了某种田野与文本的互动。然而仅仅将表演事件的背景作为一种语境来进行的近距离观察，往往会导致视线的模糊与失真。因为语境是一种将对象客观化之后的产物；作为主体，我们需要应对的是怎样建立相应的观察手段，去帮助我们不断地调整观察的角度，以捕捉并投射对象本身的存在方式以及这些存在方式与其存在场境之间的多向性联系。在田野过程中，我们逐渐地产生了某种学术自觉。也就是说，相形于诺苏史诗演述情境的复杂性与丰富性，我们也应该相应地采取一种学术主动性，以把握每一次在观察中研究的对象。以下关于史诗演述场域问题的思考就来自于史诗田野研究的实际过程之中。

二、演述场域的确定：“五个在场”

在诺苏本土社会，史诗作为一种神圣性的族群叙事传统，首先是因为史诗的演述活动始终与人们的仪式生活有着一种内在的、多向性的同构关联，这种关联的语境化构成了史诗叙事的存在方式，达成了史诗叙事传统及其演述方式（说/唱）之间的交互关系，同时也为我们的田野研究提供了一种可资操作的观察视角，帮助我们在实际的表演情境中去确立观照史诗传统的演述场域。那么，我们在表演环节上从“克智”论辩传统（历时性维度）来确立仪式语境中的史诗演述场域（现时性维度），当是一种工作方法，也是一种研究方式，更是一种学术视界，因而也将成为阐释诺苏口承民俗与表达文化的一个关键性环节。通过田野观察中的多次亲历体会，我们发现在史诗演述场域的确定问题上，由这样五个起关键性作用的要素“在场”及其交互关系的“同构在场”形成时，才能确定史诗演述的场域，才能帮助我们正确把握并适时校正、调整史诗传统的田野研究视角。

第一，史诗演述传统的“在场”。

“先辈不开路，后代无路可行；前人不说克智，后人不会言语。”彝人丰富多姿的仪式生活和口头论辩传统，给史诗演述以存在的机制、在场的激活和动态的反馈，强化了史诗演述的影响力量和传承惯性；而每一次的史诗演述都作为悠久传统的“瞬间”再现，参与了传统的维系、承续与发展，考察史诗传统的存在方式与内部运作机制，我们的视野往往可以大到一个地区、一个支系，小到一个山寨、一个家支。问题的关键在于，我们在田野追踪的过程中是否能够发现并印证史诗演述的历史传承与鲜活场境，是否能够亲身经历史诗演述人气韵生动的表演过程与充满细节的叙事场境。我们选择大小凉山义诺地区的腹地美姑县作为史诗田野，诚然有多方面的学术考虑，但史诗演述传统的“在场”是最基本的前提，就史诗传统的生命力表征及其折射的民俗生活的“表情”而言，美姑彝区能够为我们提供有力的“在场”证据。否则，史诗传统的发现与复归，就会在云遮雾障的山地沉默中变得湮没无彰。如果不到民俗生活中去发现表演传统的“在场”，我们不也就可以像过去那样坐在县城或州府，眼观八方，凭借搜罗到的各地史诗抄本来“汇编”一个毫无生气、毫无表情的“书面作品”或“古典长诗”了？另一方面，演述传统的“在场”，主要是指史诗的叙事行为是合乎传统规定性的现实存在与动态传习，而非仅仅作为一种文本考古中的历史传承来加以简单地印证，否则我们大可不必以“这一次”表演事件为追踪连线，去继续推进“每一次”表演观察的田野研究。

第二，表演事件的“在场”。

史诗演述有着场合上的严格限制，这规定了表演事件的发生主要体现于仪式生活；史诗演述的时间亦即仪式举行的时间；史诗演述的场域亦即一定社会群体聚合、举行仪式和仪礼的空间；整个仪式过程就是某一次史诗演述的接受过程，史诗演述的开始就是接受活动的始点，仪式史诗演述的结束也就是接受过程的结束。比如，在送灵大典上，史诗演述既出现在毕摩（祭司）的仪式经颂之中，配合着对祭祖送灵礼制进行解释性的“声教”活动，由毕摩神圣、庄严地加以引唱而得以传播；同时也出现在以姻亲关系为对诤的“卡冉”雄辩中，伴随着人们坐夜送灵的一系列仪式活动。因此，场域赋予了史诗演述以相当强烈的神圣性，这种场域与一般民间口头文学传承的风俗性审美娱乐活动有很大区别。以仪式时空为“在场”证据能够从总体上进行宏观把握，而每一次史诗演述都有其特定的、内在的、外在的、不可移改的具体场域，如丧葬仪式上的“伟兹嘿”

舞唱就不能发生在送灵活动中，更不能置换为婚礼上的“阿斯纽纽佐”；史诗演述的两种言语行为——论说与雄辩也不能互换或对置，因为史诗说/唱的两种论说风格与两种舞唱风格，就是由具体的表演事件来决定它们的“在场”或“不在场”的。此外，史诗演述的变化可以通过“这一次”与“每一次”表演事件的观察来界定，诸多的叙事要素的“在场”或“不在场”，叙事主线（黑/白）、情节基干（公本中的“开天辟地”与母本中的“人类起源”）、核心母题（天地谱系、呼日唤月、射日射月、雪子十二支、生子不见父、洪水漫天地等），以及更细小的叙事单元（如史诗叙事中凡是涉及到“给”（ggyt，绝、灭、亡）的诗行与片段都不能出现在婚礼事件中）等等，皆同时要受制于表演事件本身的“在场”或“不在场”。这就要求我们必须结合具体的叙事语境与表演事件的关联来进行有效的观察和深入的细分。

第三，受众的“在场”。

“勒俄”一词的基本语义（口耳相传的族群叙事）已经告诉我们，史诗演述本身就定向于演诵活动和群体同时感知的视—听觉接受。从文化传播与交流的方式来看，彝族本土社会可谓是一个面对面的“文本社区”（textual community）。在这个文本社区中，以山地社会家支关系为轴心而牵动的血缘、地缘、亲缘构成了受众的基本范围，社会行动与个人行动是互为包含并互为体现的，人们为自己所在群体的共同事务如守灵唱丧、祭祖送灵、婚嫁祈福而聆听史诗演述，构成了受众的“同时在场”，这既体现为历时性的传统接受，同时也体现为现时性的集体接受。一方面，在史诗接受的历时性过程中，史诗演述体现为世代相承相续的传统接受，即接受者通过仪式生活接受史诗演述已成为一种约定俗成的社会传统；另一方面，体现为集体接受的史诗演述，主要倚靠特定的文化时空，在传播与接受的现时性过程中达成的受众的“同时在场”。由此而来，史诗演述活动在家支宗族群体的人际关系里贯彻着一套行为模式，同时也是人们获取历史和知识的一整套仪式教育方式，起着规范社会、传承文化的作用。受众的“同时在场”，使得人们对史诗演述的理解、认知在一代又一代的民间记忆中被充实和丰富，在一次又一次的集体共鸣中得到个人感知经验的调节。因而，作为“这一次表演”（the performance）的口头传承活动，其文化意涵是在传统接受的历史过程中得以确定的，同时也在“每一次表演”（a performance）的集体接受活动中成为族群叙事传统的现时性呈现。

第四，演述人的“在场”。

史诗传统这种文化内驱力制约着彝人的行为，成为一定的行为准则，实现着文化控制；同时，史诗演述人作为知识文化的代表人物被人们尊称为“斯尔阿莫”（sypluapmo　智者贤师），为社会所尊敬，他们的演述行为在仪式上施行着风俗、道德、宗教的文化控制。从今天大部分彝区的史诗传统业已式微的客观事实来看，演述人是否“在场”非同小可，他们的“缺席”无疑就是史诗演述的消失，此其一。其二，有时史诗表演还有演述人文化地位及社会资格条件的限制，这是由仪式背景规定的。一般宗教性的史诗演述须由毕摩担任演述人，其他人不得恣意妄为，比如送灵仪式上的“史诗引唱”，还要求毕摩必须具备祭祖资格。其三，由于史诗演述始终与口头论辩的表演传统“克智”融为一体，基于这种对话艺术的竞赛性质而言，“勒俄”的口头演述至今也没有脱离口头论辩活动而另立门户，也就没有发展成一种可以独立于对话关系之外、可以随时随地由演述人自己单独进行表演的口头民俗事象。因此，演述人“在场”至少涉及代表比赛双方的两个或两组演述人。用我重点跟访的演述人曲莫伊诺的话来讲，史诗演述从来都不是“之波嘿”（zzytbbohxip，独说、独白）的个人行为，尤其是在口头论辩的史诗话语关系中，他们对这种“独唱”是非常拒斥的，研究者也就不应该强行让他们“独白”。其四，“克智”论辩是一种竞赛性质的主体对话，辩论者之间存在着诸多的个体差异，会在激烈的竞争中更为彰显，比如个人的对诤倾向、知识的广度和深度、语言表达能力、心理素质、道德涵养等等，同时还有某一阶段听众的反应对演述人的影响及其心理变化活动，演述人的即场替换等等，也都关系到史诗演述的展开。演述人的“在场”同时也关系到演述人对史诗叙事的把握、即场演述能力的高低、情绪变化等个人因素，如果这些因素能够发生碰撞，能够形成一种相对和谐却又充满竞争的对话氛围，才能推进史诗叙事的发展。反之，就会阻碍史诗演述的完成。

第五，研究者的“在场”。

我们所说的研究主体的“在场”，主要基于在田野研究中建立对史诗传统进行观察的客观立场，以免导致分析的片面性。首先，我们要意识到，如果研究者“不在场”，史诗演述会是一种“自在”的状态，而研究者的“出席”，会多多少少地改变这种从来都处于“自在”状态中的民间叙事活动。毋庸置疑，录音、摄像、拍照等等技术手段会不同程度地影响演述人的情绪，大家都有类似的经验总结。关键问题可能不在这些外部的表现，而在研究者是以怎样的身份和角色进入演述场域的。我发现在美姑的田野跟踪过程中，因为我与演述人曲莫伊诺之间的亲缘关系，加上我自己的族籍身份，有时还有父亲在民间的声望，这些因素统和到一起时，往往直接形成了一种亲和力，也改变了我与在场受众的关系，缩短了观察者与被观察者之间的距离，短暂的陌生化过去之后，人们很自然地接纳了我，当然这种接纳并没有完全消除我的“外来者”身份。若研究者能恰当地处理好“自我角色”，则有利于为下一步的观察寻找自己“在场”的位置。

其次，研究主体的“在场”并非是指单纯地置身于田野，或有一段田野经历，而是说针对具体的表演事件及表演事件之间的关联，来寻找自己的研究视界与演述传统的融会点。具体来说，研究主体的“在场”是由以上“四个在场”的同构性关联为出发点的，要摒弃仅在演述人与研究者之间进行一对一的二元对立模式，也就是说不能仅仅只满足于发现演述人，也不能将考察一个关系到传统、表演事件、听众、演述人这四个基本要素及其相互关系构筑的、始终处于动态之中的演述过程简约为对一位演述人的访谈，也不能将这位演述人可能为学者研究提供的单独表演当作田野目的。因为脱离现实场境、脱离受众“在场”的录音、录像，虽说也有不可忽视的价值，但不能作为制作史诗演述文本的田野证据。

再者，研究主体的“在场”是一种双重行为，既是他观的，也是内省的；既是文化的经历，又是学术的立论。这首先是因为学科要求我们必须出入于表演传统的内部与外部去进行论证、分析，方能得以避免“进不去”或“出不来”的双重尴尬。因此，主体对自己所选择的演述场域必须依据以上四个要素的同时“在场”；此外，要对某些游离于传统以外的、特定的表演事件，对某些叙事母题、叙事情节或个人趣味的偏好，都必须保持清醒的自我审视与不断的反省。

在以往的田野中，学者对自己的“在场”并无严格的界定，常见的方式就是约请演述人到自己住的宾馆、招待所为自己的学术预设进行表演。即使进入田野，也往往忽略以上“四个在场”的相互关联，因此不能提供更多的表演信息，尤其是听众的反应、听众和演述人之间的互动等等更丰富的细节，其后的文本制作过程就免不了层层的伪饰与诡笔，使人无从厘清田野与文本的真实联系。显然，这种田野取向植根于一定历史时期的学术实践过程，人们对史诗田野关系的建立与研究视界的确定尚未形成系统的、深刻的学理认识，研究主体也因种种自我倾向失去了能动的田野反观，因此将自己的“在场”与否和自己的学术目标、理论预设、观察手段和田野角色协调一致，甚至本末倒置地将自己的主观意志作为唯一的田野选择。

总而言之，以上“五个在场”要素是考量田野工作及其学术质量的基本尺度，同时我们还必须强调这“五个”关联要素的“同构在场”，缺一不可，其间研究主体与研究对象的关系可以视作一个4对1的等式，而非4加1或5减1。一则是因为研究主体的背景是一种既定的、不可能完全消失的边界；二则也是因为这道边界的存在，可以帮助我们在不同的场域中调整角度。如果无视这道边界，就会失去自己“在场”的学术理性，也就失去了视线的清晰与敏锐，甚至还会出现一种学术反讽：“研究萨满的人最后自己也成了萨满。”

这里，我们不妨从演述场域的讨论回到本文的开头，再度考量“民间叙事传统格式化”的种种症结，便会发现本文转换过程中的那一系列问题到此也变得更简单而明晰了：仅从《勒俄特依》的文本“整理”过程及其手段来看，以上“五个在场”全都变成了“缺席”。因而，仅仅在各种异文之间进行“取舍”和“编辑”的做法，无疑忽视了史诗演述传统的特质及其文化规定性，在这一重要的彝族史诗文本制作过程中留下了不可挽回的历史遗憾。从另一个角度看，如果我们在田野研究中，能够正确理解和把握以上“五个在场”要素，也就能够提供充满细节的文本证据，以避免重蹈“格式化”的种种危险。

三、田野工作模型：方法论意义

民间文艺学家刘魁立先生曾一针见血地指出“活鱼是要在水中看的”。以往的“勒俄”研究往往忽视了对口头论辩传统“克智”的同时关注，而负载其中的史诗演述也因种种原因被剥离出来，并仅仅作为固定文本来进行解析和阐释，导致的弊端之一就是我们一再反思的“格式化”问题及其对相关学术阐释的负面影响。这促使我们在田野过程中不断回首文本/语境断裂之后的史诗研究，从中寻找恰当的“坐标点”来矫正自己的田野研究视界。与此同时，我们也愈加意识到演述场域的确定也关系到学术阐释的相关论域，倘若演述场域的确定出现了偏离与错置，在“五个在场”要素及其联动关系上发生了“违规操作”，实地的田野研究乃至随后的学术表述都会出现相应的悬疑与问题。因此，本文作为个案研究，在对“演述场域”这一术语进行概念上的界定与提炼的同时，从田野工作模型的方法论角度提出以下初步的学理性总结，想必对廓清学界在田野—文本之间产生的一些模糊认识是有必要的：

第一，在方法论层面上，建立“演述场域”的概念相当于抽象研究对象的一种方式。演述场域的确定，能够帮助观察者在实际的叙事语境中正确地调整视角，以切近研究对象丰富、复杂的流变过程。比如说，在诺苏史诗田野中，演述场域的清晰化，有助于我们考察史诗传统在民俗生活中是怎样与具体的叙事语境（如人生仪礼）发生联系的？史诗传统内部的叙事界域及其表现在哪里？史诗本身的演述场域又是如何与其他民间叙事场域（如“克智”论辩）发生联系的？在何种程度上、以何种方式发生联系的？在时间点与空间点的坐标系上，史诗叙事与表演行动或言语方式（说/唱）是怎样发生联系的？因此，演述场域的确定首先能够提供一种主动建立田野关联（field relations）的学术自觉。

第二，在具体的操作层面上，依据个案研究的目的与需要，演述场域的范围与界限也应当是流动的，而非固定的。这是由于史诗的每一次表演都与其它任何一次有所不同，因而演述场域的界限也相应地随着表演的变化而变化。这种界限只能在田野中通过追踪具体的表演事件才能最后确定，属于一种经验层次的实证研究框架，有多重“透视窗”的意义。比如，我们可以将“克智”论辩活动视作史诗的一个演述场域；婚礼上、葬礼上、送灵仪式上的史诗表演也都可以视作一个个特定的演述场域；与此同时，某一次婚礼中的“克智”论辩可以视为一个演述场域，而在女方家举行的史诗转唱“佐”与在男方家发生的史诗论说“克斯”，则可视为两个时空转换中的亚场域；那么同样，在葬礼上的史诗舞队赛唱“伟兹嘿”与“卡冉”雄辩中的史诗赛说也可视为同一空间中不同时间点上的两个亚场域；与此类推，在送灵大典上毕摩仪式经颂中的史诗引唱“朵提”与“卡冉”雄辩中的史诗演述，也可视为同一个时期中不同空间点上的两个亚场域。这样随着演述场域的变化，我们的观察视界也同样会主动跟进，那么最后得到的表演结果——文本也就会投射出表演行动的过程感、层次感、音声感，其文本记录的肌理也会变得丰富而细致起来，同时也能映射出演述传统的内在品格。

第三，在研究视界上，因为演述场域的确定基于关系性思考，也就是说在坚持场域关联性原则的同时，不能把一个场域还原为另一个场域，在史诗研究中也就不能把一次表演还原为另一次表演，更不能将“格式化”之后的文本迻译还原为实际的表演场域。演述场域之间存在着一种相对的边界，这就为史诗研究确立了一个相对稳定的“透视窗”，来观察处于流动、变化中的史诗演述传统，捕捉每一次表演事件，并可凭借“这一次”表演去观照“每一次”表演，从而寻绎出史诗传统内部的叙事法则及其表演分衍的系统与归属，找出史诗演述中叙事连续性的实现或中断及其规律性的嬗变线索。这是观照史诗叙事的生命情态和阐释口头诗学的一个重要角度。因此，可以说，演述场域为我们提供了一种反观性与互照性的考察视界。我们说到的“叙事语境”是传统本身所依托的文化生态，是客观的现实存在；而这里所界定的“演述场域”作为研究观察方式的建构，则取决于田野工作者的学术主动性，它既能提供将特定的研究对象——“这一次”表演事件——从表演传统中分离出来的一种手段，同时又能帮助我们梳理出“每一次”表演事件之间的关系环带，从而找到史诗传统的生成结构和运作机制。

第四，在田野到文本的学术转换与学术表述层面上，对具体演述场域的“深描”，有助于对口头叙事这一语言民俗事象的表演情境作出分层描写，形成关于表演过程的民俗学报告。尤其是对体制宏大的叙事样式而言，对其演述场域的界定，关系到对叙事行动本身及其过程的理解，关系到对表演的深层涵义作出清晰的理解与阐释，使学术研究更加接近民俗生活的“表情”，更能传达出口头表达文化或隐或显的本真与蕴涵。如此设想，倘若我们依据演述场域的变化来描写具体的表演过程，由此形成的表演报告（report）应与表演记录（record）同等重要，这将有助于细化和完善民俗学文本的制作流程。也就是说，我们最后得到的史诗演述记录（a record of epic performance）与史诗表演报告（a report of epic performance）应一同构成学术表述的双重文本（text）结构，我们的文本阐释也就有了田野证据的有力支撑。

第五，“演述场域”的确定，有助于在口头叙事的文本化过程中正确理解史诗异文，也有助于从民俗学过程来认识异文的多样性，进而从理论分析层面作出符合民间叙事规律的异文阐释，否则我们没法理解异文及其变体。由于“演述场域”的不同和变化，“每一次”的表演事件也会相应地出现不同的史诗文本。每一个史诗文本都是“这一个”，每一位演述人的任何一次表演都是“这一次”，而且在一次仪式化的史诗表演活动中，我们往往得到的不只是一个文本。更不用说，两位或两组表演者的演述也会同时形成两个独立的表演文本，甚或是四个（两个论说本与两个演唱本）；同时，也极有可能得到的是一个未完成的“文本”（表演因种种原因中断，比如论辩双方的实力悬殊太大，不能形成竞争机制，也就不能激活史诗叙事的延续与扩展），因而也会深化并丰富我们对史诗异文的研究。

第六，在彝族“克智”论辩这个传统的史诗演述场域中，由于论辩本身的竞赛性质所规定，使得史诗演述本身成为一种争夺话语权力与文化资本的竞技舞台，这里的确潜藏着社会学意义上的“权力空间的争夺”：表面上体现两位或两组论辩者之间的话语对诤，实质上则是两个家支及其社会关系的势力较量，表演者在竞争中的输赢关乎着个人的荣誉与声名，也关乎着其所代表的家支在社会公共生活中的地位与权力，这是论辩本身长期以来都以主方一客方为社会关系网络象征的一种内隐的话语实质。因此，论辩本身的意义更为丰富、复杂，场域意义也由此更为广阔地向外延伸至表演的语境（社会关系丛）。此外，客观上这是论辩活动长此以往、经久不衰的一种内在磁场，也是“克智”能手不断提高论辩技巧和史诗演述能力的潜在驱动力，但史诗演述本身早已超出了个体的言语行为，成为社会话语权力的象征。因而，演述场域的社会学观照，是我们考察古老的口头叙事传承在当前民俗生活中依然发生着强大功能的一个视角。

综上所述，本文基于学术史的反思，在田野与文本的互动和关联中，引入“民间叙事传统格式化”问题和田野工作模型的个案讨论。若能在某种程度上对史诗田野研究与文本转换有一种全局性的参考意义，若能引起学界对田野主体性的关注和进一步的讨论，若能有学者跟我们一道从中作出本质性的、规律性的发现，并提出一套切实可行的民俗学文本制作规程和更细密的操作手段，我们也就会感到无比的欣慰了。

[原载《文学评论》2004 年第 1 期]

注释：

① 这里我们借用大家都不陌生的英文 format 一词来作为这一概念的对应表述；同时，在批评观照方式上，则多少取义于“电脑硬盘格式化”的工作步骤及其“指令”下的“从‘新’开始”。硬盘格式化必然要对硬盘扇区、磁道进行反复的读写操作，所以会对硬盘有一定的损伤，甚至会有丢失分区和数据簇、丛的危险。考虑到这是大家都熟悉的道理，我们便采用了这一英文的对应方式，也许并不十分贴切。

② 广义的语境（context）包含诸多因素，如历史、地理、民族、宗教信仰、语言以及社会状况等。由于这些因素在很大程度上影响着文本（text）的内容、结构和形态的形成与变化，因而它们也成为解决传承与创作情境中的重要关联。田野意义中的“语境”是指特定情境中的“社会关系丛”，至少包括以下六个要素：人作为主体的特殊性、时间点、地域点、过程、文化特质、意义生成与赋予。

③ 这里使用“演述场域”概念来细化“语境”。换言之，将仪式化叙事情境分层结构，这样才能在田野观察中从具体的表演事件来投射史诗演述传统。在反复的思考中，我们吸纳了以下学术理念（ideas）：1）借鉴了语义学分析中的“语义场”概念；2）参照国外史诗研究中的“表演舞台”概念（Performance arena，John M. Foley：*The Singer of Tales in Performance*. Bloomington：University of Indiana Press. 1995：47～49）；3）同时也受到了布迪厄社会学术语“场域”（fields）的诸多启发（P. Bourdieu & L. Wacquant：*An Invitation to a Reflexive Sociology*，pp. 94～115 and 115～140，Chicago：The University of Chicago Press）。但要说明的是，本文并没有直接套用任何现成的理论来阐释本土传统，因为工作原则首先是从个案出发、从史诗田野观察出发、从实际的表演事件及其言语行为的联动关系出发，由此提炼出来的这一术语主要用于界定具体的表演事件及其情境（situation），相当于英文的 situated fields of performance。

哈萨克英雄史诗《阿勒帕梅斯》与蒙古英雄史诗的比较研究

（蒙古族） 乌日古木勒

一、哈萨克族英雄史诗和蒙古英雄史诗比较研究的意义

阿尔泰语系由蒙古语族、突厥语族和满——通古斯语族组成，其中突厥语民族和蒙古族的关系非常密切。尤其是哈萨克族和蒙古族关系更为密切。首先，哈萨克族和蒙古族有着相同的草原游牧经济基础，相同的经济背景下又形成了诸多相似的生活习俗和文化特征。其次，哈萨克族和蒙古族先民长期以来生活在相近或交叉的地域，在族源方面有着千丝万缕的关系。有不少古老的部落是哈萨克族和蒙古族所共有的。例如，克烈、乃蛮和弘吉勒惕部落是哈萨克族和蒙古族共有的古老部落。而且，哈萨克族和蒙古族形成民族之后在历史的长河中由于生活在相近或交叉的地域，不断发生战争、冲突和融合，从而他们在语言、民俗和文化方面都有了诸多共同的特征。再次，哈萨克族和蒙古族都是属于阿尔泰语系的民族，他们早期都信仰过萨满教。由于哈萨克族和蒙古族相同的草原游牧经济生活、共同的萨满文化背景、错综复杂的族源关系和历史接触，因而他们在文化传统方面形成了诸多的相似性。

英雄史诗是草原游牧民族保存和传承民族传统文化的主要形式之一。英雄史诗往往反映与一个民族或部落的命运密切相关的重大事件和战争。著名突厥史诗专家郎樱教授认为："无论是大型史诗，或小型史诗，它所关注的都是氏族、部落、部落联盟、部族以及民族的事业与命运。史诗注重群体的意识、群体的观念、群体的荣誉，以及群体的利益。群体的事业与命运是史诗世界的基础。"[1]突厥语民族和蒙古族都拥有异常丰富的英雄史诗，这些史诗至今还在民间口耳相传。而且，由于突厥语民族和蒙古族相同的游牧经济生活、共同的萨满文化背景、错综复杂的族源关系和频繁的历史接触，他们的英雄史诗之间具有诸多的共同特征。但是这些问题只有通过突厥语民族和蒙古族之间的英雄史诗、神话和英雄故事等口头文学具体文本的比较分析和实证研究才能得到充分的说明和阐释。因此，突厥语民族和蒙古族英雄史诗的比较研究无论对两者的英雄史诗传统还是对他们的历史文化的深入探讨，都具有重要的学术价值。

二、突厥语民族英雄史诗和蒙古族英雄史诗的比较研究成果

活形态英雄史诗的研究是当今世界民俗学研究中的热门课题，在世界史诗学研究中蒙古民族和突厥语民族的活形态史诗更是受到格外关注。因此，近两个世纪以来，蒙古

英雄史诗和突厥英雄史诗都得到了比较充分的搜集记录、整理出版和科学研究。俄罗斯的学者们对突厥英雄史诗的搜集整理和科学研究作出了巨大贡献，并出现了日尔蒙斯基、梅列金斯基等突厥史诗研究大家，曾经出版过非常可观的研究著作。在国内，经过从事突厥语民族民间文学搜集整理和科学研究的我国几代学者的辛勤耕耘，突厥语民族的史诗遗产得到了保护、搜集整理和研究，其中维吾尔等民族的古老英雄史诗《乌古斯传》、突厥语民族的神话传说《先祖阔尔库特书》以及柯尔克孜族的著名英雄史诗《玛纳斯》的研究已经取得了很大成绩，出现了郎樱教授的《玛纳斯论》等学术专著。蒙古英雄史诗的研究在近两个世纪以来取得了重要进展，至今已经从贝加尔湖边的布里亚特、伏尔加河畔的卡尔梅克、蒙古国和我国的新疆、内蒙古的巴尔虎和扎鲁特——科尔沁等蒙古英雄史诗的七大分布中心搜集记录和整理出版了几百部蒙古英雄史诗的各种文本。俄罗斯、德国、法国、英国、日本等国家的学者和我国学者对蒙古英雄史诗进行了深入研究，已经出版了几十部蒙古史诗研究著作。因此，可以说突厥史诗和蒙古史诗的研究已经成为国际性学问，前辈学者们为后来者的深入研究奠定了良好的基础。

但是，蒙古民族和突厥语民族英雄史诗的比较研究目前还很薄弱，尤其是在我国，这种直接的专门的比较研究还没有全面开展起来。国外学者中有俄罗斯学者梅列金斯基的《突厥蒙古英雄史诗》，国内学者中有仁钦道尔吉的《蒙古——突厥英雄史诗情节结构类型的形成与发展》和《关于阿尔泰语系民族英雄史诗、英雄故事的一些共性》等少数著作和论文对蒙古民族和突厥语民族的史诗进行了专门的比较研究。因此，与蒙古史诗研究和突厥史诗研究分别取得的可喜成绩相比，蒙古民族和突厥语民族史诗的比较研究是我国史诗学研究领域中的薄弱环节，同时也是具有很大研究潜力的课题。

三、英雄史诗《阿勒帕梅斯》情节结构的分析

笔者在本文中选择古老英雄史诗《阿勒帕梅斯》与蒙古英雄史诗的比较研究为切入点来探讨突厥——蒙古史诗形成和发展的传统。英雄史诗《阿勒帕梅斯》不仅在哈萨克族民间流传，而且还在乌孜别克、卡拉卡尔帕克、巴什基尔、塔塔尔、阿塞拜疆、阿尔泰、柯尔克孜等许多民族中都有流传[2]。英雄史诗《阿勒帕梅斯》是一部广泛流传于突厥语民族中的古老英雄史诗。笔者在本文中采用了哈萨克族民间流传的《阿勒帕梅斯》文本①。

德国蒙古学家瓦尔特·海西希先生在蒙古英雄史诗研究方面作出了杰出贡献。海西希先生把阿尔奈创立、汤普森补充发展的民间故事 AT 分类法运用到蒙古英雄史诗的分类上，对大量的蒙古英雄史诗文本进行情节类型概括和分类，归纳出 14 个基本情节要素。这 14 个情节要素又可分为更小的情节单元。海西希先生的 14 个情节要素和比它更小的情节单元，几乎概括了蒙古英雄史诗的全部情节结构类型。通过海西希的归纳和分

① 本文采用胡南译，中国少数民族文学研究所资料室收藏的原苏联阿拉木图，现哈萨克斯坦火焰出版社 1979 年版本。经本人对照，王景生和胡南翻译，民族出版社 2000 年 5 月出版的《阿尔帕梅斯》和上述版本属于同一个异文。

类，不但可以了解蒙古英雄史诗的类型而且还可以观察到详细的情节。因此笔者以为海西希先生的研究，在发展 AT 分类法的同时，为蒙古英雄史诗的研究开创了新的视野。本文参照海西希先生《关于蒙古史诗中母题结构类型的一些看法》[3] 中对蒙古史诗所做的情节母题类型，将史诗《阿勒帕梅斯》的情节母题归纳如下。

A

[2-5-1] 年迈的拜布尔夫妇因膝下无子而郁闷不乐。

[2-5-2-1] 拜布尔收养女仆的儿子，取名乌尔坦。

[2-5-2-2] 拜布尔夫妇徒步走到圣人苏尔坦的宫殿求子。

[2-5-3] 拜布尔夫妇在泉边露宿，梦见白发仙人告诉他们将会得到一个儿子和一个女儿，并吩咐儿子取名阿勒帕梅斯，女儿取名卡尔勒阿什。

[2-6] [6-1-2] 阿勒帕梅斯诞生的同时邻近部落的富豪萨尔拜也生了一个女儿，并与阿勒帕梅斯订了婚约。

[2-5-5] 阿勒帕梅斯的妹妹卡尔勒阿什出生。

[4-2] 阿勒帕梅斯的童年和力量过人。

[6-1-1] 阿勒帕梅斯听到未婚妻古丽拜尔森的消息后准备去求婚。

[4-7] [4-8] 镶银的箱子里装着阿勒帕梅斯的兵器和盔甲。

[4-9-4] 阿勒帕梅斯套住日后的坐骑。

[4-9-8] 坐骑拜舒巴尔是特意自我枯瘦的千里马。

[6-2] 阿勒帕梅斯备马着装之后出发。

[8-1-1] [8-6-5] 阿勒帕梅斯途中在一块巨石上发现未婚妻留给他的信，得知卡拉满带着卡勒玛克人抢劫了未婚妻的部落，抢走了英雄的未婚妻古丽拜尔森。

[10-6] 阿勒帕梅斯单枪匹马闯入卡勒玛克人的军队，打败了敌人。

[7-9-4] 神派来四十只金翅大鹏鸟来保护阿勒帕梅斯，使其不受敌人射来的利箭伤害。

[9-1] 卡勒玛克人的可汗卡拉满。

[8-5-2] 古丽拜尔森告诉阿勒帕梅斯、卡拉满的消息。

[10-6-5] 阿勒帕梅斯与卡拉满交战，英雄打败敌人。

[13-3] 阿勒帕梅斯与古丽拜尔森举行婚礼。

[14-1] 阿勒帕梅斯带着新娘返回自己的家乡。

B

[8-6-4] 卡勒玛克人的塔依什科可汗洗劫了拜布尔的牲畜和财产。

[6-1-3-4] 阿勒帕梅斯为给父亲复仇第二次出征。

[8-4-4] 卡勒玛克人的塔依什科可汗做噩梦，梦见阿勒帕梅斯骑着宝马抢走了他的牲畜、城堡和王冠，并强占了他的妻子和女儿。

[9-3-1] 掌管地下世界的妖婆，变作老妇在英雄的路上立四十个毡房，带着四十个美貌女子，诱骗阿勒帕梅斯。

[5-1] 宝马忠告主人，但被阿勒帕梅斯误解，从而受到主人的不公正惩罚。

[9-4-4] 阿勒帕梅斯被妖婆的四十个美女灌醉，失去理智。

[10-6-9-1] 卡勒玛克人拆掉四十个毡房压在阿勒帕梅斯身上点燃、焚烧，但是英雄安然无恙。

[7-9-4] 卡勒玛克勇士们用各种兵器砍阿勒帕梅斯，但是四十只金翅大鹏鸟来保护阿勒帕梅斯，使他刀枪不入。

[12-7-5-3] 卡勒玛克人的塔依什科可汗把阿勒帕梅斯打入地下。四十只大鹏鸟把阿勒帕梅斯从半空中拦腰托起，轻轻地安放到地下。

[5-5] 塔依什科可汗把阿勒帕梅斯的宝马关进铁笼。

[7-1-9] 塔依什科可汗的女儿卡拉库孜喜欢阿勒帕梅斯，暗中帮助英雄。

[12-7-4-4] 卡拉库孜帮助阿勒帕梅斯救出他的宝马，并找回英雄的武器和盔甲。

[5-7] 宝马救主人出地下世界。

[10-6-8] 阿勒帕梅斯杀死塔依什科可汗。

[10-6-10] 阿勒帕梅斯杀死妖婆。

[13-3] 阿勒帕梅斯与卡拉库孜成婚。

[8-4-2] 阿勒帕梅斯做噩梦，梦见秃鹫落在自己的床上，得知家乡出了事。

[14-1] 阿勒帕梅斯急忙返回家乡。

C

[11-1-3] 阿勒帕梅斯为了观察情况，化装成化募人。

[8-1-7] 阿勒帕梅斯从牧马人口中得知父母和妻子被乌尔坦奴役的消息。

[7-1-1] 阿勒帕梅斯见到为乌尔坦放骆驼的父亲，进一步了解情况。

[7-7] 阿勒帕梅斯的儿子捷迪格尔的苦难的童年。

[12-7-3-2] 乌尔坦和古丽拜尔森举行婚礼、叼马比赛，阿勒帕梅斯的库尔泰叔叔骑着他的拜舒巴尔宝马获得胜利。

[12-6-3] 阿勒帕梅斯来到婚礼上通过唱歌揭露乌尔坦强占他人的财富、为非作歹。

[12-6-5] 阿勒帕梅斯试探出古丽拜尔森对自己的深情未变，脱掉化募人的装束，与妻子相认。

[7-7] [10-6-8] 乌尔坦认出阿勒帕梅斯之后想逃走，阿勒帕梅斯的儿子捷迪格尔用长矛挑开了乌尔坦的胸膛。

[14-4-3] 阿勒帕梅斯与家人团聚，全部落安定幸福，过上了美好的生活。

为了分析方便，笔者把英雄史诗《阿勒帕梅斯》的情节结构分为A、B和C三个部分。蒙古英雄史诗专家仁钦道尔吉先生把蒙古英雄史诗基本情节的结构类型分为三大类型，即单篇型史诗、串联复合型史诗和并列复合型史诗[4]。基本情节由一种母题系列组成的史诗叫做单篇型史诗或单一情节结构的英雄史诗[4]。如，史诗英雄听到或梦见未婚妻的消息后离开家乡克服种种困难或通过好汉三项比赛打败竞争对手的英雄史诗是由婚姻母题系列组成的婚姻型单篇史诗。英雄外出，英雄家乡被劫，英雄打败敌对者，并且拯救亲人和家乡的英雄史诗是由征战母题系列组成的征战型单篇史诗。基本情节由两个或两个以上史诗母题系列串联组成的史诗叫做串联复合型英雄史诗[4]。基本情节由两个或两个以上史诗母题并列形成的大型史诗叫做并列复合型英雄史诗。蒙古英雄史诗《江格尔》属于并列复合型英雄史诗结构[4]。参考仁钦道尔吉先生的蒙古史诗结构类型分类法，从基本情节结构看史诗《阿勒帕梅斯》，是由三部单篇史诗串联而成的。其中，A是征婚型史诗，B和C分别是失而复得式征战型史诗。具体说，阿勒帕梅斯听到未婚妻的消息后出征，杀死想霸占未婚妻的敌人卡勒玛克人卡拉满，娶妻返回家乡的A是比较典型的突厥——蒙古婚姻主题单篇型英雄史诗结构。如新疆卫拉特蒙古英雄史诗《骑红沙马的额尔古古南哈尔》中勇士梦见日出方向的那仁达来汗的女儿固实·阿拉坦·达格尼，勇士在征婚途中遇到其他勇士并结成兄弟，兄弟们随着勇士去征婚，帮助勇士通过好汉三项比赛，取胜或完成三项危险的任务，最后勇士娶妻返回家乡。

阿勒帕梅斯带着妻子回到家乡，但是卡勒玛克人的塔依什科可汗却洗劫了英雄父亲的牲畜和财产。阿勒帕梅斯第二次出征，战胜对方重新夺回失去的牲畜和财产的B，是失而复得式征战型史诗。阿勒帕梅斯凯旋归来，但是义兄乌尔坦背叛他并霸占他的家业，奴役其父母、儿子和部落民众，而且企图霸占英雄的妻子，阿勒帕梅斯最后惩治了乌尔坦，并且重新夺回属于自己的一切权力和财产，可以算做是失而复得式征战型史诗。巴尔虎蒙古史诗《陶干希尔门汗》、《英雄古那干》、《锡林嘎拉珠巴图尔》以及察哈尔蒙古史诗《嘎拉蒙都尔汗》等单篇英雄史诗都是比较典型的失而复得式征战型英雄史诗。这些英雄史诗中都是恶魔蟒古思趁英雄不在家，袭击英雄的家乡，抢走英雄的妻子或弟弟妹妹，英雄最后杀死蟒古思，解救出妻子和亲人，返回家乡。

笔者认为，虽然《阿勒帕梅斯》的篇幅比较长，并且受到伊斯兰教的影响，但是用海西希先生和仁钦道尔吉先生的史诗情节类型分类法进行分类和归纳，很清楚地看到英雄史诗《阿勒帕梅斯》是由独立的三部单篇史诗结合而成，并且进一步看出《阿勒帕梅斯》是由婚姻型和征战型主题的三部单篇史诗串联复合而形成。其形成的规律完全符合蒙古和突厥英雄史诗情节结构的发展规律。这对研究《阿勒帕梅斯》的形成、发展问题与蒙古、突厥史诗传统的关系有重要的参考意义。

四、英雄史诗《阿勒帕梅斯》和蒙古史诗的母题比较

母题是叙事文学中最小的情节叙事单元。史诗母题是构成史诗文本的基本因素。史诗文本是由多个母题或母题系列组成。因此，母题的分析是史诗文本研究的基础。英雄史诗《阿勒帕梅斯》中有不少与蒙古史诗相同或类似的母题。这里只谈几个常见的共同或类似的母题。

阿勒帕梅斯在求婚的途中登上一座小山观看敌情的时候，突然发现巨石上刻写着未婚妻古丽拜尔森留给他的信。这一母题在蒙古史诗中经常见到。英雄返回家乡，家乡遭洗劫，妻子被抢劫，一向是从蒙古包的废墟上发现妻子留给他的书信以及食物（一般是奶茶和羊肉埋在火灶架底下）的母题很多。在卫拉特蒙古史诗《巴颜班巴勒汗的儿子好汉赫布赛音》中就有英雄赫布赛音娶妻返回家乡时，宫帐被烧毁，废墟上长满了草。英雄赫布赛音在一块白色石头下发现了家人留给他的信和食物。

阿勒帕梅斯的坐骑拜舒巴尔是一匹特意自我枯瘦的千里马。蒙古史诗中也有很多英

雄的骏马是不起眼的普通的马匹，人们日后才发现它原来是宝马。尤其是英雄中敌人的算计时，他的坐骑忠告自己的主人而被英雄误解，从而受到主人不公正惩罚的母题在蒙古史诗中也有。如科尔沁蒙古史诗《道喜巴拉图巴图尔》中英雄被女妖的美貌女儿所迷住，坐骑前来忠告主人的时候，英雄不听劝告并砍自己的坐骑，坐骑只好逃走，最后还是坐骑救了自己的主人。此外，英雄做噩梦，预知敌人要袭击自己或家乡的信息的母题更是蒙古史诗中常见的母题。

《阿勒帕梅斯》中，阿勒帕梅斯杀死卡勒玛克人的塔依什科可汗后返回家乡，为了观察情况化装成化募人，首先遇到给乌尔坦牧马的托尔泰叔叔，其次遇见放骆驼的父亲，再次遇见放牛的库尔泰叔叔。蒙古史诗中英雄到另一个部落的时候也是首先遇到牧马人，其次遇见放骆驼人，最后遇见牧羊人。这一母题反映了游牧民族共通的空间观念，因为牧民的马群放牧最远，其次是骆驼，再次是牛，离家或英雄宫殿最近放牧的是羊。哈萨克族和蒙古族相同的草原游牧生产方式形成了两个民族相同的空间观念。

仁钦道尔吉等前辈学者曾经宏观地比较研究突厥史诗和蒙古史诗的情节结构类型。笔者在本文中选择哈萨克族英雄史诗《阿勒帕梅斯》为窗口，运用海西希先生和仁钦道尔吉先生的蒙古英雄史诗类型分类法，分析英雄史诗《阿勒帕梅斯》的情节结构，并且对照蒙古英雄史诗的情节母题做了比较研究。笔者对《阿勒帕梅斯》和蒙古英雄史诗的情节母题做比较研究的目的主要在于通过具体史诗文本的详细比较来探讨《阿勒帕梅斯》形成和发展过程中突厥——蒙古史诗传统的作用。笔者以为，通过对《阿勒帕梅斯》和蒙古史诗的情节母题做详细的比较研究，在一定程度上能够证明英雄史诗《阿勒帕梅斯》和蒙古英雄史诗的形成、发展规律和结构类型的基本相似性，从而进一步解释突厥英雄史诗和蒙古英雄史诗传统的相似性。

［原载《中央民族大学学报》（哲学社会科学版）2004 年第 2 期］

参考文献

［1］郎樱．玛纳斯论［M］．呼和浩特：内蒙古大学出版社，1999，8．

［2］佟中明．突厥语民族史诗《阿勒帕梅斯》的产生和传播诠释［J］．民族文学研究，2001，（4）：8～12．

［3］（德）瓦尔特·海西希．关于蒙古史诗中母题结构类型的一些看法［A］．民族文学译丛（第一集）［C］．北京：中国社会科学院少数民族文学研究所编印（未正式出版），1983，352～375．

［4］仁钦道尔吉．蒙古英雄史诗源流［M］．呼和浩特：内蒙古大学出版社，2001，47～52．

高不可及的伟大诗人和人民艺术家

——论《格萨尔》说唱艺人

王兴先

我们从史诗创作的整个过程来讲，每一部民族史诗都是该民族全体人民集体智慧的结晶，这是毫无疑义的。但这并不否认为每一部民族史诗作出杰出贡献的个人以及他（她）的历史功绩。我们这样地提出和认识史诗的创作问题是符合其历史事实的，如：古希腊人民集体创作的史诗《伊利亚特》、《奥德赛》与荷马的关系；古印度人民集体创作的史诗《摩诃婆罗多》、《罗摩衍那》分别与毗耶婆和蚁蛭的关系；中国古代藏族人民集体创作的世界多民族史诗中篇幅最长的《格萨尔》与其众多的说唱艺人的关系等等。这些关系，都无一例外地说明了一部民族史诗在其成就过程中，既离不开一个民族全体人民集体智慧的发挥，也离不开该民族的某一位、某几位甚至多位佼佼者在其间所起的重大作用。《伊利亚特》和《奥德赛》是欧洲最早的文学巨著，由于荷马在其中所起的重大作用，后人将这两部史诗称为“荷马史诗”，意大利的伟大诗人但丁还称荷马为“诗人之王”。文艺复兴时期，又由于两大史诗对欧洲文学产生了巨大影响，荷马与但丁、莎士比亚、歌德等被西方文艺评论界推举为世界四大诗人。相比而言，中国的《格萨尔》史诗至今却未获得这么高的赞誉，尽管 2002—2003 年她被列入联合国教科文组织参与的千周年纪念项目。论其原因不外乎有三点：一是至今还没有一套完整系统的汉文译本，更谈不上英文泽本了，从而制约了一些有识之士去研究她，评价她；二是正如季羡林先生指出的那样：“……多少年来，有一股欧洲中心论的邪气洋溢在中国社会中，总以为印度文学以及其他东方国家的文学不行，月亮是欧美的圆。这是非常有害的。”（季羡林主编《印度古代文学史》前言）；三是有些人总认为《格萨尔》史诗是民间文学，难登大雅，不值得那么重视，然而，他们殊不知马克思在评价荷马史诗时肯定她说：“仍然能够给我们以艺术享受，而且就某方面说还是一种规范和高不可及的范本。”就此而言，我国的《格萨尔》史诗与荷马史诗相比则有过之而无不及。因此，我们对于《格萨尔》这一国家级的非物质文化遗产只有珍惜她、保护她和研究弘扬她的义务，而无任何轻视她、贬低她的理由。

今天，在世界多民族史诗中我们只能视听到众多的《格萨尔》说唱艺人，“面对云山雪岭，传唱千家”，使《格萨尔》成为当今世界上唯一一部“活形态”史诗，并“仍然能够给我们”当代人“以艺术享受”。如果说《伊利亚特》和《奥德赛》与《格萨尔》“就某方面说还是一种规范和高不可及的范本”，那么，参与创作这些艺术珍品并从古传承至今的一代又一代的《格萨尔》说唱艺人比其荷马来说则更是“高不可及”的伟大诗人和人民艺术家。

藏族《格萨尔》约有150万句诗行，约是《伊利亚特》的100倍、《奥德赛》的125倍。这样的长篇叙事诗，除了《格萨尔》艺人这样的艺术大师能驾驭说唱并一一向听众道来之外，还有谁人能够企及呢！他们除以引人入胜的故事情节一次又一次地打动听众外，主要还是悉心于史诗的语言艺术、形象艺术和表演艺术。

《格萨尔》作为语言艺术的文学，其语言经过说唱艺人千百年来的锤炼，达到了炉火纯青的地步，语词丰富，艺术性很强。马雅可夫斯基说："一个字安排得妥当，就需要几千吨语言的矿藏。"我们的《格萨尔》艺人拥有"语言的矿藏"何止千吨万吨！如在《格萨尔文库》的《降霍篇》中，宗巴三兄弟在接受王妃珠牡的款待后，其中戴青头巾的宗巴就王妃珠牡提出的关于"宗巴三兄弟，你们头上戴的帽子与众不同，像一座山峰的形象，而且还具备了帽子的许多特点，都是什么标志呀"的问题作了回答，他共用了460多句诗行。我在这里只择选其中的一部分描述语句加以评说。回答者首先列举了36座山的形状，说以它们比帽子不恰当，其理由是："就像雄狮鬃丰满，那是天竺飞香山"、"就像白米堆地上，还有灵鹫山"、"就像曼扎把神供，那是汉地五台山"、"就像大象卧地上，还有峨眉山"、"就像宝珠放草原，那是如意山"、"就像水晶宝塔立，那是冈底斯雪山"、"就像白绸飘天上，那是圣地敦拉山"、"就像黑人去放哨，那是觉沃囊日山"、"就像献神油面团，那是念青唐古山"、"就像金刚崛立起，那是具誓铁魂山"、"就像野牛领牛犊，那是斯嘎拉鲁山"、"就像高山天哨兵，那是卡热姜茂山"、"就像五空行母压上边，那是雅拉雅波山"、"就像花朵堆大滩，那是莲花堆聚山"、"就像雪地猞猁侧着看，那是卡夏翠竹山"、"就像绵羊一串串，那是流沙嘎鲁山"、"就像红食子供赞神，那是角拉擦孜山"、"就像马鞍领马鞍，那是达肖大沙山"、"就像上师在灌顶，那是纳玛赞巴山"、"就像国王坐宝座，那是杰茂日秀山"、"就像三人排成队，那是唐珠三座山"、"就像山羊领羊羔，那是拉梅热尺山"、"就像僧衣铺地上，那是玛吉红岩山"、"就像伟人立原上，那是戎拉胜幢山"、"就像国王戴绸巾，那是戎赞卡瓦格博山"、"就像酥油饰神馐，那是觉沃奥代贡杰山"、"就像神童在舞蹈，那是冈波吉祥山"、"就像英雄去杀敌，那是噶地金刚岩石山"、"就像金桶口朝天，那是囊地库迥郭皋山"、"就像白鹫展双翅，那是戎地金刚白铃山"、"就像青年穿着猞猁皮，那是门地加库赛沃山"、"就像僧人诵经文，那是珠地朗拉曲盖山"、"就像马熊把鬃抖，那是嘉戎玛拉超赞山"、"就像雄狮蹲雪山，那是东方玛杰奔热山"、"就像老人穿着野牛皮，那是玛域龙波沃杰山"、"就像喇嘛带着莲花冠，那是格卓红岩旺秀山"。说到这里，戴青头巾的宗巴又将思路一转，除直述制做帽子的吉祥时日和帽子的许多特点外，一连道出了69个在帽子上的"标志"，说："帽子上面绣鹏鸟，标志三界能收降"、"鹏鸟身上有六翼，标志能镇三世间"、"帽子上面缀宝镜，标志无碍神通广"、"鸟羽装饰在帽顶，标志身不离上师"、"上面拴缀绸彩帘，标志加持如云卷"、"金刚铃杵作装饰，标志身有本尊现"、"一束海贝上面缀，标志成就没有完"、"海螺耳环帽边缀，标志空行围身边"、"帽顶上面气脉旋，标志体内空行满"、"帽腰口面大，标志幸福道路宽"、"帽腰直挺起，标志厌恶入轮回"、"帽顶下弯曲，标志扶弱怜贫穷"、"鸟羽帽前堆，标志光明照前程"、"帽顶上竖起，标志权势大过天"、"帽沿向下陷，标志不再堕恶趣"、"帽边布围起，标志佛法有人护"、"黑白两线缝，标志善恶两分明"、"帽角用布包，标志敌人头昏沉"、"帽子顶上插鹰翎，标志能够断邪见”、“插着一根枭鸟翎，标志观修能入定”、“插着一根黑雕翎，标志正行获法力”、“插着一根孔雀翎，标志能分善与恶”、“插着一根杜鹃毛，标志轮回泥潭能渡过”、“插着一根鹦鹉毛，标志能证三身果”、“插着一根鹁鸽毛，标志能成度众业”、“插着一根公鸡毛，标志能压大乘地”、“插着一根天鹅毛，标志佛法说予本”、“插着一根马鸡毛，标志本教变佛教”、“插着一根松鸡毛，标志能去空行土”、“插着一根仙鹤毛，标志宗派无偏见”、“插着一根乌鸦毛，标志法性无变异”、“插着一根鹞子毛，标志调伏众生力量大”、“各种鸟羽作装饰，标志法性最圆融”、“戴在宗巴我头上，标志威力压十地”……一位说唱艺人向格萨尔大王的妃子珠牡描述一顶宗巴戴的帽子的特点以及各种标志竟至用了460多句诗行，相对于具有150万句诗行的史诗《格萨尔》来说，仅是管中窥豹。艺人们不只拥有“几千吨语言的矿藏”，他们对一顶宗巴戴的帽子的描绘让你在感受语言魅力的同时也领悟到古代藏民族丰富的文化内涵。一顶帽子，在他们嘴里被模仿和描写得那么惟妙惟肖、栩栩如生，这除他们以外，还有何人能为之呢！又如在《姜岭大战》中，艺人们用夸张的手法赞述岭国格萨尔大王率兵迎击进犯者姜国时，说岭国“兵多青天遮不住，马多大地载不了，河水喝的断了流，山石不够搭火灶”。从而充分显示了岭国军民保卫自己国土的民心和军威；在《堆岭大战》中，艺人们用同样的手法揭露黑魔王的丑恶和凶残，说魔王“头上的前额像牧场，能放百牛和百羊，左右鼻孔赛城门，行人东来又西往，两只绿眼像紫电，黑夜照亮白雪山，大嘴张开像山洞，豺狼虎豹里边藏”。这是艺人们坚定地站在人民立场上，对敌人进行无情的鞭挞，两相对照，爱憎无比分明。

《格萨尔》虽说是说唱体文学，但也有活生生的艺术描绘形象。艺人们通过形象化的语言对具体事物进行描绘，尤其是通过对人物形象的塑造，不管是正面人物还是反面人物，都给人以实感，从而充分表达出《格萨尔》史诗的思想内涵。格萨尔大王决意要亲自出征魔国降服魔王时，他的爱妃珠牡还是一位温顺柔弱的女子，她总想以自己的容貌和感情打动丈夫，竭力将他挽留在自己身边，因为珠牡深知格萨尔非常喜爱她，说她：“像你这般美女子，百女当中难挑一。即或偶尔有一个，姿容也难跟你比。你是长寿白度母，转生来到这人世。右转好似柳叶摆，左转好似彩虹出。……你要含情笑一笑，能把男人心勾去。……你要露齿乐一乐，好像水晶珍珠串。……你右边头发向右垂，好像白雕把翅展。你左边头发向左垂，好像黑雕飞上天。松耳石珠串饰后，好像天女下了凡。你前戴五色装饰品，好像孔雀把屏开。站起好像垂彩绸，坐下好像堆锦绣。你思想敏锐似箭头，你身段苗条似修竹，你胸怀宽广像天空，你心地明亮像日出。我今与你生别离，心头就像拿针刺。”然而珠牡的秀美姿容还是未能动摇格萨尔前去征伐魔王路赞的决心，甚至当珠牡牵着马缰不放时他却鞭抽赤兔马疾驰而去，把爱妃抛下了。这一方面表明格萨尔深明大义，即使在亲人面前也是态度凛然；另一方面也说明这时的王妃还把自己沉浸在与大王的爱恋之中，没有将岭国之事完全放在心上。但时隔多年，大王征讨魔王尚未归来，霍尔白帐王要借机抢夺珠牡为妃，在兵临城下的危急关头，珠牡却一反多年前柔弱女子的常态，她“一脚踢开了茶城寝宫的北门，把供在神像前的甲胄、弓箭和刀枪都拿出来，摆在自己面前……”，她将“放光的宝甲穿在身上，挂上豹皮剑筒，手提朱红盾牌，高举发光的宝弓，来到城头”，高唱道：“太阳般的雄狮王，前去北方把魔降，白帐王乘机侵白岭，肆意践踏我故乡”，“一生穿惯红紫衣，从没想到披铠甲，今日不得不披它；一生戴惯绿松石，从没想到戴凤盔，今日不得不戴它；一生腰佩白螺串，从没想要挂武器，今日不得不挂它；一生手腕戴金镯，从没想要拉弓箭，今日不得不拉它；手中拿惯念珠串，从没想要拿盾牌，今日不得不拿它……”她唱完歌后，“就把一支支神箭，接连向东南西北四个城门射去，如像青天霹雳一般，射死了四百多名霍尔士兵”。从这些描述中我们不难看出，这时的珠牡则俨然是一员保卫家乡的悍将，大义凛然，坚强不屈。

这些艺术形象都是艺人们通过大量运用比喻、夸张、排比和回环等许多修辞手段，活灵活现地进行描绘的结果。如果没有上述那么多的形象化的语言，艺人们只是抽象地说理就不可能给予我们富有感染力的艺术享受。

《格萨尔》史诗是说唱体文学，除上述论及的语言艺术和形象艺术之外，当然还应包括表演艺术。古希腊的著名哲学家亚里斯多德曾说：“史诗和悲剧、喜剧和酒神颂以及大部分双管箫乐和竖琴乐——这一切实际上是摹仿，只是有三点差别，即摹仿所用的媒介不同，所取的对象不同，所采用的方式不同。有一些人（或凭艺术，或靠经验），用颜色和姿态来制造形象，摹仿许多事物，而另一些人则用声音来摹仿；同样，像前面所说的几种艺术，就都用节奏、语言、音调来摹仿，对于后二种，或单用其中一种，或兼用二种……”（见亚里斯多德《诗学·诗艺》）。《格萨尔》史诗从古传承至今，其演唱仍未脱离摹仿，说唱艺人作为《格萨尔》与广大听众之间的媒介，他们把《格萨尔》的全部内容通过说唱体语言再现给听众，这里既有对说唱节奏和曲调的摹仿，也有对各类人物说唱语气，甚至人物形象的摹仿，就是在《格萨尔》中屡见不鲜的各类禽兽也被他们摹仿得活灵活现。《格萨尔》中的曲调则是多种多样的，据《格萨尔》音乐研究者统计至少也有100多种，其中主要人物还有专用曲调。同时，我们还应看到，《格萨尔》是以韵为主的韵散结合体，“艺人对散文部分叙诵，具有比较强烈的音乐性和艺术性。他们的叙诵，常常根据故事情节的变化和各种情绪的对比，按群众一般惯用的语法原理，以语调的高低、语气的强弱、节奏的缓紧，或是急促的述说式，或是昂扬的朗诵式，或是动人的歌唱式（它不同于《格萨尔》歌诗的歌唱，而是似唱非唱）等进行表现，使听众通文达意，进入意境”。（见王兴先《格萨尔论要》）由此，我们完全可以说，艺人对《格萨尔》的说唱实际上是一种艺术表演。《格萨尔》说唱艺人就是他人无法替代的艺术表演家。

最后，我要提及的是，我国著名美学家朱光潜先生说：“诗不但不能译为外国文，而且不能译为本国文中的另一体裁或是另一时代的语言，因为语言的音和义是随时变迁的，现代文的字义的联想不能代替古文的字义的联想。”（见朱光潜《诗论》）他说得非常精确。当然，我们也不能因此就不译诗了，诗还是要译的，不然各民族之间的文化就无法相互交流和学习了。我在前面论述中引了那么多汉译文例句，对照藏语原文细细玩味，总觉得还是原文的韵味浓，而译文则韵味丧失了很多。因此，我劝懂藏文的读者尽量去阅读和赏析藏文《格萨尔》原著，再去悉心研究说唱艺人的表演，总有一天，我们大家会达成一个共识，那就是我现在提出的评价：《格萨尔》说唱艺人不是一般意义上的艺人，而是高不可及的伟大诗人和人民艺术家。

［原载《西北民族大学学报》（哲学社会科学版）2004年第6期］

玛纳斯奇的萨满“面孔”

（柯尔克孜族）　　阿地里·居玛吐尔地

萨满教是柯尔克孜族最重要的精神文化遗产之一，是柯尔克孜民间文化赖以生存发展的丰厚土壤。在我国古籍中，关于萨满教的最早记载就与柯尔克孜族有关。《新唐书·回鹘传》“黠戛斯”[①]条云：“祠神惟主水草，祭无时，呼巫为‘甘’。”韩儒林先生在《穹庐集》中提出，关于“黠戛斯”人的“巫”记载，要早于女真人的“珊蛮”。他说，学者过去多以为《三朝北盟汇编》卷三所载之“珊蛮”为最古之对音，似未注意唐代已“呼巫为‘甘’”也[②]。这里所说的“甘（kam）”即是古代柯尔克孜族（黠戛斯）对萨满巫师的特定称呼。现代柯尔克孜族将萨满称为“巴克西（bahxi）”。柯尔克孜族信仰伊斯兰教的历史最早可以追溯到大约10世纪。但那时，柯尔克孜族的绝大部分还在叶尼塞河上游生活，信仰的是古老的萨满教。到了18世纪时，柯尔克孜族基本上完成了从叶尼塞河向中亚地区的迁徙之后，伊斯兰教才开始真正成为全民宗教。但是，即使信仰了伊斯兰教，在柯尔克孜族的意识中，萨满教的影响依然十分深厚。实际上，柯尔克孜族今天所信仰的伊斯兰教应该说是一种伊斯兰教和萨满教混合的宗教形式。这一点，在他们的日常生活方式上，在民间文化和禁忌上都有所表现。在18世纪之前这一漫长的历史时期中，万物有灵观、自然崇拜、祖先崇拜、动植物崇拜和图腾崇拜等孕育于萨满文化的民间信仰始终占据着柯尔克孜人民的信仰的主导地位。“萨满教世界观支配着人们的思想和行动，萨满教观念渗透到柯尔克孜族社会生活的各个方面。柯尔克孜人的生产生活、伦理道德、民风民俗、文学艺术均与萨满教世界观交融于一体，形成别具特色的柯尔克孜的萨满文化。”[③]

《玛纳斯》史诗是柯尔克孜族前伊斯兰教时期，即萨满文化时期的产物。我们无论从史诗的内容中还是从史诗中的英雄人物身上都能体会到萨满教在史诗的产生发展过程中所起的重要作用和影响。对于史诗文本中保存的萨满文化现象和晚近时代伊斯兰文化的渗透，前辈学者已经作出了较为深刻的论述（见郎樱《玛纳斯论》）。在这里，我们也不是探讨史诗文本中的萨满文化或伊斯兰教因素的遗存问题，而是想通过观察玛纳斯奇[④]身上折射出的萨满灵光，探讨萨满教在玛纳斯奇这一特殊群体中的体现，以及在史诗的传承方面所起的重要作用。

一、玛纳斯奇与萨满在民族文化发展中的身份趋同性

当代著名的萨满教专家、匈牙利学者米哈依·霍帕尔先生将萨满的社会职能总结为部族实际的和精神的领导者；主持献牲仪式的司祭；将病人的灵魂引回其肉体内和将死者的灵魂送往冥界的“灵魂领路人”；进行占卜的预言者；治病的医生；诗人、歌手；

萨满神事活动的观剧主角几个方面[5]。

玛纳斯奇在柯尔克孜族的历史上曾经也是身兼祭司、歌手、预言家、占卜师、医生数职，引领民族文化潮流，在民族文化的发展、保存和传承传播方面起极为重要作用的人物。跟随史诗主人公玛纳斯东征西战，兼具战士和歌手身份的额尔奇吾勒（Irqi uul）就被说成是《玛纳斯》史诗的创作者或首唱者。今天依然在世的我国著名玛纳斯奇居素普·玛玛依（Jusup Mamay）[6]，因创作演唱了《玛纳斯》史诗而受到人们的崇拜和敬仰，被认为是神所宠爱的人物，被人们赋予一种神性。如果我们将米哈依·霍帕尔先生总结的上述萨满职能与我们已知的玛纳斯奇的社会职能加以对照，就不难看出两者之间存在的诸多共性。

作为一部活形态史诗，《玛纳斯》史诗产生发展到今天，已经走过了千年的漫长历程，随着社会的不断进步，玛纳斯奇这一承载着柯尔克孜史诗文化因子的歌手逐步从最初的萨满身份不断走向世俗化，他们本身拥有的一些神圣社会职能也随之淡化。但即使这样，我们从今天在世的玛纳斯奇身上依然可以看到古代萨满特有的荣光。

《玛纳斯》史诗是“柯尔克孜族古代生活的百科全书”，“是柯尔克孜族精神文化的巅峰”，是柯尔克孜族的民族魂。那么，像居素普·玛玛依那样能够传承和演唱完整史诗的杰出玛纳斯奇就是“整个柯尔克孜文化的传承者”，是“掌握了柯尔克孜族的生活、习俗、文学、历史、哲学、医学、天文等知识，博学多才的学者，一部活的百科全书”[7]。从这个意义上讲，萨满与玛纳斯奇在推动和发展民族文化方面的作用是相同的。

如果从词源学的角度进行探讨，玛纳斯奇与萨满之间也有密切的渊源关系，有时候甚至是重叠的关系。比如说“巴合西（bakshy）”一词，在当代突厥语民族中保存着“史诗歌手（在土库曼、乌兹别克和卡拉卡勒帕克中）”和“萨满、巫师、民间医师（在柯尔克孜、哈萨克中）”两个不同的涵义，而在蒙古族和通古斯语中“巴合西（bag ši paksi）”是学者、老师之意。在雅库特语中，史诗歌手被称为“奥隆霍胡特（oloηxohut）”，即演唱“奥隆霍（史诗）”的歌手。我们只要通过语音学的分析就能看出，与柯尔克孜族同属阿尔泰语系的雅库特语中的“奥隆霍”这个词与柯尔克孜、土库曼和哈萨克语中的“oleη（歌）”有着千丝万缕的联系[8]。

不难看出，无论从社会职能还是从词源关系上，萨满与史诗歌手之间存在着必然联系。事实上，萨满和史诗歌手（玛纳斯奇）是同一个文化根源上衍生出的民族文化的代表，是古代民族文化土壤中生长的具有相同身份和性质的文化使者。这一点可以从下面的论述中得到进一步证实。

二、玛纳斯奇的“神授观”与萨满教的联系

任何一个技艺超群的玛纳斯奇在解释自己学唱《玛纳斯》史诗的经历时都把自己的史诗演唱才能同神秘的神灵梦授观念联系起来，他们总是把史诗的唱词看作是某种天意的启示，把它解释为一种超自然力的干预，而这种超自然力仿佛在召引他们去执行这项使命，使他们这些被选中的人领悟到《玛纳斯》的学问[9]，而且有些玛纳斯奇在接受“神喻”，被神灵（史诗中英雄人物）选为他们的代言人之后往往要大病一场，病愈后便

能够滔滔不绝地演唱《玛纳斯》并很快成为一名名扬四方的史诗歌手。

我国著名玛纳斯奇居素普·玛玛依十岁时梦见史诗英雄玛纳斯及其勇士并由史诗中勇士兼歌手的人物额尔奇吾勒引领他学会《玛纳斯》史诗，从那以后他便像是妖魔缠身一般痴痴呆呆、精神恍惚，无论是醒着还是睡着都像梦呓般吟唱《玛纳斯》史诗，仿佛进入一种忘我的境界[10]。由于对《玛纳斯》的执着，一心一意投入到《玛纳斯》史诗之中并有很多不同寻常的奇异表现，他还曾被族人称为“白脸圣人（kuu shaitan)”。不仅如此，他还曾一度因不唱《玛纳斯》史诗而患上奇怪的病。数年以后，等他重新开始演唱史诗后才逐步痊愈。无独有偶，居素普·玛玛依的哥哥巴勒瓦依[11]、居素普·玛玛依的前辈玛纳斯奇朱素普阿洪·阿帕依、额布拉音·阿昆别克等也都做过类似的梦[12]。

关于“梦授”的观念不仅存在于阿合奇县的玛纳斯奇中，应该说这是自古流传于玛纳斯奇及柯尔克孜人中的一种传统观念。19 世纪的著名突厥学家拉德洛夫[13]询问一位玛纳斯奇相关的问题时，他的回答是：“我能演唱所有的歌，因为神灵赐予我这样的能力。万能的神灵把这些词句放入我的嘴里，所以我无需去寻觅它们。我没有背下任何一首歌。我只需开口演唱，那些诗句就自动会从我的口中流泻而出。”[14]对我国及吉尔吉斯斯坦近代玛纳斯奇产生过重大影响的大玛纳斯奇特尼别克[15]（1846—1902）关于在梦中受神灵引领学会演唱《玛纳斯》的经历有如下记载：

> 十八岁时，特尼别克因父亲牵涉的一场官司而被卡拉阔勒地方法官传讯，途中在伊塞克湖边的只有三四户人家的比尔布拉克客栈住宿。当天晚上，他为客栈里客人们演唱一首题为《托亚那》的情歌助兴。他唱歌唱到半夜才回到自己的铺位上枕着马鞍睡下。在熟睡中特尼别克做了这样的梦：在他下榻的比尔布拉克客栈西边湖岸山岗上突然出现了一群模样神奇、人高马大、手持大刀长矛火枪等武器，神态威武、令人心惊胆战的武士，而且自己也在这群人中间。他因胆怯而浑身不停地颤栗着。这时其中一个骑灰色骏马，身穿驼毛绒手织布大衣，眼中冒着火光，前额宽大、鼻子隆起、嘴唇薄、唇上长有细密胡子的人开口对特尼别克说道：“喂！特尼别克！你过来!”当特尼别克畏畏缩缩地走到他跟前时，那人又说道：“我把这些人给你介绍一下，你一定要把他们牢记在心，不能忘记。”随后，他指着前面站成一排的勇士们用歌词一一向他介绍。然后又指着右边黑压压的人群说道：“那边的是从我们后面追来的空吾尔拜的兵马。我们决不会就这么逃跑，而是要对他们进行反攻把他们打败。你明天住宿的客栈主人会宰杀一只黑绵羊，当宰杀黑绵羊时你要在心里认定那只绵羊是为玛纳斯的灵魂祭献的牺牲并诚心做祈祷。然后你就为客人们演唱《玛纳斯》。如果你不演唱《玛纳斯》，你就会变成残疾。”说完，那些骑着高头大马的人们策马远去，马蹄声惊天动地。特尼别克从梦中惊醒后看到自己浑身上下被汗水湿透坐在客栈外面拴马桩边。天亮时，他来到昨晚梦中的地方看到地上留有锅口般大的马蹄印，其中还有人的光脚丫印。他脱下鞋子比了一下那些脚印竟与自己的一般大。特尼别克对此十分惊讶，但对谁也没有提此事。他与客人们一起出发，傍晚时又来到一个有二三十户人家的阿依勒。一群年轻人提着皮囊过来在为客人们倒马奶，其间还打听特尼别克的身份并打听特尼别克有没有什么特长为客人们助兴。特尼别克喝着马奶说自己能唱民间长诗《托亚那》。人们听说他能唱《托亚

那》都兴奋起来并催他赶快唱。特尼别克说《托亚那》要唱整整一个晚上才能唱完。人们听到此话雅兴更足，立刻安排一间宽大的房间，人也坐了满满一屋。这时，主人让人牵来一只黑色绵羊准备宰杀招待客人。特尼别克看到黑绵羊立刻想起昨天晚上的梦境，马上暗暗在心中祈祷说这只绵羊是献给玛纳斯灵魂的祭品。肉煮在锅里，人们静静地等待特尼别克演唱《托亚那》。特尼别克几次想开口唱，但他耳边突然响起“喂！特尼别克！你不是要唱《玛纳斯》吗?”的声音，而且似乎觉得背后有人推了他一下。特尼别克吃惊地瞪大眼睛向左右张望，又准备扯开嗓音唱《托亚那》时，那声音又响了起来，并催促他唱《玛纳斯》。特尼别克转头看看却又不见那人的影子，此时他早已吓出了一身冷汗。他想开口唱《玛纳斯》，但自己却从来没有唱过，也不会唱，想唱自己熟悉的《托亚那》，但那个看不见的身影却又似乎挥舞着大刀逼自己唱《玛纳斯》。他左右为难不知如何是好，但在座的人们根本不知道他的难处并开始发起牢骚：“你左顾右盼浪费时间，怎么不唱？如果你真不会唱也不必骗人啊?”特尼别克在无奈之中踌躇满志地向人们祈求说“我唱《玛纳斯》行不行?”人们马上兴奋起来，纷纷说“喂，他要唱大史诗了，这更好，唱吧!”特尼别克只好硬着头皮开了口，他自己根本不知道自己在唱什么，只觉得口中不断地发出诗歌的旋律。他这样唱了数小时后在不知不觉中口吐白沫昏了过去。从那以后特尼别克就成为一名远近闻名的玛纳斯奇了。[16]

这是玛纳斯奇神灵“梦授”现象最典型的一个梦境。特尼别克的史诗演唱技艺对后世玛纳斯奇产生了深远影响，关于他梦中领受神灵启迪掌握《玛纳斯》史诗演唱技艺的传说也同时在后世玛纳斯奇以及民众中广为流传并在流传过程中产生了多种变异。

综观目前所掌握的数十位玛纳斯奇的神灵“梦授”各种传说，我们对此可以总结出以下几方面的特点：

第一，进入歌手梦中，引领他学唱史诗的一般都是史诗中的英雄人物或者是柯尔克孜族神话中经常出现的白胡子圣人。比如在梦中引领玛纳斯奇学唱史诗的通常是玛纳斯的40勇士之一，传说中第一位编唱《玛纳斯》的英雄兼歌手额尔奇百勒，如居素普·玛玛依、巴勒瓦依[17]和特尼别克；或者是玛纳斯本人，如额布拉音·阿昆别克[18]；或者是史诗中精通巫术能够呼风唤雨的阿勒曼别特[19]，如萨雅克拜·卡拉拉耶夫[20]；或者是史诗中的女主人公，玛纳斯的妻子卡妮凯，如阿合奇县色帕巴依乡的一位少年玛纳斯奇；或者是一位神秘的白胡子老人，如我国的朱素普阿昆·阿帕依[21]和萨特瓦勒德[22]、19—20世纪之交吉尔吉斯斯坦著名玛纳斯奇乔尤凯（1886—1928）[23]。

第二，被神灵选中受到神灵点化，智门顿开从此开始演唱《玛纳斯》日后成为玛纳斯奇的，通常是那些以前从来没有演唱过史诗的少年。做梦之后突然之间成为玛纳斯奇的传说在柯尔克孜族中间是一个极为常见的普遍现象。比如，前文提到的吉尔吉斯斯坦的特尼别克、乔尤凯以及加尼拜·阔介考夫[24]，我国玛纳斯奇朱素普阿昆·阿帕依、额布拉音·阿昆别克[25]等即属于这一类。

第三，未来的玛纳斯奇领受神喻的方式是吃神所赐予的小米、糜子（如朱素普阿洪·阿帕依[26]、加尼拜·阔介考夫）、马奶或蜂蜜。据说这是神灵将《玛纳斯》史诗变成食物强迫未来的玛纳斯奇吞食。

第四，绝大多数玛纳斯奇吃过神灵赐予的“食物”或被神灵点化之后都会像居素普·玛玛依那样得一场重病，当他开始在众人面前演唱史诗后病情就会自然减退直至痊愈，自己从此也成为真正的玛纳斯奇[27]。

第五，绝大多数玛纳斯奇都是少年时代在迫不得已的情况下领受“神喻”并被强制成为神的代言人，在不自觉的状态下开始演唱《玛纳斯》史诗。

众所周知，“萨满神”、“萨满梦”、“萨满病”是产生萨满的最核心的三个因素。任何一个未来的萨满都要在梦中的病态情景下受到神灵的引领，最终走向成为萨满的路途。在调查中，我们不止一次地从玛纳斯奇本人或者从听众口中听到玛纳斯奇在不自觉的状态下被迫领受“神灵梦授”，日后成为玛纳斯奇的情况，而且这种“神灵梦授”的观念，在越是早期受到采访的玛纳斯奇身上越会得到更深刻的体现。玛纳斯奇们的“神灵梦授”现象与萨满接受神的引领而成为萨满的过程有着相同的背景和惊人的相似之处。显而易见，这是柯尔克孜族传统的原始萨满文化观念在玛纳斯奇这一特殊群体中的遗留。

不管是史诗中的英雄人物，还是白胡子圣人那样的超自然神灵，都是柯尔克孜族从古至今延续的灵魂崇拜观念的产物。他们不仅引领未来的玛纳斯奇学唱《玛纳斯》史诗，而且始终成为玛纳斯奇职业生涯不断走向辉煌的领护者。歌手们在演唱史诗时要很自觉地首先向神灵祈祷，请求他们保佑自己完成神圣使命。比如居素普·玛玛依一开口就以“哎……依，我诵唱英雄玛纳斯，愿他的灵魂保佑我，让我唱得动听而真挚”的诗行开篇[28]，呼唤英雄的灵魂，祈求神灵的保佑。史诗中的英雄人物都是半人半神的形象。玛纳斯奇们在梦中得到启悟的“神灵”都是史诗中最英勇顽强的英雄玛纳斯，或者是具有特殊本领和精通巫术的人物额尔奇吾勒、阿勒曼别特，或者是具有未卜先知本领的女主人公、英雄玛纳斯的妻子卡妮凯，或者是神秘的白胡子圣人那样具有超凡神性的人物。他们身上所表现出的萨满文化特性都足以让我们把玛纳斯奇的“神灵梦授”同萨满的领神梦联系在一起。当然像居素普·玛玛依自己解释的那样，玛纳斯奇每天苦苦思考的是《玛纳斯》，长年累月，免不了就会梦见史诗中的人物这种说法完全可以从心理学角度加以诠释。但是，从玛纳斯奇的史诗演唱和创作心态上讲，“神灵梦授”观念从萨满文化角度加以解释是十分恰当的。

事实上，这种艺术起源学上的“神授天启”理论从古希腊以来就成为哲学家们谈论的热点。希腊古典哲学家们无一不将荷马的史诗创作同神的启示结合起来。就像柏拉图所言：“所有出色的史诗诗人，他们之所以能讲颂动听的诗行，靠的不是技艺，而是因为受到神的摄迷和感惑。”当诗人坐在缪斯的三角祭坛，顿时魂不附体，像一口溪泉，喷涌出如注的水流。诗人的失态导发观众的迷狂，诗的激奋使人潜心思考。神用灵感的磁石先把史诗诗人牢牢吸住，然后再通过诗的魅力（尤其是荷马史诗的魅力）吸引吟诵诗人（如伊安和他的同事们），最后通过吟诵诗人的如簧之舌醉迷听众[29]。无论是荷马、玛纳斯奇还是《格萨尔》史诗说唱艺人“仲肯”都突出强调自己与神祇在情感上的联系，这就为我们提出了不可回避的谈论话题，也给我们提供了一个新颖而广阔的探讨空间。

虽然包括像居素普·玛玛依、萨特瓦勒德等一些当代玛纳斯奇在后期对自己最初所持的“神灵梦授”观进行了一些加工，融进了一些符合现代人思维的“合理性”的解释，但是这只能理解为玛纳斯奇所处社会环境的变迁对他们的影响。类似的情况在前苏联的一些玛纳斯奇身上也曾发生过[30]。这正像玛纳斯奇原始的歌手兼巫师的神性身份逐渐走向世俗化一样，玛纳斯奇的“神灵梦授”观也受到了来自周围语境变化的影响。

三、玛纳斯奇巫师兼歌手的特殊身份

“为共同体成员占卜未来，是萨满的职司之一。占卜如何，是能否成为萨满的一种考验。”[31]在柯尔克孜族中“巴克西”就是专门治疗疾病的具有神力的萨满，而同一个词却在临近的突厥语民族（土库曼、乌兹别克、卡拉卡勒帕克）中意为史诗歌手，这在一定程度上证明着两者的渊源关系。事实上，这种兼具史诗歌手和巫师身份是很多玛纳斯奇共有的特点。在阿合奇县我们随处都可以听到有关著名玛纳斯奇居素普·玛玛依为人占卜预测未来，收藏有柯尔克孜巫师（萨满）求雨时专用的“贾达”[32]石，用演唱《玛纳斯》史诗来为失魂落魄的病人治病等传说。不仅居素普·玛玛依，在阿合奇县有一些玛纳斯奇直到今天依然行使着萨满兼玛纳斯奇的社会职能。

1998年9月16日，笔者陪同郎樱先生在阿合奇县哈拉奇乡进行田野调查时访问了当地有名望的玛纳斯奇曼别特阿勒·阿勒曼。这位当时59岁的玛纳斯奇不仅因自己精湛的《玛纳斯》演唱而成为很多集会上的座上宾，而且还因高明的占卜术赢得人们的青睐和尊敬。当时因连续数天的暴雨洪水已经将我们前往居素普·玛玛依故乡的唯一道路阻隔而且预报说第二天还会下雨，于是我们便让他为我们占卜，预测一下来日天气和路途情况。他在炕上铺开一个白色毡子（据他说在其他颜色的或花毡子上占卜不灵），拿出他专门用来占卜的41块石子为我们占卜预测，并说第二天天气晴朗，让我们放心前行。第二天，果然晴空万里，我们也顺利地到达了目的地。笔者于2003年8月14日再一次采访了这位玛纳斯奇，并对他占卜治病等活动进行了访谈。

2000年8月20日笔者采访了一位曾经由居素普·玛玛依用演唱《玛纳斯》救治过的另一位病人。这位名叫卡妮木布比的年龄58岁的妇女及其丈夫给我讲述了她20世纪70年代患上了一种奇怪的病，每天精神不振疯疯癫癫，到各地求医问药均不得治，最后她听说居素普·玛玛依具有救治怪病的神功，便去找他求治。在病人的一再乞求下（当时正是“文化大革命”时期，《玛纳斯》史诗的演唱活动受到禁止），居素普·玛玛依观察了病人一番之后说她被恶魔缠身，然后便开始演唱《玛纳斯》史诗。据卡妮木布比的回忆，居素普·玛玛依当时演唱史诗的神态十分恐怖，他眼里发出凶光，口吐白沫，与演唱配合的手势动作也比他平时演唱时的更加激烈。他这样演唱了一个多小时后才逐渐停下来，病人的状态也顿时有了好转。笔者后来向居素普·玛玛依询问此事，他本人也回忆说有过此事。笔者追问他当时唱的是史诗的哪一章节，为什么要唱这一章节时，他回答说：“病人的灵魂是被狗妖缠住，所以我就唱了有关玛纳斯神犬阿克太甘和神鹰阿克雄卡尔的章节，把她身上的妖魔赶走了。”[33]

用演唱《玛纳斯》史诗来救治病人、消病救灾是玛纳斯奇中十分普遍的现象。19世纪著名玛纳斯奇凯勒德别克·巴尔波孜[34]是一个受玛纳斯神灵佑助的玛纳斯奇，如果有孕妇难产或有人被妖魔缠身，只要他演唱一段《玛纳斯》史诗，病人就会立刻好转。甚至当时艾山库勒（Esenkul）部落首领奥斯满（Osman）年老无子，他便把玛纳斯奇凯勒德别克·巴尔波孜请去演唱《玛纳斯》，从那以后不久他便得一子取名叫苏帕（炕）[35]。

占卜、治病、消灾、求子等都是萨满神事活动中极为重要的内容。玛纳斯奇所发挥的萨满职能说明两者之间具有不可分割的双重性和重叠性，也说明玛纳斯奇这一群体的特殊性。《玛纳斯》史诗以及创作演唱保存这部史诗的玛纳斯奇在柯尔克孜人心中占据神圣地位，人们相信史诗歌词具有神力的同时，也相信玛纳斯奇拥有超自然力，这就使得史诗和它的主要承载者玛纳斯奇在萨满文化根深蒂固的柯尔克孜社会中所发挥的职能和所具有的社会功能逐步扩大，成了人们生活中的主要精神依赖。

总之，萨满教是柯尔克孜族自古以来笃信的一种原始宗教，古代柯尔克孜族社会生活的各个方面和各个领域都与萨满教密切相关，各种文化的幼芽几乎无所不包地存在于萨满教观念和活动之中。萨满教支配着人们的思想观念和社会文化活动的各个层面。《玛纳斯》演唱作为柯尔克孜族最重要的精神文化活动，与萨满教渗透交融形成了一种独特的文化景观，玛纳斯奇与萨满身份的重叠使得它借助萨满的神事活动进一步得到传播，也进一步加强了其神圣性和群众性。在柯尔克孜族的社会生活中，从古至今，玛纳斯奇都扮演着歌手和萨满的双重角色，因此在研究《玛纳斯》歌手时我们必须要看到他们“玛纳斯奇”和“萨满”这两种面孔。

［原载《民族文学研究》2004 年第 2 期］

注释：

① 黠戛斯：唐代对柯尔克孜族名称的汉语译音。柯尔克孜族在不同时期的汉文史料中有不同的称呼或音译。比如在我国的第一部史书《史记》中柯尔克孜族被称为“鬲昆”，后来又先后被称为“隔昆”、“坚昆”、“结骨”、“契骨”、“护骨”、“黠戛斯”、“辖戛斯”、“纥里迄斯”、“吉里吉斯”、“乞尔吉斯”、“布鲁特”等。

② 孟慧英：《中国北方民族萨满教》，社会科学文献出版社 2000 年版，第 24 页。

③ 郎樱：《玛纳斯论》，内蒙古大学出版社 1999 年版，第 433 页。

④ 玛纳斯奇：在柯尔克孜语中专门以演唱《玛纳斯》史诗为职业的民间艺人。

⑤（匈牙利）米哈依·霍帕尔：《图说萨满教世界》，白彬译，内蒙古自治区鄂温克族研究会编 2001 年版，第 15 页。

⑥ 居素普·玛玛依是目前健在的最伟大的《玛纳斯》史诗歌手，是当代最杰出的玛纳斯奇。他的演唱篇目除了 23 万多行的《玛纳斯》史诗八部以外，还包括《艾尔托什吐克》、《库尔满别克》、《巴格什（Baghix）》、《托勒托依（Toltoy）》、《女英雄萨依卡丽（Kiz Saykal）》、《江额勒木尔扎》、《玛玛凯和绍波克（Mamake-Shopok）》、《吐坦（Tutan）》、《阔别尼（Kboon）》等十几部已经出版的各类史诗作品以及他还没来得及演唱的来自柯尔克孜、哈萨克等相似传统中的众多口头叙事作品，被国内外史诗学界称为“活着的荷马”、“当代荷马”。

⑦ 阿地力·居玛吐尔地，托汗·依萨克：《当代荷马〈玛纳斯〉演唱大师——居素普·玛玛依评传》，内蒙古大学出版社 2002 年版，第 176 页。

⑧ Karl Reichl: Turkic Oral Epic Poetry: Traditions, Forms, Poetic Structure. New York & London: Garland Publishing, Inc. 1992, pp. 62～65.

⑨ 穆·阿乌艾佐夫:《吉尔吉斯（柯尔克孜）民间英雄史诗〈玛纳斯〉》，马昌仪译，载《中国史诗研究》(1)，新疆人民出版社 1991 年版，第 205 页。

⑩ 阿地力·居玛吐尔地，托汗·依萨克:《当代荷马〈玛纳斯〉演唱大师——居素普·玛玛依评传》，第 92 页；郎樱:《玛纳斯论》，第 153～154 页。

⑪ 阿地力·居玛吐尔地，托汗·依萨克:《当代荷马〈玛纳斯〉演唱大师——居素普·玛玛依评传》，第 59～60 页、第 75 页。

⑫ 同上，第 59～60 页、第 75 页。

⑬ 维·维·拉德洛夫（Radlov Vasilii V，1837—1918）：德裔俄国民族志学家。他曾于 1862 年和 1869 年在中亚吉尔吉斯地区进行田野调查，记录了《玛纳斯》史诗第一部比较完整的文本，并于 1885 年在圣彼德堡把这个文本编入自己的系列丛书《北方诸突厥语民族民间文学典范》第五卷（《论卡拉—柯尔克孜（吉尔吉斯）的方言》(Der Dialect Der Kara—Kirgisen)）中刊布。

⑭ 拉德洛夫（Radlov Vasilii V）：《北方诸突厥民族民间文学典范》（第五卷前言），载 Encyclopaedical phenomenon of Epic MANAS (Articles Collection)，Bishkek，p. 266。

⑮ 特尼别克·加皮（Tenibek Japy，1846—1902）：19 世纪后半期柯尔克孜族玛纳斯奇的杰出代表，对各国当代著名玛纳斯奇都产生过重要影响。吉尔吉斯斯坦著名玛纳斯奇萨恩拜·奥诺孜巴克、出生在我国乌恰县的著名玛纳斯奇艾什玛特·玛木别朱素普（1880—1963）以及阿合奇县的居素普阿昆·阿帕依（19 世纪末至 20 世纪初）等都是其培养的弟子。

⑯ 阿克坦·特尼别考夫（Aktan Tenibekov）：《特尼别克的生平》，载《吉尔吉斯论集（第一卷）》，吉尔吉斯文，第 521～530 页，比什凯克，1991 年版。另见萨·阿里耶夫（C. Aliev），图·库勒玛托夫（T. Kulmatov）编著《玛纳斯奇与研究者》，吉尔吉斯文，第 126～134 页，比什凯克，1995 年版。

⑰ 巴勒瓦依（Balvay Mamay，1892—1938），我国新疆阿合奇县著名玛纳斯奇，为居素普·玛玛依的兄长。

⑱ 额布拉音·阿昆别克（Ebrayim Akunbek，1882—1959）出生在今阿合奇县哈拉奇乡，是 19 世纪末至 20 世纪初阿合奇县玛纳斯奇的代表人物之一。除了熟知《玛纳斯》史诗前几部之外，主要演唱史诗的后五部《凯耐尼木（Kenenim）》、《塞依特（Seyit）》、《阿斯勒巴恰-别克巴恰（Asilbaqa-Bekbaqa）》、《索木碧莱克（Sombilek）》、《奇格台（Qiktey）》等。居素普·玛玛依的哥哥巴勒瓦依也曾从他口中记录下史诗后五部的内容并成为居素普·玛玛依唱本后五部的内容的主要来源。

⑲ 阿勒曼别特（Almanbet）：《玛纳斯》史诗中的主要英雄人物之一，为英雄玛纳斯的盟友及同乳兄弟。

⑳ 萨雅克拜·卡拉拉耶大（Sayakbay Karalayev，1894—1971）：20 世纪吉尔吉斯斯坦的代表性玛纳斯奇之一，他所演唱的《玛纳斯》文本包括史诗《玛纳斯》、《塞麦台》、《塞依铁克》、《阿勒木萨热克》、《库兰萨热克》等五部，共计 51 万多行的内容，是现存众多的史诗记录文本中演唱规模最大的一个文本。

㉑ 居素普阿昆·阿帕依（Jusupakun Apay，？—1920），出生在今阿合奇县哈拉奇乡，是 19 世纪末 20 世纪初我国玛纳斯奇的最重要的代表人物。能够演唱《玛纳斯》史诗前三部《玛纳斯》、《塞麦台（Semetey）》、《塞依铁克（Seytek）》的全部内容。他曾于 1917 年春，在当地贵族的组织下，同吉尔吉斯斯坦逃难而来的同时代著名玛纳斯奇萨恩拜·奥诺孜巴克进行史诗演唱比赛，而名声远扬。他的演唱曾对现代阿合奇县玛纳斯奇产生深远影响，很多后来的玛纳斯奇都曾拜他为师学唱《玛纳斯》。居素普·玛玛依的哥哥巴勒瓦依也曾跟随他学习并从他口中记录下史诗前三部的内容。居素普·玛玛

依唱本前三部的内容就来源于他的演唱。

㉒ 萨特瓦勒德（Satevalde Ale，1941—）：我国新疆北部特克斯县民间艺人。能够演唱被称为《玛纳斯》史诗前五代内容的有关史诗英雄玛纳斯的祖先的故事，见郎樱《玛纳斯论》，内蒙古大学出版社1999年版，第187页。

㉓ 关于乔尤凯（Qoyke）神灵“梦授”的故事见 Karl Reichl：Turkic Oral Epic Poetry：Traditions，Forms，Poetic Structure，New York&London：Garland Publishing，Inc. 1992，p. 60。转引自拉·克德尔巴耶瓦（R. Kydyrbaeva）《玛纳斯奇的演唱艺术》，伏龙芝（比什凯克），1984年，第113页。

㉔ 加尼拜·阔介考夫（Janibay Kojek，1869—1942）：吉尔吉斯斯坦玛纳斯奇。见 Karl Reichl：Turkic Oral Epic Poetry：Traditions，Forms，Poetic Structure，New York & London：Garland Publishing，Inc. 1992，p. 59。转引自拉·克德尔巴耶瓦（R. Kydyrbaeva）《玛纳斯奇的演唱艺术》，伏龙芝（比什凯克），1984年版，第114页。

㉕ 阿地力·居玛吐尔地，托汗·依萨克：《当代荷马〈玛纳斯〉演唱大师——居素普·玛玛依评传》，第66～67页、第75页。

㉖ 同上，第60页。

㉗ 吉尔吉斯斯坦玛纳斯奇玛木别特·乔克摩尔（Mambet Qokmor）4岁时做梦，到20岁时玛纳斯与他的40勇士又在他的梦中重现。队伍中走出一人问他认不认识这些人时，玛木别特·乔克摩尔惊恐万分说不认识。这时队伍中有人大声喊“将他用矛枪戳死算了！”这时，又走出一位长者对他说：“那就是玛纳斯，你今后必须要演唱他的事迹。”从那以后他便开始在放牧或独自干活时演唱《玛纳斯》，但由于他没有在众人面前演唱，开始出现半身不遂浑身疼痛的症状，长期对他进行观察的舅舅把他领到集会上让他在大庭广众之下演唱《玛纳斯》之后，他很快恢复健康，自己也成了受人尊敬的玛纳斯奇。见萨·阿里耶夫土·库勒玛托夫编《玛纳斯奇与〈玛纳斯〉研究者》，比什凯克，1995年版，第71页。

㉘ 见居素普·玛玛依《玛纳斯》第一部第一卷，柯尔克孜文，新疆人民出版社1984年版。

㉙ 见《伊安篇》533E-534D，535E-536A：转引自陈中梅《柏拉图诗学和艺术思想研究》，商务印书馆1999年版，第29～30页。

㉚ 见穆·阿乌艾佐夫《吉尔吉斯（柯尔克孜）民间英雄史诗〈玛纳斯〉》，马昌仪译，载《中国史诗研究》(1)，新疆人民出版社1991年版，第212～213页。

㉛ 富育光：《萨满教与神话》，辽宁大学出版社1990年版，第17页。

㉜ 也称作“贾答”、“砟答”等。据说巫师或萨满先将这块魔石放入水中浸泡，然后念有关咒语，便能降雨。柯尔克孜族认为这种魔石能够从羊胃中获得，是一种自然形成的结石。

㉝ 根据笔者1999年8月20日的田野调查记录。

㉞ 凯勒德别克·巴尔波孜（Keldibek Barboz）：生卒年不详。19世纪吉尔吉斯斯坦境内的著名玛纳斯奇。

㉟ 萨·阿里耶夫，土·库勒玛托夫编《玛纳斯奇与〈玛纳斯〉研究者》，比什凯克，1995年版，第53页。

三　论文摘要

《格萨尔》与康巴文化精神

石　硕

《西藏研究》　2004年第4期

甘孜藏族自治州所在的康巴地区是格萨尔故里，也是英雄史诗《格萨尔》的发源地。但作为藏民族象征之一的英雄史诗为什么惟独发源在康巴地区，产生《格萨尔》史诗的文化土壤是什么，《格萨尔》与康巴文化精神之间存在着什么样的内在关联？针对上述问题作者分为三个部分逐层论述。

首先，探讨《格萨尔》英雄史诗在藏族文化中的独特地位及其精神价值。他认为藏族文化中有两个鲜明的层次，一个是对神的信仰、敬畏和服从，另一个是以对英雄的赞美而体现的对人性的颂扬，前者以宗教为代表，后者以《格萨尔》史诗为载体。《格萨尔》在藏族民间世俗层面即非宗教层面的广为流传，正是对藏族宗教性社会所导致的缺失了英雄、勇敢、英武和对人性的发扬等这样一些成分的重要补充。宗教与《格萨尔》英雄史诗犹如一对孪生兄弟，他们各自代表了藏族文化内在结构的两极，而正是《格萨尔》史诗的产生才使藏族文化的结构达到了一种完美和完善的状态。第二，分析《格萨尔》英雄史诗产生于康巴地区的原因。《安多政教史》中有记载“卫藏法区，安多马区，康巴人区”，康区人被认为是最优秀和最杰出的历史由来已久。人类学家经过大量的测量和研究，认为康巴人的体格普遍高大健壮，即使在今天，康区一带的藏族人其体格也普遍较卫藏地区要高大；康巴人总体上具有个性张扬、强悍和善于开拓进取的性格特点，而造就康巴人这种性格特点的一是康区独特的地域环境，二是康区种族与文化的多元性。康区人的体格和性格特点，与《格萨尔》英雄史诗所彰显的英雄气概、勇敢、不畏强暴、敢爱敢恨等这样一些精神素质是息息相通的。康巴人的性格特点与《格萨尔》英雄史诗的精神内涵相对应的事实，正好诠释了《格萨尔》这样一部以颂扬和肯定人性为其精神实质的英雄史诗产生于康区的原因。第三，探讨《格萨尔》英雄史诗与康巴文化精神之间的联系。所谓的康巴文化，实际上就是《格萨尔》英雄史诗所表现的对人间英雄的赞美和对人性的颂扬与肯定。《格萨尔》是在康巴这片独特的自然环境和人文土壤上产生出来的一部伟大的英雄史诗，它与康巴人的个性特点相通，它本身也就是康巴文化的结晶，它所反映和代表的正是康巴文化。不过，我们应该看到，康区虽然是格萨尔的故乡，但《格萨尔》却不仅仅属于康区，它属于整个藏族文化，属于全体藏族人民，这不但因为《格萨尔》受到全体藏族人民的喜爱和传颂，更因为《格萨尔》英雄史诗的发展和完善也得力于全体藏族人民的参与和创造。

（桑　俊　摘）

试论《格萨尔》中的伦理思想与格萨尔理想人格

熊坤新

《玉溪师范学院学报》　2004 年第 1 期

《格萨尔》是藏族史上一部具有多学科价值的文学艺术珍品，是藏族人民喜爱并引以为自豪的精神财富。它的价值跨出了藏民族特定的时空范围，超越了民族和国家的界限，受到世人的关注和重视。

本文主要从民族伦理学角度对《格萨尔》所蕴含的伦理思想进行探讨。首先，作者分析了史诗产生的社会历史背景。他认为《格萨尔》史诗产生的具体年代应当是“藏族氏族社会开始解体、公元 5—6 世纪吐蕃奴隶制国家政权逐渐形成的历史时期”。藏族社会在没有文字之前，赞普和各地首领依赖民间艺人说唱史诗和讲述故事来管理百姓，治理国家。但有了文字之后，专门的文职官员或文人墨客取代了民间艺人，这直接导致说唱史诗和故事的艺人们从宫廷走向民间，深入到草原牧区的家家户户，从而使史诗直接植根于藏族人民的肥土沃壤，在广阔的社会历史条件下得到丰富和发展。第二，作者剖析了史诗中的社会理想范型。藏族是一个富有道德感和道德传统的民族，他们在长期的生产实践和社会活动中形成并发展了具有本民族特点的伦理思想，如《格萨尔》就描绘了一种在当时情况下高不可及的社会理想范型，借此表达藏族人民热爱并追求美好生活的道德理想愿望。“《格萨尔》在表现对真、善、美的执着追求的同时，着意描绘了岭国这样一个藏族人民心中的理想王国”，它的自然环境、社会制度和人伦关系合理得无可挑剔，几乎达到了尽善尽美的境界。“岭国”如此之美，以至于我们都要怀疑青藏高原是否真出现过这样一个社会理想范型。由此再次证明，对这种社会理想范型的追求，是包括藏族在内的各族人民的共同理想和愿望。第三，剖析史诗中的道德评判标准。作者认为道德评判标准是人们道德意识和道德行为中的一个重要方面，每个民族或民族成员都有一定的道德标准或价值尺度来对行为进行善恶判断。善与恶是两个不同的标准，在史诗中，凡是正义的、人性的就被认为是“善”而加以褒奖；凡是非道义的、践踏人性的就被看成是“恶”而加以否定。另外，史诗中宣扬“善”、“恶”自有报应的思想，如果抛弃其时代的局限性，即便在今天也仍然具有积极意义。作者认为“史诗根据藏族人民的普遍愿望和要求，把格萨尔着意塑造为一个藏族人民心目中理想人格的光辉典范——降伏妖魔、造福百姓、抑强扶弱、除暴安良”，在他身上凝聚了藏族人民特有的思想感情、心理素质和是非善恶观念及价值标准，他具有超民族性的特点，堪称是世界各族人民在相同历史阶段的共同的理想人格典范。

（桑　俊　摘）

佛教文化对《江格尔》的影响

李 建 朱 凌

《西藏民族学院学报》(哲学社会科学版) 2004年第5期

形成于公元15世纪至17世纪上半叶“卫拉特”蒙古地区的《江格尔》是蒙古族的一部大型英雄史诗。17世纪时，佛教在卫拉特地区达到鼎盛，出版了大量的佛教著作和文学作品，长篇英雄史诗《江格尔》就是在这样一个佛教文化广泛兴传的社会环境中被流行说唱、搜集整理和加工修改的，它势必带有明显的佛教文化特征。这些特征主要表现在三个方面：一，史诗人物塑造的佛教化。在《江格尔》中，有大量以神佛或佛教中的美好名称来形容史诗英雄的描写；不仅江格尔具有沟通神佛的超凡本领，其他众英雄的塑造也存在着佛教化的倾向。二，史诗故事情节的佛教化。在史诗的各章中都有大量的佛教化的故事内容，如英雄出征前举行的宗教仪式；史诗所体现的政教合一的思想；江格尔及众英雄既要为保卫宝木巴而战，又要为保卫宗教而战等。三，史诗环境描写与数字运用的佛教化。史诗对宝木巴的描绘充溢着浓浓的佛教色彩，极像西方的极乐世界；史诗中的数字三十三、五百、三千、六千又十二等都是佛教中常出现的数字。

在佛教文化影响《江格尔》的过程中，说唱艺人和佛教僧人起到了非常重要的作用。《江格尔》的说唱艺人，走南闯北，四处说唱，他们广泛地接触到民间一些有关佛教的宣传，并渐渐地将一些佛教形象和佛教教义移植到他们说唱的《江格尔》的故事中，历代说唱艺人长期积累，才有了今天这样的结果。另外，僧人的作用也不能忽视。首先，僧人在《江格尔》手抄本或木刻本的加工整理过程中，不免会把一些佛教的内容添加进去，如一些唱部的卷首语、一些唱段开头的祈祷词；其次，僧人参与史诗唱部的创作，这样根据僧人的讲唱整理出来的内容也必然会沾染上佛教色彩。但与本土萨满教对史诗的影响相比，佛教对《江格尔》的影响仅仅停留在史诗的表层，影响是薄弱的。佛教文化在《江格尔》中的真正意义和作用在于，他们促成了该史诗在语言艺术、内容、形式上的更加丰富，给史诗注入了新的内容和活力，从而有力地推动了传统史诗在新的时代条件下的进一步发展。

(桑 俊 摘)

试论蒙古英雄史诗研究的现实意义

贾晞儒

《青海民族学院学报》(社会科学版) 2004年第2期

蒙古英雄史诗是我国蒙古族人民的生活经典和宝贵财富。进入21世纪的今天，如何继承和弘扬史诗精神，发掘其现代价值具有非常重要的意义。作者从三个方面对此加以论述。一，英雄史诗与蒙古民族精神。蒙古英雄史诗《江格尔》、《格斯尔》等一直以来都是蒙古族民族精神形成、发展的重要元素。作者认为把今天的蒙古族人民的精神品格同史诗中对英雄行为的赞颂和描述联系起来，进行历史性的考察和分析，就可以看出它们之间悠远而深邃的内在联系，也会感觉到今天的蒙古族人民的精神品质中那种与史诗神韵相通的底蕴，正是他们世代传承下来的精神“血液”。二，“内化”是蒙古民族精神不断升华的灵魂。蒙古史诗历经千年风雨而传唱不衰，其中最重要的原因就是以史诗说唱的形式将民族理想追求、心理趋向及好恶褒贬等内化为民族主体心理的内在机制，通过内化而实现其社会化，从而形成民族的价值体系、道德标准等。作者以《江格尔》为例，分析了蒙古民族在特定的历史条件和自然环境下所特有的民族心理性格和民族精神——热爱家乡、热爱生活、勇敢善良、崇尚正义、疾恶如仇、奋斗不息，并认为正是这种民族精神培养了一代代优秀的民族子孙。当然，今天我们提炼史诗精神中的精髓，要把精神文化更新、改造的落脚点放在塑造现代文化人的基点上。三，传统的生态观与科学思维。蒙古民族在长期的游牧生活中直接面对自然，时刻都与各种动物、植物、高山、河流、湖泊等发生关系，在切身体验中，他们明白了社会的、自然的一切都是在互相斗争而又互相依赖的矛盾统一中求得生存和发展的，因而在英雄史诗里，无不洋溢着热爱自然和人与自然融为一体的情感和观念。而我们今天的任务就是要把史诗中的这种理想化的思想、理念与现代科学精神和人文精神相结合，并把它升华为科学的思想和观念，教育人民热爱自然、保护自然，使自然与我们相依相存，协调发展。

（桑　俊　摘）

现代人的神话和象征

——从瑶族史诗《密洛陀》到蓝怀昌的《波努河》

伍　君

《广西民族学院学报》（哲学社会科学版）　　2004 年第 2 期

运用神话—原型批评分析方法，结合瑶族史诗《密洛陀》，对瑶族作家蓝怀昌的长篇小说《波努河》中人物形象的原始意象作初步探讨，以感受远古人类民族文明与当代文化艺术之间脉脉相承的类似或相应的象征意义。在对《波努河》的分析中，以三组人物形象：玉梅和玉竹、杨成和和龙飞、郑小龙和郑万明与瑶族传统文化的关系，逐层加以探讨。一、从女神到女性：玉梅和玉竹。《密洛陀》的整个故事就是女神创造一切，女神主宰一切，而这实际上也就是对“母神”的崇拜，在创世始祖的身上凝聚了勇敢、坚强、正义等诸多优点，这些性格特征，即民族魂，按荣格的原型理论则归纳为“集体无意识”。《波努河》全篇，女性是人物形象中的光辉点——坚毅的玉梅、泼辣的刘敏，而男性则恰似女性背后默默无闻的影子，前人与后代在灵魂上惊人的相似绝非偶然的巧合，而恰恰就是集体无意识使然。《波努河》作者蓝怀昌从小生活在瑶族山寨，他崇拜他的始祖母密洛陀，他以创作之笔再现了始祖女神——玉梅。而玉竹的两次婚姻则不仅是布努瑶从女权到男权相争、女权失败的历史复归，更是布努瑶从族内婚发展到族外婚的历史再现。同时，它也让我们思索：在男权社会，女性如何克服人生道路上的各种障碍去开创自己的未来？二、从图腾到禁忌。从《密洛陀》中，我们可以看到布努瑶对狗的尊崇和信仰。狗，作为民族图腾应该受到保护，否则就会受到一定的惩罚。《波努河》中的杨成和是小说中的反面人物，他集《密洛陀》中的兽妖猴、虎精、熊精和土官贼人于一身，他从心底诅咒波努人，嗜吃布努瑶敬之为神的狗肉狗鞭，他最后的疯狂正是民族图腾物——狗对他的严惩。至此，施虐—受虐的图腾结构已经形成。除犬禁忌外，民族还有诚实、正直和勤劳等原则也不能触犯，否则，就会遭受不测的惩罚，此即为民族精神的象征意义。三、从弃儿到英雄。各民族各时代的弃儿传说具有相同的情节单元，大致归纳如下：（1）弃儿出生前有神秘征兆；（2）因各种原因被弃；（3）受到救护；（4）长大后有不平凡的事迹。从郑万明和郑小龙的身上，我们同样可以窥见弃儿母题的延伸。郑万明从小就是漂流的弃儿，由于历史的原因，他只能在父亲的回忆中想象故乡的温泉、月亮，但在生命的终点，他毅然带着父亲的乡思，回到了母亲的土地，以为故乡办实事来延续生命的存在。郑小龙是自愿、主动放弃的“弃儿”，经过种种努力，他也完成了从“弃儿”到“英雄”的转变。小说通过人物平凡朴实的言行映射出其心灵的内涵。《密洛陀》的神话融合到《波努河》的创作中，其形象的生命力大增，而《波努河》又因为作家自身的人生体验带上了个性化的色彩。

（桑　俊　摘）

早期章回小说中的英雄史诗因素

李舜华

《贵州社会科学》　2004 年第 3 期

英雄史诗中的母题在小说中如何呈现，它们又如何将早期章回小说联成一个紧密的整体？作者就这些问题进行了仔细研讨。他认为早期章回小说实际上糅合了历史、传奇与神魔三种因素，乱世传奇中的英雄大都被赋予了干扰宇宙程序的魔怪化特征，英雄史诗的因素直接支配了小说的潜在结构。中国小说中的主要母题，如英雄奇生，儿时的莽撞或淘气，获得神马、兵器或天书，获得助手，第一次功绩，英雄求婚，被追击的英雄，父子决斗，英雄与魔王斗争，英雄的死亡等，都和史诗有着千丝万缕的联系。

一、宇宙的开辟与英雄的奇生。史诗一般从开天辟地说起，英雄也在这一背景上出生。同样，早期的神魔小说《封神演义》和《西游记》中也有类似的开卷手法，后者更演绎了一则精致的造世神话。与宇宙开辟神话相关的是“宇宙卵”神话，并由之演绎出

"卵生儿"母题，而在早期章回小说中，卵生儿母题更多地转化为英雄孤儿母题，如《东汉》的刘秀、《说岳全传》的岳飞。"宇宙卵"与"卵生儿"又演绎石头母题，如《水浒》、《封神》中都出现石头（碣）这一意象，这已成为早期章回小说关于英雄生与死的精心的建构。

二、叛逆英雄——闯祸与逃亡。不少英雄一出生就呈现出他的叛逆内涵，如哪吒与李靖的争斗引发了"父子冲突"母题，叛逆英雄对天地秩序的冲突直接体现为对家庭伦理秩序的冲击。而孙悟空对天地秩序不自觉的挑衅则是一个关于"童年忤逆"主题的更为精致的演绎。儿时的"叛逆"迫使英雄逃亡，神魔的寓言以某种强制约束力，结束了个体生命最初的恣肆，而开始了英雄成长的历程。

三、得到帮手——英雄身边的谋士与勇士。英雄进入江湖时，一个重要的母题就是得到帮手。谋士与勇士身上若隐若现的史诗特征，突出表明了历史传奇与神魔小说的内在关联。史诗式的肖像描写，在《封神演义》等神魔小说中已可看见，这些勇士系列的原型身上或多或少都蕴含着叛逆性的内涵，如张飞、李逵。谋士系列同样可以追溯到神魔传奇中，如鲁迅说"诸葛亮多智而近妖"，他们身上常常带有某种天命色彩或天命意识，他们也试图以此来帮助英雄成就一番事业。

四、英雄的叛逆内涵：猿、小童、火神与马。在历史的各种文本记载中，有一系列的猿意象。在社会自然秩序与人文秩序的变迁中，这些猿都充当着某种破坏的预言者、见证者，或本身即是破坏者的角色。孙悟空的出世即潜伏着对天地秩序的威胁，而《水浒》英雄也被视为一群魔君。在以猿为原型的孙悟空身上，我们可以看到的第一个母题是，英雄多为小童英雄（如红孩儿）或小童英雄的影子（如时迁）。可看到的第二个母题是，英雄为火神母题，火神同样也是叛逆的象征，如《南宋》中的孟良。第三个母题是，英雄与马的关系。在英雄史诗中，英雄开始逃亡时，往往有一段得马的经历，这一经历常常又与除妖联系在一起。马在小说中的作用十分重要，它往往成为英雄的标志。

与宋元平话、万历后的章回小说相比，早期章回小说对历史（宇宙）秩序变迁的兴趣是最为浓厚的。以史诗母题的呈现与变迁为切入点，可以进一步理解章回小说的兴起与发展，理解元明以来新兴市民对历史秩序、对秩序中个体存在的思考。

（桑　俊　摘）

第　五　编

民间传说·民间故事研究

一 研究概述

2004 年民间传说与民间故事研究概述

肖志刚 王雨露

（一）

我国的民间传说丰富多彩，令世人瞩目。随着我国非物质文化遗产保护的深入开展，以及地方经济发展的推动，人们越来越清楚地认识到民间传说在保持文化传统、丰富地方文化以及促进地方旅游发展等方面所具有的独特价值。2004 年民间传说研究不仅数量上取得了可观的业绩，以民间传说为核心的研究文章发表了 130 多篇，而且在推进民间传说的“深度理解”和理论建设上也给人留下了深刻的印象。

民间传说往往被认为是民间的口传历史。表面看来，民间传说在时间、空间上经常出现错置，充满着幻想色彩，但作为某种历史记忆的符号，它们的产生和流传过程恰恰包含着丰富的社会史料；透过史料考古的分光镜，可以从这些承载民众历史记忆的民间传说文本和符号中获取有价值的历史信息。如包丽虹、蔡堂根在《大禹娶亲传说新解》（《西南交通大学学报》，2004 年第 6 期）一文中认为，在大禹娶涂山女的传说中，九尾狐应该是象征禹，而不是象征涂山女；其中的“九尾”不是指有九条尾巴，而是指大尾巴，喻指大生殖器，正因如此，“九尾”才可以成为娶亲的象征，才会带来子孙昌盛。九尾狐本来仅仅被当作奇兽，由于大禹娶亲传说的影响，秦汉时期才成了一种瑞兽。后来，由于其象征的性别发生变化，即由大禹转向涂山女，九尾狐也由祥瑞之兽逐渐变成了淫邪之兽。董芬芬在《巫山神女传说的真相及屈原对怀王的批评》（《西北师范大学学报》，2004 年第 3 期）一文中经考证得出结论：宋玉的《高唐赋》中巫山神女的故事并不完全是虚设其事，而是有一定的历史基础。云梦是楚王的猎区，也是楚国举行大祀的地方，巫山神女是受祭诸神之一，本事发生在楚王与扮神女的巫女之间，反映了楚国祭祀的原始色彩，屈原诗作对楚怀王借古讽今的批评，也印证了这一点。钟焓的《西藏史籍中木雅王占卜传说的汉族故事原型》（《中国典籍与文化》，2004 年第 4 期）对西藏史籍中的木雅王占卜传说的内容进行了考察，通过与敦煌变文及相关汉文典籍中同类情节的比较，并结合对该故事所隐含的文化观念的分析，确认其源于汉族故事。而这一故事在西藏的流传，显然得益于唐代以来以敦煌为代表的河西地区各民族之间的文化交融。

在众多重构历史的传说研究当中，2004 年最引人注目的要数村落记忆与传说的研究。万建中在《传说建构与村落记忆》（《南昌大学学报》，2004 年第 3 期）一文中认为，村落内，叙事和记忆相互支撑，共同创造了村落的口述史，传说、记忆和口述史往往三者合一，成为具体时空中人们共同拥有的传统。王清的《村落的记忆——马街及周边村落的传说研究》（《民间文化论坛》，2004 年第 4 期）以河南马街书会传说为例，比较书会传说与书会民俗的关系，探讨“马街书会”这一民俗活动如何融入马街村民集体记忆之中。在民众传承、创造和享用地方传统的自然村落中，传说仍是村民口中鲜活的叙事。它传承在村民的谈笑间，印记在乡村的景物中，以一种袅娜的身影书写着村落的历史和记忆。纳钦的《从传说到信仰：一个蒙古村落民间叙事传统的文化运行——以珠腊沁村公主传说为个案》（《民族文学研究》，2004 年第 2 期）原本是一项民间传说与民间信仰关系问题的调查研究，但在具体操作层面上选择了微观研究方法，即从村落的视角进行个案解析，力图重现一个蒙古民间传说与民间信仰相互作用而产生的民间叙事传统运作过程。此外还有谢亚平、曹毅的《景阳土家族民间传说的文化内涵——以兴隆寺村为个案调查》（《广西师范学院学报》2004 年第 2 期）等文章都提出了一些新见。

我国历史人物众多，关于他们的传说在民众口中津津乐道，对人物传说的研究是 2004 年民间传说研究的又一个亮点。尹虎彬的《刘秀传说的信仰根基》（《民间文化论坛》，2004 年第 4 期）对“刘秀走国”传说进行了系统整理和归类，发现其主题和叙事模式几乎始终未变，都是刘秀走国，遭劫后被营救，营救者最终被敕封。通过对刘秀传说流传的地名、村落、戏曲及历史进行比较，发现其叙事呈现模式化特点，主题更是鲜明简单，都是因果报应和忠君思想。这些传说具有浓厚的民间文化传统和持续的趋同特征，说明刘秀传说演述了不同地域的共同历史，而其多种多样的地方变异性，又表明这些故事有着适应不同时代和地域的能力。刘海燕在《民间传说中关羽形象塑成探析》（《山西大学学报》，2004 年第 5 期）一文中指出，在小说《三国演义》以及其它文学形式的关羽故事的传播影响下，关羽形象更广泛地走向民间。在民间广袤的文化土壤上，劳动人民以特有的方式表现出对关羽形象的接受和再创造。关羽形象作为民间文化的一个符号，包容了更深刻和丰富的民族精神与文化内涵。该文主要关注关羽形象在民间传说中的造型及其与文学、历史之间的互动关系。黄美琼在《试论中国古代体育英雄神话传说》（《商丘师范学院学报》，2004 年第 6 期）一文中重新解读了夸父、后羿和共工三人，为我们展示了原始体育活动与人们生产生活的密切关系。另外，还有陈金文撰写的关于孔子传说的两篇论文：《孔子传说中的“巧女”故事》和《孔子“野合而生”乃民间传说》，对儒家圣人生活的另一个生活层面进行了富有意义的解读。

对于充满神性英雄和仙道精神的传说研究成为 2004 年来中国民间传说研究的重要内容。宋晓云的《大漠雄风起苍狼——〈乌古斯可汗的传说〉的审美意识》（《民族文学研究》，2004 年第 3 期）一文，通过对史诗《乌古斯可汗的传说》的剖析，认为该传说充分地体现了古代维吾尔族人民的审美意识，在动物的精灵美、英雄的崇高美、平凡人的智慧美等背后，有着古代丝绸之路深厚文化的影响。张有隽的《瑶族远祖盘瓠传说再研究》（《广西民族研究》，2004 年第 4 期）论述了盘瓠传说的源流，盘瓠与盘古的关系，盘瓠传说内容之真实可考性及盘瓠与瑶族的关系。承载仙道精神的“仙话”研究出现了许多力作。吴光正的“八仙”研究系列最为突出，他在《从吕洞宾戏白牡丹传说看宗教圣者传说的建构及其流变》（《文艺研究》，2004 年第 2 期）一文中认为，妓女白牡丹传说、观世音化妓度人传说、吕洞宾妓馆度人传说是吕洞宾戏白牡丹传说得以形成的内在机缘，这一机缘在全真教清修理论的支配下最终完成了宗教圣者传说的建构。这一传说的早期形态还保留在由说唱道情发展而来的道情戏传统剧目、清代拟话本和鼓词中。这是一个地道的宗教度脱传说，但在长期的演化过程中，其文化内涵却由“无情”向“有情”、由“清修”向“双修”、由“尚理”向“尚智”转变，充分展示了宗教圣者传说民间化的内在规律。此外吴光正还发表了《从何仙姑传说看宗教传说与民间传说的互动》等文章。王廷琦的《全真道教与八仙关系初探》（《山东农业管理干部学院学报》，2004 年第 4 期）和侯姝慧的《该出手时就出手——道教传说故事的侠义精神解读》（《忻州师范学院学报》，2004 年第 4 期）等文章，也围绕仙话提出了很有见地的观点。

从宗教学、社会学、人类学、旅游学、艺术等多学科的理论和方法切入民间传说，成为 2004 年民间传说研究引人注目的特色。这些来自从不同的角度对传说的研究，相互印证，交替互补，使得今年的研究比以往更多地关注现实的操作意义。林继富的《一个民间叙事传统的形成——以廪君叙事为例》（《民俗研究》，2004 年第 3 期），通过对土家族祖先廪君诞生地湖北长阳都镇湾的武落钟离山进行考察发现，廪君叙事最早以神话形式出现，并且被各类书面文本保留着这份民族文化传统。随着时代的发展，具有民族始祖神格的禀君逐渐消退了身上的神性光环，继而被向王的传说所取代。当后人从书面传统中去了解以廪君为核心的民间叙事传统的时候，在一定时段很难寻觅到它的踪迹，尤其在明清时期廪君神话被向王叙事所取代成为不争的事实。但是，廪君叙事传统没有中断，它一直存留在人们的记忆里。陈金文在《论典籍、诗文与传说的交错互动——以浙江金华的黄大仙为例》（《民间文化论坛》，2004 年第 5 期）发现这样一种现象：对传说的源头一般的认同更加偏重于典籍记载，如四大传说中的孟姜女、梁山伯与祝英台等。原因是传说的早期形态只保存在典籍之中，甚至是经过改造了的典籍之中。而研究者阅读的只是这种形态，于是传说的发端似乎来源于典籍或文人的创造，民间的声音由于文字式记录方式被垄断在文人之中而被湮没。蒋明智的《论古籍、碑刻记载中的悦城龙母传说》（《民族文学研究》，2004 年第 1 期）也是除了田野考察的资料之外，结合古籍文本和碑刻对龙母形象进行了探讨。孔占芳的《神话和传说：小说虚构中族群文化的隐显——读阿来的〈尘埃落定〉》（《民族文学研究》，2004 年第 4 期）试图从小说书中人物所处的文化生态环境中的神话和传说的角度，探讨族群文化对作者（创作个体）的思维方式和小说构思的影响，以及作家实现写一部“普世小说”的企图。不管阿来多么不希望自己仅仅被认定为“一个藏族作家在写自己民族的东西”，但阿来所描写的风情无不言传出一个与汉文化迥异的精神文化世界，诉说着一个族群的宗教信仰和对世界、人生的感悟与理解。这些生活的底蕴正是通过小说中的神话、传说和民俗言传了出来，带上了藏民族特定的审视世界的思维方式。

总之，本年度的传说研究取得了相当的成就，但是研究的面还有待拓宽，对民间传说学理论的深度思考仍显不足。

(二)

2004年，在民间故事研究方面，共发表论文约90篇，相对近几年的故事研究现状来看，略显下降。

故事类型学近几年一直受到学人的关注，本年度的研究成果在数量上有所下降。代表性的成果有刘守华的《关于民间故事类型学的一些思考》(《民族文学研究》，2004年第3期)。该文在已有的故事类型学研究成果的基础上，提出了以故事集成国家卷为基础，编纂一部含神话、传说和故事的大型类型索引的建议，还指出应进一步明确立型归类的标准，使类型划分规范化；以类型作为故事文学完整叙说的标志，吸取和改进历史地理学派方法，在纵横交错的中国民间文化网络之上追寻民间故事生活史。杨晓勤的《略论剑川木匠故事中的木匠形象》(《民族艺术研究》，2004年第5期)是就一个故事类型的个案进行的研究。云南剑川白族自古木艺久享盛名，作者对剑川木匠故事的类型、社会功能、产生原因进行了详细的分析，深入解释了民众如何运用民间智慧丰富完善木匠形象。值得一提的是，作者认为剑川木匠形象已远不同于传统的鲁班式的木匠，具有神奇的技艺，同时承袭了原始巫师的部分功能。基于弗雷泽的人类文化学理论，作者对这一丰富的木匠形象进行了详细分析。祝秀丽的《"皮匠驸马"型故事的格雷马斯符号学解读》(《西北民族研究》，2004年第3期)、秦博的《灰姑娘故事类型的结构主义分析》(《赤峰学院学报》，2004年第5期)，运用了结构主义的相关理论分别对"皮匠驸马"型故事和灰姑娘型故事进行了解析。此外尚毅的《民间巧女故事形成的思想基础及艺术特征》(《中州学刊》，2004年第3期)和王青、蒋明智的《机关算尽太聪明，学样不成一场空——从长鼻子故事看"赏善惩恶"模式构成要素》(《广西师范大学学报》，2004年第4期)等文章，对故事类型的研究均提出了一定的新见。

民间故事的流传演变以及传承人的研究在本年度呈现出活跃态势。热依汗·卡德尔的《析"双角王"类型故事的母题演变》(《民族文学研究》，2004年第4期)对"双角王"类型故事的母题演变进行了分析。作者重点从民族文化和民族心理在民间文学创作和流传中所起的作用，来解剖此类故事在多民族民间文学中的相互影响和渗透。近年来，对螺女型故事的研究在故事类型研究中取得了代表性的成果，特别是刘魁立《论中国螺女型故事的发展历史进程》(《民族艺术》，2003年第2期)一文，从历时的角度，在大量历史文献资料和故事集成浙江、福建卷资料基础之上，分析了此类型故事产生与流传的历史脉络，成为民间故事历时研究的力作。今年，郑土有的《中国螺女型故事与仙妻情结研究》(《民俗研究》，2004年第4期)则对螺女型故事久传不衰的原因进行了分析，认为螺女故事之所以得到民众的喜爱，和中国民众心灵深处的仙妻情结有密切关系，这就是男性心底里希望娶一位仙女或仙女般美貌的女子为妻的一种愿望，该情结的产生源于对仙人的信仰。作者从多方面分析了仙妻情结的文化来源。施爱东的《故事传播实验的报告与分析》，采用现代科学实验中的模型实验方法，运用心理学的相关知识对实验的结果进行分析，以此来探讨故事的变异特征。此外许辉勋的《"老虎母亲"型故事之流变——以汉族与朝鲜族的民间故事为中心》(《延边大学学报》，2004年第3

期)、李丽丹的《民间故事“口头性”引起的再思考——从民间故事的存在方式与特征谈起》(《湖北教育学院学报》,2004 年第 3 期)、韦晓娟的《民间口承故事的表演性研究》(《长春师范学院学报》,2004 年第 4 期)等,从不同视角研究民间故事,都有自己的特色。

对故事传承人的研究一直受到学界的注意,2004 年也不例外,其中代表性的文章有刘晓春的《一个故事家的记忆与想象——孙家香和她的故事》(《民族文学研究》,2004 年第 3 期),该文以土家族女故事家孙家香为例,从分析孙家香讲述故事的风格、语言以及文化内涵方面,探讨了书面文化的传统深刻地影响着乡村社会的集体记忆,作者认为孙家香的故事讲述体现了故事家在民间的历史观念、文化多样性等方面的意义。江帆的《民间叙事的即时性与创造性——以故事家谭振山的叙事活动为对象》(《民间文化论坛》,2004 年第 4 期)一文,以对故事传承人的追踪研究引人注目。作者在对一位民间故事讲述者长期进行田野考察的基础上,分析了民间叙事的知识构架、叙事情境对叙事文本的作用与影响,民间叙事的即时性与创造性特点及其关系,以及对民间叙事者进行长期追踪研究的学术意义。江帆的另一篇文章《满族民间叙事中的生态思维与哲学意蕴——满族三老人的故事解读》(《民族文学研究》,2004 年第 1 期),则是以白山黑水间的三位满族老人故事家的叙事为研究对象,认为他们的故事里蕴含着独特而深厚的文化内涵,折射出满族民众对东北区域历史和自然环境的生态认知与生存体验,体现出满族民众特有的生态思维和生态哲学思想。

民间故事和佛教文化的关系研究是近年来民间故事学研究兴起的一个热点,也是本年度民间故事研究富有创见的方面。刘守华的《〈尘经〉故事的持久魅力——佛经故事札记之一》(《华中师范大学学报》,2004 年第 6 期)一文,以西晋高僧竺法护汉译的一部佛教经典为例,就其中的三个故事和中国民间故事进行比较,探寻了中国民间文学深受印度佛教文化影响的历史线索。台湾学者金荣华的《禅宗公案与民间故事》(《民间文化论坛》,2004 年第 3 期)一文,从我国古代佛教经典中记载的禅师经典言行入手,以几例禅宗公案为例,认为禅师的这些言行,多是应机而出,不拘常格,易为民间乐道,但其间妙旨有非局外人所易悟者。长而久之,这些言行便难免有所增减转移而另成故事。此外,张煜的《佛教故事群中的女性——以〈经律异相〉之记载为中心》(《新疆大学学报》,2004 年第 1 期)一文,从佛教故事群的女性形象角度来解读成书于南朝梁的《经律异相》,这是我国最早的一部佛教故事类书。其中的女性故事写得多姿多彩,往往通过生动、通俗的故事形式,向信众宣传布施、持戒等佛教基本教义,并让今天的读者得以了解印度当年的妇女生活状况。王立、史璞的《禽兽义感母题的跨文化溯源——佛经文献中野生动物故事的教谕意义》(《烟台师范学院学报》,2004 年第 2 期)、张鸿勋的《拈花微笑:古代印度〈百喻经〉与民间故事的比较阅读》(《天水师范学院学报》,2004 年第 6 期)等,也都就佛教文化和民间故事的关系进行了探讨。总之,研究宗教与民间故事为我们拓展了故事学研究的空间,为我们认识民间故事的生活史和流变规律提供了新的视野。

民间故事的跨文化比较研究是故事学研究的重要领域。本年度除了佛教文化和民间故事的跨文化研究成果外,还有顾希佳的《中韩“旁㐌”故事比较研究》(《杭州师范学院学报》，2004 年第 4 期），自从唐段成式《酉阳杂俎》记载了古代朝鲜半岛上的民间故事《旁㐌》以来，在中韩两国民间的口头叙事领域一直流传着一大批“旁㐌”故事的异文。作者就这些故事作比较研究，从中寻找其传承、发展、变异的轨迹，探讨了故事类型学方面的若干理论问题，提出了亟待建立适合东方民间故事类型索引的想法。韩国学者李慎成的《韩中“义狗说话”比较研究》（《杭州师范学院学报》，2004 年第 4 期）对两国同类型故事进行梳理和分析比较，发现韩国“义狗说话”既受到中国民间故事的影响，同时也在许多方面有着自己的独创性。朱道卫的《宗教情绪与人伦精神：中西蛇女故事比较》（《西南民族大学学报》，2004 年第 9 期），以蛇女故事为例，通过对该类型故事在欧洲和中国不同的流变历程的分析，认为其折射出不同的中西文化背景对民间故事的流传有着很大的影响。董秀团的《汉族和白族目连救母故事的异同比较》（《民族文学研究》，2004 年第 2 期），从目连救母故事在汉族和白族的流传现象的相似性入手，在重要人物、故事发生地、基本情节等方面进行了异同的比较。蔡春华的《中日异物婚恋故事的产生及其类型》认为此类故事产生的原因最早源于图腾崇拜，人与动物虚拟的性爱关系是其中的核心主题。中日文学中的异物婚恋故事存在着多种类型，作者以翔实的资料为基础，将其类型归结为五种，并对此一一进行了阐释。

本年度民间故事学的研究文章中较有代表性的还有西村真志叶的《民间幻想故事的素材选择及其形成》（《民间文化论坛》，2004 年第 5 期），这是一篇以体裁学为研究对象的文章。作者以民间幻想故事在素材的选择和形成两方面所体现的独特性为例，认为民间故事的素材属性在故事研究中依然有着重要的参考价值。特别是在幻想故事里，从哪些范围里选择素材，选择什么样的素材，采取什么样的方法方式去塑造整合素材，对体现幻想故事的体裁性格有着十分重要的构造作用。在民间故事的研究范围里，人们的视野大都集中在幻想故事和生活故事上，而对于寓言和笑话的研究却显得薄弱。本年度刘荫梁的《浅谈阿凡提笑话在各民族间的流传与演变》（《民族文学研究》，2004 年第 3 期）一文，从中亚各国以及我国新疆地区流传的关于阿凡提的笑话进行了初步研究。此外对于民间故事史的研究，也有相关的研究文章。毛洪文、孙正国的《近 20 年中国民间故事叙事性研究的探索与缺失》（《西南民族大学学报》，2004 年第 9 期），回顾了 20 年来民间故事叙事性研究的探索历程，深入探讨了叙事学理论作为一种方法对于民间故事研究的有效性及重要意义，并且思考了当代民间故事叙事性研究的得失。

本年度的民间故事研究文章数量虽不及前一年，而且对于叙事理论缺乏深入探讨，但是，值得我们关注的是，本年度出现了宗教与民间故事关系研究这一新的学科增长点，围绕着这一增长点，学界从诸多角度进行了广泛的研究，反映了民间故事研究的视野和空间在不断拓展。我们期望着故事学的研究能有新的突破！

二　论文选载

从传说到信仰：一个蒙古村落民间叙事传统的文化运行

——以珠腊沁村公主传说为个案

（蒙古族）　纳　钦

一、引　言

在民间口头传统的田野作业中，总会发现一种有趣的现象，就是民间口头文学与民间信仰之间千丝万缕的联系。

本文是一项民间传说与民间信仰之间关系问题的研究。在具体操作层面上，选择了微观研究方法，即从村落（或社区）的视角进行个案解析，力图重现一个蒙古民间传说与民间信仰相互作用而产生的民间传统运作过程，进而引发人们的深入思考。人类学与民俗学的众多调查研究结果表明，活生生的民间传统实际存在于一个个具体的村落中，而且其生成、传播与传承都与村落的历史命运紧紧相连，所以最鲜活的民间传统上演的舞台实际上是一个个具体的村落。我们若想寻找民间传统活的标本，将研究深入下去，就理应选择村落个案研究的道路。

在以往蒙古民间传说与民间信仰的调查研究中，不乏描述性民俗志或概论性论著。但是从细观察，却不难发现，它们有一个共同点，就是无外乎采用了具体事象而言的类型学方法，即从整个蒙古地区诸多同类事象中提取具体模型或理想范式，并借此绘制出关于蒙古地区民间传说与民间信仰的理论图像。这是把关注点主要放在故事母题或类型上的成果。诚然，这些成果在一定程度上准确反映了蒙古地区民间传说与民间信仰的整体面貌。但由于其研究角度的局限，也不可避免地显示出了一种共同的盲点。也就是说，上述类型学角度的调查研究无法准确地回答具体到某个特定地区和村落里，或者说具体到某个特定民俗群体的实际民俗生活当中，传说与民间信仰如何存在并相互作用的问题。而能够回答这一问题的，则应当是像本文这样以村落个案视角所做的调查研究。本文的目的，是在解析文本的同时，更自觉地走入民间社会特别是村落社会，通过实地调查真切地观察和细心地体验民众如何以口头传说为手段创造和传承了他们的信仰民俗文化，又如何扩充和运用着他们的信仰民俗知识。在进入正题之前，需对研究对象作一个简要的说明。

二、珠腊沁村与公主祭祀

本文选择的村落名叫“珠腊沁村”。珠腊沁村位于今内蒙古巴林右旗查干沐沦苏木（乡）。这是一个具有300多年历史的村落，形成于1703年前后。本村的形成缘于一位满族公主——固伦淑慧公主。因此，这里还有必要介绍固伦淑慧公主及其与本村的历史关联。

固伦淑慧公主（1632—1700），满族，名阿图，清太宗皇太极之女，孝庄文皇后所生，清顺治五年（1648）下嫁巴林部郡王色布腾。下嫁时，赐给随嫁陪房300户，这些陪房中有各种工匠，谓“七十二行”。康熙三十九年（1700），固伦淑慧公主在北京病殁，享年69岁。按公主遗嘱送葬巴林右旗，初葬于巴尔登哈拉山（今白彦罕山）塞音宝力格。后移至凤凰山（今都希苏木格根绍荣山）西南，再后于康熙四十二年（1703）移至旗北部查干沐沦河西岸额尔登乌拉山南麓，即今珠腊沁村西（在三移公主陵过程中，康熙皇帝曾三诔祭文[①]）。原公主陵坐西向东，石基砖墙，陵前立御赐石碑，祭殿庄严肃穆。建陵时，从公主陪房中挑选40户守陵人，蒙古语称“珠腊沁”（执祭灯者）。这40户如今已繁衍成今查干沐沦苏木（乡）哈丹恩格尔、毛敦伊和、毛敦敦达、阿日宝龙等四个自然村。这四个自然村，当地人统称为“珠腊沁村”。作为公主陵的陵丁，珠腊沁人世代敬仰公主，履行着守陵人职责——向公主陵献祭，执长明祭灯，以及看守陵园。在本村，一年有六次公主陵祭祀。若以时间顺序排列，为大年初一祭、清明祭、阴历5月的“奶品祭”、阴历7月的“整羊祭”、阴历9月的“新粮祭”、腊月27日祭等。在这些祭祀上，除了珠腊沁人，还有很多外地还愿者赶来参加。原公主陵于1966年在“文革”中被毁。即便在“文革”中，人们也在自家院内祭祀，因此，可以说公主陵例祭从未中断。1989年8月重建。

笔者了解到，经过了300多年的漫长岁月，公主已由历史人物变成了珠腊沁村的保护神，村民对公主的信仰也具备了民间信仰的一般性质。通常，信仰在俗民心理层面上的表现主要为尊崇、畏惧、依赖等。乌丙安曾说：“检验民间信仰的性质，首先取决于民间信仰现象中的崇拜；只要有了崇拜，不论其崇拜的程度如何，就可以测定出它的民间信仰性质。”[②]笔者通过对公主陵祭祀仪式，以及祷词、禁忌等的调查了解到，珠腊沁人对公主神是崇拜和信仰的，公主信仰有着民间信仰的一般性质。这一点应当另题论述。

目前，关于公主的民族志资料一共有三种：一是文字记载；二是祭祀仪式；三是民间传说。其中，文字记载，包括康熙祭文在内的官方资料，虽然为我们提供了有关公主生卒年月及其政绩等有价值的信息，却不能回答民间的公主信仰何以形成的问题；公主陵祭祀是一套严密的仪式规程，构成了公主信仰实际的行为表现方式，祭民们以这套仪式祭祀着公主神，向她供奉并祈求护佑。这里，虽然神与仪式密不可分，但仪式本身也不能解释公主这尊神的民间信仰渊源。而能够回答公主这尊神的历史形成问题，帮助我们勾勒出公主信仰形成过程中民众心理轨迹的资料，则只有以公主为主人公的一系列传说。可以说，传说储存了公主信仰最鲜活的信息。公主信仰的形成过程在很大程度上就是从传说到信仰的过程。这个过程，正是本文所要深入解析的个案对象。

三、公主传说与信仰

公主传说按其内容来分类，共有下嫁传说、行善传说、迁陵传说、显灵传说等四种类型。其中下嫁传说讲的是公主在下嫁途中的一些具有纪念意义的事件；行善传说讲的是公主在巴林行善造福的故事；迁陵传说讲的是公主去世后其陵园屡遭迁移的经过；显灵传说讲的是公主陵迁到珠腊沁村后公主屡次显灵的故事。公主虽然是珠腊沁的地方保护神，但其传说的形成与传播范围并非仅限于本村，而辐射了整个巴林右旗，并形成了一条风物传说带。

1. 下嫁传说

柳田国男曾说，传说必有纪念物[③]。公主下嫁传说的纪念物集中在巴林桥到大板这一地带。这是公主送亲队伍进入巴林境内到达王爷驻地的必经之路。这些传说主要解释了送亲队伍所经过的几处地名的来历，它们关系到公主下嫁途中的一些具有纪念意义的事件。公主下嫁事关重大，对于团结巴林部起到了重要的推动作用，而且对于后来动员蒙古军统一全国产生了积极意义。从另一个角度，也就是从当时的巴林民众角度上说，这是他们的王爷迎娶金枝玉叶，因此公主进入巴林境域后的每一个举动无疑都被认为是十分新奇和值得纪念的。这一思想在下列传说中得到了反映。有一则名为“土炕川”[④]的传说中讲道：

> 固伦淑慧公主下嫁巴林郡王色布腾时，因随嫁陪房的300户72门匠人尚未来得及修建宅院，于是公主只好在西拉沐沦河东岸扎营，立起帐房住了下来，等待陪房们为她兴建宅院。这时已值晚秋，天渐渐冷了下来。眼看公主就要在这扎营的地方过冬了。于是，身兼婚宴“头官”的同宗亲王给兵丁们下令，用木草加固了帐房，帐里还给公主打了土炕，做好了过冬的准备。后来此地便有了“土炕川”之名。此地现属巴林右旗白音尔灯苏木哈日毛杜村。

当时的巴林还是纯牧业经济，牧民都住蒙古包，过着游牧生活，还不习惯住坯房土炕。因此公主在行帐里打土炕无疑成为一件新鲜事被传讲开来，成了地名传说。另有“猴儿沙丘”[⑤]、“扎营地和藏妻处”[⑥]、“青瓦房”[⑦]等传说也表达了类似主题。这些传说中，公主的角色只不过是初出深闺的皇帝女儿，虽然贵为千岁，金枝玉叶，但仍未超脱成神，不见丝毫的神性，更无法让人联想后来那些传说中所展现出的奇异神性。传说所记述的事件也基本上靠近历史事实。这些大概就是巴林民众中关于公主的最初传闻，后来演化成地名传说。

2. 行善传说

公主嫁到巴林后做了许多善事。其中最大的几件善事，不仅为后人津津乐道，而且被书以史册。它们是：主持兴建西拉沐沦河上的石桥，后称“公主桥”；修建虎王庙，传播道教文化；建西大庙，在北京抄写一部《甘珠尔》经，传播喇嘛教文化；收留被迫离开家园的弘吉剌惕部落，赐以草场安顿，等等。由于公主的这些功绩，康熙皇帝在其祭文中曾评价说：“齿德俱茂，迥异诸姑。”这无疑是来自官方的一个很高的评价。而民间则称她为“公主妈妈”，并以自己的方式敬仰起来。公主的善事义举在民间以传说的形式传讲开了。这些传说构成了一系列行善传说，其中公主角色转变成了一位尊贵而慈善的旗母。一则内容与历史事实几乎没有什么出入的“台吉改山名以谢公主恩德”[8]的传说中，公主就是一位仁慈宽怀，主持公道，德高望重的旗母形象。

公主以神的角色出现，是在“公主桥”传说之后。一则名为“公主鞭打河神”[9]的传说中讲道：

> 公主下嫁巴林王以后，每每想起路上遇见的那些受阻于洪水的百姓，总放心不下。于是决定在西拉沐沦河上修建一座桥。这一心愿在她心中藏了十二年。在下嫁巴林王的第十二周年，她在巴林瑶鲁山（今白音和硕山）西麓的空地上选定了桥址，打算把桥搭建在瑶鲁山西麓并排的两座岩梁上，而非直接建在河流上。她把建桥的重任交给陪房72门巧匠，从全旗筹措劳力、车辆、钱物等，终于建成了一座双孔石桥。建完桥，固伦淑慧公主满心喜悦，当即坐上轿子，来到桥上查看。这座桥修得坚固又美观，为了修建它，工匠们工餐里的食盐都用掉了整整七十石。公主把桥的质量和外观仔细查看一遍以后，左手捧着法典，右手拿着黑鞭，站到西拉沐沦河岸上，一边高声诵读天书，一边举起黑鞭使劲抽打河水。她这是在鞭打河神。黑鞭一落，水面顷刻间泛起了巨浪，这巨浪像一条白蛇，翘头在空中翻卷着，然后掉头顺着公主的指引，向东绕弯流进了桥孔，哗哗地从桥底下流了过去。西拉沐沦河水从此改道从空地修建的桥底下流开了。公主挥舞着鞭子说：“以后不管来多大的洪水，也不能往桥外流。”但是西拉沐沦河的河神是一位女神，她见到手持天书鞭打自己的也是一位女人，心里很不服气，硬是对着公主，把一条小支流引向了桥西头。桥西总有一条泥泞不断的小溪，起因便是这样。但主流还是从桥底下流过的，过往的行人们从此摆脱了水患，在过桥时总念起公主，感激她的恩惠。

这里，公主角色中已经有了一种奇异的神性，她不但在离河流很远的瑶鲁山空地上选择桥址，而且建桥以后，手持法典，鞭打河神，让河水从桥底下流过，从此让河流改道，其神力分明是自身拥有的和自发的。较之以上传说，这则传说中的真实成分已经大大减少，以至于除了地名、人名之外几乎没有其它可信因素。它对于研究历史的人来讲，或许没有多大史料价值，但是对民间文学与民俗学研究者来讲，其意义却十分重大。因为它使公主传说离历史事实越走越远的同时，离民间信仰却越来越近了。乌丙安也指出：“传说中那些对某些奇异事象的渲染部分，虽然并不占主体，却也有一定份量。这里所说的奇异现象，主要指的是民间信仰中的某些现象……传说学对于这一部分的研究具有重大的科学价值。它可以找到人民意识中那些原始思维与原始信仰的传承因素，解剖传说的内容，透视其性质，并了解这些奇异现象背后的民众心理愿望。”[10]以公主传说而言，正是从“公主鞭打河神”开始，公主被赋予了神性，在巴林民众或俗民的信仰民俗心理中占据了一定的地位，传说才被广泛传讲，信仰也随之扩布而开，从而渐渐形成一套信仰体系，让包括珠腊沁人在内的巴林人世代传承下来。而公主在传说中被赋予神性，是有着民众思想心理基础的。公主来巴林以后，修庙建塔，传播喇嘛教和道教。从朝廷的角度讲，公主是宗教政策的贯彻者，而从巴林民众或信众的角度讲，公主却是教法的护神。巴林民众在公主生前就奉她为度母化身。所以，传说中被赋予神性也就顺理成章了。

总之，这则传说中，我们可以找到公主信仰最初的线索，继而观察公主传说的主题思想及其在整个公主信仰形成和发展过程中所起的引导作用，也就更加深入地了解公主信仰的文化运作规律。因此可以说，这则传说是所有公主传说的一个分水岭，从这里，传说中的公主角色从历史人物转变成了神，也就打下了后来的信仰基础。

3. 迁陵传说

固伦淑慧公主于1700年去世，按其遗嘱送葬巴林。为清廷联姻政策付出一生的公主本来从此可以安息，但由于朝廷的猜疑和责难，其陵墓又屡遭迁移，不得安宁。于是，又产生了一系列富有神秘色彩的传说。由于这些传说的内容主要围绕迁陵一事展开，因此笔者统称它们为“迁陵传说”。迁陵传说以若干则小型传说组成。当然，必须首先指出的是，这些小型传说因为分别解释了不同的地名，所以在具体讲述场景中还是有可能以独立的状态存在的。比如，讲述者在解释“狼川”这个地名的来历时，没有必要把传说拉长，将“公牛山”的来历也连带讲出来。但从整体上看，它们以内容的连贯性又构成了一个组合或系列，因此与其说它们是独立的传说，倒不如说是一个大型迁陵传说的若干个小段落。笔者把它们看作了同一大型传说的若干个小段落，因为这样更便于宏观观察和深入分析。下面依次列举这些传说，而后进行统一分析。

公主传说中有一则名为“公主和她的儿子”[11]的传说，虽然讲的不是迁陵一事本身，但传递了与迁陵有着直接关联的重要事件的信息，因此笔者从这里切入，来分析整个迁陵传说。“公主和她的儿子”中讲道：

固伦淑慧公主本是天宫度母的化身，降生人间当了皇帝的女儿。在她十几岁的时候，年幼的弟弟登皇位时，龙椅突然摇晃不已。于是姐姐淑慧公主抱着他坐上龙椅，这才停止了晃动。淑慧公主就这样在太和殿的九龙皇椅上像影子一样伴随着皇上坐了几年，于是就被誉为福齐真龙天子的“固伦公主”（皇公主）。固伦公主遵照女儿家的生活规律下嫁巴林时，皇帝曾降旨：“是你抱着朕坐的龙椅，所以你就是皇公主，朕愿与你平分天下。”公主说：“嫁出去的女儿家，终归是人家的人，是袖子上的补丁。我不要与你平分天下，我要去北地吃奶酪喝奶茶。”公主嫁到巴林以后，经常回娘家，有时带着年幼的儿子在紫禁城里住上一年半载。她的儿子虽然年幼，却聪明伶俐、气宇轩昂、仪态非凡，在皇舅的宫殿里进进出出，无所畏惧，也不被阻拦，有时连早朝他都敢闯入。说也奇怪，这孩子每次进到宫殿里，皇上都不由自主地稍一抬身，说上一句：“外甥无罪。”有一次，大臣把这一情形禀报给了皇上，皇上不信，说：“朕没有抬身啊。”于是下一次早朝上公主的儿子进来时，趁皇上抬身的刹那，大臣从皇上的九层坐垫中抽出了三层。皇上这才有点相信大臣的话，但还是不完全相信，打算再试一下。这一次在皇上的腿上放了两个玉球。当公主的儿子进来时，皇上果然再一次抬身说：“外甥无罪”，这时玉球从他的腿上滚了下来。皇上这才相信自己抬身说话，便问大臣这是怎么一回事。大臣上奏：“这孩子有天子之福，日后必将争夺皇位，所以皇上才抬身离位。必须现在就想办法解决，以除后患。”皇上想了想，虽说舅甥骨肉相连，难以下手，但这毕竟是二龙相争，危及皇位，事关重大，必须当机立断。于是给外甥赏了一杯毒茶，把他送往了极乐世界。当母亲的怎能忍受这般痛苦？公主由于极度悲痛，怀恨在心而终于患上不治之疾，含怨而逝。临终秘密留下遗嘱："我死后，下葬时要一丝不挂，而且必须头朝下埋。"公主去世后，下葬时，虽然留有遗嘱，但她毕竟贵为皇公主和旗母，人们不忍心把她的遗体一丝不挂、头朝下埋，所以就采取折中的办法，给公主遗体穿一条裤子，头朝上埋了。

比起下嫁传说和行善传说，这则传说的思想倾向发生了本质的变化。其中加入了许多关于公主与朝廷相互冲突的信息，不仅强调了公主儿子的天子之命危及当朝皇帝一事，而且使公主的角色转变为朝廷的受害者和怨恨者。当然，也包含了对公主神性的合理化解释，说明她是度母的化身。如果说，行善传说中的"公主鞭打河神"构成了公主传说的一个分水岭，使公主角色被赋予神性，那么，"公主和她的儿子"则继承"公主鞭打河神"的部分解释因素的同时，使整个公主传说的解释方向或思想倾向发生了180度的转折，引导出了另一条故事线索（或记忆线索）。这条故事线索就是——公主（或其灵魂）与当朝皇帝发生了冲突。它后来贯穿成迁陵传说的一条发展故事的关键线索，引出了其它线索，为整个传说增加了许多神秘色彩和矛盾冲突。或许，这则传说产生于迁陵事件之后，但它分明对发生迁陵事件的部分原因做了合理化解释，因此这里首先对其作简要交代，更深入的分析则放在后面，结合对大型迁陵传说的分析来进一步展开。

大型迁陵传说的开头是一则名为"狼川"[4]的传说。其中讲道：

固伦淑慧公主去世三个月后的一天晚上，京城的一位大臣无意中仰望天空，突然发现帝王星移到了遥远的东方，闪耀着奇异的寒光。那位大臣惊异万分，低头掐指一算，方知已故的皇姑淑慧公主在巴林祥瑞地气中变化通灵，正等待转世争夺皇位的时机。康熙皇帝听到大臣的奏报，惊慌得仿佛看到那位由公主灵魂转化的新君就站在身旁，与自己争夺龙椅玉玺，并强迫他咬破手指写下转交皇位的血书。大臣建议即刻派遣两位风水师到巴林，把公主灵柩从祥瑞之地迁移到不祥的地方。康熙皇帝听罢，悄悄唤来闻名于内廷的杨姓和曹姓两位风水师，赏金赐银，授予密旨，让他们挖出公主灵柩，用魔法将灵气驱散，把公主灵柩迁移到一个"世代不得翻身的不祥之地"。杨、曹两位风水师即刻上路，来到巴林。他们过了公主桥，刚一进入巴林境内便遇见了一位牧人。他们想试探一下所要做的事情顺利与否，于是问牧人："这地方叫什么？"牧人答道："狼川！"两位风水师听罢大惊。因为他们一姓曹，一姓杨，谐音正好是"草"和"羊"，眼下又来到了这个"狼川"。羊吃草，狼吃羊，彼此相克，极不吉利。但无奈君令在上，他们只好硬着头皮往前赶路。从此，这里便叫做了"狼川"。

"虎川"[13]中讲道：

杨、曹两位风水师惴惴不安地走出狼川，这才喘了一口气，朝巴林郡王府走去。途中又走进一处川地，迎面走来一个人，又想试探一番，便问道："这是什么地方？"那人答道："虎川！"两位风水师听罢目瞪口呆，浑身冒了冷汗。刚一进入巴林便遇虎狼，是很不吉利的征兆，兆示他们将不能活着返回京城。于是揣测，这是他们按皇帝密旨来迁公主灵柩的报应。由此，两位风水师回心转意，商量说："也不知能否返回京城，还不如索性抗旨把公主灵柩迁移到巴林最祥瑞的地方，再把身家性命托付给公主神保佑吧!”他们商量后，决定分两路，杨姓风水师往北以右手方向将巴林北半部转一遍，曹姓风水师往南以左手方向将巴林南半部转一遍，去找巴林最祥瑞之地，迁移公主灵柩。从此这里便叫做了“虎川”。

“凤凰山”[14]中讲道：

杨姓风水师一路探察祥瑞之地，走到巴林郡王府东南凤凰山脚下，发现那里有一处铜币穿孔大小的地缝，缝里冒着祥瑞之气。于是他把带来的金币放在那里做了记号，然后来到了郡王府。曹姓风水师也一路探察，走到凤凰山脚下，发现那里有一处针眼大小的地缝里冒着祥瑞之气，于是把身上带的金针插在那里做了记号，也来到了郡王府。翌日，他们一同去找选定的地点，结果是同一处。杨姓风水师抬脚踩地，只见金币从地里旋转而起，穿孔里竟还插着一根金针。原来曹姓风水师把金针恰好插进了杨姓风水师金币的穿孔里。于是杨、曹两位风水师把有关迁移公主灵柩的那道圣旨念给公主的后人之后，就奔白彦罕南麓塞音宝力格山，挖公主陵墓去了。

“塞音宝力格山”[15]中讲道：

两位风水师来到塞音宝力格山公主陵地，察看那里的风水，发现公主陵背依山中之王巴尔登哈拉山，南眺西拉沐沦河以南的广阔原野，视野下的西拉沐沦河正一刻不停地向前奔流。公主陵上冒着千丈祥瑞之气，漂浮着吉云祥雾。公主陵建在塞音宝力格山梁上。这座山形同一头正要奔向西拉沐沦河去饮水的宝象，公主陵就在这头宝象的长鼻梁上。公主陵园里长满了奇花异草和带果实的树，恰似京城的皇帝御花园。两位风水师惊诧不已，遂想试探一下公主的神力，把金针插在地上，把金币套在金针上，嘴念咒语抬脚踩地，只见巴尔登哈拉山瑟瑟抖动，金针从地里冒出，金币挂在了金针顶端。见到公主无与伦比的神力，两位风水师惧愕万分，于是连忙跪拜，念完圣旨，就命令珠腊沁人挖起了公主陵。珠腊沁人奉命挖开公主陵，一直挖到棺前，发现棺前长出了一棵沉香树，树枝上鸣着一对金凤凰。还有一匹金马驹绕树腾跳着，已经备好了马鞍，马鞍上的阴阳双鞒闪着日月的光芒，两边的皮绳飘如双翼，马头早已套上了嚼子，公主正手握绣龙缰绳，左脚蹬着马镫，右腿刚要跨过马鞍却由于裤子挂到了沉香树枝而未能骑上马。原来，公主生前选定巴尔登哈拉之塞音宝力格山为陵址，而且给后人留下遗嘱，密授葬尸方法。她说，埋遗体时要头朝下，身上一丝不挂。但是，后人并没有完全遵照她的遗嘱来办，葬时不但埋成头朝上，而且给穿上了裤子（另一种说法是双龙绣花毛巾，公主想要骑马时，那毛巾上的双龙从背后拉着，硬是没让骑上马）。于是，死后头朝上而让帝王星升天，以致被朝廷发现；裤子挂到了沉香树枝而未能及时骑马升天。否则，要是头朝下埋葬，那就把帝王星压在身下，不至于让朝廷提早发现公主变化通灵的秘密。然后骑上金驹，头朝上时帝王星才会升天，那时朝廷即便发现也为时已晚。下葬时如一丝不挂，就会骑马时不遇到任何妨碍。公主留下遗嘱，就是要转世争夺皇位，与朝廷一决雌雄，以报毒害爱子之仇。两位风水师当即由根部锯掉沉香树，在树根上倒入煮开的小米汤，把金驹连同它的鞍辔一起烧掉，在显灵的公主身上大行妖法，驱开灵气，并在陵址挖壑掘谷，截断了宝象山的长鼻子，让它永远不得从西拉沐沦河饮水。否则，宝象山的长鼻梁一旦伸到了西拉沐沦河，就谁也镇压不住它了。两位风水师重新把公主遗体入棺，把灵柩移至凤凰山，下令按原样修建了陵殿，然后如数留下珠腊沁人看守，恢复了原来的祭祀，返回京城了。

“白彦和硕山”[16]中讲道：

迁移固伦淑慧公主陵以后，康熙皇帝依然觉得身体有些不适，于是又叫来大臣询问了原因。大臣掐指一算，发现相克者又是公主陵。康熙问臣下有何对策，大臣建议说，最好再派遣一位心腹大臣，带一班精兵和出色的风水师，把显露兴旺迹象的巴林草原来个全境察看，并赐其尚方宝剑，准许把见到的任何奇瑞迹象或对抗之物，都予当即处置，而后奏报。康熙按照那位大臣的话，找来心腹钦差，密授机宜，并在他们辞行之日亲手赏了三杯美酒。皇帝钦差进入巴林境内便见到一座形状奇异的山，惊问属下：“这是什么山?”属下回答：“这叫‘瑶鲁山’（瑶鲁即雕），形如一只拍着翅膀腾空而飞的大雕，现在它正圆圆地睁大眼睛盯着咱们呢。”钦差大怒，喝道：“快到那座雕山，把大雕的两只眼睛挖掉，把山改名叫‘白彦和硕’!”于是，钦差的属下们挖掉状如雕眼的两块岩石，把山名改为“白彦和硕山”。从此，那座耸立在西拉沐沦以东、公主桥东北方向，遥望桥上车马行人的大雕山，便被“刺瞎”了眼睛，改名白彦和硕山。

“格根绍荣山”[17]中讲道：

钦差大臣带着随从来到凤凰山，仔细察看了这里的风水。从远处看，这座山活脱一只展开翅膀，正要腾空而起的凤凰。来到近处一看，固伦淑慧公主陵与额驸（驸马）色布腾王陵就像两只即将孵化的凤蛋，安详地躺在母凤的胸脯下。这次来的钦差是个满脸横肉、凶狠暴虐之徒。他借口公主陵地是个不祥之地，要按圣旨把公主陵迁至别处。于是吩咐随从们挖出了公主灵柩，并为了破掉风水，掘倒山梁上的岩石，挖出很多长方形的白色石条。据说这些就是凤凰的羽管，取掉了它们，凤凰就不能飞了。然后又把“凤凰山”改名为“格根绍荣”（意即光明崖）。钦差大臣破掉凤凰山的风水，命珠腊沁人抬着公主灵柩直奔巴林北部的公牛山。在凤凰山至公牛山的这段路上，抬灵柩的珠腊沁人歇脚住宿的地方都长出了榆树，后来人们就把这些榆树当作神树来祭祀，有的地方甚至为神树修建了寺庙。今大板以南的白音和硕山（南山）北麓有一棵弯曲的榆树，相传那是公主见到王府，想起自己的心愿未了而黯然神伤时，那树便不由得朝着王府方向歪斜着长的。此外，传言十家子的神树、查干昆迪的达兰包得（意即七十棵树）、牧马人的两棵树、珠腊沁的榆树林等，也都是在那时长的。钦差将公主灵柩移至新陵，完成了使命，并吩咐不能大规模祭祀公主陵，就返回京城了。

“公牛山”[18]中讲道：

时间飞逝，不觉又过了一年。康熙皇帝又有了异常感觉，夜里常常做噩梦。于是又叫来大臣询问梦因。大臣答复说：“祸因还是起自遥远的巴林。”于是，皇帝像往常那样，钦命上次派的那位钦差，给他带上风水师和精兵，让他再去巴林察看风水民情。钦差来到公主陵，让风水师仔细察看了一下风水。风水师发现新公主陵由于足登力量无比的公牛山而使公主的灵魂又一次复活。公牛山以东有一座母牛山，两座山之间是一条名叫“查干沐沦”（意即白水，但那时叫做“黑水”）的河。据说，如果没有这条河隔断两座山，这里的风水会更好，而且一旦两座山合并起来，那将是神力无边了。那位风水师不由得惊叹巴林山水的奇异祥瑞之气，遂下令让随从们再一次挖开公主陵，掘出灵柩一看，公主竟然宛如生人，没有丝毫的变化。钦差急忙催促属下，火葬公主遗体，将骨灰装入红色檀香罐中，并在罐上用金粉写下了藏文咒符，这才放回原处埋掉了。接着为驱散这里的祥瑞之气，破掉风水，他们揣摩着要挖掉山神——公牛的睾丸。于是又开始挖起山岩。但是，他们白天挖的地方夜间又自动愈合起来，搞得兵卒们疲惫不堪，风水师也束手无策。一天，有一个人把铁锨忘在了挖开的岩缝里，第二天去时，发现那一处岩缝居然没有愈合。他们这才开了窍，每天把铁锨扔在挖开的岩缝里，这样挖了好多天，终于挖出了两块圆形白色石球。石球挖掉后，公牛山怒吼了几天，从取出石球的岩缝里流下了黑红色血浆，从山梁淌下，一直流进查干沐沦河，让河水也翻了几天血浪。那位风水师望着河里的滚滚血浪，望天长叹：“今天破了这风水又能奈何呢，六十年后必将复活。要想世代设防，则只有每过六十年破一次风水才行啊。”那位风水师把公牛山的两块石球当作宝贝，包在红绸里，放入檀香盒中，通过驿站，飞速向京城赶去。这时，公主的英灵见风水师把公牛山的风水带走，心想：“如果带走了巴林的风水，将来巴林就再也不会出好汉了”，于是赶到公主桥，截了风水师的前路。风水师见固伦淑慧公主的英灵在桥上等他，无奈将一块石球扔于西拉沐沦河，把另一块死死抱着逃了出来。但是，当他跑到宝如浩特（今乌丹市），打开盒子看时，发现石球已经腐烂，散发着难闻的臭味。于是不得已把石球扔在了那里。从此那里便叫做了“乌丹”。以上是朝廷派人三移公主陵，皇帝三诔祭文的全部经过。从此，大清朝就好比除掉了大敌一样放下了心，再没有受到巴林扰乱。

首先应当说明，这7则小型传说都以风物为名称，而且都对风物作了历史的解释。而从7处风物的具体地理位置来看，“狼川”位于巴林右旗最南端，“公牛山”位于最北端，其它风物位于二者中间，线形排开，连成了一条风物带。这条风物带上的7处风物又为解释迁陵事件的7则传说提供了艺术构思依据，因此，同时又形成了一条风物传说带。而形成风物传说带的7则传说因内容的连贯性又组合成一则大型风物传说——迁陵传说。其次，这里传送的所有信息几乎都与风水或风水师有关联，因此我们还可以推断迁陵传说是风物传说中的风水类型。但本文并不打算把它们与其它地方的风水传说作比较，而是顺着风水线索，来追逐信仰运行的轨迹。

迁陵传说里的公主与当朝皇帝势不两立，其角色变成了朝廷的对立者。这一点不仅与文献记载截然不同，而且与下嫁传说和行善传说中的公主形象完全相左。传说本来是对事物或事件作历史的解释的，但这里却出现了与可信资料能够证实的史实完全相悖的解释倾向。这就不禁让我们发问：因何出现这种情况？它到底有没有可信成分？它能够说明些什么问题？而要回答这些问题，恐怕还得回到传说意欲解释的那个历史事实上来。因为，解释一个解释历史的传说，似乎除此之外别无它途。

固伦淑慧公主原本是清廷联姻政策的主角。她是随着满族贵族与蒙古部贵族政治联盟的发展需要，以安抚蒙古，巩固皇权一统为目的的政策驱使下嫁给巴林郡王的。由于她母亲孝庄皇后是蒙古人，所以她下嫁蒙古部落之一的巴林部，也是贯彻了“亲上做亲”的强化姻亲纽带关系的做法，密切了满蒙通婚。公主嫁到巴林以后的种种善事义举，对稳定和团结巴林部起到了重要作用。公主一生也对朝廷忠心耿耿。康熙六年（1667）夏西大庙落成庙典上，公主说过“我兴建此庙是为我皇祖政权坚固和喇嘛教的兴旺而建”等语[19]。这是文献上可见的描述公主心理活动的一个重要记载。公主对其母也十分孝敬，康熙二十五年（1685），孝庄皇太后患病，公主（54岁）回京探视，亲自煎汤熬药不离左右，孝庄皇太后怜爱淑慧公主，嘱咐康熙皇帝护视阿姑。康熙承训，后称“毕姑一生，皆朕之事”（康熙祭文）。说公主对朝廷忠心不二，还有一个原因，就是我们可以想象到的孝庄对其女的教导。孝庄一生为清朝呕心沥血，殚精竭虑，辅佐三朝皇帝建立了丰功伟业。这样一位母亲对女儿的影响与教导是不言而喻的。况且，公主在京城去世，去世后又由太子送葬，由此可以推想公主生前没有与朝廷发生冲突。总之，公主生前在心理上和行为上不存在与朝廷发生任何不可缓和的冲突的可能。

至于传说中所说的“皇帝毒害公主儿子”一事也不属实。公主生四子，长子敖其尔、次子阿拉布坦、三子格日勒图、四子纳木扎。康熙六年（1667）色布腾王去世，长子敖其尔袭爵，晋多罗郡王。同年，固伦淑慧公主建完西大庙，花一万两银子，在北京抄写一部金字《甘珠尔》经（印红字），还在经文末页上让人特意记下了自己的姓名、身份和四个儿子的姓名[20]。后阿拉布坦被封为头等台吉，格日勒图和纳木扎被封为公爷。其中只有敖其尔病逝于公主之前，但那时他已经40多岁[21]。因此可以推断，公主与当朝皇帝不曾因她儿子被害而发生过直接冲突，“公主和她的儿子”这则传说中所说的“公主之子的天子之福危及当朝皇帝”；“皇帝毒害公主之子”；“公主决定转世报复朝廷”；“公主去世后棺内变化通灵”，等等，都是作为传说创造者和传播者的民众想象的产物。

那么，传说中因何有了这样一个冲突，它到底有没有其它方面的史实根据或传统心理基础？笔者的回答是肯定的。但必须首先指出的是，现实的冲突中朝廷的对立面不是公主，而是巴林部。事实上的冲突原因是迁陵事件。

这里首先需要证实的是，历史上公主陵的确被迁移了三次，迁陵者又是当朝康熙皇帝，因为有他三次的祭文作证。康熙又因何不厌其烦地三次迁陵又三诔祭文呢？按传统的理解，迁陵只会有两种原因，要么是改善风水，要么是破坏风水。以笔者的看法，公主陵的迁移与改善风水无关。因为当初如果打算把公主灵柩葬于风水宝地，则第一次下葬时就会选好，不会发生再度掘陵迁柩之事。况且，第一次下葬的巴尔登哈拉山又是全旗最好的风水宝地，康熙本人曾在此山打猎，见其山势雄伟，松林茂密，降旨称其为众山之首，改山名为白彦罕山，意谓“富饶的皇山”[22]。如果当时认为巴尔登哈拉山的风水不算好，迁至凤凰山巴林扎萨克王陵旁，也已经是很好的安排了，但没过多久又一次掘陵迁柩。从这一点看，就不能不说上述假设是合乎情理了。而且三次迁陵发生在短短的三年之内，显得很不正常。另外，还有一个证据可以证明朝廷三迁公主陵是为了破坏风水：格根邵荣山的公主陵没有金龟，而移到公牛山后增添了一座金龟。公牛山的公主陵里出土的圹志也是格根邵荣陵墓里的。因此公牛山的公主陵增设了一座金龟。按民间风水观念的理解，金龟具有镇破风水的功能，因此笔者推断，迁陵一事只能与破坏风水有关，而不是改善风水。后来，金龟成了公主陵不可分割的组成部分，据说亵渎金龟者受到了暴死的惩罚。这里破风水的符号竟成了神庙的一项神圣符号，有着民间文化的一种过滤能力与包容性。当然这是后话了。

调查显示，在朝廷破坏公主陵风水事件中，三处陵地的确有可能遭到了或多或少的破坏。据考察过格根郜荣山（凤凰山）的巴林右旗博物馆工作人员纳·宝音贺希格讲，格根郜荣山上确实有挖掘山岩的痕迹，按民间的理解，这就是破坏风水行为的遗迹了[23]。我对珠腊沁村的公牛山进行考察，也看到山南坡上有很多分明是人工掘出的长方形石块，它们显然是从山顶上滚下来的。如果不能假设这里没有发生过传说中所说的那桩惊天地泣鬼神的破风水事件，那么对眼前的景象又能作何种解释呢？而我意欲断定假设可以成立，却又因为拿不出与其有关的半点文字记载而感觉底气不足。也许这些口耳相传的民间传说的本质就是如此，分明情形逼真，保存了珍贵的记忆却查无对证，似乎注定要与文字作对，让人无比迷恋的同时又感到深深的无奈。但好在上段中笔者已经以推理的方式对此作出了判断。

康熙破坏固伦淑慧公主陵风水又出于怎样的考虑呢？众所周知，风水是中国的传统文化观念，它不仅属于民间，而且属于官方。中国历史上出现过难以计数的风水师和风水杰作。“风水建筑的实践往往被用来庇护某一家族获得风水宝地、保佑子孙昌盛发达的神秘幌子。”[24]那么对巴林而言，当地的风水就是保佑部族后代昌盛发达的神秘幌子。这个观念清楚地表现在迁陵传说当中，有一个典型的说法是，“风水师带白色石球，向京城赶去。公主英灵发现后，怕巴林从此不再出好汉，赶到公主桥上拦住风水师”。另外，巴林（或公主陵）风水曾两次让皇帝“感觉不适”，也就是被解释为与皇帝相克。可见，按风水观念理解，公主保护风水，是为了巴林能够再出好汉，昌盛发达，而康熙破坏风水，就是要阻止巴林出现好汉，阻止其昌盛发达，铲除克星。至此可做出一个推理：只有巴林不再发达，皇帝才舒服，皇帝希望削弱巴林的力量。笔者认为这个推理也是符合史实、合乎情理的。我们知道，清廷对蒙古各部虽然安抚拉拢，但对造成威胁者也毫不手软。准噶尔汗国噶尔丹的覆灭就是一例[25]。清朝统治者对归顺的部族也一刻没有放松警惕和防范，因为他们清楚地了解蒙古各部民众内心深处对异族统治的反抗心理。对巴林也不应该例外，虽然固伦淑慧公主对稳定和团结巴林部做了许多工作，但统治者们还不至于忘记巴林部曾经的反叛。后金天命四年（1619），包括巴林部在内的蒙古喀尔喀诸部与后金联盟，协约共同征讨明朝，可是当时控制喀尔喀的察哈尔部林丹汗却要喀尔喀诸部与明约好，共同对付后金努尔哈赤，并胁迫巴林等部与后金背约，杀死后金使臣，抢掠后金财物献给明朝。努尔哈赤大怒，亲自带领大贝勒代善，四贝勒皇太极，分兵八路并进，过西拉沐沦河攻占巴林地。驻守巴林的首领囊努克，自知不可抵抗，弃寨逃走，被皇太极射杀马下。金军获连环7寨，掠走巴林牲畜无数[26]。到了康熙时代，固伦淑慧公主下嫁已多年，巴林部与朝廷的关系有了很大程度的改善，但可以肯定地说，巴林部仍旧是他们既拉拢又防范削弱的对象。朝廷防范削弱巴林的方法当然是多种多样的。其中之一应当就是破坏风水的方式。这在当时的环境下不仅有可能，而且几乎是顺理成章。

皇帝（或他的风水师）选择了破风水的方式来防范削弱巴林部，并没有把矛头对准巴林王爷的陵地，却一次次迁移了公主的陵园，破坏了公主陵园的风水，这乍一看来蹊蹊的事情，如果按风水观念和婚俗观念去看待它，就不难理解了。刘晓春对三僚村的调查中了解到的曾姓与钟姓之间的一场风水争夺，亦可从一个侧面证实了笔者的推理。刘晓春的文章中写道："曾姓曾经十八代单传，曾姓婆祖的娘家是钟姓，曾姓人发现钟姓的地盘上有一块风水宝地，可是要获取这块风水必须要有合适的理由。曾姓祖婆为了家族大义，一次回娘家的时候，舍命吞金，死于娘家。曾姓说既然人不明不白地死在娘家，没有任何要求，只求钟姓一块地方下葬，钟姓答应'平地你莫想，高山任你采'，正中曾姓下怀，获得了这梦寐以求的风水宝地。据说，从此以后，曾姓也开始打破十八代单传的困窘生存局面。"[27]这里反映的两个观念值得我们注意：一是曾姓婆祖虽然娘家是钟姓，但嫁到曾姓，就是曾姓家族一员，这是婚姻或婚俗观念；二是因曾姓婆祖是曾姓家族的人，所以其墓地的风水属于曾姓，即便它在钟姓地盘，也同样可以庇护曾姓家族后代，这是与传统婚俗观念相结合的风水观念。从这种传统观念的角度，去推想公主陵风水争斗中的皇帝（或他的风水师）的想法，就不会觉得他的做法蹊跷。公主是联姻政策的成功主角，从这个角度上说，她是属于朝廷的。但她又嫁到了巴林，已经是巴林部族之人，所以其陵地的风水属于巴林。朝廷把公主下嫁到巴林，却又不愿把公主陵地的风水留给巴林。公主是皇帝的女儿，按传统的理解，其福分不可与常人相比，后来她成了巴林王爷的福晋即巴林旗母，因此她的福分也就被带到了巴林，这一点绝不会让朝廷所容忍的。康熙对公主的功绩是肯定的，这在他的祭文里表露无遗。但对公主陵风水这一神秘幌子对巴林的庇护还是防范的，这在他发起的三迁公主陵事件中也表露无遗。这是一个极为矛盾的心理，其背后是皇帝（或他的风水师）以传统风水观念想象出来的冲突，而其结果是求生存，谋发展，倾轧异族的惨烈故事。正是他（们）凭借传统观念把公主归属于双重角色，在想象的世界里引爆了惊心动魄的矛盾冲突，导致了一场破风水事件，三次迁移了公主陵。而在当时，三迁公主陵和破坏风水事件引发巴林民众的反感与猜疑是不言而喻的。朝廷对巴林的防范，巴林民众对朝廷的反感——这两个心理因素在公主陵迁移事件上相互碰撞，于是开启了民众的想象，使他们用传说的形式解释了这一事件。在现实的破风水事件中，皇帝的打击削弱对象虽然是巴林部，但直接受害者是公主，因此传说当中民众把公主想象成朝廷的对立面，对公主与朝廷的关系进行了一番合理化解释，使故事情节平添了许多曲折起伏。

以上便是迁陵传说中所表现的矛盾冲突的来龙去脉。它是有史实根据和传统心理基础的。三迁公主陵缘起于皇帝（和他的风水师）对巴林部的防范心理，而在这个防范心理的驱使下凭借传统风水观念想象出朝廷与巴林部的风水冲突，导致了一场破风水事件。这场破风水事件又引发了巴林民众的反抗心理，使他们想象出公主与当朝皇帝之间的冲突，并用传说的方式解释了这一事件。而传说中的这个冲突实际上又隐喻了巴林部与朝廷之间的对抗冲突。传说研究中，也许了解到了这些"内幕"，才会让人迷恋忘返罢。

让我们再回到传说上。

传说中，巴林的山水都被赋予了风水的合理解释，冲突双方就争夺着这些风水。"塞音宝力格山"中描述的风水也可以被理解为本应属于公主的那个半壁江山。另外，拍着翅膀腾空而飞的瑶鲁山，展开翅膀正要腾空而起的凤凰山，与母牛山隔河相望的公牛山等等，这些山水都被赋予了风水解释，构成了巴林人的天下图式。而按风水观念的理解，它们的功能都是保佑“巴林再出好汉”，或者说保佑巴林后代的“天子之福”。而这些正是皇帝所打击和削弱的。因此，可以说，传说中的风水实际上象征着天下，风水的争夺实际上就是天下的争夺。而这个天下的争夺折射着清朝统治者与巴林蒙古民众之间的政治冲突，风水暗示着政治资源或生存基础。观察这一争夺，不难发现其焦点是一些奇特的风水物。它们是：宝象山的长鼻子（山梁）、雕眼（两块岩石）、凤凰的羽管（长方形的白色石条）、公牛的睾丸（两块圆形白色石球），等等。如果说，风水之争是天下之争，那么，作为争夺焦点的这些风水物则是王权的象征了。这些象征物，以它们符号类比性分别代表着兴旺昌衍的风水含义，隐喻着部族的生存与延续，如凤凰的羽管象征着腾飞，公牛的睾丸代表着繁衍等。传说中皇帝（或他的风水师）一次次地抢占它们，而公主最终保护了它们。因此，传说中一次次的风水之争，实际上是王权之争，同时也是生存之争，它反映了异族统治下的巴林民众谋求更大的自由与发展的心理愿望和生存需求。

上文中还指出，从行善传说中的“公主鞭打河神”这则传说开始，公主被赋予了神性，在巴林民众或俗民的信仰民俗心理中占据了一定的地位。在“公主和她的儿子”中公主被解释为“度母的化身”。而迁陵传说里公主的神性变得更加清晰化和具体化，被赋予了保护当地风水的功能，其角色完成了从度母化身向地方风水保护神的转变。公主神性的转变应该说是巴林民众的需要，因为面对接二连三的破坏风水事件，巴林民众需要有这样一位保护神去保护当地的风水。而这种风水的保护同时又象征着对他们政治权利与生存权利的保护。这是民众的心理需要，因此他们用传说解释破风水事件时，自然就把公主想象成风水保护神。而朝廷煞有介事的破风水的迷信做法，更增加了公主角色的神秘色彩，渲染了公主的神性，让人们想象出公主在地下变化通灵的神奇故事。总之，公主这位风水保护神，是顺应民众的心理需要而产生的，是具备现实功能的。

随着保护风水功能的赋予，公主的历史角色也经历了由清廷联姻政策的成功主角向反抗朝廷的地方神的转变。康熙皇帝一方面读祭文以安慰公主灵魂，一方面却破坏公主陵风水，让公主灵柩不得安宁。但是今天看来，历史还算公正的，时间的过滤还会让坏事变为好事。公主生前对朝廷忠心耿耿，对巴林也情挚意深，临终前在京城留下遗嘱要葬于巴林，死后又由朝廷引发的一场破风水事件中，通过传说的“包装”，变成了风水保护神，不仅代表了巴林民众的心理愿望和生存需求，而且让他们世代敬仰起来。因此，历史似乎也给公主还了一个公平，被朝廷遗弃的公主，让民间敬奉为神——事实证明，经得起历史检验的公理并不在官方，而恰恰在民间。从这里也可以看到民间文化的纯朴与率真的本质。

4. 显灵传说

显灵传说讲的是公主陵迁到额尔登乌拉山南麓后，公主在珠腊沁村或在珠腊沁人中间显灵的故事。这一概念有两个要点需要注意：其一，传说产生的时间是公主陵迁到额尔登乌拉山之后；其二，传说产生的范围主要是珠腊沁村或在珠腊沁人中间，其中珠腊沁人包括当地的珠腊沁人和迁至外地的珠腊沁人。显灵传说的要素不外乎以下三点：村落的风物、本村人或来到本村的外地人。

一个较为典型的显灵传说是“珠腊沁村的榆树林”。在援引这则传说之前须对珠腊沁村的榆树林作一个说明。在建完公主陵后，把北起穆尔古车格山（位于毛敦伊和营子以西，查干沐沦河西岸），南至李喇嘛树（现苏木所在地以南）的方圆十八里地划为公主陵香火之地。从此，这方圆十八里地山水、树木、草场就成了不可触犯的禁地。由于这样的禁忌和保护，公主陵背后的椴树山上椴树长成了茂密的自然林，公主陵以东查干沐沦河东岸长出了美丽壮观的榆树林。珠腊沁人称榆树林为“陵园脚下的树”，封为神圣，从不触犯。“珠腊沁村的榆树林”[28]中讲道：

这南北绵延十余里地的榆树林是一队兵马，整齐划一，好不威风。这片树林是“公主陵卫队”。这支“卫队”是由北往南走的，目标是进军京城，与皇帝决战，以报公主之仇，了却公主的心愿。这支队伍的“先锋”是阿日宝龙营子以东的“喇嘛树”，即为“排头树”或领头树。中间绵延十余里长着数千株茂密的沙榆树，为“卫队”的大部队。毛敦乌珠尔营子九神庙前的一棵大榆树为“中军”，督军前行。毛敦伊和营子后有一棵伞状榆树，为“后卫”或“都督”。这是“兵头将尾”的严密阵容，因为有前锋、中军、后卫或都督，这支队伍才这样整齐和“纪律严明”，才没有走散。

这是一种富有艺术构思的合理化解释。笔者注意到，它延续了迁陵传说的解释内容。朝廷一次次破坏风水，公主陵（或巴林）又一次次创造了风水与祥瑞，最后迁到额尔登乌拉山，竟还长出了“榆树军”，向京城进军。虽然，朝廷把事情做成千古一绝，但巴林民众还是没有把希望完全埋掉，而是把它落根于珠腊沁这片土地上。另一则传说讲了一个运输队的人夜遇公主陵的故事[29]：

有一年，一支运输队来到珠腊沁村。那是乌珠穆沁旗巴达拉梅林家远途拉脚的盐车队。他们去赤峰买盐办年货的途中，走到珠腊沁村，丢了几头牛。寻牛的人在找牛时自己也迷了路，找不到车队了，傍晚时分才走到一户人家门口。他上前敲了几下门，只见走出来一位身穿绿袍的女人。寻牛的人向那位女人说明了来历，并问能否借住一宿，等到天亮后再去找牛和车队。女人说了一句这里不是住的地方，便用手往东指了一下，只见从手指上发出了一道亮光，在光下出现了一条小径。女人说，你就顺着这条道走吧。于是，寻牛的人顺着那条小径走到兔子山脚下，找到了丢失的那几头牛，然后赶着牛又走了一段路，找到了车队。第二天，他向当地人打听了昨晚去的那户人家，方知是公主陵。于是，他感激万分，叩拜公主陵，并决定每年都要祭祀公主陵。从此，每年的整羊祭祀上，他都带整羊来祭祀，其它祭日则在家里致祭。为此，他家专门做了一张供桌。他死后，子孙们继承了这个传统，一直延续到 1949 年前。

这则传说在珠腊沁村传讲已经有些年头了。它其实解释了公主与公主陵的灵验性，把公主陵解释成了一座神庙，而不是单纯的陵园。它为民众提供了一个导向，让人相信公主神的住处就是她的神庙——公主陵，因此对本村公主信仰的形成与延续起到了重要的引导作用。这则传说形成了一种模式，附带产生了一些传闻，有一则传闻[30]中讲道：

有一年，珠腊沁的牧民去大库伦（今乌兰巴托）的路上突遇大火，火势很猛，眼瞅就要烧毁勒勒车。牧民急了，就向南朝公主陵方向叩拜，祈祷公主妈妈保佑。

说也怪，大火没有马上卷过来，而是渐渐地由大变小，最后自消自灭了。这时，从远处跑过来一位牧羊人说："刚才我看见一位骑着枣红马穿绿袍子的女人出现在火场，用手巾打了三下就把大火给扑灭了。""啊！穿绿袍子的？那准是公主妈妈显灵了！"那位牧民眼含热泪朝着家乡的方向叩拜，口中直喊："谢谢公主妈妈，公主显灵啦！"

"运输队人夜遇公主陵"和后一则传闻实际上是对珠腊沁村的两个民间说法的具体解释。这两个民间说法很值得研究，一是说公主连她陵园的半块砖瓦都守着；一是说只要念到，公主就会及时显灵和救援。第一个说法说明了公主神的住处就是其陵园，而且这座陵园神圣不可侵犯；第二个说法说明了公主无时无刻不在保护着信仰她的人，条件是危机时刻及时念到她。这应该是地方保护神最典型的"职责"或"神力"所在。迁陵传说中的公主神是保护当地风水的，而这里又多了消除灾难、护佑本村人的功能。因此，可以说显灵传说后公主已经被解释成为村落保护神，这又是公主神性功能的一次转变。而这种功能的转变，也是以公主保护当地风水的功能为基础的。另外，珠腊沁人被指派为陵丁，其职责就是祭祀公主陵，因此由珠腊沁人组成的村落里，早已被赋予了神性的公主很自然就成为了村落保护神，这亦可以被理解为公主神性转变的社会基础。迁陵传说中公主被解释为地方风水保护神，其保护范围被解释为整个巴林，而在显灵传说和传闻里公主神的保护对象范围看似缩小了（保护本村人），但其神力其实加强了，可以覆盖到本旗以外的地区。从这一点上可以看到公主信仰不仅在珠腊沁村形成，而且随着负载信仰的俗民的活动范围，其流布范围也逐渐扩大了。珠腊沁村公主信仰的形成与延续过程中，这些传说与传闻起到了重要的导向作用，正是这些传说与传闻引导俗民的心理，使他们相信公主的灵验性的。正如柳田国男所说："这里存在着古代信仰不动不摇地被传承到今天的原因。"[31]

在珠腊沁村，公主信仰确实带动不少传闻产生，这些传闻又对公主信仰的延续与扩布起到了推动作用。所谓的传闻，就是民间口头传讲的奇谈。它还不能算做传说，因为它不包含对史实的解释成分，而只是对一些奇异现象做了记述，所以只能说是以传说的模式创造的遗闻，是信仰的附属物。但是传说的研究者们还是注意到了这些传闻，柳田国男曾说："这种言传，事虽微小，也是值得注意的研究线索。像这样结合着各地风土的异闻奇说，是为当地居民很乐于传诵的。"[32]这些传闻，我们无法从类型分析平台上的传说研究中看到，而只有从特定区域里发挥作用的传说的调查与分析中了解到。笔者发现，在今天的珠腊沁村，讲述传说的人倒不是很多，原因可能因为其中的一些因素已经不被人们相信了，代之而起的却是这些传闻。这些传闻的主要功能是重复或强调信仰的灵验性，它有助于我们认识到信仰更鲜活的层面。"包装"信仰的传说也许不再产生，但只要信仰发挥着作用，这种传闻还是会产生的。反过来讲，这种传闻产生的现象本身，又恰恰证明了作为其源头的信仰是活着的，而且是发挥着功能的。

四、结　语

公主传说是公主信仰的基石，也是公主信仰得以延续的重要保障。因此，公主传说的一个重要的社会功能，就是支撑了珠腊沁村的公主信仰。上文中，笔者把公主传说分为四种类型，进行了较为深入的探究。从以上研究，可以得出如下结论：在最初的下嫁传说中，公主的角色只不过是初出深闺的皇帝女儿，并未超脱成神，不见丝毫的神性，传说所记述的事件也基本上靠近历史事实；行善传说中公主角色由一位尊贵而慈善、主持公道的旗母形象渐渐增加了不同于凡人的神性，最终转变成了神，在巴林民众或俗民的信仰民俗心理中占据了一定的地位。而公主在信众心理的护法神地位也从此加固；迁陵传说里公主的神性变得更加清晰化和具体化，被赋予了保护当地风水的功能，其角色完成了从度母化身向地方风水保护神的转变。这是巴林民众的心理需要，因为面对接二连三的破坏风水事件，巴林民众需要有这样一位保护神去保护当地的风水。而这种风水的保护同时又隐喻着对他们政治权利与生存权利的保护。他们用传说解释破风水事件时，把公主想象成风水保护神；显灵传说后公主被解释成为村落保护神，并被赋予了消除灾难，护佑本村人的功能。显灵传说也可以被理解为作用于珠腊沁村落的传说，它支撑了本村的公主信仰，而且标志着伴随公主陵的迁移，公主传说的中心转移到了珠腊沁村。后来通过一整套祭祀仪式的渲染，公主神被奉入佛龛，而且让俗民们增加了许多功能，成为多功能的地方保护神了。公主传说塑造公主神的过程就是如此。现在珠腊沁人信仰民俗心理世界中，公主已经成为一位极其灵验，而且神通广大、严厉而恩慈的公主妈妈——一位多功能保护神。

以上是珠腊沁这个蒙古村落民间叙事传统的文化运行史。它与村落命运深深牵连，又沉淀着村民乃至巴林部族300年来的政治想象与历史评判，在一个缥缈如幻的虚拟时空中将他们与一个偌大的“天下”遥相呼应，神秘而庄严，空灵又凄美。它是村落的精神文化遗产，又是巴林部族的精神文化遗产，也无愧于汇入整个民族的精神文化遗产，当然，更无愧于走进研究者的显微镜下。

[原载《民族文学研究》2004年第2期]

注释：

①《巴林右旗志》编纂委员会：《巴林右旗志》，内蒙古人民出版社，1990年版，第726～727页。

② 乌丙安：《中国民间信仰》，上海人民出版社，1996年版，第13页。

③［日］柳田国男：《民间传承论》（日文），《柳田国男全集》第28卷，筑摩书房1890年版，第454页。

④ 纳·宝音贺希格搜集《昭乌达地名传说》，内蒙古文化出版社，1999年版，第140页。本文从《昭乌达地名传说》一书中运用的传说资料均系笔者汉译，在此向纳·宝音贺希格先生致谢。

⑤⑥ 纳·宝音贺希格，《昭乌达地名传说》，内蒙古文化出版社，1999年版，第141页。

⑦⑨ 纳·宝音贺希格，《昭乌达地名传说》，内蒙古文化出版社，1999年版，第142页。

⑧ 郭振有编著：《白水喷翠》，查干沐沦苏木党委，政府印制，第58页。

⑩ 乌丙安：《民俗文化新论》，辽宁大学出版社，2001年版，第296页。

⑪ 杜格尔扎布的“珠腊沁与固伦公主”（内部刊物《查干木伦》第2期）；斯钦毕力格的《珠腊沁——一个蒙古村落的民族志》（手稿）。

⑫ 纳·宝音贺希格：《昭乌达地名传说》，内蒙古文化出版社，1999年版，第145页。

⑬ 纳·宝音贺希格，《昭乌达地名传说》，内蒙古文化出版社，1999年版，第147页。

⑭ 纳·宝音贺希格，《昭乌达地名传说》，内蒙古文化出版社，1999年版，第148页。

⑮ 纳·宝音贺希格，《昭乌达地名传说》，内蒙古文化出版社，1999年版，第149页。

⑯ 纳·宝音贺希格，《昭乌达地名传说》，内蒙古文化出版社，1999年版，第152页。

⑰ 纳·宝音贺希格，《昭乌达地名传说》，内蒙古文化出版社，1999年版，第153页。

⑱ 纳·宝音贺希格，《昭乌达地名传说》，内蒙古文化出版社，1999年版，第155页。

⑲⑳《巴林右旗地方志之五·人物志》，巴林右旗地方志办公室编印1986年6月，第3页。

㉑《巴林右旗志》编纂委员会：《巴林右旗志》，内蒙古文化出版社，1990年版，第726页。

㉒《巴林右旗志》编纂委员会：《巴林右旗志》，内蒙古文化出版社，1990年版，第68页。

㉓ 时间是2002年11月。

㉔ 刘晓春：《风水村里说风水》，载《民族艺术》杂志2002年4期，第200页。

㉕ 内蒙古社会科学院历史所《蒙古族通史》编写组：《蒙古族通史》，民族出版社1991年版，第688页。

㉖《巴林右旗志》编纂委员会：《巴林右旗志》，内蒙古人民出版社，1990年版，第474页。

㉗ 刘晓春，201页。

㉘㉙㉚ 笔者搜集。

㉛［日］柳田国男，《传说论》，连湘译，中国民间文艺出版社，1985年版，第462页。

㉜［日］柳田国男：《传说论》，连湘译，中国民间文艺出版社，1985年版，第47页。

从吕洞宾戏白牡丹传说看宗教圣者传说的建构及其流变

吴光正

在吕洞宾传说系统中，吕洞宾戏白牡丹传说出现最晚，却在近现代通过各种民间曲艺、民间戏剧渗透到了全国各地。这个传说的生命力跟它所反映的道教文化内涵有关，跟它所蕴藏的满足大众欲望的内在魅力更有关系。

除了台湾的林保淳先生从剑侠的角度分析过吕洞宾的色心未泯和大陆的张颖、陈速对小说《吕纯阳三戏白牡丹》的版本作了考察外①，目前尚无人对这一传说作系统研究。笔者拟对这一宗教圣者传说的形成和流变进行梳理，并进而分析宗教圣者传说是如何确立、如何在民间欲望的驱动下发生变化的。

一、白牡丹与吕洞宾传说相结合的内在机缘

在唐宋元文献和民间传说中，白牡丹是一个妓女，观世音则变成妓女在妓馆中劝淫，吕洞宾则不断混迹妓馆度人，这便是吕洞宾戏白牡丹传说形成的内在机缘。

唐代文人已把妓女比作白牡丹。《云溪友议》就曾记载唐代吴楚狂士崔涯把妓女李端端比作"白牡丹"。在宋元文献中，白牡丹成了艺妓之艺名。《默记》卷上曾载宋代狄青笞打乐妓白牡丹之事。元末刘庭信【双调·折桂令】《忆别》则写到一位思妇怨恨妓女白牡丹。

种种迹象表明，元代的白牡丹跟宗教度脱密切相关。沈禧写有套数【南吕·一枝花】《咏白牡丹》。曲子一再咏叹白牡丹的美丽和魅力，其最终目的可以从［余音］中推知："再休去迷花恋色，再休去惹垢沾埃。她本是个救苦难的观音离南海。"这一曲［余音］将白牡丹说成是南海观音，其劝世度脱之用意是极为明显的。在元杂剧《花间四友东坡梦》中，白牡丹也跟度脱主题密切相关。该剧叙"坡欲使牡丹（妓女白牡丹）招之（了元）还俗，了元终不为动，而以神通遣花间四友曰夭桃、嫩柳、翠竹、红梅引东坡入梦，饮以酒，坡尽醉，为各赋诗。明日，了元升座说法，东坡不能难。及与白牡丹问答数语，牡丹言下有省，愿披剃为尼。坡本欲以牡丹魔障了元，今反为了元度脱。坡不觉爽然，益悟色即是空，空即是色也"②。

观世音变成妓女在妓馆中劝淫之说起源很早，且跟鱼篮观音传说密切相关。鱼篮观音实即马郎妇观音。唐代传奇《续玄怪录》"延州妇人"条记载的锁骨菩萨在宋代已经变成了马郎妇观音。黄庭坚所著《观世音赞》就指出："设欲真见观世音，金沙滩头马郎妇。"宋代叶廷珪在《海录碎事》卷十三中就以马郎妇为主人公，复述了《续玄怪录》

所载“延州妇人”传说。在《喻世明言》中，观音化现的身份是妓女。

吕洞宾浪迹妓馆度脱妓女的传说屡见于宋金元文献中。早在宋代，吕洞宾就已经混迹市廛度脱妓女。元代苗善时的《纯阳帝君神化妙通纪》依据“唐宋传说”辑录吕洞宾传说时就辑录了五个吕洞宾度脱妓女的传说，即“度侯行首第五十七化”、“度黄莺妓第六十化”、“诱杨柳金第七十五化”、“度张珍奴第八十化”、“度曹三香第八十七化”。这些传说有四大共同特点。其一，传说中的吕洞宾均幻形或化名前去度脱名妓；其二，传说发生的时间均在北宋；其三，传说发生的地点均为繁华都市；其四，所有度脱过程均体现了道教清修的特色：吕洞宾作为度师，不仅恪守清修之法，而且还以清修理论度脱妓女。

金代院本《白牡丹》恐怕就是在上述种种机缘中产生的。但是该院本已佚，我们无从得知具体内容。不过，这一传说的早期形态还保留在由说唱道情发展而来的道情戏传统剧目、清代拟话本和鼓词中。比如，右玉道情戏《杭州买药》便谈到：吕洞宾“本是蒲州二府人氏”，中二甲进士返家，于途中遇钟离权，黄粱一梦而升仙；后来吕洞宾赴王母大会，会后“私自下凡，暗渡迷人”；观音担心吕洞宾道心不坚，于是和善才分别扮作白牡丹和白须老翁卖药杭州，伺机点化吕洞宾；吕洞宾调戏白牡丹，结果反为白牡丹点化。这一传说在拟话本和鼓词中则干脆被称作《观音点化吕祖买药劝世文》、《吕祖买药劝世文》[③]。

二、吕洞宾戏白牡丹传说的传播

目前所能见到的关于吕洞宾和妓女白牡丹相联系的最早记载是明初贾仲明的《吕洞宾桃柳升仙梦》。关于这一点，王汉民最先在他的博士论文中作了揭示[④]。该剧第一折叙吕洞宾话语云：“好饮杯中物，离却蓬莱路。三醉岳阳楼，点石为金玉。朝向酒家眠，夜宿牡丹处。”吕洞宾的这一夫子自道便成了文学家塑造吕洞宾的创作指南，也成了道士们为教主辩诬的侧重点。

明代有四部戏剧演述了吕洞宾戏白牡丹的传说。其一为《吕洞宾戏白牡丹》。《也是园书目》“古今无名氏·神仙杂剧”目著录。剧本已佚，剧情不详。其二为《吕洞宾戏白牡丹斩黄龙》。《百川书志》著录，标为一卷。剧本已佚，剧情不详。其三为《长生记》。该剧已佚。《曲海总目提要》云：“如狎戏白牡丹、剑斩黄龙……等出，亦本稗官小说，非属无稽。”[⑤]其四为《万仙录》。该剧已佚，详细剧情不得而知。《曲海总目提要》谓此剧演吕洞宾传，曾言吕洞宾飞剑斩黄龙之后，愿归佛法，“后遇白尚言之女，复度此女成仙”云云[⑥]。尽管这四部戏曲均已佚，但我们从上述片言只语可以推知，吕洞宾对白牡丹有“狎戏”之情节，吕洞宾、黄龙禅师、白牡丹之间甚至有采补之情节；因此，这四部戏剧中的吕洞宾戏白牡丹情节有“色欲宣泄”的成分。

说部中讲述吕洞宾戏白牡丹的作品有三部。其一为晚明《飞剑记》。该书第五回谓吕纯阳于金陵勾引思春之良家女白牡丹，采阴补阳，长干寺法师黄龙发现白牡丹面带邪气，密教白牡丹破了吕洞宾元阳，吕洞宾飞剑斩黄龙，结果为黄龙所制服。其二为晚明《八仙出处东游记》。该书以“洞宾戏白牡丹”和“仙侣戏弄洞宾”两回叙写吕洞宾的风流韵事。其三为清末民初的《三戏白牡丹》。据张颖、陈速研究，该书现有三个版本，一为《吕纯阳三戏白牡丹》初集、续集、三集本，二为《三戏白牡丹》初、二、三、四集本，三为《三戏白牡丹全集》本。但该书情节未完，似有第五集。全书以三世因缘为情节框架，叙述白牡丹、吕洞宾、黄龙及其相关人物的前生、此生和来生。

在吕洞宾的四大传说系统中，唯有"吕洞宾戏白牡丹"传说令道教徒尴尬不已。尘心不起的清修教主居然被说成了酒色财气俱全的风流神仙，这对于道教徒来说，真可谓"是可忍，孰不可忍"。面对这种现状，道教徒采取了如下几种手段加以回应。

其一，削而不载。《纯阳帝君神化妙通纪》、《吕祖志》、《吕祖全书》、《吕祖全传·后卷》均对此一传说削而不载，《纯阳帝君神游显化图》画传甚至对吕洞宾度妓传说也避而不载，以期纯化教主的清修形象。《吕祖全书》卷一《传闻正误》透露了吕祖传说整理者的心态：

> 云石杨良弼，校勘吕祖文集后序，有："灵迹中又滥收猥亵一二事，不雅训，皆为删补。"此举有功吕祖不小。如俗传白牡丹等事，皆属后人假捏；又坊刻有《钟吕采真问答》一帙，又有《既济真经》一篇，其它言容成之术者，多托之吕祖。吕祖尝言："吾道虽于房中得之，却非御女之术。"一言已破千古之疑。凡若此者，以伪乱真，皆吕祖之罪人也。兹刻一概严加斥削，不使外术旁门，干我正道，吕祖其许我乎？[7]

其二，力辩戏白牡丹者另有一人。明代李日华《紫桃轩杂缀》便是此举之明证。《吕祖全书》"传闻正误"条亦引王崇简《冬夜笺记》力辩云："俗传洞宾戏妓女白牡丹，乃宋人颜洞宾，非纯阳也。"并指出："康熙年间，吕祖尝于黄鹤楼降乩，曰：'世传飞剑斩黄龙，乃宋散仙颜洞宾也。'岂有上真而嗔恼不除者乎？可证白牡丹事。"[8]

其三，编造"三试白牡丹"传说应对"三戏白牡丹"传说。此举见于长篇小说《八仙得道》。该书第93回和第94回从道教立场对白牡丹传说作了改写，将"三戏"改写成了"三试"。第一试，"是试她这个良心如何"；第二试，"我又设法试她胆量"；第三试，是试白牡丹的色心与尘念。在第三试中，吕洞宾甚至借用了黄粱梦的情节来让白牡丹看破红尘。作者改写的目的是为了改造"三戏"中的吕洞宾形象，将白牡丹写成吕洞宾的前世姻缘，并让吕洞宾今世以度脱的方式偿还前世情债。与此同时，还把三戏白牡丹的流传归罪于蓝采和、韩湘子的戏谑，"竟替他造下一段神仙趣史。名为'吕纯阳三戏白牡丹'"。作者希望自己的努力"庶几从今以后，不致再有那种诬圣不敬的传述了"。

其四，为吕洞宾清修形象赋彩。早在宋代，道士就锻造出了不少关于吕洞宾清修教主形象的传说。其最著名者，莫过于将"斩人头"的法术之剑改造成断除"嗔、痴、贪"三欲的炼心之剑：

> 世多称吾能飞剑戮人者，吾闻之笑曰："慈悲者佛也，仙犹佛也，安有取人命乎？吾固有剑，盖异于彼。一断贪嗔，二断爱欲，三断烦恼，此其三剑也。"[9]

此外，尚有许多传说收载于有关传记中。如《吕祖志·经游寺观》"庐山寺见梦"条和"山寺化艳妇"条、《吕祖志·神通变化》"石上方窍"条提到吕洞宾以清修理论警戒僧人和俗人。《吕祖志·市廛混迹》"平康妓馆"条更是奠定了吕洞宾劝善教主的地位。与传说相伴随的是大量清修诗歌的涌现。在《纯阳真人浑成集》中，我们便可发现不少相关的诗句。《劝世吟》、《戒色》、《百字诗》即是。嗣后出现的《指玄篇》、《敲驳歌》和《百句章》中，亦有大量清修理论出现。

无论道教徒如何应对，吕洞宾戏白牡丹传说还是大盛于民间。中国近现代的各种民间文艺形式都对此一传说情有独钟。宝卷、鼓词等民间文艺纷纷演唱吕洞宾戏白牡丹传说，而尤以地方戏对白牡丹传说的搬演为甚。据笔者的初步统计，有如下一些剧目：1.《戏牡丹》，京剧，《京剧剧目辞典》著录，今存《戏考大全》本。2.《度牡丹》，京剧，《京剧剧目辞典》著录，今存阎岚秋藏本。3.《三戏白牡丹》，京剧，《京剧剧目辞典》、《京剧剧目初探》著录，情节和小说相同，共三本。4.《戏牡丹全串贯》，京剧，今存车王府曲本。5.《杭州买药》，道情剧目，《中国戏曲志·山西卷》、《中国道情艺术概论》著录。6.《杭州买药》，临县道情，《中国戏曲剧种大辞典》、《中华戏剧志·山西卷》著录。7.《五福堂》，秦腔，《秦腔剧目初考》著录。8.《牡月成仙》，山西梆子剧目，见翁偶虹《戏牡丹》，载《立言画刊》第325期。9.《牡丹对药》，评剧剧目，《中国戏剧志·黑龙江卷》著录。10.《戏牡丹》，又名《百草堂》，评剧剧目，铁健《评剧剧目考略》著录。11.《三戏白牡丹》，江苏锡剧传统剧目，《中国戏曲剧种大辞典》、《锡剧传统剧目考略》著录。12.《三戏白牡丹》，扬剧剧目，今存1962年2月江苏省扬剧观摩演出大会翻印本，藏中国艺术研究院戏曲研究所资料室。13.《三戏白牡丹》，绍兴文戏传统剧目，《中国戏曲剧种大辞典》著录，今存上海益民书局《的笃班新编绍兴文戏全部三戏白牡丹》戏本，藏中国艺术研究院戏曲研究所资料室。14.《牡丹对课》，婺剧保留节目，《中国戏曲曲艺辞典》著录，今存《小戏二十出》本。15.《三戏白牡丹》，安徽文南词传统剧目，《中国戏曲剧种大辞典》著录。16.《戏牡丹》，黄梅戏传统小戏，班友书《黄梅戏古今纵横》著录。17.《纯阳戏牡丹》，含弓戏剧目，《中国戏曲剧种大辞典》著录。18.《吕洞宾》，闽剧戏目，《福建戏曲传统剧目索引》著录。19.《白牡丹》，莆仙戏本戏，《福建戏曲传统剧目索引》著录。20.《三戏白牡丹》，赣剧传统剧目，《中国戏曲曲艺辞典》、《京剧剧目初探》著录，《赣剧一集》又名《牡丹对药》、《牡丹对课》，乃清传奇《力寿图》之一出。21.《牡丹对药》，江西萍乡、武宁、抚州、宁都、万载、高安采茶戏剧目，《中国戏曲剧种大辞典》著录。22.《牡丹对药》，江西东河戏剧目，《中国戏曲剧种大辞典》著录。23.《点药名》，楚剧剧目，《京剧剧目初探》著录，《湖北地方戏曲丛刊》第6集《楚剧》又名《度牡丹》。24.《牡丹对药》，湖南花鼓戏、常德花鼓戏、邵阳花鼓戏、衡州花鼓戏剧目，《中国戏曲剧种大辞典》著录，剧本见《湖南戏曲传统剧本》总第26集。25.《戏白牡丹》，湘剧剧目，今存《湘剧零折》本，藏中国艺术研究院戏曲研究所资料室。26.《牡丹对药》，广西桂剧高腔剧目，今存《广西戏曲传统剧目汇编》铅印本，中国艺术研究院戏曲研究所资料室还存有该剧之油印本。27.《吕洞宾三戏白牡丹》，粤剧剧目，今存粤剧曲本抄印联合组抄印本，藏中国艺术研究院戏曲研究所资料室。28.《吕洞宾戏牡丹》，豫剧剧目，《豫剧传统剧目汇释》著录。无论从剧种的分布还是从地域的分布上来看，这些剧目足以说明白牡丹传说已经传播到了全国各地，具有强大的生命力。

三、吕洞宾戏白牡丹传说的文化特征

由于主客观方面的原因，笔者只能就搜集到的资料对吕洞宾戏白牡丹传说的流变作简单勾勒：基于同样的理由，笔者也只能就自己所能搜集到的小说、地方戏文本分析这一传说的文化特征。

笔者目前所能搜集到的小说有四部，即《八仙出处东游记》、《吕仙飞剑记》，《吕洞宾三戏白牡丹》和《八仙得道》。笔者目前所能搜集到的地方戏文本有十部。即京剧《戏牡丹》（《戏考大全》本）、《戏牡丹全串贯》（车王府曲本）、赣剧《牡丹对药》、右玉道情戏《杭州买药》、桂剧《牡丹对药》、长沙花鼓戏《洞宾度丹》、《的笃班新编绍兴文戏全部三戏白牡丹》、楚剧《度牡丹》、湘剧《三戏牡丹》、扬剧《三戏白牡丹》、婺剧《牡丹对课》和粤剧《吕洞宾三戏白牡丹》。

这些文本还多少存有道教的影子，但就其核心内容来看，都属于民间传统，有着独特的文化意蕴。概而言之，其文化意蕴基本上是由“无情”向“有情”、由“清修”向“双修”、由“尚理”向“尚智”转变，充分展示了宗教传说民间化的内在规律。

吕洞宾戏白牡丹传说在本质上应该属于度脱传说，它的基本主旨应该是“无情度有情”。可是，在传说的流变中，“无情”理念逐渐淡化，“有情”成分逐渐加强，甚至向“色情”方向发展。这种蜕变主要体现为如下两个方面。其一，度脱之起因融进了情感色彩。其二，度脱过程被置换为两性之间的性戏谑。

先谈第一种体现。在白牡丹的三世因果传说中，我们看到了一对多情男女形象。吕洞宾下凡度脱白牡丹，是基于内疚：“只因酒醉瑶池，连累嫦娥被贬下凡……以后我必要度她脱离红尘，回返天宫。”白牡丹天庭受罚，吕洞宾相救不及，亲赴凌霄殿替白牡丹诉冤。这说明吕洞宾乃一天生情种。吕洞宾度花牡丹，亦起因于对嫦娥、白牡丹的愧疚。这一次度脱充满凶险，但吕洞宾最终将花牡丹度脱归天。嫦娥、白牡丹、花牡丹对吕洞宾亦可谓一往情深。嫦娥本是个情种。吕洞宾三戏白牡丹，一个愿打，一个愿挨，白牡丹甚至认为自己和“回道人有夫妻之义”，坚拒黄龙的引诱。转世投胎为花牡丹之后，花牡丹虔心修道，认为自己“虽是断了夫妻之情，然而夫妻之义尚在”，警示吕洞宾不可久处红尘，以免被浊世缠绕，坏却道行。

再来谈第二种体现。在能够反映“三戏白牡丹”传说早期风貌的道情戏中，我们看不到任何性戏谑的内容。可是在小说“三戏白牡丹”及其相关的地方戏中，度脱的过程被置换为两性之间的性戏谑。这种性戏谑是充分利用性暗示、性象征和性禁忌而达成的。吕洞宾来到白家药店，先后向白牡丹购买“想娘子”和“痒痒木”两味药，其性戏谑意味不点自明。紧接着，吕洞宾又以对歌的形式先后几次各点了四味药。如：“一来要买甜如蜜，二来要买苦如莲，三来要买硬似铁，四来要买软如绵。”（湘剧）话里话外的性暗示是很清楚的。除了性暗示性象征之外，作者还让吕洞宾运用性禁忌来进行戏谑。在传统文化视野中，女人的身体部位尤其是闺中少女的部位作为一种禁忌，异性是不能轻易言说的。可是，吕洞宾却利用这种禁忌进行调戏。在小说《三戏白牡丹》中，吕洞宾向白牡丹点取如下四味药：“头顶青丝脸中粉，嘴上胭脂一点香。舌津两手葱指甲。贴身汗衬裤中裆。”从白牡丹“除却夫妻，不能与别人”的表述中，吕洞宾此举确实非常刁滑，张狂地以情人乃至夫妻之口吻来占白牡丹的便宜。因为在传统文化中，青丝、指甲、衬裤均被当作男女之信物，而胭脂、舌津等等则充满着性的幻想。在戏剧中，吕洞宾还向白牡丹点取了另外四味药：一要点你身上三分白，二要点你身上一点红，三要点你身上颠倒挂，四要点你身上锦绣玲珑（赣剧）。民间艺人津津玩味于这种性禁忌，对吕洞宾购买的药品又作了细分。比如在楚剧《度牡丹》、扬剧《三戏白牡丹》中，吕洞宾别出心裁。要分别购买白牡丹头上、足下各四味药，直指古代妇女性禁区——三寸金莲。

在具体的演出中，剧本中的这些性戏谑一定会得到淋漓尽致地渲染。熟悉民间戏剧的行家都知道，剧本内容和演出之间的差距非常之大，演员们肯定会根据剧本的逻辑进行出色地发挥。此外，笔者所搜集到的大多数剧本都是在20世纪50年代、60年代的民间文化大调查中采集的。由于众所周知的原因，这一时期的民间文化采风，因意识形态的影响往往会对民间文化进行提纯。因此。这种性戏谑在采集的过程中肯定被过滤掉了。笔者见到的赣剧、桂剧剧本就有这种过滤的痕迹。赣剧剧本末尾有“演出注意事项”：“本剧是一个很风趣的讽刺喜剧，不要把它演成一个色情的闹剧。”桂剧剧本末尾亦有“主题达意与演出注意事项”：“本剧是一个风趣的喜剧……不要把它说成一个色情的闹剧”。这两个提示都是此地无银三百两，证明这部戏剧在民间演出中把性的戏谑发挥到了极致，从而被当时的整理者视为“色情”，并引以为戒。

实际上，这个传说在历史上一直遭到禁演的命运。清道光中叶余治《一得录》收有《翼化堂章程》，章程中所列《永禁淫戏目单》就有《三戏白牡丹》，同书所列《严禁各种小本淫亵摊头唱片名目单》中亦有《三戏白牡丹》。锡剧《三戏白牡丹》情节和小说《三戏白牡丹》相同，是上世纪40年代常锡文戏竟演黄色迷信剧目时的产物。1957年常州市锡剧团曾将此剧整理成上、中、下三集演出，更名《纯阳与牡丹》。上集剔除了黄色迷信场面，中、下集则按小说情节压缩分场。由于中、下集过于荒唐猥亵，1958年、1962年两次复演时只好演上集。1980年打算复演，但遭到该剧原编导人员的极力抵制，最终未上演[10]。

清修与双修的对立主要反映在小说文本以及跟小说《三戏白牡丹》情节相类的戏剧文本中，是道教内部清修、双修之争在文艺作品中的反映。《八仙出处东游记》和《八仙得道》中的吕洞宾形象比较单纯，前者体现了双修理论，后者体现了清修理论。在《吕仙飞剑记》中，来源各异的素材使得吕洞宾同时被赋予了清修与双修之形象。小说《三戏白牡丹》以风流神仙吕洞宾勾连出白牡丹的三世因果传说。先后推出了双修、清修的理念。

今试以小说《三戏白牡丹》为例加以阐释。戏白牡丹的过程是作者展示双修理论的过程。小说中的黄龙、吕洞宾均好女色，均善采补之术。白牡丹听了吕洞宾的调戏之言，马上想到：“这道士不是凡人，我何不趁此盗窃他的元阳。”她与吕洞宾“自夜达明，两相采战”，三夜不能使吕洞宾走泄，于是视吕洞宾为异人，“当尽己之所长以导之，不怕他不降服”。“何仙姑暗点牡丹”：“实是夺生奇方，汝得之可以驻颜益寿，以后清心寡欲，不可贪恋红尘。功行完满，便可返本归仙。”度花牡丹的过程是作者展示清修理论的过程。花牡丹经吕洞宾点化之后，顿悟前因，虔心修道。吕洞宾几次故意相戏，均遭花牡丹训斥。第一次相戏，花牡丹不仅指斥吕洞宾行为“荒唐”，而且希望吕纯阳教她潜修秘法，以便苦志修炼；第二次相戏，花牡丹向吕洞宾表示“夫妻恩义已断”，“永不再生凡念”，劝吕洞宾早日回到龙华，不可久处红尘，为浊世缠绕。尼庵修道之际，花牡丹也曾“偶动凡心，致生幻境”，“被纯阳引得情思脉脉，春意融融”；但她很快从梦中惊醒，并盟誓立志，苦修丹道。花牡丹最终认识到“虽说祸由自取，亦无非贪恋恩爱所致，特而天公示罚，悟彻至此，心念俱灰。不但我从此铲去情魔，亦愿你以后打破情网”。正因为如此心坚，花牡丹才能够通过铁拐李设置的考验，在吕洞宾指导下修真悟道白云洞，最终敕封花王，重返天庭。全书对于清修与双修的描写是存在着矛盾的。尽管作者把双修过程看作是白牡丹转世投胎的恶业，清修过程是对前世恶业的自动摒弃；可是，无论是双修还是清修，作者都以津津玩味的笔调加以描写和加以肯定。对于同属双修的吕洞宾与黄龙，作者一褒一贬，更显出道德评价的矛盾。对于吕洞宾之风流行径，书中有关人物都作了否定性评判，但却以定数来加以回护。

民间艺人似乎对道教的清修、双修之争没有兴趣，他们只按着民间市场的需求搬演着吕洞宾戏白牡丹。在民间戏剧中，除了连台本戏外，其余小折戏均搬演“三戏白牡丹”中的初戏。民间艺人的这种选择，使得初戏中的“采补”拥有了民间剧场固有的“色欲宣泄”成分。最为明显的作品莫过于《戏考大全》本《戏牡丹》。该剧谓花牡丹在天香洞师从黄龙学艺，事事俱备，“但只是无纯阳，不能升天”。黄龙赴龙华大会时曾向牡丹预言“这日内定得纯阳”，特意警示弟子会吕洞宾；而吕纯阳会见花牡丹时曾自夸：“我就是采花一散仙，今日若能够成婚配，好似那仙女会巫山。”为了早得真阳升天，牡丹纵身投入吕洞宾的怀抱。从“生比同睡介”、“旦系裙介”等舞台提示可知，演员甚至在舞台上表演巫山云雨动作。

作为度脱传说，“吕洞宾戏白牡丹”应该以度脱者向被度脱者输灌宗教理念为叙事中心；可是我们目前所能见到的文本大部分已民间化，传说的叙事中心已经转为表现白牡丹的机智。这种“尚理”向“尚智”的变化也是这个宗教传说民间化的一大特点。

在赣剧、桂剧、楚剧、京剧（车王府曲本）、湘剧中，我们可以依稀看到尚理的痕迹。在右玉道情戏中，我们发现剧作者以整部戏剧来敷演儒道释相融会后的宗教理念。吕洞宾与白牡丹之间的买卖过程实际上是宗教理念的宣讲过程。在湖南长沙花鼓戏中，道情戏的这种买卖过程得到了继承。我们相信，在大量由道情戏改编而成的地方戏剧目中，这种宣讲宗教理念的现象一定大量存在。

右玉道情《杭州买药》叙吕洞宾下凡度人反为观世音幻化的白牡丹所度，融儒道释理念于一体。吕洞宾向白牡丹买药的过程，可以分为四大框架。除了最后一个框架谈及牛郎织女传说之外，其余三大框架均叙述儒道释之理念。第一叙事框架由吕洞宾向白牡丹购买家和散、顺心丸、清毒药和化气丸四味药而引发关于儒家伦理纲常的问答。白牡丹对女子应遵循的三纲五常做了回答之后，又对禽兽五常作了阐释：“乌鸦反哺八哥忽粗，这为仁也；鹿见贵羊鸣其群，蜂见花儿居其中，这为义也；羊羔跪母，马不欺母，这为礼也；蜘蛛罗网求食，蝼蚁设圈避水，这为智也；鸡非时儿不鸣，雁非时儿不来，这为信也。”紧接着吕洞宾、白牡丹还就“妇道人凭的三从四德，四能四宝，还有三生为贵”进行了问答。除三从和传统儒家理念相同外，其余几项都有特殊之处，恐怕是来源于民间宗教家的归纳。例如：所谓四德，便是指：“一要貌端正，二要言语顺，三要周公巧，四要信为人。打水不失穷，斜目不观人，米面休抛撒，扫地不惹尘。这为四德。”在第二大叙事框架中，吕洞宾借为弟子抓药治病为由，挑起了关于为人准则的问答。白牡丹为吕洞宾弟子开的药方是：“用的老实头一颗，好肚肠一根，忍耐二钱，良心半斤，方便不论多少，用恢心刀错碎，宽心锅烂黄，饶人臼捣烂，散事罗罗成细面，丸成脯子大，清晨起用六味丸，用和气汤送下。”服药时还得忌口，否则就会犯六般毒、八般犯症。这忌口、六般毒、八般犯症谈的都是伦理问题。比如，八般犯症便是：一不忠君王，二不思祖先，三不孝父母，四不合乡邻，五忌人小过，六忘人的大恩，七利己论事，八利己害人。在第三大叙事框架中，吕洞宾由向白牡丹买药转为和白牡丹“打茶对号，讲经说佛”。讲经说佛的核心内容主要围绕着三教圣人而展开：“福禄外国出佛祖，禅于国来出老君，山东鲁国出孔子，这三国出过三圣人。”“半夜子时生佛祖，日出卯时生老君，正当午时生孔子，这三时生下三圣人。”白牡丹的这些回答除了说明三教合一的宗教理念之外，恐怕还说明这种关于三教合一的问答恐怕起源于宋金时代“说三教”的说唱活动。

在这个传说的流变过程中，宗教理念的淡化使传说的民间趣味得到凸显，白牡丹成了民间的机智人物。这主要体现在如下三个方面。其一，巧妙地应对吕洞宾的性戏谑。比如，吕洞宾用性暗示性象征戏谑白牡丹，白牡丹却并不理会其中的性暗示性象征，而巧妙地以伦理道德来回答吕洞宾问话的表层意蕴。当吕洞宾以购买“天样大、海样深、甜如蜜、苦黄连”四味药相戏谑时，白牡丹却作出了如下之答辞：“救命之恩天样大，患难交情海样深！夫妻和睦甜如蜜，吵吵闹闹苦黄连。”当吕洞宾利用性禁忌对白牡丹加以调戏时，白牡丹非常泼辣地加以应对，并对吕洞宾进行辛辣地嘲讽：“生下儿子有三个，个个不在娘身边。大儿子深山去修道，二儿子帮人背药箱，第三个儿子真不孝，来到店房调戏娘。”其二，巧妙地应对吕洞宾所要购买的地上、天上、树上、水里各四味药。比如，吕洞宾问曰：“一要点大上三分白，二要点大上一片红，三要点大上颠倒挂，四要点天上锦玲珑。”白牡丹能够脱口而出加以应对：“天上下雪三分白，日出东方一片红，七星八斗颠倒挂，灿烂银河锦玲珑。”这种对答在各地方剧中各具特色，跟当地的地方景色密切相关，充分体现了民间文艺就地取材的特色。其三，巧妙地应对吕洞宾开出的一个个药谜。比如，吕洞宾“一买你二梁上面把家住，二买你猪肉要上戳子戳，三买你万里他乡无知己，四买你满眼都是相识人”。白牡丹对云：“莢窝二梁上面把家住，肉桂（贵）猪肉要上戳子戳，人参（深）万里他乡无知己，熟地满眼都是相识人。”

四、小　　结

色欲问题是任何主张出世的宗教必须面对的一大核心理论问题，色欲考验作为宗教考验的一大核心内容一直是宗教文学的一个永恒的母题，吕洞宾戏白牡丹传说便是在这种理论框架和文学传统中诞生的一个宗教圣者传说。妓女白牡丹传说、观世音化妓度人传说、吕洞宾妓馆度人传说都是把妓女作为色欲幻相的最佳体现者，用以考验、度脱宗教信徒，从而成为吕洞宾戏白牡丹传说的内在机缘，这一机缘在全真教清修理论的支配下最终完成了宗教圣者传说的建构。明清以来，这一传说已经远离了当年的宗教环境，明清道教双修派理论的抬头又使得这一传说出现了清修与双修理论的混合与冲突，为满足民众欲望打开了一个缺口，所以尽管明清的宗教徒为维护教主形象作了不懈的努力，但最终无法改变这个传说的越来越严重的色情化倾向。从流传至今的各类文本中，我们依然可以窥见这一宗教圣者传说的禁欲主旨和叙事框架；不过，在长期的演化过程中，其文化内涵已经由“无情”向“有情”、由“清修”向“双修”、由“尚理”向“尚智”转变，充分展示了宗教圣者传说民间化的内在规律。

［原载《文艺研究》2004 年第 2 期］

注释：

① 林保淳：《吕洞宾形象论——从剑侠谈起》，载《淡江大学·中文学报》第 3 期；张颖、陈速：《〈纯阳三戏白牡丹〉的原作、改编和成书年代》，载《明清小说研究》1988 年第 4 期。

②⑤⑥《曲海总目提要》，天津古籍书店 1992 年影印本，第 52 页、第 333 页、第 1384 页。

③ 我们之所以认为这一传说的早期形态还保留在由说唱道情发展而来的右玉道情戏传统剧目《杭州买药》（山西省第二届戏曲观摩演出大会编，太原，1957）中，是基于如下三种理由。其一，宋金元时代道情和金院本传播范围基本相同。道情这一形式产生于唐，道情这一名称出现于北宋，并以“新经韵”、鼓子词”、“渔鼓”等名称迅速地传播于以“终南山”为核心的晋冀鲁豫地区，这和金院本《白牡丹》的流传范围大体一致。其二，传统道情传说的内核和宋元吕洞宾传说内核基本相同。传统道情传说演唱庄周、张良、韩仙、纯阳、何仙姑、刘海蟾、和合二仙等人的修仙得道传说，其中心内容便是“无情度有情”；而宋元时代的吕洞宾混迹尘寰度人，使用的武器便是内丹南北宗的清修理论，二者实际上同属一个体系。其三，右玉道情《杭州买药》的内在逻辑和宋元白牡丹传说、吕洞宾度妓传说和观世音妓馆度人传说的内在情节逻辑有必然的联系；吕洞宾戏白牡丹，宋元吕洞宾传说有大量吕洞宾戏妓女度妓女的情节；观世音幻化为白牡丹度脱吕洞宾，宋元时代作品中有白牡丹为观世音幻化之说。此外，在清代拟话本和说唱文学中，我们依然可以找到例证支持上述论断。英人魏安编《马礼逊藏书目·集部·小说类·短篇·单本》中著录有《观音点化吕祖买药劝世文》。该书作者不详，为清代刻本。题《新刻观音点化吕祖买药劝世文》，不署撰人，版心题《观音点化》，扉页题《观音点化吕祖》。尽管我们无法见到原文，但从题目就可推断，此传说和右玉道情《白牡丹》当是同一传说，完全可以说明吕洞宾戏白牡丹传说的早期形态（陈桂声：《话本叙录》，珠海出版社，2001 年版，第 566 页）。《北京传统曲艺总录》录有鼓词《吕祖买药劝世文》，这也可说明白牡丹传说的早期形态（傅惜华：《北京传统曲艺总录》，中华书局，1962 年版）。

④ 参见王汉民《八仙与中国文化》，中国社会科学出版社，2000 年版，第 124 页。

⑦⑧《吕洞宾全集》，花城出版社，1995 年版，第 37 页。

⑨《江州望江亭自记》，见《吕洞宾全集》，花城出版社，1995 年版，第 71～72 页。

⑩ 参见江苏省文化厅剧目工作室编《锡剧传统剧目考略》，上海文艺出版社，1989 年版。

西藏史籍中木雅王占卜传说的汉族故事原型

钟 焓

藏族学者蔡巴·贡噶多吉作于公元1346年的《红史》是西藏历史上一部重要的史学著作。全书有相当章节概述了汉地、蒙古、吐蕃、木雅等地的王统，这些内容虽然不尽符合史实，但在文化史上却颇有值得玩味之处。笔者对此书第七章记叙的木雅（党项）国开国皇帝出生传说的来源尤感兴趣，试图利用河西及中原的汉文典籍的同类记载对其中一个细节的来源略作阐释，希望能揭示它们在文化传承上的联系。书中有关部分记述如下：

最初木雅地方都在汉人皇帝的统治之下，在北面都城和迦（gha）地方之间有一座叫做闷日（smon-shri）的山，该山有一尊地方神叫做格呼（gai-hu）。有一天，凉州城中有一名妇人那里来了七个骑马的白色人，他们的首领与这妇人生了一个儿子。这时，天上出现了一颗前所未有的星星，汉人占卜者说："在此城中，出生了一位将夺取社稷的人。"皇帝下令寻找这个小孩，妇人将小儿藏在一土坑中，盖上木板，木板上再放一盆水。占卜师说："在一大海的下面有木头的大地，小儿就在那下面。"因此没有找到这小孩。

文中接着叙述了该小孩躲过追杀，以后被人抱养。他长至七岁大时遂联络与其年龄相仿的小孩六人在北面都城附近的山里造反，最后果然带兵杀死了汉地皇帝，从而成为了木雅的首位帝王，应验了先前的预言。他取其父格呼神的格字，名为格祖王[①]。成书年代稍晚于《红史》的《雅隆尊者教法史》（1376年）也记有类似故事，仅在细节上有所差异。书中称当汉地皇帝下令占卜师寻找该儿时，有一老妪将其藏于地穴达一年之久。还在穴口处盖以木板，上面置以满水之碗。诸占卜师占卜后，称其在湖底树木之地下[②]。而由达仓宗巴·班觉桑布作于1434年的《汉藏史集——贤者喜乐赡部洲明鉴》则称地方神名叫智呼（si-vu），其余情节悉同它书[③]。此外，由班钦·索南查巴作于1538年的《新红史》虽然记叙简短，但却直接称小孩之父为名叫斯呼（se-vu）的龙魔[④]。显然上述藏文史籍所记载的木雅王故事应具有同一来源。而据《红史》所称，它是先由木雅禅师喜饶意希（shis rab ye shes）口述，后又在贡塘地方成文的。禅师是凉州的高僧，可能生活于14世纪[⑤]。最近研究者注意到12世纪的西夏文史诗《夏圣根赞歌》也记有类似内容，提到其开国君王se-ho的名字以及西夏王为龙之后裔等。研究者业已指出，se-ho实际上是西夏借用的汉语，意为"细皇"，即指太祖李继迁。但在晚期的藏文文献中，该词又被用来泛指西夏前期的三位君王[⑥]。这一研究可以说基本上澄清了藏文史籍中的早期西夏王传说的渊源问题。下面即在此基础上就其中木雅王故事中的占卜情节问题略作补充性的分析。

应该注意到，敦煌藏经洞所出的《伍子胥变文》（伯 2794）在记叙伍子胥奔吴情形时，也有相似占卜情节的描写：

（伍子胥）行得廿余里，遂乃眼润耳热，遂即画地而卜，占见外甥来趁。用水头上攘之，将竹插于腰下，又用木剧（屐）倒着，并画地户天门。遂乃卧于芦中，咒而言曰："捉我者殃，趁我者亡，急急如律令！"子胥有两个外甥：子安、子永——至家有一人食处，知是胥舅，不顾母之孔怀，遂即生恶意奔逐："我若见楚帝取赏，必得高迁。逆贼今既至门，何因不捉？"行可十里，遂即息于道旁。子永少解阴阳，遂即画地而卜。占见阿舅："头上有水，定落河傍；腰间有竹，冢墓城荒；木剧倒着，不进徬徨。若着此卦，必定身亡。不复寻觅，废我还乡。"子胥屈节看文，乃见外甥不趁，遂即奔走，星夜不停。[7]

将此段文字中提到的伍子胥为欺骗其外甥而采取的诈死方式与《红史》中所记载的妇人为瞒过汉地卜师而采用的隐藏婴儿的做法相对比，则不难发现它们之间的相似性。《伍子胥变文》里的伍子胥"用水头上攘之"，因而使其甥占卜后相信其"头上有水，定落河傍"，《红史》里的老妇人则在男孩藏身处上面放一碗水，使卜师误以为其处在大海之下。又《伍子胥变文》中伍子胥还将竹插于腰间，诱使其甥相信他已进了坟墓（所谓"冢墓城荒"），《红史》中的妇人则把婴儿埋入土坑，并在上方盖上木板，实际上也是为了使卜师们确信他已死去并被埋入棺材中了。总之，二者所采用的假死手段几乎在细节上完全一致，结果也都成功地骗过了占卜者。由于《红史》的成书年代远晚于敦煌变文的时代，故我们可以初步认为，《红史》中出现的这一具体细节当源于汉地的民间故事。下面拟再从该类题材在汉文记载中的流传情况和它所隐含的文化观念这两方面入手加以证明。

值得注意的是，这类故事在汉地出现的时间非常早，以后又长期流传不辍，这使我们能在不少作品中都可发现它的痕迹。周绍良先生曾指出，与伍子胥诈死骗过卜者情节类似的故事更早则见于南朝宋人刘义庆所著的《世说新语·文学四》中[8]。其文如下：

郑玄在马融门下，三年不得相见，高足弟子传授而已。尝算浑天不合，诸弟子莫能解。或言玄能者。融召令算，一转便决。众咸骇服。及玄业成辞归，既而融有"礼乐皆东"之叹。恐玄擅名，而心忌焉。玄亦疑有追，乃坐桥下，在水上据屐。融果转式逐之。

告左右曰："玄在水下土下而据木，此必死矣。"遂罢追，玄竟以得免。[9]

同一故事又见收于《语林》，但情节稍显简约。此节内容现保存在《太平御览》卷六九八中，文字如下：

郑玄在马融门下，业成辞归，融心忌之。郑玄亦疑有追，乃坐桥下，据屐。融果转式逐之，告左右曰："玄在土下水上而据木，此必死矣。"遂罢追矣。[10]

《语林》里的"玄在土下水上"显系"玄在土下水下"之讹误。此外成书于 14 世纪的"讲史"类的话本小说《武王伐纣平话》卷中曾叙述姜尚一日偶遇樵夫武吉，他预言此人有不测之祸。后武吉果因误伤他人致死而被收系下狱偿命。武吉方信姜尚所言不虚，遂以辞别老母为由，求得文王七日宽限。翌日武吉母子二人前去渭水求姜尚搭救。姜尚遂教武吉一法以避此难：

渔公言："放公次到家中，买粳米饭一盘，令食不尽者，拈七七四十九个粳米饭在口中，至南屋东山头，头南脚北，头边用水一盘、明镜一面，竹竿一条长一丈二尺，一通其节，令添水满，顿在头边，用蓬蒿覆身；但过当日午时三刻，汝已得活，不妨也。"子母二人拜辞，归到家中，依渔公之言，用其妙法。至当日午时，武吉不去赴法。却说文王怪武吉不来赴法，遂发一课，知此人避法去投水也。口内生蛆，有丈二水在身，痛死也。文王再不言武吉之事。[11]

显然，《平话》所记的这一诈死情节与前引《伍子胥变文》、《世说新语》的相关故事在具体细节上如出一辙，据此可知该类轶事在民间长期流传而未中断。归纳它们的共同之处，就是诈死者常制造出自己"身（头）在土下水下"的死亡假象，以达到迷惑卜者的目的。而这一办法之所以得以奏效，显然又和古时汉人的死亡观是分不开的。在传统汉族社会中，人死后所去的地下世界即被称为"黄泉之地"，埋葬死者也被叫做使死者"入土为安"。因此我们就不难理解为何在卜者看来，"身在土下水下"预示着人的死亡了。相反，如果在卜者看来，某人是"身在土上"，那么此人就必生无疑。关于这一点，我们检出以下几段文字作为佐证：

唐代释大觉的《四分律行事钞批》卷二六记有：

蜀有智将，姓诸葛，名高（亮），字孔明，为王所重。刘备每言曰："寡人得孔明，如鱼得水。"后乃刘备伐魏，孔明领兵入魏，魏国与蜀战，诸葛亮于时为大将军，善然谋策。魏家唯惧孔明，不敢前进。孔明因致病垂死，语诸人曰："主弱将强，为彼所难，若知我死，必建（遭）彼我（伐）。吾死已后，可将一㣊土，置我脚下，取镜照我面。"言已气绝。后依此计，乃将孔明置于营内，于幕围之，刘家夜中领兵还退归蜀。彼魏国有善卜者，意转判云："此人未死。""何以知之?""蹋土照镜，故知未死。"遂不敢交战。……退兵还蜀，一月余日，魏人方知，寻往看之，唯见死人，军兵尽散。[12]

又释景霄的《四分律行事钞简正记》卷一六也说：

孔明即诸葛亮之字也，襄阳人也，为蜀主之所重。自三往召之方出……后令孔明领兵伐魏，因得病垂死，语诸军曰："主弱将强，为彼可难，若知若知（衍二字）吾死，必遭彼伐。可将㣊盛土，安吾足下，取镜照吾面。"言讫而终。置相营内，依语为之，至半夜抽军归蜀。经月余日，魏王有将司马仲达，善卜，卜云："未死。""何以知之?""踏土照镜，故知在也。"不敢进兵。至后方委卒。时人曰："死诸葛亮怖生仲达。"[13]

此外，晚唐人陈盖（9世纪后期）曾对胡曾《咏史诗》中的《五丈原》一诗作过注释，其注云：

《志》云：武侯诸葛亮将蜀军日北伐魏，魏明帝遣司马仲达拒之。仲达、蜀军于五丈原下营，即死地也，遂关城不出战，武侯患之。居岁，夜有长星坠落于原，武侯病卒而归。临终为□□仪曰："吾死之后，可以米七粒，并水于口中，手把笔并兵书，心前安镜，□下以土，明灯其头，坐升而归。"仲达占之云未死；有百姓告云武侯病死，仲达又占之，云未死，竟不取趁。遂全军归蜀也。

以上三段文字都是叙述在民间久已流行的有关诸葛亮的"死诸葛走生仲达"故事。

但除了“足下踏土”这一共同点外，在其余的细节上陈盖的注解与《续藏经》的说法又稍有差别。他在注解里增加了“明灯其头”等内容。正如研究者所指出的那样，这些内容又影响到后来《三国演义》的创作⑭。据日本学者小川阳一检索，所谓“头上置明灯”的描写常见于明代的小说中，用于术士为人向北斗星祈命作法的“厌命”场合下，而这一点又与人们相信北斗星主宰人的生命有关。例如，前引《武王伐纣平话》中的武吉躲祸情节在后出的《封神演义》即有相当改动：姜尚让武吉睡入土坑中，其头、脚处各置一灯，身上撒米；而姜尚则“披发仗剑，踏罡布斗”以挽救武吉的性命。这正是元明时期北斗信仰的日常化表现⑮。不过小川氏的论文未检及上述陈盖的注文，故没有注意到这一做法早在唐末已露端倪。至于以上文字都提到的“取镜照面”的细节，则可能与古人为取光明破暗之意特地以镜照尸体的观念有关⑯。

综上所述，与《红史》等西藏史籍中的占卜故事类似的情节实际上更早约在魏晋时期就已经出现在汉籍中，此后又长期流传不绝。本文的分析表明，这类情节的流行和传统社会中汉人的死亡观念密切相关。而敦煌变文则为我们提供了该类故事在河西这个自唐代以来就是汉、藏、党项等多民族杂居的地区流传的直接例证，由此我们就容易理解为什么藏文史料中也会有与汉地故事这么近似的情节了。与此类似的汉地文学题材影响到西藏民间故事的例子还有一些，如敦煌变文中的《茶酒论》、《孔子项橐相问书》里的基本情节后来也曾出现在藏族民间文学中。这些例证均有助于我们理解河西地区在汉、藏两族文化交流与传播中所起到的“窗口”作用。

[原载《中国典籍与文化》2004年第4期]

注释：

① 蔡巴·贡噶多吉著，陈庆英、周润年译，东噶·洛桑赤列校注《红史》，西藏人民出版社，1988年版，第23～24页。按：关于引文中出现的藏文专用名称，原译者未加考释。据聂鸿音师意见，应作如下还原：gha＝夏，smon-shri＝天山（可能是天都山的省称），gai-hu＝夏皇。

② 释迦仁钦德著，汤池安译《雅隆尊者教法史》，西藏人民出版社，1989年版，第26页。

③ 达仓宗巴·班觉桑布著，陈庆英译《汉藏史集——贤者喜乐赡部洲明鉴》，西藏人民出版社1986年版，第65～66页。

④ 班钦·索南查巴著，黄灏译注《新红史》，西藏人民出版社，1984年版，第47～48页。

⑤ R. A. Stein，“Minag et Si-hia，Geographie historique et legends ancestrales”，*Bulletin de l'Ecole Francaise de Extrême-Orient*，1947—1950，p. 265.

⑥ 卢梅、聂鸿音：《藏文史籍中的木雅诸王考》，载《民族研究》1996年第5期。

⑦ 王重民等编：《敦煌变文集》（上），人民文学出版社，1957年版，第8～9页。

⑧ 周绍良：《读变文札记》，收入所著《绍良丛稿》，齐鲁书社，1984年版，第99～100页。

⑨（南朝宋）刘义庆：《世说新语》卷上（丛书集成初编本），中华书局，1991年版，第45页。

⑩（宋）李昉等：《太平御览》，中华书局，1960年版，第3115页。

⑪ 不著纂人：《武王伐纣平话》，中国古典文学出版社，1955年版，第55～57页。该段内容的英文译文见 Liu Ts' un-Yan（柳存仁），*Buddhist and Taoist Influences on Chinese Novels*，Wiesbaden 1962，pp. 52～54。

⑫《续藏经》(第一编) 68. 30a，新文丰出版公司，1976 年版。

⑬《续藏经》(第一编) 68. 988b～989a。

⑭ 周绍良：《读唐代的三国故事》，同周氏前揭书，第 229～231 页。

⑮ 小川阳一：《明代小说の北斗星信仰》，见《集刊东洋学》54，1985 年版，第 174～188 页。

⑯ (元) 周密：《癸辛杂识》，中华书局，1988 年版，第 202 页，“棺盖悬镜”条。

虚构与真实

——民间传说、历史记忆与社会史“知识考古”

户华为

一

社会史是20世纪末以来中国历史研究最为活跃的话题，尽管在概念和具体理论诸多方面，学界对此还存在不少争议，但是作为一种改革旧史学的新的范式，它的一些具体原则，如整体研究取向，自下而上的视角换位，多学科交叉的方法论等，已经为越来越多的史学工作者所接受，社会史的观念已经潜移默化地体现在众多研究个案之中，悄然改变了传统史学的格局和相应观念。与此同时，社会史研究范式的转变还带来了另外一个重要的结果，即在对待史料的态度和方法上也发生了重要变化。

社会史对于史料的重新审视很大程度上来源于“知识考古学”等后现代主义思潮。后现代主义史学思潮动摇了传统史学探寻客观历史的终极追求。福柯认为传统历史观中的客观性是一个幻觉，历史客观性只是话语建构而成的，“把历史分析变成连续的话语，把人类的意识变成每一个变化和每一种实践的原主体，这是同一思想系统的两个方面”，不存在跨知识型的客观性，只能在特定的知识型或认识中谈论它才有意义。因此福柯提出要建立“知识考古学”，认为解释、辨伪文献已经不再是最重要的了。“应当使历史脱离它那种长期自鸣得意的形象，历史正以此证明自己是一门人类学，即历史是上千年的和集体的记忆的明证。这种记忆依赖于物质的文献以重新获得对自己的过去事情的新鲜感。”[①]知识考古学要发掘的东西，就是要揭示一定历史时期的性质各异的话语是如何形成的，即所谓“话语的构成规则”。

进行史料考证和强调史料学在历史研究中的重要性曾经为不同时代的史学家所提供，史料应该在什么意义上被信赖？作为一种决定历史学学科性质至关重要的命题，自克罗齐、科林伍德以来一直受到关注，并且争论不已。后现代史学以及“知识考古”的理念使得我们可以重新审视这一命题。在社会史研究中，史料的概念和范围都发生了很大的变化，在史料与史实之间存在一个历史记忆的问题，不同层次的群体如家庭、地区、阶级、民族乃至人类整体都以各自不同的方式保留着他们关于过去生活的历史记录。有关记忆与失忆、话语权、历史心性与历史情境等诸多词汇的引入动摇了我们固有的文本史料本位观[②]，也使我们关注的焦点从什么是真，什么是假，转移到“如何”真、假和“为何”真、假的问题上来。

有人提出，人们的历史记忆像一块黑板，可以不断书写、涂改和擦拭。在历史学中，社会记忆与历史事实之间并不是对应的关系，记忆的内容也不能直接地转换为历史叙述。但是它的确改变了我们对待历史信息的态度和方式。“历史记忆研究不是要解构我们既有的历史知识，而是以一种新的态度来对待史料——将史料作为一种社会记忆遗存。然后由史料分析中，我们重新建构对‘史实’的了解。我们由此所获知的史实，不只是那些史料表面所陈述的人物与事件；更重要的是由史料文本的选择、描述与建构中，探索其背后所隐藏的社会与个人情境（context），特别是当时社会人群的认同与区分体系。”③

的确，有关历史记忆的每一次书写或擦拭并不是随机和随意的，都是不仅受自然和社会政治经济文化情境的影响，也受动作者个人的影响。历史记忆的筛选、保存和删除、变更的过程和机制本身就是非常值得探讨的问题。而要由历史记忆恢复和提炼历史信息，必须经过历史学家的具体考查与对社会记忆的整理，才能发现由无数记忆集合映射出来的历史事实。

在社会史研究中，如何理解和解析民众世代口耳相传的具有明显“地方性”的民间传说，是每一个研究者都要面对的问题。这些传说情节的传播是一个成千上万次被“重复”的过程，以往关于民间传说和故事的研究，主要从民俗学的视角出发，较多地关注故事内容的类型化归纳和对故事的象征意义的较为理论化的分析。而实际上民间传说的创造、流传与变异，是一个随着具体时空生生不息的过程。不同时代、不同地区的民众每天都在有意无意地重复祖辈留下的传说，同时根据各自的生活经验和个人爱憎对具体的故事情节进行再创作。民间传说蕴含了有关历史背景、一定区域社会的空间情景、民众日常生活经历与相互关系以及他们的观念心态等多方面的信息。

如果我们从历史记忆的视角来看，一篇历史文献，与民众口耳相传的民间传说本质上并无区别。无论正史、野史或者民间传说，它们都是有关“过去”事件的一种叙说，都是人们对于过去的集体记忆，只不过经过了不同阶层和群体的选择与重新建构。本质上历史文献，无论它包括了多么丰富的内容，仍然只是记述者个人或群体的历史记忆而已。每个人都有自己对历史的记忆，而不同个体与群体的历史记忆呈现和传承的方式可能不同，于是便有了官方的、史家的与民众的历史记忆之分，也有了文献的记忆与口述的记忆之分。实际上，文献与传说都是呈现在不同载体上的历史记忆，它们之间也会经常性地发生互动的影响。

许多民间传说和神话故事的具体情节或者人物都有可能是虚构的，但是其所表现出来的历史情境与创作者和传播者以及改编者的心态与观念却是真实存在的，而我们所要了解的正是这种记忆得以存在、流传的历史情境。从我们复原历史的条件来说，由于民众话语权的缺失，解析民间传说就是探寻民众的历史记忆的一种较好方式。将民间传说视为民众的“历史记忆”，将它们放置在某个区域社会具体的时间序列里，并且以角色换位的方式进入传说的时空之中，将这些传说与文献资料互相佐证，无疑有助于我们理解和细化原来的历史知识，能够窥见更为细致的历史事实和一定区域历史发展的时空脉络。

二

沈万三的故事是一个流传甚广的民间传说，作为富翁的代名词，沈万三在中国尤其是江浙一带可谓家喻户晓，传说他能点石成金，曾与朱元璋对半筑起南京城，又说他拥有一个聚宝盆，富得让朱元璋都眼红，于是便找个借口将他抄家发配。在山东等一些地方，他还被描绘为财神，张贴在各家的门户上，寄托着主人发家致富的愿望。

有关沈万三的传说，不仅民众世代口耳相传，而且在明清文人的笔记文集，甚至我们一直视为权威的正史中都有种种关于他的描述。如《明史》："吴兴富民沈秀者，助筑都城三之一，又请犒军。帝怒曰：'匹夫犒天子军，乱民也，宜诛。'后谏曰：'妾闻法者，诛不法也，非以诛不祥。民富敌国，民自不祥。不祥之民，天将灾之，陛下何诛焉？'乃释秀，戍云南。"[④]除此之外，《明史》中还有两处有关记载，一是《王行传》："富人沈万三延之（王行）家塾，每文成，酬白金镒计，行辄麾去曰：'使富而可守，则然脐之惨不及矣。'"一是《纪纲传》："吴中故大豪沈万三，洪武时籍没，所漏赀尚富。其子文度蒲伏见纲，进黄金及龙角，龙文被，奇宝异锦，愿得为门下，岁时供奉。纲乃令文度求索吴中好女，文度因挟纲势，什五而中分之。"[⑤]

在文人笔记和一些野史以及各地的口头传说中，沈万三的故事到处可见，有关的情节更为生动详细。大量历史记载尤其是所谓正史材料的存在使得我们对于沈万三与朱元璋的种种传说深信不疑。但是出人意料的是，根据顾诚等先生的考证，沈万三死于元末，主要活动应集中于元朝，他与朱元璋之间的种种传说并非历史真实，史籍中有关沈万三在明初的一切"事迹"都是讹传[⑥]。很明显我们一直视为具有正当性和权威性的正史在这个问题上彻底欺骗了我们的信任，《明史》和地方志中的有关记载不仅不比所谓野史权威，正相反，后者反而是前者的蓝本和故事本源，如关于沈文度的说法就是来自王世贞《弇州史料》。实际上，文度是万三曾孙，沈家此时早已没落，那些与事实不符的说法，很可能是王世贞根据自己接触的口头传说形成的记载，《明史》的编纂者又不经考证地加以沿用。

对此，或许我们会感到失望，但是却使我们对此前一些概念进行反思，所谓正史、野史，文献与传说之间的对立与不同的权威性与可信性似乎带有某些想当然的偏见。"由先行陈述构成的那部分证据，绝不占优势；在历史学家看来，据称属实的一段先行陈述，和其它类的证据并无优劣之分。历史学家能够拒绝被告知作为证据的事物，代之以自己对事件的解释。即便他们接受先行陈述的内容，那也并非由于那段陈述的存在而被视作权威，而是由于经过判断认为它符合历史学家关于历史真实性的标准。"[⑦]

在沈万三传说的文本中，口头传说与历史文献或者虚构与事实的界限完全被模糊了，大量记载其事迹的史书明显取材于巷语传说。百姓的口头传说一般是对事实的一种延演，直白地说就是添油加醋，而后世的历史文献很难说能够不受前代传说的影响。从这个意义来讲，没有绝对真实的历史文献。在现代性的语境或科学主义的话语中，传说与历史之间的区别就是虚构与事实之间的差别；而在后现代的语境中，虚构与事实之间的差别是否有边界本身可能就是一种"虚构"[⑧]。无论口头传说还是历史文献，都是历史记忆的不同表述方式，传说中同样包含许多真实的历史内容，只是它的表达方式需要用不同的方式去解读。

对于这个江南最富传奇色彩的人物，目前的相关研究都期望揭示其庐山真面目，力图透过众说纷纭的记载勾画沈万三的籍贯、生平经历等。但是我们对于沈万三的研究不应到此为止，民间传说的形成和流传下来绝不都是偶然的。“历史这只‘无形之手’实际上可能对林林总总的各种各样的传说进行了某种‘选择’，使传说中与实际历史过程相契合的内容，在漫长的流播过程中，得以保留下来。在其背后起作用的，实际上是人们对社区历史的‘集体记忆’。”[9]即便关于沈万三和明朝政治史事的关系有很多虚构的成分，这个传说产生和流传的过程恰恰是一个历史真实，就是说人们为什么去创作这个东西，究竟是什么人创造出来的，传说是怎么样出笼并且流传至今的？……这样我们所关心的问题就变成了传说文本反映出来的社会舆论，造成这种社会舆论的历史动因，以及后人对此的历史记忆[10]。

因此对于沈万三的研究不能仅着眼于对其个人事迹真实性的追寻，而是把它当作一种历史记忆，借用“知识考古”的办法，剖析其背后反映的社会内容和心态历程。就具体的时空情境而言，沈万三的许多事例都是传说，但这些虚构的东西并不因为源于时人或后人的有意杜撰而不值得分析，相反，我们有必要以一种新的视角，通过这一承载某些历史记忆的文本和符号，去透视其中的社会底蕴。众多关于沈万三的传说文本涉及到的主题，如因出资建城或犒军而遭流放、家产被籍没、连带江南被科以重赋等等，都与明初江南社会及朱元璋有不解之缘。为什么诸多文本都把沈万三与这些事情及明太祖联系起来呢？这反映了哪些历史真实以及传说创作者与传播者的何种社会心态？

三

除了因筑城和犒军触怒朱元璋被充军云南之外，在有关沈万三传说的多种文本中都有其被抄家或课以重税的情节，如万二“赀产遂无纪，极为江南富族之甲。太祖闻之，没于官焉”[11]。“万三田有近湖者，延湖筑成石岸以障田。上怪其富过于己，独税其田九斗三升。”[12]沈万三的命运很容易让人联想到朱元璋对于江南富室大族的打击。朱元璋把江南富户的田地没收作为官田。光绪《嘉兴府志》记载：“已而，富民沈万三等又以事被籍没，而浙西之官田愈多耳。”[13]有些府州甚至没有多少民田，“苏州一府，无虑皆官田，而民田不过十五分之一”[14]。同时对江南一带实行重税，《明史·食货志》载：“惟苏、松、嘉、湖，怒其为张士诚守，乃籍诸豪族及富民田以为官田，按私租簿为税额。……大抵苏最重，松、嘉、湖次之，常、杭又次之。”据说江南的沉重赋额正是由沈万三而来：“明太祖恨苏松人为张士诚守城，抗拒二年有余……即取沈万三家租簿走额，格外加赋，每亩完粮七斗五升，其重十倍他邑。”[15]

如果说单纯的报复心理决定了明太祖对江南的政策，那只能是传说。而出于消除隐患、巩固政权等多方面的考虑，朱元璋的确对江南富民采取了严苛的政策，除多次强制迁徙，科以重赋之外，还利用“胡党”、“蓝党”、“空印案”、“郭桓案”，藉“通党”为名，大力打击江南地主势力（包括相当多的江南官吏）。洪武十三年，胡惟庸案发，伏诛者逾三万人，江浙富民牵连胡案者甚多，如沈万三传说中的重要人物陆仲和即在其中。洪武二十六年，蓝党案发，江浙地主又罹横祸。那些与所谓蓝党有“只字往来”的江浙富民和官吏多被牵连进去。《逆臣录》中可稽江浙籍者就有二百五十四人，他们又株连蔓引，致就狱者不可计数。沈万三的女婿顾学文，重孙沈德全，姻亲葛德润、莫礼，以及与沈家交往密切的王行父子皆被诛。正如吴宽所说，吴地自“皇明受命，政令一新，富民豪族，铲削殆尽”[16]。

强制迁徙、党祸、查抄与重税的压榨，给江浙富民以沉重打击，“三吴巨姓，享农之利而不亲其劳，数年之中，既盈而覆，或死或徙，无一存者”。尤其是那些拥有“厚赀”而“族盛”的巨室，更是死者十之八九。“吴中素号繁华，自张氏之据，天兵所临，虽不被屠戮，人民迁徙，实三都、戍远方者相继，至营籍亦隶教坊，邑里潇然，生计鲜薄，过者增感。”[17]在这些人当中固然有结党营私或者为种种不法事而罪有应得者，但也有许多无辜之人惨遭迫害。如杨复吉《梦阑琐事》言：“就松属言，若曹、瞿、吕、陶、金、倪诸家，非有叛逆反乱谋也，徒以拥厚赀而罹极祸，覆宗谌族，三世不宥。”

沈家的遭遇正是元末明初江南地主豪富的缩影。朱元璋生性多疑善妒，尤其是对富人似乎有天生的仇恨，传说中一再有意强化这种印象。“明兴，如士林金钿，琏市沈明，南浔沈富，前邱冯璋，俱以广资被逮。”沈万三的获罪并非因为他曾经做过不法之事，而是因为他太过于富有。“帝尝欲犒军，召万三贷之曰：‘吾军百万，但得一军一两足矣。’万三如数输之。帝瞰其无困苦状，由是欲诛之。罪以他事……”“太祖定都金陵，欲广外城，而府库空乏，万三愿各半以筑，先三日成，太祖忌之，会万三于苏州用茅山石砌街逾制，而没其资。”[18]

一些传说还添加了朱元璋因为和沈万三同命而嫉妒沈之富有，利用文字狱的手段设法加害的情节。“洪武中，京城自洪武门至水西门坍坏，下有水怪潜窟，筑之复颓。帝向思沈万三命相同而大富，召谓曰：‘尔家有盆能聚宝，亦能聚土筑门乎？’万三不敢辩，承命起筑，立基即倾者三。乃以丹金暗投其中，筑之始成，费盖钜万。”[19]沈万三的富有招致朱元璋的嫉妒和戒备，“及欲害之而无由，适万山筑苏州街，以茅山石为心，上谓其有‘谋心’，将为逆，遂收杀之，血流尽白”。

朱元璋起身布衣，开创大明一朝伟业，可谓一代英主，然而在诸多历史记载中对其却颇有微词，而传说中的太祖更近乎一个阴险、猜忌、气量狭小而又狠毒的角色。有关太祖一朝大兴文字狱之事，历来争议不断，陈学霖认为其中有很多非信史内容，“而野俗流言遍加附会，以讥讪太祖之不学无道亦未定”[20]。但他也断言无法肯定文字狱纯属虚构，更重要的是，此类记载虽不尽真实，“但展现野俗传说关于太祖本人及明初史事，足表露民间对国史的认识与评骘，不为官方忌讳所囿。即以文字狱案故事言之，这些野史稗乘所记，无论是否确实，显然暴露太祖个性猜忌，滥权专擅，无故刑戮儒士，不似官吏隐讳。……对主上为人与处事颇有微言，亦间接显现专制帝王之横暴，与官宦的不易相处，不无指桑骂槐之意。这一事件也流露明中叶士绅与庶民对太祖之印象与评骘”[21]。

的确自元末以来，江南士绅对于明政权和太祖朱元璋深怀芥蒂，以致太祖无奈地感叹："张士诚小窃江东，吴民至今呼为张王。我为天子，此邦（指吴地）呼为老头儿。"[22]江南地主宁可拥张而不愿站在朱一边，双方关系紧张。明人徐祯卿的《剪胜野闻》记载了一个有趣的故事。"太祖曾微行京城中，闻一老妪密呼上为老头儿，大怒……传令召五城兵马司总诸军主曰：'张士诚小窃江东，吴民至今呼为张王。我为天子，此邦呼为老头儿，何也？'即令籍没民家甚众。"

如同文字狱一样，即便传说不完全真实，但足以表现传承者的好恶。人们对明太祖的滥杀和冷酷无情总是记忆犹新，流露出对他的不满与对被害者的同情。在沈万三的民间故事中演化出多种与朱元璋相联系的情节，并且朱元璋总是以反面角色出现。如有说沈万三成为富商后，贸易途中遇到朱元璋，朱见钱起意，邀沈赌钱，沈掷出三十六点，朱使出耍赖的手段用六粒骰子弄出三十七点，赢了沈的钱财。后来沈为做好事廉价出售治病的乌梅，却不料冲破了朱囤积居奇的发财美梦，所以结下仇恨，做皇帝后遂执意加害。与之相类的还有朱元璋用一文钱刁难沈万三的传说[23]。

既然沈万三在元末就已经去世，并没有经历明初的种种风波，与朱元璋也毫无瓜葛，为什么后人总是将他们牵扯在一起？原因可能有多种，但是沈万三作为受打击、忍辱求全而不能的形象，恰恰可能就是明初江南富族命运的一个缩影，传说的创作者或许就是明初遭受打击的江南士绅，而其中的种种情节或许是他们对那些经历的集体记忆。作为承载情节的核心符号，沈万三传说的文本和异文是提炼和凝聚多个类似故事的集合体。民间传说的讲述也有一种"无事件境"[24]意味，正是时间的不明确性和叙事客体的多次置换促成沈万三传说与不同的时间、地点、人物、事件联系起来。人们将沈万三后人的某些事迹加于其身，随着时间的推移，后人又逐步将明初移民、太祖打击江南地主大族、江南多官田、重赋以及胡蓝之狱甚至文字狱等真实的历史事件附着到沈万三身上，层累地构建了沈万三的传说。因此表面看来这些传说充满时间、空间错置与幻想的迷雾，但是如果我们不仅仅关注于万三个人遭际的真实与否，透过史料考古的分光镜，就能够辨析和复原出人们对于上述历史事件的记忆、某些群体中对明太祖及其政策的看法（这与正史记载有很大不同）以及朱明王朝与江南富族的关系等信息，透视到更为丰富多彩的明初江南社会。

由历史记忆与历史情境的角度分析民间传说，我们的目的仍在于了解历史事实。也就是说如果我们将文献与口述历史视为"历史记忆"的不同表达方式，我们所要了解的是留下这记忆的"社会情境"及"历史心性"，以及二者的变迁，这些都是我们所欲探索的"历史事实"[25]。社会史家的责任不在于指出传说内容的真假对错。刻意去考证每一人物或细节的真伪，对于传说文本的研究显得并不十分重要，更有意义的是考察它如何形成和为何形成。像沈万三这样的传说还有很多，如洪洞大槐树、闯关东、关帝、鲁班等等，将它们视为民众的某些历史记忆，通过考证、推论等多种方法将传说与文献结合起来，解读这些记忆蕴涵的历史信息，可以补充、深化或修正传统文献本位所呈现的"历史事实"。

［原载《江苏社会科学》2004 年第 6 期］

注释：

① 参见［法］米歇尔·福柯著《知识考古学》，谢强等译，三联书店，1998 年版，第 5～8 页。

② 有关概念参见王明珂著《历史事实、历史记忆与历史心性》，载《历史研究》2001 年第 5 期；赵世瑜：《传说·历史·历史记忆——从 20 世纪的新史学到后现代史学》，载《中国社会科学》2003 年第 2 期；纳日碧力戈：《作为操演的民间口述和作为行动的社会记忆》，载《广西民族学院学报》2003 年第 3 期等文章。

③ ㉕ 参见王明珂前文。

④《明史》卷一一三，《高皇后传》。

⑤《明史》卷二八五，第 7329 页；卷三零七，第 7876 页。

⑥ 参见黄芝冈《沈万山传说考》，载《东方杂志》1935 年卷 32，第一号，第 91～97 页；顾诚：《沈万三及其家族事迹考》，载《历史研究》1999 年第 1 期。

⑦ 保罗·康纳顿：《社会如何记忆》，纳日碧力戈译，上海人民出版社，2000 年版，第 9～10 页。

⑧ ⑩ 赵世瑜：《传说·历史·历史记忆——从 20 世纪的新史学到后现代史学》，载《中国社会科学》2003 年第 2 期。

⑨ 陈春声、陈树良：《乡村故事与社区历史的建构——以东凤村陈氏为例兼论传统乡村社会的"历史记忆"》，载《历史研究》2003 年第 5 期。

⑪ 吕瑟：《明朝小史》，正中书局《玄览堂丛书初集》第 19 册卷 2，第 45 页。

⑫ 孔迩：《云蕉馆纪谈》，清顺治三年重印本，第 7 页。

⑬ 光绪《嘉兴府志》卷 22，田赋二，引自《静居斋诗话》，光绪四年刻本。

⑭《日知录集释·苏松二府田赋之重》卷 10，上海古籍出版社，1985 年版，第 790 页。

⑮ 顾公燮：《消夏闲记摘抄》，上海商务印书馆民国影印本，第 28 页。

⑯ 参见郑克晟《明初江南地主的衰落与北方地主的兴起》，载《北京师范大学学报》2001 年第 5 期。

⑰ 王錡：《寓圃杂记·吴中近年之盛》，中华书局，1984 年版，第 42 页。

⑱《明小记》，许树东主编《江南巨富沈万三》，第 354 页。

⑲《张三丰全集》，浙江古籍出版社，1990 年版，第 333 页。

⑳ 陈学霖：《徐一夔刑死辨诬兼论洪武文字狱案》，见《史林漫识》，中国友谊出版公司，2001 年版，第 271～272 页。

㉑ 陈学霖：《明太祖文字狱案考疑》，见《明代人物与传说》，香港中文大学出版社，1997 年版，第 24 页。

㉒ 吕毖：《明朝小史》卷 1，第 52 页。

㉓《碧里杂存》卷上，沈万三条，中华书局，1985 年版。

㉔ 方慧容：《"无事件境"与生活世界中的"真实"——西村农民土地改革时期社会生活的记忆》，见杨念群主编：《空间·记忆·社会转型——"新社会史"研究论文精选集》，上海人民出版社，2001 年版。

村落的记忆

——马街及周边村落的传说研究

王　清

传说是民间文学中重要的口头散文叙事。文学性、历史性、解说性、地方性给传说打上了独特的叙事烙印。我国的传说资源大部分集中在以自然村落为中心的地方性区域中。由于历史上各代王朝在县以下的大片土地并没有设立行政机构，自然村落进而就成为民众自为、自治的社会单位，成为民众传承、创造和享用传统的基本社区。因此，将传说设置在以村落为原点，其时间、空间分别在纵、横轴的坐标系中进行研究就具有特殊意义。本文以马街及其周边村落流传的“书会传说”为切入点，试图探究在以“书会”为中心的传统中，地方性传说如何传承村落记忆。

在行政区划上马街被分为马南和马北两个村。可是，在村民意识中，这一界线并不存在。因此，我们仍采用村民的地域概念，将马南、马北两村合称为马街。马街地处河南省平顶山市宝丰县南，距县城 7.5 公里，东北与郏县相邻，西北和临汝相连，东南为平顶山市，西南与鲁山相望。这个普通的豫西村落因每年的“十三会”而名扬乡里。

马街书会现场

一、马街书会与书会传说

“十三会”是说书艺人和当地村民们对“马街书会”的习惯称呼。书会虽历经战乱和政治风暴的冲击，风雨飘摇却从未中断。每年正月十一到十三是书会的会期，当地村民认为十三是正日子，因此那天的会才是正会。其会址设在马街村北应水河岸边火神庙周围的麦地里，沿河南北长2000米，东西宽1500米，占地面积400余亩。全国各地的艺人往往在正月十二日之前就到了马街或其周边村落，多数在村民家中落住。马街及周边的村民对艺人十分热情，经常管吃管住，分文不取，亲如一家。在马街流传着这样一句话："无君子不养艺人。"艺人们进村也像是到家一样，展摊就唱，不收书钱。十三会上赶会的主体是说书艺人和宝、郏、鲁、叶四地的群众，参会大数约为十万之众。书会上的曲艺形式以河南坠子和三弦书为主。会期的天气往往多风、雨、雪，很少有晴朗少风的好天。于是，在宝丰就流传着"马街会，无好天"的俗语。

在马街，笔者共访问了46人，作问卷调查30份（其中问卷调者中有3人是被访者）。由于有这样大规模民俗活动的存在，因此搜集到大量有关书会的传说。概括起来，它可分为11类，其中大部分是解释书会缘起的。为了能够简明扼要地说明问题，本文只选取具有代表意义的七类传说予以概述。

传说之一：救驾兴会。（传说的名称为笔者所加，且只记录了内容的概略）：东汉年间，正月十三这一天，王莽撵刘秀到马街村东的应河岸边（现书会会址所在地）。那时应河水深得很，刘秀的军马被河水挡住了。当时有不少艺人在这里说书，很多群众都围着听。大家看刘秀遇着难事了，都来帮刘秀渡河，刚过去，王莽就赶上了。王莽不得人心，群众不仅不帮他，还在河东沿越聚越多。王莽的军队过了好半天才过去。刘秀当了皇帝后，为感谢马街百姓，降旨免去马街一带的皇粮，并钦赐"三皇社"御牌一块。以后人们便以此日为会期，年年兴会，感念皇恩，延续至今。（讲述人：刘子祥，男，马街村民，67岁。）

现将传说中涉及到的主要构成元素列表如下（以下出现的表格皆为此表头）：

传说名称	人物元素	地点元素	时间元素	气候元素	道具元素
救驾兴会	刘秀、艺人和群众	应河水	正月十三（救驾日）	无	"三皇社"牌

传说之二：祝寿起会。过去马街有一个说书先生叫张镇德，是坠子书第六代传人，书说得好，收了几十个徒弟，正月十三是他的生日，徒子徒孙们从四面八方来给师傅拜寿。天下艺人是一家，和尚不亲帽儿亲，艺人们知道后就一个传一个地来给张镇德拜寿。后来，人越聚越多，家里地方不够了，就都挪到张家火神庙旁边的地里去唱（说书）。这样慢慢就成了书会。（讲述人：王树德，男，郏县著名说书艺人，83岁。）

传说名称	人物元素	地点元素	时间元素	气候元素	道具元素
祝寿起会	张镇德、艺人	火神庙	正月十三（生日）	无	坠子

传说之三：会友得会。相传，春秋时期马街有个叫张清正的上大夫在古应国做官，因与上司白金玉不合，罢官还乡。先生常在应水河边弹三弦，火神庙的道士常请他喝茶，于是两人成为好朋友。先生有很多艺友，正月十三是他的生日，艺人们都来请寿，谁知寿罢，张老就去世了。临终，他嘱托说："把我埋到火神庙旁边，以后每年的今天，只可弹唱，不可烧纸。"由于张先生没有男孩，张家就将部分田产捐给火神庙。道士死

后也葬在张公的墓边。（讲述人：张满堂，男，马街村民，54岁。）

传说名称	人物元素	地点元素	时间元素	气候元素	道具元素
会友得会	张清正、道士、艺人	火神庙、应水河	正月十三（生日、祭日）	无	三弦

传说之四：除恶生会。马街有个叫张百泉的人，喜欢弹三弦。一日，他被一个白胡子老头请入应水河的水晶宫。这老头就是管理应水河的仙人。老头赠给张百泉一把三弦，两人结成艺友。有一日，老头苦着脸来找百泉说："恶魔胡蛟缠看我管理应河没发过水就生气了，正月十三要来找我拼命，我一个人打不过它，你到时来给我助威。看见应水河的水黄就扔馍馍，看见应水河的水黑就扔石头。"正月十三这一天，百泉带着群众在应水河边弹三弦助威。一会儿，水黑了，大家赶紧扔石头；一会儿，水黄了，大家赶紧扔馍馍。不多时，河里出来一个老头说："胡蛟缠被我打死了，但是他的孩子会在这一天来报复的，你们每年今天都在这里为我助威吧。"就这样，书会起来了。（讲述人：樊广志，男，鲁山辛集乡，56岁。）

传说名称	人物元素	地点元素	时间元素	气候元素	道具元素
除恶生会	张百泉、群众、仙人	应水河	正月十三（助战日）	无	三弦

传说之五：还愿成会。很早以前，马街有个大户，有段时间不知咋了，家里老出事。于是，主人就到火神庙许愿烧香，说："火神爷如果保佑家里不出事，每年正月十三就给您写书谢恩，并且对说书艺人也热情招待，免费吃住。"果然，此后家里就不再出事了。每年正月十三日这天，这家的人都请书还愿，慢慢形成书会。（讲述人：杜山河，男，周口商北县曲艺队艺人，49岁。）

传说名称	人物元素	地点元素	时间元素	气候元素	道具元素
还愿成会	大户、艺人、火神爷	火神庙	正月十三（还愿日）	无	免费吃住

传说之六：杨树治恶。很久以前，马街一个叫刘三喜的，靠采药为生。一天，三喜从鲁山采药回来走到沙河滩上，见一红脸大汉双手捂着肚子，直叫肚子痛。三喜忙从怀中掏出治肚痛的药让大汉吃。大汉十分感激地说："三喜，今后要是遇到啥事，就去马街村北应水河边的大杨树下找我，到时照树上拍三拍，就有人接你。"说完就没了。后来，三喜的弟媳奶上生疮，到处治不好，三喜找到杨树仙一说病就好了。这事慢慢地传开了，穷人都去求杨树仙治病。正月十三这一天，寒风刺骨，司氏大财主让三喜去找树仙为儿媳治病，三喜因他是财主不愿去。财主便命人将三喜捆在树上说："如不看病，就把你和杨树一起烧死。"谁知点火后，三喜和树一点儿事也没有，倒是财主家的房子起了大火。因为风大，百姓怕火烧到自己的房子，纷纷乞求说："红脸大仙，乡亲都叫你火神仙，念你为民治了恶，若熄了火，每家许你一台弦子戏。"果然，火熄了，艺人们知道十三这天马街每家都会给火神爷唱戏。于是，到马街的人越来越多，慢慢成了

会。（讲述人：李贯杰，男，马街村民，72岁。）

传说名称	人物元素	地点元素	时间元素	气候元素	道具元素
树仙治恶	刘三喜、司财主、群众、艺人、杨树仙	沙河滩、大杨树	正月十三（起火日）	寒风刺骨、大风	大火

传说之七：龙女赶会。应水河的龙女看见每年正月十三火神庙旁铺天盖地都是人，于是也想去赶会，看看热闹。龙女先派一个千年王八出来探路，王八想：人都去赶会了，哪会有人？他左右看看，说没人。龙女一听没人，就驾着车出水，朝着书会行。谁知王八看左看右，就是没看后面，它后面正蹲着个人在解手，看见那么大一只王八从水里出来吓得不敢说话。一会儿，又看见一辆车从水里出来，心想这肯定是龙女的车，于是就悄悄跟在后面。等到了会上，他大声叫："前面的车里坐着龙女，龙女来听书了。"这一叫，人们就把车子围住了，都想看看龙女啥样。一会儿工夫把车子围得走不了了。没办法，龙女只好刮起龙卷风，趁着飞沙走石跑了。不到一个时辰，就看见应河水变成了血水，一个大王八头从河上游冲了下来。原来是龙女把探路的王八给斩了。（讲述人：李贯杰，男，马街村民，72岁。）

传说名称	人物元素	地点元素	时间元素	气候元素	道具元素
龙女赶会	龙女、群众、王八、应水河	火神庙	正月十三（赶会日）	龙卷风	龙车

为了方便起见，将传说中的构成元素和书会中的主要变量参数比较，如下表。

人物元素	参会主体	地点元素	书会会址	时间元素	正会期	气候元素	会期天气	道具元素	书会习俗
艺人、群众、张姓、司姓、刘姓、仙人、刘秀等	艺人、群众	应水河、火神庙	应水河边火神庙周围的麦地	正月十三	正月十三	寒风刺骨、大风、龙卷风	多风、雪、雨	"三皇社"牌、三弦、坠子、龙车、大火、免费吃住	解放前组织者为三皇社等，以三弦、坠子为主，村民对艺人管吃管住等

二、书会传说是如何传承书会记忆的

通过上表比较，不难发现书会传说与地方传统之间有诸多相似之处，似乎可以说传说以一种特殊的方式口传着村落的记忆。下面，详细分析一下传说中的构成元素与书会主要参数的关系。（以下讨论仍以上文提及的七类传说为例。）

（一）传说中的人物元素与会的参与者

在传说的人物元素中，“艺人”共出现了5次，占71%；“群众”共出现了4次，占57%。现实中，书会的参与者可以分为五部分：各地来的艺人；马街及周围村的乡民；宝、鲁、郏、叶等市县居民；新闻界、摄影界、学术界的文艺工作者；旅游观光客。其中，参会主体是前三部分，即：艺人和群众，约占与会人数的95%。从参会主体上看，传说与现实较为一致。

不容忽视的是：除了普通艺人和群众外，传说中的人物元素还有张姓（占30%）、司姓、刘姓等姓氏成员和诸如刘秀、龙女、仙人之类的非凡人物。马街村民用这些看起来似乎是随机的元素试图记忆什么呢？

笔者在调查的过程中发现，张、司、刘三姓在马街具有特殊的背景和地位，书会也并非是一种无序、松散的民俗现象。马街及其周边村落的“民俗权威”作为一种强大的民间力量，在无声地组织和运营着书会。解放前，这个民俗权威由艺人组织——三皇社社头和村落组织——火神社社头（书会会首）共同承担。解放后，一度由村大队和生产队干部担任。1992年后，由村民自发组织——书会理事会接任，但其“权力”比解放前已有很大程度地削弱。这种“民俗权威”来自普通群众，它不同于“官方权威”，在村民心目中占有十分高的地位，被称作村里的“光棍”。村民认为，这些“民俗权威”是说一不二的，是非凡的，如同传说中的仙人、帝王一样。（下面着重讨论解放前的民俗权威。）

解放前的“十三会”一直由书会会首（火神社社头）和三皇社的社头共同组织。书会会首多由村落中有经济实力和相当有威信的家族成员轮流担当。在马街历史上，张家和司家都曾是显赫一时的望族。张家曾经拥有万顷良田，素有“马半街”之称。张姓族人回忆说：原来，家里为了把粮食从白石窑（村名，离马街较远）拉回家，专门修了一条青石板路，路上至今仍留有四指深的车辙印，可见其家族“辉煌”时日之长。清以后，由于族人多吸大烟，地全被卖光，家道从此败落。（讲述人：张景岳，男，宝丰县人，63岁。）由于张家没有家谱，我们无法查到张家到底有多少人做过会首。凭张景岳的记忆，只回忆起他的族哥张景富当过会首。在张姓衰败的同时，司姓家族在马街悄然崛起。司姓并不是马街的土著，明末清初时逃荒到马街，以生意起家，终成马街的望族。解放前，司家曾先后有七人做过马街书会的会首，且在以司士被选为会首的那届书会（1863年，清同治二年）上，曾创下2700名艺人来会献艺的记录。（讲述人：司连辰，男，马街人，74岁。）至今，司姓仍是马街比较大的姓氏之一。马街的刘姓多为土著，虽没有名门望族，但由于较多的人口数量和较长的家族历史，在马街也具有相当的影响力。其家族中亦有多名成员担任过书会会首。

会首的主要职责是写戏，写戏在当地村民的意识中代表着财富和实力。不写戏的村子往往单身汉就多，因为没有姑娘愿意嫁到连戏都写不起的村庄。马街附近一个叫马头寨的村庄因写不起戏曾被外村村民奚落道：“马头寨不知羞，写不起大戏唱肘偶（木偶）。”村民多认为，神爱看戏，神喜则民悦，哪个庄的戏唱得好，神就会更偏爱哪个庄。因此，如果马街的火神社写三天戏，其它村落的火神社也不甘示弱。从实力上看，它们自然不能和马街的火神社相比，但是周围几个村落的火神社联合起来就可以和马街相抗衡。其它村落写的戏同样是在马街火神庙的戏台子上唱，村民把这叫“对戏”。戏的输赢关系到全村人的面子。因此，全村老少几乎是倾村而出为自己的戏台助威，为了赢戏各村都会使出看家本事。如：滚棚、爬杆、大上吊、双骑驴、王八大晒盖、一炮崩出仨红脸、阎罗小鬼闹地狱、打黑枪、毁嗓音，甚至女演员袒胸露乳。解放后，为了鼓励群众参与曾采用过看戏记工分、不看扣工分的办法。（以上根据马街村民李金章、司九鼎等人的回忆整理。）由此可见，“写戏”与否对参会人数有重要的影响。而写戏的操纵力量则是民俗权威——火神社社头（书会会首）。对于另一个民间权威——三皇社，将在论述道具元素一节时着重分析。

（二）传说中的地点元素与马街的地理景观

传说中的地点元素为：火神庙、应水河和大杨树。这三者都是书会会址附近的地理景观。马街现存的地理景观有：火神庙、应河水、广严禅寺、关爷庙、书会会碑等。其中，火神庙在“文革”里已毁，1998 年由郭闯等村民集资修建。从规模上看，位于村内的广严禅寺和关爷庙都较火神庙气派，且广严禅寺原建于元朝延祐年间，历史悠久。但在村民的意识中，火神庙比其它两个庙更为灵验。这也许与解放前火神社在村中拥有强大的势力有关。火神社供奉火神爷，社员们自然会为自己信奉的神——火神爷创造出种种灵验的传说，以标榜自己信仰的权威性。在马街及附近的村庄，大概流传有四种火神爷显灵的传说。（不包括各种许愿成功的传说。）仅举其中一例：如果书会上没有唱大戏，天上就会下火球，火球将落在马街不写戏的社头家里，这是火神爷在催戏。（讲述人：刘妮，女，马街村民，55 岁。）这与其说是火神爷显灵，不如说是村民对书会唱“对戏”的一种记忆与怀念。随着传说数量的不断增加，火神庙也在人际传播中越传越神，四里八方的群众都来火神庙许愿，同时以“一棚书”作为还愿时献给火神的敬物，要请书自然要到马街书会。如此循环下去，火神庙便和书会一起进入了村民的记忆。

由于上游水量的匮乏，火神庙旁的应水河已成为了一条“应水溪”。可是，在传说中它却是拥有水晶宫、住有仙人和龙女、阻挡了王莽大军的湍急之河。据村民李贯杰回忆说：我小时候这条河还深得很，很多人在河里捕鱼，用撑船的竹竿都撑不到河底。据说，早年间这里一到汛期经常发水，冲毁附近的粮田。过去由于没有石桥，马街还流传过这样的俗语：“吃了饭，没事干，都到河边去打堰。”可见，村中应水河中那湍急的水流，正是在传说中被演绎、记忆和传承的。

至于传说中提到的大杨树，已于解放时被伐掉。据村民回忆，那棵古树相当粗，四五个人都搂不过来。人们都认为树上住有神仙，能给人治病。解放前曾有不少村民在树下求药治病。清末，“神树”曾被卖于外村，后经村儒司士选收回，并立有杨树碑记。大杨树作为乡民的保护神因距离会址近，也同书会一起融入村落的记忆之中。

（三）传说中的其它元素与书会参量

传说中的时间元素是正月十三，这一天是书会的正会期。从目前能找到的资料分析来看：书会定于正月十三可能与豫西一带“唱灯书”的习俗有关。唱灯的日子是每年的正月十四、十五、十六三天，而十三日正好为群众“写书”、艺人找“聚口”提供了方便。十三日对于其它地方的居民来说也许是一个平常的日子，但它对于马街却是这个村落传统的节日。“俺们马街人盼书会，比盼过年还盼得很!”（孙会云，男，马街村民，72岁。）马街周围的学校会把正月十五假提前在这一天放，以便学生能赶会。十三日对于马街人来说是特殊的。在民众的生活中，能够标记特殊的日子一般是：生日、祭日、战争日、灾难日等。在传说中，人们把这些日子给予了十三日，以一种独特的方式记忆着马街人心中特殊的正月十三。

传说中的气候元素是时间元素的衍生品。在大部分年份里，正月十三虽已过了立春节气，但对于北方来说，却仍是寒冷的，因而在村民的记忆中它是“寒风刺骨”的。宝丰县属温带大陆性季风气候，以冬寒少雪、春旱多风为主。因此，在传说中龙女为了逃脱便施了“龙卷风”的法术。

三弦和坠子是书会的主要曲艺形式，在传说的道具元素中也有三弦和坠子。解放前，年轻女性赶书会是受到限制的，小户人家的女性一般忙于活计无暇赶会，大户人家的女性则要坐在车里，由车拉到会场，不论看戏还是听书都不能下车。（董路，男，李庄村民，66岁。）传说中龙女乘坐的龙车，是否就是对大户家庭女性赶会情况的记忆呢?

传说中“免费吃住”的道具元素，是对马街及周边村民的生动写照。赶会的艺人到马街如没有地方住，都会被热情地邀请住在家中。1982年，马街村民司连升家曾接待过来自17个县的35个艺人。“免费吃住”已成为一种秩序，留在马街人的记忆中。在问卷调查中，对“是否愿意接待艺人，是否怕麻烦”这一问题的回答，基本上是“愿意，不怕麻烦”；其中，有4份问卷的回答是“怕麻烦，但是老规矩没办法”。这4份问卷的答卷人基本上属于20～30岁左右的年轻人。

对于传说中出现的道具“三皇社”牌，可能是村民对艺人组织——三皇社的一种象征性记忆。三皇社是影响艺人参与书会的重要因素。它是一个类似行会的组织，但相对松散和灵活。供奉三皇即天皇、地皇、人皇三尊神，成员多为三弦和坠子艺人（原来只有三弦艺人，后来由于大部分三弦艺人改唱坠子，开始接纳坠子艺人），社头由各地艺人推选德高望重者轮流担任，下设社官、社律、巡签、管账、管事，由社头指定艺人担任。每年聚会一次，一般是选择在三月三或者是九月九。会时先由巡签汇报一年来对各地社员所作所为的暗访情况，然后按社规对社员或赏或罚。最后，举行“对书”活动，对表演出色的艺人及师傅给予一定的奖励。“十三会”对艺人来说就相当于三皇社的一次预备会议。在会上，将通知今年选出的三皇社社头及三皇社聚会的时间和地点。在量书前，全体社员按师徒关系排列成队，由新社头统领社员向火神爷敬香，并派出两名代表向火神爷说一段“神书”，然后由徒弟向师傅汇报一年的学习生活情况，师傅同时要检验徒弟的书艺并给予指导。指导完后，大家各自散去，开始量书。量书的地点也有严格规定的，三弦被认为是书艺中最尊贵者，因此要在火神庙门口唱；坠子次之，要在火神庙西边唱；鼓儿词和乱弹社只能在应水河边唱。写过书的艺人，会自愿捐出一些钱给三皇社，三皇社以此作为社基金，用于未写过书者（艺人）的回家路费及明年巡签的花费。（以上根据坠子艺人王树德和三弦艺人余书习的回忆整理。）三皇社是民间艺人的归属，因此艺人们一到马街就说“到家了”。可以说，如果没有民间权威——三皇社，来马街说书的艺人也不会山南海北、如此之多。

三、结　语

通过对马街及周边村落中书会传说的考察，我们可以发现，传说对于生活在村落中的村民来说不仅仅是一种娱乐休闲时传播知识的工具。它还在传承过程中被村落文化不断改造融入村民的地方性知识后，以一种浪漫的方式传承着村落的小传统，诉说着村落的记忆。

[原载《民间文化论坛》2004 年第 4 期]

参考文献

刘晓春. 仪式与象征的秩序——一个客家村落的历史、权力记忆. 北京：商务印书馆，2003.

平顶山市文化局. 平顶山市曲艺志. 郑州中州古籍出版社，1995.

析“双角王”类型故事的母题演变

（维吾尔族） 热依汗·卡德尔

在众多的民间传说故事中，“双角王”类型故事的意趣是比较特殊的。它不仅流传范围广，而且变异性也较大。在我国新疆以及中亚的突厥民族中，在欧洲、在阿拉伯地区，甚至在东亚的朝鲜，都能发现它的踪迹。

“双角王”类型故事主要表现了文化英雄禁忌的母题。它的原始类型可能是关于马其顿亚力山大大帝的传说。而且最早流传于欧洲和非洲，比如古希腊和埃及等。美国人小查尔斯·亚力山大·逻宾逊著的《亚力山大大帝》一书中，引用了大概来自希腊的传说。这个传说在描绘亚力山大大帝形象时，特别强调他在出征时钢盔两侧插有长长的羽毛，以显示出王者风范和权力、威望。这一形象后来在阿拉伯人的传说中，羽毛演化成了双角，亚力山大的名字也改换成伊斯堪德尔·祖里哈乃依。拉布胡兹在他的《圣贤集》中对此解释说：“伊斯堪德尔·祖里哈乃依意为双角。真主赐予他圣名。”[①]“他之所以被称为祖里哈乃依是因为他的头盔两侧有两撮白色的羽毛。”[②]看来，“双角”的形象和圣名是阿拉伯人借古希腊的传说和真主的名义为亚力山大大帝改换的。阿拉伯人为了宗教的需要，将亚力山大归入到伊斯兰教圣贤之列。《古兰经》说：“我们确实赐予了他力量，为其达到自己的目的开辟了道路。祖里哈乃依（是真主为其辟道）走上征途。真主为其指出大地上的宝库，让他游览全部城池。他建立了许多城堡，使许多异教徒皈依了伊斯兰教，没有任何人可与之匹敌。祖里哈乃依从东到西游览了整个世界。”[③]《亚力山大大帝》一书的作者在书中对此种文化现象给予了证实：“亚力山大或伊斯堪德尔，这是人们更通常叫他的名字，在《古兰经》中他是‘双角王’。”[④]

实际上，亚力山大大帝在世的时候，伊斯兰教尚未创立。所谓他曾劝导人们崇奉伊斯兰教一说，纯属附会。这种附会最离奇的传说在西尔甫丁·艾里·叶孜地的《艾米尔·铁木尔·库拉刚的故事》中是这样描写的：“天文学家们认为，当七星与十二地支之一的沙拉坦相遇时出生的男婴是有福气的，因为宇宙也是在这个时候产生的。只要是在此时出生的婴儿会永远幸福。”真是巧极了，伊斯堪德尔·祖里哈乃依、圣人穆罕默德和艾米尔·铁木尔·库拉刚都是在这个时候出生的。据说，有一天，罗马大帝凯撒出外打猎，在半山腰发现了一个岩洞。他问随从：“这是何洞？”随从答：“这是伊斯堪德尔出生之地。”凯撒大帝走进岩洞，看见有一匾额，上写：“在伊斯堪德尔·祖里哈乃依出生后800年将诞生穆罕默德，再过800年又将降生另一位名人。他将统治整个宇宙，削弱苏丹们。预言家亚里士多德（公元前322—384）题。”由此传说可以看出，阿拉伯人将伊斯堪德尔归入圣贤之列是颇费了一些心思的。这也说明，在伊斯兰教创立时期，亚力山大大帝在阿拉伯世界有很好的口碑。以至于后来信仰伊斯兰教的男子，皆以取名

“伊斯堪德尔”为荣耀。

确实，叙利亚人穆罕默德·艾合迈德·贾德·毛拉编写的《古兰经的故事》中，双角王——伊斯堪德尔被描写成一位极富同情心，充满睿智和勇武精神的伊斯兰教信徒。他的征战被联系到圣战之中。他的每一次成功都被称为伊斯兰教的成功。这大概就是阿拉伯人那样充满激情地将有关亚力山大大帝的传说向世界范围传播的原因吧。

“双角王”的传说故事何时传播到突厥人中？现在还难以说清，大概是在突厥人信奉了伊斯兰教之后吧。随着伊斯兰教文化的浸入，伊斯堪德尔的传说也顺流而至。这似乎可以被认为是合理的推断。但有意思的是，伊斯堪德尔的传说在突厥族人这里发生了质的转化。原来作为圣贤的伊斯堪德尔，变成了怪癖、残酷和生理有缺陷的暴君。流传在维吾尔族的民间故事《伊斯堪德尔的故事》[5]和流传在乌兹别克族的《头上长角的伊斯堪德尔》[6]中，伊斯堪德尔的英武征战的情节都被淡化了，甚至消失了。这位在古希腊、在阿拉伯世界那样不可一世的圣战英雄，在突厥人这里却变成了被嘲讽和戏谑的对象。

这些传说故事中，伊斯堪德尔的头上长着极其丑陋的双角，他害怕人们发现。但他不可思议的洁癖，又使他每星期都要理发，否则头就会疼痛难忍。为了防止理发匠泄露他的双角的秘密，他总是在理完发后残忍地杀死理发匠。

何以要以伊斯堪德尔（亚力山大）理发这一细节来作为戏谑他的情节呢？我们发现，在古希腊的传说中“亚力山大的头发像狮子鬣般地竖在前额，而且与大多数同代人不同的是他颏下不留胡须。因此，几百年来男人们都按照他的习惯把脸刮得干干净净”[7]。突厥族人历来有蓄胡的习惯，而且伊斯兰教也提倡蓄胡。像我们现在经常能看到的阿拉伯人形象，男子多是美髯公。男人没有蓄胡总是反常的，就像公狮子没有鬃毛一样。所以伊斯堪德尔（亚力山大）把自己搞成个小白脸，在阿拉伯人、突厥族人看来是滑稽可笑的。这也许是突厥族人以理发作为嘲讽伊斯堪德尔情节的原由。我们已经看出，在古希腊的传说中，理发被作为保持清洁的习惯，而在突厥族人这里，理发却成为被调侃的怪癖。这在文化精神上就发生了根本性的转化。由文化英雄的征战母题转化成了文化英雄禁忌的母题。

不可否认，最初的“双角”形象充满了对伊斯堪德尔（亚力山大）勇猛的尚武精神的崇敬之情，而后，经突厥族人的演化，“双角”变成了与众不同的生理缺陷，成为伊斯堪德尔（亚力山大）禁忌的赘物。过去，“双角”体现了一种强盛的王者风范，现在，却成为欲盖弥彰的丑陋特征。

大概是为了加强调侃和戏谑的氛围，在维吾尔族和乌兹别克族的传说中，更多的内容是表现受害的理发匠，为保守伊斯堪德尔丑陋的双角秘密而痛苦不堪的情节。为了活命，理发匠发誓不向任何人泄露伊斯堪德尔的秘密。但隐瞒真相使理发匠病入膏肓，非将隐情吐露不足以痊愈。鉴于要信守诺言，理发匠只好到空旷无人的地方对着泉水或枯井连喊三声：“伊斯堪德尔头上有角！”喊过之后，顿觉病痛全消。不久，泉水边或枯井中竟奇迹般地长出竹子或芦苇。无聊的牧童拿这些竹子或芦苇制成了笛子，吹出的声调却是：“伊斯堪德尔头上有角！”由于泉水或枯井均不是人，理发匠没有违背诺言，伊斯堪德尔对他们无可奈何，“伊斯堪德尔头上有角”的秘密很快随笛声传送到四面八方。

伊斯堪德尔虽恼羞成怒，却无计可施，终于忧郁而死。

亚力山大在大举东征的时候，给遭受他侵略的地区也许留下太多的战争创伤。虽然在相当广阔的地区里，人们一直流传着有关亚力山大的英雄传奇，“它们通过 24 种语言从冰岛一直到马来西亚。东方始终把亚力山大视为传奇人物；某些地区的首领人物尊他为先人，而平民百姓则自认是他士兵的后代血亲，而马呢，据说是他的坐骑布斯法鲁斯传下来的纯种”[8]。在突厥族人这里，情况似乎恰恰相反，突厥族人不肯跟着阿拉伯人那样给亚力山大（伊斯堪德尔）脸上涂金挂彩，他们对亚力山大（伊斯堪德尔）有着自己的评价尺度。

确实，突厥族人，尤其是维吾尔族人，在接收外来文化的时候，不是毫无选择。即使在强盛的阿拉伯伊斯兰教文化统治世界的时候，维吾尔人依然顽强地保持着自身民族文化的特征。比如：优素甫·哈斯·哈吉甫创作《福乐智慧》时，就坚持使用自己民族的文字回鹘文，并以运用回鹘文为自豪。同时期的马赫穆德·喀什噶尔则以极大的热情和民族自豪感完成了《突厥语大辞典》的编纂工作。在以掌握和认识阿拉伯语为时髦文化的风潮中，吹起一股别样的清新之风。维吾尔人这种不随波逐流的文化态度，使他们总是能以自己的眼光、自己的价值尺度去评判和接纳影响其发展的文化现象。正是这种态度也直接影响了后来的维吾尔族诗人艾里希尔·纳瓦依的《亚力山大的城堡》这一叙事长诗。长诗仍然塑造了亚力山大（伊斯堪德尔）勇武的“双角王”形象，但长诗内容与民间传说则有所不同。

“双角王”母题的变异不独在突厥族人那里，在斯拉夫人生活的巴尔干地区也有流传。在南斯拉夫“双角王”已被“双耳”取代。反映这种变化的故事叫《特洛扬国王的山羊耳朵》[10]。我国读者对这个故事是很熟悉的，许多童话故事集里都有收录。现在还无法知道这个故事产生于何时，也无法确定源于何处。虽然南斯拉夫也曾被亚力山大所征服，但有关“双角王”的概念是否在那个时期就已经形成，仍然是个谜。如果说在其后，土耳其（突厥人）奥斯曼帝国征服了南斯拉夫后，将“双角王”的传说一并带入到那里，似乎也存在这种可能性。但还需考证。

从《特洛扬国王的山羊耳朵》故事的基本情节上看，除去以山羊耳朵替代双角之外，其余部分与维吾尔族和乌兹别克族的故事几乎无差别。只是故事的结尾缺少了戏剧性，将突厥族人让国王忧郁而死转换成让国王认识到“真理是隐瞒不了的”，表现了南斯拉夫人的宽容。

当然，我们也看到，在南斯拉夫的故事中，亚力山大（伊斯堪德尔）已无影无踪。看来南斯拉夫人对于亚力山大（伊斯堪德尔）的传说并非有特殊的兴趣，或者这一故事传到那里时，母题已转化演变为新的含义。人们过多注重的是故事的戏谑性，而不太注重被戏谑的人物具体真实的身份。实际上，这种情况在维吾尔族和乌兹别克族的故事中亦存在着。这也许可以被看成是民间文学作品的流传特点。民间文学具有的随意性和即兴性，使其在流传过程中不是被添枝加叶，就是被改头换面。但是不论其变化的随意性和即兴性如何鲜明，故事本身的基本情节却依然如故，起码是可以辨识的。这就是为什么我要将《特洛扬国王的山羊耳朵》归入到“双角王”类型故事中去辨析的原因。

根据同样的理由，捷克的传说《驴耳朵王子》[10]亦可归入此种类型。捷克的这个故事是将驴耳朵作为戒骄戒躁的警示物出现的。为了使王子不因自己的英俊容貌而骄傲，三仙女念咒语使他生出了丑陋的驴耳朵。为了不让外人知道，国王为王子请了个理发师。其后的情节与上述故事大体相同。只是最后，王子承认理发师在荒野芦苇丛所喊的“我们的王子长了双驴耳朵”是真话，并饶恕了他时，那双驴耳朵就掉下来了。这是三仙女看到王子的诚实和谦虚，撤去了魔法。后来这位王子成为英明的国王。

捷克的这个故事，童话色彩很浓。大概因为针对孩子们创作的缘故，整个情节显得很轻松。

如果将“双角王”类型故事归入到与亚力山大（伊斯堪德尔）传说有关的民间文学作品系列之中，似乎还有点牵强。也许最初的作品可以被看作是亚力山大（伊斯堪德尔）被作为戏谑与嘲讽的对象。再后来，则又演化为一种一般帝王的调侃，同时又派生出别的主题。

远离亚力山大（伊斯堪德尔）侵扰的东亚地区的朝鲜族，虽可能对于亚力山大（伊斯堪德尔）的情况不甚了解，但也流传着类似的故事。这个故事就是《马耳朵国王》[11]。朝鲜族是通过何种渠道获得这个故事的基本情节的呢？颇令人费解。要知道，朝鲜族的这个故事与维吾尔族、乌兹别克族、南斯拉夫和捷克的故事如出一辙。只是在朝鲜族那里，国王的马耳朵是贪得无厌所遭受的惩罚。另外，在情感上，朝鲜族的故事多了些幸灾乐祸的味道，“这丑陋的马耳朵直楞楞地竖在那里，再也藏不住了”。

虽然现在还不能确定地说，“双角王”类型的故事必定是亚力山大（伊斯堪德尔）传奇的变种，但我们从以上的叙述中，仍然能获得这样的印象：从最初希腊人的有关表现亚力山大（伊斯堪德尔）英雄形象的羽毛，到阿拉伯人将羽毛演化为双角，再到突厥族人拿亚力山大（伊斯堪德尔）的双角作调侃，最后到南斯拉夫人、捷克人和朝鲜人等将双角演化成动物的耳朵，并使故事的主人公成为不确指的对象，同时融进一些道德教化的思想，这一过程还是有一定必然性的。“然而，要充分地了解亚力山大（伊斯堪德尔），我们还必须记住，此时的他已是威名远震，还有更为惊心动魄的功业有待他去完成。人们从来就喜欢给这些人物杜撰一些趣闻轶事。”“……这些人之所以这样说，或许是为了吹捧亚力山大，或许是因为他们认为这个故事生动有趣，也或者是因为他们痛恨亚力山大，希望把他描绘成一个神经完全不健全的人。我们要勾勒出亚力山大的形象，就必须知道古人对他的态度，并了解一些人希望他应该具有什么形象。”[12]事实上，这个曾经征服世界的人——亚力山大，推动了后人的想象力，才使这个“双角王”类型故事或传说，“通过 24 种语言从冰岛一直传到马来亚……”

这个“双角王”类型母题的故事的流传和它的演化结果，由最初的文化英雄征战母题，到文化英雄禁忌母题，再到母题组合，民间文学这种变异特征，使“双角王”这一类型故事在不同的国家、不同的民族中获得了存在的基础。而变异后的故事又体现了不同国家和人民的不同的感情色彩和情感机制。

[原载《民族文学研究》2004 年第 4 期]

注释：

① 引自艾尔肯·伊明尼亚孜·库图鲁克《论〈伊斯堪德尔传〉》，载《民族古籍》1992年第3期。

② 引自艾尔肯·伊明尼亚孜·库图鲁克《论〈伊斯堪德尔传〉》，载《民族古籍》1992年第3期。

③《古兰经》，新疆人民出版社，1987年维吾尔文版，第618页。

④ 引自艾尔肯·伊明尼亚孜·库图鲁克《论〈伊斯堪德尔传〉》，载《民族古籍》1992年第3期。

⑤《伊斯堪德尔的故事》，见《维吾尔族民间故事选》，上海文艺出版社，1980年版。

⑥《头上长角的依斯坎迪尔》，苏由译，见《乌兹别克族民间故事》，新疆人民出版社，1983年版。

⑦［美］小查尔斯·亚力山大·逻宾逊：《亚力山大大帝》，新华出版社，1988年版，第4页。

⑧［美］小查尔斯·亚力山大·逻宾逊：《亚力山大大帝》，新华出版社，1988年版，第130页。

⑨《特洛扬国王的山羊耳朵》，见《世界童话故事选》，江苏人民出版社，1981年版。

⑩《驴耳朵王子》，见《外国神话故事精选》，江苏少年儿童出版社，1988年版。

⑪《马耳朵国王》，见《朝鲜族民间故事选》，上海文艺出版社，1982年版。

⑫［美］小查尔斯·亚力山大·逻宾逊：《亚力山大大帝》，新华出版社，1988年版，第60～70页。

关于民间故事类型学的一些思考

刘守华

就口头流传过程中拥有大同小异众多异文的民间故事进行比较，划分为若干类型进行研究，是欧洲民间文艺学家于19至20世纪创立的一种新方法。它很快就传入中国，受到中国现代民间文艺学中一批早期学人的青睐。

中国进入改革开放的新时期以来，随着民间文艺学事业的蓬勃发展，民间故事类型学成为了一个颇为活跃的领域。1937年问世的德国学者艾伯华所著《中国民间故事类型》，1978年问世的美籍华人学者丁乃通所著《中国民间故事类型索引》这两部重要著作均译成中文出版，台湾学者金荣华依托《中国民间故事集成》这部大书，精心编撰《中国民间故事集成类型索引》，第一、二册已经问世，其中涵盖北京、陕西等7部故事集成。按类型做故事学研究，已蔚成风气，以近两年为例，进入学人视野的故事类型就达二三十个。在这一氛围中，由刘守华主编的《中国民间故事类型研究》，选取60个常见故事类型进行解析，2002年由华中师范大学出版社推出，使故事领域的类型学研究显出更为活跃的态势。数十年持续不断的对故事类型的研究，不仅对故事学的开拓有着强有力的推动作用，它还以其研究方法的新颖显示了民间文艺学这一新兴人文学科的魅力。

（一）

本文试就中国民间故事类型学的拓展提出若干设想。首先，在《中国民间故事集成》的基础上，编纂一部全新的《中国民间故事类型索引》应成为我们的当务之急。

作为中国现代民间文艺学的一个重要方面，经过近百年积累，民间故事的采录和研究均获得丰硕成果。从“五四”到“文革”前所采录故事，大体有10万余篇。20世纪80年代以后开展全国民间文学普查和编纂民间文学集成，据粗略统计所得故事资料达183万篇。其中书面发表、成书问世的《中国民间故事集成》省卷本即国家卷，已有21种，地方选编正式出版或作为内部资料本印行的在千种以上。不仅在中国，而且对整个人类文化宝库，这都是一笔十分珍贵的财富，也是中国现代民间文艺学百年历程的骄傲。

在我们面前，已有了三部关于现有中国民间故事的类型索引，这就是艾伯华的《中国民间故事类型》，它依据300多种资料，归纳出306个类型，涵盖故事约3000篇。丁乃通的《中国民间故事类型索引》，依据580种资料，归纳出843个类型，涵盖故事7300余篇。金荣华的《中国民间故事集成类型索引》第一、二册，依据已出的7部故事集成抽取类型编纂而成，共收取类型263个（第二册略少）。以后还将随故事集成的陆续出版不断扩充。这三部类型索引各有其特点及价值。

艾伯华所著作为第一部中国民间故事类型，不仅有首创之功，他按中国故事特质建构体系与定型归类的做法，至今仍有不少值得借鉴的地方。

丁乃通著作的显著特征是借用AT分类法来处理中国民间故事，便于人们将中国故事纳入国际通用类型编排体系而进行比较。所容纳的故事资料及类型大大增加，对情节类型及其变异的提示也精细许多。

金荣华所撰的第三部索引，除以中国民间故事集成已出各卷作为对象之外，其突出特点是沿用丁乃通的分类体系而加以改进，如重拟类型名称，将“诫言和尤利西式的信”改为“谨守诫言，躲过送死陷阱”，将“二人行”改为“精怪大意泄秘方”等；修订类目名称，如将“宗教故事”改为“宗教神仙故事”，将“笨魔的故事”改为“恶地主与笨魔的故事”等。还增加了许多新类型。丁著最大的不足，是沿用AT分类法所导致的生搬硬套、削足适履，金荣华在修订中不改变原有分类体系而力求更充分地反映出中国民间故事的特点，学人使用起来更为方便。作者独力承担此项繁难任务，他还撰有《中国民间故事与故事分类》的专著，在这一领域作出了自己的独特贡献。

我以为，在上述成果基础上编纂一部新的《中国民间故事类型索引》势在必行。

刘魁立早在20世纪80年代初即发表《世界各国民间故事情节类型索引述评》，评述这一领域的学术进展，给予中国同仁以有力的启示与推动。他在论及新编中国故事类型索引时，提出搜罗要全，材料要真，体式可多样化（如按体裁、按地区或民族作专门索引）等，提出了一系列中肯建议。这里不予重复。我对此项工程的初步设想如下：

1. 按中国民间故事集成的大框架来建构分类体系。按中国民间文学集成总编委会的构想，就从“民间故事”的广义出发，将神话传说和故事作一体化处理。这样做的理由是：

第一，这三种体裁的关系本来就很密切，国际上统称之为民间叙事。在中国，它们之间的关联更深更紧。中国的各种传说数量大，几乎占到口头叙事的一半甚至更多。中国古典文献所载故事，均赋予传说外形特征，而且在情节结构上，传说与故事往往纠结在一起，作为四大传说之一的《牛郎织女》很早就同“天鹅处女”型故事合二而一，成为它的一个亚型，并衍生出汉族的《天仙配》，傣族的《孔雀公主》等一系列精彩之作。按通行体裁论将三者完全拆开是一件很麻烦的事，对于学术研究和利用民间叙事文学材料而言，显然也是合起来更好。

第二，《中国民间故事集成》这部大书就是将神话、传说和故事合并在一起编纂而成的，为此还构建了一套完整的分类编码体系。除正式出版的省卷本即国家卷本外，各地还按此体例出版了大量资料本。以此为依据编纂中国民间故事类型索引，可以说具有得天独厚的优越条件，可收事半功倍之效。

2. 另建中国民间故事类型编码立型体系。丁乃通沿用AT分类法，经过金荣华的局部修订，已有了很大改进。在编纂新的类型索引时具有重要借鉴价值。采用AT分类的最大好处，是便于和国际通用体系相一致，其实只要将相关类型编码加以对照注明就可解决问题。但我主张还是不沿用AT分类，而另外创立自己的故事分类体系。中国各族民间故事以丰富优美著称于世，它同中国自然生态、风土人情、历史文化血肉相连。这些叙事体裁自身的发展也有许多与众不同的特色。AT 分类虽以“国际性”相标榜，实际上只不过是“欧洲、西亚及其民族所散居的地区的民间故事类型索引”。完全套用所带来的种种弊端是不可避免的。

民间故事的价值是多方面的，远远不止于民间文艺学方面；也是长远的，远远不止于当前。我们已经在开掘这份宝贵文化资源上迈出一大步，奉献出“中国民间故事集成”这套大书，现在应当是百尺竿头更进一步，到了在全面清理已有资料的基础上，编撰这套书的类型索引的时候了。

（二）

故事类型在现代民间文艺学中本来是一个常见概念，自从芬兰学者安蒂·阿马图斯·阿尔奈（Arne）于 1910 年在《故事类型索引》一书中首次使用之后就流行开来，为民间文艺学者所习用了。但很少见到有关“类型”一词的明确解说。作为一个外来术语，美国学者斯蒂·汤普森在《世界民间故事分类学》中的界定受到公认。他说：

> 一个类型是一个独立存在的传统故事，可以把它作为完整的叙事作品来讲述，其意义不依赖于其它任何故事。当然它也可能偶然地与另一个故事合在一起讲，但它能够单独出现这个事实，是它的独立性的证明。组成它的可能仅仅是一个母题，也可以是多个母题（一系列顺序和组合相对固定的母题）。[①]

所谓类型，是就情节大同小异的多篇故事的共同体而言。本来在通常情况下，每一篇口头流传的故事它本身就是完整而独立的，为什么汤普森在论及故事类型时又提出完整性与独立性而加以强调呢？我以为在这中间，包含着他对于由多篇文本所构成类型的完整性与独立性及其价值的充分肯定；与之相对应的是，尚未构成故事类型的单篇普通文本，就难以避免地存在某种残缺性或思想艺术的局限性了。对故事类型的完整性与独立性的这一理解，对我们的故事文学研究颇有启迪意义。我们对民间故事的评论研究，因受一般文学评论模式的影响，往往撇开类型，只是就一篇一篇的故事文本孤立地给以评说，因而难以对一个完整故事作出中肯结论。如《毛南族文学史》对幻想故事《找幸福》的评述。故事讲述一个穷小伙子上南天门南极仙翁处去寻求幸福生活的答案，在旅途中热心帮助他人（包括一尾鲤鱼）问事，最后获得他人酬谢，因而自己也终于获得幸福生活的动人情节。这部文学史的作者认为：“故事赞扬的这种‘先人后己’的崇高思想是毛南人民的也是各族人民的最宝贵的精神财富。”又说：“处于封建社会被压迫被剥削的毛南人从完全仰仗神的帮助来改善自己的生活，发展到依靠自己的勇敢追求和神的指点结合起来去获取幸福，这后者可以看作人的觉醒的前奏。”书中也运用比较研究的方法，指出这篇故事的某些情节来自汉族的宗教与神话而又具有毛南族历史文化的特征。这些评述应当说都是较为中肯的，然而从国内外故事学研究成果来看，《找幸福》属于 AT461《求好运》这个世界类型，毛南族的这篇异文只是遍布中国南北东西几十个民族众口传诵的诸多异文之一。它原是一篇佛教故事，后来才在中国大地上生根开花。它的主题是表现人和命运的关系，由早期命运之神支配人，发展到后期人去探求和改变自己的困苦命运。它的复合形态由“害不死的孩子”和“异域探询”两个序列构成，《格林童话》中的《有三根金头发的鬼》是最具代表性的欧洲异文。它的中国亚型大都设置有“问三不问四”的母题，以提升主人公“先人后己”的思想品格境界，显得别具一格。毛南族《找幸福》是脱落起始序列的单纯型，它的人物、背景均具有很鲜明的民族特色值得称道。但在研究中需联系这一类型历史演进的整体面貌，方能对其独特魅力与价值作出准确恰当的评价。

我自己曾就这个著名故事类型写过好几篇文章，追踪研究长达20年，1979年发表《一组民间童话的比较研究》，当时没有类型学知识，只是把若干篇情节结构大同小异的文本进行比较，发表粗浅议论，后来读到有关学者把它作为一个著名故事类型进行考论的成果之后，写成《一个故事的追踪研究》等，对其结构形态、文化内涵和来龙去脉，才了然于心。联系整体来看局部，对本类型所含一系列中国民族地区的相关异文的特征及其价值，自然也就获得了更深切的理解。

学界对故事类型的构成原理作过多种解释，有的认为是一元发生，文化遗传；有的认为是社会发展条件的相似所促成，还有的认为是人类深层心理结构相通的外在表现等，它既能跨越广大时空而存活，又是一件完整而独立的作品，这实在是有待学人破解的一个人类文化之谜。

前面提到的《毛南族文学史》，属于“中国少数民族文学史丛书”中的一种，我拜读过丛书中的二十多部，它们大都以内容新颖充实，富于原创性而引人入胜。就民间叙事而论，不足之处是往往就事论事，未能立足于广阔学术背景之上进行比较综合，作出更富学理的评议。未能用类型学眼光来审视本民族和本地区的民间文学代表作，就是一个例证。

故事类型是由若干异文构成的。

什么是异文，中国民间文学集成总编委会在1991年印发《中国民间故事集成编选工作会议纪要》中解说道：

> 异文是指主题和基本情节相同的同一个故事，在细节上有不同的说法，或不同讲述者的讲述。在一个故事的若干异文中一般选取思想艺术水平最高的一篇作为正文排印，其它各篇中如有水平与正文不相上下，也比较重要而且在某些方面较有特色者，可以作为异文排列在正文之后。
>
> 这里要严格掌握方法，必须是同一故事的不同讲法才能作为异文处理；作品关联的对象物（地方风物、地方特产等）相同而故事情节要素根本不同，不属于异文范围。

简而言之，同一故事的不同讲述文本就是异文。同一故事即同一类型，异文是它的不同讲述文本，也就是它的基础和血肉。

故事集成在编辑工作中，选取思想艺术水平最优之作作为正文处理，另选若干篇有代表性的作品作为“异文”列出，它作为一种体例，已在分省卷即国家卷本中付诸实施。然而从学理上推敲，同一类型的所有异文，只能说各有其特点与价值，很难把它区分为思想艺术水平最高的“正文”和思想艺术水平稍次的“异文”。从我读过的十几部故事集成省卷本中来看，倒是发现许多篇“异文”比“正文”更精美动人。就故事学研究而论，显然不应受这一编排体例的局限。

从叙事文学的一般情况来说，故事异文既然可以在一定时空背景上独立存活，它自然也就有了自己的独立性与完整性。只是由于口头文学的特殊性，离开类型孤立存在的异文，对一个故事而言，其完整性与独立性便有一定的局限。只有从包含多种异文的类型中，方能真正把握人们对相关故事的完整叙说。因而我们在作研究时，便须集聚众多异文，注意吸取学界对相关类型的研究成果，将类型整体和多样化变异联系起来，更深入和更完整地把握这些故事的思想与艺术特质。

（三）

故事类型学研究和类型编制工作中亟待解决的另一个问题，是类型划分标准的规范化问题。

就我们所看到的有关中国民间故事类型的论著而言，不同学人所持的立型归类的标准就很不一致，或粗或细、或单纯或繁复的情况都有。如《中国民间故事类型研究》中的《世代寻宝梦——“石门开”故事解析》，将主人公开山取宝的神奇幻想故事作为一个独立类型，其下再区分为“口诀型”、“宝钥匙型”、“复合型”和“识宝型”4个亚型[②]。而另一位学人在《湖北民族学院学报》上发表的《“芝麻开门”的绵绵回响——论中国“识宝”故事》一文，则以“识宝”来立型，内含“识宝购宝”、“取宝成功”、“取宝失败”和“洋人盗宝”4个亚型[③]。其实它们所论故事大体相同，歧异之处只在于粗细有别。前者偏细，着眼于按打开石门取宝所用之神秘手段和工具来提取情节要素，确定故事类型。后者偏粗，将着眼点扩而大之为“识宝”，将所有以奇巧方式窃夺骗取宝物的故事都搜罗进来立型归类。这样，大体相同的一类故事，便划分为有着交叉重合关系的两个不同类型了。再如中国的穷小伙娶龙女为妻的故事，我们通常就把相关异文归入“龙女”这一个类型之中，而在丁乃通所撰《中国民间故事类型索引》中，却按AT体系，把这些故事分别排列在555型“感恩的龙子和龙女”，592A型“乐人和龙王”以及592A1型“煮海宝”三型之中，这是由于他将小伙子同龙女成婚的缘由更细致地区分为三种情况——报恩、喜爱音乐和以某种宝物胁迫龙王达成婚事[④]。这样划分成三个类型也未尝不可，中国学人更习惯于把“龙女”和“蛇郎”等型并列，作为一个独立类型看待，然后在其中排列出几个亚型。这种情况也是由于划分类型时的粗细程度不一致所造成的。还有一种情况更为普遍，那就是许多复合故事因含有多个情节要素，各个学人着眼于就不同情节要素立型归类，于是同一篇异文，被拉到几个类型中去，弄得夹缠不清了。如《朝汉民间故事比较研究》一书中收录的《夜来者型故事的源流》[⑤]，将中日韩三国流传的“夜来者型”故事进行了细致比较，探索其传承演变的脉络。到底“夜来者型”是一个怎样的故事？日本的“夜来者型”，即不明身份的小伙上门寻求爱侣遭女家迫害的故事，它同日本过去流行的访妻婚习俗有关。而中国的相关故事则称之为“老獭稚”，讲的是水獭精和渔女同居，其所生子葬獭骨于水下龙口，后贵为天子的故事（这位天子一说为赵匡胤、一说为朱元璋）。它其实是一个风水传说或风水故事，钟敬文先生于30年代赴日留学时，就以发表《老獭稚传说的发生地》一文受到学界的重视。

这个称为“老獭稚”的故事类型在中国已获得深入人心的影响。日本学者采录的“夜来者型”异文达到140篇之多，而关于这位夜来者之子因葬父骨得天佑后来成为伟人的异文却只有少数几篇。至于中国故事中的水獭精以“夜来者”身份同渔女幽会，只是故事楔子。总之，我们所面对的，其实是两个不同的故事类型，只有部分作品的部分情节要素相类同。这样，在故事研究中就不适宜于把它们作为跨国跨民族的同一类型来看待了。故事的立型归类，是民间文艺学理论方法规范化的基础性工作，应通过研究探讨逐步走向统一。

按照怎样的标准来立型归类呢？中国民间文学集成总编委会于1991年印发过一份《中国民间故事集成编选工作会议纪要》，其中要求各地省卷本应制作本省的“常见民间故事类型分布图”，并就此说明道：“类型即指主题和基本情节相同而又定型的故事（包括各种异文），如‘老虎外婆’、‘蛇郎’等，都是一种类型。类型确定后，至少选取七八种故事类型，将其流传地区用不同符号标在本省地图上。”[⑥]这里用“主题和基本情节相同”以及“定型”这两点来确定类型是可取的。不过我以为要求“主题”相同似乎值得商榷，因故事的“主题”就包含在情节发展之中，可以不必对主题另行强调；而且主题或主题思想具有抽象性，常与人们对作品的主观感受密切相关，因感受各异对同一作品的主题理解不一而起争议，或作品主题被曲解的情况屡有发生，由此在划分类型时也可以将主题撇开。

2000年，日本稻田浩二和中国刘魁立这两位对故事学造诣深厚的学者研讨中日流行的“狗耕田”这个著名故事类型，在理论和方法上均有新的发现。其中也涉及类型建构问题。稻田先生认为：“一个类型是以一个核心母题为中心构成的故事”。至于核心母题，他界定为“故事主角的一个行为”。稻田先生还特地阐明，他对故事类型的这一理解，是受了日本民俗学先驱柳田国男先生启迪所致，柳田剖析民间故事的情节结构时，曾提出如下见解：

> 民间故事的内容有保存部分和自由部分。保存部分是重要的母题，如要将它改变就对故事梗概产生影响，听众也不容易接受其变化的部分。民间故事的古老的因素在此残留着。自由部分也可以称为幻想的游戏场，是对故事梗概没有影响的部分。所以它是交给讲述者的自由以及自由地变化的部分。从这个部分生出多种多样的故事，又逐渐变成笑话了。
>
> 构成类型的“核心母题”（刘魁立先生称为“中心母题”），可以用柳田先生所解析的民间故事情节结构中的“保存部分”来把握。这部分要素体现出民间故事的主题与魅力，而且具有将该故事世代相传的功能。[⑦]

故事是由单一母题构成或多个母题复合而成的，以“核心母题”的相同来确定它们是否属于同一类型，不论从学理或操作上来审视，这一意见都是合理而可行的。这里想作一点补充，对包含多个母题的复合故事而言，划分类型只着眼于“一个核心母题”似乎还不够，还应考虑到它所包含的母题数量及其组合情节的一致性，这也就是我们通常所说的“基本情节”。以前面提到的“老獭稚”为例，獭精之子葬父骨于龙口是其核心母题，没有这一核心母题就失去了本类型的特质。因而只有“夜来者”和贫女幽会私通的情节要素还不足以构成这一特定类型。

中国的复合性故事多，正如编纂中国故事类型的有关学者所指出的，“在中国的民间故事中每个母题都是正常固定的，同时也具有强大的生命力，然而母题链，即整个民间故事，又是相对地不稳定的”⑧。或者说，“口传故事本来是变幻不定的，中国的民间故事尤其爱东拉西扯，一个类型连一个。……有时同一故事会放在四个或五个类型之下”⑨。母题丰富，故事情节变化多端，这是中国各族民间故事格外引人入胜之处，这种情况的确使类型的编制显得较为繁难。据此，更应明确规定立型归类的标准，我主张每篇异文按其核心母题只能划归一个类型之中，使分类体系准确清晰。至于异文中含有同其它多个类型有牵连的核心母题，可作为相关类型的参考篇目列出，以拓宽研究者的视野。

（四）

芬兰学派运用历史地理方法研究民间故事类型，特别注重对故事生活史的探寻。汤普森曾经对这项研究的要点作过如下说明：

> 一个研究者使用这种方法力求达到的最根本目的，莫过于完全弄清楚某一特定故事的生活史。他希望通过分析不同异文，研究有关历史地理因素，运用一些众所周知的关于口头传播的事实，找到该故事原型的某些东西，并能较合理地解释该故事在依次产生的所有的不同异文时所发生的变化，这些变化还将指出它的原型产生的时间、地点以及它所发生变化的原因。⑩

这项研究要求搜求大量异文，异文越多越好，然后就这些异文所含历史地理因素进行精细剖析，构拟出它的原型，推断出它产生的时间、地点。再将原型同已有异文相比较对照，看出它在特定时空背景下的演变状况。这样，就可清理出一个故事类型的生活史了。欧美学者运用上述方法所作的一系列研究，既有引人注目的成就，对其结论的可靠性也有不少非议。由于它是以广大时空范围之内所有故事异文发生的一元论为理论前提的，这就不能不受到人们质疑；加上它对异文数量的要求特别严格，而且认为故事传播就像投石入水激起的水波扩散那样来实现的，如缺少某一道波纹的异文就无法自圆其说，这样，人们就觉得这一方法过于繁难而较少尝试了。

但我们改进这一方法予以合理使用，以追索故事类型生活史还是有积极效用的。笔者在撰写《中国民间故事史》时，就尝试勾勒了十几个贯通古今的故事类型演变史，如“有虞二妃”、“白水素女”（田螺娘）、“叶限”、“田章”等。在主持编撰《中国民间故事类型研究》一书时，也把这作为对有关故事类型进行解析的一个侧面。例如“渔夫和水鬼”这个故事，最早是在湖北丹江口市伍家沟村故事中发现了一篇《替鬼报仇》，而这篇口述故事又和《聊斋志异》中的《王六郎》有异曲同工之妙，因而引起人们极大的关注。汪玢玲在《蒲松龄与聊斋志异》一书中，曾揭示出《王六郎》这篇鬼友故事，和清人张泓《滇南忆旧录》所载《成公祠》的主题思想基本情节相同，二者同源。由此断言，蒲氏“在原传说的基础上提炼了情节”，“适当加工润色，使作品既保持民间韵味，又典型化了”。我主编《中国民间类型研究》一书，请顾希佳撰写这个类型，他对中国古代故事资料有深厚积累，发现这样的鬼友故事，在宋元明清的笔记小说中共有 20 余例，其中宋人记录的《黄裳与水鬼》为其雏形，已出现“水鬼找替身”的核心母题。后世又演变出“渔夫劝阻”亚型7例，“水鬼仁慈”亚型6例。它们均同民间的水鬼信仰密切相关，但随着历史的进展，水鬼形象更富有人情味，人鬼之间的友情也更见亲密。由此可见，蒲松龄笔下的《王六郎》，并不一定是他依据《滇南忆旧录》中的水鬼故事提炼加工的结果，而很可能他所依托的正是清代民间信仰和口头文学中的一种流行文本。这里我还想补充说一点，渔夫和水鬼故事不但为蒲松龄小说所吸取，还被清代佚名作家作为长篇通俗小说题材，写成《鬼神传终须报》，后略加以改变，又成为另一部长篇《阴阳显报水鬼升城隍全传》，“鬼有三德，后升城隍，巡江查案，受封河道”，涵盖了民间口头叙事基本情节而更加丰富。由此可以断定，伍家沟故事村流行的穷汉和水鬼交友故事，其实是明清以来的一个流行故事，和《聊斋志异》所载并不一定有什么直接关联；只是贯串两篇作品之中关于人鬼交友的奇幻情节被今天人们偶然发现，引起惊诧就是了。

中国学界对“渔夫和水鬼”这一故事类型的研究，没有运用历史地理学派方法去构拟故事原型，再据原型清理其演变轨迹，我想是基于以下两点。其一是它的口头异文数量，顾希佳已知虽达到80多例，可是按芬兰学派方法，还远远达不到覆盖中国广大时空领域的要求；更为重要之点在其二，芬兰学派所看重的是纯粹口头叙事文本及口头流传背景，而在中国民间文化生活中，口头传讲故事却是和民间说唱及戏剧演出，还有种种书面通俗文学作品的流传交织在一起的，后者对人们心灵的穿透力更为强劲。渔夫和水鬼故事，除被改编成通俗小说之外，据清人称还载于著名的道教经典《太上感应篇》“旁证”之类的通俗读物之中。伍家沟故事村位于中国道教圣地之一的武当山脚下，上述故事连同鬼神信仰在这儿扎根就是很自然的事了。从这类事例可以看出，单纯依据口传故事资料来构拟原型的研究方法在中国往往不适用，需因地制宜加以改造变通，方能真正为我所用。

我考察过30多位中国故事讲述家的生平，发现其中三分之一的人都有一定的文化程度，有机会接触书面文化成果。许多故事讲述家和民间歌师，常以自己拥有某种书面秘本而自豪，他们所受这些书面文本的影响较之同类型作品的口头影响更为强固。因之，我在《中国民间故事史》中，将“口头书面传承的交错并行”，作为故事演进的主要特征之一提出。这个问题不仅涉及中国民间文学史，也涉及中国文学史和文化史中一个有待深究的重要方面。

清理许多民间故事的来龙去脉是颇为艰难而又极有意义的学术课题。我主张采取更切实有效的方法，不去就一些孤立的文本作臆想推断，而是从把握故事类型的源流入手，打破对纯粹口头叙事材料的依赖，立足于口头与书面相融合纵横交错的中国民间文化活动格局来审事立论。中国民间故事类型索引的编纂，以及类型研究从微观到宏观、从浅层向纵深的发展，必将带动整个中国民间文艺学的大步迈进。

[原载《民族文学研究》2004年第3期]

注释：

①［美］斯蒂·汤普森：《世界民间故事分类学》（中译本），上海文艺出版社，1991年版，第499页。

② 刘守华主编，《中国民间故事类型》，华中师范大学出版社，2000年版，第299页。

③ 见《湖北民族学院学报》，2001年第3期。

④ 丁乃通：《中国民间故事类型索引》（中文版），中国民间文艺出版社，1986年版，第191、206、209页。

⑤ 金东勋主编，《朝汉民间故事比较研究》，辽宁民族出版社，2001年版，第115～147页。

⑥ 中国民间文学集成总编委会简报“民集办字（910）第5号”。

⑦《中日民间叙事文学情节类型专题研讨会》文集，北京师范大学民俗典籍文字研究中心，2001年4月编印，第46、51页。

⑧ 艾伯华：《中国民间故事类型》（中文版），商务印书馆，1999年版，第2页。

⑨ 丁乃通：《中国民间故事类型索引》（中文版），中国民间文艺出版社，1986年版，第17页。

⑩ 斯蒂·汤普森：《世界民间故事分类学》（中文版），郑海等译。此处选用陈建宪译文，见《民间故事资料选》，湖北省民间文艺家协会，1989年编印，第517页。

满族民间叙事中的生态思维与哲学意蕴

——满族三老人故事解读

江　帆

人类在从自然界获取赖以生存的生活资料的过程中，不可避免地会与自然界发生种种精神上的联系。民间叙事文学便从一个侧面反映了不同的人类群体对所处地域环境的生态适应与文化选择。我国区域辽阔，境内自然环境及资源条件复杂，各族民众在对不同区域环境的生存适应中，创作、产生了大量具有鲜明区域生态特色与民族特色的民间叙事文学。这些口头叙事作品大多与居处在特定地理、自然环境中的族群生产、生活密切关联，折射着不同族群的生态思维与文化观念，以及在不同环境中形成的生态哲学。本文拟以居处辽宁东部山区的著名"满族三老人故事家"——李马氏、李成明、佟凤乙讲述的故事为对象，解读这些作品中的生态思维，剖析此中含蕴的生态观念，旨在通过这一视角，揭示区域生态环境对民间口头叙事创作与传承的制约与影响。

一、满族民间叙事创作与传承的自然生态背景

口头叙事作为一种文艺习俗，遍及世界上所有的人类群体，延伸于从古至今的整个人类历史进程之中。有考古发现证实，口头叙事早在远古时期就已经出现，对远古人类来说，口头叙事不仅是娱乐的需求，更是他们驱逐睡魔，随时提防野兽袭击的有效手段①。可以说，口头叙事在发生伊始，即与人类对自然生态环境的生存适应密切关联。

在生产力低下的古代社会，人类为了生存，必须同大自然进行艰苦的斗争。严酷的生存环境，艰辛、繁重的生产劳动，使得人们分外渴求精神上的慰藉与劳作后身心的放松，尤其对于传统社会中大多数不识字或识字不多的各民族民众来说，口头叙事在其生存劳作中的调剂作用越来越突出，成为人们消除疲劳、调适情绪的主要娱乐活动。由于"闲暇生活"受制于劳动的事实，因而我国各民族的口头叙事在展开的时间和空间方面，无不带有鲜明的区域生态特点。

以满族的口头叙事来看，在叙事文本的创作与传承方面，都明显带有满族世居的我国东北区域的自然环境与资源条件特点。满族是在素有"白山黑水"之称的我国东北地区崛起的一个民族。在数千年的社会历史进程中，满族民众一直生活在被人称为"绝域"的白山黑水，世代以渔猎、畜牧和农耕为生。我国东北地区属寒温带气候，吉林北部和黑龙江省属于高寒地区。东北地区的气候特点是寒冷、干燥、无霜期短、冬季漫长，一年中冬季长达半年之久。在如此严酷的自然环境中生存，满族民众创作与传承的口头叙事作品，不仅蕴含着独特而深厚的文化内涵，表现出满民族强烈的民族意识和尚

武崇文的民族精神；同时，也折射着满族民众对社会历史和自然环境的许多独特认识与切身感悟。从满族三老人故事家讲述的300余则故事来看，各种接近原始的、古老的生态意识与生态观念，在满族口头叙事中，都有具体而生动的体现，同时，对于与“绝域”生态环境抗争的满族生存历史，也有近乎全景式的展演。

与关内其它区域相比较，我国东北地区的开发历史较为晚近。直到20世纪初，东北地区广袤的乡村多数还处于空旷和闭塞的状态，满目荒凉和贫穷。在满族三老人故事家生活的辽东偏僻山乡，人们在生产和生活的某些方面，甚至还停留在文明前的状态。在乡村社会的精神生活层面，各种原始性的文化因素也异常活跃。三位满族老人讲述的许多故事，都向我们透露出这样的信息。如1914年出生于辽东岫岩县城西北的满族李氏族居地李家堡子的李成明，她讲述的地方风物传说《哭儿石》，是这样开头的：

在我出生的李家堡子，不远处是哈达碑，那儿有个背阴砬子。小的时候听人说早先年砬子里有很多金银财宝。有一年从南方来了一个探宝人，见这砬子就舍不得走了。他一边左转右转地围着看，一边暗自称赞：宝山，宝山！那时候人口不像现在这样多，要是来个生人，就像一阵风似的，不一会儿工夫十里八村都传遍了。[②]

故事家的这段开篇语，给我们两点提示：其一，在故事家的童年时代，也即20世纪初，辽东山乡的生存环境还是十分空旷、荒凉的，乃至一个村里来个生人，很快就会惊动上下连屯、十里八村；其二，故事家生活的村落由于地处偏远，山高林密，交通闭塞，在相当长的一个历史阶段里，村民基本处于一种近乎原始的生存状态中，人们对栖居地周边的山水等自然景物普遍怀有一种虔诚的神秘感，寄托着许多荒诞的幻梦。从三老人讲述的300余则故事来看，情节大都取材于满族传统的狩猎、农耕生活，带有切近现实生活的特点。但在叙事情节的推演上，这些作品又多表现为借助某种“超人间”、超自然的神奇力量来处理人类与自然的关系，情节多是以变形、禁忌、魔术、感应、咒语、灵魂不死等古老观念为基础构建的。可以说，满族口头叙事作品的内容，是在一种人类与自然的多维度对话中建构的，抒发和表达的是满族民众渴望征服自然、改造自然的理想与愿望。

满族口头叙事在传承上也带有鲜明的区域生态特点。在现代化传媒尚未产生的传统社会里，为了打发漫长的冬季以及其它闲暇时间，调剂单调贫乏的日常生活，满族民间形成了多种娱乐性的民俗，这些民俗活动多是在庭院和居室内进行的，如踢毽子、抓嘎拉哈、唱蹦蹦戏、驴皮影，以及说书、讲故事等。在冬季的长夜里，满族民众喜欢围坐在火盆旁听书讲故事，尤其是情节曲折生动的长篇故事。满族三老人故事家的采录者曾记述了满族民间故事传承活动的时空生态特点：

冬季是农闲季节，寒夜又那样漫长，于是，躺在温暖的炕头上，或围坐在火盆旁，嘴里吧嗒着旱烟袋，也许手里纳着鞋底等活计，手不闲，嘴也不闲地讲述着。夏季挂锄季节，夜晚坐在大树底下，或在庭院里，以此来消磨暑天的酷热。秋后扒苞米或扒蚕茧，需要人手多，讲故事会吸引来劳动帮手，还会忘记了疲劳……这就是三位故事家的传承人讲授故事的大体时间和地点。就是在这样的民俗活动中，生活在岫岩的民间故事讲述家们，一代一代地沿着祖承线路，把民间故事这一宝贵财富传承下来的。[③]

满族民间叙事活动特色的形成，除了民族历史、社会文化等背景因素外，主要与满族居处的自然生态环境有关。三老人故事的采录者对东北满族民间叙事活动以及农耕民众闲暇生活的描绘，具有一定的典型性，基本道出了满族民间叙事创作与传承在时间与空间上的生态背景及其特点。

二、满族民间叙事中的生态思维

从文化发生学的角度来看，民间叙事文本是人类的行为和思维对其所直观感知的生活世界的一种构型。只有人类的行为和所处的生态时空背景相互作用，相互阐释，才能产生叙事文本的意义。民间叙事文本中展现的自然景观以及生活图景，体现的是一种文化的行为体系，因此，叙事的文本空间也可视为现实生活空间的缩影。“存在决定意识”，满族民众世世代代生存在东北区域，这一自然环境中的各种生态因子，必然成为他们构建叙事作品内容的主要材料，因而投射此中的生态思维也是显见的。

以满族神话为例，神话是人类最早产生的精神创作活动，是人类最初的文学，表现的是人类对自然界最初的认识。原始人类的生产力十分低下，在千变万化的自然界面前，原始初民无能为力，风、雨、雷、电、洪水、猛兽等时时威胁着人类的生存。由于当时人们的认识水平有限，对于这些自然现象既无法认识，也无法改变；对于日落月出、昼夜更替、四季轮回、动物植物的生长习性等更是无法理解。而这些自然现象与自然物却每天都伴随着他们，于是，原始人类只能从自身入手去认识身外的那个光怪陆离的自然界了。满族神话便体现着满族先民的这种生态认知。在满族先民看来，天地间的万事万物与人类一样都是有生命的，在这些自然物的背后，都有一个神在支配着，“万物有灵论”也由此而生。满族三老人故事家在《人的来历》、《太阳和月亮的来历》、《海伦格格补天》、《神农婆与百谷仙姑》、《天为什么下雪》等神话中对支配世间万物的神灵的由来的解释，对这些神灵事迹的说明，以及幻想出来的种种关于众神的故事，反映的便是满族先民对人与自然关系的这种最初认识，同时，这些神话也从某一侧面对人类的文化史作了折光式的映现。如李成明讲述的《神农婆与百谷仙姑》[4]，便是一则关于神农的叙事神话，解释的是自然界中五谷的来历。这一神话以原始性的思维及充满谐趣的情节，解释了人类最初对五谷的辨识，以及人类最初掌握五谷耕作的艰辛。神农是我国最早从“猎人时代”步入“农人时代”的文化创始英雄，满族的这则神话反映了农业开始发明时的艰辛，向我们透露出农耕在北方民族兴起阶段的某些有关自然生态与人文活动的信息。

在满族三老人讲述的故事中，表现人类与自然生态关系的作品占有相当大的比重，满族民众投射此中的生态思维也十分生动。比较突出的是许多故事都借助一些神奇的幻想，突出“人为万物之灵”，在自然界压力面前的克敌制胜、无坚不摧的豪迈气概。一些故事中的水怪、石怪、山妖、旱魔、毒龙、怪兽等凶恶形象，其实都是满族民众生存环境中那些危害人类的自然界异己力量的化身。故事中，主人公或是直接同它们进行艰苦卓绝的斗争，或是历尽千辛万苦寻取某种宝物，凭借着宝物的神力，镇伏或消除了这些威胁人类生存的祸害。其中一些故事是以农耕村落的生态环境为背景，反映满族民众如何战胜灾魔，开展生产，寻求幸福生活等内容，曲折地表现了满族民众渴求提高生产力，征服自然、改善生存环境的心路历程。如“枣核儿子”、“蛤蟆儿子”等的形象塑造，便折射着满族民众在大自然的种种压力面前，希冀自身能够变得更加强大，以与各种自然力量抗衡的潜在意识与理想。这些故事之所以在满族民间久传不衰，主要在于故事的深层隐含着人类渴望征服自然的强烈愿望。

还有一些作品着重表现了满族民众如何勇揭自然奥秘，在辽东山区发展柞蚕生产，甚至为此不惜牺牲性命的开拓进取历程。这类故事主要有《放蚕姑娘》、《依西和蚕姑》、《姑嫂石》等。值得注意的是，一些故事在表现满族民众不惜一切代价解开自然界的奥秘，以趋利避害加以利用的同时，又都设置有主人公因泄露天机而遭受到惩罚的程式化情节，此类情节可谓从另一个侧面表现出满族民众对大自然奥秘持有的神秘与崇拜的复杂情感。

满族口头叙事中还常常嵌有某些动物、植物甚至无生物帮助人类改善生存环境的情节与母题，这是满族民间叙事呈现出的又一生态特色。在满族三老人讲述的故事中，帮助人类的动物、植物或无生物，多为北方区域生态中常见的花草树木，山区、林区的飞禽走兽，以及辽东地区特有的地下矿藏等。这些动物、植物或无生物，与满族民众同处在一个食物链或生态链上，与人们的生产、生活有密切的关联。满族民众不仅谙熟这些植物、动物的生长、生活习性，也与他们赖以生存的这些自然资源有着深厚的感情。在满族民间叙事中，山水虫鸟、风花雪月，以及自然界其它美好的事物，往往都和故事中的人物连在一起，相映生辉，使得自然和人类变得同样美好而富有灵性。故事家常用这样的口吻进行讲述：

那荷包上绣的鸟能展翅飞，小鹿能撒腿跑，花草能闻到香味，鱼虾能在水里游动。[5]

这里列举的这种对自然界景观的发现、对客观事物和人类感情的描述，在三老人的叙事中随处可见。在对自然界图景的色彩感应上，满族女性叙事者比男性敏感和独具慧眼，如女故事家李成明在其讲述的《笊篱姑姑》[6]中，绣花女接连换了六身衣服，六种色彩的裙子上佩戴着六种同样颜色的野花，色彩的丰富令人眼花缭乱，使人不能不感叹满族女性对大自然色彩的发现有多么丰富，她们对色彩的感觉捕捉得又是多么准确。

在满族民间叙事中，对于帮助人类的动物形象，叙事者常常将它们拟人化处理，叙述起来语气十分亲切。以李马氏讲述的一则狐故事《老板儿抓狐狸》为例，她是这样描述一个可爱的小狐精的：

有一个牛车伙，一边赶着一挂牛车一边卖呆，见一块高粱地里有个东西影影绰绰。细一看，是一个小媳妇，穿得花胡溜哨。只见那小媳妇巴掌一拍，嘴里说“来来来”，一只野鸡“嘎嘎”一声就到了她跟前。她把野鸡抓住顺地一骨碌，滚了一身高粱叶子。那野鸡变成个小孩子，高粱叶变成了小棉被儿，把孩子一包，往怀里一抱，这天就快黑了。小媳妇扭达扭达出了高粱地，顺大道走下去了。

满族民众用纯朴的语言直率地抒发心声，常常即兴地将映入眼帘的自然物、自然现象引入叙事中。当然，讲述者首先是被大自然中的景物或事物所触动，引发出心中的其它联想与感受，由此才能把内在的这种感情贴切地外化为可感的形象。

还有一些叙事作品是以自然界中的动物或其它自然物来喻征人类社会的阶级关系，表现阶级社会的矛盾冲突与斗争；或者借自然界中的动物争斗、弱肉强食，来影射人类社会生活。在这类满族民间叙事中，吃人的动物、精怪主要为黑狐精、豺狼、老虎等，体现出因区域生态环境及动物分布特点不同而有别于南方区域的特点。这类故事在以象征的形式表达了社会民众在阶级较量与斗争中积累的经验和教训的同时，也间接地反映出满族民众对区域环境的生态认知及其生态思维，带有明显的区域文化特点。

三、满族民间叙事中的生态哲学意蕴

满族民间叙事生动而又形象地表达了满族民众对东北地域的天文、地理、气象、水文、生物及无生物等自然界万物生态、习性、变化的细致观察和生存体验，是满族民众在对自然征候的长期观察实践中积累起来的文化财富，隐含着丰富的生态哲学意蕴，在满族民众的日常生活中，具有实际的指导意义。

德国哲学家卡西尔认为："像所有其它符号形式一样，艺术并不是对一个现成的即予的实在的单纯复写。它是导向对事物和人类生活得出客观见解的途径之一。它不是对实在的摹仿，而是对实在的发现。"[⑦]我们知道，此在与彼岸是哲学家思考的两大命题，也是文学作品表现的两大主题。此在是世俗生活的抽象表达，是人们关注现实，关注存在的思考；彼岸是形而上的追求，意指人类的精神趋向，理想的归宿。满族民间叙事的文本意义可以界定为两大符码，一是对此在意义的关注，即对人类生存图式的展露；二是对彼岸世界的寻觅，即通过对人类的文化心理的揭示和展示，来寻求一种超越生命本体的精神寄托。

在满族民间叙事文本中，对此在意义的关注只是文本叙事的一个部分。满族民众对生活的关注是从现实的存在意义开始的。如果说满族民间叙事融入了满族民众对东北区域独特的生态观察和体验，体现了口头叙事文学的某种区域生态特色的话，那么，这也仅是文学作品表层特征的一部分。在满族叙事作品中，深蕴着满族民众在区域生境中生成的对自然界与人生的种种看法，渗透着他们的生态观念与人生哲学，这才是文学作品隐层的文化内涵，也是满族民间叙事文本意义指涉的"彼岸"。

身处关外恶劣的自然生存环境和落后的经济生产条件，满族民众在漫长而又艰难的生存抗争中，铸就了崇尚勇武、剽悍粗犷、豪爽不驯的性格。这种北方民族固有的恋土意识、坚忍不拔的开拓精神，以及淳朴、憨厚的心理气质都不可避免地浸染到他们的精神活动中。满族民间叙事作品都或多或少地蕴含有一种关东区域的文化精神，具有一种独特的"关东"韵味。在这种文化韵味的背后，折现着满族民众在特有环境中形成的某些独特的生态哲学。

以辽东地区的满族民间文化来看，辽东满族主要是清代实行屯垦戍边时从吉林、黑龙江两地调拨来的"八旗"兵民，他们定居的辽东地区处于长白山支脉上。历史上，辽东山区人烟稀少，山林草莽密布，野生动植物资源异常丰厚，这为迁徙此地的满族民众从事传统的渔猎生产以及农耕提供了得天独厚的自然条件。但是，犹如一柄双刃剑，山林的密布阻隔，也造成满族居处地的极端闭塞，这在很大程度上限制和束缚了族群的发展。辽东满族在此地已定居十几代人，区域性小生境既维系着族群民众的生计，也给他们精神上带来许多困惑，使得他们对滋养生命的这方水土怀有深厚而又复杂的情感。如在辽东的满族山乡，有关山门、石岭怎样才能打开，山里人怎样才能走出山外的传说，在民间流传甚广，有多种讲述文本。这些文本都以一种无形的张力述说着山区民众在生存实践中形成的某种人生思考。仅以佟凤乙讲述的辽东风物传说《桂花岭》为例，讲述者在开篇便这样描述：

岫岩城南九十里，有个桂花岭。桂花岭下有个沟筒子，沟两旁的山叫石门山。沟口两边的悬崖脸对脸儿，就像两扇大石门。这石门只有一挂大车那么宽，是沟里的山民进沟出沟的唯一通道。收集的山货野果，要从这里送出去；需要的布匹、粮食、食盐，要从这里运进来……不知哪一年，沟筒子两旁的石砬子忽然长了起来，越长越快。山民们十分惊慌。因为一旦长到把石门堵死，山民们就要被饿死、冻死，被狼虫虎豹吃掉，埋葬在深山老林里面。山民们都很着急，又没有办法，有人说驴马粪的烟能熏得山石不长，可不管怎么熏，山石还是长……⑧

不难看出，这则传说是在隐喻地表达满族民众在封闭的地理生境中承受的巨大精神压力，以及他们渴望打破封闭，实现与外部世界交流的强烈愿望。当然，在满族民间叙事中，更多的作品是以一种"恋乡情结"来表述乡土民众的生态哲学的。在三老人故事家的故事中，许多情节都与叙事者家乡的山水风物有关联，叙事者将许多故事原有设置的模糊空间，都转换成了实在的现实生活空间。或者将原本素朴的家园山水景观，赋予了丰富的艺术想象，在叙事中进行一种艺术性的提升。如《三放人花》、《柳树讷讷》、《桦树姑娘》、《胡大哥》、《包海尼雅和梅花鹿姑娘》等文本，讲述的是人类如何对自然界中的动物、植物或其它异类给予了怜惜、关爱和救助，因而获得了回报的故事。众所周知，这类故事多属世界性的童话类型，在世界上其它民族的流布中，童话主人公的行为空间都是模糊的和不固定的。但在满族民间叙事中，讲述者都自觉或不自觉地将故事主人公的行为空间进行了固定化处理，将情节统统设置在辽东山区，使这类童话平添了许多传说的味道，教化的功能也有了具体的指向，从而大大增强了这类叙事的可信性与说服力。显然，满族民间叙事者是对这类童话文本进行了某种重构，将故事情节及人物的命运与他们栖息、生存的辽东区域生态环境直接联系了起来，意在通过这种更能调动听众的情节与场景，有效地昭示他们抱守的生态哲学，向世人发出保护环境的生存警示：对于依靠自然资源为生的人类来说，破坏了自己的生存家园，就意味着自掘坟墓！从满族民间叙事对文本的这种处理中，我们可以体察出我国传统文化所倡行的"天人合一"、人类与自然相生相谐等生态哲学对满族民众思想的浸润，感受到满族民众对生态环境的深切关注。

弗莱认为："作家的叙述乃是他的线性运动，它的寓意才是作品形式完成后的整体。"⑨满族民间叙事以独特的生态意味与丰富的文化内涵对人类生命意识进行了艺术展现与诗化歌颂，作品的指涉意义是丰富的。虽然这些叙事作品的情节是虚构的，叙事的手段是传统的，但是，此中隐含的某些精神指向却是现代的，是充满理性的，体现着对人类与生态关系的思考，以及人类对"彼岸"的精神追求。尽管一些作品中闪现的生态认知与思维是浪漫与幻想的，甚至是很幼稚的，但是仅就这些叙事作品昭示的人与自然的关系是互相依存、不可分离的这一思考来看，便极具现实意义，包含着古朴而又清新的人生哲理。

以上，我们对满族民间叙事中的生态思维与哲学意蕴进行了初步的探讨，因篇幅所限，许多思考还远远未及展开。世界上不同民族对各自所处自然环境的文化认知，对不同区域自然资源利用的文化经验，形成了异彩纷呈的人类文化类型。人类社会发展到今天，人类的生产、生活在很大程度上仍然要依赖于具体的自然环境与条件。前工业社会里，世界上不同民族创造的文化经验，有相当一部分是以口头叙事的形式传播和传承的。在我国，口头叙事活动至今仍在许多民族民间存在着，在民众日常生活中发挥着一定的功能。站在民间文艺学研究的“现在时”立场，在对民间口头叙事的深入研究中，笔者认为有必要引入生态人类学的视角，结合文本存活的背景环境，对区域性生态环境与资源条件进行理性审视，廓清自然环境对不同族群的口头叙事创作与传承的种种制约与影响。唯有如此，才能从文化的根部形态来把握自然环境与人类精神产品之间的深刻关联。

［原载《民族文学研究》2004年第1期］

注释：

①［英］福斯特：《小说面面观》，花城出版社，1984年版，第23页。

②《满族三老人故事集》，春风文艺出版社，1984年版，第75页。

③《满族三老人故事集》，春风文艺出版社，1984年版，第589页。

④《满族三老人故事集》，春风文艺出版社，1984年版，第7页。

⑤《满族三老人故事集》，春风文艺出版社，1984年版，第53页。

⑥《满族三老人故事集》，春风文艺出版社，1984年版，第92页。

⑦［德］恩斯特·卡西尔：《人论》，上海译文出版社，1986年版，第182页。

⑧《满族三老人故事集》，春风文艺出版社1984年版，第437页。

⑨吴持哲编《诺思洛普·弗莱文论选集》，中国社会科学出版社，1997年版，第88页。

略论剑川木匠故事中的木匠形象

杨晓勤

一

滇西有句俗语："丽江粑粑鹤庆酒，剑川木匠到处有。"剑川属于白族聚居的高寒山区农业县，其木工艺术久负盛名，素有"木雕之乡"的美誉。因此，当地流传着许多别具一格的木匠故事。就内容而言，它们大致可划分为五种类型：

1. 智斗雇主

通常的情节是木匠到财主家干活，财主对他十分苛刻，或克扣工钱，木工将计就计予以反击，最终使财主失败或陷入尴尬的境地。如《黄贡爷吹包》、《"拉木经"和"压木经"》、《二七一两三》等篇。

2. 为民除害

这类故事表现了木匠如何行侠仗义、除暴安良，替百姓惩治危害乡里的孽龙、贪官或恶人。如《雕龙记》、《李四维告御状》、《哑人告状》等篇。

3. 生活遭遇

这类故事展现了木匠命途多舛的生活画卷，大多讲述他们漂泊异乡的艰险际遇，剖白他们孤寂、复杂的情感世界。如《杨木匠出门》、《鸿雁带书》等篇。

4. 文墨比试

其情节发展常为：官老爷突发雅兴，出联重金征对（或题词等），难倒了众文人，结果却被木匠以直白、甚至暗藏揶揄的语句对上。如《巧取白银五十两》、《"吾展务标"与"状元之才"》等篇。

5. 技艺传承

其内容包括劳动工具的发明创新、行规习俗的解说、劳动经验的传授等诸多方面。它犹如一部行业指南，起着切磋技艺、规范行业道德的实效作用。如《鲁班和鲁师娘》系列故事，其中关于鲁班发明锯子、木船、墨斗等器物的叙述，无疑是对木工劳动经验的一种生动概括。

上述故事类型并非绝对孤立地存在，偶尔会呈现交叉状态，尤其是一些颇具行业特征的情节，常或浓或淡地融注于前四种故事类型中。譬如《唱曲传艺》的意图是传授"隔板壁"的工艺流程，宣扬不欺学徒的师德，但它以扣人心弦的"智斗"作为主线索，并辅之以清新、俏皮的白族调式，最终产生出"内行看门道，外行看热闹"的双重听觉效果。

二

剑川木匠故事的兴起大致始于封建社会，因为故事中已频繁地出现财主、举人、县官、皇帝等人物形象。有的学者认为，民间文学作品中的工匠形象在原始社会达到鼎盛，一旦步入阶级社会便渐趋衰落。换言之，即工匠形象“在表现人与自然的关系方面是巨人，而在表现人与人之间的阶级和社会关系上是矮子”[1](p314)。这种观点固然有其普遍适用性，然而在剑川木匠故事中，人们品味到的却是另一番意蕴：木匠形象不仅彻底摆脱了精神矮子的窠臼，且以其独特的风貌展示出一个介于雅俗之间的特殊阶层。

首先，木匠承袭了原始巫师的部分职能。

在剑川木匠故事里，木匠虽身为普通匠人，却往往拥有某些超乎寻常的神技。以《雕龙记》为例，故事说邓川漏一村龙潭里盘踞着一条母猪龙，每隔三年便兴风作浪，使百姓苦不堪言。后来剑川杨木匠途经此地，雕了一条木龙，斗败了母猪龙，从此百姓得以安居乐业。整个故事以“雕龙”为中心事件，一波三折，引人入胜，对于宣战场面，其中有如下叙述：

> 到了六月廿四正午，杨师傅把雕好的木龙陈列在广场上。因为母猪龙是黑的，杨师傅把木龙涂上白土，木龙浑身就像亮银一般。大家围着杨师傅，向他道喜，同他一道给木龙开光。龙角上挂着红彩，红白相间，十分鲜明。到了午时三刻，杨师傅咬开中指，点上木龙的五官，口中念着神咒，默默祷告，祈求鲁班祖师保佑自己战胜母猪龙。
>
> 太阳刚落，到处点起火把，大家唱着曲子，敲锣打鼓，抬起木龙向龙潭走去。杨师傅高擎火把，阿宝、阿凤（笔者注：一对童男女）左右伺候，走在顶前面。来到龙潭边，杨师傅叫大家把火把插在潭子周围，然后捏拳画符，念动神咒，把木龙送进潭子里去。
>
> 仪式完毕，杨师傅领着大家，骑上牲口，飞跑上山。大家还未跑到山上，便听见潭子里响起了一阵炸雷，两朵云涌上半空，一白一黑……接着狂风暴雨，两条龙就在半空中斗起来了。[2](p123～124)

显然，这场活动是选取特定的时节（六月廿四日午时三刻、傍晚）和特定的地点（龙潭）而进行的。整个活动过程包括两方面：一是杨师傅点血开光，画符念咒；一是众人在杨师傅的引领下进行燃火把、唱白曲等一系列辅助活动。马林诺夫斯基把巫术的结构阐释为：“巫术中每一个举动都包含着标准化的行为，即仪式；标准化的语言，即咒语；及有一定的人物在适切的情境中举行礼节。”[3](p62)我们在上述活动中，能轻而易举地找到这“三要素”的身影。因此，不难看出：该节选文字其实是一场对交感巫术的生动描述，而施术者正是以木匠身份出现的主人公——杨师傅。

值得注意的是，《雕龙记》中的母猪龙虽常年兴风作浪，毁人田地，但杨师傅是在遭受失子之痛后，才愤而宣战的。就此而言，他是施救者，同时也是受害者。无独有偶，《独眼墨斗山龙》中雕龙事件的直接起因是：主人公（木匠）的妻子因反抗龙子的调戏，而背生恶疮，险些死去。这些如出一辙的叙述方式，都暗示了主人公因个人灾难而陷入了某种特殊的境况：在心理方面，他因丧子（或险些丧妻）而悲愤交加，亦被众人深深同情；在行为方面他搭建窝棚，斋戒沐浴后蛰居于内，潜心雕龙。也就是说，只有当故事主人公的心灵与肉体都暂时脱离了世俗生活的常轨，他才能获取成功施展神技的力量。这与通常情况下巫师施术前要离群索居，甚至奉行某些特殊的禁忌，以至短时间内精神反常的现象是吻合的。此外，家破人亡的情节导致了故事所述的仪式活动，从头至尾都笼罩在一种惨烈的复仇氛围之中。“誓不两立的恶龙呀，砍你的头，碎你的心，抽你的筋也难解心头之恨!”从杨木匠发出的这一声声诅咒，可以想见他施术时那怒气冲天的狂态。正如马林诺夫斯基所言：“巫术是感情及理智的联合作用。”[3](p67)仪式中那些活跃的情感要素，本身是目的，也是达到目的的手段。于是，主人公新鲜的痛楚和群众郁积的怨愤，在施术过程中喷薄而出，得以尽情宣泄，同时也促动巫术顺利地发挥其超自然的效力。

弗雷泽曾将巫术依其服务目标的不同区分为个体巫术和公众巫术。在剑川木匠故事中，对后者的叙述聚焦于“屠龙”主题，且比前者更显得情节完整、格调庄严。剑川白族世代以农为本，农业的丰歉又与水联系密切，遂有龙崇拜。他们认为，风调雨顺是善龙治水有方，旱涝无常是恶龙肆意作怪。因此，民间流行着各种软硬兼施的祈雨等生产巫术形式。木匠降伏孽龙，便是来源于现实生活中巫师企图通过施展巫术，从而达到控制气候，尤其是调节雨量的目的。它象征了白子白女不屈不挠地与恶劣的生存环境斗争的乐观精神，其崇高的情感令人振奋。相形之下，体现谋私人之利的个体巫术则分布较零散，多不成专篇。譬如《木匠翰林》中就有马汝为的字画能熄灭大火的情节，但其叙述潦草，仅为马氏名扬朝廷的后话设下铺垫而已。另外，有些反映个体巫术的故事在长期的流传过程中可能发生变异，面目模糊不清。譬如《“拉木经”和“压木经”》中量尺寸这一场面，细想之，要在众目睽睽之下动手脚是极其困难的。笔者揣测，也许最初的叙述确为杨木匠念木经让木头伸缩自如。只是在流传过程中，受某些欲增强现实感的集体创作意识的影响，故事的虚幻之处才被渐渐弱化，甚至替换。而故事本身也因此凭添了几分阶级斗争的气息和独特的喜剧色彩。

上述看法绝非牵强附会。当地白族平时喜欢把木匠中主掌建筑设计的大师傅，尊称为 sin^{33} san^{51}。其中 sin 有“寺庙、西方”之意，san 有“神、佛”之意，二字相连，则言其能支配山林命脉，通常汉译为“山神”。可见在当地民众的眼中，木匠确实是具有些神性的人物，最终被赋予“上通神意，下达民情”的职能也是合乎情理的。据说山神都精通木经，所以能趋吉避凶，降魔除怪。关于木经的来历，其解说与鲁班传艺有关。这类故事基本上属于“神仙考验型”，内容大抵为：鲁班化身为落魄的老倌来到工地，遭人白眼，唯有剑川木匠对他好生款待，鲁班感其善心，遂将木工经典密授于他，并口封剑川为“木匠之乡”。显然，故事中的鲁班已淡化了“春秋时代鲁国巧匠”的真实身份，纯粹是以欲点化世人的技巧与智慧之神的面目出现的。鲁班传木经的说法，是对剑川木匠手艺高超、人才辈出现象的一种理想化解释。一方面，它反映了木匠师承关系的系谱性。来自中原的鲁班，在这些故事中说的是白族语，唱的是白族调，穿的是白族服装，俨然是一位地道的白族老人，他甚至亲热地称呼剑川徒弟为“阿侄子”。连鲁师娘也是一副“当家母”的姿态，常替丈夫出谋划策，排忧解难。他们在人物形象上的彻底本土化，喻示了当时木匠师承关系的地域性和亲缘化。正如钟敬文所述：“我国民间各行业的工匠，在技艺上代代相传，形成了各自独特的风格与传统，这与他们师承关系的系谱性有着密切的联系。……如西安市的厨师，被称为‘勺勺客’，大都来自陕西蓝田县，解放前上海市服务行业操‘三刀’（厨刀、剃头刀、修脚刀）谋生的工匠，则主要来自苏北扬州一带，这种某大城市某行工匠多来自某地的现象，在我国曾十分普遍。究其原因，与工匠艺徒大都来自农村，且多为师傅家族成员或亲戚不无关系。”[4](p62)

另一方面，这也为创建剑川木艺的名牌效应起到推波助澜的作用。旧时各地工匠之间的竞争十分激烈，为保住饭碗，将自己的技艺归因于祖师爷的真传，并自诩为正宗的门徒，此番用心是不言自明的。它既强化了剑川木艺之精湛的不容置疑性，无形间也为木匠渲染出几分天命神授的神秘意味。

其次，木匠是现实生活中的平民英雄，但又残留着小手工业者的某些局限性。

木匠走南闯北，见多识广，面对弱肉强食，颠倒黑白的社会环境，表现出难得的清醒与冷静。一方面，他们靠手艺吃饭，较少依附于人，骨子里就鄙视那些卑躬屈膝、谄谀献媚的行径，也不会逆来顺受地承受财主、乡绅等人无端的欺侮。因此，在剑川木匠故事里，有时木匠会以其大胆正直、爱憎分明的个性，被视为普通民众值得信赖的代言人，为民请愿，为民做主。譬如《李四维告御状》中不远万里、只身入京状告贪官的李四维，《哑人告状》中替哑老爹惩治其不孝子媳的李山神，他们宽厚仁爱、伸张正义的气度，惩恶扬善、扶弱济贫的举止，无不给人留下了深刻的印象。另一方面，生活的重荷又不可避免地钳制了他们性情的自然流露。通常情形下，木匠不得不采取“人不犯我，我不犯人”的明哲保身的姿态，更不会莽撞行事，与黑暗势力撞个鱼死网破。在大量的智斗故事中，木匠都是在自身遭受财主、头人等上层人物的盘剥欺诈之后，才以曲婉的方式予以反击的，而不像艾玉、赵成等白族机智人物，在政治与道德的矛盾夹缝中，乘暇抵隙，随时敢于出头露面，无所顾忌地戏耍权贵，为百姓出气。

因此，故事中反映出的木匠性格是丰富而复杂的。他们基本上以善良者的面貌出现，但也绝非循规蹈矩，固守教条的老好人。他们有时也巧施骗术，以此达到自己的目的。譬如《二七一两三》讲：

> 木匠被财主克扣了一钱工银，却佯装不知，笑嘻嘻地跟财主借了件新衣裳穿在身上，便领着财主的儿子去逛街。到了街上，木匠带小孩进饭馆大吃一顿，然后谎称忘了带钱，将小孩留做抵押便扬长而去。晚上，财主到处找不着儿子，急得要命，最后在门背后发现一首打油诗：“二七一两三，莫把剑川人当憨，拿你儿子换饭吃，还赚得一件新衣裳。”财主无可奈何，只有掏钱赎回儿子。

此处，主人公的“骗”已非一般意义上的欺骗，而是以毒攻毒、惩治不义的合理手段。主人公熟谙财主贪婪的心理，于是先抑后扬，制造假象使财主误认为自己不仅轻易地骗取了一钱工银，而且还能让儿子去白吃白喝一场，从而俯首贴耳地钻入主人公设下的圈套。这类智斗故事的结局往往出人意料，先逼至山穷水尽的地步，复蹈入柳暗花明的境界，妙趣横生，余味无穷。而故事中的木匠形象大抵都有超人的智慧，对生活有惊人的洞察力。他们处变不惊，沉稳应对，往往以大智若愚麻痹对手，于不露声色中化险为夷，将小人物的大智慧发挥得淋漓尽致。

木匠形象有时还带有恶作剧的色彩。他们与对手斗争时，往往不是正面攻击，而是拐弯抹角，声东击西，令对手如鲠在喉，有苦难言。譬如《黄贡爷吹包》讲：

财主黄贡爷叫刘木匠去画屏风，却吝啬得顿顿只让他吃蚕豆、包谷，刘木匠就在屏风上画了一个骑毛驴的黄贡爷，左手拿一串蚕豆，右手拿一根包谷在嘴里啃着，并告诉黄贡爷：左手拿的是马鞭，右手拿的是箫，题名“黄贡爷吹箫”。黄贡爷不懂装懂，连声叫好，并请三亲六戚前来观赏。亲戚们看了捧腹大笑，说这不是“黄贡爷吹箫”，而是“黄贡爷吹包”。黄贡爷方知上当，红着脸收起屏风。

故事中刘木匠的捉弄，令附庸风雅的黄贡爷颜面尽失，算是获得了精神上的胜利。在黑暗势力猖獗的时代，公开反抗必遭其害。因此身处社会下层的木匠，只有暂时收敛起质朴淳厚的本性，以迂回曲折的方式与对手周旋，达到以弱胜强的目的。在他们身上体现了卑微者要求摆脱困境的强烈愿望，使民众在欢笑声中学到了生存的策略。所以尽管他们的行为有时显得离经叛道、悖于常理，却总能得到民众的宽容，甚至赞许。

另外，在剑川木匠故事中，吟诗作对不再是文人的专利，木匠照样能信手拈来，出口成章。譬如《巧取白银五十两》讲：

某使官在视察丽江府时，出一联曰：“富龙厂回龙厂马龙厂三厂炉火三厂匠”，悬银五十两征对，却无人回应。后来剑川羊岑的一个木匠听说此事，欣然前往，请中人当众裁决，随口喝道：“上羊岑中羊岑下羊岑一岑山水一岑人。”使官心疼银两，遂强辩从未听过此地名，吓唬木匠要判他诈骗罪。谁知木匠义正词严，反斥使官玩忽职守，最后怀揣银锭，昂然离去。

这则故事中的木匠才思敏捷，且不畏强权，颇有几分名士风范。固然在其它地区流传的民间故事中，也涉及文人于吟诗作对一事上反败于劳动者的类似题材。但那些胜者大多数是凭借口无遮拦地说粗话，才使得对方哑口无言的。这种胜利虽然被普通民众予以肯定，但其间多少蕴含着“秀才遇到兵，有理说不清”的尴尬成分。而剑川木匠故事中，木匠之所以能挫败那些傲慢自负的文人，靠的是真才实学和随机应变，他们的取胜令人心悦诚服。在《木匠翰林》中，木匠更进一步拥有“状元之才”的美誉，彻底荡涤了人们头脑中对劳动者所持的“才疏学浅，甚至胸无点墨”的惯常看法。

木匠虽通文墨，却没有一般文人热衷举业、醉心功名的野心。譬如《木匠翰林》中的主人公马汝为，虽考中翰林，却无心仕途。他宁肯回乡做木匠，也不愿奉旨入朝。这种超然的态度，与现实生活中大批文人蝇营狗苟，一心想靠科场得手而青云直上的丑态形成了鲜明的对比。同时，木匠对某些文人矫揉造作、陈腐迂拙的作派，也予以了无情的嘲弄。譬如《“吾展务标”与“状元之才”》讲：

王司令请来一帮文人学士，为他家新建的祠堂题写匾额。他们各怀心思，推让不决。杨木匠实在看不过，便脱下草鞋，蘸墨涂了四个刚柔并济的大字：“吾展务标。”众人不懂装懂，为此妙语究竟源于何典籍而争论不休，哪料到它原是白语“疯疯癫癫的家伙”一词的音译！

不难看出，木匠对那些趋炎附势、帮闲打趣的文人是心存不屑的。该故事中的一帮文人都巴不得在王司令面前显摆才学，却总想等着别人千呼万唤地捧自己出场，及至杨木匠题匾后，为掩饰自己的无知，又争相引经抛典地大发谬误。这种可笑又可怜的行径，将他们口是心非、不学无术的丑陋嘴脸暴露无遗。总之，在剑川木匠故事中，木匠与文人的异同集中体现为：二者都能舞文弄墨，但前者更注重知识的实效性，崇尚自食其力的生活，因此对某些文人因死读书而变得头脑僵滞，且奴颜婢膝地依附于达官贵人的社会现象是深感不满的。

三

在封建社会，由于“重农事轻工商”的儒家思想占据统治地位，工匠的社会地位一般都比较卑微。但剑川木匠却普遍受人尊崇，这是有其深刻的社会根源的。

首先，就生存环境而言，据清道光《云南通志》载：剑川“地近雪山，土地硗瘠”。“民间终岁勤动，往往衣食不给，故横经者不免负耒轭，而业农者必兼习工艺”[5](p394)。而且地理上的偏僻，使儒家思想对剑川的浸染没有中原地区那么深入，当地民众对手工业者并未完全抱以轻视的态度，反而形成了“饥荒三年，饿不死手艺人”的传统观念。因此，当地男性大多农忙时务农，农闲时外出从事各种匠艺活动以补贴家用，其中尤以木工匠手艺为最。木匠的足迹遍及云南各州县，直至东南亚泰缅诸国。沿途的诸多见闻和历练，也使他们在乡邻面前显得更加见多识广，深谙世事人情。

其次，剑川民间办学历史悠久，95%以上的村寨都置学田或公产以筹措办学基金。当地白族无论贫富，一般在子女长至六七岁后，便送其入校学习汉文化。至十四五岁，再视家境好坏，或继续读书，或转学手艺，如木匠、石匠、泥瓦匠等。因此，剑川白族80%以上的男性粗通文墨，能书写联语、记账和中元节的冥钱纸包等。木匠因常年辗转在外，更将读书识字视为一种谋生的手段，正所谓“手把三寸笔，万事不求人”。旧时，剑川木匠出门无活计时，也常以教书糊口，遂被世人赞为“拿起斧凿做木匠，提起朱笔当先生”的文武全才。譬如海东村的杨仕俊，便是清末远近闻名的“木匠先生”。他曾到腾冲县李大茂家做木活，因在吟联贺新房时语出惊人，遂被主人聘为其子的家庭塾师，其子即后来大名鼎鼎的国民党元老李根源。据说杨仕俊回乡后，李根源曾偕同赵藩前去拜谢恩师。

第三，当地白族将建造民居视为人生之大事，因此对木匠手艺加倍重视。经济拮据的人家为此殚精竭虑，富庶大户更是不惜花费万金。其主要目的绝非炫耀，而是通过显示自己已具备成家立业的能力，以获得族内成员的认同。和许多民族一样，白族从未将建房视为单纯的土木建构过程，而是与家道的兴衰、子孙的祸福紧密相连。因此建房过程充满了浓厚的宗教色彩，包含了一系列祭祀礼仪：破土动工祭太岁；进山伐木祭山神，开动木工祭木神，竖柱上梁祭梁、祭柱、祭鲁班、本主和祖宗，盖完屋顶祭工匠祖师。木匠则是贯穿其间的重要人物，尤其是“山神”（即木匠中的大师傅），他要负责整座民居的建筑构局、掌墨设计和统筹协调，并在一些相应的祭祀活动中出任主持。此外，白族民居极其注重装饰，而那些重叠的斗拱，飞翘的翼角，精雕细琢的门窗，栩栩如生的壁画，都出自木匠之手。木匠在建房过程中显现出的这种神圣地位和高超技艺，是一般人所望尘莫及的，自然也就赢得了人们普遍的敬重。

[原载《民族艺术研究》]

参考文献

[1] 张福三. 原始人心目中的世界 [M]. 昆明：云南民族出版社，1986.

[2] 白族民间故事选 [C]. 上海：上海文艺出版社，1984.

[3]（俄）马林诺夫斯基. 文化论 [M]. 北京：华夏出版社，2002.

[4] 钟敬文. 民俗学概论 [M]. 上海：上海文艺出版社，1998.

[5] 剑川县志 [M]. 昆明：云南民族出版社，1999.

禅宗公案与民间故事

金荣华

一

禅宗立不言之教，所重在修习者自己的悟。所谓不言之教，是不以语言直接解说人生之理。因为，对于人生之理的解说，语言的功能有限，往往挂一漏万，治丝益棼，不如以行动为主，对修习者适时启发；或以短语应接，言在此而意在彼，令其自悟。所谓禅宗公案，就是这些机锋启应的事例。

这些机锋启应的事例，有些是实事实录，有些可能是假设情境；有的生动有趣，有的晦涩难明。晦涩难明的大概就止于禅门之内，生动有趣的则很容易传播于众人之口。

传播于众人之口的故事，在传播过程中会有继续加工的情形产生，或者是有所感触而在原有的架构下进行再创造。于是，有些禅宗公案的传述便在民间激发了一些别有趣味的故事，彼此可以相应。试举数则，藉见大略。

二

宋僧济普（1178—1253）所纂的《五灯会元》中录载了一事，大意是：

> 有一位寺院的主持僧，每天不断地念“阿弥陀佛”。有一天，寺院里的一个小沙弥在他的身后喊他，他回头看小沙弥，小沙弥却没有什么话对他说。这样重复了几次，主持僧生气了，责备小沙弥说：“你一再喊我，究竟有什么事？”小沙弥说：“您喊佛喊了几年都可以，我才喊您几次您就发脾气了！”①

案，念佛陀名号，是佛门的一种修行方式，多为净土宗僧人所采用。禅宗自称教外别传，不承认佛菩萨及净土的存在，唯一的信仰是“自心”。上述的记载显然是禅僧表示对某些修行方式的不赞同，未必是事实，但是有理也有趣。

到了明朝，在浮白斋主人编的《雅谑》一书里，记载了一则相同的故事，只是人物改为常州人翟永龄和他的母亲：

> 瞿母皈心释氏，日颂佛不辍声。永龄佯呼之，母应诺，又呼不已。母愠曰：“无有，何频呼也?”永龄曰：“吾呼母三四，母便不悦，彼佛者日为母呼千万声，其怒当何如?”母为少悟。（《止母念佛》）

稍作变化而更胜一筹的，则见于韩国徐居正在明朝成化十三年（1477）编成的《太平闲话滑稽传》：

赵石涧云仡观察西海道，晨兴，必念阿弥陀佛。一日，到白川，晨兴，闻窗外有念“赵云仡”之声，讯之，乃邑宰朴熙文也。问其由，朴曰：“观察使念阿弥陀佛欲成佛，我念赵云仡欲作观察使！”（卷一，第十则）

三

《五灯会元》有一则两位禅师较量禅机的记载，很生动，内容如下：

省念禅师奉师命去看怀楚禅师，两人一见面，省念禅师就拿起随身携带的一个布坐垫，问道：“我是要铺这个坐垫，还是不铺这个坐垫?”怀楚禅师说：“随你自己的意！”省念禅师听了，便对他大喝一声。怀楚禅师不悦地说：“我曾经参谒请教过一些得道高僧，他们都不曾像你这样的唐突！”省念禅师说：“你输了！你输了！”怀楚禅师说：“将来见到你师父时，我会把今天的情形告诉他。”省念禅师说：“请便，请便。千万别忘了。”省念禅师回去后主动把这事告诉他师父，师父赞许他说：“今天你又打败了一人！”[②]

看样子似乎怀楚是不善于，或不习惯这种较量方式的，也可能是心理上没有准备，所以省念拿起坐垫问他时，他直接的反应是“随你自己的意”，因此立刻被省念大声喝止，认为错了，让他很不高兴。就禅师较量机锋而言，怀楚是输了，那么当时怀楚该怎么应接省念的出招呢？省念没有说，省念的师父也没有说，但在后世的“巧媳妇”民间故事里却提供了答案。故事的主要情节是：

有一位少妇很伶俐，大家叫她巧媳妇。巧媳妇的丈夫是个老实人，一天，他在锄田，有个书生骑马经过，问他：“你锄了一天田，总共挥了多少次锄头?”他答不出来。巧媳妇知道了，教他反问书生，你骑了一天马，马跑了多少步？书生知道是他妻子所教后，便一脚站在地上，一脚踩在马镫上，问巧媳妇：“我是在上马还是在下马?”巧媳妇见了，则去侧身跨在门槛上，反问书生：“我是在走进屋子还是在走出屋子?”[③]

这个故事在中国流传的地区很广，各地的说法大同小异[④]。当年怀楚禅师在省念禅师拿起坐垫问他时，如果就侧身横跨门槛上，反问省念，他是要进来还是要出去？用行动表示省念禅师所问的问题是和他现在的动作一样，都是无法回答的。那么契机不败，至少是个和局吧。

四

宋僧道元编成于11世纪初的《景德传灯录》里，有一则有名的公案“一指禅”，内容是：

有个尼姑到俱胝和尚那里去，她头戴竹笠，手执柱杖，绕着俱胝转了三圈，然后对俱胝说：“你如果能说得出这是什么意思，我就取下竹笠来。”尼姑连续问了三次，俱胝都说不上来，于是尼姑便转身离去。这时天色已晚，俱胝留她明天再走，她还是因为俱胝说不出绕他三圈是什么意思而没有留下。尼姑走后，俱胝很惭愧，打算到外地去寻访高僧，进修禅法，但当夜有山神来劝他不要离开，因为不久就有高僧来到。果然，十天以后，天龙和尚到访。俱胝把事情经过告诉他，天龙听了，什么也没说，只向他举起一根手指。俱胝见了，立刻大悟。从此以后，凡是有禅师来切磋的，他都不说什么，只举一指以应。

后来，俱胝的小沙弥外出，别人问他，俱胝说法的要点是什么？小沙弥便举起一指回应。小沙弥回去后把事情禀告俱胝，当他学着举起一指时，俱胝却拿刀砍了那根手指。小沙弥痛得大叫，急忙转身而走。俱胝在后面喊他回来，他一回头，俱胝便向他举起一根手指。小沙弥见了，豁然大悟。俱胝在临终前，告诉他的徒众："我得到天龙和尚的一指禅，一生受用不尽。"[5]

这则公案的故事性很强，但也有些疑点：

1. 小沙弥去禀告事情经过时，俱胝和尚并不知道他要说什么和做什么，那么俱胝使用的那把刀是日常带在身上的呢，还是一直放在座位旁边的呢？无论是哪一种，禅僧庙居，怎会如此呢？

2. 无论那把刀是如何锋利，当小沙弥一举起手指，俱胝立刻迅速出刀，即使既快且准，恐怕也只能割伤那手指而难以将其砍断，因为时间短促，彼此距离很近，俱胝的动作可以是刺割，而不可能是大动作的斩砍，然而不斩不砍又如何能断指？

3. 小沙弥只是把俱胝和尚的动作学给别人看，并不是学俱胝的动作去吓唬别人，那么在他叙述经过时断其手指，果真是适当的引接时机吗？

也许正是这些疑点，济普禅师将这事辑入《五灯会元》时便作了一些修改，把外人问小沙弥关于俱胝和尚的说法要点，改成：

有一小沙弥，每次见到有人来问事情，也学俱胝和尚那样举起一根手指回应。后来有人对俱胝说："小沙弥也会佛法了，凡是有人问询，他都像您一样举起了一根手指。"于是，有一天，俱胝在袖子里暗藏一把刀子，找小沙弥来问："听说你会讲佛法，是吗？"小沙弥说是，俱胝便问："那么什么是佛法呢？"小沙弥就举起一根手指。这时俱胝就出刀把那根手指砍断，小沙弥痛得大叫，急忙转身而走。俱胝在后面喊他回来，他一回头，俱胝再问他："什么是佛法？"小沙弥又举起手来，但是已经没有了那根手指，顿时豁然大悟。[6]

把小沙弥的无心学样改为有意做作，把俱胝的临时出刀改为蓄意引接，故事确实是精彩多了。当然，开始时所述山神夜里来劝说云云，属于神异，不是禅宗本色，但因为不是主题所在，整个故事的禅门风格仍是十足。

可是，禅师这种以简单的手势或动作回答问题，是很吊诡的[7]，一般人难免会有如下的想法：

1. 禅师这种简单的手势真的是对问题表示意见，还是不能回答或无法回答而做不相关的动作？

2. 提问者若因之而悟，其所悟是禅师所要开示的悟吗？

3. 如果不是禅门的得道高僧，也装模作样，凡事以同一手势应之，旁人又如何识得其伪？

由于这种吊诡，这样的故事在传述时，一般人虽然对角色的互动感到新奇有趣，但对故事的实质内容则是不满足的，所谓的“悟”，实在是太抽象了。民间流行的这一型故事，显然是受到启示后的再创造。

兹举近年采录的和明人记录的各一则为例。近年采录的名为《天机不可泄漏》，但也可名之一指禅，大略如下：

从前，有三个秀才，结伴进京赴考，路过五台山，向一位道行高深的老和尚求问这次应试能否考中。老和尚没有回答，只慢慢地伸出一个手指头。秀才们问：是不是我们三人中只中一个？老和尚说：“这是天机，不可泄漏。”

秀才们走后，站在老和尚身边的小和尚问：这一个指头是说明什么？老和尚说：“如果他们三人都考中，我这指头代表全中；如果三人都不中，这指头代表一起落第；如果一人考中，这指头就代表考中的一人；如果二人考中，这指头就代表一人不中。”⑧

明人的一则见于乐天大笑生所编的《解愠编》，名为《不语禅》，原文如下：

一僧号不语禅，本无所识，全仗二侍者代答。适游僧来参问：“如何是佛？”时侍者他出，禅者忙迫无措，东顾复西顾。又问：“如何是法？”禅不能答，看上又看下。又问：“如何是僧？”禅无奈，辄瞑目矣。又问：“如何是加持？”禅但伸手而已。

游僧出，遇侍者，乃告知曰：“我问佛，禅师东顾西顾，盖谓人有东西，佛无南北也。我问法，禅师看上看下，盖谓法平等，无有高下也。我问僧，彼且瞑目，盖谓白云深处卧，便是一高僧也。问加持，则伸手，盖谓接引众生也。此大禅可谓明心见性也。”

侍者还，禅僧大骂曰：“尔等何往？不来帮我。他问佛，教我东看你不见，西看你又不见。他又问法，教我上天无路，入地无门。他又问僧，我没奈何，只假睡。他又问加持，我自愧诸事不知，做甚长老。不如伸手沿门去叫化也罢。”

五

禅师参学，也就是机锋的切磋和较量。这种切磋或较量，有时双方都只以动作表示，如《景德传灯录》所载智常禅师的一则故事云：

云岩（昙晟禅师）来参，师（智常禅师）作挽弓势。岩良久，作拔剑势。师云：“来太迟生！”（卷七，庐山归宗寺智常禅师）

这则公案，是俗众还容易了解的。但是，如果某些动作只有两位禅师自己相会于心，俗众则是莫测高深；大众虽然感觉有趣，然而不知其意。那么，在听闻之余，就不免以世俗之经验，自出新样了。这一型民间故事的大要如下：

僧人、文臣或武将和鞋匠或屠夫等不同行业的人用手势交谈，双方都以自己的行业去解读对方的手势，结果僧人或大臣怀着钦佩之心离去，鞋匠或屠夫则以为买卖成交了或不成交。如：僧人伸出一个手指，表示一个菩萨；鞋匠误会他是要一双鞋子，于是伸出两个手指，表示要两双鞋子来换，而僧人误解为两个罗汉。

或是文臣用手向上一指，表示“我知天文”，鞋匠以为他说“我能做得帽子”，就用手向下一指，表示“我能补皮鞋”，而对方以为他说“我通地理”。

或是两军对阵，敌将用手把胸脯一拍，又向前一伸，把大拇指向上翘了翘，表示自己的武艺天下第一；鞋匠以为同他谈生意，要用胸脯的皮做一双鞋，但认为腰边的皮更好，要做就做一双，就拍拍腰边，伸出两个手指比比。敌将看了，以为是半路边有埋伏，并且有两支大军，于是把手一伸，表示自己有十万大军。鞋匠以为问十块钱够不够，便伸出一只手摇摇，表示不要这么多，五块钱就够了。敌将以为他说十万兵不算什么，他有五十万，心中大惊，立刻收阵退兵。鞋匠则以为对方嫌便宜没好货，买卖不成。⑨

这一型的故事和前面引述的《天机不可泄漏》和《不语禅》一样，趣味都来自肢体语言的不确定性，以及表达者和接受者彼此的不理解，这种情形在人们日常生活中是不同程度地存在的。例如，即使是最简单、最常用的点头动作，虽然已是跨国、跨种族地约定俗成为表示同意或认可，但是，印度某些地区的居民却是传统上以点头表示否定，而以摇头表示肯定和同意的。

六

禅宗自六祖慧能（638—713）以后，渐渐成为中国文化的一部分。在整个文化体系内，它对文学艺术的影响，是久受注意和常被讨论的。然而，在文学部分，由于往昔民间文学未受士大夫的正视，长期被排除在主流文学之外，谈论到禅宗对文学的影响，也只就士大夫阶层的作品而言，主要是他们的诗篇。

但是，禅宗之盛，是因为它能扎根于社会的基层，禅师也多出身于民间。禅宗对于民间文学也是有其影响的。

就民间故事而言，一则能够历久广传的民间故事，大多在产生这则故事的民间有着社会上的、或生活里的启发点，民众在这个点上加工渲染，凸显其趣味和意义，也反映了民间的趣味和观点。禅师以动作较量机锋或启引修习者的做法，多是应机而出，不拘常格。正因其不拘常格，乃为民间所乐道；但又因妙旨非局外俗众所易领悟，便难免有所增减转移而另成故事，禅宗公案与民间故事的关系，其在乎此。

[原载《民间文化论坛》2004年第3期]

注释：

①《五灯会元》卷六：“有座主念弥陀名号次，小师唤：和尚！及回顾，小师不对。如是数四，和尚叱曰：三度四度唤，有什么事？小师曰：和尚几年唤他即得，某甲才唤便发业！”（亡名古宿）

②《五灯会元》卷十：“自兆楚和尚（即怀楚禅师，自兆是其法号）至汝州宜化，风穴（延沼禅师法号，省念禅师之师）令师（省念禅师）往传语。才相见，提起坐具便问：展即是，不展即是？兆曰：自家看取。师便喝。兆曰：我曾亲近知识来，未尝辄敢恁么造次。师曰：草贼大败！兆曰：来日若见风穴和尚，待一一举似。师曰：一任一任，不得忘却。师乃先回，举似风穴。穴曰：今日又被你

收下一员草贼。”（首山省念禅师）

③ 金荣华：《中国民间故事集成类型索引》（一），（台北，中国口传文学学会，1990 年）故事类型 876 号《巧媳妇妙对无理问》。

④ 丁乃通：《中国民间故事类型索引》，中国民间文化出版社，1986 年故事型号 876.

⑤《景德传灯录》卷十一：“有尼名实际，到庵，戴笠子，执锡，绕师（俱胝和尚）三匝，云：‘道得即拈下笠子。’三问，师皆无对。尼便去，师曰：‘日势稍晚，且留一宿。’尼曰：‘道得即宿。’师又无对。尼去后，叹曰：‘我虽处丈夫之形，而无丈夫之气！’拟弃庵往诸方参寻。其夜山神告曰：‘不须离此山，将有大菩萨来为和尚说法也。’果旬日：‘天龙和尚到庵，师乃迎礼，具陈前事。’天龙竖一指而示之，师当下大悟。自此，凡有参学僧到，师唯举一指，无别提唱。有一童子于外被人诘曰：‘和尚说何法要？’童子竖起指头。归而举似师，师以刀断其指头。童子叫唤走出，师召一声，童子回首，师却竖起指头，童子豁然领悟。师将顺世，谓众曰：‘吾得天龙一指头禅，一生用不尽。’言讫示灭。”（婺州金华山俱胝和尚）

⑥《五灯会元》卷四：“有一供过童子，每见人问事，亦竖指以对。人谓师曰：‘和尚，童子亦会佛法，凡有问，皆如和尚竖指。’师一日潜袖刀子，问童曰：‘闻你会佛法，是否？’童曰：‘是。’师曰：‘如何是佛法？’童竖起指头，师以刀断其指。童叫唤走出，师召童子，童回首，师曰：‘如何是佛？’童举手不见指头，豁然大悟。”〈金华俱胝和尚〉

⑦《五灯会元》卷三：“祈州打地和尚自江西领旨，尚晦其名。凡学者致问，唯以铁棒打地示之，时谓之打地和尚。”（打地和尚）

⑧ 王顺庆讲述，1987 年采录。见《中国民间文学集成上海卷·松江县故事分卷》（松江，1989）第 359 页。

⑨ 金荣华：《中国民间故事集成类型索引》（一），（台北，中国口传文学学会，1990 年）故事类型 1660A；丁乃通：《中国民间故事类型索引》，中国民间文化出版社，1986 年故事型号 924 A。

一个故事家的记忆与想象

——孙家香和她的故事

刘晓春

20世纪80年代开始，文化部、国家民族事务委员会和中国民间文艺家协会在全国范围内组织编纂中国民间文艺三套集成（歌谣、谚语和故事集成）。在这一浩大的文化搜集整理工程中，发现了大量杰出的民间文艺传承人，还发现了许多故事村、歌谣村。土家族民间故事讲述家孙家香，正是其中的杰出传承人之一。1998年，长江文艺出版社出版了萧国松整理的《孙家香故事集》。读完《孙家香故事集》之后，我为故事展现的原汁原味的乡村生活所迷醉。在这本故事集中，几乎看不到采录者在民间故事家面前表现的主观意志的霸权，感谢采录者萧国松先生对一个民间故事家的充分尊重，才使我们能够通过口头叙事领略一个土著“知识分子”独特的生活世界，以及这一独特世界所蕴涵的深厚文化传统。

孙家香其人

孙家香，1919年生于湖北省五峰土家族自治县白果园村，孙家世代种田。孙家香共有兄弟姊妹九个，其中六人夭折。孙家香满18岁的时候，嫁到了长阳县椿树坪萧家。孙家香47岁（1966年）的时候，丈夫病逝，她拉扯着四个儿子艰难地生活。1988年，故事的采录者萧国松先生偶然之间发现了她的故事讲述才能，真正对她进行全面的搜集整理是从1997年开始的，在不到两个月的时间里，孙家香讲述了400多个故事，曾在九天之内讲述了264个故事。在萧国松集中采录孙家香的故事之前，孙家香一生之中的活动范围只在方圆30里之内，到过最远的地方是渔洋关——一个离家30里的几千人的小镇。她不识字，几乎很少接受外来文化的影响。她的故事来源有四个方面，大多数从她母亲处听来，从她的婆母处听到了很多的荤故事和笑话，识字的丈夫给她讲述了很多与古史有关的故事，另外周围的乡邻在日常生活中讲述的各类故事[①]。

集 体 记 忆

孙家香的故事风格独特，语言纯净地道，文化内涵深厚。总体来看，她讲述的单篇故事篇幅一般不长，有些甚至非常简短，使人觉得许多故事类似于乡野奇闻逸事。孙家香的故事作品中，有一些是在中国乃至世界范围内流传的著名故事类型，如问活佛型、蛇郎型、狼外婆型、天鹅处女型等等，另外则是大量具有浓郁地方性特色的故事，给人的印象非常深刻。孙家香的活动范围决定了她所讲述的故事较少笑话类生活故事，更多的则是幻想性较强的故事，她的故事具有深远的历史纵深感。如果我们将乡土故事家的故事讲述看作是一种乡土知识的世代生产，那么这种生产是在一定的空间范围内的传承与记忆。在村落这种绝少陌生人的社会中，“一个村子非正式地为自己建构起一段绵延的社区史：在这个历史中，每个人都在描绘，每个人都在被描绘，描绘的行为从不中断。日常生活几乎没有给自我表现留下什么余地，因为个人在如此大的范围内记忆共存”[②]。换言之，在面对面的村落中，个人历史都汇入了村落共同体历史的记忆长河之中，成为村落中每一个人共享的历史资源，成为一种集体记忆。

在孙家香讲述的故事中，关于天地宇宙形成的神话、老虎巴子的故事，都与来自遥远的文化记忆有关，这种记忆不仅仅是个人的、地域性的，更是族群的，具有遥远的历史与宏大的空间跨度。对于一个并不识字，没有接受现代知识文化系统教育的乡村女性，她只有从乡土的口头叙事传统中获得关于历史的知识。她的故事有一系列与儒、释、道以及本土宗教信仰、古史、民间讲唱传统等有关的传说，这类传说构成了支配孙家香个人关于历史知识、历史记忆的主要框架。其中有观音娘娘的传说、八仙的传说、雷神的传说、目连的传说、武松的传说、孟姜女的传说、土地爷的传说等等。武松、薛仁贵、朱元璋、皇帝、孟姜女、鬼谷子、观音娘娘、八仙、目连、土地爷等等或者是中国历史上曾经真实存在过的人物，或者是文人百姓演义、宗教传播等因素虚构的神仙，成了孙家香们演义历史的重要依凭，将心中的喜怒哀乐通过臧否叙事中的神仙或者人物直接地表现出来。而叙事中不时呈现的地方性细节显示了乡土社会质朴的多元历史观，如《武松打虎》，酒店成了黑店，老虎变成了店家三个披着虎皮的儿子，干着谋财害命的勾当；《陪伴皇帝娘娘的当了皇帝》讲述一个没有母亲的儿子历经劫难偶然之间做了皇帝，表达了孙家香们对瞬息祸福的看法；《目连和尚杀人八百万》将目连救母的传说与端阳节插艾蒿的习俗联系了起来等等。从这些与乡村社会生活相距遥远的人物或者神仙的传说叙述中，我们可以发现，在中国这样一个文明高度发达的国度中，乡土社会即便是在我们想象中非常“封闭”的所谓少数民族社会，上层社会的传统、书面文化的传统其实深刻地影响着乡村社会的集体记忆。表面看来，在乡土社会中，民间故事家的故事讲述往往成为生活的经验历久传承，在许多情况下，这种经验既是乡土生活世界在乡民口头叙事中的映像，也寄寓了乡民对于既已发生的历史事件的看法。其实，乡土社会并不如我们常识所想象的那样，它并不是一个绝然封闭的世界，而是一个与外来力量有着密切互动的底层社会，在那里，表面的平静并不能掩饰外来力量所带来的经常性的些许波澜。

想象与建构

从社会学的意义上来说，人们对于历史的传承与记忆是一种社会建构，而且是由现在的关注所塑造的。这种传承与记忆又不仅仅只是简单地重现过去的历史，而是受制于传承人、记忆者当前的社会生活环境。孙家香讲述的故事，在某种意义上可以说是孙家香个人关于世界想象的知识谱系。正是“由于我们的社会空间意象的相对稳定，所以它们让我们有不变化和以今溯古的幻觉。我们保持自己回忆的方式，是把它们和我们周围的物质环境联系起来。我们的记忆若要重现，那么，我们所必须关注的，正是那些被我们占据、不断步步回溯、总可以参与其中、随时能够重构的社会空间”[③]。当一个族群、一个地域的集体记忆与人们的生活空间、社会环境、人们的需求、欲望、恐惧等相联系的时候，历史、记忆便具有了社会建构的意义。笔者认为，孙家香的故事中，更具有个人风格的故事往往是那些呈现出浓郁地方性风格的故事，这些故事叙述的是虚化了的地方性历史事件，更具有研究价值。

孙家香远不像刘德培等故事家闻名遐迩，但在现实的喜怒哀乐、欢喜愁苦面前，她还是喜欢用故事来排遣忧愁，增添欢乐。孙家香说："我一遇事就讲'经'，讲'经'能解愁。""事情落到头上来了，急也没用，还是讲'经'。讲些'经'，自想自解。"孙家香"遇到狠的欺侮孬的（人），就讲孬的怎样把狠的搞赢；遇到伢子们对大人不好，就讲恶子遭雷打；遇到借东西不还，就讲还来生账；遇到学生逃学，就讲毛铁磨成针；遇到铺张浪费的，就讲大户人家变成讨米佬；遇到打架，就讲两个做生意的和好；遇到糟蹋粮食的，就讲讨米佬在茅司板上捡饭吃……"[④]如果仅仅从简单的道德训诫角度来看孙家香的故事讲述，可能会淹没孙家香等故事家们的文化意义。实际上，从孙家香的上述自我陈述可以发现，她的故事讲述在进行道德训诫的同时，也通过集体记忆建构一种社会秩序。

孙家香的故事中，蕴涵浓郁地方性特色的故事主要有阴阳先生堪地[⑤]、溺女的故事[⑥]、婆媳关系的故事[⑦]、嫁匠斗法的故事[⑧]、解交的故事[⑨]、灵魂转世的故事[⑩]、不怕鬼的故事[⑪]、过阴的故事[⑫]、精灵故事[⑬]、老虎巴子的故事[⑭]等等，这些故事所展示的生活世界蕴涵了独特的人文意蕴。

阴阳先生堪地的故事宣扬了底层民众期望改变命运的天命观，一个农家的孩子偶然之间听到或者看到了风水先生点穴的秘密，告诉家人，将祖先的骨灰葬在那块棺地，或者活着的祖先舍身殉命，占据了那块风水，从而改变了家庭的命运，往往孩子做上了皇帝。嫁匠斗法的故事则采取类似乡野传奇的讲述方式，将巫师运用巫术斗法的故事展现出来，嫁匠的法术之高，无须接触对方的身体，只须拥有类似于对方身体某一部分的法术道具就可以将对方置于死地。故事家的讲述不动声色，读者的阅读却是惊心动魄，嫁匠的法术魔高一尺，道高一丈，山外有山，天外有天，先挑起法术斗争的嫁匠往往最终自食其果。法术被乡民赋予神秘的色彩，在乡民看来，法术具有神奇的力量，其神秘性往往是乡土社会平静生活的异数。可以想象的是，在一个平静的乡土社会中，一切的秩序都是可以预见的、自然而然的，而嫁匠的出现则破坏了乡土社会的稳定秩序。因此，当民众诉诸于口头文学的形式，将这些特殊事件记忆传承下来的时候，我们则获得了乡民关于内心恐惧与紧张的历史认识。实际上，解交的故事与灵魂转世的故事可以看作是一个类型，都是讲述乡民今生今世如何偿还前世恩恩怨怨。这些人物的恩恩怨怨并不具有轰轰烈烈、大喜大悲的意味，却是前世许多不经意所酿成的人生误会，被无法超越的命运拨弄到了今生，继续上演着前世的故事，前世的无意往往演变成了今生的宿命，令人唏嘘不已，好在恩怨终有了结的时候，而且故事讲述家总是充分地满足乡民的接受心理，绝不会给听众带来些许的遗憾。大媳妇和二媳妇拨弄是非，婆婆便要吃幺媳妇的肝，幺媳妇只好割了自己的一叶肝，她的孝顺感动了天神，张扬了敬老孝顺的观念，而且善恶终有报应。出于女性性别的考虑，这一类婆媳关系的故事集中展示了乡土社会中女性的命运与挣扎。最让人感到震撼的是溺女的故事，虽然只有三篇，故事家极其冷静地叙述了溺女者（媳妇的婆婆）的痛苦下场，被溺死的七个姑娘变成了七条蟒蛇，在大街上追咬了婆婆七天七夜，对于男权社会中女性的命运，女性故事家内心寄寓了强烈的悲悯之情。对于乡土社会来说，鬼灵精怪的世界是一种矛盾的统一，既是世俗之外无法把握的世界，也是乡民自身灵魂与情感的外化。一如许多乡间叙事，孙家香也讲述了不少关于动植物精灵的故事。不过，最能体现孙家香故事独特价值的精灵故事应该属于老虎巴子的故事。在孙家香的精神世界里，田螺姑娘变成了老巴子，为一个单身汉做家务，虎皮被单身汉藏了起来，只得与他成家生孩子；姑娘为一只老虎挑了脚刺，老虎衔一只大羊作为答谢礼；郑家婆婆帮母老虎巴子接生，老虎便给她家弄来一只大肥猪表示感谢；老虎将老婆婆的孝顺闺女吃了，报了前生的冤仇，却使老婆婆的生活陷于困顿，老虎接续了闺女生前做的事情……在这些富有生活情趣的故事中，老虎巴子似乎融入了乡民的生活世界。在这里，我们看到了民间信仰对民间叙事的深刻影响。在土家族中，普遍存在着白虎图腾信仰，土家族先民巴人将白虎视为本部族的祖先，视自己为白虎的子孙，在他们的观念中，人与虎只是质同形异的生命体，是可以相互转化的[15]。老巴子的故事成为关于民族祖先的历史记忆。

总体来看，孙家香的故事讲述比较关注三类关系：人与人之间的关系、人与自然之间的关系、人与超自然世界之间的关系。她的故事讲述代表了乡土社会中人们对于人世、自然环境以及观念世界的想象，这种想象是基于历史、现实以及未来的朴素思考。也就是说，这些故事都是从乡土的世界观、宇宙观出发来建构人与人、人与自然、人与超自然世界之间的关系，而灵魂、精灵、巫术的观念构成了上述故事的核心。无论是溺女的故事、婆媳关系的故事、嫁匠斗法的故事、解交的故事、灵魂转世的故事、不怕鬼的故事、过阴的故事、精灵故事、老虎巴子的故事等等，都与乡土社会中人们关于灵魂、精灵、巫术的观念有关。这些与现实相对立的、虚幻的观念，却是乡民理解人与人、人与自然、人与超自然之间关系的思维规则，正是通过这一系列的灵魂、精灵、法术思维，乡民在现实世界之外建构了一个观念的世界。法国社会学家涂尔干在考察图腾、灵魂等观念之起源的时候指出："我们所处的环境就似乎充满了我们与之有关的种种力量，它们既专横又助人，既威严又仁慈。……结果我们得到的印象是：有两种不同的现实与我们相关，它们之间隔着一条鸿沟，一边是凡俗事物的世界，而一边则属于神圣事物。"[16]这个观念的世界可以说是孙家香等故事家们在现实世界之外建构的理想世界，更多的是对乡土社会中种种不可捉摸、无法解释的现象、人世无法把握之命运等进行理想化建构，企图在观念世界中把握、理解这些现象和命运。诸如解交、灵魂转世的故事，实际上是对现实生活中诸多人生误会进行的理想化解；嫁匠斗法的故事是对破坏乡土社会秩序之外来力量的想象性征服；老虎巴子的故事则是将祖先的记忆融入到现实的生活世界之中。

对于孙家香等诸多故事家的理解，如果仅仅局限于故事家及其故事文本或者故事讲述本身，将会遮蔽他们所蕴涵的普遍性意义。一如中国众多故事家的讲述，即便在孙家香这样一位几乎“足不出户”、大字不识的故事家讲述的故事中，依然可以发现大量与中国典籍文化、精英文化、上层文化有关的故事，虽然孙家香的知识与阅历都无法直接地接触中国古代的书面文化传统，但是，通过乡村的“讲古”、“讲经”、戏曲表演等说唱传统，书面文化、上层精英文化却强烈地影响着传统乡土社会的历史记忆。这里就凸显了一个问题，在中国这样一个文明发达的国度，如何理解传统乡土社会及其记忆？是将传统乡土社会看作是一个封闭的世界？还是一个与外界有着密切交流的世界？其实，中国学者眼中所看到的故事讲述等民俗文化与西方人类学家调查的异文化有着极大的区别。区别在于，中国是一个文明高度发达的国家，而西方人类学家所得出的众多理论都是建立在非洲等地区的部落文化的调查研究基础之上。英国人类学家弗里德曼（Maurice Freedman）将非洲部落的宗族理论运用到中国东南地区的宗族研究时，便面临着捉襟见肘的尴尬[17]。因为在中国这样的国度里面，国家与社会之间的关系是非常复杂的，不像部落社会那样，探讨亲属关系就足以了解该部落的整个社会关系[18]。中国有一个说法，“礼失求诸野”，大致反映了国家与社会之间的互动关系。因此，对于乡土社会中的故事家及其故事讲述的理解，应该扩大研究的视野，看到作为乡土社会文化现象的故事讲述活动与上层社会的典籍文化、精英文化之间或隐或显的联系。

孙家香等故事家讲述的故事，涉及到众多的历史人物（比如武松、朱元璋、解缙、包拯等等），而这些历史人物往往与书面文化的记载有很大的差距。以往的研究往往只注意历史人物传说的地方化趋势[19]，而忽略了对这些故事讲述所体现的民众历史观的考察。历史，可以分为“事实性的存在”和“文本性的存在”。前者是曾经存在过的历史事实，后者是人们对于存在过的历史的书写或者描述，历史的书写和描述实际上是对历史事实的一种认同。民间文学中关于历史人物和历史事件的叙事，往往与精英文化、典籍文化中的历史叙事大相径庭，体现了历史认同的能动性、多样性和争议性。在正统或者主流的历史叙事之外，民间的历史叙事提出了一种替代性的历史叙事。

与此相联系的是，孙家香等故事家的故事讲述体现了文化的多样性。如何充分地尊重文化的多样性，多元文化如何共存？在全球化的时代日益成为一个迫切的问题。作为无形文化遗产的故事讲述，在今天的中国越来越成为远去的图景。动态的故事讲述与社会生活紧密相连，总是处于不断的发展之中，无论是形式变化或者消亡。充分尊重文化的多样性，使多元文化共存，就应该使民间文化依然在乡土社会具有重要的社会、政治、经济和文化功用，如何保护孙家香等故事家讲述活动的文化生态，使民间文化的表达能够适应现代社会和现代生活，使之依然具有生存的活力，是一个重要而紧迫的课题。

［原载《民族文学研究》2004 年第 3 期］

注释：

① 参见林继富、罗鹏：《植根于泥土中的文化瑰宝》，萧国松：《孙家大婶娘》，载《孙家香故事集》，长江文艺出版社，1998 年版。

② 保罗·康纳顿：《社会如何记忆》，上海人民出版社，2000 年版，第 14 页。

③ 保罗·康纳顿：《社会如何记忆》，上海人民出版社，2000 年版，第 37 页。

④ 引自萧国松：《孙家大婶娘》，载《孙家香故事集》，长江文艺出版社，1998 年版。

⑤《两个阴阳和一个学生伢》、《水井里有一棺地》、《石门开》。

⑥《七个姑娘变蟒》、《七个姑娘变蛇》、《生了儿子就洗三，生了姑娘水里淹》。

⑦《朱氏割肝》、《雷打恶媳妇》、《行孝的媳妇》、《媳妇弄草包面给婆老吃》。

⑧《老头嫁匠和赶仗的嫁匠》、《划龙船的嫁匠碰到铁匠》、《赶仗的嫁匠碰到划龙船的嫁匠》、《响匠嫁菜》、《划龙船的嫁粑粑》、《煮酒的嫁匠和放排的嫁匠》、《划旱龙船的嫁磨子》、《胡端公会嫁》、《嫁匠嫁腊肉》、《过路老头子嫁墙》、《女嫁匠和男嫁匠斗法》。

⑨《狗还仇》、《狗跟到人》、《一个打牛的人》、《一条裤子》、《货郎子打牛蚊》。

⑩《盆说话》、《骡子舅爷》、《李春光还来生账》、《变鸡公还来生账》、《妈请姑娘借粟米》、《养生地》、《淹死鬼托生》、《淹死鬼借天篷罩》、《十八童生投胎》。

⑪《赌博佬卖驴子》、《一个伢子和两个鬼》、《陈净白背鬼》、《一个背鬼的人》、《货郎子给人守尸》、《响匠遇到长鬼》、《打铳的遇到鬼》。

⑫《到阴间找妇人》、《到阴间接生》、《一个过阴的把干儿子带到阴间》。

⑬《蛤蟆精》、《何首乌精》、《扫帚精》、《金条银条精》、《腊肉精》、《癞蛤蟆精》、《灵动星的侄儿子》、《薅草的老头碰到毛狗子》、《王铸讨亲》、《毛狗子精》、《毛狗子拜太阳》。

⑭《老虎巴子妈妈》、《老虎脚上锥了刺》、《老巴子谢接生婆婆》、《老巴子在稻场坎下蹲》、《老虎看见打铳的》、《老虎背姑娘》、《吃了巴子肉要还的》、《三兄弟变老虎》、《曹氏大不孝》、《一个赶仗的掉进老虎洞》、《人和老虎比英雄》、《货郎子有一把雨伞》、《货郎子救一个女的》、《割牛草的遇到老巴子》。

⑮ 参见胡炳章：《土家族文化精神》，民族出版社，1999 年版，第 97 页。

⑯ 爱弥尔·涂尔干：《宗教生活的基本形式》，渠东等译，上海人民出版社，1999 年版，第 282～283 页。

⑰ 参见莫里斯·弗里德曼：《中国东南的宗族组织》，刘晓春译，上海人民出版社，2000 年版。

⑱ 参见马歇尔·萨林斯《文化与实践理性》，赵丙详译，上海人民出版社，2002 年版，第 54 页。

⑲ 许钰：《口承故事论》，北京师范大学出版社，1999 年版，第 259 页。

三　论文摘要

传说建构与村落记忆

万建中

《南昌大学学报》（人文社会科学）　2004 年第 3 期

没有传说的村落是不存在的。如果一个传说为全村落所共享，那么，它便成为了村落记忆。在村落内，叙事和记忆相互支撑，共同创造了村落的口述史。传说、记忆和口述史往往三者合一，成为具体时空中人们共同拥有的传统。传说的孕育和出胎是要有生活机遇的，笔者以江西省抚州地区南丰县太和乡茶衕村为个案，向我们展示一个传说的建构过程。

茶衕村的成年人几乎都知道邹细毛打死猫头鹰的传说。传达出关于古樟树的禁忌以及违背禁忌所导致的恶果。倘若没有事件的发生，没有事件向传说的演化，古樟树禁忌便只是干巴巴的观念和事项。这一传说早在人们的脑海中被反复复制过，已积淀为一个毋庸置疑的根深蒂固的历史文本，人们坚信传说即历史，是需要后人刻骨铭心的重大事件。传说诠释了古樟树崇拜和禁忌的起源，并纳入人心的祖先崇拜的意识。这样，已具有威慑力和权威性的传说便成为村落内成员相互（主要是年长对年轻）训诫的宗教式话语。

茶衕村人恪守禁忌和传说这一历史事件，不仅仅是为了避免灾难降临，更是为了满足村落认同的需求。当笔者问及邹细毛打死猫头鹰的传说是不是真有其事，老年人都说是真事，但又不知道是哪辈祖宗的事，只知道事情发生在很久很久以前。其实，这一传说是否具有历史依据并不重要，即使真有其事，此传说实际上也是对一个实有事件的符号化转述，史实已经变得无足轻重，重要的是记忆和必须记忆。村落是一个共同体，茶衕村人坚信他们共享的历史、文化和古樟树信仰，这种共享载体并非历史本身，而是他们拥有的共同记忆（shared memories）。村落的意义不是关于村落生活或村落历史上的某种基本事实，而是一种村落建筑物（village construction），是社会文化构拟于村落族群的边界制度。

演述传说的主体是老年人，他们最拥有构建和传播本村落历史的话语权力和权威。在这共同记忆的情景之中，“传说”、“祖先”、“古樟树”和“老人”等观念有着显而易见的认同功能。老年人是以见证人的身份叙述历史的，他们用第一人称的口吻叙述事情发展的经过，绘声绘色，手舞足蹈，似乎说的就是历史本身，说话本身就是历史，俨然就是历史的重现。与其说是老年人在演述，不如说是在主持那段不能忘记的经历、强化村落记忆和“村落维护”（boundary maintenance）的仪式。

（肖志刚　摘）

刘秀传说的信仰根基

尹虎彬

《民间文化论坛》　　2004 年第 4 期

本文对“刘秀走国”传说进行系统整理和归类，发现其主题和叙事模式几乎不变的都是刘秀走国，遭劫后被营救，营救者最终被敕封。而且主人公总是刘秀，追杀他的人总是王莽，结局一定是报恩。营救者可以分为植物、动物、自然物、人工物和人、神灵等五个大类。通过对刘秀传说流传的地名、村落、戏曲及历史进行比较，发现其叙事呈现模式化特点，主题更是鲜明简单，都是因果报应和忠君思想。这些传说具有浓厚的民间文化传统和持续的趋同特征，说明刘秀传说演述了不同地域的共同历史，而其多种多样的趋异性表明，这些故事有着适应不同时代和地域的能力。其核心是关于历史人物刘秀的口述传统，这种模式化的特点是口头传统为了保持自身稳定性所作出的选择。刘秀传说的历史根源实际上就是古老的动物和植物由来的神话或解释性的传说。由此，可以发现刘秀传说不过是口头传统的延续。这个传统是与古老信仰相关联的，刘秀认后土老母为干娘，说明皇帝权力与神权的合一。刘秀可以被视为皇权转化而来的神。

（肖志刚　摘）

论典籍、诗文与传说的交错互动

——以浙江金华的黄大仙为例

陈华文

《民间文化论坛》　2004 年第 5 期

在民间传说的研究中，人们经常可以发现这样一种现象：对传说的源头一般的认同更加偏重于典籍记载，如四大传说中的孟姜女、梁山伯与祝英台等。原因是传说的早期形态只保存在典籍之中，甚至是经过改造了的典籍之中。而研究者阅读的只是这种形态，于是传说的发端似乎来源于典籍或文人的创造，民间的声音由于文字式记录方式被垄断在文人之中而被湮没。可是我们审视一个典籍记载或传说内容的时候，却发现它的生命力并不在于典籍记载的多寡，而决定于传说在民间的流传深度和广度。缺乏传说支撑的典籍记载，是没有意义和价值的，尤其是没有生命力的。本文以黄大仙为例，就黄大仙的这种文人记载与传说互动的关系进行较系统而全面的探讨。有关黄大仙记载材料最早出自于葛洪的《神仙传》，之后的历史过程中不断有关于黄大仙的故事或诗文在叙述他的事迹，并对地方文化产生影响。20 世纪以来，随着黄大仙远播港澳和海外，这种影响还在持续发展并不断升温。黄大仙存在的生命力，就来自于典籍记载、文人诗文吟咏与民间文学三个系统的交错互动。事实上，这种互动不仅存在于黄大仙传说之中，同样也存在于其它历史悠久的大型传说之中。这个发现对民间传说与记载之间的互动关系这一普遍性问题的研究将有所帮助和补充。

（肖志刚　摘）

论古籍、碑刻记载中的悦城龙母传说

蒋明智

《民族文学研究》　2004 年第 1 期

一般认为悦城龙母传说的最早记载是在唐代，而笔者认为早在南朝刘宋年间，就被沈怀远的《南越志》记载下来，至今已有一千五百多年。而它产生的年代则更为遥远，可上溯到秦始皇时期。它在历史的发展中，经文人仕宦的著录和宣传，保持了完整的形态；在民间，又经过民众的加工创造，表现出丰富的变异性。尤其是它与龙母祖庙联系在一起，获得了播布四方、代代相传的生命力。

容肇祖在《德庆龙母传说的演变》一文中认为龙母传说的成立时期主要在唐代的一百年间。其见诸记载的，最早是唐刘恂《岭表录异》里的《悦城龙母》，后人在论及悦城龙母传说的最早记录版本时，多持此论。但检阅有关史料时发现，这一传说并非悦城龙母传说的最早记载者。无论从记载年代还是内容上考察，《端溪温媪》应为最早者。

德裔美籍艾伯华教授在《中国民间故事类型》一书中，将悦城龙母的故事用母题索引的方法归为“龙的母亲”的类型，但其实这是有区别的：悦城龙母传说的叙述主体是龙子被断尾而离家远走和移墓葬母，因此是解释性的传说，而并非始祖诞生的神话。因此，我们有必要将龙母传说另立为一个类型，叫“掘尾龙祭母”故事类型。

唐代除了典籍记载外，由于龙母信仰在悦城已大行其道，龙母传说也随之被刻石上碑，从那时起，龙母即被皇帝封号，纳入封建国家的祀典之中，赢得封建统治阶级认可，取得了正统地位。在后世的流传过程中龙母逐渐被政治化、历史化，至清代又进一步地方化，使龙母由一个传说中的人物变为地方的历史人物，并作为信仰神而进入世俗生活。因此要正确、完整地认识龙母传说，必须具有历史的眼光，亦即从龙母传说的产生、流传的历史过程来把握，否则就会陷入片面性。

（肖志刚　摘）

神话和传说：小说虚构中族群文化的隐显

——读阿来的《尘埃落定》

孔占芳

《民族文学研究》　2004年第4期

本文试图从小说《尘埃落定》中人物所处的文化生态环境中的神话和传说的角度，探讨族群文化对作者（创作个体）的思维方式和小说构思的影响，以及作家实现写一部“普世小说”的企图。不管阿来多么不希望自己仅仅被认定为“一个藏族作家在写自己民族的东西”，但《尘埃落定》首先震慑汉语阅读者的心灵的，的确是那异域清新而奇特的风情。那皑皑白雪的雪域清晨，那经幡猎猎的神秘官寨，那飘满柏香、草药味的桑烟，无不渗透着一个远离现代工业文明的族群的生活气息，那浓浓的酥油茶、那高亢的民歌、那念经的喇嘛，无不言传出一个与汉文化迥异的精神文化世界，诉说着一个族群的宗教、信仰和对世界、人生的感悟、理解。这些生活的底蕴正是通过小说中的神话、传说和民俗言传了出来，带上了藏民族特定的审视世界的思维方式。

世界上大部分民族的起源中都有世界最初是混沌一片之说，也以不同的方式分出了天、地，但唯有藏族苯教中把“空”作为了五元素之一，并由此产生了本民族的宇宙观。在高寒缺氧的“世界屋脊”，高原生态极为脆弱，生物资源极为珍贵。生命的拷问、灵魂的归属、时间的断想、宇宙的奥秘更容易进入思考的范围，从而在宗教中保留有更多的行而上的追求与探寻，进而也保留了探寻的结果——空！这就是几千年来积淀在藏族文化中的集体无意识，这就是这个族群思考世界的方式。一个个体无论他后来接受了多少汉文化的教育，也无论他如何流利地用汉语写作，在他的思维方式中集体无意识是无法抹去的。何况他也并不想抹去，而把它作为让读者了解作品、了解这个族群的契机而加以利用，使《尘埃落定》在揭示普遍存在的意义上显出了优势。

用传说的形式保存族群活动的痕迹是本小说的又一大特征。关于民族的起源，小说中描述了三种起源说：1. 天神起源说；2. 卵生说；3. 人魔结合说。三个关于民族起源的传说贯穿于小说始终，言说出作者体验到的权力，而族群（或王朝）的权力，只能说是“自己领地上的王者，（因为）土司的称号是中原王朝赐给的”，即受制于更大的权力，而再多的权力都逃不过那个在“什么也没有之前”就存在的神人——时间的洗刷和磨砺，这又返回神话，从而彰显出小说的寓言和普世意义，这就是阿来关于小说的信念。

（肖志刚　摘）

中国民间幻想故事中“魔物”话语的文化解读

万建中

《西北民族研究》　2004年第3期

在中国的许多民间幻想故事中，时常会出现某种具有神奇魔力的物件，这个物件虽有魔力，但对它的使用却是有着某种禁忌的，违反了这个禁忌，就会有灾难降临，于是，故事的情节往往围绕着如何使用魔物而展开，并由此形成了独特的魔物话语，这种话语有着相对固定的结构形态，按照苏联民俗学家普罗普给功能下的定义，以丁乃通归纳的480D“仁慈少妇和魔鞭”类型的故事为例，我们会发现，伴随魔物马鞭的获得和被使用，相继出现了魔物话语中的三个主要功能：禁令，符号；违禁，符号；惩罚，符号。魔物话语的三个功能形成了一个相对固定的叙事范式。

通过对这一具体文本的“形式提纯”，可以将故事中与魔物话语有关的登场人物抽象为角色，即捐助者、主角和反角。三个功能和捐助者、主角、反角有着一种相对固定的配属关系。

由此我们可以这样总结魔物话语叙事范式的特性：在相同结构模式中内容上的变异。故事情节的脉络就是按照禁令→违禁→惩罚这一魔物话语固定的套式向前推进的。这一固定的套式是一个交替反复的结构模式，即故事可以不间断地讲下去。

因此不论魔物话语的内涵如何千差万别，其叙述结构模式是大体不变的。不过，通观魔物话语、违禁及处罚的情况有三种，也就形成了魔物话语的三种表述形态：

第一种是主角未有“恶行”而受惩罚，成为功能的承受者，仅是违禁使然。这是一种“牺牲者”或“殉难”式的主角。也就是说，主角绝对不是为了自身的利益而违禁，而是为了他人的安危迫不得已拒绝遵循使用魔物的规矩。违禁就要遭到惩罚，而为了许许多多其他人的生命，自觉的违禁行为蕴含着所有同类行为都不具有的崇高人格价值和伟大精神。

第二种情况比较少见。主角违禁，目的是为了不让反角贪图财物的阴谋得逞。当然，主角自己应得的好处亦化为乌有。这也表现了主角勇于自我牺牲的精神。

第三种情况最为常见。往往是主角先获得魔物并恪守使用魔物的禁忌，尔后反角不择手段拿到魔物并破坏了禁忌。

以《天女散花》故事为例，在魔物话语的三种表述中，话语的讲述完全以伦理道德观念为准则。从建构故事情节的意义来说，禁忌是为魔物最终失灵埋下的“伏笔”。而魔物实际上是诱使矛盾对立的双方充分表现各自品格和品性的道具。魔物话语的内涵表明，过分贪图财物会导致自我毁灭。在所有的口承文学的魔物话语中，此种主题所占的比重较大，透示出广大乡民对此道德准则的关注。反过来，正是有了这一密切关注，才会出现魔物话语被不断地口头复制，这显然有助于坚决抵御人们贪图钱财和享乐的本能欲望。将严密的自然法则撕开了一个裂口，再灌输进沉甸甸的道德教化的铅水，正是此型故事构思上的精巧之处。对知足的歌颂和对贪心的鞭挞，是这一魔物话语的思想精髓。

英国人类学家 E. H. 利奇认为，禁忌是人类对某些事物不可避免地处于某种模棱两可状态所做出的一种社会的和文化的反应。魔物是神圣的，原非凡人所有，现在却由捐助者交到了凡人手中，处于“模棱两可”的状态，成为可能会扰乱神圣空间与世俗空间界限的事物。因此故事中的魔物禁忌，与其说是由神奇人物所设，不如说是因魔物拥有者的角色转换造成的。

（王雨露　摘）

《生经》故事的持久魅力

——佛经故事札记之一

刘守华

《华中师范大学学报》（人文社会科学版）　2004 年第 6 期

《生经》是西晋高僧竺法护译出的一部佛经，共 55 篇，大都是引述故事以证佛家义理。其中有多篇故事传入中国一千多年后已经融化在中国民间口头文学之中，其艺术生命力至今犹存。最为鲜明突出的是以下三例。

《生经》卷一所载《佛说鳖猕猴经》讲述的是猴子和鳖交友遇险的故事。就此故事形态本身及佛经故事在中国的传播历史来看，中国民间传承的此类故事之源出于佛经，结论应是无可置疑的了。进入佛经之前，它本是印度的一则普通民间故事，它借佛经传入中国，由于在各族民众口头广泛传诵并发生变异，衍生出多种异文。丁乃通撰《中国民间故事类型索引》，将其定名为 AT91 型“猴子的心忘在家里”。它在中国流传甚广，《中国民间故事集成陕西卷》选录的《猴子和鳖打老庚》就是一篇代表作。

这样的一则佛经故事之所以在中国泥土里扎下根来，是因为它原本就是一则印度民间故事，进入佛经之后仍然保持了作为民间口头文学的特质。还有，就《生经》文本而言，它着力于讲故事，情节生动，再加上竺法护汉译《生经》文本质朴、传神，富有口头文学意趣。正是这些因素所构成的艺术魅力有力地吸引了中国大众，民众完全可以把它作为佛经的一面撇开，抓住故事的主干使之乡土化，融入自己的口头文学之中，世代相传。此外，中国的鳖与猴故事虽直接源自佛经，却并非对它的简单转述或抄袭，而是紧密联系中国风土人情及口头文学传统，有所变异与创造，蜕化为国有。故事的两个主要角色没有改变，而相关细节则中国化了，正是由于将佛经所载印度故事核心母题予以蜕化，故事的生命力便长久不衰了。

《生经》卷二所载《佛说国王五人经》，讲述大船国的五位王子，远游诸国以试自己功德的传奇故事，它也是融化在中国文学之中，深受学界关注的一个著名故事。中国民间故事中也常有母题及结构相类似的作品流行，两者虽有众多异处，但共通之处是以社会的几类代表人物各赞己之所长并付之实践以决高下，由此构成动人故事蕴含生活哲理以启示民众，构想十分出色。它已成为中国民众喜闻乐见的故事类型之一。《生经》中这篇故事最吸引人的是工巧王子制作机关木人一节。而在中国，通过《列子》对《生经》文本的转述，可以说类似的故事情节已经深深地植根于中国文化之中。

《生经》卷二还载有一篇《佛说舅甥经》，是一篇饶有趣味的机智人物故事，表达了人们对处于社会底层的贱民的深切同情。在新疆《哈萨克族民间故事集》中，有一篇《狡猾的小偷》，两相比较，不仅故事的主干情节相同，就连故事母题也那么相似。两个故事的紧密契合，只能用相互交流影响方能给予合理解释。《佛说舅甥经》可以说是一篇形态最为完整而写作历史又较为古老的民间机智人物故事。此类作品在佛经中虽为数不多，但它传入中国后对这一叙事体裁的深远影响却不可低估。佛经中的舅甥故事和中国古代的机智人物风格迥然有别，它的主人公是下层社会的偷儿，情节构成不是巧言惊众或咏诗联对，而是在日常生活中出奇制胜的种种行为，其艺术魅力不是一两次斗智胜出，而是连环式的系列较量。显然，这类故事的叙事形态及其文化内涵，更受中国广大民众的喜爱。这一事例，对我们重新估价佛经文学对中国民间文化和民间口头文学的深远影响是有启迪意义的。同时也是一个有待开掘的重要学术课题。

（王雨露　摘）

近20年中国民间故事叙事性研究的探索与缺失

毛洪文　孙正国

《西南民族大学学报（人文社会科学版）》　2004年第9期

叙事学的产生和发展与民间故事研究有着深刻的内在联系。就叙事学与民间故事研究的关系而言，叙事学对于后者具有重要的方法论意义，而民间故事的文本特征又使得叙事学解读成为可能。回顾中国民间故事叙事性研究近二十年的探索历程，有两种基本的学术取向：

一是叙事学取向，即以民间故事作为运用与检验叙事理论的对象与材料，学术归宿是叙事学的，但客观上也对民间故事的叙事性作出了具体研究。叙事学研究者罗钢和胡亚敏都对民间故事的叙事形态作了不同程度的考察和评述。

另一个学术取向是故事学取向。即以故事学理论为依托，探索民间故事的叙事规律，作为故事研究的重要补充，为民间故事的进一步研究提供理论支撑。故事学取向的研究又可分为两个阶段：一是20世纪80年代的初步探索阶段。这一阶段民间故事的叙事性研究处于不自觉向自觉的过渡时期，出现了一批较有代表性的研究文章，特别是20世纪80年代中后期相继出现了许多学者运用结构主义叙事理论研究民间故事的论文。使得中国民间故事叙事性研究成为一个新的故事学领域。第二个阶段是20世纪90年代以来的深入探索阶段。这一时期很多学者致力于深化民间文学的叙事理论研究，取得了突出的成果，代表性的成果有张开焱的《神话叙事学》、李扬的《中国民间故事形态研究》、台湾学者陈劲榛的台湾白贼七故事研究、刘魁立提出的民间叙事的生命树命题等。

综观近20年我国民间故事叙事性的研究探索成果，主要有两个总体特点：一是叙事学界在建构其理论体系的同时对民间故事所作的研究理论性强，但较为零散，不系统；一是民间文艺学界对民间故事所作的叙事学方法的尝试性研究，由于对叙事理论的把握缺乏深度，因此大多停留在表面层次，但其趋向是渐进的成熟与系统化。由是观之，运用叙事学方法研究民间故事，必须结合两者的特点来考察和把握研究对象，从而使民间故事的研究真正走进叙事学方法的新天地，为开拓民间故事的文本研究提供了一个崭新的学术领域。

但是，近20年民间故事叙事研究也有着重要的缺失，那就是片面地将民间叙事文本与作家叙事文本简单对接，从而在运用叙事理论研究民间故事之中几乎没有考虑民间故事的民间叙事特征，忽略了民间叙事的民间性问题。这是一个巨大的研究盲点与误区，今后的民间故事叙事性研究，只有走出这种误区，烛照研究中的“民间性”盲点，才能真正地拓展民间故事传统研究的领域和视野，为研究民间故事创设一种新的文本批评模式。正是在这个意义上，我们既要强调叙事学对民间故事方法论领域的突出价值，弥补传统研究中忽视民间故事首要的作为叙事文本的基本特点的不足，又要充分尊重民间叙事的独特性，以便较为有效地、多层面地理解和把握作为文化文本的民间故事的价值与意义。

（王雨露　摘）

中国螺女型故事与仙妻情结研究

郑土有

《民俗研究》　2004年第4期

螺女型故事是中国民间较为流行的民间故事类型之一，该故事在中国民间流传了近二千年而不衰，有社会、文化、传播等各方面的原因，而中国民众心灵深处的仙妻情结是最重要的原因之一。所谓仙妻情结是指男性心底里希望娶一位仙女或仙女般美貌的女子为妻的一种愿望，该情结的产生源于对仙人的信仰。作为螺女型故事代表的《白水素女》的女主人公螺女是天汉中白水素女，受天帝之派遣而下凡来帮助穷困的谢端。该故事与当时社会上盛行的仙人信仰有密切的关系：首先，素女在中国古代是仙女的别称，因此《白水素女》实质是一则仙女下凡故事。其次，结合汉魏的时代背景，螺女故事的发端正值仙人信仰盛行之期，而螺女型故事的主人公恰是仙女，因此可以说该类型故事是应仙人信仰的出现而出现的。第三，汉魏正是仙女与凡男恋情故事大量流传的时期，数量相当多，《白水素女》只是其中的一种。

变形是螺女型故事中一个最重要的情节要素：螺女通过变形来到人间，又通过变形回到仙界，是仙妻理想得以实现的关键。在《白水素女》等天女下凡型的螺女故事中，变形情节比较容易理解，但在大量后世流传包括现在搜集的螺女故事中，我们从故事叙述中已看不到螺女的真实身份是天女或仙女的情节，而似乎螺女就是由田螺精变化而来的（比如流传于浙江省衡州地区的《螺蛳精》），这表面上看好像同仙人信仰没有关系了，事实上仍然是仙人思想的一种延续。仙人思想的核心是灵魂与肉体的同时长生不灭，为了论证仙人的真实存在，和通过修炼可成仙人，在汉代出现了“老而成精”的理论，即以动物、植物可以成“精”来印证人可成仙。螺女在民间故事中虽然大多称为田螺精，但正像狐仙也称作狐狸精一样，她们都是女仙家族中的成员。所以，在螺女型故事中，女主人公的身份无论原本就是天上的女仙，还是通过修炼而成的螺仙，都是以女仙的面目出现在故事中的，民众就是通过她的这种特殊身份，以变形的手法，在想象的世界里得以实现仙妻的理想。

具有仙妻情结的故事数量多，流传区域广，流传年代久，在中国民间故事中是很突出的一种现象。之所以如此，主要有以下五方面的原因：第一，螺女等仙妻类故事表现了农民对美的追求；第二，螺女等仙妻类故事表现了农民对贤妻的渴望；第三，螺女等仙妻类故事是农民在精神层次上对性的需求和宣泄；第四，螺女等仙妻故事表现了中国农民理想的家庭生活模式；第五，就哲学层面而言，螺女等仙妻类故事是中国古代天人合一理念的形象化反映。

（王雨露　摘）

第　六　编

民间歌谣及叙事长诗研究

一 研究概述

2004年民间歌谣研究概述

徐金龙 欧阳梦

相对民间文学其他体裁来看，民间歌谣研究一直处于低潮。这种势单力薄的边缘化局面在2004年依然没有多大改观，在中国期刊网上可见约七十多篇研究论文，数量上与前几年基本持平，但也不乏颇具新意、较为厚实的文章，总体上呈现出平缓发展的态势。

立足田野的人类学视野

充分运用来自田野实地调查的第一手资料，并结合书面文献进行研究，这种研究路数一直炙手可热，屡试不爽。余霞（土家族）《鄂西土家族哭嫁歌的主体心理分析》（《中南民族大学学报》2004年第4期），“综合运用口述材料与哭嫁歌文本资料，就土家族哭嫁歌的主体心理进行了分析”。作者认为，土家女性因为婚姻自主权的缺失，在哭嫁仪式中主要通过四种情感宣泄来运用这种话语权：伤离别，念亲恩；惧婆婆，恐未来；怨婚姻，骂媒人；叹命运，恨不平。哭嫁是在为告别女儿角色，进入媳妇角色作心理准备。从民俗文化、土家族妇女的社会地位以及土家族媳妇生活的状况三个角度，作者分析了土家女性在哭嫁中的心理变化历程。

覃慧宁《大众传媒背景下山歌的传承与传播机制——以广西宜州市为例》（《民族艺术》2004年第2期），引入传播学理论，从人类学文化变迁和文化调适的视角，实地考察广西宜州市山歌的生存状况、传播和传承方式，以此个案为基础探讨山歌文化的传承和传播机制。作者认为在以电子媒介为主的大众传媒背景下，当代山歌的传承和传播呈现双重特质：既是传统人际传播的载体，亦是现代大众传播媒介的传播内容。“它与代表工业文明的大众传媒所带来的大众文化并存共生，体现出因时应势而变的活态性，也展现出积极接受、吸取和利用现代电子媒介的灵活性和创新性，这使得山歌文化保有与工业文明融合并存的生机和潜力。”这就为其他民间民族艺术形式在现代化全球化新形势下寻求多元文化的共生发展提供了参照与借鉴。

偏重文本的历史研究

闫天灵《“走西口”与晋陕内蒙古毗连带民歌圈的生成》（《西北民族研究》2004年

第2期）一文，在认真解读民歌底本及爬梳细部史料的基础上，认为晋西北山曲、陕北信天游、内蒙古原绥远地区的爬山歌具有同源性和相似性，共同组成了我国北方一个独特的民歌圈。这种文化现象的生成与清代民国时期的“走西口”移民运动密切相关。人口同源支持了民歌共性，“走西口”推动了三地民歌的同质化过程。以田野调查为基础，对上述民歌圈进行深入细致比较的论文，还有李雄飞《山曲、爬山歌和信天游的共性研究》（《兰州大学学报》2004年第1期）。

着重考察魏晋南北朝和明代这两个特殊时代的民间歌谣，也有一系列较为引人注目的论文。

北京师范大学历史系的年轻博士李传军《魏晋南北朝时期的歌谣风议与官民互动》（《北京师范大学学报》2004年第2期）一文，以历史的眼光，爬梳正史中的材料，关注中国古代歌谣与社会政治的关系，分析解答了魏晋南北朝时期民间歌谣怎样促进官民之间的互动，又是怎样影响到政治的。该文指出，官民良性互动的生动表现就是由歌谣风议引起统治政策的调整变化，可归纳为四个方面：升迁或罢黜官员；调整军事行政措施；实现皇权更迭；改元和祈禳。这对社会的稳定和人心的安定，具有一定的积极意义，对当前大力倡导推进“构建和谐社会”的时代主旋律不无启发。

娼妓与民歌的联姻，在民歌发生发展史上，具有重要意义。但由于妓女身份的特殊性和敏感性，很少有学者研究娼妓与民歌的关系。而周玉波在《明代娼妓和民歌关系论略》（《南京大学文学院学报》2004年第3期）中，大胆创新，考察了大量与娼妓有关的民歌，对明代娼妓与民歌之间的关系进行了梳理评析。他认为明代民歌纵情声色的特征极其明显，无论是内容和形式的丰富，还是作者队伍的壮大和作品的流布，都离不开娼妓的加入，“正是有了娼妓的影子在，明代民歌才焕发出了别样的风采”。它给中国文学史的研究提供了一个新的视角。

关于歌谣史研究，值得注意的还有戴汝庆《民间文化的精灵——明代民歌审美特征之一：自在——自由》（《沧州师范专科学校学报》2004年第3期）、邹兰芝《南朝文人艳情诗与民间情歌的渊源关系》（《社科纵横》2004年第5期）、温洁《南朝民间情歌中的女性自我形象》（《美与时代》2004年第3期）、赵谨《试论南朝民歌的城市化特征》（《龙岩师专学报》2004年第5期）等。

多学科多角度的切入观照

除前面两种本学科的传统研究方法和观照视角外，从音乐学、语言学的角度切入研究民间歌谣，尤其值得关注。

徐平《方言与民歌刍议》（《民俗研究》2004年第2期）一文较有新意，从语言学入手，就民歌与方言的关系作了深入分析，认为作为口头文学的民间歌谣，因其特殊的创作群体和受众，使得各地民间歌谣都带有本地的乡音。如果去掉这些乡音，民间歌谣就失去了原有的韵味。文章对今后的民歌研究提出了一项要求：搞民歌研究的人要懂得方言学知识。

澳大利亚新南威尔士大学的杨沐《从花儿研究现状思考中国民歌研究中的问题》

（《音乐研究》2004 年第 4 期）从音乐学的角度研究“花儿”，对花儿的研究现状进行分析、总结、思考，指出研究的不足，并提出富有建设性的意见，对内地音乐学界、民间文学界研究“花儿”有着一定的指导意义。

理论层面的探索思考

民歌在几千年的中国文化中始终处在主流文化以外的“边缘”地位，是由于它的文化属性和创作群体一贯的社会地位所致，但它同时在当时又具有强大的生命力，这种双重命运到了近现代特别是当代随着社会的进步和现代化建设的加快，受到了前所未有的冲击，丧失了它的生存空间。乔建中在《民歌的边缘化与文化》一文中提出疑问，当自然生态向良性发展时，文化生态的良性转变是否也指日可待？从而发人深思。任俊文《浅析河曲民歌的历史与现状》（《天津音乐学院学报》2004 年第 2 期），通过河曲民歌的个案考察研究，对传统民歌的抢救、保护、发展问题提出了具体的看法和建议，对当前非物质文化遗产保护工程的实施颇有参考价值。

郑土有《口传文学的编创律则——以“调山歌”为例》（《杭州师范学院学报》2004 年第 6 期），以吴语叙事山歌歌手广泛采用的“调山歌”为例，深入口传文学的本体世界，探讨其编创规律，并提炼出表演的动态编创、套式化编创、节点编创等口传文学的三项基本编创原则。这种对民间文学特别是民间歌谣的创作传承规律进行尝试性的理论思考，在当前理论研究比较匮乏的局面下，显得难能可贵。

纵观 2004 年度所刊民间歌谣的研究论文，可见方法有所创新，理论有所推进，视野有所拓展，涉及诸多学科领域的理论知识，从民俗学、人类学、文学、历史学、语言学、音乐学、传播学等多重视角进行考察研究，取得了显著成效。对民间歌谣的地域性、民族性的探讨，可谓本年度民间歌谣研究的一大特色和亮点。不少学者充分利用自身非常熟悉的本土优势资源，得心应手地对本民族民间歌谣进行实地调查研究，获得第一手新材料，结合文献进行深入研究，得出了一些富有创见性的结论，这不失为一种行之有效的研究方法，值得学界认真讨论和实践。然而，在引入国外的理论方法和前沿成果方面似嫌不足，民间歌谣理论研究仍需加强。

值得注意的是，在我们评述的这些成果中间，李雄飞和郑土有的论文，都是他们关于西北民歌和吴语叙事山歌研究的博士论文中的一节，由此也表明民歌研究具有广大深远的空间。

二 论文选载

大众传媒背景下山歌的传承与传播机制

——以广西宜州市为例

覃慧宁

2003年11月和2004年春节，我在宜州访问了谢庆良、黄月香和蓝翠丰三位歌王及其他一些山歌爱好者，对宜州山歌的生存状况、传播和传承方式等进行了一些考察。

广西宜州市建制至今已有两千一百多年的历史，自古就是桂西北政治、经济、文化和军事重镇，聚居有壮、瑶、水、仫佬、毛南等少数民族，是广西民族歌谣文化的核心地区之一。尽管“文革”时期与山歌有关的活动曾遭到政府严令禁止，但自20世纪80年代解禁以来，山歌迅速恢复了生命力，如今这里的乡野村镇，在各种民俗节庆和圩日里唱歌者多，听歌者也多，许多宜州人已经把对歌活动当成了生活的一部分。

山歌能在今天仍拥有如此众多的歌手和听众，不是一个简单且孤立的现象。广西的不少地方近二十多年来都出现了山歌逐渐复兴的现象，尤以宜州为盛。那么在宜州，山歌传统的传承和传播机制如何？这种机制又是怎样在各种大众传播媒介[①]——尤其是电子媒介——进行垄断性的大众文化传播之下继续生存，并得到各个层面群体的认可，从而使它在大众传媒带来的工业文明浪潮和体现官方意志的政府导向介入下展现生机？它传统的传承和传播模式为适应当代大众传播模式，做出了哪些自主的又或被动的调适？由此而产生的变迁又是什么样的，蕴涵着哪些意义？等等，都是值得探讨的文化命题。当人们试图在经济日益全球化的同时，努力探索和寻求多元文化的共生之道时，对这些围绕山歌的传承和传播的文化命题的剖析就具有了深刻而广泛的参照与借鉴价值。

一、以人际传播为主：山歌传统的传承和传播模式

山歌的传承和传播载体之一，是古壮字[②]或汉字或二者混用的歌本——其保存及流传仅限会唱或编壮歌的歌手或山歌爱好者，一般只在私人间流传或供个人阅读，因而传播范围是极窄的，山歌主要的传承和传播载体还是歌者的演唱。综观山歌的传承和传播模式，其传统的模式可以认为属于个人的内向传播[③]与人际传播[④]并存，以人际传播形式为主的模式。也就是说，通过歌本和歌手的演唱进行的传播活动传统上一般包括：1.

内向传播：发生在个人体内的信息传播活动，即传播信息的主体和接受信息的客体是同一个人，通过阅读歌本，对山歌这一讯息的接收和认知都发生于人体内部，经由个人思考、感受和记忆等；2. 人际传播：发生在两者或两者以上之间，面对面的而非通过大众传播媒介的信息交流活动，即若干位歌手的对歌活动或传唱山歌的活动。另外，在今天古壮字掌握者一般为年龄约在 40 岁以上的人，且其使用面仅限于会唱壮歌者的情况下，可以认为山歌的传播方式主要为无需书面文字、通过歌唱进行的口头传播，它的传承也就基本上是以人们之间直接的人际传播方式进行的。

当问及三位歌王及一些山歌爱好者是怎么开始对山歌产生兴趣并学会唱歌的时，他们都提到是长辈所传授。这种传承模式，与让年龄相近者集中于固定场所，通过掌握系统理论知识的教师，以语言及书本为介质，所进行的系统的、完整的、严谨严格的学院式传承模式完全相反，是没有集中的时间、地点和有条理的内容，也没有固定的传承者的。

家庭传歌的方式有多种，一是手抄歌本：在壮族和汉族混居的地区，不少家庭都有以古壮字或汉字或二者并用抄写的各种歌本（古壮字的使用比例视是否为传承壮歌的壮族地区而定，传承汉歌的地区流传的歌本则为汉字书写的了），这种歌本往往是父传子、子传孙，代代相传；二是口传：他们的父亲或母亲，有时是他们的邻居长辈或哥姐，随时随地唱歌或对歌，以之为娱己娱人、传情达意的工具，也用其中蕴涵的道德法则和生活经验来教育他们认识世界、理解人生。他们则随时从这一活动中获得对山歌的感性认识和理性经验。这一过程既是娱乐的过程，也是培养灌输他们生活经验、人生教养和道德伦理观念，并强化他们的民族心理、个性意识的过程。因为山歌的内容属于私人性、个性化的信息，唱什么、怎么唱，所承载的都是歌者完全个人化的思想和体验，这些未来的歌者就成长在这样富于音乐性和创造性的日常环境中，正所谓耳濡目染：他们没有接受过系统的音乐训练，没有得到过关于山歌的理论指导，全凭兴趣和悟性，得到口耳相传的歌唱技能，并达到可以张口就唱，合韵合拍，且能在歌词中大量运用各类比兴手法，形象艺术地表达自己思想感情的程度，这不是程式化的严格科班传承模式所能实现的。事实上，今天社会上通过系统、集中且严格的学院式教育获得书本知识的人，大多数未必能运用所掌握的文字，如此自由且生动形象地表达自我思想感情、展示个性魅力，而且像这些歌手一样擅于打动人心。

虽然会唱山歌的人并不可能都达到极高的编歌水平，但他们抒发或曰传播自身感情和思想的方式较之不通山歌者已经多了一个途径：日常人际传播仅靠口头语言及肢体语言这两种信息载体，对歌的人之间则增加了富于节奏感、韵律性及想象力的山歌——这一语言和音乐综合的艺术形式——作为交流沟通的载体，这使得歌乡的人们相互之间的人际传播方式更为多元化、立体化，并蕴蓄着质朴亲切而生动形象的民族审美特征，也就吸引并推动着人们乐于传播和继承山歌这一民间艺术形式。可以说，山歌得以保持传承的活态，与占少数的优秀歌者的推动激发分不开，而山乡田野之中众多的山歌爱好者，则为它的生存和发展提供了深厚的土壤和天然的养分。

二、与民间礼俗息息相关：传统传承和传播模式的运行机制

在山歌没有成为政府宣传政策法规载体之前的很长时间内，听山歌的人，也就是山歌的受众，主要是一般劳动者。生活化又个性化的歌词和悠扬简洁的旋律，天然就有深入人心的力量。比较大规模的山歌传播交流活动，主要在节日、婚嫁、生日等民间礼俗活动或圩日时举行——尤其是歌圩，在广大壮族地区及壮汉杂居地区，至今对歌活动与圩日的交易活动仍是不可分割的。山歌的传承和传播跟歌圩的关系极为密切，潘其旭先生在《壮族歌圩研究》中就曾指出歌圩活动“始终都是同壮族群众的物质生活、宗教信仰、道德风尚、心理素质、传统观念相关连并互相制约的。歌圩与各个节日往往构成一个整体，围绕着劳动生产的节奏和精神生活的需求，成为人们表达思想、交流感情和进行审美活动的重要集会方式”⑤。

宜州的对歌活动，一般包括公开举行的山歌比赛和山歌爱好者自发形成的或大或小的歌圩两种形式。前者是各乡镇村屯的选手在台上两两斗歌，自发赶来的观众在台下观看，在限定时间和对唱首数内，歌艺最佳的一方胜出；后者则竞技色彩较淡，在春节、“三月三”歌节、八月十五中秋节以及新人婚礼、老人做寿、新生儿满月等节庆礼俗活动中，山歌爱好者们或坐或站在圩亭、河畔、树丛中，自由组合、自由挑选对手，所唱内容也因对象、时间和地点等而自由变化，爱听山歌的人三三两两地在一旁自由选择听歌的对象，有的人会一发而不可收地通宵对歌成瘾，有的人也会因特别欣赏某队或某位歌手的才华个性而彻夜听歌不归。

春节期间，在宜州市怀远镇，我发现对歌活动的场面甚至延伸到了街巷里。年初一到十五，从江边桥头、山腰岭顶到人来人往的房前屋后、路边店旁，到处“藏着”山歌的爱好者。这些来自本地和远近村屯的歌手衣着和外貌都质朴无华，大多是农民，他们随处就地而坐，一旦对起歌来就如入无人之境而乐在其中，镇里的居民对于自家门边的歌声也习以为常，安之若素。平缓悠扬的山歌声里，夹杂着大人们打招呼拜年、孩童嬉闹玩乐、炮竹猛然嘭啪、机动车辆马达运转以及电视节目的各种声响。可以想象，对成长生活于工业文明社会的初介入者，这幅文化景观是颇具文化震撼力的：传统与现代、古老与新潮、凝固与流动、田园与城镇……对比色彩鲜明的语汇具象展现于此，传统民族文化和现代工业文明自由地展示着自身的力量，又自然地并存共生于这一景象中。

民族文化的传承和发展，很大程度上依赖于各类歌圩式的活动。从根本上说，这种传承是靠一批又一批具有创作和演唱才能的歌手作为“传者”。而这些人中的大部分是通过歌圩这一“媒介”培养出来的。只有能在歌圩上自由歌唱，可以通过对歌自由展示个性和才华的歌手，才算是经过歌圩考验合格的真正歌手。因此，一些学者从文化的角度认为，歌圩是壮族传统民歌得以传承和传播的载体；进而言之，则从歌圩培养出来的一代又一代歌手，就是这种传承和传播最主要的组成部分。

“在传统社会，艺术和文化基本上是依靠口头语言一代代地传承下去，这也形成了许多民间艺术传播的主要形式和方法，比如民间故事的传播、民间音乐的传播和人们日常生活礼仪的传播等等，这时在民间艺术文化的传播中，传受双方往往要共同进入传播

场所，并且在同一时间完成对民间艺术的感知。”[⑥]山歌的创作、传承和传播，基本上就属于这样的口头文化的创作、传承和传播范畴。并且，“一次次的传唱、一次次的表演、一次次的祭典，每次民俗和民间艺术活动都必须有个体的亲自参与，错过将不再重现。这时民间艺术文化的传播也大都采用走村串户面对面的方式，一次次全套演练才能进行，并且，每次活动都可能因参与的人和情景不同而有所差异。在这过程中，一次民间艺术活动的展示常常能够成为全民族的民俗活动，并且是共同的信仰、共同的追求和共同的欢乐将人们联系在了一起。在活动中，人们通过祖祖辈辈的口头传承记住了关于节日的神话传说及内涵，记住了节日的种种仪式及操作过程，同时也记住了作为本民族的一员应该遵循的道德操守和行为规范”[⑦]。

山歌作为一种民间艺术形式，它的传承和传播虽然是人们个人化的活动，也同样带有维系一个地方和一个族群个性和情感的作用，而且这样的活动历史悠久，从古到今，不绝于史。明代邝露在其《赤雅》中这样描绘了壮族歌圩：“……三三五五，采芳拾翠于山椒水湄，歌唱为乐。男亦三五群歌而赴之。相得，则唱和竞日，解衣结带，相赠以去。春歌正月初一，二月初三；秋歌中秋节，曰浪花歌。”[⑧]直到今天，我在宜州所见的歌圩活动仍然与历史记载中的非常相似。这样大规模且延续相当长历史时期的民间艺术的人际传播交流活动在我国并不多见，对于传播和接受传播者——壮族以及壮汉杂居地区民众——的精神文化以至物质文化的塑造作用必然巨大。

三、大众传媒的介入：山歌传承传播在变迁中呈现双重特质

在当下的社会，山歌又负起更复杂的作用：官方政策、法律和法规的宣传作用。于是这一正式获得官方主流话语认同接纳的民间艺术形式的传播形式终于一跃而转变为现代性的，从而与书写传播以及电子传播方式接轨。政府在这一转变中起了决定性的主导作用，虽然山歌的目标受众仍然是一般群众，但传播对象及传播层面得到了史无前例的拓展，传播的范围也大大拓宽。

如上文分析可知，山歌在传统上及其发展历史中就被赋予传播和交流工具的作用，但这种作用限于相对小范围的人际传播；在新的历史时期，山歌作为一种艺术形式或宣传工具，其本身又成为一种大众传播媒介传播的内容。于是，山歌开始呈现双重特质：它仍是人际传播的载体，同时亦开始成为媒体的负载物。现在的山歌活动，可从主办人的角度大致区分为官方的和民间的两大类。在由官方主办的各类对歌比赛或山歌表演中，山歌成为各类和各层面大众传媒的传播内容；在民间由个人或私人团体举办的对歌比赛，或民间节庆、大小圩市自然形成的歌圩中，大众传播媒体基本没有介入，则山歌的性质仍可视为人际传播、交流的载体。但另一方面，在这些活动中，其他私人电子媒介——摄像机、录音机的介入——又使它在变迁中融入了工业文明的动力，体现出有别于传统的色彩。

（一）以传媒为载体的山歌活动

面向电视观众，又或者被报纸刊物等纸质媒体报道的山歌比赛，大都是由各级政府部门作为“主办单位”的，代表了官方主流舆论方向，得到大众传媒或政府方面某种程

度上的包装，属于民间的“俗”的成分被冲淡，歌手们不单要编唱山歌，还必须擅于“声情并茂”的表演才易于在比赛中获得高分，受到赞赏。

在此，歌手们在传统相对小范围的人际传播中所展现的私人体验色彩和个性化特征，在众多的现场观众和各种媒体报道乃至电视直播中，为了迎合官方需要，必须策略性地隐藏或淡化。虽然，更多的人得以看到对歌比赛，更多的人由此了解山歌，但山歌的艺术性却被消减了。正如著名传播学者麦克卢汉所言，“一种文化经验的来临总是预示着另一种文化经验的失落”——他将现代社会的这种变化用“地球村”的概念来描述：整个世界都由电子方法联系起来，感觉就像在一个小城镇里一样靠近。人们之间的交往和信息的传递超越了时空的限制，更多的是通过大众传播媒体或公共网络相互进行，这一网络又是虚拟化或程式化的。在这种传播景况下，人们对文化的经验和感知必将发生变化。发展到互联网时代，其传播技术快速的将所有文化信息融合为一种普通的计算机可读的数字形式，我们接受信息不用亲眼目睹、亲自参加，仍然可以清晰完整地感受到整个活动的过程，也不一定是本民族的成员才可以加入到活动中，并且，通过这样的再现方式，使得每一次民间艺术活动——可以设想，即如对歌活动——都得以完整保存。但同时，那些活动现场可以直接感受到的诸如手势、面部表情和身体姿势等的内容将失去，山歌对唱这样的民间艺术活动的完成似乎变得可以随时随地进行，人们可以独自享用这一活动的进行。可以说，信息技术的使用改变了人们对民间艺术的感知方式，降低了人们面对面感受民间艺术氛围的体验，另一方面这也是对一种艺术形式的简单化和扁平化。山歌由传播载体转而变成传播对象的过程就体现出这样的变迁特征。

在壮族地区和壮汉杂居地区，山歌的传承和传播者如今年龄多数偏大，会唱山歌的青年人比之听得懂原汁原味山歌的青年人（指可以直接听懂歌手所唱内容者）比例要大得多，为了便于各年龄层的受众理解，现在对歌比赛的选手一般都被要求先念一遍歌词再唱山歌。另一方面，政府利用山歌，通过大众传播途径，宣传各种政策和法律、法规，确实比一般的文件、海报、标语之类的简单宣传方式更深入人心。但是，尽管很多青年人开始感受到山歌的魅力并不输于流行歌曲，但乐于接受山歌传承的年轻人并没有显著的增加。任何民间艺术的生命力最终决定于青年一代的认可和参与，山歌艺术也不例外，是否需要以及如何吸引更多的年轻人加入山歌的传承行列，并对它有所发展，自二十世纪八十年代以来一直是山歌的传播者和研究者努力和思考的课题。

如宜州矮山镇洛岩村的女歌王黄月香的小儿子梁进（19岁），初中毕业后在家务农，他自小参加山歌活动，虽然他的哥哥对山歌毫无兴趣，他却非常爱好唱山歌，近年常与洛西镇韦仕龙（16岁，就读初三）组队参加各类山歌比赛或对歌活动，拿到不少奖项，俩人已经是宜州一带赫赫有名的小歌王。他们对山歌的兴趣最早是由于家族培养，而山歌生动、形象、活泼的特色也使他们自小感受到其魅力而乐于学习之。在歌手年龄普遍偏大的歌台上出现这两个青春生动的面孔，是山歌传承的新现象，其内涵值得深究。

（二）作为人际传播载体的传统山歌活动

某种程度上看来，大众传播的目标，就是在尽可能短的时间内把尽可能大量的信息传给尽可能多的受众，而不是也不可能给予大众尽可能丰富直观和个性化的个人感受和体验，而山歌的质朴和个性化，必须是通过小众的、现场式的人际传播及其中即时的双向交流才能体现出最大魅力。这一矛盾使不少喜欢山歌且富裕起来的宜州城乡群众不满足于利用方便迅捷的电子媒体——守在电视机前观看对歌表演以及购买山歌光盘、磁带，用影碟机和录音机欣赏山歌，而更乐于在晚上 9 点以后，守候在宜州的城南广场或中心广场，又或其他圩镇里，等待歌王或歌手们的自由对唱的歌会。歌王们和歌手们，同样也是因为不满足于仅在各种官方组织的、主题往往是宣传政策和法律、法规的对歌比赛上一展身手，更乐于通宵在广场、公园对歌，或去参加各种民间的歌赛。在这类自由抒发个人体验、充分展现自身才智见识的对歌活动中，山歌显然仍属于传统的人际传播载体之一种。并且在其传播的范围中依旧充分体现出壮民族传统的文化性格和审美特质，如崇尚智慧、乐观向上、质朴大方等。

值得注意的是如今的山歌文化出现了在传承传播中和电子媒介相结合的另一方面——山歌主动利用这些现代传媒的现象。首先，山乡里的山歌爱好者通过大众传媒——主要是电视，比过去任何时候都更了解他们所生活的传统社会以外的世界正在发生的事情，而且他们既乐于接收这些新闻信息，也善于利用其中的“关键词”为山歌创作增添新的素材和个性。这是大众传媒为山歌活动利用的一个方面，也体现了山歌文化受大众传媒影响而出现的灵活变化。

如今年大年初四，在一次由在外经商的富裕农民出资举办的民间山歌比赛中（于石别乡雁山村委会所在地扬耀屯的篮球场举行），我竟然听到歌手们把“拉登”、“布什”、“萨达姆”、“美国”和“伊拉克”等国际新闻人物及与其相关的新闻事件编成歌词对唱以张声势，同时显示己方的才智和见识，当时现场听众无不倾倒，大赞精彩。

其次，通过民间某些善于利用新兴电子媒介的人，录音机和影碟机在当代山歌的传承传播中发挥的作用不可忽视。在此，作为人际传播载体的传统对歌活动又一次成为电子媒介的传播内容。如节庆中在宜州市内或各乡镇举办的各类山歌赛事上，往往都能看到这些业余摄像师抱着小型家用数码摄像机，和电视台的记者一道摄录歌手对歌过程，有的人则提着卡式录音机在一旁录音。很快，其中一些精彩比赛（大多有各地歌王参加对歌）的磁带或 VCD 光碟就会出现在宜州市或其周围乡镇圩日的摊贩位及音像店铺面上。这些磁带、光碟售价低廉，一般 3 至 5 元，小贩们用低档的微型电视和影碟机当街播放，往往能招徕大量路人围观，销路甚佳。而且这些制作粗糙的音像制品的内容丰富，不光是有本地歌手对唱本地山歌的，还有宜州附近罗城县、都安县以及柳州市柳城县等地制作的当地歌手演唱的山歌；不光有精彩山歌比赛的现场录影，还有“情歌”、“夫妻打工”、“父母恩情”、“歌唱共产党”等表演性的主题对唱。山歌通过利用比较先进的电子媒介手段，扩大了自身传播范围和传播影响，提高了传播质量。可以说，这是它作为传统民族民间艺术积极与当代工业文明融和的一个征象。

但在另一方面，山歌在艺术上仍旧努力保持个性化的小众传播特征。歌王谢庆良说：参加那些宣传政策的山歌比赛好玩是好玩，可以跟各地歌手对歌，开开眼界，但是只能唱跟政策有关的，没有机会唱情歌，不过瘾，“其实人家来听歌，就是喜欢听我们唱那些好玩的歌嘛”。的确，有不少年轻人就是在山歌比赛里听到生动泼辣的情歌，觉得有意思，才开始对山歌感兴趣的。“还是有真正喜欢听的人在旁边才好玩”，他们喜爱唱山歌，是从自娱自乐到娱乐听众，不带功利性。对歌比的是才思敏捷与否，所以这种纯粹私人性质的小众传播，倒是具有相当的竞技性和娱乐性，回归到了山歌的传统特征。

可以说，山歌传承和传播在变迁中体现出来的双重特质，其根本背景是基于现代工业文明的力量——而包括报刊、广播、电视和互联网在内的大众传播媒介，正是这势不可挡的巨浪之峰顶。是官方力量的介入，导致了大众传播媒体——尤其是电子媒体——的介入，这种史无前例的传播方式使更多层面、更广大空间内的受众尤其是山歌传承地区以外的人们开始了解山歌，乃至感受到山歌的魅力，使其生命力的延续方式获得另一些可能性。而先进电子媒体介入后，得到山歌传播者的主动接受和利用，在为山歌的传承和传播提供了更迅捷方便的传承和传播途径的同时，使之呈现出与工业文化并存且相互融和的崭新面貌。但相应地，大众传媒的介入，也令山歌的丰富内涵在一定程度上被简单化，传统对歌活动中歌手之间、歌手和受众之间以及受众个体之间丰富的思想感情等个体经验信息的交流、反馈过程在很大程度上受到消解，对歌活动的表演性或宣传作用往往被放大或程式化地加强，使之蜕变为一种呈现出单向性、缺少反馈的大众传播活动的组成部分。

四、在变迁中走向现代：山歌传承和传播的活力

总而论之，广播、电视和网络，这些电子媒体的运用已开始改变民间艺术文化的传播对象。正如孙信茹在《互联网时代的民间艺术文化传播》一文中分析的："传统社会里，民间艺术的传播更多的是在本民族群体内部进行，传播的对象主要是本民族的成员。在信息时代，民间艺术文化也成了一种难能可贵的资源，民间艺术需要获得更长久的生命力，需要扩大自己的影响和传播范围，更需要更多的人来了解她并喜爱她，这样不可避免的要求尽可能扩大民间艺术的传播范围，这时其传播对象自然就发生了变化。"但值得注意的是，"凡是媒介受众都可能成为民间艺术文化的传播对象"，而获得尽可能多的媒介受众并不等于就能获得尽可能最佳的传播效果，因此也未必能够为某一民间艺术文化带来真正的新生。山歌的传承和传播变迁，同样也体现出这样的规律。

和任何其他民间艺术文化形式一样，山歌的生命力来自民间，来自草根，来自热爱它的各阶层群众。通过如中央电视台西部频道及地方电视台的各类介绍性节目，还有互联网站日渐丰富且图文并茂的介绍等等这些大众传播手段，山歌被越来越多的人认识和了解；通过歌艺高超的歌王们和各个年龄层的优秀歌手们的出色表演，山歌以人际传播的传统模式也持续拥有了不少爱好者。

山歌作为一种古老的民族民间艺术，不可能再如历史上那样成为壮族和壮汉民族杂居地区的劳动阶层全方位传情达意的个人化传播工具，但作为一种古老而优美的民间艺术形式，在现代工业文明冲击下，一方面，它呈现出的现代传媒手段的负载物和人际传播的载体两种传播特质，与大众传媒带来的代表工业文明的大众文化并存共生，体现出在一定时期内因时应势而变，以求生存和发展的活态性。另一方面，由于接受、吸取和利用现代电子媒介的灵活性和创新性，使山歌文化保有着与工业文明融合并存的生机和

潜力，有可能在将来的传承和传播中成为传统的民族民间艺术形式发展的新典范。

［原载《艺术研究》2004年第2期］

注释：

① 大众传播媒介：据胡正荣《传播学总论》，大众传播媒介为机械媒介，又称大众媒介，“依靠这些‘用来远距离传送或长期保存信息的装置’，传播者大量复制信息，并进行迅速及时、连续不断的传送。这些以精密技术为基础的机械、电子媒介被分为印刷媒介如书报、杂志；电子媒介如广播、电影、电视”。北京：北京广播学院出版社，1997年版，第150页。

② 古壮字：又称“土俗字”，唐代以后壮族民间模仿汉字的偏旁部首及音、义创制的一种文字，由于种种原因没有统一使用，只用于民间记录各种歌谣、故事、戏剧唱本、师公唱本等。现在宜州仍有年龄约在40岁以上、会唱壮歌的民间歌手使用这种文字来记录和创作山歌。

③ 内向传播：据胡正荣《传播学总论》：“所谓内向传播，或称自我传播、自身传播，是发生在一个人体内的一种信息交流活动，是在主我（I）和客我（me）之间进行的信息交流。这一传播过程中，传播信息的主体和接受信息的客体是同一个人。……内向传播的正常形式包括感受、知觉、记忆、思维和言语、想象、情绪和感情等内容。”这些交流过程中，“I和me进行自由沟通以达到自我的内部平衡条件，通过这种视为活动进行正常的信息编码，以保证人类其他传播活动的正常进行”。北京：北京广播学院出版社，1997年版，第121～122页。

④ 人际传播：据胡正荣《传播学总论》：“所谓人际传播有广义和狭义两种解释。广义的人际传播是指大众传播以外的其他人类传播类型，狭义的则有着多种角度的定义。……人际传播是在两者或两者以上之间进行的面对面的或凭借简单媒介如电话、书信等非大众传播媒介的信息交流活动。可分为面对面的直接交流和依赖一定媒介的非面对面的交流。人际传播是组织传播和大众传播的基础。”北京：北京广播学院出版社，1997年版，第128～129页。

⑤ 潘其旭：《壮族歌圩研究》，南宁：广西人民出版社，1991年版，第47页。

⑥⑦ 孙信茹：《互联网时代的民间艺术文化传播》，载云南《民族艺术研究》，2002年第2期。

⑧ 据蓝鸿恩《赤雅考释》：“浪花歌”乃壮语汉译名词，在壮语里，直呼“欢狼”，意思是无羁束的山歌，实则指在山野唱的情歌。

方言与民歌刍议

徐　平

一

同是“感于哀乐，有感而发”[①]的民歌，因地域的不同，往往表现出不同的风格特征。如陕北民歌《走绛州》，其粗犷豪放，恰似西北汉子；而江苏民歌《茉莉花》，清醇委婉，犹如浣纱女子。两相比较，地方特色甚是鲜明。并且这种情况由来已久，试比较下面两首古代民歌：

闻欢下扬州，相送江津湾。愿得篙橹折，交郎到头还。

快马常苦瘦，剿儿常苦贫。黄禾起羸马，有钱始作人。

前者为南朝民歌《那呵滩》，委婉含蓄，情意绵绵；后者是北朝民歌《幽州马客吟》，直白锐利，痛快淋漓。不同地域的民歌，何以会有如此巨大的风格差异呢？其原因当然是多方面的，如自然条件、社会环境、生活习惯、民俗风情等，都应该是造成这种现象的外在的与内在的因素。

本文仅从方言与民歌的关系方面进行粗浅的考察，相信能对该问题的解决起到一定的作用；同时，我们也相信，理清方言与民歌的关系，必将在如何演唱不同地域民歌等方面的问题上有一定的指导意义。限于学识，不当之处在所难免，恳请方家指正。

二

俗话说：“一方水土养一方人。”各地不同的自然环境与独特的山川景物，在人类长期的发展过程中给了人们潜移默化的影响。反映在语言上，自然也就呈现出种种独具特色的情状。早在南北朝时期，颜之推就指出：“南方水土和柔，其音清举而切诣，失在浮浅；北方山川深厚，其音沉浊而鈋钝，得其质直。”[②]即使在现代，比较一下北方官话与吴、闽、粤等南方方言，这种感觉也依然很鲜明。

我国幅员辽阔，经过千百年的发展，各地的方言差别很大，从其最显著的特征上划分，语言学界将汉语方言分为七大方言区：北方方言、吴方言、赣方言、湘方言、客家方言、闽方言、粤方言。在各大方言区内部，又可以分为若干次方言区；在次方言区里，又可以划分为若干片……以至于细分到众多的方言点。

就汉语而言，语音的构成要素除声母、韵母外，还有声调。声母与韵母，决定着发音的部位与方法，声调则制约着发音的力度与语音的起伏。比较一下这三个要素在各地方言中的数量差异，我们不难看出，各地方言的差异是多么巨大：

全国各主要方言代表点声韵调数量比较表[③]

方言点	声母	韵母	声调	方言点	声母	韵母	声调
北京	22	39	4	苏州	27	49	7
福州	15	48	7	厦门	17	79	7
南昌	19	65	6	长沙	23	40	6
广州	20	53	9	梅州	17	74	6

语言是歌曲的载体，方言则是民歌的载体。这种关系也就决定了方言与民歌有着不解之缘。方言的差异，表现在语音、词汇、语法等各个方面；体现在民歌及演唱上，则主要是语音的差异。因为在现实生活中，人的语言音调是歌唱艺术的一个相当重要的因素。特别是民歌，由于它是某一特定区域人们劳动、生活、情感、风情的反映，其依托的语音组织就是当地的方言，因此，演唱者要想在科学演唱的前提下不失原有民歌的韵味，就必须对当地方言的语音系统有所了解。

三

如上所述，我国的南北方言差异很大，即使在同一大方言区内部，各地的差异也不小。反映在民歌上，这种差别是非常明显而可感知的。如同是北方的民歌，山东民歌《唱秧歌》，是那么的粗犷豪放；陕北民歌《信天游》，是那么的嘹亮酣畅；东北民歌《二人转》，则是那么的泼辣风趣。很显然，那种对北方民歌“笼而统之”的认识，是不够的，或者说是不科学、欠严谨的。吴、粤等地区，因各具鲜明的语言特色，其民歌也表现出了强烈的区域性特征：广东民歌，鼻音丰富（粤方言有［-m］［-n］［-ŋ］3个鼻韵尾），舒促协调（粤方言中还有［-p］［-t］［-k］3个塞音尾），顿挫有致（广东话有9个声调）；浙江民歌，清浊分明（吴方言有一套独具特色的全浊声母，如［b］［d］［g］［dz］［dʑ］等），柔软婉转（苏州话有较多的圆唇元音，如［ø］［ɥ］［ɒ］［o］［u］［y］等），收放自如（吴方言的绝大多数地区都有塞音尾［-ŋ］，两者均有很强烈的艺术表现力，给人以美的享受。由此可见，在演出某地民歌时，掌握该地方言的语音特点，是多么重要。不难想象，用普通话或其他方言去演唱某地民歌，会出现怎样的效果。有一点是肯定的，那就是必将失去民歌原有的质朴韵味和浓郁的地方特色，并且在以后的传播中，也必将淡化或失去应有的地方风格。试举两例以说明方言在民歌演唱中的重要性。

1. 山东方言与山东民歌

山东方言有着非常悠久的历史，其发展源头至少可追溯到《诗经》时代。在西汉扬雄的《方言》中，齐、鲁、青、兖、海岱、东齐方言就占有很大的比重。现代的山东方言，又叫齐鲁方言，它隶属于北方方言，内部又可以分为东西两区四片：东莱片、东潍片、西齐片、西鲁片，其中东莱片、东潍片属胶辽官话，西齐片属冀鲁官话，西鲁片属中原官话。虽然山东方言内部有很强的一致性，但也存在着不小的差异，对齐鲁乐风的形成起到了很大的作用。

山东方言虽然没有一县之内隔一条河、翻一道山就存在通话困难的现象，但在民歌演唱上还是能够明显地感觉出东西两片（齐与鲁）方言在声调上的差别，东区（主要指半岛地区）大多仅有 3 个声调，它缺少普通话中的阳平，西区则基本上都是 4 个声调（阴平、阳平、上声、去声）。

齐地民歌，在演唱中特别能够感觉出北方方言的特性，它给人的多半是一种声调高亢有力、旋律大起大落的唱段，听后时常有一种荡气回肠的感觉。如淄博民歌《赶牛山》，此曲每段歌词共由三个基本乐句组成，歌曲一开始就落在高音上，特别是“年年都有三月三”中的“年年”两字，在演唱中就利用了方言的语音特色，在高音处甩了出去，没有任何拖泥带水，这一点非常符合当地方言的特色。第二句用的是不可分割的跳进、滑音与休止，使得整个旋律欢快活泼。这一特点又刚好与淄博方言语音的起伏规律相吻合。如果不了解这一地区方言的发音特点，只是用普通话去演唱，效果就会逊色许多。曾经有位山东籍的歌手，用当地方言演唱过这首民歌，获得了广泛的好评，但在外面进修了一段时间之后，忽略了民歌中的方言特色，过分注重普通话中的字正腔圆，再演唱这首歌时，已失去了往日的风采。原因很简单，他所去掉的那个“土”味，恰恰就是乡音，而乡音是民歌演唱中最鲜活、最有表现力的要素。乡音既改，神韵难存，再想获得好评，自然也就不可能了。

相比之下，鲁地方言声调分得比较细腻，起伏比较小，歌曲的演唱也更能与方言贴切，如上声在普通话中为降声调（山东除了胶东个别地方的调值与普通话接近外，大部分地区与之不一致），更多的山东人则是把上声读成平调或升调。如蒙阴民歌《沂蒙山小调》中“沂蒙那个山上哎”一句的旋律，就与当地方言的声调走向一致。如果在演唱民歌时忽视这些方言的语音特点，演唱出的民歌就没有特色，久而久之也就会失去民歌的艺术生命力。

2. 吴方言与吴越民歌

吴方言的通行范围主要在今苏南地区与浙江省的大部分地区。如上所述，吴方言具有很鲜明的特色。掌握吴方言的语音特点并不难，因为现代吴语的调查研究，如果从赵元任先生的《现代吴语研究》算起，已经有七八十年的历史了，至今已经积累了大量的成果，并且总结出了规律：吴语除了具有“平翘舌音不分”、“前后鼻音不分”这一南方方言的相对比较普遍的特征以外，还有一个显著的特点，就是“声母有清浊之别”，即塞音、塞擦音除送气和不送气外，还有清浊的区别。其声母系统表现出“三分”的特点：[p] [pʰ] [b]、[t] [tʰ] [d]、[ts] [tsʰ] [dz]、[k] [kʰ] [g]、[tɕ] [tɕʰ] [dʑ]④。

古代人们习惯上将江浙一带的歌谣称为“吴歌”。吴歌的历史悠久，在汉魏南北朝乐府中就占有很大的比重⑤；明代冯梦龙编纂的《山歌》，更是收录了 350 多首吴地山歌。

演唱吴歌，必须按照吴方言的特点来咬字行腔。特别是《山歌》中所收录的太湖地区的吴歌，它充分地体现出了浓郁的地方特色，无论是唱词格式，还是语音吐字，均能使人感到吴歌的委婉与优雅，即使是表现生活中清贫的歌曲，也是那般的凄楚动人。

需要特别指出的是，吴方言地区的民歌，除了旋律的起伏与语言声调走向有密切联系外，延长音的部分也必须用当地方言，否则容易倒字。如江苏民歌《无锡景》，就是一首旋律细腻，富有江南特色的民歌。每段的 4 句歌词中，每句顿逗处都有“呀”、“末”等衬字，其亲切温柔之感与当地方言非常和谐。如果用普通话来唱，显然很难表现该民歌的温婉韵味：

我　有　一　段　情　呀，唱　拔拉诸　公　听。

普通话：wǒ yǒu yī duàn qíng ya　chàng bá lā zhū gōng tīng

吴方言：[ŋəu jiY iIʔ dø zin jiɒ　tsʰŋ ba la tsɥkoŋ tʰin]⑥

从该例可以明显地看出，如果演唱时忽略了方言的发音特点，仅仅是唱准旋律，就会丧失原有的风格，而且还可能给后来人带来误导。因为从根本上说，民歌与创作歌曲是存在着明显的区别的。许多民歌本身就是某一地域民众生活的活化石，具有深厚的文化底蕴。

四

作为民族文化有机组成部分的民歌，历来受到世人的关注。匈牙利作曲家、音乐教育家柯达伊曾经讲过：“每一种语言都有它固定的音色、速度、节奏和旋律，总之，有它自己的音乐。”伍国栋指出：“音乐语言系属关系往往可以反映出一个民族族源关系及其文化渊源。”⑦的确，方言不仅仅是民歌的载体，而且还在不同方面折射出各具特色的地域文化，而“文化作为一个民族的生活样式和积淀，具有相对的稳定性，其特点是会长期延续并相对稳定地反复出现。因此一种在很长历史时期内创造出来的文化，人们不可能像倒垃圾、扔破烂一样，想抛弃就能抛弃”⑧。

在有关古老民歌《弹歌》仍传存于民间的考证中，方言就起到了很大的鉴别作用。《弹歌》作为原始时期的歌谣，据《吴越春秋·勾践阴谋外传》记载，其内容为“断竹，续竹，飞土，逐宍（肉）”。“续竹”一句，颇难理解。今人在江苏张家港市收集到一首古老河阳山歌《斫竹歌》，其歌词竟是惊人地相似：“斫竹，削竹，弹石，飞土，逐肉。”词句内容十分浅白易懂，所记载的是砍削竹子制作弹弓以狩猎的情状。这两者之间到底存在着怎样的关系呢？比较让人信服的解释是当地人用吴方言传唱着这首古老的歌谣，将“断竹，续竹”译为“斫竹，削竹”，而“弹石”一句，则是更加明确地描写了狩猎的手段与过程。在这一重大的发现中，方言词语的研究起到了不可替代的作用。

从某种意义上讲，方言和民歌都是人类历史发展的活化石。如今，汉语方言的研究可以说已经达到了比较充分的程度，取得了丰硕的成果；同样，几十年来的民歌研究也取得了较大的进步。但是，这两个有着不解之缘的活化石之间，却基本上是各行其道，没发生更多的碰撞。究其原因，不外乎这样两个方面：搞方言研究的人，缺少音乐知识；搞民歌研究的人，又没有方言学的知识。因此，在各自领域已经取得如此成就的今天，有必要进行跨学科的、横向的合作。

尽管在大千世界的发展和变化中，民族与民族、国家与国家之间不可避免地受到外来强势文化的影响与冲击，但是音乐这种情感艺术却不可能像大工业那样实现规范化。要真正地理解“只有民族的才是世界的”这句话的深刻含义，就必须充分展现出民族文化的精髓。如果把民族的音乐强制成所谓的世界化，简单地理解为一种机械的规范化，甚至向某一种想象中的“洋”模式靠拢，并且把这种所谓的民族音乐世界化建立在毁掉原有的丰厚民族文化的基础之上，那才是真正的灭顶之灾。

［原载《民俗研究》2004 年第 3 期］

注释：

① 语出《汉书·艺文志》。

② 颜之推：《颜氏家训·音辞篇》。

③ 各方言点声韵调数量，参看袁家骅《汉语方言概要》，文字改革出版社，1983 年版。

④ 颜逸明：《吴语概说》，华东师范大学出版社，1994 年版。

⑤《晋书·乐志下》：“吴歌杂曲，并出江南。东晋以来，稍有增广。”

⑥ 吴方言注音根据北京大学中文系语言学教研室编《汉语方音字汇》，文字改革出版社，1989 年版。

⑦ 伍国栋：《民族音乐概论》，人民音乐出版社 1997 年版，第 41 页。

⑧ 杜亚雄：《中国音乐发展道路之我见》，人民音乐出版社，1999 年版，第 9 期。

鄂西土家族哭嫁歌的主体心理分析

余 霞

哭嫁歌是新娘及其女亲友们在哭嫁仪式中演唱的抒情性歌谣。所谓哭嫁，亦称“哭出嫁”、“哭嫁囡”、“哭轿”、“开叹情”、“啼惨切”，我国的汉、土家、藏、彝、壮等族都有此种婚姻风俗，是新娘出嫁时履行的哭唱仪式活动。其中，分布在鄂西、湘西等地的土家族的哭嫁歌，其丰富的内容远远超过其他民族，从而引起研究者的广泛关注。

婚嫁是女性生命历程中的重要转折时期，其主要功能是将从女儿转换成媳妇。女儿和媳妇角色是两种全然不同的角色，其间呈现出一种断裂：一方面新娘要告别女儿角色因而内心充满了对往日生活的依恋之情。另一方面，新娘要开始履行陌生的媳妇职责因而恐惧万分。所以，新娘必须通过某种途径脱离原来的角色，进入新的角色。这种角色的突变必然会对女性的心理产生极大的压力和负担，她们需要通过某种途径消除紧张，哭嫁歌正好为其提供了一个合法有效的途径。女性在哭嫁仪式中被赋予话语权，她们借此权利，通过情感宣泄，卸掉角色转换时的情感压力、重负，告别旧的女儿角色，为接受新的角色作心理准备。女性是如何获得这种权利的？她们又如何运用这种权利进行情感的宣泄？引发这种宣泄的主体心理是什么？下面我们就对这几个问题进行分析。

一、女性话语权的拥有

我们知道，传统中国社会，是男权统治、女性服从的社会。在这样的状态中，女性处于弱势地位，相对于男性，她们缺少许多权力，包括话语权。亨瑞塔·摩尔在《女性主义与人类学》一书中提出，女性在人类社会中是“缄默”的一群，在人类文化中女性处于缄默状态。这是根据大量的民族志调查得出的结论。传统中国社会中的女性，也是处于缄默中的。在几千年厚重的中国历史长卷中，我们很难发现女性的“声音”。以与此相关的女性主义的文学批评来说，我们不难看到，研究者选择的是作家文本，且很多是以男性作家的作品为中心，因为女性作家的作品实在是太少。我们也不能无视另一种事实，就是女作家的作品能够存在的前提条件之一也是男性化（采用男性的话语），或者说得到了男权某种程度的认可。女性是缄默的，但女性不是没有自己的声音，土家新娘在临嫁或出嫁时唱的哭嫁歌就是这样的声音，虽然它不是一种强大得足以震撼强固的男权藩篱的声音，但它确实存在。土家族作为与汉族毗邻的一个族群，在历史上受到汉文化的长期影响，男性在文化中的主导地位已经建立了很长时间。在这种境遇中，妇女们是如何获得可贵的话语权的呢？这与土家族独特的民俗心理和本民族的历史紧密相关。

哭嫁歌在许多地区、许多民族中存在过，但土家族哭嫁歌的影响是最大的。这与该地区民众关于哭嫁的民俗心理有关。土家族人认为新娘不哭、哭得不好是不吉利的，哭嫁被人们当作权衡姑娘才智的标准之一。因此，过去，土家姑娘从十一二岁开始就要学习哭嫁。婚前几天甚至前半个月、一个月，就要开始哭嫁。每到天擦黑，亲邻少女妇妪群集出嫁姑娘家里，聚首痛哭，深夜始散。土家族地区的地方志中对此有许多相关的记载。现实生活中，人们的说法也与之一致。如长阳的吕池琴（女）回忆说："过去，姑娘出嫁要是不哭，就没得知识。"① 在这样的民俗心理作用下，男性对哭嫁也采取不干预的态度。据利川市鱼木寨的向承兴（男，69岁）介绍：

> 现在不唱歌了，过去不能放火炮，是个忧事，现在是喜事了。哭的很少，不兴哭了，只流眼泪水就行了。往常姑娘还要学（哭嫁），学怎么哭，在我记得的时候还有，我看到过。哭的时候要数，样样个个要数高，数功劳啊，哪个对她如何好啊，那个哭跟唱歌一样。哪个对她好，去劝她，她就拉着哪个哭一场；你叫她莫哭嗒，她就拉着你数一番。为什么要学呢？有的不学就哭不成。（哭嫁）是女娃儿的事情，男的不管那些事。只说哪个会数，哪个哭得好。解放后，就不兴了，陪十姊妹也不兴了。

报告人为我们形象地描述了男人眼中哭嫁的情形：临近婚嫁，亲人来了，新娘说着说着就泪如雨下，哀哀戚戚，很是凄惨，所以觉得是"忧事"。而男人们则认为哭嫁是女人的事，不去干涉，反而在一边评头品足，议论哭得好坏。男人的这种态度在某种意义上说，也是给土家族妇女一个相对宽松的言语环境，使她们能有一个通风口，拥有某种情感宣泄的渠道。

土家族哭嫁的民俗心理的形成还深受民族历史的影响。研究土家族的学者认为，改土归流以前，土家族青年男女从恋爱到婚姻都是比较自由的。之后，汉族文化的影响加剧，土家族的婚俗亦发生了变迁，"父母之命"、"媒妁之言"逐渐成为缔结婚姻的主要模式。清雍正改土归流后的土家族地区的史料证明了这一点。如《鹤峰州志》乾隆版载一《文告》曰："为晓谕婚姻礼节事。照得：男女人道之始，不娶同姓，即异姓必无亲属服制，然后请凭媒妁，两家通知明白，依礼聘嫁。"又有："两姓男女年纪相当，又无亲属服制，而男女父母情愿结姻者，必先央媒妁将男女有无废疾及乞养过继，通知明白，然后行聘定礼。"土家族妇女面对这种突如其来的转变，其心理上的不适应是剧烈的。她们需要抒发内心的爱与憎、情与怨，哭嫁歌适应了这种需求。虽然哭嫁歌兴盛时是在封建男权时代，主流秩序是压制女性声音的，它给予女性哭嫁的权力，其实是对女性丧失更多权利的某种补偿。因为哭嫁只是在新娘临嫁的一段时间内发生，而且限于与新娘有密切关系的妇女之间，它不会从根本上动摇主流，反而有助于角色转化，最后还是维护了主流秩序。所以，无论哭嫁歌是土家族妇女自己的创作，还是从其他民族传承而来的，都在土家族获得一片生存的沃土得以生根发芽，繁荣发展。

---

① 本文所采用的口述材料均为作者于2002年夏天沿清江进行的土家族哭嫁歌调查所获得的第一手资料，长阳是湖北省宜昌市的土家族自治县，利川是属于恩施土家族自治州的县市。

二、女性话语权的运用

如前所述，婚嫁时，土家女性暂时拥有了话语权，她们一反平时的沉默，内心浓烈的情感如火山爆发，喷涌而出。她们尽情地宣泄压抑已久的各种情感，从哭嫁歌文本和田野调查材料来看，土家女性主要通过四种情感宣泄来运用话语权。

1. 伤离别，念亲恩。因为要离别，平日不曾给予过多关注的亲情此刻历历凸现，感亲恩、伤离别成了新娘情感宣泄的基点。回顾往事，想到毫无把握的未来，新娘悲从中来，用哭泣的歌声表达对闺门生活的不舍，对父母恩情的感念。十月怀胎的辛苦、养护的艰辛，件件往事、点点细节都浸润着父母的深情。做女儿的对父母的感激之情从内心深处溢出：

我的阿捏啊，
你把我从小抱大，
手臂都抱得发紫了；
我的阿巴啊，
你把我从小背大，
肩膀都背得脱皮了。
寨前寨后，
哪儿没有抱去过？
上坡下坡，
背笼何时放下过？
……
为什么不肯多带我几年，
让我早晚服侍在跟前？[1]

以前，沐浴在父母的养护之中，没有太多的感触。一旦离别在即，才发现一切是多么地令人难舍。父母的宠爱难再享，父母的恩情难再报，怎能不令人潸然泪下，悲从中来？新娘不由得怨父母不肯多带自己几年，让自己服侍在跟前，表达不愿离开疼爱自己的爹娘之情。

2. 惧婆婆，恐未来。新娘关于未来生活的担心建立在娘家与婆家的对比之上，尤其是对婆婆的角色塑造上。在她们的观念中婆婆是“远近闻名的恶婆婆，说话就像打大锣，老虎吓得鼓眼睛，猴子吓得跳下河”。需要指出的是，新娘对于婆婆的认识主要是一种心理学上说的刻板印象，现实中的婆婆不一定个个都如此之恶，但恶婆婆却最容易给人留下印象。新娘利用拥有的话语权对不在场的婆婆以现实为基础极尽夸张之能事，在哭嫁时历数婆婆的种种罪恶：

人家开口就骂，
人家伸手就打。
打了骂了还不算，
还要咬我的喉咙，

吸我的血，
啖我的肉，
嚼我的骨！
我该怎么生啊。[1]

媳妇与婆婆一般不容易处好。一位叫彭国英的土家族老人（女，74岁）讲了她亲眼所见的一件事：

我的姑婆的侄媳妇邵兰香，她婆婆把肉拿出来。兰香不知要烧嗒再煮，用水洗嗒就煮。婆婆一顿把她打。兰香做活路时，两根香烧完嗒可以歇稍（方言，休息的意思）。一根香没燃完又得出坡（方言，即出去劳动）。

3. 怨婚姻、骂媒人。不愿离开父母、担心未来的新娘把一切的不幸归结到婚姻上，她们怨婚姻不自主，唱出了反抗之声，道出土家妇女无可奈何的悲凉之情。哭嫁歌中并没有很多直接指斥封建婚姻制度的歌，这是当时妇女不可能达到的认识高度。她们也不愿意直接指责自己的亲生父母，于是，她们把怨恨的情感倾泻在婚姻的直接促成人、婚姻制度的代表媒人身上。言词犀利又不失民间诙谐的"骂媒"引人注目，我们仅摄取其中一小段便可体味出土家族女性对主宰自己婚姻者的痛恨和她们率真泼辣的民族性格：

你撅（即"骂"）媒婆，
我撅媒婆，
猪头脸盘尖尖脚，
刹（即"跑"）去刹来两边刹，
今天拜（即"吃"）了明天死，
后天埋在大路坡。
咩咩（形容羊叫声）踢，咩咩踩，
踢出肠子黄狗拖，
看你还当不当媒婆。[2]

骂媒是土家族哭嫁仪式中必须的礼仪，有学者从哲理的角度分析其思维内涵，认为"通过媒人'丑'来表现新娘未来生活的'美'，则是'骂媒人'的主题，也就是说，'骂媒人'是以生存意识为前提的"[3]。从仪式的角度而言，骂媒反映了哭嫁这种民间婚仪喜乐的一面是事实，土家妇女用漫画似的笔法描绘媒婆的形象，表现出她们的幽默。从情感的角度来看，"骂媒"在离别娘家的忧伤氛围中增添了几许欢乐，妇女们通过酣畅淋漓的发泄而获得些许满足，调适情绪，显露出土家妇女坚毅乐观的民族性格。

4. 叹命运，恨不平。哭嫁之际，妇女郁积已久的对男女不平等的憎恨之情也爆发出来。体现在男女之间的角色差异（其实质就是权力差异）是土家族妇女经历并为之不满的方面。传统社会中，男女之间的差异诚然存在，但令土家妇女难以忍受的是男女因性别差异而产生的截然不同的角色规范系统。著名女性主义学者凯特·米利特说："男权制的主要定制是家庭，它反映和联系着那个大社会，它是男权制大社会中的男权制小单元。""男权制是所有社会的根本制度，其影响已潜移默化深入家庭所有的成员。"[4]家庭中，女性没有权力，只有做家务和养育孩子，其他的事业和抱负都是男性的事。女性长期就遵循这种性别差异（difference of gender）造成的权力差异。在一生中唯一的哭嫁机会中，土家妇女积蓄已久的不满终于喷涌而出，她们痛快地骂这不合理的制度，首先，把矛头指向兄妹——男女不平等在娘家的现实表现。兄妹间的不平等主要表现在财产权和继嗣权上。女性是无家庭财产继承权的。经济上对男性的依附造成人身上的依附。哭嫁歌中《哭哥嫂》表现了土家女性对兄妹间财产继承上的差异的强烈不满：

我与哥哥同娘生，
亲亲兄妹两样命。
哥哥在家当贵人，
妹子出门当贱人。
假若我是男娃子，
家里样样都有份。
五丘水田有一份，
两层楼房有一层，
养老送终有一股，
立碑写字也有名勒，
我的哥哥呀我的哥！[5]

财产上一个有权一个无权，继嗣上一个可以一个不行，婚嫁制度上的一娶一嫁。这是土家姐妹们用伤心铸成的诗行。

三、情感宣泄背后的心理基础

唱哭嫁歌的女性最基本心理是对未来的恐惧。出嫁是女性无法改变的事实，不舍也得舍，不离也得离，对未来的恐惧占据了新娘的心。哭嫁歌中有“不知男门朝哪开”、“不知树朝哪栽”，表达的就是对未来生活空间的陌生感。从心理学的角度而言，陌生感会使人感到孤独，感到格格不入，最终引发人们的恐惧情绪[6]。从代代传承下来的哭嫁歌歌词看，这种对婚后生活的恐惧感，可以毫不夸张地说是媳妇在婆家很长时间的真实体验。面对疼爱自己的亲人，新娘把种种忧虑哭诉出来，期待亲人的怜惜与帮助，这是哭嫁歌最集中的情感宣泄。

关于未来的恐惧不是抽象的想象，新娘把它具体化为对婆婆的认知，并以之确立对自身的角色认识，或者说正是婆婆的角色规定了媳妇的角色，即媳妇对婆婆的角色定型对媳妇自身的角色产生了影响。因为角色定型是一种力量，“定型以各种方式影响人的态度和行为。我们的定型不仅影响我们自己的行为，而且也影响被定型者的行为。这就是说，定型可能是一种自实现预言。例如一个男性与一个从未见过面的女性约会。他听说她是一位老派的女性并相信这一点，于是他把自己打扮成一位传统的正规的绅士，按老派规矩行事。他的行为举止使得那位女性也按老派规矩行事。这表明，他先前关于这位女性的定型看法不仅影响他本人的行为，也影响到这位女性的行为，原来的预言自行实现了”[7]。

带着婆婆是恶婆婆的定型进入婆家的媳妇，其先入之见预设了她对婆婆的认知，这种认知又影响到行为，使本来就很容易产生敌意的婆媳之间的敌意更增加了几分。于是，自己的婆婆也很可能变成了恶婆婆。每一个这样的例证的产生，又构成一种反馈力量，进一步加强了媳妇们（也包括其他社会成员）对婆婆的定型。经过纵向的传播和横向的传递，恶婆婆的定型就沉淀和稳固下来，成为该文化中对群体认知的一个部分。哭嫁歌对此是浓墨重彩，通过母亲、嫂嫂、姐姐、新娘自己的口多侧面地勾画出婆婆形象。显然，哭嫁歌作为一种民间创作，对婆婆角色的塑造是夸张的，这有两个条件，一为婆婆不在场，二为哭唱的地点是娘家。前者使新娘不受婆婆的控制获得了一定程度的自由，后者则赋予新娘一种宣泄的权利，因为新娘即将成为别人家（婆家）的人，娘家对她是持宽容态度，所以哭嫁时，新娘可以尽情地骂而不至于被阻拦，我们也才有机会从一个侧面了解媳妇的角色处境，换言之，想象中的婆婆的严厉强化了媳妇的角色意识。“出嫁以前唱唱这些历史上有普遍性而现实中有特殊性的苦情，能让新娘为到婆家去生活做好充分的心理准备，而且对婆家不无警示之意。……土家姑娘在喜的关口上，能在长辈的启示下看到忧的成分，这将使她们在人生的历程中减少几分怯懦和天真，增添几分勇敢和老练。”[8]

未来之所以令人恐惧，根本的原因在于婚姻自主权的缺失。土家女性在家长制的压迫下，只能选择服从。未嫁时，她们要服从家长的教导，顺从家长定下的婚事。既嫁后，她们要服从婆婆的管教，要服从丈夫。其间的心酸与无奈浸透在她们的言语之中。可是，悲剧并没有因为母亲辈的痛苦而结束，她们反倒又逐渐因袭了她们的母亲的角色，并把这样一种悲剧也延续到女儿身上！父母包办婚姻制度有封建婚姻观念的深刻原因。传统中国社会中，婚姻不是个人的事，而是关系到整个家庭乃至整个家族的大事，《礼记·昏义》云：“婚姻者合二姓之好，上以事宗庙，下以继后世。”在这种情况下，作为当事人双方的主体不是建立婚姻的男女，而是双方的家长。土家女性的满腔悲愤，包括对包办婚姻的不满亦只能通过哭嫁歌去宣泄了，所以，在结婚这个本该喜庆的日子，她们发出来的却是哀婉的哭泣之声。难怪彭秋潭会吟出：“哭嫁歌歌太悲，捶胸顿足泪沾衣！”她们所悲的正是婚姻自主权的缺失。

土家族妇女们用民间智慧和淳朴浓烈的情感将女性的独特的心理感受和富有民族气息的生活熔铸于哭嫁歌中，或用漫画似的夸张塑造人物，或用丰富生动的比喻表达独特的感悟，或在喜剧性的嬉笑怒骂中表明爱憎，多种艺术手法的灵活运用产生强烈的抒情效果，体现了哭嫁歌的民间艺术魅力，它不愧是土家族民间文学的一枝奇葩！土家妇女们在传唱哭嫁歌的过程中，情感上受到强烈冲击、精神上经历一次洗礼，增强她们应对生活的智慧和勇气，为她们实现从女儿到媳妇的角色转换做好心理准备。

［原载《中南民族大学学报》（哲学社会科学版）2004 年第 4 期］

参考文献

［1］武汉大学中文系．土家族文艺调查·哭嫁［Z］．武汉：湖北人民出版社，1959.

［2］长阳土家族自治县文化局．中国民间文学集成湖北卷·长阳土家族自治县歌谣分册［Z］．1988.

［3］萧洪恩．土家族口承文化哲学研究［M］．北京：中央民族出版社，1999．242.

[4]（美）凯特·米利特. 性的政治［M］. 钟良明译. 北京：社会科学文献出版社，1999. 50～54.

[5] 利川市民族民间文学三套集成编委会. 中国民间文学集成湖北卷·利川市民族民间歌谣集［Z］. 1991.

[6] 宋书文，等. 心理学词典［Z］. 南宁：广西人民出版社，1984. 208.

[7] 中国大百科全书·心理学［M］. 北京：中国大百科全书出版社，1991. 59.

[8] 董珞. 巴风土韵——土家文化源流解析［M］. 武汉：武汉大学出版社，1999. 162.

三　论文摘要

口传文学的编创律则

——以“调山歌”为例

郑土有

《杭州师范学院学报》　2004年第6期

本文试以吴歌叙事山歌歌手广泛采用的“调山歌”手法为例，对口传文学的编创律则作一个尝试性的探讨。从歌手的口述中可以发现“调山歌”是吴语地区歌手长期编创经验的总结，也是他们编创长篇叙事山歌的主要手段。

从采录整理的吴语叙事山歌文本可以发现，许多套式都是歌手在演唱的过程中，运用“调山歌”的手法逐渐“调”入的，使得叙事山歌越唱越长。从歌手“调山歌”的活动发生时机来看，大致有两种情况：一是发生在演唱过程中，歌手面对的演唱环境变化、面对受众也每次不同，在演唱的过程中临场作必要的改动。二是发生在歌手“盘”歌之时，“盘”歌的功能除了温习外，就是把新听到的、学到的好套式与内容“调”入原先唱的作品中去；前后连不起来的地方，要连起来；多余的、不精彩的部分，要“扔”掉。从歌手“调山歌”运用的节点来看，这些节点主要是在出“情”的地方。这也是其他口传文学编创中的一个很重要的律则。口传文学作品的节点是作品情节扩展潜力的生发点。

在实际运用过程中，“调山歌”的运用大致存在三种形态：一是删减，二是替换，三是增加。

综上所述，吴语叙事山歌的“调山歌”体现了口传文学编创过程的三项基本律则：表演中的动态编创，套式化编创，节点编创。

（欧阳梦　摘）

“走西口”与晋陕内蒙古毗连带民歌圈的生成

闫天灵

《西北民族研究》 2004年第2期

晋西北山曲、陕北信天游、内蒙古原绥远地区的爬山歌，体例相同，词曲相近，共同构成我国北方地区单独的一个民歌圈，其生成与清代民国时期的“走西口”移民运动有关，在“走西口”的过程中，晋西北、陕北人口大批向河套地区及大青山前后地区移居，形成以山西河曲、宝德人和陕西府谷、神木、榆林人为核心的“河府移民圈”，人口同源支持了民歌共性，长盛不衰的雁行式“走西口”生活，不断刺激着民歌的创作与发达，使三地民歌的交汇共生走向高潮，在发展中推动了三地民歌的同质化过程。

“走西口”习惯上用于指称山西、陕西两省人口向塞外内蒙古地区的迁移活动，是清代、民国时期华北地区的重要历史现象，与东北移民（习称“闯关东”）研究的阵容和进程相比，“走西口”作为近代北方边疆移民运动的重要组成部分，其研究的力度还显得不够，考察的地区不完全，考察的角度较单调，移民与人口流动中的许多派生领域还未触及，事实上，一场大的移民运动往往伴随着大的社会变迁，引起移入区与移出区人口结构、经济结构及文化结构的调整、重构与更新。

在“走西口”生活中，晋陕内蒙古三地在文化上出现了一次大碰撞，大发展，发生了明显的吸收融合与共铸新质的现象。晋西北山西、陕西信天游和内蒙古原绥远地区爬山歌共同组成的独特民歌圈就典型地反映了这一文化现象，对于晋陕内蒙古毗连带所传民歌的同源性和相似性，许多民间文艺研究者业已指出，并进而提出“走西口”是三地民歌走向一致的重要契机。但是，对于“走西口”与三地民歌趋同的深层次关系，没有进行挖掘梳理，使得这个易于接受的结论缺乏有力的实证基础。本文试在认真解读民歌底本及爬梳细部史料的基础上，对三地民歌同质性的内涵、历史基底及统一民歌圈的具体生成环节进行探讨，以期显现边疆移民对于边疆文化的塑造作用。

从以下三个方面我们可以看到这一民歌圈的内在联系：一是晋西北山曲、陕北信天游、内蒙古爬山歌属于同一民歌类型。三地民歌属于同一类型的民歌体，反映在形式体例、表现手法、语言特色和歌词内容等四个方面。由于三地民歌有如此多的相似性，有的人说信天游就是内蒙古的爬山歌，爬山歌就是陕北的信天游，再加上河曲山曲，三种民歌在艺术上是孪生姐妹。二是大量的材料证明同一民歌圈在于同一人口圈。晋陕内蒙古三地民歌之所以出现显著的跨省趋同现象，其深层原因就在于经过塞外移民，三地人口分布趋向一致，使得内蒙古原绥远地区的民间文化向晋陕文化靠拢。三是从雁行式“走西口”与民歌圈的生成机制来看，春去秋回的雁行式“走西口”生活是带动三地民歌交汇共生的最重要动因。主要表现在三个方面：（1）因离别相思而促进民歌发达。（2）“走西口”广阔的生活内容直接扩充了民歌源。（3）由人口流动而带动三地民歌交汇共生。总之，晋陕内蒙古毗连带属于同一民歌圈，但并不排斥各区民歌在共性基础上拥有其个性。

（欧阳梦　摘）

魏晋南北朝时期的歌谣风议与官民互动

李传军

《北京师范大学学报》　2004年第2期

民间歌谣是民众生活与情感的直接反映和流露，往往会引起统治者的关注，在特定的历史条件下，还会促进官民之间的互动，魏晋南北朝时期由歌谣风议引起统治政策的调整变化就是这种互动的生动表现。大体说来，这种调整和变化可以归纳为以下几个方面：一、升迁或罢黜官员；二、调整军事行政措施：三、实现皇权更迭；四、改元和祁禳，这些措施包含了顺应民心的因素，对于社会安定，具有一定的积极意义。

民间歌谣是劳动人民的口头诗歌，我国古代正史中记载了很多的歌谣资料，内容十分丰富，值得注意的是，历史上有许多歌谣是因人而起，缘事而发，包含着相当重要的政治和社会信息，这些信息通过歌谣的形式传达到统治者那里，有助于他们了解民情，调整统治策略，在统治者和民众之间形成一种互动关系，对社会的运转产生积极的影响。在魏晋南北朝时期，由于特殊的社会和政治原因，这种互动的关系表现得尤其典型。因此，研究歌谣在这一时期官民互动中的作用，就成为中国古代社会史上的一个重要课题。

魏晋南北朝时间跨度长，政权转换频繁，地域文化复杂，再加上史籍中相关资料详略不一，使得本文的研究不可能提供所有朝代和地区的例证，只能以正史中的材料为主，对歌谣风议与官民互动现象作一初步的考察。

一、因歌谣风议而升迁或罢黜官员。歌谣风议是民众对现实政治和社会生活的反映，它直接地表达了民众的心声和意愿，魏晋南北朝的统治者大多重视民间歌谣的舆论作用，并经常根据歌谣风议升迁或罢黜官员。

二、因歌谣风议而调整军事和行政措施。魏晋南北朝时期统治者有时还根据歌谣风议，在行政和军事斗争的策略方面作出一些调整和改变，这也是由歌谣引起的官民互动的一个重要表现，如前秦的苻坚。

三、借助歌谣风议实现皇权更迭。魏晋南北朝时期，有时还会在皇权斗争和王朝更替中产生一定的影响。如曹魏时期、曹氏与司马懿的皇权争夺，北魏时期后燕的慕容宝与慕容德的皇位斗争即此。

四、因歌谣风议而改元和祁禳。魏晋南北朝时，有的统治者出于迷信和忌讳，有时还会采用改元和祁禳的手段来迎合民间的歌谣，这同样是歌谣风议实现官民互动的一个重要表现，如东晋哀帝司马丕即根据民谣而不断改元等。

总之，以民间歌谣风议为媒介而形成的统治者与民众之间的互动关系，在魏晋南北朝时期有多种多样的表现，是比较客观的社会现象，这种互动对我国古代的社会机制及其良性运转，具有一定的积极意义。当然，这种互动关系，相对于社会的需要，是远远不够的，这种不足，除了歌谣风议本身的传播地域、影响范围等诸多因素的限制以外，最主要的还是由中国古代的社会体制自身造成的。

（欧阳梦　摘）

时代娼妓和民歌关系论略

周玉波

《南京师范大学文学院学报》　2004 年第 3 期

明自嘉隆而后，民歌广为流行，其中与妓女有关的篇什比重极大。就娼妓与民歌内容来看可以分为三类，一是描摹妓女对爱情的渴望。二是以咏妓为名行嘲妓之实的民歌，或是轻薄的人身攻击，或是呼天抢地式的骂世。三是语多沉痛，意在悯人，也可作骂世一种。

嘉靖特别是万历前后，是娼妓业和民歌同时兴盛的时期。因为民歌的特点契合娼妓的人生际遇，能满足其感情宣泄的需要。娼妓的职业生涯主要表现在情欲的张扬上。所以毫无约束的民歌，是这一张扬的理想载体。民歌在娼妓中的流行，可分两种情形：一是以小曲表达自己的心声。二是纯为生计而进行的“表演”。娼业兴旺是与商业的繁荣和思想界的开放相辅相成的，共同促成了明中叶以后民歌旺盛的景观。

明代民歌无论是内容和形式的丰富还是作者队伍的壮大和作品的流布，都离不开娼妓的参与，妓女题材的加入，使民歌言情、言真情的特征更加凸显出来，对恢复“诗缘情”的传统，对反拨文人创作的雕饰风气提供了可能性，因而更能承担突破旧有规则的重任，于晚明文艺革新思潮的形成和壮大，厥功甚伟。

与娼妓有关的民歌，牵扯的是本能力量。这种力量冲击了当时程朱理学等外在的约束和前后七子的复古成果。娼妓题材的介入为民歌的放胆发挥，找到了极好的切入点和突破口。在一些小说和戏剧作品中，也有作者借娼妓的形象来表达自己张扬情欲的主题。当时的学者们在关于娼妓（青楼）与文学、与社会生活的论著中，也涉及了张扬情欲的民歌与文学创作的联系这个问题。这些传统道德家眼中极尽淫荡欢娱之能事的民歌，在挑动文人的创作激情上，具有极大的作用，在丰富文学史的内容和文人精神的层面上，也别有意义。

由于与娼妓有关的民歌带有的畸形性质，这一类情欲或情绪的渲染，只能局限在一个特定的时间和空间之内，而且只能以一种非主流话语的形式，来影响和撞击文人的创作实践。

要而言之，娼妓与民歌，由于本性上有相通的地方，因而两者的“联姻”，有天作地合之妙。联姻的成功，民歌狂野不羁的个性得到了最大程度的显现，终于汇入了晚明文艺革新思潮之中，成为整个思潮的一个有机组成部分。

（欧阳梦 摘）

山曲、爬山调和信天游的共性研究

李雄飞

《兰州大学学报》 2004 年第 1 期

“山曲”、“爬山调”和“信天游”，从命名来看：它们基本上是河北的北部和西部、山西西北部、内蒙古西部、陕西北部、甘肃东部和宁夏全境不同地区的老百姓对同一种民歌大致相同的不同称谓，都与歌手们在野外歌唱有关。它们的共同之处就是以歌唱的地点、场合为其命名的，都在表明这种民歌是山歌，其中“山曲儿”的叫法是各地最普遍的。从歌词来看：它们都至少有一节歌词，多数有几节歌词，甚至更多，依照同一曲调反复传唱。多数歌词叙述事件简洁，描写景物和塑造人物多用白描，多用第一人称。歌词前一句多起兴，后一句才是正题。从曲调来看：曲调之间的差异小，词曲的结合本身并不固定。基本上由两个乐句组成一个乐段，四小节一个乐句，八小节一个乐段，分为高腔和平腔。高腔多用真声唱，平腔以真声唱。上下乐句多为变化性重复，很多只是略有变化，还有完全一致的。旋律结构是以“四音音列”为骨干构成的“双四度框架”。二拍子节奏最多，变换拍子少，节拍比较自由。五声音阶调式最常见的，徵调式多，商调式、羽调式次之，角调式很少。偶尔也有调式交替和同主音调式转换的情况。从方言来看：基本上都是用西北方言区里的晋秦方言歌唱。流传地区稍大于晋语的传布范围，但是最为繁盛的流传中心地域恰好都在晋语范围内。晋语的吐字发音、语调的抑扬、语气的轻重、声调平上去入等说话习惯与“山曲”曲调有很大的关系。“山曲”歌词是当地方言的精髓之一。晋语语音现象大都有效地体现在“山曲”里面。从交流来看：从地理范畴上分析，黄河“几”字湾内外的这一片地区是完全连在一起的。从纵向历史的眼光看来，这一片地区都有着异常密切的政治、经济、文化交往。这一片地区又是我国各个民族频繁活动的地区，各民族之间有过反复的民族交往、民族融合历史。特别是“走西口”，不仅仅是内蒙古西部地区的一段外来移民史，也是这种两句体民歌在陕北高原、晋北高原、冀北高原与鄂尔多斯高原上得以反复交流、广泛传播的历史，是其在艺术上走向炉火纯青的历史。

（欧阳梦 摘）

第 七 编

民间艺术研究

一　研究概述

2004年民间艺术研究概述

张晓舒

中国民间艺术是广大民众千百年来创造、传承和享用的智慧结晶。作为民间文化的重要组成部分，它历史悠久，内涵丰富，形式多样，具有浓郁的民族气息和独特的审美意蕴，是中华民族宝贵的文化遗产。在知识全球化浪潮的冲击下，我国民间艺术的本土文化价值受到了前所未有的重视和挖掘。近年来，这一领域的研究呈现出蓬勃发展的态势，取得了许多丰硕的成果。

据粗略统计，2004年共发表民间艺术类论文300余篇，研究领域涉及造型、音乐、舞蹈、戏曲等方面。现将本年度主要研究成果按照艺术类别的不同作如下概述：

一、民间造型艺术研究

造型艺术历来是民间艺术研究的重点。在本土文化语境中，对某地区或民族的造型艺术进行深入细致的剖析，揭示其艺术特色和美学价值，探究其社会文化内涵，是本年度造型艺术研究的总体倾向。就研究对象而言，民间剪纸最受研究者青睐，年画、刺绣和织锦也受到了一定的重视，但是对民间雕塑、陶瓷、玩具、编织等艺术的研究则相对薄弱。

随着世界范围内保护非物质文化遗产工作的广泛展开，我国民间剪纸作为中华民族的艺术瑰宝、人类无形遗产的杰出代表，逐渐成为备受关注的热点。在今年发表的40余篇有关民间剪纸的论文中，剪纸艺术的地域性研究占据了研究的主流。何红一的《中国南方民间剪纸与民间文化》（《民间文化论坛》，2004年第3期），从图腾崇拜遗存、楚巫文化印记、民族历史文化史实、民俗文化风貌四个方面，深入探讨了南方民间剪纸与民间文化的关系，反映了作者开阔的文化视野，突现出南方民间剪纸鲜明的审美特性和文化特质。她的另一篇论文《我国南方民间剪纸的文化生态环境》（《中南民族大学学报》，2004年第6期）认为，南方民间剪纸是南方诸多民族民俗文化的产物，它孕育于南方古代雕镂工艺之中，与当地发达的造纸业相伴相生，并在巫文化的直接催化下形成，其传承发展受到了南方民族服饰、灯饰民俗、经济文化等因素的深远影响。王纪、王纯信的《赫哲族"鱼皮"剪纸图论》（《吉林艺术学院学报》，2004年第3期），图文并茂地展现了一种独树一帜的剪纸艺术形式——鱼皮剪纸。历史上有着"鱼皮部"之称的赫哲族，是我国北方唯一以捕鱼为业和用狗拉雪橇的民族。因长期受到萨满文化的浸染，其鱼皮剪纸以动物图腾、萨满树、螺旋纹为主要图案，并常常被当作刺绣的花样成为赫哲族传统服饰的重要装饰。刀莹的《人、佛、自然的交融——傣族剪纸艺术》（《装饰》，2004年第1期）指出，剪纸在云南傣族地区就像傣家的歌舞一样，几乎人人都会，这是因为在全民信仰佛教的傣族中，剪纸是一种向佛祖表达虔诚的方式，传达出傣家人与佛祖的心灵沟通，与自然的和谐共处。属于这类研究的论文还有尹国有的《长白山满族剪纸试析》（《满族研究》，2004年第2期）、余继平和吴秦陶的《土色土香的渝、湘、黔民间剪纸艺术》（《美术大观》，2004年第5期）、邢莉的《人类文化的多元未来——以少数民族剪纸为例》（《湖北民族学院学报》，2004年第6期）等。

除剪纸艺术外，民间年画也是我国民间文化遗产抢救与保护的重点，本年度仍然受到学界关注。杨连启的《戏曲年画考述》（《华侨大学学报》，2004年第4期），在概括我国民间年画发展历程的基础上，着重论述了年画与戏曲的关系。作者认为年画和戏曲的起源可以追溯到原始社会的宗教图腾和祭祀舞蹈，它们共同孕育于高度发展的汉唐文化之中，形成于宋代繁华的都市生活里，在兴盛发展的明清时期，二者相互影响，不断借鉴，造就出丰富多彩的戏曲年画。孙珉的《试论民间木版画的媒体功能》（《艺术百家》，2004年第1期），从媒体学的视角重新审视民间木版画，认为民间木版画是普通民众传播信息的重要载体，其传播方式具有隐示性和比喻性，传播过程具有双向性和情景性，传播对象具有程式化和泛杂性的特点。这些论文注重借鉴相邻学科的成果，有助于开拓年画研究的新思路和新方法。此外，戴信军的《凤翔民间木版年画》（《寻根》，2004年第1期）、高建军的《嘉祥木版年画及灯画》（《民俗研究》，2004年第2期）、刘广祥的《漫谈朱仙镇木版年画的形式美》（《装饰》，2004年第7期）、张瑜的《桃花坞木刻年画的价值和保护》（《南京工业大学学报》，2004年第4期）等也反映了本年度民间年画地域性研究的成果。

随着民间工艺热的不断升温，织锦和刺绣逐渐成为学术界感兴趣的领域，其中，土家族织锦和苗族刺绣是今年研究者谈论较多的话题，也是湖北省、湖南省教育厅资助的科研项目。《武汉科技学院学报》2004年第2期以专栏的形式发表了一系列研究土家族传统织锦——西兰卡普的论文，对西兰卡普的母体符号特征、审美现象学、历史文化性、造型艺术特点等方面进行了全方位、多视角的探讨，在总结其科学技术与审美规律的同时，努力发掘土家族传统工艺的当代价值。

本年度3篇研究苗绣的论文各有侧重，风格迥异。田鲁的《苗族刺绣中的象征符号》（《南京艺术学院学报》，2004年第2期）认为，源远流长的苗族刺绣不仅是美的展示形式，也是苗族历史文化的载体，具有象征故土、祖先、氏族、文字的符号意义。他的另一篇论文《湘西苗绣艺术风格解析》（《装饰》，2004年第3期），着重分析了湘西苗绣热烈奔放的浪漫风格、古朴原始的艺术情趣、移情养性的审美特征。龙湘平、陈丽霞的《苗族刺绣发展史探究》（《装饰》，2004年第8期），勾勒了苗绣发展的历史轨迹，指出1958年出土的长沙楚墓中的绣品是我国最早的刺绣实物，由此推断苗绣至少已有2500年的历史；根据秦汉魏晋时的史书和地方志记载，当时的苗绣产量有很大提高，刺绣工艺也渐臻成熟；自唐宋以后，苗绣不再是达官贵人的私有物，苗绣的民间生产出现繁荣景象；清朝统治者实行改土归流政策后，汉人和屯兵给苗族地区带去了先进的纺织技术，有力地推动了苗绣工艺的发展。

此外，南京云锦、侗族织锦、彝族刺绣、满族刺绣、黎族织绣等也进入了研究者的视野，比较具有代表性的论文有张道一的《典丽云锦》（《山东工艺美术学院学报》，2004年第3期）、周海燕的《浅析云锦图案的吉祥意味》（《美与时代》，2004年第12期）、蔡荭的《侗锦艺术特色初探》（《广西民族研究》，2004年第2期）、黄学魁的《黎族织绣图识》（《装饰》，2004年第4期）、王纪和王纯信的《满族刺绣中的萨满文化》（《中国民族》，2004年第3期）、陈俏巧的《彝族刺绣〈四方八虎图〉的文化内涵和美学意义》（《经济与社会发展》，2004年第6期）、林毅红和程伟的《嬗变·交融·创新——略谈海南黎族织锦艺术的传承与发展》（《贵州大学学报》，2004年第3期）等。

二、民间舞蹈艺术研究

与静态的造型艺术不同，舞蹈是表达人类心灵情感的动态语言。各民族民间舞蹈以其绚烂多姿的表现形态、独具特色的民族风格，成为我国民间艺术园地里的一朵奇葩。今年的民间舞蹈艺术研究不仅在论文数量上较往年有所增加，而且在理论反思和方法创新方面也进行了一些有益的尝试。

在民间舞蹈的理论探索方面，有关借鉴和创新研究方法的论文尤为引人注目。罗雄岩的《论"动态切入法"的理论与操作》（《北京舞蹈学院学报》，2004年第2期）从舞蹈文化的特殊性入手，以传统文化理论的精粹为依据，提出建立中国特色的民间舞蹈文化研究方法——动态切入法。文章认为动态切入法的理论核心是在时间、空间、舞者三者互动中形成的"动态形象"，以此发掘民间舞蹈的文化内涵和发展规律。作者将动态切入法的具体操作概括为32字口诀，即"特定层次、多种因素、纵横探索、深入研究、贵在升华"和"动态切入、意境描绘、个性升华"。赵铁春、王昕的《与民共舞——"田野作业"对中国民族民间舞学科的意义》（《北京舞蹈学院学报》，2004年第1期）对社会人类学的田野作业进行了理论阐释，指出借鉴田野作业方法对于发展民族民间舞蹈学科建设具有重要意义：第一，有利于学院派民间舞教材的补充及对民族地域传统舞蹈文化的承接；第二，有利于对学院派教材传承过程中民族民间舞蹈文化误读的修正；第三，有利于动态形式背后深层文化寓意的挖掘；第四，有利于民族民间舞"实地"本质的回归。罗辛的《对民间舞发展道路的思考——莫伊谢耶夫给我们的启示》（《舞蹈》，2004年第1期），力图通过总结与汲取莫伊谢耶夫民间舞蹈团的成功经验，积极探索我国民间舞蹈艺术的发展道路。作者认为在如何发展民族舞蹈传统的问题上，应当借鉴莫伊谢耶夫的舞蹈创作原则：其一，对原生态民间舞要进行"创造性解释"；其二，依据其他民间传统艺术形式和民族传统精神"创造新型舞蹈"；其三，要尽力在舞蹈中体现现代的形象。这些颇有新意的理论探讨不仅给读者以启迪，而且为民间舞蹈的发展提供了有价值的借鉴。

在民间舞蹈的个案研究中，出现了一批以民族舞蹈为研究对象的论文。赵林平的《论蒙古族舞蹈语汇的美学精神》（《舞蹈》，2004年第10期），从舞蹈语汇的分类和特点、舞蹈语汇的发展和演变、舞蹈语汇的情愫感染力等角度，分析了蒙古族舞蹈的审美价值和美学意蕴，认为蒙古民族二元归一的美学精神是不朽的灵魂。覃海在《谈壮族“蚂拐舞”的传承与发展》（《舞蹈》，2004年第8期）中说，蚂拐是壮族人对青蛙的俗称，蚂拐舞是壮族人民在传统节日蚂拐节中表演的民间舞蹈。随着社会的发展，蚂拐舞经历了形成—兴盛—衰退—再发展的演变过程。形成期的蚂拐舞是蚂拐图腾盛行时祭祀仪式的表现形式，兴盛期的蚂拐舞演变成一种与民俗相融的活动，在经历衰退期后，20世纪80年代我国开展大规模搜集整理民族民间舞蹈的工作，有力地推动了蚂拐舞的保存与发展。陈廷亮、安静峰的《土家族舞蹈的分类及其艺术特征》（《中南民族大学学报》，2004年第4期）将土家族舞蹈分为与宗教信仰有关的舞蹈、与劳动生产有关的舞蹈、与传统节日相关的舞蹈、与原始生殖崇拜有关的舞蹈。这些丰富多彩的土家族舞蹈具有一些共性的艺术特征，即舞蹈主题经常围绕生产劳动、农耕文明和民族英雄展开，舞蹈形式往往通过祭祀活动实现，舞蹈的表现形式和动作特点与民间生活息息相关，并在民俗活动中不断丰富和发展。同类型的研究还有马学礼的《回族舞蹈艺术的渊源与发展》（《舞蹈》，2004年第10期）、戴岳的《摆手舞与土家族的民族情绪情感》（《民族艺术研究》，2004年第3期）、龙庆凤的《苗族舞蹈的审美艺术特色》（《湖南社会科学》，2004年第3期）、王桂霞的《谈藏族民间舞蹈风格》（《吉林师范大学学报》，2004年第5期）等，这些论文显示出我国民族舞蹈研究强劲的发展势头。

在民间舞蹈教学研究领域，本年度也取得了许多成果。如袁莉《论传统组合的重新整合——对中国民族民间舞系教材的思考》（《北京舞蹈学院学报》，2004年第2期）、姜洋和任评的《关于中国民族民间舞教学法的思考与探讨》（《戏剧文学》，2004年第7期）、朱红和邓辉的《关于云南民间舞蹈系统教材建设的必要性》（《舞蹈》，2004年第3期）、陈浩的《试论“即兴”在中国民族民间舞教学中的作用》（《咸阳师范学院学报》，2004年第6期）、傅丽的《组合在民族民间舞教学中的意义》（《赣南师范学院学报》，2004年第4期）等，对民间舞蹈学科建设的发展起到了积极的推动作用。

三、民间戏曲艺术研究

民间戏曲是一种为广大民众喜闻乐见的综合艺术形式，在我国灿烂的戏曲文化中占有重要的地位。据学者统计，整个中国戏曲剧种与剧目的80%是民间戏曲[①]。这些丰富多彩的民间戏曲遍及全国各地，是地方传统和民族精神的文化载体。与繁荣的戏曲文化不相适应的是，戏曲研究一直是我国民间艺术研究中相对薄弱的环节。本年度戏曲研究的整体状况没有明显的改观，在理论探讨上缺乏有影响的力作，但是，在具体戏曲种类的研究领域仍然取得了一些成果，其中，二人转最受学人青睐，藏戏、皮影戏、木偶戏也受到了一定的关注，其他的民间戏曲则几乎没有被论及。

在今年发表的30多篇研究二人转的论文中，探究二人转的表演艺术特色、发掘其当代文化价值是研究者讨论的重点。罗辑的《漫谈二人转》（《中国戏剧》，2004年第6期）从文化学的视角分析了二人转兴起的原因：第一，大众文化的鹊起给二人转提供了合法的文化身份；第二，二人转以娱乐性为旨归的美学特征迎合了市民阶层的文化趣味；第三，主流文化的让步政策和宽容态度是推动二人转兴起的重要因素；第四，精英文化的失语为大众文化包括二人转的发展提供了巨大的文化空间，大众文化在精英文化面前获得了前所未有的尊严。梁海的《二人转现象的双重解读》（《中国戏剧》，2004年第7期）认为，在文化的全球化猛烈冲击民族文化的时代背景下，具有丰厚文化底蕴的二人转的兴起是积蓄已久的文化寻根风潮在起作用。二人转的成功不只是民间艺术的成功，而且是一个标志新世纪文化走向的重要信号。其他的相关论文也从不同的视角对二人转艺术进行了多层面的阐述。如曹香兰的《"北派"二人转女旦角艺术简述》（《戏剧文学》，2004年第6期）、赵小波的《试论二人转的"丑角艺术"》（《戏剧文学》，2004年第8期）等对二人转的角色表演予以论述；张凤杰的《二人转唱腔的创新》（《戏剧文学》，2004年第6期）、史宝华的《以声传情——谈二人转"唱"与"舞"的结合》（《戏剧文学》，2004年第3期）等对二人转的唱腔运用加以阐发；李艳波的《二人转表演艺术的魅力》（《戏剧文学》，2004年第6期）、吴文科的《二人转：当代中国审美风尚的一个支点》（《艺术评论》，2004年第11期）、刘淑华的《通俗·庸俗·低俗——二人转表演艺术论》（《戏剧文学》，2004年第3期）、王红箫的《解构·建构——关于东北民间戏剧二人转》（《文艺争鸣》，2004年第3期）等将二人转审美特性的探讨引向深入。

在我国民间戏曲中，除了由艺人扮演的演员戏外，还广泛流传着各种类型的道具戏，其中影响较大的是皮影戏和木偶戏。在本年度的相关论文中，孙建君的《中国民间皮影艺术》（《中国书画》，2004年第4、5期）立足前人的研究成果，对我国民间皮影进行了全面系统的阐述。皮影艺术是我国民间工艺和舞台戏曲巧妙结合的产物。为了全方位反映民间皮影的艺术价值和文化内涵，文章在探究皮影的历史渊源和造型规律的同时，深入剖析了皮影戏在舞台表演和区域流传上的特点，揭示出皮影艺术与宗教文化、戏曲文化、民俗文化的相互关系。四川民间戏剧现状与保护发展课题组撰写的《生机勃发的四川木偶戏》（《四川戏剧》，2004年第6期），对该省国有专业木偶剧院团进行了全面深入的调查，认为四川木偶戏的特点和优势在于品种齐全、特色鲜明、制作精美、操作灵活、表演细腻传神、擅长绝技绝活。作者在分析木偶戏发展现状的基础上，针对当前存在的问题提出了相应的对策。该领域的研究论文还有汪晓云的《从木偶戏的演变看木偶与戏曲的原生关系》（《四川戏剧》，2004年第3期）、史耀增的《古老的合阳提线木偶戏》（《当代戏剧》，2004年第6期）、冯炳超的《东方艺术瑰宝——环县道情皮影》（《丝绸之路》，2004年第12期）、武永虎和武立贵的《孝义皮影》（《文史月刊》，2004年第1期）等。

在少数民族戏剧研究方面，藏戏研究成为本年度引人注目的亮点。普布仓决的《论藏戏表现形态的独特性》（《西藏研究》，2004年第1期）认为，人类戏剧的发展大体可分为两个阶段：一个是宗教戏剧阶段；另一个是世俗戏剧阶段。传统藏戏长期停留在从宗教戏向世俗戏转化的阶段上，在形态上就表现出融宗教祭祀性与世俗娱乐性为一体的独特品格。《西藏艺术研究》2004年第2期发表了一组有关藏戏研究的论文，包括卓央的《浅析藏戏艺术》、秦华生的《藏戏与21世纪》、更堆培杰的《略谈藏戏阿吉拉姆音乐》、扎西多吉的《在民族区域自治下藏戏艺术所取得的成就》等。这些论文或追溯其发展历程，或展望其未来走向，或探讨其独特的艺术表现形式，都将深化我们对藏戏的认识，进一步推动藏戏研究的发展。令人遗憾的是，今年其他少数民族戏剧研究的成果微乎其微，只有欧俊娇的《侗戏风俗研究》(《贵州民族学院学报》，2004 年第 5 期)，陈昱和陈宏光的《风花雪月话白剧——2004 白剧调查》(《中国戏曲学院学报》，2004 年第 3 期)，而对于众多优秀的少数民族戏剧剧种，如壮剧、傣剧、彝剧、布依剧等则几乎无人涉足，出现了一些不应有的学术空白。

综观本年度民间艺术研究所取得的成果，我们可以归纳出如下特点：第一，地域性研究是我国民间艺术研究的主流。学者们在区域文化的背景下，对具体的民间艺术样式进行或深入细致，或独辟蹊径的研究，充分展示出我国民间艺术的地域性、民族性和多样性。第二，在继承传统研究方法的同时，开拓新的研究思路，进行多角度、跨学科的探索。如田野调查的方法受到了研究者的普遍重视，尹虎彬的《河北民间表演宝卷与仪式语境研究》(《民族文学研究》，2004 年第 3 期)、方李莉的《草根艺术——陕南民间戏剧考察研究》(《民族艺术》，2004 年第 3 期）等将实地调查与理论研究有机地结合起来。比较研究的方法也被广泛地加以采用，具有代表性的论文有马盛德的《西北地区回族、撒拉族、维吾尔族民间婚俗舞蹈比较研究》(《西北民族研究》，2004 年第 1、4 期)、王文娟的《中国画色彩的美学探渊——兼与西方绘画色彩的比较研究》(《美术观察》，2004 年第 6 期）等。在交叉研究领域，康保成的《佛教与戏曲表演身段》(《民族艺术》，2004 年第 1 期)、王拥军的《民族民间音乐与民族舞蹈的互动》(《舞蹈》，2004 年第 8 期）等，显示了民间艺术跨学科研究的最新成果。第三，抢救民族民间文化遗产已成为社会共识，有关保护和传承民间艺术的理论和实践也日臻深入。这方面的主要研究成果有向云驹的《中国木版年画的抢救与经验》(《广西师范学院学报》，2004 年第 3 期)、乔晓光的《关注现实，以无形遗产申报推动本土文化的传承发展》(《美术研究》，2004 年第 3 期）等。

注释：

① 张紫晨：《中国民间小戏》，浙江教育出版社，1987 年 7 月，第 4 页。

二 论文选载

我国南方民间剪纸的文化生态环境

何红一

人们通常所说的剪纸，实际上包括剪纸与刻纸两大类别。其中北方剪纸以剪为主，以刻为辅；南方剪纸则以刻为主，以剪为辅。在过去，剪纸一直是人们日常生活和喜庆节日中祈福避祸、表达生活情趣和美的情怀的实用品和装饰物。今天，它仍以极强的生命力为美化人们的现代生活，传播中华民族文化服务。

文化生态环境是指某一文化生存背景与生存状态。民间剪纸是民俗文化的重要类别，它从古到今，伴随着民众的生活而发展，至今至少已有1600多年的历史。与我国其他传统文化一样，民间剪纸文化也具有多元共生的特点。南方民间剪纸与北方民间剪纸，分别在不同的地域环境生长发育，受不同地域文化的影响与制约，以不同的风格面貌代表着我国民间剪纸的两大流派。因此，探讨民间剪纸的文化生态环境，摸清民间剪纸与地域文化之间的关系，有针对性地对其进行抢救性保护和研究，有着重要意义。

一、南方民间剪纸与南方古代雕刻剪镂工艺

任何艺术形式的诞生都不是偶然的，都有一个在已有艺术形式的基础上借鉴和酝酿的过程。以雕刻剪镂工艺为手段的南方民间剪纸亦不例外，它孕育于南方古代精湛的雕刻剪镂工艺之中。

（一）南方古代雕刻工艺的源头

中国南方古代雕刻工艺可追溯到新石器时期。长江西陵峡一带大溪文化早期（公元7000年前）遗址中出土的大量的陶刻及玉雕、石雕、蚌雕、骨雕等难度较大的雕刻作品[1]和巫山大溪新石器时代遗址出土的卵石雕人面形佩饰，体现出南方原始雕刻的粗犷风格。

在长江下游浙江河姆渡遗址出土的大量早期雕刻作品中，一件刻有两对连体双鸟朝阳纹的骨匕格外引人注意。鸟体双双相对，腹背连接，连接处饰以火球般的太阳纹。鸟头羽冠飘逸，双目炯炯有神。利喙与蹼足、尾翼都刻画得栩栩如生。更令人称奇的是现存苗族剪纸中的“对鸟双凤袖花”纹样竟然与它十分相似，二者在时代上相距数千年，但是图案上的承接关系却如此明显（见图一）。

此外，还有牙雕“双鸟朝阳”、木雕鱼等均为人类早期生动精美的雕刻佳作[2]。南

(1)

(2)

图一

京阴阳营出土的玉雕、良渚文化的大型玉琮和三叉型玉冠饰也代表着那一时期南方原始石器雕琢工艺上的成就。

制作这些早期的雕刻作品，离不开工具的使用。巫山大溪新石器遗址出土人面形佩饰的地方，同时出土了一把圭形凿刀，两端均磨出利刃，一端略呈弧形，显然起切割作用；另一端则为双面凿刀，兼有凿、雕刻和钻孔的功能[3][P1]。在湖北大溪文化遗址的白庙子坡地也出土了成批的制作精细、小巧玲珑的石器雕刻工具[1]。河姆渡文化遗址出土的大批骨制和石制工具中，也包括鹿角制作的角锥、角凿和用鲨鱼牙制成的锐器[2]。南方的原始先民们正是利用这些工具发展了原始雕刻艺术中的雕、刻、凿、钻、镂等技艺并使之日趋完善。在后来的岁月里，又由楚人将它们发展到同时代的巅峰。湖北江陵望山一号楚墓出土的彩绘透雕木制小座屏及透雕奁、河南信阳长台观 1 号墓出土的两件透雕奁就是这一时期雕刻工艺的代表之作，它们充分表现出楚人长于透雕的雕刻传统。

（二）南方薄质材料雕刻工艺的发达为民间剪纸的出现创造了条件

薄质材料雕刻工艺是指在树叶、皮革、金属片、丝绸等薄型材质上进行剪镂雕刻的工艺，它是人类雕刻工艺从硬质材料过渡到纸质材料雕刻的一个重要环节。

南方民族的薄质材料雕刻工艺与硬雕一样，在先秦时代就处于领先水平。湖北江陵望山一号楚墓出土的一件战国时代的皮革，在加工得很薄的皮料上，用镂空刻花的方法刻出细密的几何形连续花纹，显得剔透精巧，是当时皮革雕镂工艺的佳作。

湖北随县曾侯乙战国墓出土的金箔片多达 900 余片，厚度一般在 0.1 毫米～0.2 毫米之间，最薄的仅有 0.037 毫米。这些薄如纸的金箔片均被剪刻成小块的几何图形，有正方形、长方形、圆形、半圆形、梯形、圭形、尖齿形、双钩形、三角形、S 形、多边形等，上面多有压印的花纹，有的还刻有细小的点纹[4]。这批金箔片从剪裁工艺看，已汇集了剪纸中常见的基本表现语汇——锯齿纹、月牙纹、几何纹，应该说它们已经接近剪纸的雏形了。

长沙五里牌西汉墓出土的漆奁上的金箔饰片，一个个细小的动物影像，表现得准确而生动，尽显工匠运剪走刀的功力。长沙黄泥塘晋墓出土的双凤金饰片，为用金箔片剪刻的一对凤凰。它们两两相对，展翅欲飞又顾盼回首，情态生动。工艺上比以往也显得更为娴熟。饰片在结构上采用了对称的手法，恰当处理了表现主体“连”与“断”的矛盾。凤凰的翅膀运用两排锯齿纹来表现，显出刀味剪趣，又富于装饰美感。整体布局上，也采用了剪纸中常用的适形构图。若不从材质上考虑，它简直与后来的剪纸几无区别（见图二）。

值得一提的是，广东佛山、潮州一带的剪纸至今还保持这种镂金的传统。佛山剪纸中最具地方特色的铜衬剪纸工艺，就是先将铜片打制成薄如纸片的铜箔，再在铜箔上用剪、刻、凿等技法加工成镂空的剪纸主稿，最后在主稿上套衬色纸而成。

图二

工具的使用对剪纸的产生和发展至关重要。南方古代冶炼铸造工艺一直处于领先地位，刀剪的制造工艺也相当先进。战国时期的曾侯乙墓、江陵凤凰山汉墓都出土过小型的金属工具。其中，刀具有铜制削刀、凿刀和铁制小刀——书刀[5]等物，据考这些刀具多为古人治简工具。它们与后世的治“纸”工具——刻刀不能说没有继承关系。再说剪刀，是在刀具的基础上发展起来的，两刀相迭而成剪。剪刀的运用使人手的运作有了更大的灵活性，并为充分发挥纸张重复叠剪的表现性能提供了更大的施展空间。迄今为止，我国发现的最早的剪刀实物是湖南长沙马王堆汉墓出土的西汉初年的剪刀，广州南越王墓亦出土过西汉时期的剪刀。长沙一带还出土过东汉、唐代、宋代等不同时期的剪刀。江南“杭剪”久负盛名，杭州附近的淳安县出土过西晋时期的剪刀。唐代李白留有赞美吴地剪刀的佳句，“吴刀剪裁缝舞衣，明妆丽服夺春晖”。宋时“杭剪”已跻身当地名产，民间艺人用它“剪字”、“剪镞花样”。到了明崇祯年间，又孕育出至今遐迩闻名，有300多年历史的“张小泉”剪刀。

南方古代雕镂工艺和剪刻工具的发达为剪纸的出现准备了必要条件。一但纸张发明，人们就会顺理成章地将剪刻雕镂技艺用到纸张上，引发了剪纸这种新型艺术样式的诞生。至今为止，南方民间剪纸艺人剪纸时剪刻并施，善于运用雕刀、刻刀、剪刀、锥刀、凿刀、錾刀等工具对纸张进行加工。这种运用不同的工具加工出来的剪纸在当地通常被叫做“雕花”、“刻纸”、“钻子花”、“凿花”、“镂花”等，它们理所当然应该是中国剪纸大家族中别具特色的一支。从其加工方式上看，又使人强烈地感受到南方古代民族擅长剪镂雕刻传统的影响。

二、南方民间剪纸与南方造纸工艺

纸是传统剪纸工艺的运作和加工对象，缺少它，剪纸将成为无米之炊。我国是纸的发明地，剪纸又是以纸为加工对象的艺术，所以剪纸的发生、发展一定与纸有关。

古代“纸”的概念，与现代不一样。汉字“纸”从丝，说明起初的纸是以丝为原料的，也就是说中国最早的“纸”，就是以丝为原料的纺织品。《后汉书·蔡伦传》曰：“其用缣帛谓之纸”，即为此意。作为书写记事作画的材料，它们的价值昂贵，只能供少数上层人士享用，根本无法普及。只有到了公元105年产生了“蔡侯纸”——用鱼网、破布、树皮为原料的植物纤维纸，这期间又经过长时间的改革、完善以后，降低了造纸成本，提高了造纸效率和纸质质量，才逐渐使民间生活用纸得以普及，这时，作为民俗生活伴生物的剪纸才有可能出现。故有人推论中国剪纸自晋代兴起，笔者赞同。

纸的发明与南方纺织业发达和得天独厚的自然资源不无关系。众所周知，“蔡侯纸”并非蔡伦首创，蔡伦不过是造纸术的集大成者和改革者，善于对家乡早已存在的民间造纸法进行加工改造罢了。南方古代流行一种“树皮布”，其制作方法是把楮树皮扒下来，然后以一定的工具加工，经漂洗、修补、剪裁，制成所需要的生活用品。古文献中所提到的楮冠、布衣，就是由树皮布加工而成。楮树俗称“构”，南人早就发现了其皮既能制布又能造纸。在“蔡侯纸”之前，已有丝纸、幡纸、赫蹄等几种原始纸，后者就是在西汉末年就流行的以树皮布制作的纸[6]。三国时的陆玑在《毛诗·草木鸟兽鱼虫疏》中谈到造纸原料楮皮时说：“榖，荆杨相交广谓之榖，中州人谓之楮，今江南人绩其皮以为布，又捣以为纸，谓之榖布纸，长数丈，洁白光辉，其里甚好。”自古以来，长江中下游地区就是蚕桑之乡，当地人从祖先拾茧制丝的技艺中积累经验，触类旁通，发明了以麻、苎、藤皮、楮皮、竹等植物纤维为原料的造纸法。同时，南方土地湿润，竹木丰茂，常见的土纸原料楮树、竹都生长于这一地区，而且造纸时沤泡和漂洗原料所需的水资源也十分充足，这些天时地利的因素为南方造纸业的发展提供了良好的条件。

蜀纸在隋唐时就批量生产，在染色、印花、磨光等工艺上也有不少创新而享有盛名[3][P9]。明清时期，“竹纸之利仰给者万家犹不足，则印为书籍，制为桃符，画为五彩神荼、郁垒，点缀年景。”（《绵竹县志》）湖南是蔡伦的故乡，现耒阳北有蔡伦宅，传即当年蔡伦造纸处。湘中、湘西南一带竹纸制造业源远流长，产品远销他乡。其中滩头、邵阳土纸制作工艺与明代宋应星《天工开物》中所记南方竹纸制造程序完全一致[7]。苏州在北宋时就已有以桑、竹、楮为混合原料的造纸作坊，明末，为了与浙江、安徽、江西、福建等地的竹纸竞争，又着重发展了纸张加工业并形成规模[8]。造纸与剪纸、门神年画是孪生兄弟，凡是有造纸作坊或造纸业发达的地方，剪纸年画也相应发达，这已是不争的事实。南方剪纸的发展，均离不开当地造纸业的推动。目前发现的我国最早的剪纸实物，是出现在新疆吐鲁番阿斯塔那古墓群中的五幅团花剪纸文物[9]。从同时出土的墓志铭看，这些剪纸是麹氏高昌王国，相当于北朝时期（公元541—567年左右）的随葬物，距今已有1400多年的历史了。

麹氏高昌王国是我国中古历史上建立在西域的以汉族为主体的封建割据王国，其“风俗、婚姻、丧葬与华夏小异而大同”（《北史·西域列传·高昌传》）。这一带气候干燥、地下水位低，故能保留这批珍贵的纸质文物。这批剪纸虽出土于西域，但仍然可以视作华夏诸民族长期以来文化交流的证据。由于纸质材料耐腐蚀性能低，南方一带地下水位又比较高，所以目前南方早期的剪纸实物难以寻觅。这并不意味着南方剪纸的产生较北方晚，因为我们仍然可以从其他方面找到南方剪纸产生和发展的轨迹。

三、南方民间剪纸与南方古代巫文化

南方的巫术民俗对剪纸的产生也起着重要的催生作用。在剪纸界，提到剪纸的历史，往往都要提到人日节，因为剪纸的产生与人日节戴胜习俗有着密切的关系。人日最初为楚地风俗。“人日”二字最早见于云梦睡虎地《日书》（甲种、乙种），是上古的一种择日占卜活动。人日节早期较全面的记载，见于魏晋南北朝时梁朝荆州人宗懔的《荆楚岁时记》：“正月七日为人日。以七种菜为羹；剪彩为人，或镂金箔为人，以贴屏风，亦戴之头鬓；又造华胜以相遗……”这里的“剪彩为人，或镂金箔为人”是指人日这天用剪刀和刻刀在彩色丝绸和薄金属片上剪制和镂刻人形（唐宋时，纸张已普及，剪制和雕刻人形的材料便用彩纸代替），贴于门户、屏、帐上，或佩带于头鬓，并相互馈赠。剪制和雕刻成人形的叫人胜，剪制成花鸟形的叫华胜，亦叫花胜。还有相交的双菱形的叫方胜。戴胜为人日节的重要标志，故人日节又称“人胜节”。湖南长沙五里牌东汉墓曾出土过一枚金胜，属较早的花胜文物。唐宋以后戴“胜”风行国中，连皇帝在立春日接见群臣也要以春幡相赠，民间戴胜、用胜习俗更为普及。唐代诗人李商隐《人日》诗“镂金作胜传荆俗，剪彩为人起晋风”句，可见荆楚一带剪纸民俗在当时社会生活中的影响力。

“胜”，原意为盖过、占优势。引申义也很多，象征力量和权利、生命崇拜，或作为辟邪驱鬼的灵物等。人日戴胜的最初目的不是为了庆贺人的诞生，也不是节日的装饰和点缀，而是古人的生辰日禁忌。楚人认为，生命的诞辰日，是人的生命行程的第一大关口，它是一个非常特殊而神秘的日子。在此关口，祸福相依，吉凶相伴，人类很容易受到攻击和侵害，必须严加防范。人日之“胜”起初就是为了辟邪护身，是古代生命巫术观念的体现[10]。以后这种观念借助节俗活动不断得到强化，引申到与生命有关的其他巫术仪式中，剪纸胜也就成为民间招魂、求子、祭祖、祈福活动的重要道具和不可或缺的手段。

在楚国南郢故地，南漳县荆山脚下，端公（巫师）用巫术招魂治病的方法是剪纸人。做法时，端公手执剪刀在黄表纸上剪出 5 个纸人，分别象征心、肝、脾、肺、肾，并用令牌在纸人上书写失魂者姓名，焚香祷告，歌舞招魂[11]。鄂东一带巫师招魂时也剪出纸人数对，置于香炉中，然后边念咒语边以竹竿挑头巾粘纸人于其上，象征魂之归来。南楚之地的湘西土家族梯玛（巫师）祭祖还愿时用 4 个纸剪菩萨（小人）招魂降神用[12]。西南一带瑶族支系山子瑶每年农历七月十四日要剪小人祭祖[13]。云南剪纸艺人张月仙大娘告之笔者，她的家乡曲靖旧时过年三十，每人身上要戴一个剪纸小人，作祈福免灾用，直到过了人日（正月初七）。在有名的剪纸之乡江西瑞昌南洋乡，自古就有做“百花帐”祭福主的习俗。每当做“百花帐”时，先要由许愿求神者剪 100 个双菱方胜，再由挑选出来的 100 个能剪擅绣的未婚姑娘，每人剪出一张自己最拿手的吉祥剪纸花样与方胜交叉置放，贴于帐上，最后再用彩线绣出色彩斑斓的“百花帐”敬献于福主前。

剪纸人也常常用于求育护生巫术。黔南布依族新婚夫妇要剪 8 个小人来履行“搭花桥”仪式，以祈日后更好地生儿育女。湘鄂西土家族地区，孩子出生时要剪一个打伞的纸菩萨贴在火塘壁板或厨房碗柜上，一直守到伢儿 12 岁为止。据说这就是阿米婆婆（或阿嬷帕帕），土家孩子的保护神。湖北仙桃女子不育时，请人剪出 7 个小人给当事人带在身上，其中每 7 天烧一个，烧时还要焚香祭拜观音，连烧七七四十九天。俗信认为这样才会得子。

傩是上古流行的一种戴面具驱鬼的巫术，它在我国南方尤其盛行。湘黔两地苗族、土家族在“还傩愿”时，要制作大量的剪纸与纸扎。其中扎制傩坛、演出的道具、背景、掌坛师头上戴的“冠扎”等都要装饰剪纸图案，纸扎师傅必须按照古老的祭祀礼仪进展现场剪制。剪纸在这里是人神沟通的媒介，也是傩仪中不可或缺的道具。

生命崇拜、祖灵崇拜、祈福驱祸心理是南方巫傩剪纸盛行的心理基础。人日节戴胜与贴胜于门户、屏、帐上节俗则为这种心理的表达提供了一个良好的契机。

四、南方民间剪纸与南方服饰文化

南方民间剪纸中花样剪纸占很大的比重，这与南方各民族绚丽多彩的民族服饰民俗不无关系。

在西南少数民族地区，女孩从小习做女红，绣制精美嫁衣嫁裙，到出嫁的年龄，已经为自己绣好了成套的嫁妆。生儿育女后，身为人母，又为子女的装扮剪绣不停。俗话说：男看地边，女看衣边。是否擅长剪绣，是人们评价女人才能的重要标准。节日聚会的盛装“亮彩”，也是女红水平的大展示、大交流。在这种环境下，剪纸绣花风气盛行。

生活在湘、鄂西及云贵高原的苗族是个爱美善绣的民族。苗族妇女人人都是刺绣好手。苗族服饰之美为人所公认。常说苗族服饰的精华体现在苗绣上，殊不知苗女刺绣又通常是借助剪纸作为刺绣底样才绣制完成的。苗族妇女一般没有正规习画的机会，但她们在手工艺方面有自己的特长。她们先将心中的花样剪刻出来，贴在绣面上，再穿针引线，依样绣制。遇到好的花样，还可以将它拓下来，互相交换，转辗使用，非常方便。苗族花样不仅是苗族妇女美化生活的一种形式，更是本民族文化的形象化载体。由于苗族没有自己的古文字，民族文化的信息靠口头文学和约定俗成的形象化符号来传递。剪在纸上、绣在衣上、穿在身上的图案是她们最形象的历史读本。苗族是擅长用古歌和古老的图画来讲述历史的。苗族剪花中经常出现蝴蝶纹样，这是因为在苗族神话中，蝴蝶妈妈是万物之祖，人是由蝴蝶演化而来的，故苗族妇女将其绣在袖沿、襟沿、裤脚、裙沿等处，作为生命的保护神。《姜央造人》剪花，则讲述着苗族远古神话洪水过后始祖神姜央造人的故事。湘西锉花图案中常见一种“骏马飞渡”的花边造型，一条洪水滔滔的大河，大河上呈现两条波浪状横带，旁边点缀些连续的马蹄印图案。苗族解释两条波浪状横带表示黄河与长江同向奔流，马蹄印表示苗族迁徙足迹[14]。“骏马飞渡”花边形象地描绘出苗族渡黄河、过长江，向南迁徙的历史。

在汉族地区，服饰穿着也比较讲究。旧时城乡民众时兴穿绣衣绣鞋，这也促使了剪纸绣样的发展，一些专门雕剪绣花样的剪纸艺人应运而生。沈从文先生早年写过一篇《塔户剪纸花样》的文章，详细记叙了旧时家乡剪花匠剪出花样来满足苗汉妇女刺绣的乡土风情。“由浦市赴凤凰的老驿路上，就有这么一个小村子，名叫塔户，地方属沅水中流泸溪县管辖……约三十户人家。他们数十年如一日，把生产品（剪纸花样）分散到各县大乡小镇上去，丰富了周围百余里苗汉两族年轻妇女的生活。它的全盛时期，一部分生产品还由飘乡货郎转贩到川黔邻近几县乡村里去，得到普遍的欢迎。”沈从文先生所说的“塔户”，即今天湘西泸溪县踏虎乡，也是“凿花”之乡。“剪花郎”即男性剪纸艺人，也叫“剪花匠”，过去这样的手艺人在南方非常多见。南方的花样剪纸正是由这些绣花女与剪花匠在绚丽多彩的“南国衣冠”环境中共同创造和传承。

五、南方民间剪纸与南方灯饰民俗

灯饰是年节社火中民间各类游艺灯和观赏灯上的装饰。由于剪纸具有镂空透亮的功能，很适合发挥灯烛照影的效果，且制作起来简便易行，故成为灯彩装饰的首选形式。

南方民族年节社火活动可追溯到原始农耕民族对火的崇拜和对风调雨顺、五谷丰登年成的冀盼。西南民族至今仍在过的“火把节”是后来灯节的原始形态，它在南方汉族地区也多有遗存。如湖北荆州旧时元宵夜“各乡村燃炬火以照田间，声彻远近，谓之‘赶毛狗’”（清《荆州府志》）。湖南宁乡一带的农民于元宵夜焚田习俗，俗称“烧元宵”，江西赣中地区正月“举火把”、唱火把谣，江苏南通农村“放烧火”、“甩火把”均与西南民族过“火把节”，“熏田驱滕”祈丰年初衷同出一辙。

南方民族的游艺灯，以舞龙灯和舞蛇灯为最，是吴越民族图腾崇拜观念的遗存。闽北重镇樟湖镇，每年正月十五延续着一种“游蛇灯”习俗。蛇灯由硕大的蛇头与蜿蜒绵长的蛇身构成。灯上装点着吉祥剪纸图案，代表着各户人家的新年期盼。通过每年的花灯制作，樟湖镇上至老妪，下至幼童皆剪得一手好剪纸，樟湖镇也因此成为远近闻名的剪纸之乡[15]。

江苏宜兴一带农村流行“出青稻灯”习俗。青稻灯上的主要装饰就是用剪纸制作，由此催生了宜兴刻纸。

浙江乐清的“细纹刻纸”，据说是在元代发展起来的。元《大德乐清县志》（公元1297年—1307年）载：“社里笙歌达旦，通衢剪彩为众共赏，与民同乐。”当地兴玩“龙船灯”迎春纳福、驱祸消灾。“龙船灯”形状如龙又似船，二三米见方，前后有龙头龙尾，遍点灯盏。龙船主要以刻纸“龙船花”装饰，在龙船的外围，一格一格地贴着许多精美的“龙船花”，每年这种“龙船灯”还要举行评比竞赛活动，推动了刻纸向精巧细密方向发展，形成中国一绝的乐清细纹刻纸。

南方灯彩剪纸的发展，还得益于各地元宵灯会、“灯市”活动。“灯市”是灯彩消费市场。南方城镇杭州、南京、苏州、扬州、常州、温州、泉州、佛山、潮州、荆州、汉口、景德镇、自贡等地都有灯市。

苏州的彩扎花灯业宋时已形成独立的行业。“吴中风俗，尤竞上元，前一月已卖灯，谓之灯市”（《石湖乐府序》）。明清两代，每逢岁尾年头，苏州阊门内吴趋坊、皋桥、中市一带，灯铺多达100余家；市上彩棚架叠，花灯通张，不见天日，远近乡农市民摩肩接踵，灯市盛况不逊元夕灯会。“苏灯”品样纷繁，宋时就有无骨灯、魫灯、珠子灯、罗帛灯等名品。

后人在罗帛上剪镂百花等精巧图案，内燃灯烛，透出万眼，称为“万眼花罗”。后来更有荷花灯、栀子灯、葡萄灯、鹿犬灯、走马灯、栅子灯、夹纱灯、毷灯多种。走马灯将纸剪的人马走兽贴在灯笼内，利用烛火燃烧后热气升腾的原理，点燃后人马走兽便在灯影中旋转，有极大的观赏性和娱乐性。明代苏州的赵萼，于嘉靖年间（公元1522年—1566年）制夹纱灯，“以剡纸刻成花竹禽鸟之状，随轻浓晕色，溶蜡涂染，用轻绡夹之，映日则光明莹沏，芬菲翔舞，恍在轻烟之中，与真者莫辨”（《苏州府志》）。

我国四大古镇之一的佛山，“粤俗最喜赛神迎会，凡遇神诞，则举国若狂”。清人吴震方在《岭南杂记》中记载佛山“出秋色”民俗，“余在佛山，见迎会者台阁故事，争奇斗巧，富家竞出珠玉珍宝，装饰孩意，置之采舆，高二丈，陆离玄目，大纸炮俱以缯采装饰……五色纸随风飞舞如蝶”。“出秋色”中的灯饰（俗称“灯色”）、台阁故事多由剪纸雕刻完成。由此推动了佛山剪纸业的兴盛，佛山剪纸也在万人空巷的“出秋色”活动中脱颖而出，成为南派剪纸的代表。

六、南方民间剪纸与南方经济文化

南方民间剪纸的发达兴盛，与南方手工业经济发达、商贸文化繁盛、具有商业意识的工匠参与剪纸活动有密切关系。

早在北宋时代，江西吉州窑的陶工就试着用剪纸来做瓷器装饰。工匠们将刻好的剪纸花样贴在瓷胎上，上釉后揭下剪纸再入窑烧制，就使瓷胎上留下清晰的剪纸花纹，提高了瓷器装饰工艺的效率。吉州窑是一座有着千年兴衰历史的民间古窑。因产品主要面向民间，所以必须价廉物美、生产快捷，用剪纸图案对瓷胎进行大批量装饰，正符合这一要求。特别是吉州窑采用的是以窑户为单位的生产方式，而且是“耕且陶焉”，窑户中既有烧窑巧匠，又有剪纸能手，两种民间艺术融合渗透，开辟了剪纸应用的新工艺，为各地窑场所效仿。

同样，上文所述的灯彩剪纸，到了南宋时已与“灯市”一起，成为南方都市商贸文化的一道风景。尤其是清代，江南富商豪门为了炫耀和商业目的，借元宵灯会之机不惜代价堆彩叠翠，装点门脸。一些大的行业，如扬州盐行、浙江硖石米行为招揽各地客商和观灯游客，扩大行业在社会上的知名度，也要大张旗鼓地为本行业扎制彩灯，这对灯彩剪纸的兴盛也起到推波助澜作用。

南方民间剪纸的发展，还得助于大批剪纸工匠的参与。这是一个以男性为主的剪纸群体（注：西南少数民族地区多由女性在集市上兜售剪花，但她们一般不流动销售），他们多为农民出身，有的利用农闲做点小买卖，游走于集镇与乡间，有的经过多年的闯荡江湖，寄寓他乡，跻身市井百工之列。剪纸工匠以雕剪花样剪纸为主，也有为节庆典礼、祝寿、店铺开张剪制礼品装饰的。据周密《武林旧事》记载，南宋杭城的“小经纪”就有170多种，其中“剪字”、“剪镞花样”就占有一席之地。

剪纸工匠的经营模式是自产自销，小本生意。通常晚上雕剪花样，白天出售。一般身背花箱（花篓）或肩挑花担，手摇小鼓（锣），走村串巷，唱着歌谣叫卖。明清时期，这样的“卖花样”艺人遍布南方大大小小的城镇乡村。有的地方一人从艺带动全家亲友，有时又通过拜师收徒带动一大串，形成“卖花样”世家和“卖花样”的村落。解放后，新中国一批承上启下的民间剪纸大师，如四川的余曼伯、湖南的黄靠天、湖北的蒋再谱，南京的马连喜、张吉根、武志方，扬州的张永寿、宜兴的芮金富、乐清的林帮栋、上海的王子淦、佛山的梁朗生等先生皆为剪纸工匠或工匠世家出身，他们的剪纸作品最大限度地融会了本地区或本世家剪纸传承的共性，又体现出他们个人在传承基础上的独创精神，进而推动了中国民间剪纸的发展。

与农村妇女单纯使用剪刀铰花大不相同，剪纸工匠为追求效益，往往利用刻刀小批量加工复制。有人对他们的这类作品“流俗”或过于“工巧”提出批评，但这并不能取代他们在剪刻工具的改进上、刀法剪技和使用材料的创新上的杰出贡献。此外，剪纸工匠的参与还改变了民间剪纸固有的传承机制，形成家庭传承、村落传承、江湖传承、民间帮会传承的多元格局。剪纸工匠四方游走卖艺的方式也促进了民间剪纸的跨地域交流和流传，扩大了民间剪纸的影响，使这门古老的手工艺术具有更大的开放性和包容性，不断注入新的活力。

[原载《中南民族大学学报》(人文社会科学版) 2004 年第 6 期]

参考文献

[1] 湖北省文物考古研究所编写小组. 湖北文物奇观 [Z]. 武汉：湖北人民出版社，1993. 29～30.

[2] 林华东. 河姆渡文化初探 [M]. 杭州：浙江人民出版社，1992.

[3] 何鸿志. 四川工艺美术史话 [M]. 成都：四川人民出版社，1986，1.

[4] 湖北省博物馆. 曾侯乙墓（上）[Z]. 北京：文物出版社，1989，390～399.

[5] 荆州地区博物馆. 江陵张家山三座汉墓出土大批竹简 [J]. 文物，1985，(1).

[6] 宋兆麟. 日月之恋 [Z]. 上海：上海文艺出版社，1998，179～180.

[7] 左汉中. 湖南滩头民间版画 [A]. 湖南民间美术 [C]. 长沙：湖南美术出版社，1995，37.

[8] 段本洛，张圻福. 苏州手工业史 [M]. 南京：江苏古籍出版社，1986，69～70.

[9] 新疆维吾尔自治区博物馆. 新疆吐鲁番阿斯塔那北区墓葬发掘简报 [J]. 文物，1960，(6).

[10] 何红一. 人日节俗与楚巫文化 [A]. 方培元. 楚俗研究：第二集 [C]. 武汉：湖北美术出版社，1995，147.

[11] 杜棣生. 楚辞（招魂）与民俗 [J]. 江汉论坛（增刊），1990.

[12] 彭荣德，王承尧. 梯玛歌 [Z]. 长沙：岳麓书社，1989.

[13] 王伯敏. 中国少数民族美术史：第四编 [M]. 福州：福建美术出版社，1995，147.

[14] 田茂军. 锉刀下的风景 [Z]. 贵阳：贵州民族出版社，2001，112.

[15] 李凉秋. 迎活蛇、游蛇灯 [J]. 神州民俗，2004，(2).

关注现实，以无形遗产申报推动本土文化的传承发展

——“中国非物质文化遗产·民间剪纸国际学术研讨会”综述

乔晓光

2004年4月8日，由中央美术学院和联合国教科文组织驻京代表处共同主办的“中国非物质文化遗产·民间剪纸国际学术研讨会”在中央美院召开，两天的会议研讨了三方面的议题：1. 中国民间剪纸无形遗产申报与传承保护现状；2. 中国民间剪纸无形遗产传承保护模式探索；3. 中国民间剪纸与当代文化和社会生活发展。中国民间剪纸作为具有普遍性和多民族性的无形文化遗产，在申报遗产过程中所引发的问题思考和社会实践具有典型的范式意义。世界范围内正在兴起的非物质文化遗产申报与传承保护事业的开展，为急剧变革发展的中国提出了诸多问题的思考和前所未有的挑战。

联合国教科文组织2001年5月18日启动并公布了首批19项《人类口头和非物质遗产代表作名录》，中国“昆曲”入选。2003年11月27日又公布了第2批27项无形遗产名录，中国“古琴音乐”入选。世界性非物质文化遗产申报及保护热潮正在兴起。2004年5月18日由国际博物馆学会发起的“世界博物馆日”的主题确定为“博物馆与非物质文化遗产”。2004年4月13日文化部已启动的“中国民族、民间文化保护工程”在云南丽江公布了第2批29项试点名录，其中“中央美术学院非物质文化遗产研究中心·陕北小程村黄河原生态文化”项目入选。2004年6月28日在苏州即将召开的第28届世界遗产会议，对“世界遗产”认知和保护理念的普及，将是一个有力的推动。

民间剪纸国际学术研讨会开幕式上，联合国教科文组织驻京代表处官员高桥晓女士回顾了教科文在非物质文化遗产保护方面的工作进展，并对中央美术学院正在承办的中国民间剪纸申遗项目给予了充分的肯定。她指出：“2003年，在第32届大会上，联合国教科文组织采取了‘保护无形文化遗产的国际惯例’。该惯例旨在保护口头传述和表达、表演艺术、社会实践、宗教仪式、喜庆活动和传统手工艺，以及有关自然和宇宙的认识和实践。这个新的法律手段是对联合国保护世界有形文化遗产的其他惯例的一个补充。这个惯例将在得到30个国家的认可3个月以后开始实施。阿尔及利亚在2004年3月成为认可该惯例的第一个国家。该惯例一旦开始实施，将会使杰作项目更加完整，建立起一个联合国教科文组织世界无形文化遗产名单，类似于世界文化遗产名单。

中国的民间剪纸是最具代表性的文化表现，是在中国悠久的历史中发展起来的，现在被认为是人类无形文化遗产杰作的候选。中国民间剪纸起源于各地的手工艺术，通过中国人民的智慧和技巧而不断发展起来。中国人民是这种独特艺术的发明者也是这种艺

术自豪的所有者。剪纸艺术世代相传下来，是精密和熟练技艺出色的典型，她将创新与传统结合了起来。面对飞速的经济发展和全球化，对中国民间剪纸艺术历史的科学编录和学术研究、对正规教育课程中中国民间剪纸课程的完善以及对年轻艺术家的培养，无疑将对这种极其珍贵的文化遗产的保护和促进作出重要的贡献。”

中央美术学院党委书记杨力代表中国民间剪纸申遗的主办方发言。他指出：“中国无形遗产传承保护事业是全球一体化背景下、中国文明转型期开展的一项有时代意义的事业，它需要全社会共同的参与关注。中国本土文化资源的深厚丰富以及文化多样性的存在，是中国21世纪发展的具有文化基因意义的精神财富。中国民间剪纸作为中华民族具有代表性的无形文化遗产，体现了中华民族文明持久性中活态文化因素的重要特征，尤其是中国民间劳动妇女群体作为民间剪纸主体的传承者，为中华民族文化的发展作出了不可磨灭的贡献。中国民间剪纸的申遗工作，具有重要的本土文化传承发展的范式意义，这项工作在开展的过程中，不仅促进了民间文化原生态的保护，也推动了无形文化在中国教育领域传承事业的发展，推动了文化遗产相关学科在高校的建立和高校文化遗产社会参与服务理念的增强。”

两天的会议研讨中，来自全国各地的政府职能部门代表、专家学者、文化遗产地政府官员、中小学教师代表、国外学者及驻华使馆文化专员、福特基金会代表以及民间剪纸天才传承者代表、少数民族社区民间艺人代表们从各自不同的身份、不同的文化视角以及不同的无形遗产相关经验和阅历，围绕着民间剪纸及相关无形文化提出了诸多问题和丰富的实践信息，现就研讨会所涉及的遗产传承保护理念和实践观点以及国外遗产保护相关信息概括综述如下：

一、以人为本的活态文化传承

非物质文化遗产作为一种活态文化首先是以人为本的，非文字、非固定空间形式的非物质文化遗产，人是文化承载传递的主体，也是文化创造发展的主体．活态性是非物质文化遗产存在的最基本特征，也反映了生物多样性参照下文化生态存在的整体相关性特征。“以人为本”的传承保护模式，应当是所有非物质文化遗产类型保护的根本模式和基本原则。

二、文化生态与文化空间的保护

关注与保护约定俗成的民俗文化空间尤其是节日文化空间是民间艺术传承的基础。植物的生长依赖于大自然的阳光、土壤、气候等因素，同样，民间剪纸遗产类型的传承保护依赖于民俗文化空间的存在与实现。对具有社会性和历史性双重因素的传统民俗文化空间的重视，是诸多非物质文化遗产类型传承保护的重要基础。非物质文化遗产保护的新课题提出了社会科学与自然科学的交叉整合对文化多样性保护在整体性与可持续性方面实现的重要意义。

人生于大地，大自然哺育了人类，只有以自然和大地为准绳，才能真正认识属于人类自身的文化，这也是认知非物质文化遗产最基本的宏观理论。

三、认知文化基因是遗产保护和文化发展的基础科学

非物质文化遗产传承应当是文化基因的传递。中国民间文化的传承发展是在漫长的历史流变中发生发展的，活态的文化也如同自然中的河流，流则清，不流则腐。在中国悠久的农耕文化历史中，民间文化具有很强的循环性和稳定性，今天传统农耕文化所发生的急剧变化是前所未有的，这种具有“内驱性”的变化超出了通常意义上的民俗流变，反映了文明在整体上发生着深刻的变化。变是生活的必然，变的是形式，不变的是基因。围绕着“生存与繁衍”这个具有大自然普遍性的生命主题，民间文化在漫长的农耕历史进程中积淀了丰富多彩的文化样式。生活里民俗的自发性是文化传承流变的重要因素，祈望完全人为的自觉只是一种愿望，水离开了河就像树叶落了地，珍藏的记忆替代不了生命的延续和生长。因此，中国民族民间文化基因的认知，是避免非物质文化遗产保护中舍本逐末、守表丢里的重要实践基础。文化的生与死是辩证的，不以人的意志而变异。但任何一个变革的时代，拓展以人为本的文化视野和文化尊重，开放包容的胸怀，让内心的道德回到大地、回到生活的世界中。因为生活世界永远是开放着的“多重实在”的活力现实。

四、生态博物馆与非物质文化

生态博物馆概念 1971 年诞生于法国，其创新理念强调“文化遗产应原状地保护和保存在其所属社区及环境之中”，社区的区域就是一个无墙的博物馆。生态博物馆概念中的关键词包括：社区区域、遗产、社区人民、参与、生态学和文化特性。至今，世界上已经有 300 多座生态博物馆，主要分布于欧洲、拉丁美洲和北美洲等许多国家和地区。2002 年 10 月在上海召开了国际博物馆协会亚太地区第七次大会，诞生了保护非物质文化遗产的《上海宪章》。生态博物馆作为一种文化多样性的保护模式，已在中国境内开始推广，1997 年国家主席江泽民和挪威国王哈拉尔五世、王后宋雅在北京签订了《挪威开发合作署与中国博物馆学会关于中国贵州省梭嘎生态博物馆的协议》，贵州六枝苗族（“长角苗”）的梭嘎村成为中国第一座生态博物馆[1]。

生态博物馆是一个仍在不断实践探索中的新概念，目前世界上在生态博物馆的界定上还有许多不同的观点。生态博物馆创新的核心因素：一是把文化多样性保护还原到文化原生地进行，以文化类型存在的整体生态和文化空间作为生活化的开放式博物馆；另一个就是由文化相关社区人民作为博物馆的主体角色，替换了职业化的博物馆专业人员。发端于西方的生态博物馆概念进入中国本土，并不完全适用于中国国情，目前在经历着本土化的初期过程。东西方不同的物质文化背景，以及文化信仰及价值观念，在文化原生态的保护与发展的问题上首先产生了不同的价值取向。生态博物馆在西方学者眼中，更希望抵制他们已厌倦了的工业文明和现代文化，希望活态的文化能原汁、原样地保留不变，保持原有文化的纯洁性。但对于急剧变化发展中的中国乡村社区，民众生存

的价值观念更趋向对现代生活和城市化生活的向往和追求，尤其是青年一代。如何尊重民众生存利益的选择权利，尊重族群文化发展的自发性，同时尽可能地使文化独特性完整地延续保存下来，这可能是生态博物馆概念一开始提出时就潜在的具有复杂因素和不相容因素的矛盾。但生态博物馆在中国乡村社区的开展，会在更深层的东西方文化交融碰撞中发现更具人性价值的选择。

五、教育传承，一个亟待普及的国家、社会及全民的文化自觉

多元化教育在国家及社会全面普及的实现，是提高国民素质，发展生产力的根本基础。同时，教育也肩负着人类文明发展进程中文化基因的传递，文化遗产的认知，肩负着文化传统创造发展的使命。如何将中国非物质文化中丰富多样的文化艺术基因和生存智慧以及许多富有人性和自然亲和力、纯朴健康的伦理道德价值观传递给青少年群体，这同样是文化保护和文化创新发展的重要环节。目前由中宣部和教育部联合启动的将每年九月定为“中华民族优秀文化传统传承月”，活动的开展，即是国家一项积极的举措。全球经济一体化背景下，提升民族文化的自尊自信心，激发文化智慧的创造活力，加深对民族几千年伟大文化传统的认知，这都是对教育走出单一知识技能传授误区、走出教书不育人误区、走出对知识盲目依赖而忽视文化判断和文化选择与文化上人性独立缺乏的误区。非物质文化遗产首先是生存的文化，是生活中的文化智慧，也是为生存的艺术，这些充满生命野性活力、丰富多样的文化基因，正是民族文化整合发展的生命动力和精神源泉。

六、文化资源与文化权益，无形文化传承与“三农”

世界非物质文化遗产的申报使几千年沉寂在中国乡村以人为本、口传身授的活态文化传统，以人类平等的文化身份开始参与到世界文化的竞争机制中。但目前仅限于文化类型和文化项目的参与，作为传承主体的民众还没有真正以文化身份参与。如果作为无形文化传承主体的乡村农民群体的生存权益和文化权益没有得到保障，文化传承就会难以为继。

目前社会上“申遗热”对荣誉和利益的向往超过了对现实的关注。应当说，中国无形文化传承的根本问题，并不在于获得一个联合国教科文组织给予的荣誉，也不仅仅是资金的问题，关键在于如何实现确立以农民为主体的无形文化传承群体的文化身份并给予应有的文化尊重。

中国乡村几千年自发传承的、丰富多样的无形文化资源，成为许多偏远贫困之地仅剩的精神食粮。随着无形遗产申报热潮迭起，需要我们重视和关注的是，是否真正支持和推动了文化的传承，真正为农民提供了有益于文化传承的政策环境、法律保护和社会支持，而不是停留在功利化的政绩和形象工程上。无形文化的主权是国家的、是民族的，但首先是文化传承主体——人民的。

历史造就了乡村里的贫困和落后，今天我们开始面对这样的现实，并希望以城市化

的进程，尽快消灭乡村的贫困。但在贫困现实背后，一个长久支撑贫困生存和保持民族善良、勤劳、健康、纯朴生命品性的文化资源不能被我们忽视。“三农”问题使我们看到了无形遗产传承艰难的一面，同时无形文化的认知也为“三农”问题注入了新的思想活力。“三农”问题与无形文化传承的结合或许为我们思考乡村物质与精神辩证双向的发展思维，寻找到一个不断创新探索的交叉结合点。

七、民间文化传承的自发与自觉

无形文化传承的实现，存在着自发与自觉两种文化方式的差异和互动。从无形文化发生发展的历史来看，文化传承的自发性和约定俗成的文化模式惯性是其文化发展的重要特征。而以人为本的地域民众群体对文化的普遍认同是其发展的情感基础。无形文化依附于整体的生活形态，所以其连带的文化相关性和内在因素的复杂与外延，都使文化传承处在一个问题混沌交织的境地。

无形文化可以进入教育传承和博物馆的文本式记录，但真正的传承还是文化原生地人的传承，因为无形文化不是为文化而文化，其最终目的是为了人的生存和发展。活态文化的基因正是通过一代代人的传递存活着。中国现今的乡村，基本社会事业的开展和社会所需基础设施建设非常滞后，社会信息传播不通畅，基础教育的普及和农民对自身文化的认知都存在着很多的问题。农民的利益还没得到应有的社会与法律保障，这为无形文化的传承带来了很大的困难。但无论如何，无形遗产申报，不能脱离开传承群体之人的农民，而变为单一的政府操作或文本式学术行为，这就失去了无形文化传承的本意。

回望历史，这些由多民族之人传承守护着的文化生态意义上的多样性存在，正是民族精神情感凝聚的根源所在，使民族文化认同具有了真实关联的意义。文化的单一，尤其是人为意志侵蚀破坏造成的文化精神单一，会使文化认同失去真正的意义，使文明发展的可持续性因素变质或消失。因此，文化的建设和积淀也如大自然生态的保护和合理开发一样，关系着面向未来和更长久意义上的繁衍与生长。因此，注重民间文化传承的“内驱性”和民众情感行为的“自发性”，尊重不同民族认同的多元文化象征，是无形文化传承中重要的人本因素。

八、日本的“民艺运动”和“造乡运动”

日本的“民艺运动”[2]是日本20世纪20年代末由日本著名民艺理论家、美学家柳宗悦等人发起的，倡导保存日本民族文化，保持民艺纯朴天然的人性美学品质，并积极向现代社会生活中的民众推广质朴纯真的民艺之美，使民艺之美进入工业化时代的日本生活。日本民艺协会及日本民艺馆在这项运动中做出了不懈的努力，应当说，在20世纪高度现代化的日本社会，“民艺运动”对日本民族文化的独特性品质的传承与留存以及民艺的文化复兴作出了重要的贡献。

日本的“造乡运动”[3]缘起于20世纪60年代日本经济飞速增长期，由于乡村人口急剧集中至城市，对日本传统生活方式和手工艺传统造成很大冲击，也加大了城乡的差距。高速发展的现代化工业生活使人们对物质过于依赖，刚刚摆脱了物质贫困生活的日本人生活里凸显出心灵与精神上的缺憾，人们开始关注生活中正在失去的乡村人文资源。日本千叶大学的宫崎清教授是“造乡运动”的先驱者，他深入穷乡僻壤调查访问，思考如何更好地挖掘乡村富有乡土特色的自然资源、景观资源、生产资源以及人的资源，营造一个天然人情、纯朴优美的故乡，以吸引那些寻求回归大自然、体验纯朴的城里人。“造乡运动”强调内发性，一村一品，互不雷同。“造乡运动”鼓励乡民们从自己做起。宫崎清为许多町制定了社区生活文化的蓝图，位于福岛县大沼郡的三岛町是宫崎清指导的样板，他在这里发现并挖掘了具有泥土气息和可持续的手工生产资源，并开展了生活工艺运动，成立了生活工艺馆，建立了木工、陶艺、编织、涂装等作坊车间，观光者只需要交纳一定费用，便可体验各种传统手工艺制作。

“造乡运动”使三岛町人不离乡，摆脱了贫困，走上了富裕之路。日本排名最末的雪乡小町——高柳町，人口少，自然气候多雪寒冷，但居民成立的“开发故乡协议会”经过上百次的论证，创意了建村构想，成功地打造了茅草屋之乡的品牌。

日本的“造乡运动”最可贵之处在于倡导“向内发掘”（宫崎清），强调开发的“内发性”（宫崎清），这样才能在最根本利益不受破坏的前提下，既保护了文化，又增加了经济收入。同时，“造乡运动”强调最大限度地保护自然的原生态，保持居民正常生活的延续，不搞大量投资，不搞推倒重来，立足自身，强化自身文化固有的特色。“造乡运动”对日本乡村里丰富多姿的地域文化得以保护作出了积极贡献。在一个高度开放的现代化工业社会中，“造乡运动”也保护持续了日本人心灵中对自然、对纯朴生活向往的热情。1981 年，日本中小学社会科设立了传统工艺品课程，让孩子们从小就去认识祖国人民的传统文化，这其中也反映了“造乡运动”的宗旨已深深影响了日本的社会和民众。

九、法国“新乡村”（the new countryside）现象[4]

20 世纪初，法国的乡村人口曾占到总人口数量的 80%，战后，随着人群纷纷迁往城市，法国乡村人口在总人口数量中的比例降至 25%。最近几年法国乡村人口反而有所增加，增加的只是居住者，而不是农民。目前法国 6000 万人口中约有近 1/4 已定居乡村，据法国国家统计机构 INSEE 数据表明，在过去 20 年中，已有 2000 万到 3000 万法国居民搬离了他们原本居住的城市或乡镇。虽然说这些去往乡村的居民，在城乡之间的来往仍然是经常的，但这些被称为“新农民（neo-rural）”或“城市农民（rurban）”的人群已成为法国人口构成中不可忽略的一部分。

一份名为《2020 年法国乡村何处去?》的报告指出：“对‘乡村的眷顾’很可能会成为延续未来几十年的潮流。乡村不再是一个农业的世界，也不再是一个被现代社会发展脚步忽略的角落。”交通与通讯环境的日益改善已经改变了法国乡村以往寂静的景象，一些具有经营头脑的法国乡村已经开始努力适应这种变化。

法国“新乡村”指的是一些更为偏远的乡村，虽名不见经传，但利用自然风景的优势吸引大批富有创业理想的青年人口的涌入，在当地以旅游业与服务业为基础发展多样化经济。2001年法国乡村地区的旅游消费已达到140亿欧元。为促进乡村旅游，法国2001年成立了“乡村旅游常设会”，2002年创建了“乡村俱乐部”。为更好地促进乡村旅游业的发展，法国已决定在2000年至2006年度的财政拨款中特拨出5300万欧元为乡村旅游景点修筑公路。

法国“新乡村”现象，反映出了现代工业化社会人居观念一个悄然的变化，田园景象清闲优美的法国乡村为城市化喧嚣紧张快速的生活提供了一个相异的生存境地，这似乎又回到一个靠近自然和朴素生存的老话题。但这对于中国正在匆忙走向城市化和追求物质消费的过程来说，也在提醒我们对于背离之地的乡村，是否也提前思考一下我们又想回到乡村的那一天，我们又应当怎样去认识和对待我们的乡村呢？中国的乡村在现代化的通讯和公共道路交通方面远不及法国乡村，中国的农民更无法与法国农民相比。法国农民除了享有和其他行业相当的固定收入，还另享有政府补贴和与城市居民同样的社会保障和退休养老权益。当农民占有人口总数的比例低于30%时，已不是通常意义的农民了，专家们如是说。但法国对待“新乡村”和乡村旅游业发展的重视，仍然是启发我们现代化多元方式发展的一个思路。中国多民族的乡村不乏田园景观和园林资源以及文化独具特色的建筑群落、山清水秀或雄浑粗犷的人居境地。中国乡村丰富多彩的无形文化传统，更是西方工业社会所无法比拟的。中国乡村里的物质贫困和经济滞后，并没有妨碍自然资源和文化资源的存在。中国传统的文化空间以及生存方式和生活价值观总是要随着时代的发展而变化的。消失的总归要消失，事物的发展会不断寻找新的文化依托空间和存在方式。全球化从另外一面为我们提供了一个人类文化发展的整体参照框架，我们需要做的是以人性化、智慧化的理念，去发现创新文化再造的契机，在国家和乡村之间创造更富活力、更具智慧的互动发展。

[原载《美术研究》2004年第3期]

参考文献

[1]《中国贵州六枝梭嘎生态博物馆资料汇编》1997年，中国贵州六枝梭嘎生态博物馆编。

[2]（日）柳宗悦著，陈健翻译，徐艺乙校《民艺学概论》，载《装饰》1997年第3期。

[3] 张燕：《经济的追求和文化的维护同样重要——日本“造乡运动”和台湾“社区营造”的启迪》，载《装饰》1996年第1期。

[4] 王星：《法国新乡村》，载《三联生活周刊》2003年40、41期合刊。

河北民间表演宝卷与仪式语境研究

尹虎彬

一、神庙、神祇、神社、仪式

华北为燕赵旧地，历史文化悠久。易州历史上佛教、道教比较发达，这些都对当地民间信仰产生了深远影响。明末清初这里受京畿文化影响，民间宗教寺庙星罗棋布。明代以来，河北定期市随着商品经济的发展逐渐活跃起来，易州则以洪崖山为中心形成了地方宗教文化中心，逐渐形成了后土崇拜的地方传统，它是古代国家正祀演变为民间祭祀的产物，其时间当为金元以后，特别是明末随着道教走向民间而形成的。明代以后正统的道教衰落并走向民间，这时，许多的国家正祀被民间加以改造，设立偶像和庙宇就日益兴盛了。明代中叶以后，民间宗教兴盛。地方化是民间信仰的现实选择，这是由民间信仰的功能决定的。功能就是需求。信仰的稳定性是民众共同参与的结果。河北民间宗教里的神明都是本地人，都有俚俗尽知的口头传说。

后土祭祀的仪式活动形成了一个信仰共同体，它以共同信奉后土为精神基础，以一年一度的后山庙会为纽带，以定期朝山进香为义务。在河北以洪崖山后土皇帝庙为中心的方圆数百里范围内，后土为民间崇拜的主神。后山庙自清代以来香火很盛，历史上经历过 1938 年抗战，1949 年解放，1958 年文革，以及 1984 年的恢复等历史变迁。三月十五后土庙会，其组织很严密，仪式活动有统一指挥，是按照顺序进行的，是附近各县各乡民间会统联合组织的后土普祭活动[①]。

现在我们可以对后土崇拜作一个最简单的定义：它是一种膜拜仪式。我在此进一步以膜拜仪式（Cult）这一术语来特指民间的神灵与祭祀传统。膜拜仪式是一种含有仪式和神话成分的现场活动。对后土的祭奠在河北民间季节性的重复中处于中心地位，民间社会对神灵的祭奠具有循环的特性。与此相关，我将在以下的论述中说明本文的一个重要的理论假设：神灵与祭祀是民间叙事传统的原动力。在地方性层次上的后土神祇祭祀，它对宝卷、民间叙事传统的影响是很重要的。我们可以在较为广泛的社会历史背景下，通过后土崇拜的地方传统，来了解一个地方性的民间叙事文本的实现过程[②]。

后土崇拜仪式与仪式表演是由神社来承担的。在河北音乐会和佛事会等民间会统，他们拥有成套乐器和经卷，固定的演练场所，依托于村里寺庙做仪式活动[③]。当一村有数个会统之时，各个会有各自的外围组织和空间管辖范围。音乐会为神社，这个性质决定了它的职能范围，其中有相当部分与祭祀典礼仪式有关，音乐在其中起到沟通人神的作用。礼制、礼祭、礼教带有宗教性、等级性和伦理主义。它的活动，诸如娱鬼、游庙、拜庙、丧事坐棚、求雨，都与祭祀相关。其社会职能是敬神礼佛祭天地，且为村民超度亡灵、净宅。民间乐社设立神堂，拥有神像、经卷、乐器，演奏音乐以娱神灵，逢年节举行踩街拜庙等仪式活动，所有这些都表明乐社的核心职能是为民间宗教信仰服务的[④]。

神社的血缘根基与传承模式适应了儒家式社会的特点。河北民间会统，分布密集，有几代以上传人。它们之间具有共同的行为模式、组织制度，具有同宗村社的文化背景[⑤]。中国传统文化的血缘根基，决定了中国的宗教传承机制：既无另设宗教组织的必要，也就没有入教的手续以及教徒非教徒之分，宗法等级组织下的成员都是传统宗教的信徒。传统的礼教把祭礼当作教化的手段，强化宗法制度中的“敬天法祖”的价值取向[⑥]。民间信仰以这种血缘根基的宗法制度为基础，属于多神信仰；以天地崇拜为中心的自然崇拜，都将祖先崇拜作为核心内容。可以说，民间信仰借以表达的文本、神灵及其偶像、对偶像的膜拜，都与祖先崇拜直接关联；它的性质是关乎神圣世界的。在这种神圣崇拜的背后，它的动机却是实用的、世俗的、具体的，那就是敬祖追远。中国人对于天堂和地狱、三世轮回的信仰，不如对祖先诚笃，不如对后代更为用心。敬奉祖先、繁衍子孙，是为了自己也被后人奉为祖先。

二、宝卷：神圣文本

在一个活形态的民间传统之中，宝卷是如何被表演和传递的？研究宝卷不得不探讨与宝卷有关的民间组织，研究它们如何拥有并且利用宝卷，研究艺人的训练和演唱过程。从这样一个实际存在的过程中，我们感到宝卷不再仅仅是书写文本，不仅仅是供阅读的，毋宁说它是用来表演的，它是表演的底本。活形态宝卷的消失就是从它的音乐的消失开始的。无人能唱的宝卷只能束之高阁。宝卷的生命是表演，真实的表演，这种表演的音乐形式当初是由宗教寺庙走入民间的，降格为民众仪式生活的一部分，为人们的信仰行为和传统的乡村生活服务。

民间会统后土祭祀活动直接促进了易县、涞水跨村落的宝卷传递。现在所见较早的后土宝卷是《承天效法后土皇帝道源度生宝卷》，为易州韩家庄善会刊刻[⑦]。后山传说里讲到，满城县韩家庄有个韩十三娘，她是后山庙九龙殿的九天玄女之一。由此可见，该村刊刻宝卷与后土崇拜和祭祀应该有一定关系。韩家庄本后土卷与秘密宗教的传播有关，这一点可以从易县各村落曾经流传的其他宝卷里获得证据。

易县流井乡马头村后山庙，不仅有《后土宝卷》，还有不少秘密宗教宝卷。从这些黄天教经卷的流传，我们可以断定秘密宗教在后山一带的传播。涞水县高洛村明末清初建庙。康熙末乾隆初年高洛村已有神社，有香头，且有宝卷。所以，这一带康熙年间民间宗教活动很活跃。我们注意到一村之内数个会统之间的经卷传递现象：请经和馈赠[⑧]。

后土宝卷流布与后土祭祀有关。它的流布曾经与民间秘密宗教有关。后山庙附近的民间佛事会和音乐会也藏有《后土宝卷》，它们大多数是1990年以后，为适应后山庙会或后土祭祀活动的恢复而重新抄录的，这一现象的意义在于，我们可以从中看到宝卷流布的大致情况，它是与民间会统的后土崇拜的仪式活动相关联的。只抄写半部宝卷的现象说明，这时的宝卷只是为了应付表演的需要，为后土祭祀活动中请神时使用[9]。我注意到后土宝卷的流布是与后土庙的分布以及后土祭祀圈相互重合的。一部宝卷由本地向次级区域的传播，是由祭祀推动的，在那里一个大的节日每年都要在固定的一个寺庙里举行。河北后土宝卷的传递呈现出一种可见的流布过程。后土祭祀圈以洪崖山为中心点，它聚集了附近村落群体，又向四周扩散为统一的传统，即后土信仰的传统。宝卷演唱有仪式般的保护和拯救的功能。宝卷的演唱倾向于具有表演的背景，此背景的导向一是仪式的，二是娱乐的。这两者在表演背景中共存，仪式和娱乐互相并不排斥。可以概括地说，河北民间的后山老奶奶的叙事传统，其功能便直接地表现为仪式和神话的作用。

后土宝卷主题是无生老母信仰的余絮。传统的教派宝卷主题包括：传授经卷的教主的自传性陈述，对这些神谕经卷的自悟，列举教派名称及会众，创世、普渡、末世神话，禅定（内参），仪式，道德说教，地狱描绘，社会观念。

宝卷主题范围是介于俗信和经典佛教之间的中间地带。宝卷具有强烈之神话意识，讲述创世或诸神之故事，神明以梦的形式脱离神形变化为凡人。宝卷号召人们脱凡入圣。当然宝卷中渗透了道德伦理观念，包括儒家之伦理，为中下层民众所信仰[10]。

早期的后土宝卷，它的主题是宣扬秘密宗教的。如无生老母、八卦教教义。河北易县涞水民间《后土宝卷》，其主题遗留了上述一些内容。明代的无为教把无生老母信仰具体化、定型化，塑造出无生老母这位最高女神的形象，出现了老母化为沿街乞讨的贫婆的形象。归圣主题讲老母丹霞洞修炼三十二载之后，真灵性升天界。后土老母化善门，苦海撑船，度化婴儿和姹女。化愚度贤主题讲述后土老母脱化一贫婆下凡，这一伪装及其自述身世的谎故事，在宝卷中已成为独立的叙事成分，它反复出现。伪装和谎故事为一特定主题，这也出现在希腊史诗之中。这些主题具有普遍性。

宝卷是在传统诗学的框架之内被编织出来的，造卷的人按照传统的范例进行编制，他的创造性表现在他能够在多大程度上最有效地利用传统给定的形式，向民众灌输教派思想或民间信仰。宝卷具备了一般宗教经卷的语言、篇章结构特点，利用了中国古典诗歌的艺术手段，同时也具有地方性、民间性和口头传统的叙事模式。

从文本的层面来说，宝卷和民间叙事文本，两者之间是互为文本的，两者存在着借用、传递、标准化、地方化的动态影响过程。对这个过程的认识必须借助于文化语境的认识来完成。地方性知识就是宝卷的语境，它是我们田野工作在反复取证过程中获得的认识。它包括小范围的观察，如仪式行为、民俗事象，包括神话、宗教与地方社会、信仰群体、仪式生活、口头传统。这些地方性的内部知识，无疑会拓展我们对宝卷文本的认识，即宝卷不仅是文字记录的、语言层面的篇章，也是心理的、行为的、仪式的传承文本。

我们从河北民间会统拥有的后土宝卷入手，首先研究宝卷的版本，揭示它的文本来源，搞清文本的背景、演变和流布特征。从民间叙事学的角度，研究宝卷的主题和语篇结构。主题研究是为了在宝卷和民间口头叙事文本之间建立一个可以比较的共同层面。更进一步的探讨还在于，宝卷与口头叙事的互为文本的历史意义。这一意义的阐释仍然可以从主题学研究入手。主题分析可以解释一个特定传统内部历史演变的要素。文化传承包括文字的、图像的、口述的、仪式行为的诸多要素，互文性研究把这些要素综合起来，研究文本的传统意义。这一研究也是为理解宝卷与神话、信仰、仪式关系而服务的。

三、后土灵验的民间叙事

民间口头传统中的后土表明，该神曾经是自然神、文化英雄和祖先神。民间传说不曾改变自然崇拜和祖先崇拜神话。后土由古代神话里的神，进入正统道教神龛里，变为四御之一，被民间宗教收为老母神，再到民间信仰里的娘娘神，这一系列语义学上的转变，是中国民间宗教的独有现象。关于祖先和英雄的区别不同于英雄和神的区别，越往后推移，祖先与英雄的界限越模糊。

后土灵验的民间叙事是与后土膜拜仪式相关的口头叙事，它多以历史或现实的事件为背景，讲述后土老母灵验的故事，讲述者对神灵的取态上是严肃和神圣的，所叙述之事与当地社会生活有关，同时也表达一种传统的价值观念①。

它以传统神话为范例，是对传统母题的再利用；表达地方性的民间的观念意识；涉及实际发生的历史事件；以神灵干预的形式来维护现实社会秩序；它与宝卷文本有重合的主题范围，但是，它还包括宝卷一般不常表现的迷信或占验风水、巫术内容；它具有较强的神话和仪式的意味，这是它区别于一般传说的地方。地灵故事这个名称是民间的说法。但是，它不是那种虚构故事，它的特点是真实，带有现场性和膜拜仪式性，具有严肃的意义。总之，它在人们的信仰活动和行为方面划定了一个文化的空间。总之，地灵故事与后土膜拜互为表里。

神话是真实的演说，是一定社会确认其自身现实的一种方式，地灵故事是由神话形成的原则（膜拜仪式与叙事的结合）所控制的，其建构的砖头可以描绘为“主题”。创造这类传统故事的中心原则是主题。

地灵故事表现了当地民间的社会价值观念。以一定社会的方式肯定、证实其固有的现实。它与社会行为规范的密切性，表明它具有神话和仪式的功能。地灵故事的神话学范例起源于丰富的、复杂的、微妙潜隐的传统。何谓范例，范例乃一种对象，它是从类似的好多对象中抽取出来的，作为一种模式。地灵故事最为核心的观念是求食、求子。这反映了儒家文明的血缘根基。

神话里的后土，退番兵，助英雄杀敌。具有国土、邦国守护神的军事职能。后土神在古代能分夷狄，近现代能抵御外来侵略，当代则促进民族团结和国家统一。因此，关于后土神慈悲灵验的传说归根到底是人的传说。而且上述传说时代感极强，具有现实性，当然，它所反映的核心意义、典型场景仍然继承了传统的类型化、模式化的表达方式。现代传说里的后土显然超越了民族和宗教信仰的界限。在西方人看来，文化与区域相连，各地的风俗和语言就标志着各种文化。传说反映出后土为大地之神，是国土之神，能护国佑民；同时它又超越族群、宗教、地方性文化的界限，从而普济四方。

陕西蒲城尧山圣母崇拜与河北后土崇拜，两者在类型上相互可以比较，属于同一个层面的文化现象，这主要指两者都处于该地方民间信仰中心，围绕主神而形成的跨村落的民间会统，有几个共同点：女神崇拜、庙宇、神社、膜拜仪式、祭祀圈、对神灵圣迹的演述。当然，两者也是有差别的。易县是近畿、道教、秘密宗教、历史事件多发地带，外部冲击大。这构成了它的地方性色彩。从神灵崇拜故事来说，两地的叙事有许多共同的主题，这反映出民间造神的诗性智慧大体属于一个想象力的范畴[12]。

神的身上有一种神圣的光芒，它能够折射出民众的诗性智慧。神是他们按照自己的想象造出来的，适合于社会变化的，协调人与自然、人与人关系的产物，这种神的故事就是农民的意识形态。

神话是一种特殊的演说。神话借助神灵的力量来解决人与自然的矛盾，解决生产生活的问题。地灵故事继承了神话的传统的范例，适应现实社会变化中的需要，有些部分是很古老的，如求子、祈雨、春祈秋报等，因为这些是最基本的需求。从禁忌的主题之中，我们看到迷惑、恐惧、威胁、危机，看到选择，看到制度与习俗惯例。

尧山圣母信仰，以庙宇为依托，以祭祀和社火为主要内容，以神社为组织实体。关于尧山圣母传说，学者认为："当地人在讲述她的神迹和圣迹时是带着敬畏之意，讲述一位一直生活在他们身边的神，是一种指向自己的历史和现实的眼光；更重要的是，这些传说故事伴随着他们对这位女神的崇拜活动，与他们所生存的这个干旱农耕社会息息相关。"[13]尧山圣母传说，主要说女神来历，村姑修炼成真，尧王爷的女儿，受皇封的夫人。她的灵验故事主要是显灵赐雨、救难、惩罚。我认为关于尧山圣母的叙事是神话，就像后土老母灵验故事也是神话一样，他们都是与神灵膜拜互为表里的，都是真实的社会图景，讲述者的取态也是严肃的。这些叙事是农民的诗性智慧，民间的意识形态。

神话的英雄只有一个，那些不同民族的神话中的英雄尽管千姿百态，实际上乃是同一个英雄被不同的文化赋予千差万别的面貌而已。信仰传承的类型化是民间信仰得以延续并保持稳定性的条件。刘魁立先生论述民俗学的历史类型学时指出它的原因：群体性约束，历史记忆的深层积淀，历史和地理环境，传统为保持自己的延续性所形成的传承模式。中时段——社会时间，决定了文化的基本结构，短时段——个体时间与具体事件相关联。因此，地灵故事的重复生产和变异，只表现在它所叙述的事件可能不同，但是，核心意义则是传统的。只要讲述这些神话的人们的基本需求没有改变，故事的核心观念就不会被弃之不用[14]。

四、民间叙事的神话范例

我在研究中注意到，在宝卷之外还有"洪崖山传说群"，它呈现出多层次的叙事类型，如上古神话、历史传说、地方风物传说、后山奶奶故事、道教与佛教传说等。在华北其他地方的刘秀传说里，救他的人有村姑，不与后土神、张生香、后山庙产生联系。因为这超出了祭祀圈[15]。后土老母灵验的叙事传说却与后土信仰地域范围有关，它大于祭祀圈。后土祭祀圈的社会群落把村姑救驾改变为后土神救驾，因为他们与别的地方那位因救刘秀而死的村姑并无血缘或地域的联系。反过来说，外地人不信仰后山奶奶，也就不会有后土救刘秀的故事。至少，救刘秀的是另外一个主人公。

刘秀传说具有流传时间久、分布地域广和趋同性强的特征，刘秀故事追述了封建国家的共同的历史，而其多种多样的地方标签表明，这些故事有着适应不同时代和地域性的能力。核心是关于历史人物刘秀的口述传统，通过这些版本，我们可以发现讲述者，他们对具体的叙事材料的运用，这些材料与他们生活的地方有直接联系，如华北的村落、庙宇、水井是地方文化传统的最基本象征物。历史人物传说大于其人物的故事；它同时也是关于地方性的、农村和农民的故事。宝卷利用这些传说，把后山大庙说成是刘秀建立的。这些都表现为将信仰转化为现实权威的愿望。易州在辽、金、元时期一度由北方少数民族统治。后来的八国联军，反洋教运动和日本占领，都留下痕迹。民间对皇帝的叙事还有“帝王还家”的模式。刘秀认后土皇帝为干娘，说明皇帝权力与神权的合一。后山奶奶又是定兴县辛告村王家的姑奶奶，这是血缘关系的虚拟。刘秀可以被视为皇权转化而来的神。后山一带民间传说却不曾改造过自然神和文化英雄，这说明，由皇帝改造过来的神与其他的神是有区别的。人们除了自然神、宗教神和文化英雄以外，还需要一种能由皇权转化而来的、能保护平民最高权力的神。后土救驾，刘秀封神，这两个故事说了一件事：神权和皇权的统一。

董晓萍和美国学者欧达伟研究了宝卷与秧歌的互为文本的意义。两种文本的联系纽带是地方性的宗教朝拜仪式。宝卷在20世纪初被扫荡，但是，这种宗教信仰的表达采取了另外的方式即戏曲形式。这两种文本同时涉及了民间信仰传承的一些核心的观念，这些要素可以在叙事学的主题层面上被分析。比如，僧道度劫的叙事模式来源于一种信仰的核心观念，它可以用宝卷的形式来表达，也可以以戏曲的形式来表达。《杨二舍花化缘》、《刘秀走国》都有这样的主题：主人公受难——佛道度劫——历劫生还。这是宝卷最为常见的主题。它的故事文本通常是，主人公外出，途中受难，神灵显现（老母奶奶、观音、真龙、僧道仙人），主人公被营救（方式各异，如托梦指路、药丸、劝善化缘、造庙、诵经等），最后的归宿为大团圆、归圣、丰衣足食、入仕途、尽忠孝等[16]。宝卷中的后土老母修行、刘秀走国、张斌求子这三个故事，基本上属于上述的模式。不仅如此，河北易县涞水的口头传承的后土灵验叙事，刘秀走国传说，也同样采用了这样的叙事模式，传达同样的核心观念。信仰的传承本来是多种途径的，字传、口传、心理传承、行为传承。后土宝卷中后土老母演教度生的主题，直接来源于秘密宗教的无生老母神话，但是后来的民间宝卷里的后山奶奶被注入了民间观念。老母纺线、一口米饭救主、猛虎救驾、耕夫救驾等，这些主题来自于民间的口头传说。但是，不能否认，元代以来的戏曲，其中关于刘秀的主题也未尝没有影响宝卷的叙事。上述的核心观念与早期的后土作为文化英雄、大地之神的后土，已经相距很远了。

后土宝卷、后土灵验叙事、刘秀传说、河北洪崖山神话传说群，它们属于不同的民俗学题材样式，但是，它们互为文本，具有共享意义范围和共同的历史根源。它们都以地方性的民间叙事为文本特征，以后土崇拜为核心内容，以传统的神话为范例。

地方性的宝卷和民间叙事传统，它们是由本地的后土祭奠中发展起来的。历史上国家正祀的后土被民间化，又被地方化，成为本地的村姑，由村姑变而为神。在民间的万神殿内，后土处于中心的位置，在宝卷或地灵故事中她通常要化为道婆下到凡间，神灵开始解决一些当地人的困难，这一媒介的效力和真实性吸引了广大的人群，后土神殿成为重要的仪式场所，在那里吟诵后土的颂歌。对于宝卷的实际表演而言，核心的信仰表现为讲述神的故事，把她作为一位神祇来召唤，她的力量便可以显现，以庇护共同体的人们。后土在宝卷里是汉张姑，她在后山修炼约40年，她的死亡赋予其最终的力量：死亡就是坐化，真性离开凡体，这件事的作用在当地来说就是故事的“生发点”。它导致了神格化，导致了膜拜，导致了祭奠，最终导致了叙事，这种叙事在宝卷来说是伴随仪式而演唱的，以请神降临。

神灵与祭祀是民间叙事传统的原动力。以上这些话，强调了民间叙事文本的地方传统。我们还必须把文本作为文本来看待。现在，我们至少可以在较为广泛的社会历史背景下，了解一个地方性的民间叙事文本的实现过程。

结　语

与上述所作的研究结论相比较，更为重要的是这样的研究所具有的学术意义。我之所以选择了地方性民间信仰传统这样的课题，之所以选择了自认为有效的研究方法，主要目的是希望在以下几个方面有所创新。以往人们对宝卷的探讨属于文本研究，具有历史学的旨趣，突出了宝卷的历史文献价值[17]。按照20世纪民俗学的学科观点来看，这种研究多少忽略了该体裁样式的社会文化意义，文本背后的文化传统和现实关系被抹杀了。现代民俗学要求深入具体文化的现场，其田野工作带有学科发展所提出的新的理论假设，其根本目的是为了贯彻这一假设去获得经验性的可靠材料。当下也有不少民俗学田野调查报告被发表，但是，恕我直言，其中绝大多数的材料并没有当代的学术意义，原因很简单，带着旧的学术观念的人能够提供对当前学术研究有价值的第一手材料吗？眼前的例子就能说明问题，后土灵验的民间叙事一向被人们看作封建迷信，相关的材料此前无人注意，是它们不重要吗，显然不是。每年拥有数十万人朝拜的大神后土奶奶，关于它的叙事怎么变得无影无踪了呢？宝卷被历朝历代统治者视为洪水猛兽，被封建文人所蔑视，也被当代学界长期所忽视。其中的原因是我们的传统强调文以载道，用现在的话说是意识形态与科学研究相互混淆。

后土宝卷作为该论文的研究对象之一，他的研究价值是多方面的，最重要的一点，它是活形态的文本。河北易县洪崖山一带为宝卷叙事的自然地理和文化景观，这里的后土皇帝在当地叫后山奶奶，它仍然享有人间香火。在河北洪崖山周围参与后山朝顶活动的民间神社，它们是后土崇拜仪式的组织者，同时也是地方村落社会的社火仪式的承担者。宝卷是它们的神圣文本。这是祖先的遗产，它包括表演传统。民间口头传统，今天仍然继续产生着关于后土和后土崇拜的神话叙事，成为民间意识形态的一部分。

对研究者来说，我试图超越文本研究的局限，把宝卷的文本与民众的现实信仰以及这种信仰的外在行为联系起来考察。把文本和它的表演、表演者、表演场合、社会生活和民间组织综合起来进行考察的企图，是出于这样一种动机，即文化是一个整体系统，而文本的功能只有通过这个系统的整体结构才能真正被认识。这样看来，宝卷研究就不仅是文本的阅读。一旦把民间组织、人们的信仰观念、行为规范、社会制度等因素联系起来研究宝卷时，我们就会看到，宝卷已经不是原来意义上的宝卷，它是社会文化系统中的文本，这使得我们对宝卷的认识必然会发生一系列的变化。当我们透过文本来探讨它的传统意义时，传统的意义大于文本。这时我们便不可能孤立地只研究某个文本。后土宝卷与其他民俗学文本，如刘秀走国、后土灵验的民间叙事、地方传说和古代神话，民间神社的仪式、仪式音乐，民间艺人，地方的神灵祭祀传统，这些因素共同构成了彼此依存的系统，只有在这个系统内各个文化要素才具有生命力。

后　记

河北宝卷在民间仍然有乐社组织和演唱传统的遗留，这是田野作业的基础。本文尝试运用民俗学田野作业与文献学相结合的方法，尽量搜集并参考与论题相关的古籍、碑刻、县志；明清史料和研究文章；中国艺术研究院学者民间音乐会的调查报告和研究论文；地方学者关于易县后土崇拜的口头传承资料如神话、传说和故事的收集。

为撰写论文，我先后 8 次到河北易县、涞水洪崖山一带做了为期 3 个月的实地调查。田野工作是就河北民间后土信仰、仪式活动与口头传统叙事文学采集证据的过程，该专题调查采用定点、定时、定题目的调查，以事先拟订的理论假设为指导，注意了解洪崖山周围的历史遗留庙宇、碑文、地方历史记载以及口述历史、传说的相关资料。我通过该项调查发现这一带大小 40 多座佛教和道教的寺庙宫观的遗迹，部分残留碑刻 20 余通，其中非常重要的、与后土相关的残碑 10 通。该项调查最重要的部分是对涞水和易县至今仍然活跃的民间佛事会和音乐会的调查。这一部分工作属于人类学意义上的回访性质，因为，我所调查的对象即河北民间乐社，从 1990 年以来成为国内外民族音乐学者的调查基地，我是从民俗学角度进入这个基地的，先后采访了十几个村落的民间会统，了解他们的仪式活动和经卷表演情况。我对 20 多位民间艺人进行了访谈。

我先后 8 次进行的考察经过如下：2001 年 8 月 13 日至 29 日赴涞水县南高洛、东明义、冀家沟、李家坟、匡山村，易县的流井、马头村、豹泉村、神石庄、南洛平村、孔村进行初步摸底考察。2001 年 9 月 12 日至 26 日，11 月 28 日至 12 月 13 日，2002 年 2 月 20 日至 27 日，2002 年 4 月 17 日至 28 日，2002 年 6 月 15 日至 25 日，先后六次对易县、定兴县和涞水县的几个村落的音乐会进行重点调查，其中的重要收获是发现并抄录《后土宝卷》7 种，总计 10 万余字的抄写文本，这些文本属于民间会统的表演的底本，是活态的宝卷。2002 年 6 月 30 日至 12 月 25 日，专门立项搜集河北易县、定兴县和涞水县流传的后土奶奶灵验传说，搜集 100 则传说文本，其中精选并整理出典型性的文本 45 个。

以上材料属于研究者获得的第一手资料，它包括田野访谈、宝卷文本的采集和抄录、口头传统叙事文本的采集和整理文本，当地的人文地理风貌以及历史遗留碑文、地方志史、民间口述历史和传说文本。全部调查资料是以录音、照片、抄本、口头叙事的记录文本的形式保存的。本文还运用了一些第二手材料，它们主要来自于华北地区的《中国民间文学三套集成》故事卷中的材料，并大量参阅了所有河北省民间故事集成县卷本。从中获得传说文本 300 余个。另外，需要特别强调的是，该项研究是以薛艺兵和英国学者钟思第等人的研究为基础的，没有他们的前期工作，这项研究是不可能进行的。同时，董晓萍教授亲自介绍相关学者、地方人士，事先征得他们的同意，我才开始自己的调查和研究。

[原载《民族文学研究》2004年第3期]

注释：

① 曹本冶、薛艺兵：《河北易县、涞水的后土崇拜与民间乐社》，原载《中国音乐学》2000年第1期。

② 参见 *Greek Mythology and Poetics*，Gregory Nagy，Comell University Press. 1990，PP. 8～10。作者认为膜拜仪式含有神话与仪式的意味，可以替代"宗教"这个术语。他认为印度的一些地方性的神话和史诗的叙事，是围绕当地的神灵崇拜与仪式活动而展开的。他由此类比古代希腊史诗传统也存在一个制度化的宗教祭奠节日——泛雅典娜节。荷马史诗在这样的地域性崇拜仪式中演唱，最终形成了它的国民国家意义上的传统。作者的具体结论并不重要，这里主要借鉴他的阐释学的模式。

③ 冀中音乐会，分布于河北定县、易县、涞水、定兴、徐水、新城、定县、雄县、清苑等数十个县市的村镇中。音乐工作者对冀中管乐的调查始于1930年前后（如刘天华），此后，1946年华北联大，1950年杨荫浏，1986年中国音乐研究所，1993年6月至1995年4月中国音乐研究所与英人钟思第（Stephen Johnes），又陆续作过连续调查。详见乔建中："开幕辞"，《民间鼓吹乐研究——首届中国民间鼓吹乐学术研讨会论文集》，山东友谊出版社，1999年版。

④ Stephen Jones，Xue Yibing，"Music Associations of Hebei Province，China，" *Ethnomusicology*，winter 1991. 正月初二音乐会和其他花会参加附近村落的串村活动。正月初八，音乐会举行后土奶奶开印仪式（inauguration of deity），地点在后土庙分庙前进行。正月十五为灯节，村中遍搭灯棚，音乐会带领游街。众人在这些灯棚前敬神上香，音乐会入棚演奏。空地上设有灯场，并树立一杆高高的天灯。二月十九在村里的观音庙前演奏，这一日为该神之圣诞。三月初一在后山大庙举行盛大的接驾仪式，三月十七在后土圣诞日又送这些大驾上山。接送驾仪式尤其隆重。附近各村音乐会一起朝山进顶，敬奉后土神。四月初八为佛祖释迦牟尼圣诞日，在大寺前演奏。七月初一始各村音乐会到后山庙做为期三天的道场，住持道士参与。

⑤ 张振涛：《民间乐师研究报告》，原载《民间鼓吹乐研究》，山东友谊出版社，1999年版，第241～247页。

⑥ 金泽：《宗教人类学导论》，宗教文化出版社，2002年版，第201页。

⑦ 该宝卷收入《宝卷初集》，张希舜、濮文起、宋军编，山西人民出版社，1994年版。

⑧ 笔者采访过马头村韩国兴老人，他讲述土改时后山庙以及后土宝卷的情况。采访时间：2001年9月21日，地点：马头村韩国兴家里。韩国兴，男，73岁，马头村老住户，其舅舅为后山道士，因此，他对后山很了解，也知道后山的历史，尤其是庙的历史。以上是他给笔者提供的一段讲述。

⑨ 参见薛艺兵：《河北涞水、易县的〈后土宝卷〉》，原载《音乐艺术》2002年第2期。作者在1990年代起对河北民间音乐会展开调查，并首次对《后土宝卷》做了具有开拓性的研究。他对宝卷的音乐结构的论述，将会对今后的宝卷研究产生影响。如他指出，宝卷的"佛"调，其词格为"三、三、四"格式的十字句。各地宝卷的十字句佛调也没有统一的曲调。当地音乐会的"佛调"疑为"全真道十方丛林经韵"，是道教全真派统一的经韵音乐。民间宝卷中的许多曲牌则直接来源于元代小令和明清俗曲。仅就音乐会常用的几部宝卷中，可见一些曲牌为当时颇为流行之曲牌。如《泰山东岳十王宝卷》是南高洛音乐会曾经演唱之卷本，其曲牌与《后土卷》相似。

⑩ Daniel L. Overmyer，*Precious Volumes*：*An Introduction to Chinese Sectarian Scriptures from the Sixteenth and Seventeenth Centuries*, Harvard University Press, 1999. p. 180.

⑪ 参见田野资料集《后土地祇灵应故事》的后记：2001年初，北京师范大学博士研究生尹虎彬到易县搜求《后土宝卷》。他是继英国学者钟思第先生、美国学者欧大年先生、中国艺术研究院音乐研究所薛艺兵先生、香港中文大学陈教授和曹教授（是否记错恳请谅解）后，第六位来洪崖山后土神庙考察的学者。于是由我陪他共同考察一些地方。他也耐心地听取了我对洪崖山大地神庙的部分见解，更对洪崖山大地神庙流传现代灵验神话故事发生了浓厚兴趣。于是，在我的鼓动下，尹虎彬与河北10位长期生活在社会下层的民间文艺工作者，从2002年6月始，到2002年10月结束，历时5个月，进行了尝试性的辛苦搜求和整理。现在摆在你面前的正是我们10人的田野作业。这部分资料本暂定名为《后土地祇灵应故事》。河北易县文化馆王公李。2003年2月15日。

⑫ 秦建明、〔法〕吕敏编：《尧山圣母庙与神社》，中华书局，2002年版，第59～60页。

⑬ 庞建春：《水利传说研究：以山陕旱作乡村社会水利传说为个案》，北京师范大学博士学位论文，2002年版，第65页。

⑭《刘魁立民俗学论集》，上海文艺出版社，1998年版，第97～98页。

⑮ 1938年日本学者冈田谦提出祭祀圈概念："共同奉祀一主神的民众所居住之地。"见林美荣《由祭祀圈到信仰圈》，原载《中国海洋发展史论文集》第三集，1998年版，第97页。而信仰圈侧重信徒的结合。本文借用这两个概念来探讨传说问题，不想争论两者的关系问题。另外，汉学人类学还有市场圈理论，与此处提到的两个概念也有关联。

⑯ 董晓萍、欧达伟：《乡村戏曲表演与中国现代民众》，北京师范大学出版社，2000年版。

⑰ 美国学者梅维恒（Victor H. Mair）指出，变文这一文学形式被简称为"转变"，它是由口头的、看图讲故事的形式发展而来。与之相联系的是演讲宝卷和展示图画，河北沧县的讲卷人都使用成套的图画，即"水陆"，宣讲宝卷最早曾被作为水陆斋的一部分。今天仍然存活的河西表演的念卷活动之遗留，更是坚定了他的这种看法。（见《绘画与表演：中国的看图讲故事和它的印度起源》，王邦卫等译，北京燕山出版社，2000年版。*Painting and Performance: Chinese Picture Recitation and It's Indian Genesis*, Honolulu: University of Hawai'i Press, 1988）姜伯勤《变文的南方源头与敦煌的唱导法匠》，从隋代三论宗大师吉藏的《中观论疏》卷一《因缘品》里找出"变文易体"一语，提出变文为经典的通俗化变易，其起源要早于唐代。（姜伯勤：《变文的南方源头与敦煌的唱导法匠》，原载饶宗颐主编《华学》第1辑，广州中山大学出版社，1995年版，第149～163页）李小荣从华梵音乐艺术角度，研究变文曾经是配乐表演的一种口头艺术的课题，这继承了中国古代依礼作乐，依乐为诗的传统。同样，他探讨了变文与华梵音乐的关联。指出佛教音乐在中土之发展产生了佛曲，为变文表演者所利用，同时，本土音乐如汉之鼓吹，大曲，清曲，民间曲子，皆人变文之中，构成了变文作为讲唱文本的音乐要素。（《变文讲唱与华梵宗教艺术》，李小荣著，上海三联书店，2002年6月）陆永峰《敦煌变文研究》探讨了变文的体裁样式特点，尤其注意到了文本的表演层面之特征：入韵套语、叙事、套诗、表演与图画以及变文的口头文学特征问题。（《敦煌变文研究》，陆永峰著，巴蜀书社，2000年版）

“玛尼”：藏族民间石刻文化

康·格桑益希

“玛尼”石刻，是广泛流布于藏族民间文化中的一种群众喜闻乐见的宗教石刻艺术，也是藏族民间美术众多形式中具有独特表现手段和最有代表性的雕刻艺术形式之一。藏族“玛尼”石刻泛指雕刻在石块上的佛语、造像和图符，是极具本土地域风格特色和民族民间风采神韵的藏族石刻文化的特殊形式。它有着古老而悠久的发展历史，在藏传佛教美术和民间民俗美术中具有十分重要的教化功能、审美意义和神圣而独特的宗教文化地位。

“玛尼”，即佛经观音六字神咒的略称，汉字音译为嗡、嘛、呢、叭、咪、吽，是藏传佛教最受尊崇的一句祈祷语。藏传佛教密宗认为这是秘密莲花部的根本真言，也即莲花部观世音所传的真实言教，故又称六字真言或六字箴言。这六个字，概括了大乘佛教的全部价值观念和奋斗目标。在藏传佛教看来，西藏是观世音菩萨发愿度化之地，表示对观世音菩萨度化的最主要的方法就是祈祷诵念“六字真言”。“六字真言”所宣示的内涵又正与密教修行成佛的各种途径相符合，是诸佛思想的集成，是一切善法功德的本源，是涅槃解脱的大道。故藏传佛教信徒相信，对于“六字真言”只要一见一闻一触，就能证悟清净菩提心，除却一切烦恼，具足一切功德。所以，在藏传佛教信徒生活中“六字真言”无处不在。

“玛尼”石刻的形成渊源于藏区原始的自然崇拜和万物有灵观念，衍生于一种古老的被称为“拉则”的山神崇拜的祭祀石堆——灵石崇拜的祭坛。藏族远古山神崇拜的主要形式是在山上建立拉则（神宫），定期祭祀。随着这种祭祀石堆的延续扩展，“玛尼”石刻艺术便应运而生。故“玛尼”石刻在内容和形式上是远古自然崇拜、山崇拜、大石崇拜意识和高原远古岩画刻划、摩崖石刻造像的承袭和发展。

西藏本土早期的文化艺术形式大多与石头有着密切的关系，如石器文化、巨石文化、古代岩画和石雕石兽等。根据西藏的民间传说，藏文的美术一词的起源就与石刻绘画有着直接的联系。这种祭祀石文化是苯教文化形成之前的主要文化形态之一。祭祀堆石造型是在山顶或山的某些部位，用大小石块堆积起来的锥形体石堆，堆石被远古人类视为是神灵的居住地，是神灵的宫殿或象征神灵所在之处，以便于人们祭祀崇拜，故需着意供奉。据苯教有关“神香供养”的仪礼性著作称：“从前在世界创世的时代，在白色冰川带修造了一个石堆，这是两尊人间守护神道路的界标。然后人们在自己的地区和村庄内修建这种石堆。这是当地强大的神的路标，然后又在湖旁或山岩中修造，这是地神之路标。”可见这种具有象征意义的石堆造型远在佛教传入之前已经出现。

原始苯教崇信万物有灵。苯教的宇宙观把世界分为三个部分：上有天，中有地，下有地下。“赞神”高居天上，其位最尊；“年神”，居在雪山、森林、山岩、旷野之人世间；“龙神”则于河湖、沟泊之中。因而在山、水、林、路等处筑起石堆，一是表示对神祇的敬畏，二是使其居有定所，三是警示人们不要冲撞神灵，四是起着路标的作用。

此外，祭祀石堆的用途也有多种，如为部落、家族的平安、强盛、消灾除祸等。也有些石堆是两个部落地理分界的标志。其中既有属于一个部落的，又有属于数个部落或某一地区的，还有些则是属于某个家族或单个的家庭。

石堆外观造型，下半部呈方台、圆台形；上半部呈锥形、山丘状。源于对雪域大山巍峨造型的模仿和对山神的崇拜，是原始苯教万物有灵思想和审美观念的产物。石堆大小高低不等。上面放置有羊角、牛角或整个牦牛头骨，石堆上插有树枝或象征刀箭的木杆。其上插挂象征魂像的飘帘。或由堆顶牵出一根根白毛绳，绳上系挂白牛毛、白羊毛等物，象征走向天界之路。造型庄重而富有变化，具有极强的形式美感和审美内涵。

佛教从印度传入藏地后，藏传佛教也完全继承了通过建立石堆来祭祀山神的古老习俗。祭祀石堆的表现形式和内涵逐渐演变为刻满经文、图符和神祇图像的“玛尼”堆造型，而具有了更浓厚的美术因素和审美特征。尤其是在10世纪后半期的藏传佛教后弘期，石头作为一种人类文化的载体，积累功德的刻石造像佛事活动和民间造型艺术样式，以大众化、通俗化的特点，大规模地在藏区各地兴起，并由民族化进而民俗化，成为民间民俗美术中喜闻乐见的重要形式。“玛尼”石刻的功用也更多是表示对神佛的祈祷尊崇、顶礼膜拜和积累功德的虔诚之举。故其名也称之为“多崩”，即一十万经石之意。信徒们每过“玛尼”堆石必丢一颗石子或放一块刻有经文图符的石块，以此作为一次祈祷。丢一颗石子，等于念了一遍经文……“玛尼”堆石年复一年地增高，有的形成小山，有的座座相连成为一堵神圣的经墙。这墙被信徒认为既是人世与天地神祇的界线，又是人间与天地神祇的交汇点、连接点。

“玛尼”石刻表现的题材内容十分丰富，早期主要有反映苯教拜物意识的图符。如龙、鱼、日、月、雍宗图符及各种鸟头兽首人身像，后来主要是以观音六字真言神咒、佛教经文箴言、祈祷语为主。在长期的发展演变过程中还表现了大量形象生动直观的佛教神祇造像，如佛祖、菩萨、诸天、明王、神灵、教派祖师等造像，各种佛教图符、象征物及装饰图案造型，形成了在表现内容和形式上的多种多样的类别体系和风格特点。

“玛尼”石刻表现的题材内容大致可分四大类，即：灵兽动物类，兽头人身神祇(后转化为护法神类)，经文咒语六字真言及其他符号类，佛、菩萨、高僧大德类。前两类与藏族早期苯教文化乃至更早一些的原始信仰自然崇拜有关。后两类则属于佛教内容，是佛教文化传入藏地之后的产物。

观音六字真言神咒、佛教箴言咒语、经文大藏经《甘珠尔》、《丹珠尔》，是“玛尼”石雕刻表现的主要内容。其雕刻字体变化多端，极富装饰意趣。雕刻手法或精细入微，或大气豪放，或秀美阴柔，或稳健阳刚。其表现形式或独立成体，或数十一组，或数百上千排列展示，或层层叠叠组合堆砌。

佛教经咒符号和吉祥图案也是“玛尼”石堆中的重要内容。它往往穿插于经文与造像之间。和繁密工整的经文雕刻既和谐统一，又对比鲜明，不仅具有很强的装饰效果，还以活泼生动的图纹造型点缀和丰富着“玛尼”石刻的表现内涵。其繁富与简朴，规整与多变，自然与雕琢精巧与粗犷形成了鲜明的对比，堪称是书、画、工艺、雕刻的完美合璧。

在“玛尼”石堆中还能见到不少动物形象，或经过变形神化为鸟头、兽首人身的神灵造型，虽千姿百态，动作夸张，但天趣十足，质朴可爱，极富想象。这些随意雕刻的作品，大多信手雕刻而成。雕凿痕迹大刀阔斧，节奏明快，有一气呵成之感。

“玛尼”石刻中表现的佛、菩萨、护法、尊者等宗教内容的作品，形态简朴，线条粗犷流畅，意境清新，拙中见巧，天趣横生，已远远超越出宗教造像量度仪轨法则所必须严格依照的桎梏，而独成一体。“玛尼”石刻鲜明的艺术个性与民间艺术卓越的智慧技巧将这些雕刻品表现得多姿多彩，令人心旷神怡，耳目一新。

“玛尼”石刻中还有许多表现师祖、法王、高僧、大德、译师的作品。如莲花生、阿底峡、米拉日巴、宗喀巴、唐东杰布、五世达赖喇嘛等。这些形象大都以写实的手法描绘，极富个性特征。形神兼备，跃然欲动，生动地再现了这些不同历史人物的风采神韵。

昂仁县发现的一批反映世俗生动场面的“玛尼”石，题材有耕地、播种、织布、补鞋及天葬等，富有浓郁的生活气息，是藏族历代社会生活的直接反映。是“玛尼”石刻内容的新拓展。

“玛尼”石刻大都就地取材，其雕刻布局随形就势，信手发挥，拙朴生动，它们或镌刻于岩石、片石、巨石或卵石之上，独立成形；或依岩而刻，因势造型，融自然山川之灵气和秀美于一体，天趣依然。其陈放形式、方式也多种多样，有堆放在村口、路旁、山顶的山丘状“玛尼”石堆，似无数大大小小的埃及金字塔般巍然屹立，千年依然。有将数千块“玛尼”石刻造像嵌砌于寺殿外墙、城廓、转经回廊的“玛尼”墙上，成为似乎卢浮宫般壮观的石刻艺术的长廊。或供奉装置于民居屋顶、门檐上、窗台顶、院宅围墙，成为家宅的守护神和建筑装饰的重要组成部分。也有将数十亿块“玛尼”石堆放成高数十米，长达数里的似长龙般的“玛尼”石刻经墙的。更有经无数“朵哥”石刻艺人世代延续，历经风雪沧桑，雕刻堆砌而成的状若一座石头城般恢宏巨大的被誉为石刻藏文人藏经图书馆的“玛尼”经石堆。“玛尼”石刻艺术在藏区可谓天花落雨，处处可见其神韵风姿。

“玛尼”石雕刻的表现手法丰富多样，有线刻、阴刻、阳刻、减地阳刻、浅浮雕、高浮雕、雕刻施彩。涂绘，或纯以白描，或多种手法兼施，灵活多变，极富创造性。从风格上讲，早期“玛尼”石雕刻比较简洁粗犷，注重整体形象的刻画。而晚期的雕刻则线条流畅自如，逐渐趋于细腻，开始重细部表情的描绘。线条镌刻手法因地区不同而有差异，并呈现出鲜明的地方特点。按造型方法特点大致分为4种类型。即：卫藏地区线面、绘染结合式的浅浮雕；西藏东部地区的线刻图像和通体经文的阴阳刻；西部阿里地区的卵石剔刻；羌塘地区的石画，或圆雕、线刻或线面结合的浅浮雕。

卫藏地区的“玛尼”石刻造像一般取材于板岩，技法以浅浮雕为主，同时也综合了线刻、浮雕与减地阳刻等表现手段，表现手法较为灵活。造像突出动态美，并常着彩，追求一种鲜明而强烈的视觉效果。造像中有印度、尼泊尔艺术样式影响的痕迹，但民族特色甚浓，造型准确。突出动态，刀法强硬奔放，线条颇有力度，内容以表现高僧大德、历史名人居多。在卫藏样式中，拉萨的“玛尼”石刻具有一定的综合性，内容广泛，风格多样，刀法娴熟洗练，多有精美之作；扎什伦布寺的石刻刀法有力，形象简约厚重；江孜的石刻繁密复杂，风格粗犷；定日的石刻自由奔放，野逸原始，极富童趣。卫藏地区的“玛尼”石刻多置于寺庙院墙和殿堂四壁之上。

藏东昌都地区和那曲地区东部的样式，流行线刻图像和通体经文的阴阳刻，石刻原料多为鹅卵石块，一般造像不施色彩，具有白描效果；艺术表现上受到汉地绘画的影响，镌刻以线刻为其特色。线条优美流畅。运用减地突出轮廓，构图巧妙考究，注重细部雕刻。内容多为鸟、兽头人身的护法神形象。石刻通常置于“玛尼”石堆上。

藏北羌塘草原地区“玛尼”石刻以巨石为基，刻制手法不拘一格。或圆雕、线刻或线面结合的浅浮雕，造型浑朴大气，透露着草原游牧民族的阳刚之气。

西部阿里地区“玛尼”石刻以卵石剔刻称著藏区。无论其表现内容，造型形式，还是布局结构，雕凿手法，艺术风格都自成一体，具有独特的地域文化特征。技法以减地阴刻为主，构图均衡稳健。线条灵动细腻，人物形象恬静安详，表现内容丰富多彩，并有现实生活人物出现，放置方式中有独特的规模宏大的专门放置“玛尼”石刻的“玛尼”墙形式。

历代藏族民间雕刻艺人利用各种不同石质、石形的石头作材料，随形构图，因材施刀，巧妙加工，用夸张、简练、概括的手法，融入了人间的喜怒哀乐。石块残缺的利用，有意无意的重叠，大小自然的搭配与富有神秘色彩的大自然融为一体，使之更添上了一层神秘的面纱，如哲蚌寺巨石密布的后山绵延数公里的“玛尼”石刻，即从局部入手雕刻，从远处望去，却构成了一派色彩斑驳，气势磅礴恢弘的整体效果，在高原变化多端的云雾弥漫中，“玛尼”石刻中的大小神佛时隐时现，虚实相生，给人们以梦幻般奇谲的灵动感和神秘莫测的视觉美，因此，这种置身于大自然之中的宗教艺术，能具有如此强的生命力和广泛的民间民俗性就决非偶然了。这正是“玛尼”石刻艺术的独到之处。

［原载《世界宗教文化》2004年第2期］

三 论文摘要

人类文化的多元未来
——以少数民族剪纸为例

邢 莉

《湖北民族学院学报》 2004年第6期

剪纸在我国有着悠久的历史，少数民族剪纸艺术是一朵奇葩。在1400年前的南北朝时代，我国少数民族的剪纸在民众中产生，从萌生到发展到嬗变到走向成熟，形成了深厚的文化特色。

与汉族的剪纸相比，少数民族的剪纸具有原生性。我国北方各民族悠久的历史和文化传统在历史文献的记载很少。比如研究北方少数民族的女神神话，满族的女神啥模样？在满族剪纸能手关云德的手下，出现了千姿百态的女神群像：天神、地神、雷神妈妈、雨神妈妈、雹神妈妈、风神妈妈，还有雪山神、开山神、狩猎神、牧业神、生育神等等……具有原始的奇异形态。远古女神起源于萨满教的原始崇拜，剪纸能手传达给我们的是远古的足音。

少数民族的剪纸是民族历史和民族意识的表征。苗族剪纸《姜央兄妹合磨成家》就是苗族古歌《兄妹开亲》的形象化。洪水过后，兄妹开亲，但是生下来的是无嘴无鼻、无首无足的圆蛋蛋，后来经过种种周折，才诞生了健康的人类。这是苗族对自己族群的深刻的历史记忆，是一个民族在自己民族的生命历程中凝聚而成的集体无意识和有意识的融合。少数民族剪纸为我们追寻一个民族生存繁衍的历史、民族的迁徙史、民族的生活史提供了重要信息。

少数民族的剪纸是少数民族民俗文化的载体。在少数民族的生活中，服饰居住、节日礼仪、婚丧娶嫁都有剪纸出现。黔南的民间剪纸多为刺绣花样。如背带花、鞋花、帽花、绣荷花、枕头花、帐檐花、围腰花等。用剪纸做底样，既可以保持绣品的整洁，又可以节省时间，民间剪纸伴随着劳动人民的生活，也在民俗生活中得到传承和发展。

少数民族剪纸是民族审美的结晶和民族审美心理的表达。欣赏少数民族剪纸时，总是感到一种拙朴天真，一种想象的驰骋，一种无拘无束的心理的诉说。苗族龙的造型丰富多彩，新颖奇特，与汉族的龙迥然而异。花尾龙的形象为竖向，特别突出其尾巴，尾巴形成为大的扇面，又连缀着凤鸟、松鼠等动物。有的剪纸中为龙身人面，虽为人面，而头上有角，角又在耳朵之下。如此奇异，如此不合逻辑。在这似乎不合逻辑、不合时空观念的任意想象中，我们又感到超时空的和谐，感到不可理喻不可规范的真实的美。

少数民族剪纸是少数民族民间文化的重要组成部分，是中华民族传统文化的有机组成部分，是人类的共同文化遗产。对它们进行保护和挖掘，也是对人类文化多样性的贡献。

（徐永安　摘）

从乡俗礼仪到民间艺术

——当代山东商河鼓子秧歌文化功能的变迁与传承

刘晓真

《艺术评论》　2004 年第 1 期

“鼓子秧歌”，“鲁北当地群众称其为‘跑十五’”。“跑十五”是一个时间概念上的命名，重在正月十五前后这个特定的年节日子里走村串户联络感情，围绕着节庆与人情这个核心。“鼓子秧歌”是一个艺术形态上的命名，是以鼓子为主要表现形式的秧歌活动，其核心在秧歌的舞蹈本体层面。从学科的眼光来看，前者具民俗学意义，而后者具艺术学意义。当代社会正是以其开放性，使秧歌活动在这两种意义之间实现着不同的功能，书写着民间文化的传承与变迁。

鼓子秧歌之所以在文化功能上能够由乡俗仪礼转型为民间艺术，与 20 世纪 50 年代的历史背景是息息相关的。1950 年的国庆大典演出和 1953 年在北京举行的民间音乐舞蹈会演大会为鼓子秧歌创造了单纯作为舞蹈节目的表演机会，这为秧歌活动串村当中的性质变化创造了环境，成为此后慢慢由本土走向社会舞台的前提。在这个转变过程中，“二老艺人”正起到了推波助澜的作用。他们建立了新的艺术体制，改变了原来的“战地宣传队”的工作思路和工作任务，提出向民间学习，继承和发展民间传统文化的指导思想。舞台创作将原生态民间舞蹈作为“营养”和素材来重新结构作品，达到“提高”的目的，成为“普及”到大众当中的“民间舞蹈艺术”，鼓子秧歌便是这一历史时期这一艺术体制下的产物。

鼓子秧歌从新中国建国以来就一直处在一个与外界社会相互交流的开放环境中，因而现代国家的现代化进程自然会给它带来催化影响。那么土地庙——过往时代的观念产物，作为鼓子秧歌活动的重要场所就在这个进程中瓦解掉了。随着它的瓦解，鼓子秧歌失去了作为人们对祖先寄托哀思的仪式的语境，它也就不再作为现世与冥界沟通的工具。鼓子秧歌在失去祭祀功能后，从乡俗仪礼功能继而转变到民间艺术功能中，越来越靠近了现代化一体化的社会步伐，参与到国家文化建设的体系中。

中华人民共和国建国初期社会背景下的艺术体制对秧歌活动的性质起到关键性影响，这个影响在新中国五十多年的历程里，由外及里地延伸到秧歌活动的功能和当地百姓对秧歌认识的观念中，这也是一个伴随鼓子秧歌由里及外地从本土传统文化模式走入社会现代化建设的变迁过程。

（白　杨　摘）

略论云南傩舞及其文化功能

李福军

《民族艺术研究》 2004年第5期

以歌舞事神的古巫，从一开始就把舞蹈与傩事相结合。对于巫来说，舞是人神交往的语言。云南各地的巫傩活动都离不开舞蹈。这些舞蹈有的是原始巫舞所演化，有的已受后期文化影响。云南傩舞可分礼神型的巫舞和娱神型的世俗舞两类，统称“傩舞”。其本质特征表现为：1. 戴面具；2. 模仿动物跳舞；3. 驱鬼逐疫。云南傩舞这三个本质特征在云南传统傩舞及岩画中得到充分反映。

云南傩舞主要有下列几种：1. 兰坪白族“杯日往”。2. 南涧彝族“十二兽神”舞。3. 元阳哈尼族“鬼舞”。4. 西盟佤族“丧葬舞”。5. 德宏景颇族“丧葬舞”。6. 傈僳族“丧葬舞”。7. 香格里拉藏族归化寺“羌姆”。8. 丽江纳西族“东巴舞”。9. 麻栗坡彝族“跳篾”。10. 宁蒗普米族“敬羊舞”。11. 摩梭人“含摆舞”。12. 兰坪普米族“醒英蹉”。除以上十二种外，云南傩舞还有：基诺族的“阿嫫松铁祭”（意为“今晚要跳鬼”）、南涧彝族的“哑巴会”（又称“跳哑巴神”）、祥云白族的“跳鞑子”、富源水族的“狮子舞”、贡山独龙族的“丧葬舞”、禄丰彝族的“画面刀舞”等丰富的艺术资源。

在云南傩舞的发展中，经历了从娱神到娱人，从宗教化到艺术化的转变，呈现出多种文化的功能。1. 祖先崇拜和英雄崇拜；2. 促进民间雕刻、服饰等传统艺术形式的保留和发展；3. 祈求消灾纳吉和人类自身的繁衍；4. 促进了云南原始宗教和佛教的融合；此外，傩舞的表演具有增强云南各民族的凝聚力、向心力的作用。

在社会经济快速发展、文化呈现多元化的今天，处于低层文化圈中的傩舞，正受到处于高层发展的现代舞蹈、音乐剧等艺术形式的冲击，这种全民性的艺术活动受到了挑战。在云南傩舞未来的发展中，必须注重以下方面：首先，在云南傩舞中融入多方面的云南少数民族传统文化，使之呈现出十分鲜明的云南少数民族民间特色。其次，在保传和挖掘传统的傩舞艺术的同时，不断增添新的傩舞类型。再次，使云南傩舞从宗教与巫术的神秘世界中走出，走向大众，成为一种群众喜闻乐见的民间艺术，这是云南傩舞得以传承之根本。

（白　杨　摘）

佛教与戏曲表演身段

康保成

《艺术探索》　　2004 年第 1 期

我国传统戏曲的表演技巧，有一个逐渐成熟的过程。毫无疑问，戏曲角色的表演动作有的来自生活和民间舞蹈，但完全将戏曲的表演程式归结于生活不见得正确。戏曲的“指法”，还有戏曲的“亮相”，呈现出一种雕塑美。这种“兰花指”或“雕塑美”，大概不是来自生活，而是来自宗教。

有不少戏曲身段是从佛教仪式或造像模仿来的。例如戏曲闽南打城戏的表演，就以罗汉科舞为主，兼有提线木偶的若干表演特色。音乐则在道情和佛曲的基础上，吸取提线木偶的“傀儡调”，具有别具一格的宗教韵味。广东的“花朝戏”（“小于”）中的“穿心手”，有可能来自佛教仪式。湖南湘剧等大剧种中，有三十五种“跳”的身段，其中，明显与佛教有关的，有跳金刚、跳罗汉、跳无常、跳和合二仙等。江西采茶戏中的“观音坐莲”显然是在模仿佛教造像。福建的梨园戏，其科步身段的主要来源就是：“对佛教壁画，石刻，塑像等人物形态的模仿。”显然，佛教塑像就是王朝闻先生所称赞的“雕塑美”的来源。

有一个小问题需稍加讨论，就是各剧种所说的“兰花指”，手姿并不相同。但各种“兰花指”均应从佛教舞蹈或佛教造像而来。

进一步说，我怀疑戏曲中常用的所谓的“兰花指”，其实就是佛教的“莲花指”，其最早的来源应是密宗的“莲花印”。根据佛典记载，印度密宗佛教中的莲花印千姿百态。大体上，可将莲花印分作两种：一种是手指自然分开，作手托莲花状；二是不持莲花，直接以手作莲花盛开状。可以单手作，也可以双手配合。传统戏曲表演讲究手、眼、身、法、步，其中手姿为第一。我认为，这些手势相当一部分是从佛教手印而来。

佛教舞蹈，尤其是密宗舞蹈，也是戏曲动作的来源，而且很可能是比较直接的来源。例如浙江的婺剧过去无水袖，因而手腕和手指功夫十分突出。傣剧中的“拜佛手”，过去在生活中，为佛门弟子专用，以后在世俗社会流传。早在元杂剧演出时，已经穿插表演密宗舞蹈中的《十六天魔舞》，这可能是密宗舞蹈与戏曲结缘之始。除《天魔舞》外，《观音舞》也是明代戏曲中常见的佛教舞蹈。

佛教舞蹈在民间的流行，是其进入戏曲的基础。在跳《观音舞》时，演员要装扮成菩萨的模样，以致不懂舞蹈的人以为是在演杂剧。显然，这种带有装扮性质的舞蹈，离戏剧仅有一步之遥了。

综上所述，戏曲表演身段受到佛教造像、密宗手印、佛教舞蹈的影响。某些戏曲表演亮相时所呈现的雕塑美，明显模仿自佛教造像。这表明，直到明清时期，佛教仍在对我国戏曲产生影响。这一时期，佛教进一步世俗化、实用化，戏曲则力图挣脱杂剧传奇的严格规范而更加地方化、自由化；二者一拍即合，共同开拓出戏曲与佛教双赢的新局面。戏曲表演身段受到佛教的影响而走向成熟，便是二者结合的例证之一。

（徐 媛 摘）

穿行于本元的时空

——民间美术的文化意涵探议

陈 伟

《淮北煤炭师范学院学报》（哲学社会科学版） 2004年第25卷第1期

目前，中国艺术设计实践与设计教育所面临的一个首要问题是，当代中国文化在国际性的文化交流和全球一体化的文化格局中，如何能作为独特的一元获取认同，如何构筑与世界整体文化相关联，同时还要具有独特而鲜明个性的现代中国文化事业，是时代向我们提出的一个新文化课题。而其解决方案还应从中国文化的本元性和独特性中去找寻。作为在中华五千年文明沃土中滋养繁衍的中华本元文化之一的中国民间文化——民间美术，给我们提供了一个启动新文化课题的难得契机和切入点。

具有吉庆性、寓意性、完整性、装饰性的民间美术作为一种世代相传的文化行为方式，在生成与结构、稳定性与变异性、传承性与创造性以及价值判断等方面，均有不容被忽视的风格特征，是人类文化的重要构成因素。历史的发展与演变是不可分裂的，今天和未来，传统文化依然是我们进行创造的依据。传统文化中的某些方面在时代的冲刷中将被不断地扬弃，而另一方面的菁粹必将在社会现代化建设的进程中被发扬光大，幻化成具有时代特色的新文化基因。

包括民间绘画、民间雕塑、民间建筑、民间工艺美术在内，民间美术是一个相对宽泛的艺术范畴。整体而言，民间美术的材料和表现手段皆因地制宜，留存方式与生活紧密相连，乡土气息浓郁，因而被称为“乡土艺术”。就其历史意义而言，民间美术是一切民族美术传统的万川之源或艺术母体。基于其现实功能立场，民间美术是解读民族审美理想和劳动大众情趣喜好的导引线索，是认知具有浓郁民族特色的造型艺术形式规律的平台。

作为原始艺术的直系发展的民间美术，必然地承袭存持了人类早期原始的思维观念与特征。具体如自然崇拜，图腾崇拜，生命生殖崇拜等原始宗教观念，以及诸种神话传说，物我冥合，阴阳五行思想为民间美术具体而直接的文化根源，并成为民间美术的文化传统，艺术特色形成和发展的先决条件。

脱胎于原始图腾与宗教活动的原始艺术不断地存储和积淀了民间美术潜在的精神意识与思想观念。作为人类文化艺术母体的民间美术深深植根于现实生活的土壤，民间美术与生活密不可分。在具体形态上，民间美术的表现与表达又总是与一定的民俗有着对应关系，是民俗生活的重要组成部分，呈现在我国流行较广的传统岁时节令和人生仪礼等具体民俗事象活动中。

民间美术作品虽然以人类生活为底蕴，同社会民俗活动重叠交织，但在这些作品的创造过程中，又因其潜在的精神性而被自然地倾注进民众的审美观念和理想。“审美意识在民艺的创造中显然是客观存在的，并建筑在实用性创造之上，二者交织融合，完美地统一在一起。”

民间美术作为一种实用与审美兼备的创造活动，在对待物质材料，工具，制作方式的特征和规律的掌握和运用方面，表现为技巧性、劳动性等技术内涵，从广义上来说又具有手工业文明的技术本质。作为一种物质化的存在，它始终保持着作为主体的人同自然的物之间的沟通与对话。

置身于民俗氛围之中的人们在潜移默化的浸染下，习惯将自然物象的外在视觉符号因素同被投射了主观思想感情的特定观念意义关联在一起去思考。民间美术较为宽泛地把题材、图案纹样、色彩作为象征着特定观念内涵的寓意性符号，运用谐音、表号、象征等手法，缘物寄情，昭彰着民众趋利避灾、求吉纳祥、向善颂美、弘扬生命价值的理想和愿望。在探索中国传统文化的现代价值取向时，最为引人瞩目的是：民间美术所蕴积的历史和美学意涵所昭显出来的永恒性意义，为我们从全新的方位对之加以取舍吸收提供了极其丰富的资源。

（徐　媛　摘）

第　八　编

动态与信息

2004年中国民间文艺家协会大事记

1. 2004年1月9日，中国民协主席冯骥才应全国台联、中共天津市委统战部邀请，在天津大树画馆接受了包括台湾东森电视台、中天电视台、TVBS电视台、《中国时报》、《联合报》及新华社、中国新闻社、《人民日报海外版》在内的20多家两岸新闻媒体就中国民间文化遗产抢救工程近况等问题进行的联合采访。

2. 2004年2月20日，由中国民协、中国民俗学会主持的《中华民俗大全·澳门卷》首发式在北京人民大会堂隆重举行。中联部原部长、中国国际交流协会顾问钱李仁先生，中联部副秘书长、中国国际交流协会理事贺钧先生，中国驻阿联酋大使、中国国际交流协会副会长朱达成先生，中联部机关党委副书记尤建华先生和编委会顾问刘魁立、王文宝先生，澳门卷编委会主任、总编辑禤伟旗先生，编委会副主任杨大名、梁晚年先生，主编胡国年先生和澳门大学、澳门各界知名人士等专程赴京出席首发式。首发式由中国民协副主席、分党组书记白庚胜主持。副主席刘春香、赵书、张锠及副秘书长向云驹也参加了首发式。

3. 2004年3月16日，由联合国教科文组织北京办事处与中国民协组织实施的“中国少数民族无形文化遗产保护项目·民歌保护行动”成果新闻发布会，在北京国际俱乐部举行。出席新闻发布会的有：中国文联副主席、书记处书记李牧，联合国教科文组织北京办事处代表青岛泰之先生，文化部外联局王燕生、国际处邹启山、社文图司周小璞，中国民协分党组书记白庚胜、秘书长刘春香、副秘书长向云驹，日本国驻中国大使馆公使、新闻文化中心主任井出敬二先生，文化处小野誓子先生，文化官员高桥晓女士，以及《人民日报》、《人民日报海外版》、《中国日报》、《光明日报》、《中国文化报》、《文艺报》、《解放军报》、中央电视台文艺部、中央电视台西部频道、中央电视台国际频道、日本《读卖新闻》等37家在京新闻单位。新闻发布会由白庚胜同志主持。

4. 2004年3月27日，中国民协副主席白庚胜、曹保明，分党组成员、副秘书长向云驹，民间文化交流中心主任、抢救办常务副主任王锦强，广西民协名誉主席、广西民俗学会会长、中国民间文化遗产抢救工程专家委员会委员过伟等，与专程到杭州参加中国民间文化遗产抢救工程中期推进会的中国口传文学学会会长、台湾学者金荣华先生，香港城市大学语文部教授宋小君女士及澳门科技大学禤伟旗先生等，就两岸四地如何共同实施中国民间文化遗产抢救工程进行了座谈。

5. 2004年3月26日至28日，来自全国31个省市自治区的民间文艺工作者和港、澳、台的专家、学者共100多位代表汇聚杭州，共同研讨推进中国民间文化遗产抢救工程大计，部署2004年工作。开幕式由中国民协副主席、分党组书记白庚胜主持。全国人大常委会副委员长许嘉璐，中国文联副主席李牧，浙江省副省长盛昌黎，全国政协常委、中国文联副主席、中国民协主席冯骥才，文化部社文图司司长张旭，国家民委文化宣传司副司长兰智奇，浙江省委宣传部副部长、省文联党组书记高而颐，浙江省文化厅厅长杨建新，浙江省文联副主席、书记处书记张华胜，中国民协主席团成员及中国民间文化遗产抢救工程专家委员会代表出席了会议。

6. 2004年4月2日，中国民间文艺家协会召开秘书长办公会议，对第二批新申报并基本符合条件的专业委员会进行了严格审议，最终同意批准新建7个专业委员会。他们是：奇石艺术专业委员会、醒狮艺术专业委员会、内画艺术专业委员会、蟋蟀艺术专业委员会、影视专业委员会、稻作文化专业委员会、女书研究专业委员会。会议由分党组书记白庚胜同志主持。分党组副书记、秘书长刘春香，分党组成员、副秘书长向云驹，四委办杨吉星同志参加会议。

7. 2004年4月17日至29日，中国民协主席冯骥才、分党组书记白庚胜前往云南大理、丽江及四川成都、绵竹、乐山等地考察，以推动中国民间文化遗产抢救工程工作在当地的落实。4月27日，白庚胜书记在西南民族大学文学院及旅游学院作了专场学术报告《全球化语境下的民族精神》，受到与会师生的热烈欢迎。

8. 2004年4月30日至5月4日，由中国民间文艺家协会、贵阳市人民政府、贵州省民间文艺家协会、贵阳市白云区人民政府联合举办的2004’中国贵阳民间绝技表演活动，于山环水绕、风光旖旎的林城贵阳隆重举行。参加这次表演活动的队伍有福建省、四川省、北京市、吉林省代表队及贵州省表演团队等。中国文联主席周巍峙，中国民协副主席、分党组书记白庚胜和副秘书长向云驹、组联部副主任周燕屏出席了这次活动。

9. 2004年5月11日、12日，中国民间文艺家协会与共青团中央联合发起举办的“全国乡村青年民间工艺品制作大赛”组委会聘请的专家评委们，在福建省泉州市对入围的近300件民间工艺作品进行了评审，共评出金奖作品9件，银奖作品21件，优秀作品若干。5月13日，“全国乡村青年民间工艺品制作大赛”在泉州市华侨博物馆举办了精品展开幕式及隆重的颁奖仪式。共青团中央书记尔肯江·吐拉洪、中共福建省委副书记梁绮萍为获奖者颁奖，并为精品展开幕剪彩。共青团中央青农部部长陶宏、副部长周平剑，中国民协副主席刘春香、张锠、组联部主任吴薇和福建省文联主席陈济模等参加了活动。

10. 2004年5月14日，联合国教科文组织总部代表乔治娅女士前来中国民协进行访问。中国民协副秘书长向云驹代表中国民协分党组与乔治娅女士进行了座谈。参加座谈的有研究部主任刘晓路等。

11. 2004年5月21日，中国民协召开第二季度会员发展会议。副主席、分党组书记白庚胜和副秘书长向云驹、抢救办常务副主任王锦强、组联部主任吴薇、副主任周燕屏等参加了会议。经严格审核，会议决定批准129人为中国民协会员。

12. 2004年5月28日，中国民间文艺家协会内画艺术专业委员会成立大会在河北省衡水市举行。河北省人大原副主任龚焕之，衡水市委、市政府、市人大、市政协、军分区领导李俊渠、冀纯堂、马长和、田结实、范振川、杨胜忠、翟吉昌、陈强，中国民协副主席郑一民，中国民协分党组成员、副秘书长向云驹，河北省国有资产管理委员会副主任高永深等出席了成立大会。

13. 2004年5月30日至6月5日，由中国文联、中国民间文艺家协会主办、中国民协与民族文化宫承办的首届中国民间工艺品博览会在北京成功举行。来自全国26个省、市、自治区的200多位民间艺术家的5000多件民间工艺精品参展。博览会得到在京50多家重要新闻媒体的连续充分报道，10万人前往参观。最终，评委从参展作品中评出“山花奖”金奖12个、银奖24个、铜奖35个、优秀奖48个、组织奖11个。

14. 2004年6月1日至8日、6月16日，中国民协副秘书长向云驹、研究部主任刘晓路等，联合国教科文组织北京办事处文化项目官员助理裴红叶、实习生纳敏一行，按照联合国教科文组织总部的要求和原定计划，赴青海、甘肃、广西等地的边远山区，将少数民族民歌采录成果送往三个省区采录点的中小学和有关部门。这项活动受到了当地政府的重视，党政领导亲自参加了授牌和赠书仪式。

15. 2004年6月18日，首届中国收藏界年度排行榜在京揭晓。排行榜入选单位和艺术家们向中国民间文化遗产抢救工程捐赠了艺术珍品。捐赠仪式由中国民间文化遗产抢救工程形象使者、北京电视台著名主持人赵普主持。全国人大常委会副委员长傅铁山、第九届全国政协副主席杨汝岱、解放军后勤部部长王克、中国文联主席周巍峙等领导出席了捐赠仪式。中国民协主席冯骥才特为大会致函一封，由中国民协副主席白庚胜代为宣读，中国民协副秘书长向云驹、抢救办常务副主任王锦强代表中国民协接受了捐赠。出席捐赠仪式的还有国学大师文怀沙、著名专家史树青、中国收藏家协会会长阎振堂等共计600余人。

16. 2004年6月27日，中国民协在北京举行日本友人无偿捐赠珍藏中国木版年画的仪式。捐赠仪式由中国民协副主席、分党组书记白庚胜主持，日本捐赠者樋田直人、浅见汎及其夫人，日本友人西山先生，日本国驻华公使井出敬二先生，中国民协主席冯骥才，副主席刘春香、张锠，分党组成员、副秘书长向云驹，河南省文联主席何白鸥，河南省民协副主席夏挽群等以及有关专家和新闻媒体出席了捐赠仪式。冯骥才、白庚胜等接受了捐赠，并向两位日本友人颁发了捐赠证书、纪念品。

17. 2004年7月5日、7月8日，瑞典北欧——中国文化商贸总协会主席何容女士、副主席安尼卡女士以及若尼先生等一行五人前来中国民协商谈合作事宜。中国民协主席冯骥才，副主席、分党组书记白庚胜，副秘书长向云驹先后两次热情接待了瑞典友人。双方在友好协商的基础上达成了共识，并签署了战略合作意向书。

18. 2004年7月25日至27日，由新加坡东利投资有限公司主办，新加坡国家艺术理事会、中国民间文艺家协会、北京工艺美术行业协会和新加坡香格里拉大酒店协办的“精玉满堂——中国民间工艺精华传播行动·北京玉器精品暨民间工艺大师精品展”在新加坡举办，共计120余件玉雕精品参展。中国民协副主席、分党组书记白庚胜，交流中心主任王锦强出席开幕式。

19. 2004年8月6日至9日，中国民协派出三人专家考察组赴甘肃省宁夏回族自治州，进行“中国花儿之乡”命名的实地考察。考察组由中国民协副主席、分党组书记白庚胜带队，西北民族大学社会人类学·民族学学院院长郝苏民及中国民协组联部主任吴薇参加了考察活动。

20. 2004年8月13日，中国民协所属中华灯谜学术委员会在福建省晋江市举办海内外灯谜艺术家作品邀请赛。来自17个省市自治区、香港、台湾、新加坡的各路灯谜代表50余人参加了这次活动。中国民协派遣四委办主任杨吉星同志出席。

21. 2004年8月22日至25日，“第7届国际萨满学会学术研讨会”在长春市召开。会议由中国民间文艺家协会、国际萨满学会、长春市人民政府主办，中共长春市委宣传部、长春市文学艺术界联合会承办。研讨会期间，中国民间文艺家协会副主席白庚胜再次当选为国际萨满学会副主席，匈牙利科学院民族研究所教授米哈伊·霍帕尔再次当选为国际萨满学会主席。中国学者富育光、鄂·苏日台、满都尔图荣获国际萨满学会奖章。参加这次会议的150名代表分别来自中国、美国、日本、法国、英国、德国、韩国、印度、越南、俄罗斯等21个国家。

22. 2004年8月26日，中国民协与长春师范学院在长春南湖宾馆会议室举行中国民间文艺家协会萨满文化研究中心揭牌仪式暨长春师范学院萨满文化研究学科建设论证会。中国民间文艺家协会副主席、分党组书记白庚胜，分党组成员、副秘书长向云驹，长春市委常委、宣传部部长殷丽依、市委宣传部副部长吴强，中国民协副主席、吉林省民协主席曹保明、长春市文联主席张守智，长春师范学院党委书记王栾周、院长卓越，以及富育光、郭淑云、杨以纲、姜维公、国际萨满学会主席米哈伊·霍帕尔博士等5位外籍专家学者和来自国内科研机构和高校的专家学者24人出席会议。会议由长春师范学院刘保垣副院长主持。

23. 2004年8月30日，中国民协召开秘书长办公会议，研究审批近三个月以来申请加入中国民协的107名候选会员。经过认真研究，正式批准99人为中国民协会员，5位澳门学者则按协会章程规定吸收为名誉会员。

24. 2004年9月10日，中国民协稻作委员会在湖南怀化市正式成立并举行揭牌仪式。中国工程院院士、政协全国委员、湖南省政协副主席袁隆平为中国民协稻作委员会牌匾亲笔题字。中共湖南省怀化市市委副书记、怀化市市长陈志强致欢迎辞，中共怀化市市委副书记卜功到会祝贺，并与袁隆平院士一道为中国民协稻作委员会揭牌。

25. 2004年9月24日至10月3日，瑞典北欧——中国文化商贸总协会主席何容女士一行3人应中国民协邀请，来华进行文化交流，并赴山西观摩考察由中国民协主办的第六届中国民间艺术节，赴天津参观考察第三届中国国际民间艺术博览会。双方就有关交流活动达成初步意向。

26. 2004年9月24日，中国民协分党组、秘书长召开联合办公会议，对第三批新申报的7个专业委员会进行了严格审议，最终同意批准“布糊画专业委员会”、“印刻专业委员会”、“书画专业委员会”、“民歌专业委员会”、“明清家具专业委员会”为新建专业委员会。会议由中国民协副主席、分党组书记白庚胜主持。分党组成员、副秘书长向云驹及四委办负责人杨吉星同志参加会议。

27. 2005年9月25日至28日，由中国文联、中共山西省委宣传部、中国民协主办的全国首届“抢救、保护和开发民间文化遗产县（市）长论坛”在山西榆次老城隆重举行。出席论坛的领导和嘉宾有中国民协主席冯骥才，山西省委常委、省委宣传部部长申维辰，联合国教科文组织驻北京办事处代表青岛泰之，全国人大常委会教科文卫委员会文化室主任朱兵，中国民协副主席、分党组书记白庚胜，中国民协分党组成员、副秘书长向云驹，山西省人民政府副秘书长耿彦波，山西省晋中市市委书记刘俊谦，山西省晋中市市委常委、市委宣传部部长黄进明，瑞典北欧——中国文化商贸总协会主席何容，山西省晋中市榆次区区长王建林等，共有来自全国各地40余个县（市、区、旗）的100余名领导出席了本次论坛。

28. 2004年9月26日至30日，由中国文联、中国民协、中共山西省委宣传部、山西省文联、晋中市人民政府、榆次区人民政府主办，中国民协、山西省民协、榆次区人民政府和榆次老城文化旅游开发有限公司承办的第六届中国民间艺术节在山西榆次老城举办。中国文联党组副书记甘英烈，中国文联副主席、中国民协主席冯骥才，中国民协副主席、分党组书记白庚胜，中国民协分党组成员、副秘书长向云驹，山西省省长张宝顺，省委副书记、省纪委书记金银焕，省委常委、省委秘书长申联彬，省委常委、宣传部部长申维辰，省人大常委会常务副主任纪馨芳，省人大常委会副主任张铭，副省长宋北杉，省政协常务副主席薛荣哲，原省级领导李立功、王庭栋，联合国教科文组织驻北京办事处代表青岛泰之，以及来自全国各地的2000多名演职人员、3000多名中外嘉宾、20000多名观众一同欢庆这一民间盛会。

29. 2004年9月30日至10月6日，由中国文联、中国民协、天津市人民政府、联合国教科文国际民间艺术组织主办，天津市委宣传部、天津市文联、天津市民协等共同承办的“第三届中国国际民博会暨第二届中华（天津）民间艺术精品博览会”，在天津体育中心隆重举行。中国文联副主席、党组书记李树文出席博览会并宣布民博会开幕。天津市委副书记刘胜玉，市委常委、市委宣传部部长肖怀远，副市长张俊芳，市政府秘书长何荣林，中国文联副主席、中国民协主席冯骥才，中国民协副主席、分党组书记白庚胜，联合国教科文国际民间艺术组织主席卡曼·帕迪拉，秘书长亚历山大·法格尔及来自40余个国家的代表出席了开幕式。博览会期间，中国民协冯骥才主席、白庚胜副主席、向云驹副秘书长与国际民间艺术组织官员们进行了亲切、友好的座谈。山花奖评审委员会本着公平、公正、公开的原则，最终评出金奖10名，银奖20名，铜奖29名，优秀奖40名，组织奖7名。同期，中国民协与联合国教科文国际民间艺术组织合作，共同评选产生联合国教科文国际民间艺术组织授予的“民间工艺美术大师”14名，“民间工艺美术家”22名。

30. 2004年10月2日至8日，中国民协与日本国COE课题组共同合作，在湖南省新宁县麻林瑶族乡进行了为期三天三夜的瑶族竹王竹文化抢救性调查。中国民协副主席、分党组书记白庚胜、组联部主任吴薇、研究部主任刘晓路参加了此次调查活动。日方团长为著名的汉学专家广田律子女士，副团长为国学院大学著名学者辰巳正明先生，团员有古谷野洋子、铃木裕之、辰巳空知等。中国民协现场录像、录音共计20小时，现场仪式记录、抄录各种珍贵资料共5万字；日方现场所采录的音像及图片、文字资料将与中国民协互换，双方共享此次调查结果。

31. 2004年10月10日至13日，由中国民协、中国工艺美术学会、中国国际贸易促进委员会厦门市分会共同主办的“第三届亚非拉手工艺博览会暨中国工艺美术·民间工艺品博览会”在厦门国际会议展览中心举行。博览会有来自马来西亚、巴基斯坦、新加坡、越南、泰国等国家和香港、澳门、台湾地区及全国各地各民族的民间工艺品。

32. 2004年10月18日，中国文联副主席吴雁泽，中国民协副主席、分党组书记白庚胜，中国民协组联部主任吴薇赶到甘肃省宁夏回族自治州，授予宁夏回族自治州为“花儿之乡”，授予宁夏州和政县、康乐县分别为“中国花儿传承基地”、“中国花儿保护基地”。甘肃省文联党组副书记、副主席赵树德、甘肃省人大常委会副主任柯茂盛、中共宁夏州州委书记姜信治等领导出席了隆重的授牌仪式。

33. 2004年10月20日至30日，中国民协副秘书长向云驹一行应瑞典北欧——中国文化商贸总协会主席何容女士的邀请访问瑞典。在瑞典期间，向云驹等人考察了斯德哥尔摩、哥德堡、马尔默三大城市的文化遗产保护情况，与瑞典学者交流了中瑞两国文化遗产保护的经验、方式、现状。同时，向云驹一行还与中国文化商贸总协会的高层人士进行了交流，双方互相介绍了工作和业务范围，探讨了开展瑞中文化交流的项目和前景。中国民协与瑞方就合作举办民间艺术培训，在瑞典举办中国民间文化年、举办民间美术展和民间文艺表演、举办中国民间灯展等进行了深入探讨。

34. 2004年11月15日至17日，中国民协派出由中国民协副主席曹保明带队的专家考察组，赴吉林省通化师范学院进行“中国满族民间美术研究中心”命名的实地考察。专家组听取了该院专家学者的有关汇报，参观了“满族民间美术陈列馆”，与著名满族民间剪纸传承人倪友芝进行了座谈。

35. 2004年11月20日至21日，由冯骥才民间文化基金会筹备处主办，中国民协、中国现代文学馆、天津市文联、天津大学冯骥才文学艺术研究院、收藏界杂志社、雅昌艺术网承办和协办的冯骥才先生“抢救民间文化遗产”公益画展，在北京中国现代文学馆举行。开幕式由中国民协分党组成员、副秘书长向云驹主持。全国人大常委会副委员长许嘉璐，全国政协副主席张怀西，中国文联主席周巍峙，中国作协党组书记金炳华，中国文联副主席、文化部副部长陈晓光，原中国文联党组书记高占祥，中国人民对外友好协会会长陈昊苏，民进中央副主席王佐书、王立平等出席开幕式并观看画展。本次画展是冯骥才先生倡导通过“民间自救”的方式唤起民间文化责任感、调动民间力量、抢救与发扬我国缤纷灿烂的民间文化的重要举措之一。

36. 2004年11月22日至24日，中国民协副主席、分党组书记白庚胜赴河南省信阳、桐柏县等地考察盘古文化。22日，白庚胜同志在信阳与河南省民协副主席夏挽群，办公室主任王健，信阳市市委宣传部副部长、文化局局长潘林，信阳市文联主席、党组书记廖永亮，信阳市政协副主席赵主明座谈了抢救工程、《中国民间故事全书》、传承人等项工作。23日，夏挽群等陪同白庚胜书记先后参观了叶家大庄、英雄广场等景点，了解各景点与盘古神话的渊源。24日，白庚胜同志参加了桐柏县盘古文化学术研讨会。桐柏县县长杨忠，县委副书记王清国，县委常委、宣传部部长徐翔远与副县长段文汉等出席会议。

37. 2004年11月22日至26日，第四届中国文联文艺评论奖颁奖式暨2004当代文艺论坛在重庆召开。出席会议的有：中国文联党组书记、常务副主席李树文，党组副书记、主席团委员甘英烈，党组成员、副主席仲呈祥、副主席刘兰芳与党组成员、主席团委员廖奔，中共重庆市市委常委、宣传部长何事忠等。中国民协及各地民协推荐的《将中立变量视点纳入民俗学研究——论钟敬文“一国民俗学”学说的形成》（董晓萍著）、《村落生活中的庙会传说》（岳永逸著）获理论类二等奖，《〈密洛陀〉：一个民族古老之歌》（农冠品著）、《贵州少数民族背扇艺术》（马正荣、马俐著）获评论类三等奖。

38. 2004年11月27日，中国民协派出由分党组成员、副秘书长黄美荣，组联部副主任周燕屏，北京舞蹈学院副教授吴明奇和广东省民协副主席罗学光组成的考察组，对广东省广州市番禺区沙湾镇沙坑村进行“中国龙狮之乡”命名考察。

39. 2004年12月7日，中国民协召开分党组及秘书长联合办公会议，对新申报并基本符合成立条件的艺术专业委员会进行了严格审查讨论，最终同意新建“中国民协傩文化艺术专业委员会”、“中国民协竹艺艺术专业委员会”。会议由中国民协分党组书记白庚胜同志主持。分党组成员、副秘书长向云驹、黄美荣，四委办主任杨吉星等同志出席会议。

40. 2004年12月8日，由中国民协抢救办组织编审专家召开了《中国民间故事全书·大理卷》编审会，目的是提出修改意见，规范体例，探讨编撰细则。会议由中国民协副秘书长、抢救办主任向云驹主持，中国民协分党组书记白庚胜、抢救办常务副主任王锦强及编委会成员杨亮才、陶阳、刘魁立、段宝林、王一之、金茂年、冯志华、门苏文、黄伯沧参加了会议。

41. 2004年12月10日至13日，全国文艺集成志书编撰出版成果总结大会在北京人民大会堂召开。全国政协副主席李兆焯，中宣部副部长李从军，文化部副部长陈晓光，中国文联党组副书记覃志刚，国家民委副主任周明甫，中国文联副主席、中国民协主席冯骥才等出席会议。会议由中国文联主席、全国艺术科学规划领导小组组长周巍峙主持。包括“民间文学三套集成”在内的十部文艺集成志书先进集体和先进个人受到文化部暨全国艺术科学规划领导小组的表彰。

42. 2004年12月16日，著名民间文学理论家、中国民协顾问姜彬先生因病医治无效，在上海华东医院逝世，享年84岁。

43. 2004年12月17日，由中国民协、北京正阳门管理处、《宝藏》杂志社联合举办的“中国民间吉祥工艺品展”在正阳门展览馆隆重开幕。开幕式由中国民协分党组成员、副秘书长向云驹同志主持，分党组成员、副秘书长黄美荣同志致辞；中国民协副主席、分党组书记白庚胜同志剪彩并宣布开幕。中国文联党组成员、主席团成员、书记处书记廖奔，中国剧协分党组书记董伟、中国书协秘书长郭雅君、文化部社文图司巡视员周小璞等出席了开幕式。

44. 2004年12月26日，冯骥才民间文化基金会在天津宣布成立，并召开第一次理事会会议。理事会会议由天津市文联党组书记孙福海主持。中国民协副主席、分党组书记白庚胜，中国文联研究员刘锡诚、中国民俗学会理事长刘魁立等参加并讲话。理事会上，一致选举冯骥才先生为该基金会理事长，台湾著名演艺界人士赵文瑄为副理事长，刘魁立、刘锡诚、张仲、陈文礼、崔锦、牛世清、张连志、冯宽等先生为理事。会上还一致通过了《天津市冯骥才民间文化基金会章程》。

2004年中国民间文艺学研究论文目录

一、总　　论

1. 阿布拉江·乌迷德稚尔. 维吾尔族弓箭文化浅论. 民族文学研究，2004，(4).
2. 阿地里·居玛吐尔地. 玛纳斯奇的萨满“面孔”. 民族文学研究，2004，(2).
3. 巴莫曲布嫫. 叙事语境与演述场域——以诺苏彝族的口头论辩和史诗传统为例. 文学评论，2004，(1).
4. 巴莫曲布嫫. 口头程式理论（Oral-Formulaic Theory）. 民间文化论坛，2004，(6).
5. 巴莫曲布嫫. 叙事型构·文本界限·叙事界域：传统指涉性的发现. 民俗研究，2004，(3).
6. 巴莫曲布嫫. 田野研究的“五个在场”——巴莫曲布嫫访谈录. 民族艺术，2004，(3).
7. 巴莫曲布嫫. 叙事语境与演述场域——以诺苏彝族的口头论辩和史诗传统为例. 文学评论，2004，(1).
8. 包玲琍. 民族民间文化也需要法律保护. 江淮法治，2004，(11).
9. 布力布力·艾克热木. 维吾尔族民间童谣的形象性. 民族文学研究，2004，(3).
10. 陈建宪. 略论民间文学研究中的几个关系——“走向田野，回归文本”再思考. 民族文学研究，2004，(3).
11. 陈连山. 神怪内容对于《山海经》评价的影响——从文化背景谈《山海经》学术史上的一个问题. 民族文学研究，2004，(1).
12. 陈泳超. 钟敬文民间文艺学思想研究. 民俗研究，2004，(1).
13. 崔蕴华. 百本张与子弟书书坊. 民族文学研究，2004，(4).
14. 冯莉. 中国民协在山西召开全国首届“抢救、保护和开发民间文化遗产”县长论坛. 民间文化论坛，2004，(5).
15. 格曲. 亟待保护的西藏民族民间艺术遗产. 西藏艺术研究，2004，(4).
16. 海文. 两种文学传统关系新探——《作家文学与民间文学》简介. 民间文化论坛，2004，(5).
17. 郝苏民. 回族学与非物质文化遗产的抢救及保护. 回族研究，2004，(4).
18. 华智亚. 钟敬文学科方法思想刍议. 宝鸡文理学院学报（社会科学版），2004，(3).
19. 贾银忠. 彝族口头和非物质文化遗产的保护和利用. 贵州民族研究，2004，(3).
20. 贾作光. 文化的多样性与少数民族艺术遗产保护. 舞蹈，2004，(4).
21. 李惠芳. 苏南浅谈宜兴三跳道情的艺术特征. 戏文，2004，(6).
22. 李连荣. 故乡的爱农民的心——评《天人之际的非常对话》. 民俗研究，2004，(3).
23. 李列. 彝族《指路经》的文化学阐释. 民族文学研究，2004，(4).
24. 李笑野. 秦民族文化精神略论. 民族文学研究，2004，(1).
25. 李智伟，张超，曾明，陈谦. 从民间美术现状论传承. 西南民族大学学报（人文社科版），2004，(6).
26. 林庆云. 南非物质文化遗产的保护和开发. 云南社会科学，2004，(4).
27. 林秋朔. 抢救我国非物质文化遗产建言. 民间文化论坛，2004，(5).
28. 刘静轩. 论非物质设计对当代服装设计的影响. 装饰，2004，(12).
29. 刘魁立. 非物质文化遗产及其保护的整体性原则. 广西师范学院学报（哲学社会科学版），2004，(4).
30. 刘魁立. 关于非物质文化遗产保护的若干理论反思. 民间文化论坛，2004，(4).

31. 刘守华. 一位美籍华人学者的中国民间文学情绪——追忆丁乃通教授. 民间文化论坛，2004，(3).
32. 刘守华. 关于民间故事类型学的一些思考. 民族文学研究，2004，(3).
33. 刘守华. 中国民间文艺学百年足迹. 湖北民族学院学报（哲学社会科学版），2004，(1).
34. 刘锡诚. 北大歌谣研究会与启蒙运动. 民间文化论坛，2004，(3).
35. 刘锡诚. 董作宾：乡土研究的先驱. 西北民族研究，2004，(2).
36. 刘锡诚. 非物质文化遗产与民族文化精神. 广西师范学院学报（哲学社会科学版），2004，(4).
37. 刘锡诚. 中国民间文艺学史上的流派问题（上）. 海南师范学院学报（社会科学版），2004，(2).
38. 刘锡诚. 中国民间文艺学史上的流派问题（下）. 海南师范学院学报（社会科学版），2004，(3).
39. 刘锡诚. 为民众代言——深切悼念董均伦先生. 民间文化论坛，2004，(6).
40. 刘锡诚. 中国民间文艺学史上的民俗学派. 湖北民族学院学报（哲学社会科学版），2004，(1).
41. 刘锡诚. 中国民间文艺学史上的俗文学派——郑振铎、赵景深及其他俗文学派学者论. 广西师范学院学报（哲学社会科学版），2004，(2).
42. 刘锡诚. 中国民间文艺学史上的文学人类学派. 湖北民族学院学报（哲学社会科学版），2004，(4).
43. 刘锡诚. 作为民间文艺学家的何其芳. 民族艺术研究，2004，(1).
44. 刘兴东. “国际化语境中本土文化资源的开发与利用”全国学术研讨会综述. 民间文化论坛，2004，(5).
45. 刘亚虎. 南方民族叙事形态的“欲求”因素与人物结构. 民族文学研究，2004，(4).
46. 刘荫梁. 浅析阿凡提笑话在各民族间的流传与演变. 民族文学研究，2004，(3).
47. 刘志琴. 对民俗的历史解读与开发. 东方论坛，2004，(4).
48. 刘宗迪. 从书面范式到口头范式：论民间文艺学的范式转换与学科独立. 民族文学研究，2004，(2).
49. 罗建军. 四川民俗文化研究中心成立大会暨首届学术研讨会综述. 绵阳师范学院学报，2004，(3).
50. 马小玲. 哈萨克数字文化探微. 伊犁师范学院学报，2004，(4).
51. 马自树. 认识非物质遗产　尊重非物质遗产. 中国博物馆，2004，(3).
52. 孟白. 共同的目标　开放的空间. 民间文化论坛，2004，(4).
53. 木桢，起国庆. 中国西部地区民族无形文化遗产的保护. 中国民族，2004，(11).
54. 穆萨. “当前回族学、伊斯兰教研究现状研讨会”综述. 回族研究，2004，(4).
55. 纳钦. 从传说到信仰：一个蒙古错落民间叙事传统的文化运行. 民族文学研究，2004，(2).
56. 乔晓光. 关注现实，以无形遗产申报推动本土文化的传承发展——“中国非物质文化遗产·民间剪纸国际学术研讨会”综述. 美术研究，2004，(3).
57. 全国人民代表大会常务委员会关于批准《保护非物质文化遗产公约》的决定. 全国人民代表大会常务委员会公报，2004，(6).
58. 宋才发. 论民间文学艺术保护的法律规定. 湖北民族学院学报（哲学社会科学版），2004，(2).
59. 万建中. 民间文学的再认识. 民俗研究，2004，(3).
60. 王明贵.《撮泰吉》与彝族寻根哲学观. 民族文学研究，2004，(3).
61. 翁敏华. 论大学应该成为非物质文化遗产博物馆. 湖北民族学院学报（哲学社会科学版），2004，(4).
62. 吴絮. 古老吴歌又有新发现. 民间文化论坛，2004，(4).
63. 夏敏. 咒语、祈祷语、颂神词与诗的诞生——以喜马拉雅山地歌谣为例. 民族文学研究，2004，(1).
64. 相巍. 长安古乐“申遗”路漫漫. 西部大开发，2004，(12).
65. 谢克林. 从花鼓灯的保护探讨非物质文化遗产保护机制体系的构建. 北京舞蹈学院学报，2004，(4).
66. 薛年勤. 姑苏盛现昆曲“热”——2004年昆曲现象谈. 戏文，2004，(6).
67. 杨秋. 从竹枝词看清末民初广州的社会风尚. 民族文学研究，2004，(3).
68. 杨富学. 古代回鹘民间文学杂述. 民族文学研究，2004，(4).

69. 姚颖. 子弟书的研究历史、现状及意义. 民族文学研究，2004，(1).
70. 叶春生. 活化民俗遗产，使其永保于民间. 民间文化论坛，2004，(5).
71. 尹国有. 中国现代社会转型期本土文化认知价值——高校对非物质文化遗产传承与创造的作用. 通化师范学院学报，2004，(7).
72. 尹虎彬. 河北民间表演宝卷与仪式语境研究. 民族文学研究，2004，(3).
73. 于爱成. “后钟敬文时代的中国民俗学”国际学术研讨会综述. 民间文化论坛，2004，(6).
74. 臧小丽.《民族民间传统文化保护法（草案）》的特点及立法建议. 湖北民族学院学报（哲学社会科学版），2004，(5).
75. 詹慕陶. 对于昆曲的价值判断——为庆贺昆曲成为“人类口述和非物质文化遗产代表作”而作. 浙江传媒学院学报，2004，(1).
76. 张洪安，姜雪婷. 传统武术——非物质文化濒临灭绝的原因. 吉林体育学院学报，2004，(3).
77. 张子伟. 探索湘西州文化遗产保护的有效途径. 民族论坛，2004，(11).
78. 郑萍. 傣族水文化象征分析. 民族文学研究，2004，(3).
79. 周剑石. “漆”之物语——在清华大学美术学院“非物质文化遗产”研讨会后的思考（一）. 苏州工艺美术职业技术学院学报，2004，(4).
80. 周玉蓉.《花笺记》、木鱼歌与广府民俗. 民族文学研究，2004，(4).
81. 朱祥贵. 非物质文化遗产保护法的价值理念. 湖北民族学院学报（哲学社会科学版），2004，(3).
82. 自庶. 关于非物质文化遗产. 华夏人文地理，2004，(6).
83. 邹启山. 文化延续之命脉——略论非物质文化遗产及其保护. 中外文化交流，2004，(7).
84. 钟亚军. 宁夏民间文学研究综述. 宁夏大学学报（人文社会科学版），2004，(6).

二、神　话

1. 安国梁. 神话原型、寓言与颠覆性的表述方式——论《匹克梅梁》的思想艺术特征. 信阳师范学院学报（哲学社会科学版），2004，(6).
2. 白杰. 中国现代新诗的乌托邦之旅——论意象的想象空间与民族神话的构建. 天中学刊，2004，(6).
3. 毕会成. 希腊社会的商业性：一种神话学的观照. 辽宁师范大学学报（社会科学版），2004，(2).
4. 蔡梅娟. 上古神话的小说品质. 烟台大学学报（哲学社会科学版），2004，(3).
5. 蔡梅娟. 上古神话的小说思维. 山东理工大学学报（社会科学版），2004，(3).
6. 车美容. 希腊神话的哲学思想及其与孔子中庸之道的异同. 哈尔滨商业大学学报（社会科学版），2004，(4).
7. 陈晨. 民族文化的狂想与英雄神话的升腾——宋词中英雄主义精神管窥. 西北师范大学学报（哲学社会科学版），2004，(5).
8. 陈建娜. 论神话——仪式中的戏剧因素. 浙江工商职业技术学院学报，2004，(4).
9. 陈建宪. 民间文学资源的创造性转换——关于长阳廪君神话复活的理论思考. 湖北民族学院学报（哲学社会科学版），2004，(2).
10. 陈连山. 神怪内容对于《山海经》评价的影响——从文化背景谈《山海经》学史上的一个问题，民族文学研究，2004，(1).
11. 陈鹏程. 试论远古神话的文化功能. 太原教育学院学报，2004，(2).
12. 陈荣. 论獬豸冠与“西王母”. 青海社会科学，2004，(5).
13. 陈蕊娜. 神话：美丽的镜像——中国神话与希腊神话比较. 贵州工业大学学报（社会科学版），2004，(6).

14. 陈学智. 论中外神话起源之于文化的同和异. 天中学刊，2004，(6).
15. 陈玉秀. 中国神话传说浅探. 绥化学院学报，2004，(4).
16. 储冬爱. 茅盾、闻一多神话研究的比较. 广西民族研究，2004，(4).
17. 邓经武. 巴蜀文化的肇始：神话和上古传说. 西华大学学报（哲学社会科学版），2004，(5).
18. 杜磊，朱崇志. 向道而游——《淮南子》“遨游神话”探析. 兰州学刊，2004，(5).
19. 杜新艳. 晚清神话学的西方社会民俗学渊源. 太原大学学报，2004，(1).
20. 丰家骅. 息壤探原——从治水神话到求雨风俗. 寻根，2004，(1).
21. 冯寿农. 勒内·吉拉尔对俄狄浦斯神话的新解，国外文学，2004，(2).
22. 冯寿农. 勒内·吉拉尔神话观评析——兼论《西游记》的替罪羊机制. 厦门大学学报（哲学社会科学版），2004，(6).
23. 高大伦.《华阳国志》“九君”当为“女娲”说. 中华文化论坛，2004，(2).
24. 高峰. 论盘古与盘瓠. 榆林学院学报，2004，(2).
25. 龚柏岩. 希腊神话民族特点分析. 黑龙江社会科学，2004，(1).
26. 龚浩群. 一个古老神话的再生与传承——湖北长阳廪君神话考察报告. 中南民族大学学报（人文社会科学版），2004，(2).
27. 龚世学，王利平. 论中国神话中“天”的原型意义. 沙洋师范高等专科学校学报，2004，(3).
28. 苟世祥. 论三峡神话传说的审美特征. 重庆大学学报（社会科学版），2004，(1).
29. 顾希佳. 良渚文化时期的伏羲神话母题. 思想战线，2004，(4).
30. 顾扬. 认识的激情——试论古希腊神话的主体意识与理性精神. 常熟高专学报，2004，(1).
31. 管海莹，别雷. 小说《银鸽》的神话化诗艺特征. 俄罗斯文艺，2004，(4).
32. 郭方云. 怪物魔镜中的自我——《弗兰肯斯坦》造物神话的女性主义解读. 重庆交通学院学报（社会科学版），2004，(1).
33. 过伟. 南方民族盘古神话的新发现. 广西民族研究，2004，(1).
34. 过伟. 壮族创世大神 洛甲神话文化遗产之抢救、保护与研究. 广西民族研究，2004，(3).
35. 韩洪举. 世界神话宝库中的双璧——《西游记》与《希腊古典神话》之比较. 中国文学研究，2004，(2).
36. 何江凤，黄康斌. “太一”源流考——兼论《太一生水》中“太一”之涵义. 沙洋师范高等专科学校学报，2004，(6).
37. 何林军. 卡西尔论神话思维. 湘南学院学报，2004，(3).
38. 何明霞. 尽的神话——原型批评探析. 玉林师范学院学报，2004，(2).
39. 何永福，薛祖军. 诸葛亮为夷人作图谱质疑. 大理学院学报，2004，(4).
40. 胡爱华.《简·爱》中的神话原型解读. 淮北职业技术学院学报，2004，(3).
41. 胡和平. 论神话的模糊性. 西华大学学报（哲学社会科学版），2004，(6).
42. 华敏. 汉字中的神话. 语文学刊，2004，(11).
43. 黄冬敏. 浅析中希古代神话的差异. 沙洋师范高等专科学校学报，2004，(6).
44. 黄立. 亘古的母性神话. 西南民族大学学报（人文社科版），2004，(5).
45. 黄美琼. 试论中国古代体育英雄神话传说. 商丘师范学院学报，2004，(6).
46. 黄任远，黄永刚. 山石树木神话和自然崇拜意识——黑龙江三小民族的神话比较之二. 佳木斯大学社会科学学报，2004，(1).
47. 黄晓娟. 女性神话与性别意识. 广西师范学院学报（哲学社会科学版），2004，(1).
48. 黄永林. 三星堆青铜直目人面像的历史文化意义研究. 武汉大学学报（哲学社会科学版），2004，(5).
49. 黄忠顺. 历史神话化叙事的时间构成——《九月寓言》个案观察. 海南师范学院学报（社会科学

版），2004，(4).
50. 霍福．神话“夸父追日”原型考．青海社会科学，2004，(6).
51. 贾雯鹤．《山海经》乐园神话研究．烟台大学学报（哲学社会科学版），2004，(4).
52. 贾雯鹤，圣山：成都的神话溯源——《山海经》与神话研究之二．四川大学学报（哲学社会科学版），2004，(4).
53. 贾雯鹤．太阳循环神话及其相关问题．思想战线，2004，(1).
54. 贾雯鹤．月神源流考．社会科学研究，2004，(2).
55. 姜岳斌．尼伯龙根神话：黑格尔的误读与瓦格纳的扭曲——兼论西格弗里的形象在德国文化中的异变．华中师范大学学报（人文社会科学版），2004，(4).
56. 姜韫霞．从性别角度看始祖诞生的感生神话．江淮论坛，2004，(4).
57. 蒋原伦．西方神话与叙事艺术．外国文学评论，2004，(2).
58. 金军华，龚世学．浅析秋意象的神话原型．语文学刊，2004，(11).
59. 冷和平．《神曲》与古典神话．江南社会学院学报，2004，(4).
60. 李炳海．三层九重，上与天通的昆仑．山西师范大学学报（社会科学版），2004，(3).
61. 李炳海．从先楚祖宗谱系到屈原的文学创作——屈原血统与先楚神话传统的关系．延边大学学报（社会科学版），2004，(1).
62. 李炳海．黄帝孕育神话的生成根据及文化意蕴——兼论哲学理念对神话创造的制约．齐鲁学刊，2004，(5).
63. 李炳海．昆仑神话：多部族文化融会的结晶．民族文学研究，2004，(1).
64. 李炳海．蛇：参与神灵形象整合的活性因子．文艺研究，2004，(1).
65. 李炳海．以蓬莱之仙境化昆仑之神乡——中国古代两大神话系统的早期融合．东岳论丛，2004，(4).
66. 李常磊．福克纳作品中的神话时间．四川外语学院学报，2004，(5).
67. 李定清．古希腊神话话语的神学阐释．襄樊学院学报，2004，(1).
68. 李广宏．《源氏物语》中的太阳女神崇拜探源及其成因．玉林师范学院学报，2004，(4).
69. 李海流．神话发展对中国长篇小说的影响．枣庄师范专科学校学报，2004，(4).
70. 李建．“女娲作笙簧”神话的文化解读．南通师范学院学报（哲学社会科学版），2004，(1).
71. 李建，刘欣．“兄妹婚配”母题神话与现代民族习俗．泰山学院学报，2004，(1).
72. 李杰锋，李琳．论《楚辞》神话的新陈代谢．黔东南民族师范高等专科学校学报，2004，(1).
73. 李晶．满通古斯民族和朝鲜民族熊神话传说之比较．延边大学学报（社会科学版），2004，(2).
74. 李敬巍．中国与希腊神话中神的形象的比较．辽宁师范大学学报（社会科学版），2004，(5).
75. 李静．嫦娥奔月神话的古代变形．河北学刊，2004，(6).
76. 李立，谭思梅．汉画车马出行画像的神话学诠释．理论与创作，2004，(6)．
77. 李立．汉墓神画龙壁画像神话艺术辨析．理论与创作，2004，(2).
78. 李尚海，邹惠珊，黎胜勇．平利女娲文化研讨会综述．汉中师范学院学报，2004，(2).
79. 李友唐．日本天照大神的神话．科学与无神论，2004，(4).
80. 李仲先，何青．论原始神话中蕴含的原始人类的自省意识．攀枝花学院学报，2004，(1).
81. 刘炳辰．《红楼梦》的神话思维．焦作师范高等专科学校学报，2004，(4).
82. 刘不朽．《山海经》与三峡：屈赋神话与《山海经》相互印证之考证．中国三峡建设，2004，(1).
83. 刘昌安，严国荣．“驺虞”考辨．西北大学学报（哲学社会科学版），2004，(6).
84. 刘冬．畲族槃瓠神话的文本辨识和艺术化过程分析．福建省社会主义学院学报，2004，(4).
85. 刘敬源．台湾原住民与大陆东夷太阳神话之比较．贵州文史丛刊，2004，(2).
86. 刘伟．略论中国古代神话中的“人首蛇身”形象．嘉应学院学报，2004，(5).

87. 刘晓东. 从神话到宗教——论宗教的个体发生. 南京审计学院学报，2004，(1).
88. 刘宗迪. 西王母神话的本土渊源. 湖北民族学院学报（哲学社会科学版），2004，(1).
89. 龙钢华. 神话传说先秦寓言与微篇小说. 邵阳学院学报（社会科学版），2004，(4).
90. 龙文玲. 闻一多《伏羲考》与中国神话学研究的转型. 民族艺术，2004，(4).
91. 陆嘉明. 超越时空的不朽灵魂——《山海经》神话中英雄神的文化阐述. 苏州教育学院学报，2004，(3).
92. 鹿忆鹿. 小黑人神话——从台湾原住民谈起. 民族文学研究，2004，(4).
93. 吕微. 神话：想象与实证——《山海经》研究座谈会发言选载. 民族艺术，2004，(4).
94. 罗琼. 日本大国主神话的文化解码. 日本研究，2004，(2).
95. 罗中起. 马克思的神话理论——兼评神话学研究中的几种观念. 辽宁大学学报（哲学社会科学版），2004，(3).
96. 毛雨先. 试论牛郎织女神话. 江西教育学院学报，2004，(5).
97. 毛竹生. 希腊神话与奥林匹斯神统的人类文化学意义. 中文自学指导，2004，(3).
98. 蒙本曼. 希腊神话的世界观意义. 经济与社会发展，2004，(1).
99. 宁胜克. 中原女娲神话的流布及相关习俗. 漯河职业技术学院学报，2004，(4).
100. 彭邦本. 禹娶涂山新探. 西南民族大学学报（人文社科版），2004，(5).
101. 彭国栋. 希腊神话中的伦理精神. 北京大学学报（哲学社会科学版），2004，(1).
102. 彭家海. 英国浪漫主义诗歌与希腊、罗马神话情结解读. 湖北工业大学学报，2004，(6).
103. 彭磊，肖雪莲. 论中国神话的贫乏. 宜春学院学报，2004，(1).
104. 彭强民. 从嫦娥奔月的神话看科学与艺术的走向. 桂林师范高等专科学校学报，2004，(4).
105. 彭予. 永远的不死鸟——论西尔维亚·普拉斯诗歌的神话纬度. 四川外语学院学报，2004，(1).
106. 潜明兹. 从萨满教神话窥其生命观. 民间文化论坛，2004，(5).
107. 邱宜文. 时空之钥——《山海经》的神秘数字探析. 东南大学学报（哲学社会科学版），2004，(1).
108. 邱宜文. 时空之钥——《山海经》的神秘数字探析（续）. 东南大学学报（哲学社会科学版），2004，(2).
109. 曲风. 图腾：古代神话还是现代神话？河池学院学报，2004，(3).
110. 桑吉仁谦. "金蛙"及原始图腾考——土族古文化探源. 中国土族，2004，(3).
111. 商崇梅. 试论神话传说文本中的民族精神在语文教学中的渗透. 黔南民族师范学院学报，2004，(1).
112. 沈瑞英. 神话与宗教：希腊城邦公民文化的深层结构. 学术界，2004，(3).
113. 时圣云，王培信.《尤利西斯》——一个现代的神话. 山东行政学院、山东省经济管理干部学院学报，2004，(3).
114. 宋超. 战国秦汉时期女娲形象的演变. 咸阳师范学院学报，2004，(1).
115. 宋剑华. 反思与解构：论新时期文学革命英雄神话的破灭. 南京师范大学文学院学报，2004，(2).
116. 苏萍. 试论屈原《离骚》的神话寓意. 辽宁大学学报（哲学社会科学版），2004，(5).
117. 隋竹丽. 希腊神话的创新观——雅典娜女神的观念意象. 佳木斯大学社会科学学报，2004，(5).
118. 孙成岗. 日本神代诸神关系考. 日语知识，2004，(7).
119. 孙正国. 冲突与顺应：生态神话母题的社会学阐释. 云南民族大学学报（哲学社会科学版），2004，(2).
120. 覃彩銮. 布洛陀神话的历史文化内涵. 广西民族研究，2004，(1).
121. 覃彩銮. 广西来宾壮族盘古神话传说的文化内涵及价值述论. 广西民族研究，2004，(3).
122. 覃守达. 黑神话语机制及其山歌艺术. 广西教育学院学报，2004，(3).
123. 田慧霞. 黄帝神话新考. 中州学刊，2004，(3).

124. 田开忠. 中西方神话再比较. 牡丹江教育学院学报，2004，(1).
125. 汪立珍. 试论鄂温克族人与动物婚配型神话的结构模式. 黑龙江民族丛刊，2004，(3).
126. 王安民 . 女娲氏走出神话长廊. 天水师范学院学报，2004，(6).
127. 王海铝. 象征与神话——论李杭育小说的叙事策略. 宁波大学学报（人文科学版），2004，(1).
128. 王剑. 伏羲画卦的神话学考察. 周易研究，2004，(1).
129. 王娟侠. 试论中国古代神话对《西游记》形象塑造的影响. 西安联合大学学报，2004，(3).
130. 王开元. 西域古代文化——昆仑神话对屈原之影响. 河池学院学报，2004，(5).
131. 王念选. 谈中国古代神话的英雄主义和乐观主义精神. 商丘师范学院学报，2004，(4).
132. 王文元. 尧舜禹德政的神话. 文史天地，2004，(3).
133. 王宪昭. 论少数民族神话的研究价值. 理论学刊，2004，(9).
134. 王宪昭. 论少数民族神话对建构中国神话体系的意义. 湖北民族学院学报（哲学社会科学版），2004，(4).
135. 王旭杰 . 柏拉图的“厄洛斯神话”探析. 江南大学学报（人文社会科学版），2004，(2).
136. 王燕. 对于东方神话中两个基本故事类型的比较与思考. 新乡师范高等专科学校学报，2004，(6).
137. 王子今. 上古人的世界观——读《山海经的文化寻踪》. 博览群书，2004，(12).
138. 文玉萍. 论中国神话的悲剧意识. 延安教育学院学报，2004，(2).
139. 乌力吉. 阿尔泰语系某些民族共同拥有的神话因素. 民族文学研究，2004，(2).
140. 巫晓燕. 民间神话的审美呈现——简评田中禾的长篇小说《匪首》. 小说评论，2004，(4).
141. 吴童. 中国与希腊创世神话比较. 内江师范学院学报，2004，(1).
142. 吴童. 中希神话英雄寻异. 山东农业大学学报（社会科学版），2004，(3).
143. 吴志旭. 人类精神探源——东、西方神话叙事题材之比较. 内蒙古师范大学学报（哲学社会科学版），2004，(2).
144. 伍君. 现代人的神话和象征——从瑶族史诗《密洛陀》到蓝怀昌的《波努河》. 广西民族学院学报（哲学社会科学版），2004，(2).
145. 武传阳. 神话——原型批评及其影响潜能. 新余高专学报，2004，(1).
146. 夏薇. 曹雪芹的“神仙”情结——《红楼梦》是怎样完成“神话”与“仙话”的承递的. 青海师范大学学报（哲学社会科学版），2004，(2).
147. 向柏松. 南方民族自然生人型创世神话与民俗文化中的象征. 中南民族大学学报（人文社会科学版），2004，(4).
148. 肖练武. 试论《九歌》的神话特征. 理论界，2004，(2).
149. 谢保成. 神话传说与历史意识——三谈中国史学起源. 中国社会科学院研究生院学报，2004，(3).
150. 谢彤，余莉. 中国与希腊古代神话异同比较及地理原因分析. 武汉职业技术学院学报，2004，(3).
151. 谢燕清. 在神话中发现民族国家——兼评《神话与中国社会》. 华东理工大学学报（社会科学版），2004，(1).
152. 熊元义，余三定. 命定神话与中国悲剧精神的消解. 河南大学学报（社会科学版），2004，(6).
153. 徐芳. 民间信仰的恢复与重建——以侯村女娲信仰个案研究为例. 民俗研究，2004，(1).
154. 徐金龙. 乱伦禁忌的神话学探视——读楚云先生的《乱伦与禁忌》. 广西师范学院学报（哲学社会科学版），2004，(4).
155. 徐军义.《山海经》的生命意识. 渭南师范学院学报，2004，(4).
156. 徐晓光. 瓜、桃、竹与人的出生——中国西南少数民族与日本植物崇拜神话比较. 贵州民族学院学报（哲学社会科学版），2004，(3).

157. 徐亦亭．伏羲和女娲是传说时代东方华夏的始祖夫妇．西北民族大学学报（哲学社会科学版），2004，(6).
158. 徐祖祥．道教与云南瑶族神话的变异．楚雄师范学院学报，2004，(2).
159. 杨筝．《补天》与鲁迅的神话重建．洛阳大学学报，2004，(1).
160. 姚文振，杜丽丽．《苔丝》——伊甸园神话的现代版本．兰州大学学报（社会科学版），2004，(1).
161. 姚文振．浅析希腊罗马神话对西方文学作品的影响．甘肃政法成人教育学院学报，2004，(2).
162. 叶晗．女性历史地位嬗变的神话学分析．学术界，2004，(6).
163. 叶舒宪．神话与意识形态．吉林师范大学学报（人文社会科学版），2004，(5).
164. 叶修成．黄帝族的迁徙及其神话传说的区域性．贵州文史丛刊，2004，(3).
165. 易东生，孟冬屏．希腊神话源头探究．连云港师范高等专科学校学报，2004，(3).
166. 犹家仲．中国古代神话在汉字中的痕迹．河池学院学报，2004，(3).
167. 于华．《西游记》神话人物形象戏说．阅读与写作，2004，(9).
168. 宇汝松．试论檀君神话与道教的基本文化精神．中国道教，2004，(2).
169. 曾军．中国神话文本的不同形貌与符号功能说．重庆邮电学院学报（社会科学版），2004，(5).
170. 张冰．希腊神话中女神身上所体现的人类妒忌心态（英文）．白城师范学院学报，2004，(2).
171. 张国清．羿与赫拉克勒斯神话不同死亡观之比较．沧州师范专科学校学报，2004，(4).
172. 张国清．羿与赫拉克勒斯神话的不同文化内涵．晋阳学刊，2004，(1).
173. 张剑．月亮神话中蛙兔之变动因考．江汉大学学报（人文科学版），2004，(3).
174. 张静红．神话的不完美崇拜．云南社会科学，2004，(3).
175. 张丽．宗教文化视角中的希伯来神话．榆林学院学报，2004，(4).
176. 张丽娇．中国神话与希腊神话的相似性浅析．哈尔滨学院学报，2004，(2).
177. 张启成，梁葆莉．论西王母及其历史嬗变．贵州大学学报（社会科学版），2004，(6).
178. 张启成．论盘古创世神话的根和源．贵州社会科学，2004，(6).
179. 张启成．远古乐舞中的神话传说．黔南民族师范学院学报，2004，(4).
180. 张启成．颛顼神话传说新探．贵州文史丛刊，2004，(4).
181. 张勤．西王母原型：生与死的统一．贵州文史丛刊，2004，(2).
182. 张文安．“共工”、“女娲”、“大壑”神话与战国时期的宇宙学说．陕西师范大学继续教育学报，2004，(2).
183. 张文安．道家寓言与“夸父逐日”神话．求是学刊，2004，(3).
184. 张文安．希腊与中国古代星辰神话的文化比较．江南大学学报（人文社会科学版），2004，(3).
185. 张曦．关于弗莱原型批评理论的批判性考察．池州师专学报，2004，(1).
186. 张燕，杜志卿．《秀拉》：一种神话原型的解读．当代外国文学，2004，(2).
187. 章立明．兄妹婚型洪水神话的误读与再解读．中南民族大学学报（人文社会科学版），2004，(2).
188. 赵天才．17 年革命历史题材小说中的神话思维．孝感学院学报，2004，(1).
189. 赵献春．论西王母神话的嬗变．社科纵横，2004，(3).
190. 赵新林．从同质到异质——中西创世神话的比较研究．重庆师范大学学报（哲学社会科学版），2004，(3).
191. 赵志华．创世神话与写作教学创新．广西社会科学，2004，(7).
192. 郑飞洲．从始祖诞生神话看原始崇拜．上海青年管理干部学院学报，2004，(1).
193. 郑瑞侠．中国古代早期工匠神话解析．东北师范大学学报（哲学社会科学版），2004，(1).
194. 郑守江．孜孜以求，追溯民族文化之源——论闻一多的神话研究．北方论丛，2004，(2).
195. 钟宗宪．图腾与中国神话研究的迷思．民族文学研究，2004，(1).

196. 仲高．西域神话意象的文化意义．民族文学研究，2004，(4).
197. 周书云．论神话传说在旅游业中的作用．湖南省社会主义学院学报，2004，(2).
198. 朱福芳．《俄狄浦斯王》中的神话和父亲原型．山东农业大学学报（社会科学版），2004，(4).
199. 朱玲．中、希神话神统比较．外国语言文学，2004，(2).
200. 祝宏俊．希腊神话语境中的“正义”．史学集刊，2004，(1).

三、史　诗

1. 阿地里·居玛吐尔地．玛纳斯奇的萨满“面孔”．民族文学研究，2004，(2).
2. 阿吾里汗·哈里，杨振明．论哈萨克民间英雄史诗．新疆社科论坛，2004，(6).
3. 巴莫曲布嫫．“民间叙事传统格式化”之批评（中）——以彝族史诗《勒俄特依》的“文本逡录”为例．民族艺术，2004，(1).
4. 巴莫曲布嫫．“民间叙事传统格式化”之批评（下）——以彝族史诗《勒俄特依》的“文本逡录”为例．民族艺术，2004，(2).
5. 巴莫曲布嫫．叙事语境与演述场域——以诺苏彝族的口头论辩和史诗传统为例．文学评论，2004，(1).
6. 布杰巴桑．略谈《格萨尔》艺术改编中应处理好的几种关系．西藏艺术研究，2004，(4).
7. 蔡俊．《埃涅阿斯纪》中女性性格分裂的文化内涵．湖北大学成人教育学院学报，2004，(6).
8. 仓央拉姆．藏族史诗《格萨尔》的说与唱．西北民族大学学报（哲学社会科学版），2004，(2).
9. 陈才忆．从地府到天堂——西方史诗的传承和发展．重庆交通学院学报（社会科学版），2004，(2).
10. 措吉．《格萨尔》中的茶文化．西藏研究，2004，(4).
11. 丹曲．《格萨尔》所体现的藏族山水为喻的审美特征．西藏研究，2004，(3).
12. 丁玲辉．略述《格萨尔》史诗中的体育活动形式和马球运动．西藏民族学院学报（哲学社会科学版），2004，(2).
13. 尕藏才旦．《格萨尔》在学科建设中的世界意义．西北民族大学学报（哲学社会科学版），2004，(4).
14. 岗·坚赞才让．《格萨尔》翻译中不可丢失的文化层面．西北民族大学学报（哲学社会科学版），2004，(4).
15. 龚群．荷马史诗中的英雄伦理观．道德与文明，2004，(1).
16. 韩伟，彭钧．史的构建与精神文化的巡礼——评《〈格萨尔〉学史稿》，中国藏族，2004，(4).
17. 何刚．四川地区彝族英雄史诗《支格阿鲁》艺术特色．西昌学院学报（人文社会科学版），2004，(4).
18. 胡琳．奥林波斯山上的自由落体——从史诗到唱片小说的问题变化．上海师范大学学报（哲学社会科学版），2004，(3)．
19. 贾木查．“江格尔”名称由来与史诗主人公生活原型的关系．民族文学研究，2004，(4).
20. 贾晞儒．试论蒙古族英雄史诗研究的现实意义．青海民族学院学报，2004，(2).
21. 金海．蒙古族中古英雄史诗社会文化背景分析．内蒙古师范大学学报（哲学社会科学版），2004，(6).
22. 拉姆．试论藏族史诗《格萨尔》说唱音乐的传播方式及其特点．西藏艺术研究，2004，(1).
23. 李建，朱凌．佛教文化对《江格尔》的影响．西藏民族学院学报（哲学社会科学版），2004，(6).
24. 李舜华．早期章回小说中的英雄史诗因素．贵州社会科学，2004，(3).
25. 林广泽．《荷马史诗》人物形象的文化内涵．成都大学学报（社会科学版），2004，(2).
26. 刘俊阳．论雅诗中的叙事诗及中国古代叙事诗与史诗之不发达．国际关系学院学报，2004，(4).
27. 马都尕吉．从史诗《格萨尔》看藏族盟誓习俗．西北民族大学学报（哲学社会科学版），2004，(2).
28. 马都尕吉．《格萨尔》伦理思想探微．青海民族研究，2004，(1).
29. 念玛．有柯尔克孜人的地方就有《玛纳斯》．中国民族，2004，(12).

30. 宁胜克. 论《诗经》史诗的民族理性精神. 信阳师范学院学报（哲学社会科学版），2004，(5).
31. 平措. 一部口头巨著的书面化——考史诗《格萨尔》的书面化. 西藏大学学报（汉文版），2004，(2).
32. 戚江虹.《伊利亚特》中的“三角图式”. 上海交通大学学报（哲学社会科学版），2004，(5).
33. 邱强，胡吉省. 史诗精神与《三国演义》《水浒传》. 台州学院学报，2004，(2).
34. 石硕.《格萨尔》与康巴文化精神. 西藏研究，2004，(4).
35. 史国良. 有关周代“采诗”对我国史诗篇幅影响的几点看法. 青海师范专科学校学报，2004，(1).
36. 孙靖. 论《埃涅阿斯记》与文学的自觉. 台州学院学报，2004，(2).
37. 索代. 谈《格萨尔王传》的人物创作. 西藏艺术研究，2004，(3).
38. 王兴先. 高不可及的伟大诗人和人民艺术家——论《格萨尔》说唱艺人. 西北民族大学学报（哲学社会科学版），2004，(6).
39. 乌日古木勒. 哈萨克英雄史诗《阿勒帕梅斯》与蒙古英雄史诗的比较研究. 中央民族大学学报（哲学社会科学版），2004，(2).
40. 伍君. 现代人的神话和象征——从瑶族史诗《密洛陀》到蓝怀昌的《波努河》. 广西民族学院学报（哲学社会科学版），2004，(2).
41. 熊坤新. 试论《格萨尔》中的伦理思想与格萨尔理想人格. 玉溪师范学院学报，2004，(1).
42. 徐久春. 西方个人主义萌芽和发展时期的英雄主义探析——从《荷马史诗》和《红与黑》中塑造的英雄形象. 中共四川省级机关党校学报（新时代论坛），2004，(4).
43. 徐莉华. 战争、美女、道义、神话——格萨尔王与荷马史诗管锥之比（英文）. 西南民族大学学报（人文社科版），2004，(1).
44. 徐迈. 为什么中国古代没有长篇史诗——从《诗经·雅》中的五首叙事诗谈起. 阅读与写作，2004，(3).
45. 晏绍祥. 荷马史诗所反映的君主制度. 华中师范大学学报（人文社会科学版），2004，(1).
46. 杨春华. 彝族创世史诗中的历史观、信仰观与伦理观. 楚雄师范学院学报，2004，(2).
47. 杨德煜. 从阿喀琉斯的盾牌到《战争与和平》. 上海师范大学学报（哲学社会科学版），2004，(5).
48. 杨嘉铭. 一部展示伟大史诗《格萨尔》的精美画卷——《藏族英雄史诗〈格萨尔〉唐卡》述评. 西南民族大学学报（人文社科版），2004，(4).
49. 杨作林. 总结过去，展望未来，将《格萨尔》事业推向新的发展阶段. 西北民族大学学报（哲学社会科学版），2004，(6).
50. 英子.《玛纳斯》：独一无二的普系式结构口承史诗. 中国民族，2004，(12).
51. 赵秉理. 论岭·格萨尔王的典型性格与特征. 西藏民族学院学报（哲学社会科学版），2004，(6).
52. 赵如荃. 荷马史诗的文本结构与思维模式. 甘肃教育学院学报（社会科学版），2004，(2).

四、民间传说

1. 包丽红，蔡堂根. 大禹娶亲传说新解. 西南交通大学学报（社会科学版），2004，(6).
2. 陈华文. 论典籍、诗文与传说的交错互动——以浙江金华的黄大仙为例. 民间文化论坛，2004，(5).
3. 陈金文. 孔子“野合而生”乃民间传说. 青海民族学院学报，2004，(4).
4. 陈金文. 孔子传说中的“巧女”故事. 齐鲁学刊，2004，(4).
5. 董芬芬. 巫山神女传说的真相及屈原对怀王的批评. 西北师范大学学报（社会科学版），2004，(3).
6. 高大伦.《华阳国志》“九君”当为“女娲”说. 中华文化论坛，2004，(2).
7. 苟世祥. 论三峡民间传说中的自然观与经济观. 重庆三峡学院学报，2004，(1).
8. 韩秉方. 观世音信仰与妙善的传说——兼及我国最早一部宝卷《香山宝卷》的诞生. 世界宗教研

究，2004，(2).
9. 侯姝慧．该出手时就出手——道教传说故事的侠义精神解读．忻州师范学院学报，2004，(4).
10. 户华为．民间传说与历史记忆——以沈万三传说为例．晋阳学刊，2004，(5).
11. 户华为．虚构与真实——民间传说、历史记忆与社会史“知识考古”．江苏社会科学，2004，(6).
12. 黄淮东．“叱石成羊”传说新解．广西师范学院学报（哲学社会科学版），2004，(3).
13. 黄伟民．吴真人与妈祖传说的比较研究．泉州师范学院学报，2004，(5).
14. 蒋明智．论古籍、碑刻记载中的悦城龙母传说．民族文学研究，2004，(1).
15. 孔占芳．神话和传说：小说虚构中族群文化的隐显——读阿来的《尘埃落定》．民族文学研究，2004，(4).
16. 李丽丹．从“色诱”到“殉情”——冯梦龙对《白蛇传》的情节与主题思想发展的贡献．江西教育学院学报，2004，(4).
17. 李显明．唐代李寿墓志的造型与“灵龟负书”的传说．美术研究，2004，(1).
18. 李云安．论中国地方风物传说的叙事技巧．湖南文理学院学报（社会科学版），2004，(1).
19. 刘海燕．民间传说中关羽形象塑成探析．山西大学学报（哲学社会科学版），2004，(5).
20. 刘江．论民间四大传说对中国古典悲剧意识的充实．民族艺术研究，2004，(6).
21. 孟丽．宫闱春情锁不住　红叶荡漾到人间——漫话“红叶题诗”的传说和意义．嘉兴学院学报，2004，(5).
22. 纳钦．从传说到信仰：一个蒙古村落民间叙事传统的文化运行——以珠腊沁村公主传说为个案．民族文学研究，2004，(2).
23. 纳钦．作用中的敖包信仰与传说——在珠腊沁村的田野研究．民族艺术，2004，(4).
24. 庞建春．传说与社会——陕西蒲城县尧山圣母传说传承与意义研究个案．民族文学研究，2004，(2).
25. 仁饮道尔吉．阿尔寨石窟传说及其名称、废弃年代考．内蒙古社会科学（汉文版），2004，(2).
26. 邵宇．包公传说的“神判”情节述论．安徽教育学院学报，2004，(4).
27. 宋晓云．大漠雄风起苍狼——《乌古斯可汗的传说》的审美意识．民族文学研究，2004，(3).
28. 宋协毅．《桃太郎故事》新探——从文化史与跨文化交际的视角出发．日语学习与研究，2004，(1).
29. 索绍武．从梁祝传说看民间故事与俗文艺的互动．杭州师范学院学报（社会科学版），2004，(2).
30. 索绍武．对梁祝故事堪称“中国第一爱情传说”的质疑．西北民族大学学报（哲学社会科学版），2004，(5).
31. 万建中．传说建构与村落记忆．南昌大学学报（人文社会科学版），2004，(3).
32. 王立，孟女娟．染及俗气难为仙——毛女传说的历史演变及其性别文化内蕴．聊城大学学报（社会科学版），2004，(1).
33. 王清．村落的记忆——马街及周边村落的传说研究．民间文化论坛，2004，(4).
34. 王恬．海峡两岸神灵俗信、传说的比较．民间文化论坛，2004，(5).
35. 王廷琦．全真道教与八仙关系初探．山东省农业管理干部学院学报，2004，(4).
36. 王子华．云南民族节日传说中的女性形象．云南民族大学学报（哲学社会科学版），2004，(1).
37. 翁士勋．“越女”传说与80年来以讹传讹的“越女”研究——兼评《越女考》．体育文化导刊，2004，(9)．
38. 吴光正．从何仙姑传说看宗教传说与民间传说的互动．海南大学学报（人文社会科学版），2004，(1).
39. 吴光正．从吕洞宾戏白牡丹传说看宗教圣者传说的建构及其流变．文艺研究，2004，(2).
40. 吴丽君，汤云航．字源洪荒——前文字时期汉字起源传说解读．承德民族师专学报，2004，(4).
41. 吴宗海．“麟吐玉书”传说与《全宋词》误注．学术研究，2004，(6).
42. 谢亚平，曹毅．景阳土家族民间传说的文化内涵——以兴隆寺村为个案调查．广西师范学院学报

（哲学社会科学版），2004，(2).
43. 徐亦亭．黄帝开创了传说时代游牧文化与农耕文化的融合．青海民族学院学报，2004，(4).
44. 薛晓蓉．试论尧舜禹传说与农耕文化的关系．西安联合大学学报，2004，(1).
45. 杨军．从大乘佛教向汉地的传播看中印早期文化交流的特点．烟台师范学院学报（哲学社会科学版），2004，(4).
46. 易水．历史深处的暗香疏影——关于竹的神话或传说．森林与人类，2004，(2).
47. 尹虎彬．刘秀传说的信仰根基．民间文化论坛，2004，(4).
48. 尹家正．君轻、官轻、民贤——浅析杨升庵传说中的民本思想．保山师范专科学校学报，2004，(1).
49. 印志华．宝应射阳九里一千墩的传说．扬州文学，2004，(1).
50. 余宏模．夜郎竹王传说与彝族竹灵崇拜．贵州民族研究，2004，(4).
51. 曾慧．论四大传说中女性意识的自觉觉醒．襄樊职业技术学院学报，2004，(2).
52. 张有隽．瑶族远祖盘瓠传说再研究．广西民族研究，2004，(4).
53. 张振鹍．历史传说与历史研究——《揭开淇澳历史之谜》书后．近代史研究，2004，(1).
54. 赵红，高启安．张孝嵩斩龙传说历史背景研究．敦煌研究，2004，(2).
55. 赵红，高启安．张孝嵩斩龙传说探微．西北师范大学学报（社会科学版），2004，(1).
56. 钟焓．西藏史籍中木雅王占卜传说的汉族故事原型．中国典籍与文化，2004，(4).
57. 周书云．论三峡神话传说的审美特征．重庆大学学报（社会科学版），2004，(1).

五、民间故事

1. S·G·希德夫．达斡尔族民间故事中赋有人格化动植物与非生物的特殊语言．内蒙古民族大学学报（社会科学版），2004，(3).
2. 白庚胜．中国民间故事的抢救原则——在中国民间文化遗产抢救工程会议上的讲话．广西师范学院学报（哲学社会科学版），2004，(3).
3. 蔡小晃．神圣与世俗——傣族的“听经”风俗．北京大学学报（哲学社会科学版），2004，(1).
4. 苟波．从“梦幻”故事看巫术、道术以及人类“征服自然”的理想．社会科学研究，2004，(5).
5. 顾希佳．从梁祝传说看民间故事与俗文艺的互动．杭州师范学院学报（社会科学版），2004，(2).
6. 关溪莹．广州世居满族的民间口承文学探析．民间文化论坛，2004，(6).
7. 过伟．20世纪两部中国民间故事史的首创精神与学术价值．湖北民族学院学报（哲学社会科学版），2004，(2).
8. 韩芳．解读《母猪女郎》——兼与《变形记》比较．河北职业技术学院学报，2004，(1).
9. 胡可先，童晓刚．《本事诗》新考．中国典籍与文化，2004，(1).
10. 黄洽．人生如梦，悟道成仙——谈古代文言小说中悟道成仙故事的发展流变．社会科学家，2004，(6).
11. 黄忠晶．论关羽的神化——兼评李存葆的《东方之神》．江南大学学报（人文社会科学版），2004，(2).
12. 纪军．浅析民间故事讲述中的听众．荆门职业技术学院学报，2004，(2).
13. 江帆．民间叙事的即时性与创造性——以故事家谭振山的叙事活动为对象．民间文化论坛，2004，(4).
14. 江帆．满族民间叙事中的生态思维与哲学意蕴——满族三老人故事解读．民族文学研究，2004，(1).
15. 蒋明智．论古籍、碑刻记载中的悦城龙母传说．民族文学研究，2004，(1).
16. 蒋显福．对秦巴民间口头文化现象的理性思考．湖北社会科学，2004，(6).

17. 金荣华. 禅宗公案与民间故事 . 民间文化论坛，2004，(3).
18. 李丽丹. 民间故事“口头性”引起的再思考——从民间故事的存在方式与特征谈起. 培训与研究—湖北教育学院学报，2004，(3).
19. 李慎成. 韩中“义狗说话”比较研究. 杭州师范学院学报（社会科学版），2004，(4).
20. 林继富. 一个民间叙事传统的形成——以廪君叙事为例. 民俗研究，2004，(3).
21. 刘魁立. 民间叙事机理谫论. 民俗研究，2004，(3).
22. 刘娜.《空镜子》与“两姐妹”母题. 当代电影，2004，(1).
23. 刘守华.《生经》故事的持久魅力——佛经故事札记之一. 华中师范大学学报（人文社会科学版），2004，(6).
24. 刘守华. 关于民间故事类型学的一些思考. 民族文学研究，2004，(3).
25. 刘守华. 一位美籍华人学者的中国民间文学情结——追忆丁乃通教授. 民间文化论坛，2004，(3).
26. 刘锡诚. 为民众代言——深切悼念董均伦先生. 民间文化论坛，2004，(6).
27. 刘晓春. 一个故事家的记忆与想象——孙家香和她的故事. 民族文学研究，2004，(3).
28. 刘晓春. 增强民间文学研究的学科对话力量——以刘守华主编《中国民间故事类型研究》为例. 广西师范学院学报（哲学社会科学版），2004，(3).
29. 刘荫梁. 浅析阿凡提笑话在各民族间的流传与演变. 民族文学研究，2004，(3).
30. 卢坤甫. 爱在人间——读安徒生童话《海的女儿》. 乌鲁木齐成人教育学院学报，2004，(4).
31. 吕怡. 锡伯族民间故事初探. 沈阳教育学院学报，2004，(2).
32. 罗钊. 姐妹型故事与女性的道德教育. 云南民族大学学报（哲学社会科学版），2004，(2).
33. 毛洪文，孙正国. 近20年中国民间故事叙事性研究的探索与缺失. 西南民族大学学报（人文社会科学版），2004，(9).
34. 毛雨先. 试论牛郎织女神话. 江西教育学院学报，2004，(5).
35. 倪浓水. 民间故事：现代小说的父体基因. 温州师范学院学报，2004，(3).
36. 彭松乔. 禁忌藏“天机”——中国天鹅处女型故事意蕴的生态解读. 民族文学研究，2004，(4).
37. 秦博. 灰姑娘故事类型的结构主义分析. 赤峰学院学报，2004，(5).
38. 热依汗·卡德尔. 析“双角王”类型故事的母题演变. 民族文学研究，2004，(4).
39. 叁布拉诺日布. “好来宝”的艺术特征. 内蒙古艺术，2004，(2).
40. 施爱东. 故事传播实验的报告与分析. 民俗研究，2004，(3).
41. 佟立军. 奥狄浦斯情结在中国的重现. 长春大学学报，2004，(1).
42. 万建中. 民间文学的再认识. 民俗研究，2004，(3).
43. 万建中. 中国民间幻想故事中“魔物”话语的文化解读. 西北民族研究，2004，(3).
44. 王衡霞. 论《哈利·波特》的叙事话语. 湖南社会科学，2004，(6).
45. 王今铮.《三国演义》的语言与成语. 汉字文化，2004，(1).
46. 王晶. “傻子”的智慧——论中外民间故事中的傻子母题. 云南民族大学学报（哲学社会科学版），2004，(3).
47. 王立，史璞. 禽兽义感母题的跨文化溯源——佛经文献中野生动物故事的教谕意义. 烟台师范学院学报（哲学社会科学版），2004，(2).
48. 王青，蒋明智. 机关算尽太聪明，学样不成一场空——从长鼻子故事看“赏善惩恶”模式构成要素. 广西师范学院学报（哲学社会科学版），2004，(4).
49. 王青. 天鹅处女型故事渊源再探——兼谈《召树屯》的情节来源及其流播渠道. 民族文学研究，2004，(2).
50. 王昕. 论电视戏说剧的民间故事特性. 当代电影，2004，(1).

51. 王燕. 对于东方神话中两个基本故事类型的比较与思考. 新乡师范高等专科学校学报，2004，(6).
52. 巫瑞书.《桃花源记》与民间故事. 寻根，2004，(4).
53. 吴九成.《聊斋》动物故事散论. 蒲松龄研究，2004，(1).
54. 西村真志叶. 民间幻想故事的素材选择及其形成. 民间文化论坛，2004，(5).
55. 新吉乐夫. 论“那达慕”文化的起源与流传. 内蒙古艺术，2004，(2).
56. 徐湘霖. “蚕马”杂谭. 西南民族大学学报（人文社会科学版），2004，(12).
57. 许辉勋. “老虎母亲”型故事之流变——以汉族与朝鲜族的民间故事为中心. 延边大学学报（社会科学版），2004，(3).
58. 杨富学. 古代回鹘民间文学杂述. 民族文学研究，2004，(4).
59. 杨利慧. 表演理论与民间叙事研究. 民俗研究，2004，(1).
60. 杨晓勤. 略论剑川木匠故事中的木匠形象. 民族艺术研究，2004，(5).
61. 杨艳梅. 东北民间故事特征浅论. 吉林师范大学学报（人文社会科学版），2004，(4).
62. 尹虎彬. 民间叙事的神话范例——以后土信仰与民间口头叙事为例. 民俗研究，2004，(3).
63. 于长敏. 日本民间故事及其文化内涵. 日语学习与研究，2004，(3).
64. 张冠华. 病态的自尊及其他——中国民间故事副作用之我见. 郑州大学学报（哲学社会科学版），2004，(3).
65. 张鸿勋. 拈花微笑：古代印度《百喻经》与民间故事的比较阅读. 天水师范学院学报，2004，(6).
66. 郑土有. 中国螺女型故事与仙妻情结研究. 民俗研究，2004，(4).
67. 钟伟今. 一切为了中国民间文学——谭达先博士京、沪访问记略. 八桂侨刊，2004，(6).
68. 周榆华，郭红英. 理学束缚下的潜抑情欲——论《夷坚志》中的人鬼之恋. 江西广播电视大学学报，2004，(2).
69. 祝秀丽. “皮匠驸马”型故事的格雷马斯符号学解读. 西北民族研究，2004，(3).

六、民间歌谣

1. 覃慧宁. 大众传媒背景下山歌的传承与传播机制——以广西宜州市为例. 民族艺术，2004，(2).
2. 乔建中. 民歌的边缘化与文化. 环球，2004，(8).
3. 吕霞. 土族花儿的文化特征. 西北民族研究，2004，(3).
4. 余霞. 鄂西土家族哭嫁歌的主体心理分析. 中南民族大学学报，2004，(4).
5. 李传军. 魏晋南北朝时期的歌谣风议与官民互动. 北京师范大学学报（社会科学版），2004，(2).
6. 谢承华. 蒙古族的仪式歌. 柴达木开发研究，2004，(2).
7. 李福. 民歌词之滥觞. 大连民族学院学报，2004，(4).
8. 李岩. 朝鲜古代民谣《箜篌引》存疑续考. 东疆学刊，2004，(4).
9. 黄鹤. 客家山歌“情誓”与“情咒”考. 华南农业大学学报（社会科学版），2004，(2).
10. 黎传绪. 中国说唱文学之祖新探——荀子《成相篇》在中国说唱文学史的价值和地位. 社会科学，2004，(3).
11. 杨东燕. 藏族民歌中的民俗事象透视. 西藏艺术研究，2004，(4).
12. 王珂. 论民间诗歌是新诗重要的诗体建设资源. 中州学刊，2004，(1).
13. 纵丽鹃. 展示草原文化的魅力——谈二人台小戏的民族性与民间性. 内蒙古艺术，2004，(2).
14. 陈水根. 全球化浪潮中的中国传统歌谣. 江西社会科学，2004，(11).
15. 米瑞玲. 多声部民歌与发展现代民族音乐文化的关系. 艺术教育，2004，(6).
16. 彭子文. 凉山民歌歌词结构方法浅析. 西昌学院学报（人文社会科学版），2004，(4).

17. 敖云. 试论古代蒙古族民歌中的战场歌曲. 内蒙古艺术，2004，(2).
18. 廖明君，杨民康. 既显笙歌弦韵，更见文化精神——兼谈仪式音乐研究的历史、社会、个体三维视域. 民族艺术，2004，(4).
19. 博特乐图. 乌拉特人的民歌分类概念及其文化阐释. 内蒙古大学艺术学院学报，2004，(1).
20. 杨沫. 从花儿研究现状思考中国民歌研究中的问题. 音乐研究，2004，(4).
21. 周玉波. 明代娼妓和民歌关系论略. 南京师范大学文学院学报，2004，(3).
22. 木琛. 纳西族传统乐曲《崩石细哩》的结构和风格. 民族艺术研究，2004，(5).
23. 徐平. 方言与民歌刍议. 民俗研究，2004，(2).
24. 赵谨. 试论南朝民歌的城市化特征. 龙岩师范专科学校学报，2004，(5).
25. 郭义江. 浙江畲族民歌刍议. 宁波大学学报（教育科学版），2004，(2).
26. 陈文新. 从风、雅、颂及其流变看诗乐关系的三个层面. 学术研究，2004，(11).
27. 李震. 陕北民歌：自由心灵·极限体验·生态价值. 文艺争鸣，2004，(4).
28. 黄晓梅. 析广东瑶族民歌. 黄钟－武汉音乐学院学报，2004，(4).
29，周国辉. 如何对待民歌认识上的差异. 盐城师范学院学报（人文社会科学版），2004，(3).
30. 范秀鹃. 从审美人类学看南宁民歌节的审美价值及其对原生民歌发展的影响. 社会科学家，2004，(4).
31. 邢怒海. 焦作传统丧俗与民歌谣. 焦作师范高等专科学校学报，2004，(2).
32. 梁金平. 湘中民歌的文化特色. 湖湘论坛，2004，(5).
33. 戴汝庆. 民间文化的精灵——明代民歌审美特征之一：自在——自由. 沧州师范专科学校学报，2004，(3).
34. 於可训. 在古典与民歌基础上发展新诗——毛泽东的诗学思想及其理论构成. 四川师范大学学报（社会科学版），2004，(5).
35. 王杰. 美学研究的人类学转向与文学学科的文化实践——以南宁国际民歌艺术节的初步研究为例. 广西民族学院学报（哲学社会科学版），2004，(5).
36. 谭子泽. 七绝、文人竹枝词与客家山歌. 韶关学院学报，2004，(7).
37. 李雄飞. 山曲、爬山调和信天游的共性研究. 兰州大学学报（社会科学版），2004，(1).
38. 张经武. 罗田民间情歌的审美魅力. 黄冈职业技术学院学报，2004，(4).
39. 姚周辉. 畲族民间情歌的爱情心理分析. 温州师范学院学报，2004，(6).
40. 邹兰芝. 南朝文人艳情诗与民间情歌的渊源关系. 社科纵横，2004，(5).
41. 温洁. 南朝民间情歌中的女性自我形象. 美与时代，2004，(3).
42. 徐雪. 民间情歌意象的文化心理解读. 山西师范大学学报（社会科学版），2004，(2).
43. 郑土有. 口传文学的编创律则——以“调山歌”为例. 杭州师范学院学报（社会科学版），2004，(6).
44. 黄晓云. 从客家山歌看客家女人的精神个性. 江西社会科学，2004，(11).
45. 马铁鹰. 隆回花瑶挑花裙：一朵绽放在山野间的艺术奇葩. 民族论坛，2004，(10).
46. 王小龙. 冯梦龙《山歌》的叙事视角. 湘潭师范学院学报（社会科学版），2004，(4).
47. 黄有东. 从两个核心范畴“客”和“山”看客家山歌的意蕴. 华南理工大学学报（社会科学版），2004，(3).
48. 黄鹤. 客家山歌的情恋母题与植物意象探析. 华南理工大学学报（社会科学版），2004，(3).
49. 覃守达. 黑神话语机制及其山歌艺术. 广西教育学院学报，2004，(3).
50. 赵一鹤. 任性而发　风情万种——《挂枝儿》、《山歌》初探. 九江师专学报，2004，(1).
51. 博特乐图. 乌拉特人的民歌分类概念及其文化阐释. 内蒙古大学艺术学院学报，2004，(1).
52. 李志荣.《河州“花儿”与陕北“信天游”文化内涵的比较研究》评介. 西北民族大学学报（哲

学社会科学版)，2004，(4).
53. 闫天灵. “走西口”与晋陕内蒙古毗连带民歌圈的生成. 西北民族研究，2004，(2).
54. 赵云芳. 少数民族叙事长诗——民族民间文学真正“文学化”的标志. 江西行政学院学报，2004，(2).
55. 马雪莲. 试论西北回族叙事诗中的悲剧意识及其成因. 西北民族大学学报（哲学社会科学版)，2004，(5).
56. 薛克翘. 最早的苏非印地语叙事长诗《月女传奇》——评中世纪印地语苏非文学（二). 南亚研究，2004，(2).
57. 刘目宾. 傣族叙事诗《召树屯》产生、发展的原因及背景. 民族文学研究，2004，(4).
58. 熊黎明.《阿诗玛》叙事话语的变化对民间文化研究的反思. 云南社会科学，2004，(6).
59. 王荣. 呐喊与叙事：20世纪30年代的中国叙事诗探论. 复旦学报（社会科学版)，2004，(6).
60. 张佩成. 论回族爱情叙事诗的悲剧美——以《马五哥与尕豆妹》为例. 青海民族研究，2004，(4).
61. 郑必颖. 中国当代民间传奇与故事型叙事诗简论. 辽宁师专学报（社会科学版)，2004，(4).
62. 钱永平. 蒙古族民间叙事诗习俗化与成年角色的民俗学解读——以蒙古族民间叙事诗《智勇王子喜热图》为例. 内蒙古民族大学学报（社会科学版)，2004，(3).
63. 陈来生. 中国传统叙事诗不发达原因探析. 复旦学报（社会科学版)，2004，(1).
64. 郭德慧. 从民俗看青海土族民间音乐赖以生存的社会土壤. 音乐探索，2004，(2).
65. 黄涛. 羌族二声部民歌概探. 音乐探索，2004，(4).
66. 金平. 豫南民间道教音乐形态述略. 信阳师范学院学报（哲学社会科学版)，2004，(2).
67. 任俊文. 浅析河曲民歌的历史与现状. 天津音乐学院学报，2004，(2).
68. 田耀农. 以陕北民间音乐为实例的礼俗音乐研究报告. 南京艺术学院学报（音乐与表演版)，2004，(3).
69. 吴倩. 论清代燕赵民间音乐的发展. 河北学刊，2004，(6).
70. 张伟. 从西周至汉代的雅俗之变看民间音乐的主流地位. 河南职业技术师范学院学报，2004，(3).
71. 仲秋. 民间音乐的审美分析. 艺术百家，2004，(6).
72. 刘天学. 三峡地区“丧歌”浅析. 重庆师范大学学报（哲学社会科学版)，2004，(6).
73. 廖明君，杨民康. 既显笙歌弦韵　更见文化精神——兼谈仪式音乐研究的历史、社会、个人三维视域. 民族艺术，2004，(4).
74. 刘心韵. 论宋代音乐文化在民间的繁荣与发展. 河南社会科学，2004，(4).
75. 谢廷秋. 论侗歌的精神文明内涵. 贵州民族研究，2004，(3).
76. 李凌. 中国民歌的地域特色及其成因. 十堰职业技术学院学报，2004，(2).

七、民间艺术

1. 阿潘. 剪纸艺人访谈录. 苏州工艺美术职业技术学院学报，2004，(2).
2. 曹建文. 从具象到抽象演变的一个民间艺术范例——景德镇明代民间青花婴戏纹演变过程的考察. 南京艺术学院学报（美术与设计版)，2004，(4).
3. 陈汉波. 论浙派木雕艺术. 浙江艺术职业学院学报，2004，(3).
4. 陈蕾. 浅谈民间传统艺术与西方现代艺术之相似. 苏州教育学院学报，2004，(4).
5. 陈勤建. 略谈民俗艺术的保护和建设. 美术观察，2004，(3).
6. 陈廷亮，安静峰. 土家族舞蹈的分类及其艺术特征——土家族民间舞蹈研究之一. 中南民族大学学报（人文社会科学版)，2004，(4).

7. 陈伟．穿行于本元的时空——民间美术的文化意涵探议．淮北煤炭师范学院学报（哲学社会科学版），2004，(1).
8. 陈伟．解构与重建——传统民间美术与当代艺术设计．美与时代，2004，(4).
9. 陈艺亏．略论民间美术对现代艺术设计的启示．黔东南民族师范高等专科学校学报，2004，(5).
10. 程旭光．从“荷包”工艺看民间美术的审美共性．阴山学刊，2004，(6).
11. 澄泥石壶精神——民间艺术文化现象研究．装饰，2004，(3).
12. 从传说说起——蒙古族服饰的审美追求．美术大观，2004，(5).
13. 从文化主权的高度看待民间文化．民间文化论坛，2004，(6).
14. 戴岗．少数民族舞蹈服饰的“宗”与“变”．装饰，2004，(12).
15. 戴嘉艳．走过岁月，历久弥新——谈蔚县剪纸与时代发展的全新适应．大连民族学院学报，2004，(6).
16. 戴信军．凤翔民间木版年画．寻根，2004，(5).
17. 董馥伊．新疆民间美术中的设计艺术价值初探——麦盖提农民画试析．新疆社科论坛，2004，(2).
18. 冯爱云．河北民间歌舞探究．舞蹈，2004，(9).
19. 冯炳．东方艺术瑰宝——环县道情皮影．丝绸之路，2004，(12).
20. 冯钢．民间美术与色彩视觉符号．东华大学学报（社会科学版），2004，(4).
21. 高建军．嘉祥木版年画及灯画．民俗研究，2004，(6).
22. 格曲．亟待保护的西藏民族民间艺术遗产．西藏艺术研究，2004，(4).
23. 关德富．东北民间美术的文化阐释——《萨满绘画研究》读后．文艺争鸣，2004，(5).
24. 桂国强．架构最佳“坐标点”——关于保护民间艺术的辩证思考．社会观察，2004，(3).
25. 郭德慧．从民俗看青海土族民间音乐赖以生存的社会土壤．音乐探索，2004，(2).
26. 郭云杰，唐凯芹．从滩头年画看中国濒绝民间艺术前景．湖南第一师范学报，2004，(1).
27. 韩秋长，和莲芬，张振雄，尹联合．独树一帜的内丘年画．文史精华，2004，(6).
28. 韩荣．传统民间艺术在包装设计中的运用．上海包装，2004，(11).
29. 何红一．我国南方民间剪纸的文化生态环境．中南民族大学学报（人文社会科学版），2004，(6).
30. 何红一．中国南方民间剪纸与民间文化．民间文化论坛，2004，(3).
31. 何立民，朱顺龙．试析浙江金华发现的冥币雕版——兼论冥币的发展历程．南方文物，2004，(4).
32. 胡本七．民间木刻版画与想象力，淮南师范学院学报，2004，(3).
33. 黄平．论民间美术的独立品性．南京工业大学学报（社会科学版），2004，(4).
34. 黄涛．羌族二声部民歌概探．音乐探索，2004，(4).
35. 姜霞．略论内黄现代民间绘画的艺术风格．美与时代，2004，(5).
36. 蒋显福．对秦巴民间口头文化现象的理性思考．湖北社会科学，2004，(6).
37. 金东勋．朝鲜族的炕文化及其民俗传承．延边大学学报（社会科学版），2004，(2).
38. 金晖．剪纸艺术：从传统到当代语境．华南师范大学学报（社会科学版），2004，(4).
39. 金平．豫南民间道教音乐形态述略．信阳师范学院学报（哲学社会科学版），2004，(2).
40. 久明．情趣盎然的拉卜楞民间舞蹈．中国民族，2004，(5).
41. 康格，桑益希．“玛尼”：藏族民间石刻文化．世界宗教文化，2004，(2).
42. 康健民．“河洲小曲”在民间音乐分类中的类属及其衰败原因．中国音乐，2004，(2).
43. 蓝海滨．大鼓凉伞与芗剧表演艺术．漳州职业大学学报，2004，(2).
44. 蓝雪霏．论“游移”——中国民间音乐结构原则研究之一．音乐研究，2004，(4).
45. 老程．江南年画和它的技术传承．职业技术教育，2004，(1).
46. 雷焕贵．晋中秧歌艺术发展及现状研究．山西农业大学学报（社会科学版），2004，(3).

47. 李倍雷．汉代画像石图像中的文化人类学价值．艺术百家，2004，(5).
48. 李福军．略论云南傩舞及其文化功能．民族艺术研究，2004，(5).
49. 李惠芳，苏南．浅谈宜兴三跳道情的艺术特征．戏文，2004，(6).
50. 李水花，孟淑珍．鄂伦春民间说唱“摩苏昆”雅林觉罕与额勒黑汗（八）．满语研究，2004，(6).
51. 李智伟，张超，曾明，陈谦．从民间美术现状论传承．西南民族大学学报（人文社会科学版），2004，(6).
52. 梁海，高红樱．解读火爆“二人转”．中外文化交流，2004，(6).
53. 林篁．民间美术的宗教渊源．美与时代，2004，(8).
54. 刘栋．青城民间艺术．丝绸之路，2004，(3).
55. 刘亢．定南民间剪纸艺术．美术之友，2004，(6).
56. 刘天学．三峡地区“丧歌”浅析．重庆师范大学学报（哲学社会科学版），2004，(6).
57. 刘廷新．凤凰傩戏解读．人民音乐，2004，(3).
58. 刘晓真．从乡俗仪礼到民间艺术——当代山东商河鼓子秧歌文化功能的变迁与传承．北京舞蹈学院学报，2004，(1).
59. 刘燕．齐鲁筝考略．苏州教育学院学报，2004，(6).
60. 刘征．浅谈民间美术中的设计意识．理论与创作，2004，(4).
61. 龙海清．湖南民族民间文化特色管窥．民族论坛，2004，(10).
62. 陆一兵．论《海安花鼓》的传承和发展．艺术百家，2004，(2).
63. 吕承坚．鱼莲之戏——剪纸艺术文化溯源．福建艺术，2004，(4).
64. 吕焰．浅谈我国民间剪纸的艺术特点．美术大观，2004，(4).
65. 罗辛．对民间舞发展道路的思考——莫伊谢耶夫给我们的启示．舞蹈，2004，(1).
66. 马盛德．西北地区回族、撒拉族、维吾尔族民间婚俗舞蹈比较研究（连载）．西北民族研究，2004，(4).
67. 马铁鹰．布袋戏：方寸天地的喧闹与孤独．民族论坛，2004，(11).
68. 孟宪辉．鄂西土家族传统音乐及分类．黄钟-武汉音乐学院学报，2004，(1).
69. 木桢，起国庆．中国西部地区民族无形文化遗产的保护．中国民族，2004，(11).
70. 朴永光．保护我国当代原生态民间舞蹈之我见．中央民族大学学报（哲学社会科学版）.
71. 钱娜．满族民间剪纸的艺术风格．吉林艺术学院学报，2004，(3).
72. 强巴曲杰．堆谐·踢踏舞·高原风．西藏艺术研究，2004，(4).
73. 乔晓光．关注现实，以无形遗产申报推动本土文化的传承发展——“中国非物质文化遗产·民间剪纸国际学术研讨会”综述．美术研究，2004，(3).
74. 秦建明，梁小奇．唱本与民间说唱文学——《最新时调》与民国初年的苏沪民间小调．陕西档案，2004，(11).
75. 曲比兴义．多姿多彩的彝族民间说唱艺术．中国民族，2004，(4).
76. 曲笛．论塔塔尔族民间音乐的纯正性及相关问题．石河子大学学报（哲学社会科学版），2004，(3).
77. 曲绍平．剪纸艺术的现场性．美术观察，2004，(3).
78. 任俊文．浅析河曲民歌的历史与现状．天津音乐学院学报，2004，(2).
79. 山曼．生子挂旗．民间文化论坛，2004，(5).
80. 尚红燕．蜡染艺术的文化内涵．装饰，2004，(2).
81. 石祥强．对民间造型艺术的分析与思考．东方艺术，2004，(2).
82. 素穷．朗玛吉度与朗玛艺人．中国西藏（中文版），2004，(5).
83. 孙建君．中国民间皮影艺术（上）．中国书画，2004，(4).

84. 索次．论藏族说唱艺术“堆巴谐巴”的艺术特色．西藏艺术研究，2004，(12).
85. 覃海．谈壮族“蚂拐舞”的传承与发展．舞蹈，2004，(8).
86. 唐方科．湘西苗鼓舞：千年苗家欢腾的心跳．民族论坛，2004，(11).
87. 唐家路．民间艺术的生活形态．装饰，2004，(2).
88. 特古斯呼和．试论蒙古族在“查玛”中体现的审美意识．内蒙古艺术，2004，(2).
89. 滕晓天．花儿的现代创新．中国土族，2004，(2).
90. 田丽萍．民间舞蹈的本质．大舞台，2004，(5).
91. 田耀农．以陕北民间音乐为实例的礼俗音乐研究报告．南京艺术学院学报（音乐与表演版），2004，(3).
92. 汪平．西北回族宴席曲的类别．回族研究，2004，(1).
93. 王红．民间美术图案的应用及美学价值．江西科技师范学院学报，2004，(6).
94. 王纪，王纯信．赫哲族“鱼皮”剪纸图论．吉林艺术学院学报，2004，(3).
95. 王纪．高句丽壁画的远缘移植——我对高句丽风情剪纸的初探．美术，2004，(10).
96. 王纪洁．压岁钱及相关问题略论．中国钱币，2004，(4).
97. 王萍．漫谈民间剪纸造型装饰性的特点．南京艺术学院学报（美术与设计版），2004，(4).
98. 王群英．尼西情舞——氏族外婚制在藏文化中的遗存反映．西藏艺术研究，2004，(4).
99. 王亚萍．中国民间剪纸的变迁与发展．西北民族大学学报（哲学社会科学版），2004，(3).
100. 王彦达．全球化视野下民族文化传承与发展问题的几点思考．中国民族，2004，(11).
101. 王佣军．民族民间音乐与民族舞蹈的互动．舞蹈，2004，(8).
102. 王友林．论民间艺术在平面设计中的运用．苏州大学学报（工科版），2004，(3).
103. 吴倩．论清代燕赵民间音乐的发展．河北学刊，2004，(6).
104. 王玉霞．中国民间说唱文学的流布规则．郑州大学学报（哲学社会科学版），2004，(4).
105. 王月娥，漆小慧．西部城市化建设与民族文化互动研究．民族论坛，2004，(12).
106. 王跃辉．独具特色的土家族仪式舞蹈——铜铃舞．民族论坛，2004，(7).
107. 文谨．生机勃发的四川木偶戏四川民间戏剧现状调查报告之一．四川戏剧，2004，(6).
108. 吴修林．民间音乐的一朵奇葩——山东苍山民歌《绣荷包》的音乐学分析．美与时代，2004，(3).
109. 吴媛姣．南部侗族地区民族音乐概观．贵州民族学院学报（哲学社会科学版），2004，(5).
110. 奚小琴．剪纸艺术与生活．上海工艺美术，2004，(1).
111. 向云驹．中国木版年画的抢救与经验．广西师范学院学报（哲学社会科学版），2004，(3).
112. 萧睿．论中国民间美术的色彩特点和造型规律．中国美术教育，2004，(5).
113. 肖文朴．中国民间音乐：在繁荣中走向世界．艺术探索，2004，(1).
114. 谢琳．民族民间舞蹈的文化底蕴．衡阳师范学院学报，2004，(2).
115. 谢廷秋．论侗歌的精神文明内涵．贵州民族研究，2004，(3).
116. 熊青珍．客家地区陶瓷色彩艺术与吉祥图案的交融．江苏陶瓷，2004，(3).
117. 熊妍．羌族舞蹈的田野考察分析报告．黄钟－武汉音乐学院学报，2004，(1).
118. 徐跃光．话说“新民间艺术”．艺术评论，2004，(11).
119. 妍莉．人类文化的多元未来——以少数民族剪纸为例．湖北民族学院学报（哲学社会科学版），2004，(6).
120. 杨剑坤皖山．武强年画——民俗生活的艺术画廊．文明，2004，(4).
121. 杨丽芳．从“拍胸舞”看闽南古越文化遗风．福建艺术，2004，(4).
122. 杨连启．戏出年画考述．华侨大学学报（哲学社会科学版），2004，(3).
123. 姚怡．试论宋代舞蹈的艺术特征和审美取向．甘肃社会科学，2004，(4).

124. 伊春. 探究民歌传播中的"通"与"变"——谈宗性民歌. 艺术教育, 2004, (3).
125. 尹国有. 长白山满族剪纸论析. 满族研究, 2004, (2).
126. 尹虎彬. 河北民间表演宝卷与仪式语境研究. 民族文学研究, 2004, (3).
127. 尹建国. 凉伞侗族婚俗及歌曲简论. 黄钟—武汉音乐学院学报, 2004, (4).
128. 余继平, 吴秦陶. 土色土香的渝、湘、黔民间剪纸艺术. 美术大观, 2004, (5).
129. 余婉华. 胶州秧歌的运动形态及其文化成因. 舞蹈, 2004, (7).
130. 余晓燕. 浅谈康熙五彩的文化背景. 陶瓷研究, 2004, (3).
131. 袁玛琍. 汉族民间舞蹈. 芜湖职业技术学院学报, 2004, (4).
132. 袁姝明, 曾明, 张超, 李明. 川西嘉戎藏族刺绣、纺织品的表现形式及造型特征. 天府新论, 2004, (5).
133. 岳音. 多姿多彩的藏族民间舞蹈. 中国民族, 2004.
134. 曾红. 中国民间年画色彩谈. 书画艺术, 2004, (6).
135. 张继东. 从民间剪纸看中国民间美术图式的意象性. 淮北煤炭师范学院学报（哲学社会科学版）, 2004, (1).
136, 张金石, 顾万超. 齐齐哈尔大学学报（哲学社会科学版）, 2004, (4).
137. 张巧丽. 中国民间艺术中的怪诞形象——从巴赫金的怪诞现实主义看中国民间艺术形象. 东华大学学报（社会科学版）, 2004, (4).
138. 张声和. 温州鼓词. 今日浙江, 2004, (1).
139. 张伟. 从西周至汉代的雅俗之变看民间音乐的主流地位. 河南职业技术师范学院学报, 2004, (3).
140. 张希玲, 耿家林. 东北民间艺术"二人转"的地域文化认识价值. 边疆经化, 2004, (6).
141. 张瑜. 桃花坞木刻年画的价值和保护. 南京工业大学学报（社会科学版）, 2004, (6).
142. 张宇, 李媛, 穆谦, 刘小平. 鼓曲中的"野生稻"——北京市密云县五亩地村"五音大鼓"初探. 中国音乐, 2004, (2).
143. 赵蓓蕾. 民间剪纸的现代之路. 文艺评论, 2004, (3).
144. 赵焕光. 河南民间美术的审美意涵. 河南师范大学学报（哲学社会科学版）, 2004, (5).
145. 赵林平. 论蒙古族舞蹈语汇的美学精神. 舞蹈, 2004, (10).
146. 赵宁, 王绝. 浅谈中国民间剪纸的构成形式. 洛阳大学学报, 2004, (3).
147. 赵枝梅. 春秋时期郑声的文化质涵及其评价. 洛阳师范学院学报, 2004, (1).
148. 赵志生. 对中国民间剪纸艺术文化价值的再认识. 内蒙古艺术, 2004, (2).
149. 郑建萍. 试谈剪纸艺术的表现手法和装饰审美特征. 陕西教育学院学报, 2004, (4).
150. 郑林. 沙耆晚期绘画与民间美术. 艺术探索, 2004, (4).
151. 仲秋. 民间音乐的审美分析. 艺术百家, 2004, (6).
152. 周小儒, 倪勇. 谈民间剪纸的"世俗意义". 南京工业大学学报（社会科学版）, 2004, (4).
153. 朱广宇. 界首土窑民间三彩釉陶考察报告. 民俗研究, 2004, (1).
154. 朱红, 邓辉. 关于云南民间舞蹈系统教材建设的必要性. 舞蹈, 2004, (3).
155. 朱晓红. 南阳民间剪纸中的生命意识. 南阳师范学院学报, 2004, (8).
156. 朱晓红. 浅析蒙古族民间艺术在幼儿教育中的渗透. 内蒙古师范大学学报（教育科学版）, 2004, (8).
157. 朱玉葵. 浅谈襄樊民间吹打乐. 黄钟-武汉音乐学院学报, 2004, (1).
158. 纵丽娟. 展示草原文化的魅力——谈二人台小戏的民族性与民间性. 内蒙古艺术, 2004, (2).

西北民族大学民俗学专业硕士研究生学位论文题目一览表

马志华：民间舞龙习俗中的民俗主体与乡土文化——对内蒙古克什克腾旗土成子镇龙灯艺术的考察

钱永平：民间小戏与乡土社会民众的互动状况研究

刘目斌：河湟筏子客生活世界的民俗内涵

蔡秀清：青海土族节庆习俗中的生存理念研究

余粮才：民间视野中的伏羲与女娲——以天水伏羲、女娲信仰为例

邢海燕：土族口头传统的确认——关于土族口承语言民俗的再调查与探析

马　宁：羌族社会的人生礼仪研究——以四川省里县桃坪羌寨为个案

李国平："白柳之乡"柳编习俗调查研究

杨志新：乡村集市与社区民俗生活——以宁夏灵武市崇兴镇集市为例

刘秋芝：风筝与俗民生活——以山东潍坊风筝为个案

苏延寿：边缘杂居地带的区域民俗与族际交流

马伟华：宁夏农村回族择偶习俗的调查研究

钟建华：关于闽南安溪县八社联盟关帝信仰习俗的调查研究

梁莉莉：宁夏回族服饰民俗传承与变迁的调查研究

马桂芳：从民俗视角看白银市散杂居回族族群认同

齐　皓：社会选择与民俗的文化变迁

常海燕：民俗主体视野下的晋商研究

李海强：青岛地区马祖信仰与港口发展的互动

孙　辉：民俗变迁·价值重构·资源整合

阙　岳：庙会·集会·娱神·娱人

马雪莲：官方与民间合力作用下民俗仪式变迁的文化内涵分析

范　剑：亲密关系与民间社会

马忠才：回坊家庭民俗控制研究

咸春林：经济学视野中的宁夏回族饮食民俗文化

台湾部分大学硕士、博士毕业论文

陈琬菁（中央大学中国文学系硕士班）.《山海经》生死观研究.

林雪铃（中正大学中国文学系博士班）. 唐代神仙文学研究——以“世俗化”为课题.

林琼玉（中兴大学中国文学系硕士班）. 从口传到创作——试论原住民的“生命之树”.

彭家正（中兴大学中国文学系硕士班）. 庄严与诙谐的对话——《红楼梦》的礼俗与节庆书写.

刘金明（中兴大学历史学系硕士班）. 六朝岁时风俗之研究——以《荆楚岁时记》为中心.

李佩桦（花莲师范学院民间文学研究所硕士班）. 许丙丁与民间文学.

卓英燕（花莲师范学院民间文学研究所硕士班）. 王诗琅台湾民间文学作品研究.

林永龙（花莲师范学院民间文学研究所硕士班）. 民间文化与兰阳风教发展之研究.

纪国智（花莲师范学院民间文学研究所硕士班）. 市民文学中贞节观之研究——以宋元明戏曲小说为探讨中心.

涂慧珍（花莲师范学院民间文学研究所硕士班）. 哪吒故事及信仰之研究.

张丽平（花莲师范学院民间文学研究所硕士班）. 哭嫁歌研究——以土家族歌谣为范围.

陈小梅（花莲师范学院民间文学研究所硕士班）.《山海经》中的神圣山岳——以《五藏山经》为探讨依据.

杨小佩（花莲师范学院民间文学研究所硕士班）. “还魂重生”情节之研究.

杨泽龙（花莲师范学院民间文学研究所硕士班）. 雷神话传说及其崇拜信仰.

温如海（花莲师范学院民间文学研究所硕士班）. 近代蒙学的蜕变与传播.

蔡伊达（花莲师范学院民间文学研究所硕士班）. 灶神民间故事类型与灶神形象研究.

林俶伶（南华大学文学系硕士班）. 台湾梁祝歌仔册叙事研究.

颜怡清（南华大学文学系硕士班）.《聊斋志异》中“人灵结合”故事研究.

彭衍纶（政治大学中国文学系博士班）. 中国望夫传说研究.

林玲菁（淡江大学中国文学系硕士班）. 中国植物神话中之“生命一体化”及象征意义研究.

李玉华（逢甲大学中国文学系硕士班）. 台湾原住民文学的发展历程与主体意识的建构.

黄淑卿（台北市立设法学院应用语言文学研究所硕士班）. 鸭母王朱一贵传说研究.

谢玉萍（铭摻大学应用中国文学系硕士班）. 金门传统剩余礼俗之探讨.

罗彩珠（静宜大学中国文学系硕士班）. 中国“难题求婚”型故事研究.

施玫芳（辅仁大学哲学系硕士班）. 论《山海经》中的伦理意涵——由神话之鸟与山神祭祀论起.

青木崇（清华大学人类学研究所硕士班）. 现代精神医疗与台湾民俗医疗（扶鸾济世仪式）的比较研究.

陈忠信（彰化师范大学国文学系硕士班）. 试论长沙子弹库楚帛书之水化宇宙思维——混沌创世神话视野之分析.

博士论文

阿地里·居玛吐尔地．玛纳斯奇研究——以新疆阿合奇县田野调查为例，2004．中国社会科学院．

额尔敦高娃．蒙古英雄史诗的女性形象文化学研究，2004．内蒙古大学．

纪永贵．中国口头文化遗产——董永遇仙传说研究，2004．南京师范大学．

李雄飞．文化视野下的山歌认同与差异：以河州“花儿”与陕［博士论文］，2004．兰州大学．

王以欣．英雄神话与上古希腊历史，2004．南开大学．

乌日古木勒．蒙古—突厥英雄史诗母题的人生仪礼原型，2004．中国社会科学院．

鲜　益．彝族口传史诗的语言学诗学研究：以《勒俄特衣》（巴胡母木本）为中心，2004．四川大学．

杨富学．印度宗教文化与回鹘民间文学．［博士后报告］，2004．北京大学．

俞成云．中国古代四大传说在东北亚的传播和影响研究，2004．中央民族大学．

专　著

2004 年民间文艺学理论新书目

(土家) 孙正国著. 文学的生活遭遇: 民间文学本体批评引论. 哈尔滨: 黑龙江人民出版社, 2004.

毕桪主编. 民间文学概论. 北京: 民族出版社, 2004.

李扬编. 作家文学与民间文学. 青岛: 中国海洋大学出版社, 2004.

洪淑苓著. 民间文学的女性研究. 台北: 里仁书局, 2004.

忽培元主编, 于志著. 新延安文艺——民间文学卷. 北京: 中国青年出版社, 2004.

胡万川著. 民间文学的理论与实际. 新竹县: "国立"清华大学出版社, 2004.

户晓辉著. 现代性与民间文学. 北京: 社会科学文献出版社, 2004.

黄涛编著. 中国民间文学概论. 北京: 中国人民大学出版社, 2004.

王兴中, 陈斌主编. 民间文学概论. 昆明: 云南民族出版社, 2004.

2004 年神话学新书目

邓启耀著. 中国神话的思维结构 [2 版]. 重庆: 重庆出版社, 2004.

高乐田著. 神话之光与神话之镜: 卡西尔神话哲学的一个价值论视角. 北京: 中国社会科学出版社, 2004.

(美) 理安·艾斯勒 (Riane Eisler) 著, 黄觉, 黄棣光译. 神圣的欢爱: 性、神话与女性肉体的政治学. 北京. 社会科学文献出版社, 2004.

(英) 维洛尼卡·艾恩斯 (Veronica Ions) 著, 杜文燕译. 神话的历史. 太原: 希望出版社, 2004.

陈泳超主编. 中国民间文化的学术史观照. 哈尔滨: 黑龙江人民出版社, 2004.

高有鹏. 中国现代民间文学史论. 中国现代作家的民间文学观. 开封: 河南大学出版社, 2004.

胡万川著. 真实与想象: 神话传说探微. 新竹县: "国立"清华大学出版社, 2004.

王德保著. 神话的由来. 北京: 中国人民大学出版社, 2004.

林永发编著. 南岛祭仪与神话——2004 台东南岛文化节学术演讲专辑. 台北市: 东县府, 2004.

王以欣著, 王敦书指导. 英雄神话与上古希腊历史.

熊笃, 程世波著. 巴渝神话传说. 重庆: 重庆出版社, 2004.

杨德煜著, 郑克鲁指导. 希腊神话传说中的复仇主题探究.

杨俊峰编著. 古典神话与西方文学. 沈阳: 沈阳出版社, 2004.

杨丽娟著. 世界神话与原始文化. 上海: 上海社会科学院出版社, 2004.

叶舒宪著. 千面女神: 性别神话的象征史. 上海: 上海社会科学院出版社, 2004.

张文安著, 常金仓指导. 中国神话研究与文化要素分析.

李立著. 汉墓神画研究——神话与神话艺术精神的考察与分析. 上海: 上海古籍出版社, 2004.

李亦园著．宗教与神话．桂林：广西师范大学出版社，2004.

2004年传说学新书目

（满）王迅编著．猎人与公主：郭尔罗斯传说及相关研究．沈阳：辽宁民族出版社，2004.

（蒙族）纳钦著．口头叙事与村落传统：公主传说与珠腊沁村信仰民俗社会研究．北京：民族出版社，2004.

陈金文著．孔子传说的文化审美研究．济南：齐鲁书社，2004.

2004年故事学新书目

（美）阿尔伯特·贝茨·洛德［Albert Bates Lord（1912～1991）］著，朝戈金译．故事的歌手．北京：中华书局，2004.

其　他

高有鹏著．文化视野．北京：中国文联出版社，2004.

（蒙古族）玛·乌尼乌兰编著．卫拉特《格斯尔》研究．北京：民族出版社，2004.

（蒙族）朝戈金著．千年绝唱英雄歌：卫拉特蒙古史诗传统田野散记．南宁：广西人民出版社，2004.

何正廷主编．壮族经诗译注．昆明：云南人民出版社，2004.

李稚田著．开篇锣鼓：李稚田民间文化论著集．北京：时事出版社，2004.

罗长山著．越南传统文化与民间文学．昆明：云南人民出版社，2004.

木玉璋搜集整理．人类的金色童年：傈僳族叙事长诗创世纪牧羊歌．昆明：云南民族出版社，2004.

那国学主编．满族民间文学集．哈尔滨：北方文艺出版社，2004.

宋兴富主编．藏族民间谚语．成都：巴蜀书社，2004.

赵丽明主编，清华大学抢救女书SRT小组整理．阳焕宜女书作品集：百岁女书老人．北京：国际文化出版公司，2004.

陈平原主编．现代学术史上的俗文学．武汉：湖北教育出版社，2004.

朱秋枫著．浙江歌谣源流史．杭州：浙江古籍出版社，2004.

蔡春华著．中日文学中的蛇形象．上海：上海三联书店，2004.

宜兴市政协学习和文史委员会，宜兴市华夏梁祝文化研究会编．宜兴梁祝文化论文集．北京：广场出版社，2004.

马卉欣，韩芳主编．万代盘古论．桐柏：桐柏文史资料第6辑，2004.

编 后 记

自《中国民间文艺学年鉴》的第一卷——2001年卷出版之后，2002年卷、2003年卷也相继问世，现在，年鉴的第4卷也已编定，我们怀着喜悦之情将它奉献给全国喜爱民间文学的广大读者。

《中国民间文艺学年鉴》是由中国民间文艺家协会、中国社会科学院民间文学研究室与华中师范大学文学院、华中师范大学出版社合办的一份民间文艺学的年刊，具体编辑工作由华中师范大学文学院民间文学教研室承担。本卷仍由刘守华、陈建宪主持编辑工作，参加编务的有正在华中师范大学攻读博士学位的研究生桑俊、张晓舒、李丽丹，访问学者徐永安，攻读硕士学位的欧阳梦、梅仕士、王曼利、王雨露、白杨、肖志刚、徐媛以及青年教师徐金龙等人，李丽丹任常务编辑，付出巨大心力。全体师生既要搜索本学科所有相关论文、整理目录、挑选文章、撰写摘要，也要对各个门类的研究成果做出"概述"。由于时间紧，论文阅读量大（全部论文约有2000多篇），也由于承担编辑工作的研究生们经验不足，所以，尽管是以一股初生牛犊的勇气和勤奋好学的精神来努力从事这项工作，但有些"概述"的深入研究显然是不够的。这些年轻学人十分珍惜这样一次深入学习民间文艺学的机会，也希望借此机会向民间文艺学界的前辈和同仁求教，得到大家的批评和指正。

同时，要再次予以说明的是，与往年一样，师生们仍是义务完成全书的编辑工作，因此，也不能给所选文章的有关作者发放稿酬，特此致歉。

在此，我们还要特别感谢华中师范大学出版社对《中国民间文艺学年鉴》一如既往的支持，还有学界同仁们的认可与鼓励，正是这些支持、鼓励和帮助，伴随着这份年刊走过了五年的风雨之路。我们也将继续努力，克服各种困难，突破主客观条件的限制，尽全力将《中国民间文艺学年鉴》一年更胜一年地办下去。

2006年4月于

玉兰花香的桂子山